CONTRA-BASS

1. Auflage 2025
Ausstattung, Herstellung und ©:
Literarischer Verlag Edition Contra-Bass UG Hamburg
Homepage: www.contra-bass.de
E-mail: contra-bass@orange.fr
Druck+Einband: TZ-Verlag & Print GmbH Rossdorf
ISBN 978-3-943446-78-4

KWS

Die Edition Contra-Bass unterstützt die Förderung einer freien, unabhängigen Verlagslandschaft in der Kurt-Wolff-Stiftung KWS.

www.kurt-wolff-stiftung.de

Der Himmel in der Zisterne

Die Tochter des Missionars steigt aus

MARIE E. SCHMITT

Autobiographischer Roman

„Beim Trampen kann es geschehen, dass man eine Weile nicht zum Essen kommt oder hat nichts und wenn man dann wieder isst, dann wird es ein Fest ... Du sitzt und kannst zusehen, wie die Welt sich um dich herumbewegt. In Chalon oder in Macon? Die Saône fließt durch beide Städte. Gehen und die Stelle am Ufer suchen, den Platz an der Sonne, den Nachmittag und uns selbst! Der Streit? Muß vorher, der Streit! Sind zwischen zwei Orten zu Fuß, weil kein Auto hielt. Ein Gewerbegebiet, Supermarkt, Baumarkt ... Dauernd Autos von den Parkplätzen auf die Straße und hupend und drängelnd von hinten an uns vorbei (wir mussten rechts gehen, um in Fahrtrichtung winken zu können). Da war es, dass Sibylle mürrisch wurde, was einem beim Trampen nicht weiterhilft. Aber auch nicht schlimm ist, nur dass ich dachte, sie hätte glücklich zu sein, oder wenn nicht, dann liegt es an mir, weil ich zuständig bin für ihr Glück. In meiner Erinnerung ist es der späte Nachmittag ... Carina auf meiner Schulter, Sibylle mit Gepäck und Buggy und unser Streit um das Glück. Erst als die vielen Autos vorbei waren, konnten wir wieder nebeneinander gehen. Bleiben stehen, um zu winken."

Peter Kurzeck, Der vorige Sommer und der Sommer davor

Inhalt

Teil 1

Bilder aus dem Schacht der Erinnerungen

Prolog (1)

Diese Familie musste immer reisen und umziehen. In Holzkisten, Jutesäcken und Metallkoffern, Umzugskartons und *beddings* wurden die Hausstände auf Reisen geschickt. Immer blieben auch vollgepackte Kartons auf Dachböden stehen. Gereist wurde von Hinterindien bis Deutschland und zurück, Hin-und-her-Bewegungen über die Weltmeere.
Die kühnste Reise machte wohl Christa. Sie packte zwei große Koffer und reiste im Oktober des Jahres 1938 mit dem Schiff von Genua nach Bombay und weiter mit dem Zug nach Madras. Dort wartete Frieder auf sie …

Damit begannen die gemeinsame Liebe, das gemeinsame Leben und die Berufstätigkeit in der Kronkolonie *British India*. Sie waren Abgesandte einer schleswig-holsteinischen Missionsgesellschaft. Der Missionar lebte schon fast zwei Jahre dort, und nun gab es auch die Frau des Missionars. Verlassen hatten sie das Deutsche Reich, Hitler-Faschismus, zusammen acht Geschwister und vier Eltern. Gerade konnte Christa noch losfahren, als schon alles so aussah, als würde eine Invasion deutscher Truppen in die Tschechoslowakei den Beginn eines Krieges anzeigen. Was in Indien dann geschah, davon wurde wenig erzählt.
Tatsächlich lebten die beiden nur wenige Monate zusammen auf der Missionsstation, als Frieder mit einigen Kollegen und anderen Ausländern abtransportiert und im Internierungslager Ahmednagar festgesetzt wurde. Christa bekam den ersten Sohn, machte die Missionsarbeit und zog das Kind auf.
Nach drei Jahren der Trennung wurden die Männer zusammen mit den Frauen und den Kindern im Familienlager Purandhar zusammengeführt.

Umgeben von tropischen Pflanzen, Büschen, Blumen und fremdartigen Bäumen am Berghang unterhalb eines steinbewehrten mächtigen alten Forts, standen die Lagerbaracken für die Familien. Gemälde der tropischen Gewächse und wuchtigen Gemäuer, die alle Lebensstationen der Familie begleiteten, befeuerten die Phantasie der

Kinder, weckten Träume und Vorstellungen, die man nie begreifen konnte …
Als der Monsun vorbei war, das Wetter milde und sanft, Berg und Tal in saftiges Grün gehüllt, brachte Christa im November das kleine Mädchen auf die Welt. Als Sehnsuchts- und Sonnenkind. Vielleicht war es so.

Mein Bewusstsein davon begann, als sie zurückkamen, als das Schiff im Hafen einer großen Stadt anlegte, *das ist Hamburg*, sagte die Mutter. Im dichten Gedränge der ängstliche Blick auf den schwankenden Landesteg, frierend das Kind in der Winterkälte, auf der Brücke weiter mit vielen Menschen. Dann wurde man einen Berg hochbugsiert, *schnell, schnell, es ist so kalt*, und stand vor einem riesengroßen Haus. In der hohen Halle kam das Licht von oben. In diesem offenen Raum, wo fremde Leute hin- und herliefen, da mittendrin, musste das Mädchen sich auf einen Topf setzen und was machen.

Es ging nicht. Zu groß war die Scham. Der Arzt beugte sich von oben über das Kind, eine fremde Frau mit Haube hockte sich daneben und sprach seltsam. Die Mutter stand dabei und redete. Niemand wollte verstehen, dass das nicht ging, nicht hier, wo alle Leute zuguckten. Die Mutter drängte: *Du musst was machen, mach doch, sonst musst du hierbleiben. Dann können wir nicht einreisen. Die müssen wissen, dass du gesund bist.* Mit dieser Angst ging es erst recht nicht.

Und noch einmal musste sie kämpfen. Die Mutter hatte ihr viertes Kind zur Welt gebracht, in einem fremden Bett in einem kalten Haus, es war ein Zimmer im unbekannten Haus der Eltern des Vaters. Die Mutter war krank, geschwächt, deswegen fuhren sie mit dem Zug in ein Krankenhaus für die Menschen, die aus den Tropen kamen.
Da stand das kleine Mädchen mit dem Brüderchen in einem Raum. Eine Frau, Schwester Oberin, so redete die Mutter die fremde Frau an, stand auf, kam hinter ihrem Schreibtisch hervor, griff mit der einen Hand nach ihr, mit der anderen Hand nach dem Brüderchen und sagte: *Na, dann kommt mal mit, die Mutter muss woandershin, die ist krank, ihr kommt mit mir …*

Das Mädchen schrie und hörte nicht wieder auf, zitternd vor Angst, dass die Mutter es jetzt verlassen sollte, sie hatte nichts mehr zu alledem gesagt. Das Brüderchen schrie, das wusste auch Bescheid, nur die Frau in der Tracht, die hatte etwas nicht verstanden. Die Mutter gehörte zu ihnen, sie gehörten zur Mutter, die fremde Frau hatte etwas falsch verstanden. Die gehörte nicht dazu.
Die beiden Kinder weinten, schrien, weigerten sich, sie schliefen nicht, sie aßen nicht, vielleicht eine Nacht, einen Tag lang, dann war die Mutter wieder da.

Sie nahm ihre beiden Kinder an die Hand. Sie war nicht böse. Sie wusste, was zu tun war.
Wochen später nahm sie ihre vier Kinder und brachte sie in Sicherheit.
Das neue Baby lag in einem Kissen auf ihrem Arm, es war noch so klein, dass man es nicht sehen konnte. Im Zug packte die Mutter es in das Netz, wo die Koffer lagen, da schlief es, und wenn es schrie, legte die Mutter es an die Brust. Die anderen Leute schimpften, es wurde laut, sie klagten die Mutter an, wie könne sie so herzlos sein, dass sie ihr Baby da oben einfach weglege … Mutter und Kinder fuhren wieder auf einem Schiff.
Dann waren sie auf der flachen grünen Insel, da kam der Vater, da war ein Haus für alle, da war ein Garten.

Lüneburger Land

Januar 2010
Schneemassen türmen sich an den Straßenrändern, als wir aus dem Zug steigen und das Auto unter der Schneedecke herausfegen, dann fahre ich im Schritttempo von Bevensen über die Dorfstraßen nach Gut Eichkamp. Auf diesen Nebenstraßen ist nicht geschoben worden, vor uns dehnt sich eine weite Schneefläche, nur noch die Apfelbäume markieren einen Straßenrand, das Auto gleitet weich von der Straße weg, ich steuere dagegen. Lydia hält sich fest, wir gleiten wieder zurück. *Sollen wir aussteigen?* frage ich. *Irgendwann kann das Auto in der Schneewüste nicht mehr weiterpflügen! – Nein, dahinten ist die Allee, fahr ruhig weiter,* sagt Lydia. Kurz danach biegen wir ab und stecken in einer hohen Schneewehe. „Kein Winterdienst" steht auf einer Tafel am Lindenbaum. Wir steigen aus und stapfen im hohen Schnee durch die Allee.
Die Winterluft ist klar, alles ist still, alles liegt versunken unter der weißen Schneedecke, wir sind auf dem Land. Es ist die Nordheide. Lydia kocht eine Suppe. Wir sitzen am Kamin.

Verhaltene Sonne verzaubert die Schneemassen vor dem Fenster. Mit dem Teetablett im Bett und nach draußen in den Garten schauen, die Buchsbaumkugeln mit weißer Schneehaube, die Rosenstöcke aus dem Garten des Elternhauses, vor ein paar Wochen umgepflanzt, geschützt unter der Vlieshaube. Ich habe Zeit, plane und notiere: *Ich brauche einen großen (Atelier)-Tisch, einen Schrank zum Verstauen von Material, Fotos, Klebe, Scheren, Papier. Fotoarbeit, biografische Arbeit, kleben, klären, vor Augen führen, mir einen Überblick verschaffen, das will ich tun.*
Es gibt auch noch die Kartons mit dem Nachlass …
Ich schaue mich um:
Zwei Zimmer bewohnen wir in dieser Landarbeiterwohnung, eine von drei kleinen Wohnungen in einem langgestreckten roten Backsteinhaus am Rande eines Gutshofes. Wir brauchen noch einen großen Raum, wir könnten den Dachstuhl ausbauen, dann wäre genug Platz, um hier zu leben.
Der Schnee bleibt liegen. Hier, auf dieser weltabgeschiedenen weißen

Insel in der Nordheide, bleibe ich eine Winterwoche lang, das ist ein Traum. Noch ist es nur die Datsche in einem kleinen Kaff auf dem Lande, ein Ort, an den man fliehen kann, raus aus der Großstadt.
Ich fange gerade an zu begreifen, wie das ist. Nicht mehr in einer Stadtwohnung leben zu müssen, in der auch noch die Praxisräume sind und damit das Klingeln, das Getrappel von Füßen, das Gebrabbel der Stimmen, das Wuling in den Arbeitsräumen den ganzen Tag im Hintergrund. Diese Arbeit ist jetzt vorbei.

Spaziergang mit Katrina. *Wo warst du denn gestern? – Och, dicker Arbeitstag, Flug hin und zurück nach Brüssel, Drittmittel für ein Projekt der Uni erkämpfen. Wer könnte denn heute mal was kochen? fragt sie. – Ich mache ein* Pot au Feu, *ich habe Zeit.*
Seit drei Jahren wohnt sie mit Klaas in diesem Landhaus in der Nordheide, nahe zur Uni in Lüneburg, ihrem Arbeitsplatz. Für die Wochenenden haben sie ihre Stadtwohnung in Hamburg. Die Freundin Lydia hatte gerade ihr Referendariat beendet und eine Sprachheilschule im Wendland gefunden. Es hat sich alles aufs Schönste gefügt, dass sie zu den beiden in das Landhaus ziehen konnte. Katrina gefällt das. Sie mag es gerne, wenn viele Freunde um sie herum wohnen, und sie versteht es, die Leute dafür zu gewinnen. Sie kennt es eigentlich gar nicht anders.
Wir wurden auch gefragt, ob wir nicht Lust hätten, die Landarbeiterwohnungen stünden leer, sie müssten allerdings renoviert werden.

Abends sitzen wir zu fünft am Tisch im Haupthaus und spielen nach dem Essen konzentriert und rasch einige Partien Schafkopf, dabei redet Lydia vor sich hin: *Ich bin heute nicht so schnell beim Nachdenken, na ja, aber ich bin ja auch schwanger, eigentlich müsste ich schon lange im Bett sein, weil morgen Schule ist, eigentlich geht das alles gar nicht, weil ich schwanger bin.* Sie sitzt und spielt, ist quietschvergnügt und gewinnt fast alle Spiele. Alle freuen sich auf das neue Kind.

Am Sonntag scheint die Sonne, gleißendes Licht über Äckern und Wiesen: *Beim frühen Morgenlicht erwacht mein Herz und spricht,* deklamiert Johann und redet weiter: *Nein, wir lassen uns nicht irre*

machen. Ich freue mich wahnsinnig auf diese Zeit hier, mit dir.
Am Montagmorgen, zurück in der Stadtwohnung, schrecken uns die Schlagzeilen auf. Die Zeitungen sind voll von Griechenland, unserem Sommerferienland.

Die griechischen Staatsanleihen werden immer teurer, der Staat bekommt an den Finanzmärkten kein Geld und kriegt seinen Haushalt nicht mehr finanziert. Die Regierung beantragt offiziell Hilfen der EU, und sofort stuft *Standard & Poor's* die Bonität der griechischen Anleihen auf Ramschniveau herunter. Ein Hilfspaket der europäischen Partnerstaaten, und augenblicklich kriegt der griechische Staat auf den Finanzmärkten erst recht keine Anleihen mehr platziert. Was ist da los?

Der Frühling kommt, ungestüm tobt dieses Jahr heran. Der letzte Akt bezüglich der Auflösung des Elternhauses war die Runde im Notariat Wuttke im vergangenen Herbst, als die fünf Kinder der Erbengemeinschaft die Verkaufsurkunde unterschrieben. Dann war das Elternhaus in fremde Hand übergegangen. Als dann ein kleiner Geldstrom in fünf Haushalte floss, erfüllten sich Wünsche und Begierden. Einer wusste, wovon er die nächsten Jahre leben konnte, ohne zu arbeiten, der andere kaufte sich ein Segelschiff, einer baute sich ein kleines Steinhaus, der nächste legte die Summe in einer Immobilie an.

Wir fahren wieder hinaus auf die Datsche, laufen über die Wiesen mit Büscheln von Narzissen und wissen jetzt, was wir tun wollen: Wir schenken uns arbeitsfreie Zeit. Die Stadtwohnung aufgeben, in dem Landarbeiterhaus den Dachstuhl ausbauen, dann hätten wir genug Platz, um in dem kleinen Haus leben zu können. Das beschließen wir. So könnten wir uns die nächste Zukunft aufbauen.

Der große Bruder kommt aus Berlin, erklärt uns die Materialbeschaffung, wir machen zusammen eine Kalkulation. Der Gutsbesitzer hat gar nichts dagegen, dass wir sein Landarbeiterhaus renovieren und aus dem Dachboden ein Atelier herstellen, vorausgesetzt, wir übernehmen alle Kosten und organisieren alles selbst.

Im Haupthaus kommen Klaas und Katrina aus La Palma zurück, Lydia ist jetzt in guter Gesellschaft, wir packen, schließen die

Datsche ab und fahren mit bis unter das Dach beladenem Auto in den Süden. Die Frühjahrsferien beginnen. Am Nachmittag des übernächsten Tages gehen wir die Steintreppe hinauf, schlagen den Holzladen zurück, schließen eine scheppernde Tür auf und schnuppern den bekannten Heugeruch, der in den alten Mauern liegt. Die Fensterläden öffnen, das Licht hereinströmen lassen, wir sind im südfranzösischen Bergland.
Ein früher Abend im März, auf dem Steinboden des mächtigen Kamingewölbes im Küchenraum brennen Holzscheite und trockene Lorbeerzweige, ein würziger Feuergeruch erfüllt den Raum und erwärmt die Seele, zusammen mit dem Rotwein natürlich.
Weil es nicht um Ferien geht, sondern darum, sich eine eigene Zeit zu schaffen, ohne berufliche Konkurrenz, für uns zwei, wenn auch vielleicht nur für ein Jahr, so genau wissen wir das noch nicht, aber trotzdem, es ist, als hätten wir beide die Tür zu einer neuen Zukunft aufgestoßen. Mit einem Freudenfeuer wärmen wir das Haus, lassen ein paar Tage wie im Rausch vergehen, dann machen wir es wie die marokkanischen Handwerker. Wir fliegen mit Ryanair von Marseille nach Oujda in Marokko.
Mit dem Auto unterwegs in diesem fremden Land suchen wir unseren südfranzösischen Handwerkermeister, den Berber Oukacha. Er wohnt mittlerweile wieder in dem Haus, das er sich als europäischer Wanderarbeiter während seiner fünfundvierzig Arbeitsjahre in allen Sommerferien auf einem Grundstück seiner Großfamilie erbaut hat. Jetzt hat er seine schöne Anifa an der Seite.
In dem Wohnraum mit den Steinbänken rundherum an den Wänden serviert sie uns in silberner Kanneeinen schwarzen Tee mit Minze. Oukacha erzählt von dem Dorf in den Bergen, in dem er geboren wurde. Wir möchten mit ihm die weitere Restaurierung des Hauses in Frankreich besprechen, und ob er uns wieder helfen könne. Viele Ratschläge mit bedeutungsvoller Geste, weit ausholend und voll Weisheit, aber ob er wieder arbeiten wolle, *inshallah*, wohl eher nicht, man werde sehen …
Jetzt will er wieder mit uns durch die Steinwüste und hoch auf die Berge wandern und uns sein Land zeigen.
Ein paar Jahre zuvor haben wir diese Reise zusammen mit Katrina und Klaas gemacht. Oukacha hat uns damals die Berghänge hinauf

geführt, bis zu den geduckten Häusern in der Senke, dort stand noch das Haus, in dem er als eins von dreizehn Kindern aufgewachsen war. Er erzählte, wie er als Junge von Marokko nach Deutschland gekommen war, wie der Mann, der als Anwerber für Gastarbeiter in diesen Bergen unterwegs war, zu den Eltern gesagt hatte, dass der Junge, wenn er wolle, sofort mit ihm auf das Schiff gehen und dann nach Nordeuropa reisen könne und dort viel Geld verdienen, aber er müsse sofort mitkommen, nur so ginge es …

Dieses Mal lässt sich Oukacha zu nichts mehr überreden, die Zeit des Arbeitens für andere ist vorbei.

Nach zehn Tagen zurück in Marseille, mit dem Auto tief in die Cevennen, noch zwei Nächte glücklich in dem Zimmer neben dem warmen Kaminraum, und dann wieder los, mit dem Auto nach Montpellier. Am Flughafen riechen wir das Meer, den Wind, der aus den Palmen warme Luft herüberweht, wahrscheinlich von Marokko … nützt alles nichts, wir beide müssen uns jetzt verabschieden. Johann fliegt nach Hamburg. Noch ist alles vorläufig, noch muss er arbeiten, noch immer gibt es diese Trennungen.

Pfingstmontag im Lüneburger Land, um fünf Uhr erwachen vom Vogelgezwitscher im weiß blühenden Kirschbaum, beim Frühstück im Garten sind alle in Festtagsstimmung. Unter der Anleitung des großen Bruders beginnt der Umbau, die Dämmung des Dachstuhls. Sommerabende im Juni, noch lange ist es warm unter der Eiche, wir schauen über den grünen Weizenacker in die Abendsonne, niemand mag ins Haus gehen.

Vielleicht warte ich noch auf etwas.

Es ist etwas Neues unterwegs, wie ein Versprechen liegt es über dieser duftenden warmen Dämmerung, die noch viele Stunden dauern wird. Stimmen im Apfelgarten, plaudernd kommen Klaas und Katrina von drüben näher. Sie bringen eine Flasche Prosecco mit und erzählen. Die Mücken stechen, es ist schwül, still und geheimnisvoll liegt die dunkle Nacht, die von weit her aus dem Norden immer noch einen roten Dämmerstreifen zeigt. Das sind die Mittsommernächte.

Natürlich kann man nicht schlafen, aber das ist nicht mehr nötig.

Ich muss nicht mehr in die Stadt, nicht mehr Geld verdienen.

Um fünf stehe ich auf und verfolge den Sonnenaufgang. Nur noch vor die Haustür treten, sofort ist man dort, wo man sein möchte. Früher haben wir um diese Zeit im Jahr die Reise nach Griechenland vorbereitet, immer und immer wieder.

Heute ist Griechenland wieder in den Schlagzeilen, in der *Süddeutschen Zeitung* ein Interview mit dem neuen griechischen Tourismusminister George Nikitiades.
Was er in *der schwersten Krise des griechischen Fremdenverkehrs* zu tun gedenke, die Buchungen seien doch *dramatisch zurückgegangen*, fragt der Reporter.
Der Minister wehrt ab, es sei noch viel zu früh, um etwas über die Erfolge der Branche sagen zu können, die Saison habe doch gerade erst angefangen.
Das hilft ihm aber nicht weiter, der Interviewer hat die streikenden Seeleute im Hafen von Piräus gesehen, die Ende April tausend Urlauber daran hinderten, auf ihr Kreuzfahrtschiff zu kommen …
Ja, selbstverständlich müsse er eingestehen, Griechenland habe momentan schwere Probleme, aber dennoch, Millionen Urlauber erlebten gerade *eine schöne Zeit in Griechenland …*
Dann sagt der Minister doch noch das, was der Reporter hören will … Er sei ein fanatischer Unterstützer der neuen Gesetze, dass alle, ausnahmslos alle, Kassenbelege ausstellen …
Ja, wenn die Einkommen der Bürger in Zukunft korrekt versteuert würden … Damit ist die investigative Unruhe des deutschen Reporters bedient, und der Minister darf zum Schluss noch sagen:
Wir haben Dinge, die andere Länder nicht haben: Strände, Zivilisation, Kultur – und diese Dinge werden wir verkaufen, so gut es geht.

Dreißig Jahre in der Altbauwohnung, feine Straße in der Großstadt, da war das Ausziehen viel schwieriger, als wir dachten. Wir schälten uns durch die Schichten, die in dreißig Jahren in dieser Stadtwohnung hinterlassen worden waren, Möbel, Aktenkartons, Klamotten, zurückgelassen von uns und den Mitbewohnern der Wohngemeinschaften. Wir absolvierten einen Parcours durch die Vergangenheit …
Die stuckverzierte, vier Meter hohe Altbauwohnung an der

Außenalster musste in einem tadellosen Zustand wieder abgegeben werden, das ganze Haus war Immobilienbesitz von zwei reichen Damen, die Grundrente war gigantisch gestiegen, es war immer klar gewesen, dass wir das eines Tages nicht mehr würden bezahlen können, es war jetzt das dritte Jahr der Finanzkrise.
Mit unserem Geld und unseren Renovierungsanstrengungen hatten wir die Wohnung damals aus einem Zustand der Verwahrlosung herausgeholt, dafür hatten uns die Eigentümerinnen in dreißig Jahren immer wieder Zugeständnisse gemacht, es durften mehr Räume an Freunde untervermietet, einige Räume sogar beruflich genutzt werden. Nun maß Frau B. das Objekt am aktuellen Mietenspiegel und drückte uns die Maßnahmen auf, die sie für nötig hielt, um das Eigentum zu sichern.

An einem warmen Tag im Juni ist endlich alles fertig. Wir verlassen die Stadtwohnung, wir ziehen um, Johann fährt versiert wie immer den Kleintransporter, mehrere Male an diesem Tag.
Am Abend lodert das Feuer am Ackerrand. Wir sind platt und froh, Johann beugt sich zu mir herüber und sagt: *Du glaubst gar nicht, wie glücklich ich bin, endlich sind wir hier richtig angekommen, wir haben es geschafft.*
Bis tief in die Nacht feiern wir Wiedersehen und Einzug, ein Kommen und Gehen und Herumschauen. Mathis und Bea, die Freunde aus der Landarbeiterwohnung nebenan, grillen für alle, Bodo und Sibylle schauen sich neugierig auf dem weitläufigen Gutsgelände um. Blick in das ehemalige Verwalterhaus, dort wollen demnächst Bea und Mathis einziehen, die Wohnung neben uns würde dann frei, das wäre doch ideal für sie beide …
Das Holzfeuer duftet, der Abend wird lang, es ist drückend schwül, Lydia schleppt sich durch den Garten und weiß nicht, wohin. Schmerzen im Rücken, ob das schon Wehen seien, fragt sie sich und uns. *Ja, dann sieht es wohl so aus, dass wir morgen nach Uelzen in die Klinik fahren,* sagt Katrina, *ich komme mit dir, das kriegen wir hin.*

Früh um fünf ist der Tag wieder da. Zwischen Schlaf und Wachen tauchen Bilder auf.
Rasch anziehen und los, auf dem Feldweg am Rapsfeld entlang, dort

gibt es auf der anderen Seite eine Öffnung im Gebüsch des Knicks, dahinter liegen die Angelteiche. Vögel fliegen auf, ich bin da: Auf der Spur durch fettes feuchtes Gras, das im Morgentau glänzt, gehe ich um den Teich herum, und plötzlich ereignet es sich wieder, das kleine Wunder. Der Blick in die Tiefe des Angelteiches, da spiegeln sich die Wolkenbilder, es ist dieser Blick, den ich so liebe und immer wieder suche. Wolkenspiegel, das flimmernde Spiel von Wolken und Sonne, diese Verzauberung, die man tief unten im Teich wiederfindet …

Ich gehe zurück, im Garten an den dicken runden Buchsen vorbei, man muss leicht darüber hinstreichen, dann strömt dieser bekannte krautig-herbe und zugleich süße Geruch heraus. Seit wir in diesem Haus auf dem Land wohnen, kommen die Bilder wieder hoch, die mit diesem Geruch verbunden sind.

Von woher kommen sie denn? Wann war die Zeit, wo sind diese Bilder entstanden, dieser Schatz aus Landschaften, Gärten, Gerüchen, Vorlieben, Sehnsüchten. Wann ereigneten sich diese Urerlebnisse, die als Bilder am Grunde des Bewusstseins abgelegt worden sind und im Fortgang Ängste hervortrieben, Entscheidungen stimulierten und Richtungen bestimmten?

Bei Hegel gibt es eine Erklärung, in welchen Schritten sich das Erinnern ereignet und wie es in die Systematik des Denkens hineingehört … die Stelle muss ich heraussuchen.

Damals, auf der Insel Föhr, gab es das weite, offene Land jenseits des Gartens. Zum Gartentor hinaus, die Straße hinunter, nach dem letzten Haus über einen schmalen Wassergraben hüpfen, und da war das, was sie suchte:

Vor ihr lag die große weite Fläche, hell unter einem hohen Sommerhimmel.

Grün, soweit man sehen konnte, hier und da glitzerte etwas. Das weiche, fette Gras, dort wieder etwas fester, gerade eben hatte es ein bisschen gegluckert.

Das Mädchen hockte sich hin und schaute genau: Dicke, hohe Grasbüschel – eben noch Wiese und schon wie grüne Schleier im Wasser. Die Schuhe wurden nass, es gluckste und glänzte …

Sie stand an einem Wasser und konnte die Tiefe sehen.

Am tiefsten Grund war es lichtblau, und weiße Felder zogen langsam

vorbei. Sie war verzaubert und erschrak, immer wieder musste sie in die Tiefe blicken, so schön war das, wie ein Sog. Was wie der Himmel aussah, war der tiefste Grund des Wassers, so tief, so hell, so glänzend!
Das war die Marsch, ihr Lieblingsland. Es war streng verboten, hierher zu gehen. Aber dieses Bild, das musste sie immer wieder sehen.

Einmal gingen alle gemeinsam in die Marsch. *Zur Vogelkoje gehen wir,* sagten die Großen. *Was für ein komischer Name, ist das ein Bett für die Vögel?* fragte das Mädchen. *So ungefähr,* sagte der Vater. Sie betraten einen Raum, der unter dichten grünen Bäumen wie eine Böschung auf der weiten Fläche lag. Ein niedriger Durchgang, von dichtem Gestrüpp überwuchert, dann waren sie in der Vogelkoje. Der Himmel weg, dämmriges Licht. Nicht sprechen, nur ganz leise flüstern. Warum? Weil da die großen Zugvögel lebten. Die machten wahnsinnigen Krach, krächzten, wisperten, schnatterten über einem in dem dichten Blätterdach. Hatten die ihre Betten in den Bäumen, war das ein Geheimnis? Wieder erfüllte sie eine sehnsüchtige Neugier.
Die Vögel sind nur vorübergehend hier, sagte die Mutter. *Sie sind auf der Reise und finden hier ihre Koje, in der sie geschützt sind. Deswegen dürfen sie nicht gestört werden.*

Das Mädchen liebte diese Vogelkoje. Aber als Marie größer war, trat die Wahrheit ans Licht: Die Vogelkoje war eine Vogelfalle. Die Vögel wurden hereingelockt, gefangen und getötet. Der Vogelzug über der Insel trug wesentlich zur Sicherung der Ernährung der armen Inselbevölkerung bei, so konnte sie es später im Museum in Wyk auf Föhr nachlesen.

Die friesische Insel

Weit draußen im Meer, auf einer grünen Insel wieder ein Haus.
Es war aus roten Backsteinen, mit hohen Fenstern und einem unergründlichen Garten. Die Großen sagten dazu „das Pastorat". Weil dort immer der Pastor wohnte, und der Pastor war jetzt der Vater.
Ein runder Rasen breitete sich vor dem Haus aus. Man konnte von der einen oder der anderen Seite herumgehen, und dann stand man vor der Haustür. Neben dem Haus war ein Stall, da lebte das kleine Schwein, das die Eltern für die Kinder gekauft hatten. Daneben war das kleine Haus mit dem Plumpsklo. Man musste aus dem Haus gehen, auch in der Kälte und wenn es dunkel wurde, wenn man aufs Klo wollte. Alle paar Tage nahm der Vater den Eimer und brachte ihn aufs Feld, dann roch es nach Zigarre, weil der Vater immer seine Zigarre im Mund hatte. „Goldeimer", sagten die Großen dazu.

Das Haus war groß, viele Menschen wohnten dort. Tante Hanna, die immer kam, wenn etwas los war, ein „Flichamädchen" und der Vikar, der Herr Daniel, auch der saß beim Essen mit dabei. Er mochte es wohl nicht, denn er war sehr dünn und wusste nicht, was er bei Tisch reden sollte. Aber die Kinder sollten ja auch nicht ständig reden, der Vater sagte: *Redet nicht dazwischen, lasst die Großen ausreden.* Als ob das nötig gewesen wäre, die waren sowieso viel schneller im Reden.
Dann gab es den großen Bruder, der hieß Hans, und das Brüderchen. Das hieß in Wirklichkeit Ernst. *Das sind die Namen von meinen beiden Brüdern, die im Krieg gefallen sind,* erklärte der Vater und zeigte auf die Fotos in seinem Studierzimmer, die Männer waren in Uniform und schauten traurig, nie wollte man gerne hinsehen.
Die Mutter musste meistens bei dem Baby sein. Sie half ihm auf die Beine, als es versuchte zu stehen. Es war gesund, dick und rund und hieß Harald, und die Mutter sagte: *Das ist unser Wonneproppen.* Sie nannten ihn also „Wonne" und schoben abwechselnd den Kinderwagen durch den Garten. Kaum stand Wonne auf den Füßen, wollte er immer hinter dem Schwein herlaufen und es am Ringelschwanz zu fassen kriegen. Das kleine Schwein war ihr Haustier und musste ordentlich gefüttert werden.

Es gehört zur Familie, sagte die Mutter.

Es wurde Sommer, und die Großmama kam zu Besuch, um die Enkelkinder kennenzulernen. Sie ging mit dem Mädchen und dem kleinen Bruder langsam in den geheimnisvollen hinteren Teil des Gartens, wo der Brunnen stand. Der war tief und dunkel, aber die grünen Büsche dufteten, und Großmama sagte: *Hier kann man lustwandeln, da liegt der Friedhof, alles ist still. Und nun hört gut zu!*
Das taten sie sowieso schon die ganze Zeit, weil sie leise sprach. Dann blieb sie in ihrem langen weißen Kleid am Brunnen stehen, das Mädchen schaute schnell hinein, wich zurück, dann hörte sie vom Kasperle auf Burg Himmelhoch und vom seltsamen Kuchenberg. Die Großmama hob die Hand beim Erzählen und machte schöne Bewegungen und sprach mit einer besonderen Stimme. Ja, ihre Geschichten waren ganz anders als das, was sie kannten, noch viele Jahre später suchte man nach den Büchern dazu.
Und dann wusste man auch, dass zwei von den vier Männern in den gerahmten Fotos im Arbeitszimmer des Vaters ihre beiden Söhne waren.

Ein besonderer Garten war der Friedhof. Oft genug hatte sie gesehen, wie der Vater hinter der Pforte verschwand, wenn er predigen musste. Ganz tief hinten im Garten die Eisentür aufstoßen, und schon war sie umgeben von grünen Büschen, die dufteten anders als alles andere, etwas süß, fremdartig. Sie lief an den Gräbern vorbei, roch den eigenartigen Geruch, da hörte sie die helle Stimme der Mutter: *Wo bist du, Marielis? Dein Brüderchen sucht dich,* rief sie. Klar, der war immer in ihrem Schlepptau, so sagte das die Mutter. Das Brüderchen war noch sehr klein. Und sie war vier, sie wusste, dass sie vier war, ja, Tante Hanna hatte das gefragt, die Mutter hatte geantwortet. Da wusste man, dass man mit vier schon groß war und auf das Brüderchen aufpassen konnte.
Sie lief zurück, nahm seine Hand und verschwand mit ihm durch die Pforte.
Hinter der Kirche führte eine kleine Straße geradeaus durch ein großes gelbes Kornfeld. Auf dieser Straße kam sie in das nächste Dorf. Dort wohnte Frau Peseke, die wollte sie besuchen und die

schöne große Puppe mit einem richtigen Gesicht und einem Kleid. Mit Kornblumen und stachelig-streichelnden Ähren auf Augenhöhe, liefen sie Hand in Hand von der Straße weg und verschwanden fast im wogenden Meer aus Halmen, aus dem sie nur noch knapp herausragten. Ringsherum duftete es, wisperte von Wind und Viechern. Die Lerche sang in unendlicher Höhe den Sommerton, der sich in der Weite und dem Wind verlor.

Da geschah etwas. Das Mädchen guckte nur mal schnell hoch, schaute sich um, rüber auf die Straße und da, noch ganz in der Ferne, kam was die Straße entlang. Sie erschrak, das waren ja schwarz gekleidete Leute, vorneweg der Vater in seinem schwarzen Talar, hinter ihm ein Sarg auf den Schultern von Männern. Das war schlimm, vielleicht auch gefährlich. Das durften sie doch gar nicht sehen!

Also weg hier, sofort. Sie duckte sich, legte dem Brüderchen die Hand auf den Kopf, zog es zu sich herunter und tauchte im Kornfeld ab. *Komm schnell. Wir müssen laufen,* sagte sie. *Und guck bloß nicht hoch, wir dürfen das nicht sehen.*

Gebückt rannte sie mit ihm durch das staubige, stickige Sommerdickicht, schleifte ihn fast hinter sich her, aber sie wusste genau, was zu tun war. Sie hörte ihre Mutter sagen: *Wenn ihr Vater im Talar seht und einen Trauerzug, dann müsst ihr ganz schnell weg. Da darf man nicht zugucken.*

Im Haus richtete sich das Mädchen einen gemütlichen Ort unter der Treppe im Flur ein, stellte einen kleinen Stuhl hin, legte die Puppe, das schwere Ding mit dem Holzkopf, auf eine Decke und fütterte sie. Am liebsten aber nahm sie ihre wichtigsten Sachen und brachte alles ins Arbeitszimmer des Vaters. Es hieß Studierzimmer und war schön warm und hatte einen großen schweren Schreibtisch. Eine Schreibtischplatte über zwei Schubfachschränken links und rechts, das war das „Haus", in dem sie wohnte.

Wenn der Vater hereinkam, sagte er: *Na, Pubbe, bist du da unten, kannst gern dableiben, ich muss arbeiten.* Es wurde noch gemütlicher im Halbdunkel, der Vater steckte sich eine Zigarre in den Mund, zündete sie an, und sofort wurde man eingehüllt von dem schweren Duft. Er rauchte beim Arbeiten immer, die Zigarre blieb im Mundwinkel hängen, auch wenn er sprach. Gern stieg sie auf den

Lehnstuhl, wenn sie später wieder allein war, und betrachtete alles, was sie sah: den Holzkasten mit den geschnitzten Rosenranken und gefüllt mit dicken Zigarren, die zwei großen Kerzen und zwischen denen das Holzkreuz.

Lass alles so stehn, Pubbe, geh da man weg, sagte der Vater, als er wieder hereinkam. *Du hast hier oben nichts verloren. Du hast da unten deine Ecke.* Natürlich.

Schwupp war sie wieder unten in ihrer Höhle, eingehüllt von rauchduftender Wärme. Sie spielte mit der Puppe und wartete, bis der Vater wieder rausging. Dann breitete sie ein Tuch auf dem Boden aus, legte die Puppe darauf, nahm die dicke Kerze mit dem schweren Kerzenhalter vom Schreibtisch herunter, die sollte hinter den Kopf der Puppe, dann die zweite Kerze an das Fußende. Dann legte sie noch ein Tuch auf die Puppe, setzte sich davor, betrachtete alles, aber die Tür ging auf, die Mutter trat ins Zimmer, schaute verwundert zu ihr herab und redete los: *Vater hat damals den Puppenkopf aus Holz geschnitzt, das war in Indien, im Lager. Ich habe das Gesicht gemalt, den Körper aus Stoff zusammengenäht und ein Kleid geschneidert. Immer hast du sie hinter dir hergezogen und dann auf ein Tuch gelegt, bist nach draußen in den Garten und hast gelbe Blüten gepflückt, eine links und eine rechts der Puppe gelegt, einen Stein oben und einen unten, und … komm, steh auf, geh schnell raus und spiel mit den Brüdern … die brauchen dich …*

Sie schob das Mädchen vor sich her, das aber lief davon und lockte die Kleinen in den Garten, dann spielten sie eben „VaterMutterKind“ und das Mädchen verteilte die Rollen: Wonne war das Kind, Ernst der Vater, und sie das Flichamädchen. Das musste alles machen, kochen, waschen, bügeln und putzen, aber es durfte dafür auch die Befehle austeilen.

Jahre später, erst im Gymnasium, in der neunten Klasse, erfuhr Marie, wer das war, das „Flichamädchen“. Es war das junge Mädchen, das nach der Schulausbildung sein Pflichtjahr in einem Haushalt verrichten musste. Eine Einrichtung der NS-Zeit, die auch nach dem Krieg – auf der Insel in der Nordsee – weiter Bestand hatte. Damals hörten die Kinder, wie sich die Eltern empörten. Das Pflichtjahrmädchen bekam nach der Währungsreform genau dieselben vierzig Mark, die jeder andere Erwachsene erhielt. Obwohl sie doch bei ihnen wohnte und bei ihnen gegessen hatte.

Wieder musste es einen Winter geben, die dunklen Nächte kamen, die Ängste in der Nacht, aber dann hatte die Mutter Geburtstag, und es gab etwas zum Freuen. Wenn die Kinder am Sonntag die Treppe hinunterstiegen, fanden sie überraschenderweise auf der Treppenstufe braune Kekse, für jedes Kind einen. *Das ist der Advent,* sagte die Mutter. *Das bedeutet, dass Weihnachten kommen wird. Wir feiern die Geburt des Christkindes.*

Aber schon vorher trat ein großes Wunder ein. Richtiger Schnee kam vom Himmel, fiel auf ihre Gesichter, sie griffen danach, er blieb liegen, alles wurde weiß und sauber und glänzte in der Sonne, das kannten die Kinder nicht, sie stapften durch Schneewehen und schubsten sich und wälzten sich im Schnee und schrien vor lauter Wonne. Die Mutter aber saß drinnen an der schwarz glänzenden Pfaff-Tretnähmaschine und nähte warme Kleider für das Mädchen und Hosen und Jacken für die Jungs. Stunde um Stunde strickte sie strumpfhosenähnliche Gebilde für alle Kinder, dicke Jacken, Mützen und Schals. Sie kochte im Waschkessel aus einem Sack voll Rüben einen süßen klebrigen Sirup. Dabei verbrannte sie sich den Arm so schlimm, dass sie weinte vor Schmerzen.
Und dann trat ein Unglück in ihr Leben. Das Mädchen musste zum Wyker Turnerbund gehen, allein musste sie auf der Landstraße von Boldixum nach Wyk laufen. Dort turnte sie mit anderen Kindern, sollte über eine Bank gehen, auf einer breiten Stange balancieren und den Purzelbaum lernen. Das konnte sie schon lange, aber hier nicht. Sie konnte nichts gut, wenn sie weg war von zu Hause, und sie hatte immer Angst davor.
Sie hatte den Weg gerade geschafft, wollte das Geld abgeben, so wie immer, wühlte in ihren Taschen, aber der kleine blaue Zweimarkschein war nicht mehr da. Sie drehte um und ging die Landstraße nach Boldixum zurück. Sie suchte am Wegrand, im Schneematsch zwischen den Grasbüscheln, das Geld musste doch hier irgendwo liegen. Sie kämpfte mit den Tränen. So konnte sie nicht nach Hause gehen, was sollte sie denn da sagen?

Da kam jemand die Straße hoch.
Ah, der große Bruder, ein Glück!
Hans war sofort bei der Sache. Er schaute überall herum, ging die Straße weiter, lief zurück bis zum Turnerbund. Dann sagte er: *Das Geld ist weg. Das hast du verloren. Aber komm, das macht doch nichts. Das ist nicht schlimm.*
Doch, das ist schlimm, die haben immer kein Geld, sagte sie. *Was soll ich denn machen, was soll ich Mutter sagen?*
Weißt du was? Du sagst einfach gar nichts zu Hause.
Aber ich kann doch nicht lügen!
Das ist keine Lüge. Das ist wirklich nicht schlimm. Vergiss es einfach und sag nichts. Dann merkt niemand etwas.
Von diesem Tag an gab es im Kopf eine schlimme Stelle. Immer wieder kam die nach vorn und störte die schönen Gedanken. Das ging nie mehr weg.

Immer noch war der Garten tief verschneit, sie hatte im Verborgenen unter dem Buchsbaum lauter kleine weiße Blüten entdeckt, fast noch im Schneematsch – völlig unerwartet, wie ein Geheimnis, blühten sie in der Wärme hier unter den Büschen, die ersten Schneeglöckchen.
Sie war schon sechs, und die Eltern sprachen so komisch, dass sich wieder etwas verändern würde, und es wurde viel geredet und getuschelt, und dann passierte das, wovon sie wohl gesprochen hatten.
Alle Kinder müssen zu Tante Hanna, weil sie hier im Haus heute nichts verloren haben, sagte der Vater am Morgen, die Mutter lag noch im Bett.
Vier Kinder hatten schlechte Laune, weil sie weggeschickt wurden, sie durften einfach nicht zu Hause sein, warum bloß?
Erst am Abend durften sie zurück. Komischerweise lachte der Vater, als sie ungeduldig ins Haus rannten, und wurde dann feierlich. Er führte die Kinder ins Elternschlafzimmer, da lag die Mutter im Bett und sah erschöpft aus, aber sie lachte auch.
Mit leiser, geheimnisvoller Stimme sagte sie: *Schaut mal her, was hier ist.*
Ein Baby lag neben ihr im weißen Gitterbett und hatte neben seinem Köpfchen – was war das denn?

Euer Brüderchen hat eine Tafel Schokolade vom Himmel mitgebracht, sagte die Mutter.
Das hätte es nicht besser machen können. Sofort wurde alles aufgeteilt. Das Mädchen schaute zur Mutter, die immer noch so strahlte und dabei so müde aussah. *Weißt du,* sagte es, *das macht ja nichts, dass wieder ein neues Brüderchen gekommen ist, du hast ja schon ein Helfemädchen.*
Sie verstand nicht, dass die Großen lachten, Tante Hanna war auch dabei, und die merkte sich das und erzählte es später dem Bruder, der gerade geboren worden war …

Wieder war also ein Brüderchen geboren, und die Mutter war nur noch mit dem Baby beschäftigt. Und sie mussten auf ein neues Baby aufpassen, der große Bruder und die große Schwester, jetzt hatten sie drei jüngere Geschwister, auf die sie aufpassen sollten. Das hatte ihnen die Mutter beigebracht, dass sie Hilfe brauchte. Das wusste das Mädchen schon, als ihr erstes Brüderchen geboren wurde, dafür hatte man eine Aufgabe, auf die man stolz sein konnte. Der jüngste Bruder hatte nämlich dann niemanden mehr, für den er der große Bruder sein konnte.

Es war immer noch Winter, da gab es ein großes Fest. *Zur Taufe eures neuen Bruders werden alle Bauern von Boldixum eingeladen,* sagte die Mutter. Erst alle in die Kirche. Am Taufbecken bekam das neue Brüderchen den Namen Oluf. *Diesen Namen gibt es nur hier auf der friesischen Insel,* sagte der Vater.
Und dann versammelten sich alle im Konfirmandensaal des Hauses, die Gäste strömten herein, die vier Kinder drückten sich am Rand herum, saßen natürlich abseits am Kindertisch sitzen und guckten sich um.
Der Saal war voll mit fremden Menschen. Es gab massenweise Torten. Die Frauen brachten große Torten mit. Die Mutter und das Hausmädchen hatten gebacken. Die Platten wurden an den langen Konfirmandentischen herumgereicht, und jeder nahm sich ein Stück und noch ein Stück – so viel, wie auf den Teller passte. Es war nicht zu fassen, was die alles durften.
Aber dann gab es Geschenke, und das Mädchen war sofort und eifrig

dabei, als die Mutter anfing, die vielen Geschenke auszupacken, es schnürte auf, half behände, schaute sich den Gabentisch an und sagte: *Guck mal, Mutter, das hat sich doch gelohnt. – Psst,* sagte die Mutter, *das muss man nicht so hinausposaunen.* Zum Glück lachte Tante Hanna, die dabeistand, und sagte: *Das ist eben unsere kleine Marielis, die denkt alles von der praktischen Seite.*

Später erfuhren sie, dass die Tortenschlacht friesische Sitte ist. Nicht ein Stück, nein, der Teller randvoll mit Sahnestücken und Gebäck, dazu Kaffee mit Sahne und später Schnaps. Das sei die große Festtagstafel für die friesischen Bauern, erklärte der Vater. Bloß, was hatten sie mit den Bauern von Boldixum zu tun, warum kamen die am Tag der Taufe des Babys alle in ihr Haus?
Der Raum hallte dunkel wider von den kehligen, rauen Stimmen, die Sprache verstand man nicht.
De snacken platt, weißt du, datt versteist du nich, erklärte ihr Hans. Er hatte einen Freund bei der Kinderfeuerwehr, Folki, der hatte ihm das beigebracht.
Dann wurde auch noch ein Kirchenlied gesungen. Der Posaunenchor schmetterte *Lobe den Herren, den mächtigen König der Ehren.* Der Raum war schon vollgequalmt von den Zigarren des Vaters, die stundenlang herumgereicht wurden. Flaschen wurden herumgereicht, die aussahen wie Wasserflaschen, aber da war was anderes drin, die Leute wurden immer lauter und lachten und sagten: *Nee, du, de Schnaps, de gehört man bannig daarbi, ohne dat geit dat nich …*
Hans konnte das so schön nachmachen.
Was geht nicht? fragte Ernst. Der musste immer nachfragen.
Die Kinder saßen zusammengestopft, irgendwie kriegten sie nicht genug ab, fanden sie. Sie hatten an diesem Tag nichts zu melden, obwohl das doch das Fest für ihr neues Brüderchen war. Das hatte die Mutter so gesagt. Aber das stimmte gar nicht.

Immer noch Winter, aufgeschreckt von Geschrei, Getrappel, lauten Stimmen, Klagelauten, aufgescheucht von einem durchdringenden Quieken rannte das Mädchen durch das Treppenhaus und wusste nicht, wohin. Aus der Waschküche im Erdgeschoss drang es ins Haus

hinauf. In den höchsten Tönen, laut und herzzerreißend quiekte es, war das etwa ihr kleines Hausschwein? Sie hielt sich die Ohren zu, rannte runter und versteckte sich im Studierzimmer unter dem Schreibtisch.
Warum schrie es so?
Als sie sich endlich hinauswagte und um das Haus herumrannte, hing da ein Tier in zwei Hälften auseinandergeschnitten an der Hauswand und tropfte! Blut, Wasser, Wasserbäche schwallten aus der Waschküche. Dort dampfte und brodelte es, die Stimme eines fremden Mannes, der in Gummistiefeln und weißer Gummischürze vor die Tür trat: *Haha, das Fleisch wird euch gut schmecken. Pass mal auf!*
War das ihr kleines Schwein?
Ja, das war es, sie lief zum Stall, der war leer, niemand hatte was gesagt!
Wo war die Mutter? Wie konnte sie das zulassen? Wusste sie das überhaupt?
Bis ins Tiefste erschüttert war das Mädchen, etwas zerbrach, und sie weinte verwundet.

Aber dann kam der Frühling, die Bäume wurden wieder grün, der Wind wehte sanft über die Wiesen, und die Lerchen standen oben in der Luft und sangen schon den hohen Sommerton. Da kam wieder dieser Drang, den umhegten Garten zu verlassen, der Sog, das verbotene Land aufzusuchen, das Marschland. Wo das Wasser hoch in den Gräben stand und der Himmel da unten hier und da aufblitzte. Es war die Entdeckungsgier, die sie antrieb, und auch die Angst und das Entzücken, wenn sie wieder ein Wasser fand, in dem das Gras wuchs und in der Tiefe die Wolken längszogen, oder waren das die Bilder der Wolken? Sie war sechs und schaute hinauf in den Himmel und wieder in die Tiefe.
Alles das wurde abgebrochen.
Die Kinder müssten die Spielsachen in große Kartons packen, sagte die Mutter, alles. Sie gingen hier weg, für immer. Sie würden jetzt in die Stadt ziehen.
Gab es deshalb das große Fest? fragte sie. *Ja, es war das Abschiedsfest der Familie, Abschied von den Bauern und Bekannten in Boldixum.*

Hans müsste auf eine andere Schule gehen, und – sie würde dann auch in die Schule kommen.

Die Mole war voller Menschen. Dichtes Gedränge. Die Kinder zwischen Gepäckstücken, fremden Menschen und Tante Hanna und Tante Anna. Und wer ihnen da alles die Hand schüttelte, jeder durfte einen an die Brust drücken. Der Posaunenchor spielte. Die Dampfersirene, lange und laut übertönte sie den Posaunenchor, der sich noch mal richtig anstrengte und laut dagegen an schmetterte. Aber der Wind zerriss die Melodie, sie wehte weg. Die Mutter drückte wieder ein Baby auf einem Kissen an die Brust, mit der anderen Hand winkte sie mit einem Taschentuch. Der Wind wehte es steil in eine Richtung. Es flatterte nicht freundlich. Sie brauchte es für die Augen.

Das Mädchen war sich nicht sicher, ob es gleich mitweinen sollte. Der Dampfer hatte abgelegt, bewegte sich rasch fort von der Mole und der Menschenmenge, die schon ganz klein war. Sie waren wieder auf See. Wohin denn nun wieder? *Es geht zum Festland*, sagten die Großen.

Im Hafen von Dagebüll gingen der Vater, die Mutter mit Baby und vier Kinder an Land. Sie bestiegen einen großen Eisenbahnwagen. *Wir fahren in eine Großstadt, die heißt Hannover,* erklärte der Vater.

Es war Frühling 1950, eben noch hatte der Wind sanft über die Marschwiesen geblasen, und die Lerchen hatten in der Luft gestanden und den Sommerton angestimmt, so war es eben gerade doch noch gewesen – oder? Ja, aber das war vorbei.

Prolog (2)

Im September des Jahres 1938 packte die junge Christa R. zwölf Teller, Bestecke und Gläser in einen Metallkoffer, dazu einige Gläser mit eingeweckten Bohnen und Birnenkompott, fein bestickte Stoffservietten und ein Tischtuch. In einen weiteren Koffer packte sie das Hochzeitskleid, weiße Schuhe. Auch einen Schleier - ein zartes, federleichtes Gewebe aus Musselin –, mit einem Reifen für den Myrtenkranz. Sie verpackte Gesellschaftsspiele, einen Anzug, Bettwäsche, Tropenhelm, knöchelhohe Stiefel gegen Moskitos und einige Leinenkleider.
Mit diesen Koffern bestieg sie das Schiff von Genua nach Bombay. Mit ihr fuhren zwei Missionsschwestern. Auf einem Foto sieht man die jungen Frauen auf dem Dampfer, wie sie behaglich in Deckchairs sitzen und Tee trinken.
Im November erreichte Christa Madras. Dort erwartete sie der Frieder. Sie heirateten im Dezember 1938.

Im September des Jahres 2009 räumte Marie den Schlafzimmerschrank der Eltern aus. Im untersten Fach fand sie eine verknüllte Tüte aus knisterndem Zellophan, die war ganz leicht. Ein zartes, leicht vergilbtes Knäuel von Musselin lag da, darin ein trockener Myrtenkranz an einem Reifen. Ein Kinderkleidchen und das Taufkleid nahm sie mit. Der Schleier der Mutter - der kam nun weg. Mit ihm wanderten Bettwäsche, Tischtücher und Servietten, Gläser, Porzellangeschirre aus dem Haus. Sie kamen in die Autos der fünf Kinder. Das blaue Service bekam die Enkelin in Berlin, die Goldrandtassen wollte eine andere in Hamburg …
Am 30. September 2009 schloss die Tochter das Elternhaus ab. Es war der dreizehnte Umzug der Familie. Der letzte. Ein Auszug. Vier Autos und ein Trecker mit Anhänger standen in der Einfahrt - voll beladen mit Möbeln, Koffern mit Wäsche und Geschirr, Lampen, Hausrat, Kartons mit Fotoalben, Jahreskalendern, Diakästen, Briefen und Dokumenten.

Christa lag seit einem Jahr auch auf dem Südfriedhof unter den alten Douglastannen, neben ihrem Frieder. Dort hatte sie ihn siebzehn

Jahre zuvor begraben lassen, kurz bevor er achtzig geworden wäre.

Harald machte am Tag des Auszugs zum ersten Mal Fotos von dem Ort, an dem der weiße Bungalow als Alterssitz der Eltern seit 1970 stand. Zuvor hatte er Möbel und Hausrat auf einen Bauernwagen gehievt. Jetzt sprach er vom *Auszug der Kinder Israels aus Kanaan.*

Elternhaus zwei: Hinterhof, die Stadt

Ihr Zuhause lag 1950 in einer Trümmerstadt. Die Familie hatte eine Etagenwohnung in Hannover bezogen. Das zweite Elternhaus befand sich im dritten und vierten Stock eines Wohnhauses in der ausgebombten Ellernstraße.
Fremd war diese Wohnung, über ein kaltes Treppenhaus in den vierten Stock, da schlief das Mädchen mit drei Brüdern im Kinderschlafzimmer. Die Eltern wohnten im unteren Stockwerk. Bei ihnen durfte nur das Baby sein.

Es gab einen Hinterhof, eine Sandkiste, einen hohen alten Baum und sieben weitere Kinder. Der Kollege des Vaters war mit seiner Familie in die Parterrewohnung gezogen. Streifzüge musste man auf der anderen Straßenseite unternehmen, in den Trümmerfeldern, zwischen den Mauern ausgebombter Häuser.
Über Erdhügel zwischen Unkraut und Büschen, auf ausgetretenen Pfaden, die auf und ab und tief in unterirdische Kellerräume führten, suchten die Kinder Unterschlupf, stiegen auf brüchige Erdaufschüttungen und blickten in neue Schlünde. Das Spielen war hier streng verboten. Aber zwischen Mauerresten und Treppenstufen konnte man sich ein Haus einrichten und eben doch spielen. Es roch kräftig nach Kamille, überall Büschel von Brennnesseln und Giersch, alles das könne man essen, hatte die Mutter erklärt, aber das Kraut war immer staubig.

Bald kannte man den Weg zum Milchholen. Mit der verbeulten Milchkanne lief das Mädchen durch den schmalen Vorgarten, ging die Straße rechts hoch, dann musste man links abbiegen und kam zum Milch- und Krämerladen. Die Verkäuferin stellte die Kanne unter einen großen Hahn, zog einen Hebel herunter, und die Milch floss in die Kanne, dann fragte sie: *Wie heißt du denn, kleines Fräulein?* Sie wusste nie, was sie antworten sollte, wenn man sie nach ihrem Namen fragte. Jeder nannte sie anders in der Familie, es war aber nicht ihr richtiger Name. Trotzdem kriegte sie Brausebonbons geschenkt und kam – nach einem kleinen Umweg über das Trümmerfeld – wieder im Vorgarten des Etagenhauses an. Auf der Straße hörte sie das Lied und lernte es bald auswendig, aber sie wusste nicht, wovon da geredet wurde:

Maikäfer flieg.
Der Vater ist im Krieg.
Die Mutter ist in Pommerland.
Pommerland ist abgebrannt.
Maikäfer flieg.

Seitdem die Familie in der Großstadt lebte, musste das Mädchen einen neuen Weg gehen, jeden Tag, hin und zurück, allein.

An Vorgartenzäunen entlang die Straße hinunter, dann unter einem dunklen Bahntunnel durch, spannend die blühenden Büsche an der Böschung dahinter, eklig die viele Hundekacke. Weiter an den Bahngleisen entlang bis zu einem großen Backsteingebäude, das war ihre Erich-Kästner-Schule, und sie ging in die erste Klasse zu Fräulein Dillschneider. Als allererstes lernte sie ihren richtigen Namen. Ihre Mutter hatte ihr eingeschärft: *Wenn dich Fräulein Dillschneider fragt, wie du heißt, musst du sagen: Ich heiße Marie-Elisabeth.*

Sie war froh, dass sie in der Schule einen richtigen Namen hatte, Fräulein Dillschneider auch, glaubte sie.

Die war jung und fröhlich. Die gefiel ihr. Bei ihr lernte sie die Buchstaben für ihren Namen. Alle Buchstaben lernte sie.

Groß, rätselhaft und herausfordernd standen diese Figuren an der Tafel. *Sie sind das, was man spricht*, hatte Fräulein Dillschneider erklärt, und sie sollte diese Dinger ins Heft malen. Das war das Schreiben. Dann musste sie auch sprechen, was im Heft stand. Das

war das Lesen. Überall begegneten ihr plötzlich diese Figuren, sie blickten groß und schön gerade ganz oben von der Straßenbahn herab und auch von den Straßenschildern.
Wann immer jetzt diese Zahl oben auf der Straßenbahn auftauchte und der Schriftzug des Straßennamens, hatte sie wieder das Gefühl, das sie am Anfang bei diesen Zeichen gehabt hatte. Die strenge Anweisung der Buchstaben an der Tafel. Diese Figuren musste man selbst schreiben können. Die konnte man dann lesen. Und die bedeuteten etwas. Und das blieb. Man las das so, wie es dastand, und das wusste man dann. Es war eine ganz besondere Aufregung, dass sie nun das Schreiben lernte und das Lesen. Sie fühlte die Freude der Entdeckung, aber auch die Anspannung, bloß alles richtig zu machen.

Der Sommer kam. Und Ferienzeit, das war etwas ganz Neues. In Hannover war das Jahr Schulzeit geworden, alles hatte sich damit verändert, Tag für Tag führte der Weg als Erstes in die Schule, das Jahr bestand aus Schulwochen, Sonntagen, Zeugnissen, der Frage des Weiterkommens, aber dann, irgendwann gab es Ferien …
Der Sommer war Ferienzeit, Verheißung auf etwas Besonderes, Aufbruch.
Vor allem brauchen sie gesunde Bergluft, hatte die Mutter einmal zum Vater gesagt, da war das Mädchen schon neun. *Ja,* sagte der, *ihr fahrt los, ich komme nach, erst mal ist Weltbundtagung.*
Deshalb saß die Mutter an einem Tag im Juli allein mit vier Kindern im Alpenexpress nach Oberstdorf. Sie reisten ins Allgäu, das war das Zauberwort.
Dort saßen die Kinder in der gesunden Bergluft an einem Tisch unter dem Apfelbaum und tranken die *Milch von der Alm*, so sagte das die Bauersfrau, bei der sie wohnten. Dann schnitt sie den Käse auf.

Die Mutter ist jung und sehr hübsch. Sie trägt ein weiß-blau geblümtes Sommerkleid, lässig und leicht, ohne zu schwitzen, das bunte Kopftuch wie immer keck nach hinten, unter das hochgesteckte schwarze Haar gebunden. Selbstbewusst und zufrieden schaut sie herum. Drei Jungs in Lederhosen, das Mädchen im Dirndl, den

Hut, den der Vater immer in der Stadt trägt, über den Kopf gestülpt. So stehen sie da, vor der Sennerhütte auf der Almwiese, es ist ein fröhliches Foto. Und wo war das jüngste Brüderchen? Die Mutter hatte es einfach zu Hause gelassen, wahrscheinlich bei Tante Hanna oder beim Dienstmädchen. Oluf sei noch viel zu klein, um mitzuwandern, so hieß es.

Ja, und dann auf den hohen Berg, den man beim Essen im Garten immer schon betrachtet hatte. Der Vater war angekommen, deswegen sollten sie jetzt diesen Berg besteigen. Der Weg führte durch einen Bergwald mit hohen Föhren, immer weiter ging es hoch, bis zu den Wiesenhängen mit tausend Alpenblumen, genauso, wie sie das in Heidi gelesen hatte.

Die sprang auf so einer Alm herum, aber das andere Mädchen, die Clara, konnte nur im Rollstuhl herumgefahren werden, furchtbar. In allen Büchern waren die Kinder oft traurig, die einen bekamen nur Kartoffeln zum Mittagessen, die anderen, die kleinen Kinder, mussten immer früh sterben, andere wurden krank, immer wieder musste sie solche Sachen lesen. Hier aber lachte die Sonne, die Mutter lachte, die wirkliche Alm war fest, grün und voller Blumen, alles war hell und leicht, bergauf, bis sie alle oben auf dem Berg standen, der den Namen Mittag trug.

Niemand wollte in diesem Sommer zurück, niemand wollte wieder in die Trümmerstadt. Aber die Mutter hatte das jüngste Brüderchen zu Hause gelassen, natürlich mussten sie zurück.

Es saß im Kinderwagen, war dick und rund, hatte wohl schon gewartet und lachte freundlich, als es herausgehoben wurde und losstolperte. Es hieß Oluf, aber die Kinder hatten es Möppi getauft. Möppi bekam Zähne und weinte viel. Das Mädchen sollte die Karre in der Wohnung herumschaukeln.

Bei dir war das noch viel schlimmer, sagte die Mutter. *Du hattest große Schmerzen, als deine Zähnchen kamen. Der Vater hat dich immer herumgetragen, unermüdlich, viele Stunden lang am Tag, immer um den Berg herum.* Wann war das denn? Wo war das?

Er ist mit dir um eine hohe alte Burg gegangen, erzählte sie, *das war in Indien.*

Der Hinterhof war im Herbst düster und kühl.
Bis zu diesem Tag des Schreckens!
Sie stand neben der Mutter im Wohnzimmer, an der Kinderkarre, nervös ließ die Mutter das jüngste Brüderchen auf und ab wippen, dabei lauschte sie nach draußen.
Der Wind heulte um die Häuser, der große Baum vor dem Fenster wurde hin- und hergeworfen, es tobte, als ob das Haus zitterte. Und dann wurde es plötzlich still. Ein schreckliches Geräusch, der Wind raste in die Tiefe, es wurde dunkel im Zimmer, die Mutter schrie auf, der Baum stürzte und fiel und fiel, nein, nicht ins Zimmer, aber quer durch alle Hinterhöfe krachte es, der Baum lag auf dem Boden.
Die Kinder hatten dann einen dicken Baumstamm zum Spielen und Klettern. Das war die Windhose, so nannten die Erwachsenen diesen Sturm.

Im Frühling die Eilenriede. Der Stadtwald war groß, unübersichtlich und hatte viele Hunde und Fahrradfahrer. *Niemals dürft ihr alleine hier langgehen,* befahl die Mutter, *der Wald ist gefährlich.* Und trotzdem, der gefährliche Wald barg das außerordentlich wichtige Scharbockskraut. Sobald ein Erwachsener Zeit hatte, gingen alle gemeinsam dahin, und die Kinder sollten die Kräuter pflücken, weil die Vitamine so wichtig für ihre Gesundheit waren. Zwei Hände voll brachten fünf Pfennige, damit konnte man im Milchladen Brausebonbons kaufen.
Eines Tages kam ein fremder Mann zu Besuch, und die Eltern sagten glücklich: *Das ist unser lieber Bruder Heinrich, euer Onkel Heini, der ist nun endlich aus der Kriegsgefangenschaft zurück, der war in Russland, und jetzt wohnt er eine Weile bei uns.* Von da an ging Onkel Heini mit ihnen in die Eilenriede, weil er sonst so allein war. In der Eilenriede waren viele Leute. Es wurde viel gequatscht und neugierig hergesehen, was sie da machten. Eine Frau sprach das Mädchen an und sagte, dass es bloß nicht mit fremden Onkels mitgehen solle. Was sie nur hatte? Sie gingen doch mit Onkel Heini spazieren. Sie guckte ihn vorsichtig von der Seite an, und ein bisschen unheimlich wurde er ihr, weil sie ihn ja gar nicht kannte.
Ernst wusste aber Bescheid: *Weil er so mager aussieht und traurig ist und so wenig spricht. Der kommt ja aus dem Krieg.*

Im Sommer brachten die Eltern die Kinder nach Albersdorf und setzten sie bei der Oma ab, in einem kleinen neuen Haus. Da begann wieder das Glück, der Aufbruch in die Sommerferienzeit.
Der Vater zeigte ihnen noch rasch den Weg durch den Garten bis zu einer kleinen Holzpforte. Die öffnete man, und schon war man im Wald. Ein Aussichtsturm stand dort, der hoch über die Kiefern hinausragte. Man betrachtete ihn sehnsüchtig, aber der Vater sagte beim Abschied: *Das ist strikt verboten!*
Der Wald war in Wirklichkeit ein wuchernder, warmer Urwald, vielleicht wie das Paradies, sie erschauerte, bestimmt war der auch verboten. Die Brüder ließ sie zurück, ganz allein ging sie immer tiefer in den Wald hinein, und da sah sie ein Meer von zartem Rot, von der Sonne beschienen blühten hier unten auf einer Lichtung die roten Waldröschen. Die heiße Sonne und diese Lichtung mit den Blumen, das war das Schönste, was sie jemals gesehen hatte.

Aber die Nächte auf der Chaiselongue im dunklen Schlafzimmer der Großeltern, gegenüber von den großen zwei Betten! Der Opa war schon tot, und die Oma wusch sich jeden Morgen, noch im Dunkeln, mit kaltem Wasser ab, das tat sie am Waschtisch, auf dem eine Schüssel und die Kanne mit Wasser stand. Das Mädchen wusste nicht, ob es die alte, hagere Frau mit den eingefallenen Brüsten sehen durfte. Sie wollte das auch gar nicht sehen, aber sie musste doch unter der Decke hervorgucken.
Schnell aufstehen, in den Garten rennen, zu den Beeten und durch einen hoch wuchernden Dschungel von Erbsenbüscheln und Bohnenstangen weiter in den geheimnisvollen Kiefernwald, Blaubeeren pflücken, weiter in die Tiefen, aber das war ja verboten, und von fern hörte sie Stimmen aus dem Garten, *wo is Malis*, klagte Ernst. Die Oma: *Komm, wir suchen Marielis.*
Diese Waldröschen und der hohe Farn blieben in Erinnerung, als sie zurück in die Stadt musste.

Seitdem sie in der Stadt lebten, lautete die Parole: *Raus aus der Stadt, hinaus in die gute Landluft.* Sieben Leute quetschten sich in den Dienstwagen, dann ging es in die Berge südlich von Hannover, zum Ith oder zum Deister. Dort angekommen, band die Mutter ihr

Kopftuch nach hinten unter das hochgesteckte Haar, hängte sich die Proviantasche um, hielt Oluf an der Hand und sang: *Aus grauer Städte Mauern ziehn wir durch Wald und Feld.* Das bedeutete, alle durften sich jetzt nur noch freuen, und wenn sich die Jungs stritten, knufften, alberten, frech wurden oder wegrannten, dann stimmte sie einfach das nächste Lied an und sang im frischen hohen Ton: *Im Frühtau zu Berge wir ziehn, fallera … Sing doch auch mal mit,* rief sie dem Vater zu, als der allein wegtobte und mal richtig die frische Luft genoss und die Baumstämme prüfte.

Kurz darauf schleppten vier Männer ein Ungetüm in die zweite Etage: Eine schwere, riesengroße Kiste aus Holz, stabil zugenagelt und mit der fremdländischen Aufschrift *INDIA* versehen, mit seltsamen Stempeln und beschmierten, halb zerrissenen Zollpapieren beklebt. Das war eine Aufregung, *da kommen ja unsere Sachen, endlich kommen alle unsere Sachen aus Indien,* rief die Mutter und musste weinen. Indien, wieso, warum? *Wo ist das*, fragten die Kinder. Der Vater holte Werkzeuge, stellte einen Hocker hin und stemmte den Deckel aus Holzlatten hoch.

Hans stieg auf den Kistenrand und holte mit dem Vater zwei Holzsessel heraus, Sitzfläche und Rückenteil mit Segeltuch bespannt, einen geschnitzten kleinen Tisch. *Den kann man aufklappen,* sagte der Vater, *der ist aus Rosewood, so heißt das.* Rosewood, das klang fremd und schön.

Hier ist noch ein Tisch zum Aufklappen, den hatten wir auch im Lager, der hat ein Schachbrettmuster aus Elfenbein, sagte der Vater, gleich in das Holz hineingearbeitet. – *Lass doch mal sehen,* sagte Ernst, *der ist schön. – Hier sind noch viele kleinere Kartons,* sagte der Vater, *die sind für Mutter. Da ist nur Geschirr drin.*

Woher kommen diese Sachen? fragte das Mädchen.

Diese Kiste kommt aus Purandhar. Wir haben ja im Lager gelebt, sagte die Mutter.

Was ist ein Lager? fragte sie. – *Du bist im Lager geboren. Hier siehst du das Haus.*

Die Mutter holte ein Buch aus den Kartons, das hatte einen Umschlag aus rötlichem Holz mit schönen Intarsien. *Hier, in diesem kleinen Haus bist du geboren,* erzählte sie. *Es gehörte zu dem Familienlager.*

Marie erschauerte bei dem Gedanken.
Sie war dabei gewesen. Sie war wirklich in Indien gewesen. Das war nicht eine erfundene Geschichte wie die anderen, die Mutter erzählte.

Diese große Indienkiste stand fortan leergeräumt auf dem Dachboden und war ein Ort mit magischer Anziehungskraft. Hans zeigte den Geschwistern, wie das ging, und Marie war die Nächste, die sich unter dem schwachen Licht der Dachluke zwischen Rückwand der Indienkiste und Dachschräge einen Verschlag abtrennte, mit großen Tüchern die Sicht versperrte und dahinter ihre Lieblingssachen versteckte. Die beiden jüngeren Brüder machten das bald nach. Hier konnte man in Ruhe Doktor spielen, einer musste sich ausziehen und der andere durfte untersuchen. Das Mädchen hatte alles, was dazu nötig war, auch Tücher zum Verbinden, ein Rohr zum Abhorchen. Es war nicht schlecht, wenn man der Doktor war, aber jeder kam mal dran und musste sich ausziehen und sich berühren lassen, das machte einen kribbelig vor Spaß und Spannung. Oder die Sitzbadewanne in der Waschküche im unteren Stockwerk, herrje, war das ein guter Platz für diese Untersuchungen, hier war man ungestört, das Wasser rieselte warm, heimlich und schnellschnell, weil die Mutter da gelegentlich hereinkam. Das steigerte den Spaß. Natürlich durfte niemand davon wissen.
Jeden Abend gab es aber diesen ganz bestimmten Moment des Tages, der schwierig war, ja, recht besehen, eine schwere Last. Wenn man sich ins Bett gelegt hatte, setzte sich Mutter zu jedem Kind. Zuerst das Nachtgebet, dann wollte sie was hören vom Tag, ob man lieb gewesen war oder gerade mal nicht. Darauf wartete sie, lügen durfte man nicht. Dachboden und Sitzbadewanne wurden ein Ungetüm im Kopf.
Irgendwann, als es gar nicht mehr aus dem Kopf rausging, wusste sie, dass sie der Mutter davon erzählen musste, erst dann würde es im Kopf besser werden. An einem Abend nahm sie sich zusammen und sagte tapfer: *Wir haben uns ausgezogen und in der Sitzbadewanne gespielt*, ganz leise und wurde rot und war schon erleichtert, die anderen hatten nichts gehört, glaubte sie, und jetzt war es raus.
Merkwürdigerweise blieb die Mutter ganz ruhig, sie sagte kein Wort

dazu. Sodass Marie sich sogar noch traute, ihr zu gestehen, dass sie ihre Schulfreundin manchmal an ihrem Eis schlecken ließ. Das war den Kindern nämlich *strikt verboten*, keiner wusste, warum.

Und dann wieder das magische Wort Indien, sie durfte ihren allerersten Kinofilm sehen. Weil sie ja in Indien geboren war. *Er handelt von einer Kobra. der gefährlichsten Schlange in Indien,* hatte die Mutter erklärt. *Den Schlangenbiss überlebt man nicht.* Warum bloß, warum redete die Mutter von solchen Sachen? Immer war es Indien, wovon die Großen sprachen, und dann entstanden unheimliche Bilder im Kopf, aber in Wirklichkeit war das ja wahr, sie war dabei gewesen!
Ein Bild konnte sie fast nicht aushalten und nie, niemals vergessen: Ein Mann und eine Frau saßen einander gegenüber, auf schönen Sesseln unter Palmen. Sie blickten einander an, sie schwiegen. Es war etwas Ernstes, Eindringliches, eine Liebe, eine Flöte, eine sehnsüchtige Melodie, herzzerreißende beschwörende Klänge schwebten durch den Raum. Ein magischer Blickkontakt, in den man hineingezogen wurde, die klagenden Laute der Flöte noch dazu. Das war der erste Film, den sie gesehen hatte, sie war zehn. Er hieß Der Strom. Irgendwann gab es später eine Spur zu diesem Film von Renoir, einem Kunstfilm der frühen fünfziger Jahre.

Und noch ein Bild hat sich festgesetzt, der Großpapa, der sich ans Klavier setzte und in die Tasten haute und mit lauter Stimme Choräle schmetterte, dass es einem in die Glieder fuhr und man erschrak.
Büschel von Glyzinien, ein Haus, das über und über von blauen Glyzinien umrankt war, bis hoch unter das Dach, das war das Haus der anderen Großeltern. Zu denen sollte sie unbedingt ohne die Eltern verreisen, auf den jüngeren Bruder musste sie allein aufpassen. Ganz allein im Zug nach Bad Kreuznach, wie stellte die Mutter sich das vor? *Die Frau von der Bahnhofsmission wird euch beim Umsteigen helfen, den richtigen Zug zu finden*, sagte sie ungerührt. *Und dann holt euch ja der Großpapa ab.*
In Wirklichkeit waren sie viel allein. Ganz oben im Haus schliefen sie, weit weg von den Erwachsenen, und niemand merkte, dass sie nie einschlafen konnten, deswegen musste sie nachts allein

Zuckerwasser holen, die Treppe runter und in die Küche schleichen, damit die fremde Frau sie nicht entdeckte und bestrafte. Es war ja alles verboten …

Aber wenn der Tag kam, wanderten sie mit dem Großpapa in die Weinberge bei der Nahe, das war schön, weil er sich bei der ersten Bank niedersetzte und Schokolade aus seiner Jackentasche holte. *Die ist für den jähen Hunger, der einen plötzlich überfällt,* sagte er und lachte, *den haben alle in der Familie.*

Dann wieder in die Salinen und doll ein- und ausatmen, das war wichtig, aber kaum waren sie zu Hause, musste sich der Großpapa sofort ans Klavier setzen und schon wieder mit lauter Stimme singen und einen Choral in die Tasten hauen. Dabei griff er ihr aus Versehen unter den Rock, und seine Hand war in ihrem Höschen, und er sang noch lauter, das war für ihn ganz normal, einfach so. Deswegen hatte sie schreckliches Heimweh.

An einem Tag im Mai 2009 – als alle Geschwister wegen des Hausverkaufes um den Tisch im Elternhaus saßen und Geschichten erinnert wurden, erzählte Ernst, dass sie beide vor lauter Heimweh jeden Tag Briefe an die Mutter geschrieben hätten. Aber die wären nie angekommen. *Mutter hat die nicht gesehen, das habe ich später rausgekriegt*, sagte er. *Ich habe diese Brieflein in einem unfrankierten Umschlag gesehen, als ich die Schränke ausräumte,* ergänzte ich, *vielleicht hat Mutter den im Nachlass ihres Vaters gefunden, wer weiß das so genau …*

Stille Tage im Midi (1)

Juli 2010. Es ist paradiesisch schön. Der helle Kieselsteinhof, das Licht, die dicken Mauern aus Bruchsteinen, die den Garten einhegen, so wie es notwendig ist, wenn man in der Garrigue wohnt, wo die Wildschweine gleich nebenan leben. Hinter ihrem Schutz blühen Oleanderbüsche und Lilien.

Unser Haus liegt im südfranzösischen Bergland.
Hier gibt es Felsplatten, die aneinanderstoßen. Gestaffelt steigt die Felslandschaft in Bänken und Gesimsen an, nur spärlich von Erde bedeckt ist der steinige Untergrund. Steine häufen sich auf, wenn man dieses Gebiet beackern will. Steine müssen aus dem Boden gesammelt werden, so haben es die Bauern gemacht.
Aus dem Kalkstein des Jura ist dieses Haus gebaut worden. Hier leben und arbeiten wir, von Zeit zu Zeit.
Es ist heiß, es duftet, die Luft ist angefüllt mit Zikadengeratsche und der tiefen Stille auf dem ‚Gras de Naves'. Entrücktheit in den Hügeln und der Blick auf Zypressen, Steineichen, Kermeseichen und Buchsbäume. Okzitanisch heißt die Kermeseiche *Garoulia*, auffallend sind die gezackten, oval geschnittenen immergrünen Blätter. Hart und dornig ist diese Garoulia, es heißt, dass die Pflanzengesellschaft *Garrigue* nach ihr benannt wurde.

Es ist die schönste Zeit im Mittelmeerraum, die Wärmegerüche am Tag, die samtweichen, duftenden Nächte. Margret ist angekommen, wir beziehen die Betten für die Gäste, am nächsten Tag beginnt die Wanderwoche.
Aber erst noch rasch in die *Pépinière*, ich brauche auch in diesem Sommer die grellen Farben der kleinen struppigen Blüten mit dem aufdringlich stinkig-krautigen Grün, zwölf Töpfe Tagetes. Und dann, ich lese und stutze: *Rose d'Inde* steht auf dem Schild! Wie kommen die Franzosen auf den Namen „Rose Indiens"? Aufblitzend ein Begreifen … das waren die Blüten, die das Kind damals in Indien gepflückt haben muss, um die Puppe damit zu schmücken …

Das Ereignis war zum Running Gag der Familie geworden, diese Geschichte, die von der Mutter wieder und wieder erzählt wurde: *Vater hat den Puppenkopf aus Holz geschnitzt, das schwere Ding wurde überall hinterhergezogen und das gleiche Ritual gespielt, im Garten die gelben Blüten und eine Blüte oben und eine unten, eine Kerze links und so weiter …*
Warum muss das Kind unbedingt Aufbahrung spielen? fragte sich die Mutter jedes Mal, und damit war die Sache erledigt.
Irgendwann war die Puppe Holzkopf verschwunden. Ich lebte in der Vorstellung, dass der Bruder sie in den tiefen Brunnen geworfen hatte. Wahrscheinlich hatte man sie aber einfach mal verschwinden lassen.

Zwei Tage später wandern wir durch die Schlucht des Granzon, hangeln uns über die Wasserläufe und klettern in die Gewölbegänge der Quelle Fontaine Vedel, trinken unter den Platanen eines alten Dorfes *un petit crème* und schauen beim Boule-Spiel zu. Auch noch die sechs Stunden über den Mont Lozère. Dann brauchen die Gäste einen Ruhetag, Johann macht die Einkäufe, ich schlage die *rouille* auf, das ergibt einen Klecks Safrancreme in die Fischsuppe. Auf der Terrasse mit unseren Gästen bis tief in die Nacht, mit viel Rotwein und Gesängen.
Noch ein Tag im Granit des Chassezac, in die Badegumpen und auf die kargen Flächen des Hochlandes, Quellgewässer gluckern durch Moose und Binsen, die Heide blüht, Granitblöcke liegen herum, die gedrungenen Häuser von La Garde Guérin aus schwerem Stein.
Dann reisen die Gäste ab, wir sind wieder allein. *Grasse matinée*, schlafen, plaudern beim Tee, trödeln bis in den späten Vormittag. Mistral weht festlich um das Haus, der Himmel ist lichtblau, gestochen scharf sind die Konturen der Berge. Süß und frei liegt der Tag vor uns.
Unter der Flaumeiche duschen, sonnenbaden, vertrocknete Oleanderblüten ausschneiden. Hier und jetzt planen wir den Beginn des Endes der Arbeitszeit. In der Hitze des Mittags sitzen wir hinter geschlossenen Fensterläden auf dem Bett, trinken Darjeeling und legen den ersten Oktober als Datum fest. *Wir sind schon in der Zielgeraden*, sagt Johann, *der Job zerbröselt. – In sechs Wochen kann*

ich mit ersten Zahlungen aus meinem Elternhaus rechnen, sage ich. Erst recht genießen wir jetzt, dass wir das Haus nur noch zur eigenen Benutzung haben.

Aber die Nachrichten in den Zeitungen! In Griechenland tobt in der heißesten Zeit des Jahres ein Generalstreik. Die Leute protestieren auf den Straßen gegen die radikalen Sparbeschlüsse ihrer Regierung. Die Troika prüft schon wieder vor Ort die Haushaltslage, die zweite Tranche des zugesagten Hilfsprogramms wird zurückgehalten.
Warum wird den Griechen diese Schrumpfung ihrer Wirtschaft aufgehalst? Was haben die denn falsch gemacht? fragen wir uns.
Vor drei Jahren musste man zuschauen, wie die Pleite einer Bank in den USA reihum Geldkapital vernichtete, nicht nur Lehmann's Brothers, sondern kleine Leute, die ihre Häuser nicht mehr bezahlen konnten, erst richtig in Armut stürzte.
Nicht nur weltweit geschah das, auch die eigenen kleinen Geldvermögen zerplatzten, man fasste sich an den Kopf und grübelte über Dominoeffekte und darüber, wie es angehen konnte, dass jeder um seine Geldanlagen und Wertpapiere, Ansparungen für Renten fürchten musste, weil in den USA .... Ein übermächtiger Schrecken, eine neue Krise, die wieder in jede Lebenslage hineinwirkt.
Wie ist es zu begreifen, dass Staaten ausgerechnet um das Wohlergehen ihrer Banken fürchten? Ja, dass sie sogar mit Milliardenbeträgen ihre Banken retten müssen? Und es tun, damit die wieder das machen, was höchstnotwendig ist: Firmen durch den Kredit, den sie brauchen, weiter agieren zu lassen.
Also dafür verschulden sich die Staaten?
Und prompt passiert das, was nun endgültig „ungerecht" ist. Die Ratingagenturen nehmen die staatliche Geldaufnahme an den Finanzmärkten unter die Lupe, prüfen völlig unbeirrt und „unverantwortlich", ob die Staaten die Finanzmittel, die sie für ihren Haushalt brauchen, auch wirklich zurückzahlen können. Das Urteil dieser Agenturen treibt die Zinsen hoch, das ist normal und entspricht der üblichen kapitalistischen Rechnungsweise.
Staaten müssen sich vorm Finanzkapital blamieren, soweit kommt es dann. In diesem Jahr, 2010, steht ein Staat vor der Pleite, an der Peripherie der Europäischen Union, weit weg – aber er gehört zu

„uns“ und reißt alle mit? Was ist den Griechen passiert?
Die Spekulanten sind gegenüber den griechischen Staatsanleihen misstrauisch geworden, treiben die Risikoaufschläge hoch, die Papiere werden immer teurer, die Wiederaufnahme von Geld am Markt wird der Regierung fast unmöglich gemacht, sie kann die aufgelaufenen Schulden nicht zurückzahlen. Die andere Seite dieser Finanzgeschäfte gerät ins Schwanken, die Käufer der griechischen Staatsanleihen, die bisher als sichere Papiere galten, die Gläubigerbanken in der EU, allen voran das mächtige Deutschland, die kommen in Schwierigkeiten?
Sie haben die griechischen Verbindlichkeiten als Guthaben verbucht, darauf sind neue Kreditpakete geschnürt worden, reihum geht es jetzt los, dass Misstrauen einkehrt, weil ein Staat am Mittelmeer seine Schulden nicht zurückzahlen kann? Wie hängt das zusammen? Warum sind die Banken denn so „systemisch“, dass Staaten die jetzt plötzlich retten müssen?
Darüber diskutieren wir in diesen Sommertagen in großer Runde. Die beiden Töchter unserer Freunde sind gekommen, abends kochen sie für uns, und wir reden uns die Köpfe heiß, die Nächte bringen Kühlung und sehr spät auch den Schlaf …

Diese Nacht ist warm, beschwingt, duftend, wir feiern auf den unteren Wiesenterrassen, Ernst hat Geburtstag. Griechische Schlagermusik tobt, es wird getanzt und gesoffen, gegen drei fahre ich unsere Leute um gefühlt tausend Kurven durch die Wälder und über die Flüsse auf das Plateau de Naves.
Sonnenbeschienen der Tee im Bett um zwölf Uhr mittags, langsam aufstehen und ganz langsam Stein für Stein, heute die Mauer im Nordgarten aufbauen, weil hier immer noch die Schweine durchkommen. Das trockene Laub der Flaumeichen zusammenharken, Staub und Schweiß im Gesicht.

Erst gegen fünf beim Tee im schattigen Garten unsere Pläne auf die Reihe bringen. Immer noch knattert der Wind in den Palmen, es ist die richtige Zeit.
Wir erwarten die Malerfreunde, die aus Hamburg angereist kommen, die Küche duftet schon, *poulets aux quarante gousses d'ail* köcheln im

gusseisernen Topf. Alle, auch die französischen Nachbarn Beatrice und Michel, sitzen zusammen beim Essen auf der Terrasse.
Und wieder stürmische Begrüßung, als ein paar Tage später an der Wegeinfahrt der große weiße Bulli antuckert. Jetzt auch noch Katrina und Klaas. Sie kommen aus den Ecrins, waren dort wandern und haben noch etwas Zeit übrig. Wir haben Karten bekommen für ein Bandoneon-Konzert mit Galliano. Auf Wolldecken am Kieselstrand der Beaume, Weißwein süffeln und lauschen. Johann drückt mich an sich: *Stell dir mal vor, wieviel Zeit wir in Zukunft für so etwas haben werden …* Von den Felswänden des Flusses und unter Vollmond klingt der argentinische Tango herüber.

Später in der Nacht, als alle schlafen, trete ich vors Haus. Dunkel liegt der Garten, wispernd vor Nachtgeräuschen, nur einige Sterne funkeln, schwerer Geruch der Sommernacht. Dunkel und süß duftet warme Luft, wie ein Geheimnis ist diese Süße in der Dunkelheit. Voller Erinnerungen, erregend ist dieser Nachtgeruch des Südens. Er kommt aus der Feuchte der Nacht. In der Hitze des Tages, wenn die ätherischen Öle aus den Kräuterbüscheln freigesetzt werden, riecht es krautig-herb, jetzt, in der Nacht, duftet es süß.
Zurück in das alte Haus. Es ist still. Was haben wir uns dabei gedacht, ein eigenes kleines Haus in dieser Einsamkeit zu bewohnen, Grau in Grau aus Bruchstein von Jura-Kalken? Es hat nur Außentreppen, und wenn es regnet, sind die Steine sofort schwarz vor Nässe. Aber es gibt einen Garten, Nachtschattengewächse, schweren Geruch, Tomaten wachsen üppig in Pflanzkübeln mit guter Gartenerde.
Schon ganz früh begann diese Liebe. Es gab so einen Garten, als ich fünf Jahre war, als ich neun war, gab es wieder einen Garten. Vor unseren Augen reiften wirkliche, echte rote Tomaten und Erdbeeren heran, das und noch viel mehr wuchs in dem Garten, der dann kam.

Elternhaus drei: Garten mit Haus in Herrenhausen

Sommer 1953. Als der vierte Sommer in der Trümmerstraße begann, als der Vater von seiner Reise nach Schweden und Norwegen zurückgekehrt war, da geschah ein Wunder.

Ich habe eine Überraschung für euch, sagte er und fuhr die ganze Familie mit dem Dienstwagen weit hinaus aus der Stadt. Sie kamen zu den Großen Gärten, später eine öde Landstraße entlang, dann in einen Vorort. Er hielt an. Alle stiegen aus, vor ihnen war gar nichts, nur Wildnis. Ganz weit weg ein Kirchturm, hier verwahrlostes Schrebergartengelände und ein verwildertes Grundstück. *Das ist euer neuer Garten,* sagte der Vater und sah aus wie ein glücklicher Junge. Erst recht, als er gleich darauf die Spitzhacke hervorholte, sich breitbeinig hinstellte, mit übergroßem Schwung ausholte, die Hacke in den Boden keilte und damit die ersten Wurzelballen von Brombeersträuchern heraushackte. Das Haar fiel ihm in die Stirn, der Schweiß rann, er arbeitete wie besessen, mit gesenktem Kopf und freiem Oberkörper. Dann schaute er hoch, sagte: *Die Jungs können die Büsche zu einem Feuer aufschichten,* und keilte weiter wie ein Berserker.

Hier, Pubbe, werden wir schon nächste Woche Gestänge anbringen und Tomaten anpflanzen, das sind Nachtschattengewächse. Im Herbst werden wir unsere eigenen Tomaten ernten. Du kannst den Boden mit der Hacke bearbeiten.

Die Jungs waren auf die Bäume gestiegen, Oluf stolperte über Baumwurzeln und Steine. Die Mutter breitete eine Wolldecke aus und holte Butterbrote aus dem Korb. Die Pubbe half dem Vater, trug die Büsche zusammen und schaute zu, wie man Verwilderung in Gartenland verwandeln konnte. *Auf dem Rasen da oben werden wir im nächsten Jahr ein Erdbeerfeld haben, sagte der Vater, Erdbeeren brauchen viel Licht, das kann dein Ressort werden.* Man ahnte nicht, was er alles im Kopf hatte.

Es ist Sommer, draußen vor der Stadt, man darf sich gehen lassen. Das Foto zeigt das Mädchen im baumwollenen Unterkleid auf der Decke, die Jungs hocken in Unterhosen da, keiner hat Freizeitkleidung an, der Vater sitzt wie immer im verschwitzten Unterhemd da, ein

Taschentuch, an vier Ecken geknotet, über den Kopf gestreift.
Und schon kommen weitere Bilder hoch …
Der zukünftige Gemüsegarten wurde umgegraben, tiefgründig musste man Steine und Strünke herausbuddeln. Der Vater lachte: *Na, Kinder, ist das nicht ein Vergnügen, eine Wildnis zu roden? Wir können auch Paprika anbauen, dann haben wir schon alles, was wir für den Curry brauchen,* rief er mit visionärer Begeisterung, *dafür müssen wir erst mal tüchtig reinhauen.*
Von *Nachtschattengewächsen* sprach er das klang geheimnisvoll, Gewächse der Nacht, des Nachtschattens. Irgendetwas haben die mit einem Gift zu tun, wusste das Mädchen.
Und jetzt zeig ich euch mal was, hier, der Vater zog ein Papier aus der Tasche, *das ist der Bauplan für unser neues kleines Haus.*

In diesem Sommer entstand vor ihren Augen, Stein auf Stein, ein richtig großes, schönes Haus.
Der Vater wollte ein eigenes Haus haben, ein Haus in einem Garten, das in der Nähe von seinem Amt lag. Die Kinder sollten einen Garten haben, nicht nur einen Hinterhof, und der Vater brauchte unbedingt ein Stück Land. Er wollte am liebsten auch noch Schafe auf die Wiese stellen und Bienenstöcke, dann wäre die Natur intakt, sagte er. Aber das kam später.
Vorläufig sollte jedes Kind sein eigenes Haustier versorgen. Hans bekam einen süßen kleinen Hund, der im letzten Moment noch von einem Bauarbeiter zertreten wurde. Das erste Grab im hinteren Garten. Das Mädchen hatte Albträume seit den zwei Tagen, da das Hundekind wimmernd wegstarb und alle hilflos dabeistanden. Sie bekam einen Wellensittich in einem Käfig in ihr winziges Zimmer gestellt und sollte lernen, den Käfig zu putzen. Während sie das tat, irrte der Vogel im Zimmer herum.
Ernst bekam das Aquarium, das er sich wünschte, er hatte aber wenig Lust, regelmäßig die Scheiben zu putzen, deswegen betrachteten wir eine kleine grüne Hölle. Harald kriegte zwei Hamster, und die Kinder mussten mit ansehen, wie die Tiere ihre Nachkommen auffraßen. Zwei Kaninchen wohnten in einem Stall, der vor dem Kinderspielzimmer auf der Terrasse stand, Oluf war vier Jahre geworden und wollte mit denen spielen. Alle sollten ihm helfen,

Gras zu schneiden und die Tiere so zu mästen, dass sie eines Tages einen Sonntagsbraten ergeben würden. Da hatte sich der Vater aber vertan, fünf Kinder verteidigten ihre süßen Kaninchen.

Vorerst kam er mittags aus dem Amt gerast, ordnete an, welche Arbeiten die Kinder als Nächstes zu verrichten hatten, und *packte mit an.* So hieß es, wenn es richtig zur Sache ging. Er versuchte, die Bauarbeiter anzutreiben, ja, er wagte sogar zu behaupten, er könne ihnen vormachen, wie sie die Mauern schneller hochziehen könnten, dann hätten sie auch noch Zeit, ihm bei der schweren Gartenarbeit zu helfen. Da bekam er aber Bescheid gesagt. Hans war begeistert und erzählte immer wieder, wie die dem Vater klipp und klar gesagt hatten: *Sie müssen das ja auch nicht ein ganzes Leben lang machen.*
Und noch einer packte mit an: Ernst erbat sich von der Mutter das Geld für die Straßenbahn, fuhr mit acht Jahren allein in die Vorstadt, ging zur Baustelle und meldete sich beim Polier: *Ich will mitbauen und den Maurern helfen.* Der Polier lachte und gab dem Jungen eine Kelle in die Hand. So habe seine Bauleidenschaft begonnen, erzählte Ernst später.

Komm mal mit, Marielis, sagte meine Mutter mit ihrer verführerischen Stimme, *ich zeig dir was.* In dem neuen Haus zeigte ihr die Mutter das winzige Zimmerchen unterm Dach und sagte, dass sie nun ein eigenes Zimmer haben solle. *Wieso denn alleine? Ich habe doch immer mit den Brüdern in einem Zimmer geschlafen, immer waren wir in den Nächten zusammen, ich will das nicht!* rief die Tochter bestürzt. Das müsse jetzt so sein, sagte die Mutter. *Warum denn?* Es ginge nicht anders, sagte die Mutter, weil sie ja das einzige Mädchen sei, schließlich sei sie demnächst zehn.
Es blieb dabei: Marie musste nun allein schlafen, als Einzige in der Familie war sie allein in der Nacht. Sie verstand es nicht.
In der ersten Nacht schlief sie gar nicht, lauschte gebannt in die Dunkelheit, hörte gedämpftes Gelächter der Brüder und klopfte an die Wand. Es klopfte zurück. Und so blieb es, sie erfanden ihre Klopfsprache für geheimes Gutenachtsagen: Viermal kurz klopfen: *Wie geht es dir?* Einmal klopfen: *Gut.* Dreimal klopfen: *Dann gute Nacht.* Zweimal klopfen: *Schlaf schön.*

Vorläufig war sie beruhigt,
Aber auf der anderen Seite ihres Zimmers lag das Schlafzimmer der Eltern. Lange Gespräche drangen durch die Wand herüber, auch heftige, oft hörte sie das glucksende Lachen der Mutter, auch mal ein Weinen, auch mal ein Türeschlagen. Zwischen Angst und Verwunderung verbrachte das Mädchen die erste Zeit im eigenen Zimmer.
Im Laufe der weiteren Wochen musste Marie noch mehr erfüllen, damit sie beruhigt war. Ihre Schuhe mussten ganz gerade nebeneinander in der Mitte unter ihrem Bett stehen, keine Spitze durfte hervortreten … viele Male stand sie auf und prüfte, ob sie noch richtig standen. So konnte sie halbwegs sicher die Nacht überstehen, die Angst unter Kontrolle zu kriegen.
Bis das auch nicht mehr reichte und sie auch die Kleidungsstücke immer wieder neu hinlegen musste, weil sonst etwas passieren konnte. Später kam das Problem mit dem Platz. Diese große Stadt, sie schaffte es nicht, quer über einen großen Platz zu gehen, es ging nur auf einem rechteckigen Weg, den sie sich vorher genau zurechtgelegt hatte, diesem Plan musste sie folgen, dann war sie in Sicherheit.

Und dann noch eine neue Schule! Nach den Ferien musste das Mädchen in einem altmodischen Gebäude ganz allein einen riesengroßen Klassenraum betreten. Die Kinder saßen an alten Schulpulten, zu zweit nebeneinander auf einer schmalen Holzbank, die mit dem schrägen Pult verbunden war. So dicht nebeneinander, dass man sich an den Armen berühren musste.
Viele Reihen eng hintereinander, viele Jungs und nur wenige Mädchen, das überblickte sie sofort.
Sie war die Neue. Sie wurde von dem dicken Lehrer aufgerufen:
Steh auf! Wie heißt du?
Marie-Elisabeth, brachte sie leise hervor und wurde rot, diesen fremden Namen, den ihr die Mutter wieder eingeschärft hatte. In der alten Schule hatten die Kinder einfach Marlis gesagt.
Hihi, alle Kinder lachten, *wie doof die heißt.*
Was ist dein Vater?
Der ist Oberkirchenrat, sagte das Mädchen.
Was ist denn das? Sag das noch mal. Was ist der? Die Kinder lachten.

Der Lehrer wollte nichts verstehen. Und er stellte sie bloß. Das Blut schoss ihr ins Gesicht, ihr wurde heiß. Sie setzte sich und wusste nicht, wo sie hingucken sollte, so peinlich war das alles.
So begann der Albtraum. Sie hörte die Kinder lachen. Sie ließen sie auf dem Schulhof stehen. Sie verstand nicht, was der Lehrer erklärte. Sie konnte nicht mehr rechnen. Alles ging an ihr vorbei. Sie musste sich immer nur schützen gegen das rohe und hänselnde Gelächter der Jungs.
Abends schlief sie nicht ein, auch wenn sie x-mal alle Schuhe und Kleidungsstücke richtig angeordnet hatte. Sie tapste im Dunkeln die Treppe hinunter, öffnete die Tür, da saß die Mutter behaglich im Sessel und nähte. Der Vater ihr gegenüber am Schreibtisch, ganz dicht waren sie beieinander. Sie redeten und hörten Radio. Warm, gemütlich, keiner allein, Radiomusik, die Eltern trällerten und summten dazu. Das Kind war seltsam berührt. Es spürte eine Intimität, etwas Ungewohntes, das nur den beiden Eltern gehörte. Irgendwann und irgendwo, neben dem Familienleben, gab es noch etwas anderes.
Jetzt wollte sie auf jeden Fall dabei sein, auf dem Schoß der Mutter durfte sie eine Weile sitzenbleiben.

Sie liebte diese gemütlichen Momente, aber dann kam prompt das dicke Ende. Sie wurde zu Frau Dr. von Prantz gebracht, einer neuen Ärztin, die riesig groß, mit straff gescheiteltem Haar, einer schwarzen Brille und einem breiten Mund vor sie trat. Beim Lächeln entblößte sie riesig große Zähne, Marie erschrak und sah zu, dass sie die Hand wieder frei bekam.
Der Lehrer in der Schule blieb genauso gemein wie am Anfang, die anderen Kinder lachten sie immer noch aus, aber sie musste Kügelchen essen, zweimal am Tag, jeden Morgen Weizenschrot und jeden Abend Lebertran, das sollte sie „stabil“ machen.
Trotzdem auch noch das: Weil sie schon in der Ellernstraße immer ihre Nase von der Ärztin hatte durchspülen lassen müssen, kamen jetzt die Mandeln raus. Eine Krankenschwester klemmte sie fest auf den Schoß, sie sollte zählen.
In der Erinnerung: aufpassen, dass sie sich nicht verzählte, sonst würden die denken, sie schlafe schon, dabei war sie doch noch wach

... das Eis danach, so viel, wie sie essen wollte, später der heiße Abend in ihrem Zimmer. Allein mit dem Blut, das plötzlich aus ihrem Hals kam. Die Mutter hatte ihr ein Tuch gegeben, *ist nicht schlimm, spuck es in das Handtuch, die Wunde hat sich geöffnet,* hatte sie gesagt, *wir sind unten.*

Sie schluckte es runter, bloß das Blut nicht sehen, aber es schoss heraus, sie spuckte und zitterte. *Das kommt dabei heraus, wenn einer allein schlafen muss, das hatten sie davon, dass ich jetzt sterben muss,* sprach Marie zu sich selbst. Stunden später wurde ihr ein kleiner Eisblock an den Hals gelegt. Aber sie blieb wieder allein, es dunkelte. Alleingelassen werden, dachte sie, das ist wie Sterben. Sie wusste schon lange, dass das früh geschehen könnte.

Wegen der Ärztin und ihrer Homöopathie, die so wahnsinnig wichtig für das Großwerden war, gab es jeden Morgen einen Teller Müsli. Das Schrot wurde am Abend zuvor in Wasser eingeweicht, am Morgen Obst geschnippelt, warme Milch darüber, bloß kein Zucker, das war das richtige Frühstück. Nur das aßen alle am Morgen. Keiner hatte Lust, Obst zu schnippeln, die Kinder mussten allein zurechtkommen an so einem frühen Morgen, noch bevor die schreckliche Schule begann. Schließlich trotteten sie nach oben, um sich von der Mutter zu verabschieden. Die durfte weiterschlafen, die hatte es gut.

Nachmittags aber, wenn sie die Hausaufgaben rasch hinter sich hatte – dann war sie weg. Mit Ernst und Harald raus aus dem Garten und rüber in die verwilderten Ecken der Vororte, in die verwahrlosten Wiesen mit den verkrüppelten Bäumen und so viel dichtem Gebüsch, dass man ungesehen bleiben konnte.

Hier war das Land der Räuber und Indianer. Die Jungs aus dem Viertel spielten hier, die Brüder bekämpften sie, hier führten die Kinder ihre Kriege, entweder als Räuber oder als Gendarm, hauptsächlich aber als Indianer mit zahlreichem Anhang. Marie hatte alles, um die Jungs hinterher liebevoll zu pflegen und heilsame Verbände anzulegen, Tücher und ein Döschen Nivea. Sie wirtschaftete in den Behausungen aus Stöckern, Buschwerk und Tüchern herum, jeder wollte sich sehr gern von ihr seine Wunden verbinden lassen, das war noch schöner als der Marterpfahl. Immer gab es Bedarf an Zuflucht in schummrigen „Hütten“, Marie baute sie. Als Squaw war

das einzige Mädchen sehr begehrt.
Und noch bevor der Winter begann, durfte sie wieder zu Fräulein Dillschneider gehen, das machte alles wieder gut. Mit dem Dienstwagen wurde sie jeden Morgen zur Erich-Kästner-Schule gefahren.
Und dort geschah das Wunder: eine neue Schülerin! Marie betrachtete sehnsüchtig diese Juliane von Cosel, mit ihrem schwarzen Haar, den schwarzen Wimpern, Und die betrachtete das neu hinzugekommene hellblonde Mädchen und wurde Freundin. Ihre Mutter war auch schön, und eines nachmittags sprach sie diese wunderbaren Worte: *Dein Haar ist so schön blond, und weißt du was? Wenn du etwas größer bist, nimmst du einen schwarzen Kohlestift und malst dir die Wimpern an. Das geht, du hast schöne Augen.*
Wer hätte sowas für möglich gehalten? Vorbei der Kummer, dass sie aussah wie das kleine Schwein in Föhr, mit seinen weißen Wimpern … Marie wuchs innerlich vor Glück und Hoffnung.

Das war vor ihrer ersten Prüfung. Eine ganze Woche lang musste sie in einer neuen Schule, bei neuen Lehrern einen neuen Stoff lernen. Die prüften, ob sie wirklich lernen konnte, und zwar innerhalb einer Woche, also musste sie auch noch schnell genug sein. Sie hatte schon verstanden, dass es nie reichte, wenn sie einfach etwas gelernt hatte, nein, es ging darum, dass es schnell genug ging, und überhaupt: Alles musste schnell gehen, nicht bummeln, sondern schnell gehen, schnell sprechen, schnell lernen, also gewitzt musste man sein, schlau und schnell. Immerhin, diese Aufnahmeprüfung für das Gymnasium schaffte sie, obwohl das Bruchrechnen schwer war.

Das Paradigma

Ein Haus in Herrenhausen. Für Hans und Marie begann der Schultag um viertel nach sieben, von Montag bis Samstag jeden Tag.
Der große Bruder stieg aufs Fahrrad. Die Elfjährige ging allein, immer die Herrenhäuserstraße geradeaus, erst noch durch das Wohnviertel, dann rechts die große Straße und links ein langgestreckter Wiesenhang. Schon in den ersten Tagen, als sie sich an diesen neuen Weg zur Schule gewöhnen musste, bummelte sie extra herum, schaute hoch, neugierig, was das für ein Berg war. Dann kurz entschlossen auf die Stützmauer, den Hang hoch, durch den Stacheldraht gucken – und: Da lag ein riesengroßes gemauertes Wasserbecken, genauso, wie sie es schon immer im Kopf hatte!
Sie konnte es nicht fassen: Wolkenspiegel in einem Wasserbecken, ausgerechnet hier in der Stadt. Jederzeit würde sie hier einen Blick in den Abgrund vom Himmel werfen können.
Schnell wieder runter, den Berggarten entlang, verwunschen exotische Pflanzen, uralte Bäume, starke Gerüche aus Gehölzen und Blüten am Weg, dann die neue Schule. Hier war alles modern. Ein Gymnasium mit neusprachlich-naturwissenschaftlicher Ausrichtung, das klang gut. Latein sollte sie aber auch lernen, hatte der Vater gesagt.
Wenn sie um zwei Uhr mittags nach Hause kam, saß Ruth noch am Tisch. Ruth war die neue Haustochter, „Dienstmädchen" gab es nicht mehr. Sie kam aus dem Birkenhof, einem Heim für gefallene Mädchen, so hörte man die Mutter den Freundinnen gegenüber reden. Niemand wusste, was das bedeutete.
Die hat echt 'ne Berliner Schnauze, sagte Hans, und tatsächlich: Ruth sagte frank und frei heraus, was sie dachte. Alle Kinder liebten Ruth. Sie saß auch noch später am Tisch und aß wieder mit gutem Appetit, wenn Hans mit dem Fahrrad vom Kaiser-Wilhelm-Gymnasium zurückkehrte. Die beiden jüngeren Brüder waren schon länger da, die kamen aus der schrecklichen, altmodischen Volksschule hinter der Kirche. Ruth blieb sitzen, bis das letzte Kind gekommen war, machte das Essen wieder warm und hielt fröhliche Reden: *Na, wat haste denn erlebt, war et jut?* Solange sie da war, musste man mittags niemals mehr allein essen, nur weil die Eltern schon längst damit fertig waren.

Kam man früher aus der Schule, musste man mit ansehen, wie der Vater mittags aus dem Amt gerast kam und mit großer Geschwindigkeit seinen Teller leerte. *Schling nicht so, das ist ein schlechtes Vorbild für die Kinder,* sagte die Mutter flehentlich. Nach dem Mittagessen hieß es: *Strikte Ruhe.* Die ganze Familie machte Mittagsschlaf – oder auch nicht. Im Arbeitszimmer des Vaters stand nämlich das Radio. Marie wusste, dass Hans und Ernst heimlich, wenn alle schliefen, an dieses Radio gingen und Schlager hörten.
Am Abend die gemeinsame Mahlzeit, Vater, Mutter, fünf Kinder und das Hausmädchen um den Esstisch aus hellem Eschenholz, den die Eltern für das neue Esszimmer hatten anfertigen lassen.
Weil der Vater so viel weg war, wollte er abends alles von den Kindern wissen. Alles interessierte ihn, aber es musste schnell gehen. Jeder hatte Redezeit, jeder sollte drankommen, aber man musste sich beeilen. Er liebte Diskussionen, er provozierte sie geradezu. Am Tisch wurde es immer lauter, mit vollem Mund quatschte jeder los. Aber genau das war nun wieder rücksichtslos!
Wenn man irgendetwas von seiner Meinung unterbringen wollte, musste man gewitzt sein und schnell reden, und selbst dann fielen einem die anderen ins Wort. Eigentlich redete jeder drauflos, und die schnellsten behielten die Oberhand. Schnell essen, zügig reden, so gingen die Mahlzeiten. Aber irgendwann machte der Vater Schluss damit, hob die Hand und gebot: *Silentium, ich will hören. Das Paradigma, bitte!*
Die Klänge der altgriechischen Sprache schwangen durch den Raum: *paideu-o, paideu-eis, paideu-ei, paideu-o-men …* fremdländisch, die Jungs konnten das wirklich gut aussprechen. Dennoch forderte der Vater immer und immer wieder streng die Konjugationen der altgriechischen Verben ein. Er hatte ja bald zwei, dann drei Söhne, die Altgriechisch lernten. *Wie geht das Paradigma?* Immer begann damit eine Drangsal. Die Jungs mussten beweisen, dass sie gelernt hatten, was die Schule verlangte. *Es ist das A und O des Sprachenlernens, dass man die Konjugationen paukt, sagte der Vater.* Pauken war ein wichtiges Wort. Dazu gehörte, dass er mit dem Zeigefinger auf den Tisch trommelte, wenn einer der Brüder stockte und die Verben mal nicht so *herunterrappeln* konnte.
In die Zeit des Abendessens gehörten auch die Klänge der Abend-

lieder. Der Vater hielt die Abendandacht. Noch ein *Paradigma*, noch etwas wurde eingeübt, eingetrichtert, und das ging so:
Der Vater las einige Verse aus der Bibel vor, seine Stimme klang streng. Dann sagte er, wie das Gelesene mit unserem Leben und diesem Tag zusammenhing. Man hörte immer nur die Strenge. Es endete damit, dass man auch an diesem Tag nichts wirklich richtig gemacht hatte. Nicht genug Fleiß, nicht willig, nicht brav ...
Dann wurde gesungen. Das war ja nun wieder schön, die Mutter hatte eine klangvolle Singstimme, der Bass des Vaters hielt allen Misstönen der Kinder stand. Zusammen mit den Stimmen der Kinder klang das rund und fröhlich, mindestens zu Weihnachten oder auch bei den Jubelgesängen zum Osterfest.
Aber im Alltag waren am Abend alle müde, die Eltern genervt und abgehetzt, das merkte man schon am Ton des Vaters und daran, dass die Mutter bei der Abendandacht mit einer gewissen Freudlosigkeit und Ergebenheit sang, sodass sich alles mit Schwere füllte, mit einer unerklärlichen Vergeblichkeit. Dieses Abendlied: *Meine schönste Zier und Kleinod bist. Das Mädchen auf jeden Fall verstand nie, wer* „Zierund" und „*Kleinod*" waren, und es legte sich bei diesem Gesang eine bange Traurigkeit auf ihr Gemüt. Draußen dämmerte es ja schon, bald würde es dunkel sein. Und dann noch dieses Lied mit seiner düsteren Schwere. Ein unerklärliches Gefühl der Vergänglichkeit, der nahenden, dunklen Nacht schlich sich zu dieser Stunde ein. Auch wegen der Angst, dass sie dann allein in ihrem Zimmer sein würde.

Zum Glück durfte man dann aber aufstehen, der Vater hatte schließlich auch noch was anderes zu tun.
Er bereitete seine nächste Reise vor. Noch im Herbst flog er nach Brasilien, er war wieder weg. Aber bevor er aufbrach, bekamen der älteste Sohn und die Tochter wie immer die Ermahnung, dass sie jetzt erst recht Verantwortung zu tragen hätten. Hans, der große Sohn, sei ja schon vierzehn, der solle seinen Platz an der Seite der Mutter einnehmen, sie beschützen, den Vater als Familienoberhaupt *würdig vertreten*. Seine *kleine Deern* hätte die Mutter bei der Betreuung der jüngeren Brüder zu unterstützen, *basta*, und das sei ja sowieso klipp und klar ...

Nach diesem Abschied versammelte die Mutter die Kinder um sich herum und packte das Leben allein an. Dazu gehörte, dass ein Kind bei ihr schlafen durfte, in dem Bett neben ihrem, wo sonst der Vater schlief. Abwechselnd und der Reihe durften die kleinen Brüder und die Schwester in diesem großen weichen Bett versinken, wenn der Vater seine Weltreisen unternahm.
Hellwach aber an einem dunklen Abend im Dezember, als er zurückerwartet wurde. Sie durfte mitkommen, der Dienstwagen parkte schon vor dem Haus.
Die Straße war nass, die Lichter glänzten, die Mutter war aufgeregt. Plötzlich von hinten Sirenen, schrill und aufreizend, Feuerwehrautos rasten vorbei. Der Fahrer verlangsamte, fuhr an den Straßenrand, der Unfallwagen holte mit grellen Lichtern auf, schoss mit heulendem Ton vorbei und verschwand in der Dunkelheit. *Was ist los, warum fahren Sie nicht schneller?* drängte die Mutter den Fahrer. Weinte sie? Ihre Stimme klang komisch. Dann stockte alles, ausgerechnet hier musste der Wagen stehen bleiben, zwei Autos ineinander gekeilt, Türen aufgesprengt. Man musste alles sehen, da lag etwas auf der Straße, das war ein Körper, noch einer, Sanitäter knieten nieder, Decken in der Hand. Schon glitt der Wagen zügig vorbei, die Polizei winkte den Fahrer durch. *Lagen da Menschen? Sind die tot?* Die Mutter antwortete nicht.
Gleißend hell war die Flughafenhalle. Der Vater winkte schon suchend hinter der Zollabsperrung. Er war braun gebrannt und lachte erleichtert und voller Zufriedenheit, als er Mutter sah. Sie hatte schon wieder weinen müssen. Nun stand sie vor der Absperrung und blickte ihm tapfer lächelnd entgegen. Er sah nur sie, er nahm sie fest in die Arme und küsste sie auf den Mund. Lange standen die beiden umarmt zusammen.
Dann nahm der Vater die Tochter hoch, mit Schwung vom Boden hoch in seine Arme: *Na, mein Pubbe, du darfst noch auf sein und holst mich mitten in der Nacht ab?* Einen Geruch, den vertrauten Geruch von Zigarrenrauch, schnupperte man auf dem hochgeschlagenen Kragen seines Kleppermantels, aber auch etwas Unbekanntes, diesen Geruch nach etwas Fremdem, der Ferne. Irgendwas Erregendes war um den Vater. Der war fremd und aufgewühlt und fröhlich. So kam er immer von seinen Reisen.

Alle Kinder waren aufgeregt, der Vater hatte natürlich, wie immer, für jeden etwas mitgebracht. Der abgewetzte Koffer, beklebt mit fremdländischen Namen von Fluggesellschaften und Flughäfen, wurde vor den neugierigen Blicken der Kinder geöffnet. Für wen er was mitgebracht hatte, das hatte der Vater ganz genau im Kopf, während er zwischen den schmutzigen Oberhemden wühlte. Eine Trommel kam zum Vorschein, die wie ein großes Tamburin aussah. Sein Blick ging herum, die war für Ernst. In seiner Medikamententasche ein breites silbernes Armband für die Mutter, ein Armband aus bunten, geschliffenen Edelsteinen für die Tochter. Weiter wühlte er und zog richtige Schallplatten heraus, brasilianische Rumba- und Sambamusik für Hans. Und noch mehr förderte er zutage, zwei Ponchos aus rotem Gewebe, eine Göttermaske aus Ton, ein Sombrero, auch getrocknete Kalebassen mit Körnern drin, schöne Rasseln und Klangstäbe.
Hans legte sofort eine Platte auf. Fremdartig, wild und erregend schepperten und schwangen die Rhythmen durch das Wohnzimmer. Oh, war das toll! Es kommt einfach viel zu selten vor, dachte man in so einem Moment voller Sehnsucht, dass so eine fröhliche Lebenslust vom Plattenspieler durch das Haus schallt. Es war wie ein Fest, irgendwie musste so Brasilien sein.

Aber es kam noch etwas. Jedes Mal auch das.
Wenn der Vater seiner Frau, den Kindern und dem Hausmädchen wieder den Ton und das Tempo vorgab, vom Haus ins Amt eilte, mittags zurück und dann wieder weg und zurück zum Abendbrot, musste noch etwas geschehen. Das kam immer nach einer Weltreise. Geredet wurde nie darüber, wie überhaupt nie über Ängste geredet wurde. Es wurde gehandelt, und zwar so: Der Vater nahm sich einen seiner Jungs, führte ihn in den Heizungskeller hinunter, und dort wurde der Junge verhauen. Es waren immer die beiden jüngeren Brüder, Ernst oder Harald.
Die Mutter hatte dem Vater wohl viel erzählt. Jetzt war sie dran. Der Vater hatte Aufmerksamkeit für alles, was sie in seiner Abwesenheit hatte durchmachen müssen mit den Kindern. Und seine Aufgabe war es dann, die Strafen zu vollziehen. Das tat er pflichtbewusst

und selbstverständlich. Er hatte nichts von den *Missetaten* der Jungs selbst erlebt, doch die Strafhandlung blieb davon unberührt. Sie musste vollzogen werden.
Das Mädchen stand oben im Treppenhaus, lauschte angsterfüllt hinunter, weinte bitterlich. Sie war die große Schwester, sie hatte die kleinen Brüder im Kinderwagen ausgefahren, es war ihre Aufgabe, sie zu beschützen, das hatten ihr die Eltern beigebracht. Ernst und Harald waren ihre liebsten Spielkameraden. Jetzt musste sie mit ansehen, wie der Vater auf sie eindrosch. In den Nächten sah sie die Bilder, hörte die Stimmen und bekam Angst vor dem Vater …
Sie sah alles vor sich. Der geschlagene Bruder weinte niemals. *Die* Blöße gaben sich Ernst und Harald nie. Es war viel schlimmer. Ihre Seele wurde schwer verletzt. Der Wille wurde gebrochen. Viel später zeigte sich das. Sie wurden hart, trotzig, sogar hasserfüllt dem Vater gegenüber. Was sie erfahren hatten, waren seelische Misshandlungen.

Später wusste ich das.
Der Vater griff mit Härte durch, je länger er weg war, desto mehr. Wie ist so etwas möglich? Dass ein Vater seinem eigenen Kind absichtlich Schmerzen zufügt, das ist doch grauenhaft. Jungen, die unter dem harten Griff des Vaters dessen Gewalt zu spüren kriegen und ihr ausgeliefert sind – lernen werden sie dabei gerade den Hass. Was dachten sich die Eltern bloß? Liebevoll und klug waren sie im Umgang mit ihren Kindern, wie kamen sie darauf, dass Kinder auch geschlagen werden müssen?

Im nächsten Sommer wurde im Garten wieder Erdboden ausgehoben. Die fünf Kinder schaufelten unter der Anleitung des Vaters eine tiefe Grube aus. *Wir brauchen noch eine Zisterne,* hatte er gesagt, und dann schwang er wieder die Spitzhacke. *Was ist das,* fragte Marie, als sie mit den Schaufeln in der Tiefe buddelten, eine Schubkarre stand bereit. Eine Schildkröte war eines Morgens aus den Wiesen der Vororte bis zum Gartentor herangekrochen, die musste nun ihr Wasserbecken haben. *Und überhaupt,* sagte der Vater, *zu einem Haus und in einen großen Garten gehört immer auch ein Wasserbecken, eine Zisterne, in der das Regenwasser aufgefangen wird.* In dem Wasserbecken lebte zwischen Schilf und Wasserrosen

die Schildkröte. Aber auch hier – sie konnte es kaum glauben – entdeckte Marie ganz unten ein kleines Stück vom Himmel.
Oben im Garten wuchsen große, fette Tomatenpflanzen in mehreren Reihen an Holzstangen empor, würziger, herber Nachtschattengeruch waberte zwischen dem pelzigen Grün. Auf der sonnigen Anhöhe neben dem Rasen die Erdbeerbeete und ganz hinten, in der Zone der undurchdringlichen Gebüsche, war der Kompost. Hier war das Gebiet der Baumhäuser und Höhlen, hier war auch der Friedhof für die gestorbenen Hamster, Kaninchen und was sonst noch, auch der kleine Hund lag da begraben.

Ein herrschaftliches Stadthaus in Hamburg-Othmarschen, gepflegte Möbel, vor den großen Fenstern ein mit blauem Samt bezogenes Sofa auf hohen Beinen, dazu zwei gleiche Sessel um einen runden, eleganten Tisch, auf den Tante Lissy feines Porzellan stellte, zarte Tassen und Teller, reich verziert mit exotischen Landschaften. *Die kommen aus China. Dieses Porzellan haben wir – der Onkel Otto, weißt du, der Bruder von deiner Großmama, und ich – von einer Geschäftsreise aus China mitgebracht.*
Marie war zu Besuch bei Tante Lissy, sie sollte mal wegkommen von zuhause, allein verreisen und die Patentante kennenlernen, hatte die Mutter gesagt … Sie trug keine Zöpfe mehr, hatte sich das Haar hochgesteckt und war stolz auf ihren neuen Mantel, aber das hier ging nicht. *Nein danke,* sagte das Mädchen, *ich möchte keinen Tee, ich möchte lieber zurück zu den Brüdern.*
Nein, sagte Tante Lissy, *wir fahren in den Hamburger Hafen, ich muss dir etwas Besonderes zeigen.* Mit Getöse, Geruckel und quietschenden Rädern fuhren sie mit der Hamburger Hochbahn über hohe Gleisanlagen und landeten direkt vor den Schiffen. Lastkräne, Docks, ein Dampfer, ein Überseedampfer.
War das damals hier gewesen, in diesem Hamburger Hafen?
Schau mal da rüber, sagte Tante Lissy. *Mit so einem Dampfer seid ihr auch angekommen. – Wir sind da angekommen? – Ja, das ist viele Jahre her. Hier hat euer Überseedampfer angelegt. Ich habe euch abgeholt, die ersten Tage wart ihr alle in meiner Wohnung.*
Marie sah sich um, sie erkannte etwas wieder, Bilder stiegen hoch, sie erinnerte die kleine weiße Bank.

Die Tante griff nach ihr, sie betraten ein großes Gebäude mit kleiner Kuppel, fuhren mit einem Fahrstuhl in einem Stahlgerüst ruckelnd abwärts und betraten eine richtige, hell erleuchtete Straße, die tief hineinführte in eine Röhre, einen Tunnel.
Zurück auf der Hafenstraße, wollte sie schnell vergessen, was ihr die Tante da unten gezeigt hatte, ein Bild an der Wand, aus farbigen Kacheln. Eine Frau, die einem Mann die Hand reicht. *Das ist der Onkel Otto, und das bin ich, seine Frau. Weil, der Onkel Otto, der hat diesen Tunnel gebaut,* hatte die gesagt. Warum musste sie das überhaupt wissen?
Hier, diese Straße, wann hatte sie die schon einmal gesehen? Weiter gingen sie bis zu den hohen alten Bäumen – und ja, da war es. Ein großes Gebäude aus rotem Backstein, man hatte Aussicht auf den Hafen, in großen Buchstaben über dem breiten und hohen Eingangsportal: TROPENINSTITUT.
Plötzlich war das Bild wieder da! Hier musste es gewesen sein. Hier hatte sie reingehen müssen, durch dieses riesige Portal, nachdem sie mit dem Dampfer angelegt hatten, hier hatte man sie zurücklassen wollen. Bloß der Tante nichts davon sagen.
Jetzt gab es eine Ahnung, eine Spur zu den Bildern, zu der schrecklichen Angst, der Scham und der Angst, dass die Mutter sie nicht mitnehmen würde, weil sie nichts machen konnte. Es hing mit dieser Reise damals zusammen, das wusste sie jetzt, und mit den Tropen …

Ein Erinnerungstraum wurde Wirklichkeit, als die Eltern mit den Kindern in den Sommerferien wieder den bekannten Dampfer bestiegen und zurück auf die Insel fuhren. Föhr, ein altes friesisches Bauernhaus mit einem tief heruntergezogenen Strohdach. Es stand da, wo so ein Haus stehen musste: an einer kleinen Straße, die in die Marsch führte. In den kühlen Zimmern, geduckt unter niedrigen Holzdecken, waren die Fenster klein und ließen das Sommerlicht nicht herein. Egal, die Familie machte Ferien in Klein-Dunsum, sie waren zurück auf der Insel Föhr.
Wieder füllte die Mutter frische Milch in Schalen und stellte sie auf das Bord in der schummrigen Speisekammer, dort reifte innerhalb eines Tages die Milchsatte heran, die dicke Milch. Mit

Schwarzbrotkrümeln und viel Zucker bestreut, dieser Geschmack, köstlich leicht säuerlich süß, war Föhr, Friesland, Marsch.
Wieder gab es einen ausgetretenen Weg in die Marsch. Wieder der unendlich hohe weite Himmel und dort oben die Lerchen, unermüdlich ihr hohes Tirilieren in der einsamen Weite, als ob sie vergessen hätten, es zu beenden. Und unten, in den stehenden Gewässern der Marschwiesen ein Blick in die bodenlose Tiefe, die Wolkenspiegel ...

Eines Tages versammelten sich am Deich die fünf Kinder mit den Eltern, Tante Ruth und Onkel Heinrich mit zwei kleinen Jungs, die Kusinen Ane und Hanna mit Tante Irmgard, die Dahls und die acht Specks, fast dreißig Leute am frühen Morgen. Der Himmel war schwer bewölkt, heftig der Wind aus Nordwest, grau das Meer, soweit man sehen konnte.
Alle waren aufgeregt und quatschten durcheinander. Vorneweg der Vater: *Wir müssen jetzt los. Wenn wir in zwei Stunden am Mittelloch sind, hat die Tiede ihren Tiefstand erreicht. Das brauchen wir. Nur bei Tiefstand kommen wir durchs Mittelloch. – Doch nicht jetzt, Vater, das Wasser hat sich doch noch gar nicht zurückgezogen, rief Hans, der schon fünfzehn war. – Wir gehen jetzt. Das zieht sich dann bestimmt in der nächsten Stunde noch weiter zurück,* ordnete der Vater mit lauter Stimme an.
Mit seiner herzerfrischenden Anordnungskraft, die allen selbstverständlich war, brachte der Vater es fertig, die Gruppe, Erwachsene und Kinder, direkt ins Meer zu bugsieren.
Die Wolkenwände rissen nicht auf, grau und schwer bedeckt der Himmel, vor ihnen nur Wasser, die Röcke der Frauen klitschnass, die Kinder saßen auf den Schultern der Männer, so näherte sich der Tross mühsam dem tiefen Priel
Zurückgehen kommt nicht in Frage, wir gehen weiter, wir brauchen die ganze Tiede für die Wattwanderung, schrie der Vater durch den Sturm. Bis über die Hüfte im Wasser, ging das Mädchen, in der Strömung tastend nach Halt suchend, weiter. Das war das Mittelloch.
Das, was hier geschah, auf dieser großartigen Wattwanderung von Föhr nach Amrum, war „nicht der Rede wert“, alles völlig normal, eine gefährliche Herrschsucht des Vaters? Nein, der Skandal dieses

Tages war ein anderer.
An der Gegenküste in Amrum angekommen, verkündete Onkel Reimer: *Das ist die Odde, das sind die höchsten Sanddünen von Amrum – wir haben die Nordspitze erreicht.* Endlich wieder im warmen Sand, Kartoffelsalatpicknick in großer, aufgeregter Gesellschaft. Eine ganze Tiede lang war Zeit, die Flut kam zurück und musste wieder gehen. Viel freie Zeit also, ohne die Erwachsenen.
Wind zerfetzte die Wolken, die Sonne brach hervor, es wurde einem warm, die Klamotten trockneten. Allen voran stürmten Hans und Siem die Dünenberge hinauf, und dann rollten sie von oben hinunter, einer machte es vor, legte sich in den Sand, drehte sich um sich selbst, wieder und wieder, brachte sich richtig in Schwung und kullerte, voller Sand, den heißen Hang hinunter. Einer nach dem anderen machten sie es nach, das Mädchen auch, sie flog fast, schmeckte das Salz und die Luft und wirbelte und taumelte immer weiter. Sand im Mund und in den Haaren, leicht benebelt, aber gleich sich aufrappeln, den Sand ausspucken und wieder hoch!
Zurufe, Anfeuern. *Der kann schneller. – Guckt mal her, was ich kann. Hihi, die kommt nicht voran,* rief Ernst herüber. Er gab ihr einen kräftigen Schubs und schmiss sich hinterher. Zusammen rollten sie wie Robben durch den Sand, es war eine wahnsinnige, eine jauchzende Lust und Tollerei.
Die Zeit verging und wurde vergessen.
Das Haar stand vor Sand und Salz in der Luft, die Zunge war sandig, plötzlich quälte der Durst. Die Großen streunten zurück – hinunter an den Strand. Da wurde es böse. Schneidende Worte des Vaters: *Wo wart ihr? Ihr seid zu spät. Ihr wisst doch. Ihr hättet doch. Das hat Folgen. Das wird bestraft.* Und so weiter.
Jäh diese kalte Dusche von strafenden Worten und Vorwürfen. War es jetzt zu spät für den Rückweg? *Nein. Wir gehen, und zwar sofort,* tobte der Vater.
Die Mutter betrachtete ihre Kinder und fragte herausfordernd: *Mault ihr etwa?*
Ja, murrend und mit verhagelter Laune trotteten sie müde und durstig durch das Watt. Dabei war es überhaupt nicht zu spät, dieses Mal war richtige Ebbe und genug Zeit, trotzdem blieb der Vater zornig.

Diese unerklärliche Härte, wenn ihm jemand zuwiderhandelte. Da wurde nicht die wirkliche Lage noch einmal geprüft und eingelenkt, nein, seine Prinzipien durften nicht beschädigt werden. Wie sollte ein Kind das verstehen?

Lüneburger Land

2010 Spätsommer, die Arbeiten im Garten beginnen. Wiese umgraben, Beete anlegen, hier werden im nächsten Sommer Päonien, Feuerbohnen und Tomaten wachsen, feuerrote Farbenpracht auf dieser Weide. Die Sonne lacht, und wir wühlen in dem schweren Lehmboden. Der Wagen mit dem Baby steht unter der Kastanie, Lydia kann einkaufen gehen, ich koche für sie mit. Bis in die Nacht sitzen wir zu dritt auf der Terrasse und plaudern, Lil im Kinderwagen neben uns. Dann auch wieder Termine in der Stadt, nur jetzt andersherum: Wenn alles erledigt ist, rasch wieder raus aus der Großstadt und weit hinausfahren – bis zu unserem Kaff in der Nordheide

Katrina und Klaas kommen aus den Alpen zurück. Hans kommt aus Berlin, zu siebt sitzen wir um den neuen Tisch aus Juraholzbohlen und feiern ein kleines Einweihungsfest. Bevor er wieder abfährt, entdeckt er im Schuppen das alte Möbelstück. *Ah, das schöne Teaksofa der Eltern, etwas heruntergekommen. Ja,* erkläre ich, *wir haben noch keinen Platz gefunden. Es stand in unserem Wohnzimmer, hier müssen wir uns leider sehr einschränken ... Ich kanns ja mal mitnehmen und aufarbeiten lassen,* schlägt er vor.

Am nächsten Tag durch den Apfelgarten spazieren, da sitzt Katrina am Laptop im Garten, im linken Arm das Baby, mit der rechten Hand schreibt sie, blickt auf, als sie mich sieht, und fragt:

Wie findest du es, wie es hier läuft, in dieser neuen Konstellation auf dem Land?

Mir gefällt es, sage ich, *es ist doch gut für ein Baby, wenn es die Wärme und Nähe von lauter netten Menschen spürt?*
Ach, sicher bin ich nicht, sagt sie, *Lydia schaut oft eher bekümmert herum – oder?*

Anfang Oktober, die ersehnte Zeit beginnt! Frei von allen beruflichen Pflichten, sausen wir wieder ins Südhaus, in die Garrigue, schlagen die Läden von Türen und Fenstern zurück, atmen tief durch und installieren uns mit Spinnen und Skorpionen in den alten, immer noch nach Heu riechenden Mauern des Natursteinhauses. Zwei Wände haben noch keinen neuen Fugenputz, da wandern die Viecher ein und aus.
Am nächsten Tag geht es sofort los. Der Nebenverdienst. Gäste bewirten und dann mit ihnen hoch in die Berge, in die Cevennen, die alten Wege der Kastanienbauern, ihre Terrassen aus geschichteten Schiefersteinen, die Wege der Maultiertreiber, die Wein und Öl in die Auvergne befördert haben, der Wanderschäfer und Händler.
Eine Woche geführte Wanderungen, unsere Nische für einen Nebenverdienst. Dachten wir. Geld verdienen mit etwas, das wir ohnehin gern tun, wandern, gut essen und trinken, im Süden leben … Im Süden geht doch alles leicht und behände voran, immer das Licht, auch im Oktober der hohe blaue Himmel.
Joachim steht auf dem Hof, schaut hoch und sagt: *Was ist das für ein Licht, wieso ist das so blau und lichtvoll? Und darf ich dich mal fragen, was ist das für ein Baum?*
Das ist ein Granatapfelbaum.
Das sind Granatäpfel? Das habe ich noch nie gesehen, dann sind das doch die Paradiesäpfel?
Ja, so ist es. Ich lache. *Hier ist ja auch ein Paradies.*

Eine Woche später machen wir unsere eigene Landpartie, lassen uns das Mittagessen im Restaurant servieren, Steak, Frites, Wein. Selig und beschwingt schlendern wir durch die leeren Gassen der Altstadt, unsere Gäste sind weg, zu Hause zählen wir nach, wie viel Geld wir verdient haben und gehen ins Bett.
Von Katrina trällert eine SMS herein: *Liege mit Milchkaffee auf der Terrasse und rieche die griechische Macchia. Waren wir damals nicht*

auch auf der Insel Mykonos?
Traumtage Ende Oktober im Süden, zartblauer Himmel, Herbstlicht, alles ist still, die Episode der Sturzregen und Stürme ist vorbei. Welche Wonne, die sich gerade verstetigt, Nächte in tiefem Schlaf und mit schweren Träumen. Leicht ist es natürlich gar nicht, das Geldverdienen mit dem Süden. Wir verkaufen ein Stück Leben in der Wärme, einen kleinen Happen Glück, etwas, das die Leute sich nicht so einfach selbst organisieren können, so schnell, in so kurzer Zeit, die Arbeitszeit drumherum hat sie ja voll in Beschlag genommen. Verantwortlich sein und einstehen für ein Stück Lebensglück, das im normalen Leben nicht so üppig ist, aber jetzt und hier in der kostbaren Urlaubszeit definitiv gelingen soll. Genau genommen ist es ein anspruchsvolles Programm, was wir uns vorgenommen haben. Wenn's nur das Wandern wäre und das gute Essen und Trinken und der schöne Süden! Der hat nämlich plötzlich Skorpione und Wassermassen, die von den Bergen und Felsen herunterstürzen auf die Straßen … Es ist keine Idylle.
Dennoch, sagt mein Liebster, der immer so gute Ideen hat, *dieses plötzliche Unwetter war ein Kampf, aber den Beginn unserer arbeitsfreien Zeit müssen wir noch richtig feiern, vielleicht im Bassin de Thau?*
Also in Bouzigues an den Holzschuppen der Austernzüchter vorbei, ein paar Tische und klapprige Stühle stehen davor. Wir nehmen Platz, lassen uns zwölf frische Austern mit Zitrone servieren, jeder Schlürf wie das Abtauchen im salzigen Meer, dazu ein, zwei Gläser Picpoul de Pinet. Und schon beflügeln uns schönste Vorstellungen, was noch alles kommen könnte …

Katrina erzählt am Telefon, dass es kalt würde im Norden, ob wir nicht besser dableiben sollten. Aber sie würden sich auch freuen, wenn man sich bei ihnen wieder über den Weg liefe und plaudern könne. Sie würde für uns kochen, wenn wir zurückkämen. Also Oleanderbüsche verhüllen, die Läden, das Haus verriegeln, noch einmal in weiten Kurven aus dem Tal der Ardèche auf das Plateau von St. Remèze, zum Abschiednehmen und für einen Seitensprung in die Weindomäne. Mit Weinkartons, Lavendelessenz und Öl eintausendvierhundert Kilometer zurück in den Norden.

Anfang Dezember sinkt das Thermometer auf minus neun Grad, Zeit für den Rückzug ins warme Haus, das Kaminfeuer brennt, freie Stunden liegen vor mir, es ist der 5. Dezember 2010: Heute hat Mutter Geburtstag. Tief hängt der Sonnenball über der kahlen Kante der Alleen. Am Geburtstag der Mutter sind immer alle zu einem Familienfest zusammengekommen. Das war Tradition.
Das war vor zwei Jahren auch so.
Alle Kinder waren gekommen und saßen in Molfsee zusammen, auch einige Enkelkinder waren angereist. Die alte Mutter lag im Sterben.
An diesem Tag aber wachte sie auf, entkam dem schweren, mit Morphium unterstützten Dämmerzustand. Es war elf Uhr, sie blickte herum, schaute alle an, die an ihrem Bett standen und sagte: Hallo.
Die bekannte kräftige Stimme mit dem gewissen Schwung des Ermunterns, der Freude. Etwas Fragendes schwang mit: Wo bin ich? Was ist los? Ihr siebenundneunzigster Geburtstag, ein kleines Wunder, ein Geschenk, ihre Stimme zu hören, in das wache Gesicht zu blicken.
Die Pastorin war auch dieses Mal gekommen. Immer gab es offizielle Besucher, selbst an diesem Tag, ein Gebet, ein Psalm, in diesem Moment verbreitete das eine frohe Stimmung.
Die Mutter ruhte in ihren Kissen, die Kinder saßen um den Esstisch und frühstückten weiter. Oluf hatte die Platte mit der Johannespassion von Bach aufgelegt, der Schlusschor *Ruht wohl …* erklang.
Es wurde gegessen und getrunken, ein scharfes Currygericht mit viel Rotwein, wie immer, die Gemüter erhitzten sich in den Gesprächen bis tief in die Nacht hinein, nun schon viele Abende in dieser Woche im Dezember 2008.

Zehn Tage zuvor hatte die Pflegerin angerufen, die Mutter habe schwere Atemnot. Ich war augenblicklich hingefahren und hatte mich an ihr Bett gesetzt. Ob sie Angst habe, fragte ich sie. Sie blickte mich erstaunt an, nein, sie habe gar keine Angst, sie sei froh, dass ich bei ihr sei.
Nach und nach waren auch alle Brüder eingetroffen, bei allen Mahlzeiten Gelächter, Frotzeleien, die bekannten scharfen Witze, Stunde um Stunde bis tief in die Nacht wurde Rotwein getrunken

und erzählt. Geschichten, die man nie zu hören bekommen hatte, jetzt wurden sie hergegeben, in diesen Stunden neben der sterbenden Mutter. Jetzt, da klar wurde, dass man in dieser Runde nicht mehr im Elternhaus sitzen würde, kam vieles zum Vorschein. Zu später Stunde, als die Stimmung sich löste und im Rausch dieser besonderen Nächte, da schien es, als wären wir noch einmal die Kinder, die wie immer um diesen Tisch herumsaßen und ihre Streitereien ausfochten. Ernst begann zu erzählen:
Wir Jungs saßen damals um das Feuer in der Kothe, das Holzfeuer in der Mitte des Zeltes wurde geschürt, es roch nach Holzkohle und Nässe. Ich sollte die Feuerwache halten, nur einer war noch wach. Er spielte Gitarre, spielte und spielte einfach immer weiter. Er spielte die ganze Nacht. Ich lauschte, beobachtete das Feuer, bis es ganz erloschen war. Ich hätte dann auch einschlafen können, er wäre jetzt dran gewesen mit der Feuerwache, aber das ging nicht, weil er weiterspielte, versunken, hingegeben an das Instrument, mit diesem sturen, sehnsuchtsvollen, unbeirrbar starken Willen, dem Instrument diese Klänge zu entlocken. Könnt ihr euch das vorstellen? Alle anderen schliefen. Er kümmerte sich nicht darum, ob er sie störte, wie viel Uhr es war … Nichts war wichtig. Er spielte bis in den frühen Morgen. Ja, das warst du, sagte er und schaute Harald an.

Die Mutter lebte noch zwei Tage. Am Morgen des zweiten Sonntags im Advent – um acht stand ich auf und trat an ihr Bett. Oluf war dort eingeschlafen. Sein Kopf lag neben dem Oberkörper seiner Mutter in seine Arme geschmiegt. Als ich hereinkam, wachte er auf.
Was ist das für ein Geräusch beim Atmen? fragte ich ihn. *Hat sie Schmerzen? – Nein, sie ist ganz weit weg,* sagte er.
Ich streichelte das Gesicht meiner Mutter. Ich sprach zu ihr und saß neben ihr auf dem Bett, ich war froh, dass ich jetzt bei ihr war. Was in den letzten Wochen drohend vor mir gestanden hatte – diese Frage, wie geht das, wie ist dieses Sterben? Die Frage, die mich seit der Kindheit immer wieder mit großer Bangigkeit befallen hatte, eine Ahnung, dass es jederzeit geschehen konnte … Kann man es aushalten, das Sterben der Mutter zu erleben, weiß man, wann es kommt – diese Angst war vorbei. Ich wusste, es geschieht jetzt, und ich will bei ihr sein.

Die Mutter blieb bis zum nächsten Tag bei uns im Haus. Wir saßen bis tief in die Nacht an dem runden Esstisch, redeten und tranken Rotwein. Später hielt immer einer die Nachtwache.
Eigentlich blieben sowieso alle wach.
Um drei Uhr stand ich auf und ging zu Ernst. Er saß in der Bibliothek, weil er nicht schlafen konnte. Er betrachtete die Bücher und sinnierte: *Was in diesem Raum alles geschehen ist, daran muss ich denken.* Ich setzte mich zu ihm, und wir redeten lange. Später ging er zu Mutter und löste Hans ab.

19. Dezember 2010. Tief trübe ist dieser Dezembertag. Nur zehn Meter die Allee hochgelaufen, da versinkt beim Zurückschauen schon das ganze Gehöft im Nebel. Watteweiß stehen die Nebelwände vor dem Waldsaum, den man nur schwach noch erahnen kann. Filigran, schwarz und schweigend sind die Baumstämme, Äste und Gebüsche im Knick. Herzförmig gezackte Blätter der Silberpappel bedecken jetzt schwarz geschuppt den Matschboden. Am Rand des Rübenackers zieht sich, schwach erkennbar, lindwurmgrün unter Plastik die Rübenhalde entlang. Kleine Runde um die Angelteiche, die noch eisüberzogen vor sich hindämmern, keine Himmelsbläue auf dem Grund des Wassers, schmutziger Schnee auf dem Weg. Da jagt der Hofhund mit Tempo auf mich zu, hinter ihm der silberne Mercedes des Landwirts, der über den Grasweg prescht und seinen Hund Gassi rennen lässt. Ich weiche zurück, stehe im matschigen Feld und verschwinde im Nebel.
An diesem Tag ist es zwei Jahre her, dass wir die Mutter begraben haben. Düster und nebelig begann der Tag im Dezember 2008, später riss ostwärts die Wolkendecke auf, der Himmel ließ Sonnenlicht herausfließen. Schmal und klein stand der Sarg in dem lichtvollen Altarraum. Der nette Nachfolger des Vaters sprach immer zu dem Sarg hin, sprach zu dieser Frau, die da lag, einer tollen Frau, wie er es ausdrückte. Die Kirche war voll. Die schöne Musik *Ruht wohl* aus der Johannespassion wurde auf der Empore als Arie gesungen.

Am nächsten Tag betrachteten wir den Nachlass. Kistchen, Kartons und Pappdeckel, gefüllt mit Papieren und Briefen, standen in den Bücherborden und häuften sich auf den Schreibtischen der Eltern.

Nichts war weggeschmissen, nie etwas aufgeräumt worden. Oder eben doch? Sie hatten ganz bestimmte, offensichtlich ihre Formen der Ordnung gefunden. Kleinere Pappkartons, mit Gummiband umschlungen, typisch für den Vater, gebrauchte große Postumschläge, vollgestopft. Breite Gummibänder, Riemen, gern auch ein Hosengürtel, hatten für das Herstellen von Ordnung eine Rolle gespielt. Stapel von Schriften, Predigten, Briefen und Vorträgen hatte er so gebündelt, auch und besonders für das Reisen, das Leben von Ort zu Ort.
Ich las nichts. Das waren fremde Briefe, fremde Gedanken, ein Konvolut voll vom gelebten Leben der Eltern, das sollte alles in Ruhe bleiben und weiterschlafen, so wie in den vergangenen Jahren auch ...
Wir rührten nichts an im Haus, alles sollte so bleiben, wie es war. *On verra*! Wir schlossen die Türen ab und verließen das Anwesen.

Gern lass ich mich auf andere Gedanken bringen, Katrina ruft mich vom Dachboden herunter, wir machen einen langen Spaziergang bis zum Stein, dem Findling aus der Eiszeit, den wir immer dann ansteuern und umrunden, wenn wir die Zeit zum Reden ausdehnen wollen. Wir sprechen über einen *timetable* für Lil. Wie man es hinkriegen kann, dass sie am Tag wenig schläft und dafür in der Nacht tief und gut.

Als Johann aus Franken zurückkommt, gibt es wieder Frankenwein im Haus und einen Beschluss: *Wir bauen unser Ding auf. Ich habe viel nachgedacht. – Ja,* sage ich, *ich habe recherchiert, wir könnten hier draußen auf dem Land vielleicht eine kleine Lernpraxis aufbauen. – Ja, ein bisschen muss ich noch weiterarbeiten,* sagt Johann, *es wird wohl nicht anders gehen, oder?*

Ein paar Tage später kommt Katrina noch mal schnell vorbei, Umarmung, dann fahren sie ins Wochenende, zum Langlauf in den Harz. Trotz Nieselregen und Wind viele Stunden draußen, im Knick muss aufgeräumt werden. Es ist diese Winterarbeit, die den Frühling ankündigt, deshalb liebe ich sie und die Baumsäge, die dazu singt.

Der Kinderwagen wird zu uns gefahren, schniefend und schnärchelnd soll Lil den Mittagsschlaf bei uns verbringen. Lydia kränkelt, das Kind hat Schnupfen, es scheint so, als sei sie froh, dass wir ihr helfen können. Ich schicke eine kleine Mitteilung an Katrina, und sie schreibt zurück: *Gut, dass du da bist, macht es euch gemütlich …* Unterdessen wird aus dem Niesel- ein Schneeregen, eine Eisdecke legt sich über das Kopfsteinpflaster des Hofes, es ist immer noch Winter.

Aber Hans hat uns zu einem Konzert in der Philharmonie eingeladen, ein festlicher Sonntagvormittag in Berlin und anschließend beim Mittagsschoppen großartige Ideen: Pläne für das Haus im Süden, die Mezzanine soll ein Dachzimmer, die große Terrasse überdacht werden, das Haus endlich die Dimensionen zurückbekommen, die es mal hatte. Dann, ja, dann würde es einen großen Raum geben für den alten Bibliothekstisch, der, nur mit einer Plane verhüllt, noch immer im Garten steht. Hans verspricht, uns ein weiteres Mal beim Ausbau zu helfen.

Er führt uns durch die weitläufigen Räume seiner lichtdurchfluteten Wohnung am Prenzlauer Berg. Es berührt mich seltsam, die Dinge wiederzuerkennen, alles steht da beisammen, einen Moment lang ist es, als seien wir in unserem Elternhaus, das Teaksofa, das er bei uns wiedergesehen, mitgenommen und jetzt aufgearbeitet hat, der lange, niedrige Tisch davor.

Und hier, sogar Mutters Schreibtisch, rufe ich überrascht, *damals hochmodern, mit schräggestellten Beinen, Kirschholz. – Ja, an dem hat sie in Herrenhausen alle zwei Abende gesessen und Briefe an Vater geschrieben.*

Und ob ich den wiedererkenne? *O ja, allerdings, der Teewagen! Den hat Vater gebaut, aus den Resten des Teakholzes, aus dem die Indienkiste gezimmert war. mit größter Sorgfalt, mit rotem Resopal die Platte beklebt, alles sollte perfekt und modern sein. Er konnte das gut.* Nachdenklich strich Hans über das Holz.

Weißt du, damals, in seinem Lager, hatte er ein Schiff für mich gebaut, das war toll, ein richtiges Segelschiff, das ließen wir dann in Purandhar in der Zisterne schwimmen.

Ich schaue ihn an. *Was hast du da gerade gesagt? Hast du eben von*

einer Zisterne gesprochen, von einem Wasserbecken? Gab es das in Indien?
Ja natürlich, erwidert er, *warum überrascht dich das? Du bist ja ganz aufgeregt. Es gab so ein Wasserbecken, riesengroß, gemauert in einem Rechteck, eine tolle Wasserfläche, die lag unterhalb der Zitadelle, da ließen wir das Segelboot schwimmen.*
Wirklich? Das ist irre, in Purandhar gab es tatsächlich eine Zisterne?
Das war mein Wasserbecken, ganz klar. Was ich im Kopf hatte, war keine Phantasie.
In den Marschwiesen auf Föhr habe ich diesen Blick in die Tiefe gesucht, später war es das große Wasserbecken in Herrenhausen … Da war wieder dieser Sog, das Wiedererkennen dieses Urbildes, und jetzt hat es das tatsächlich gegeben. Eine Zisterne in Indien, ein offenes großes Wasserbecken.

Winter auf Gut Eichenkamp, und mir fällt alles wieder ein …
Damals in Hannover hatten wir in der Schule gelernt, dass dieses große gemauerte Wasserbecken an der Herrenhäuser Straße die Fontänen der Königsgärten versorgte. Also war das ein *château d'eau*, oberhalb von meinem Schulweg! Aber damit war das Geheimnis nicht erklärt, ich sah wahrhaftig noch etwas anderes vor mir, etwas, das ich als geheimnisvolles Bild immer schon im Kopf hatte. Bei Hegel habe ich eine Stelle gefunden und immer und immer wieder studiert. Langsam verstehe ich, wie er das Erinnern als einen Teil des Denkprozesses, der Erkenntnis erklärt.

> „Das Bild ist das Meinige, es gehört mir an, aber zunächst hat dasselbe noch weiter keine Homogenität mit mir, denn es ist noch nicht gedacht, (…) Daher habe ich zunächst noch nicht die volle Macht über die im Schacht meiner Innerlichkeit schlafenden Bilder, vermag noch nicht, dieselben willkürlich wiederhervorzurufen. Niemand weiß, welche unendliche Menge von Bildern der Vergangenheit in ihm schlummert; zufälligerweise erwachen sie wohl dann und wann, aber man kann sich, wie man sagt, nicht auf sie besinnen. So sind die Bilder nur auf formelle Weise das Unsrige." (Hegel, S. 260)

Die Lektüre der *Phänomenologie des Geistes* hatte mir Johann als winterlichen Lesestoff empfohlen, zum Glück habe ich mich so weit vorgearbeitet, dass mir diese schöne Erläuterung hereinschneit. Das Kind hat im tiefen Schacht seiner Innerlichkeit die Bilder liegen, sie schlafen, ein treffendes Bild für den Vorgang, dass es die noch nicht bewusst zur Verfügung hat, bis, ja, bis womöglich ein Anstoß kommt.

> „Zu unserem wirklichen Besitztum werden die in der dunklen Tiefe unseres Inneren verborgen liegenden Bilder der Vergangenheit dadurch, dass sie in der lichtvollen, plastischen Gestalt einer daseienden Anschauung gleichen Inhalts vor die Intelligenz treten und dass wir sie, mit Hilfe dieser gegenwärtigen Anschauung, als bereits von uns gehabte Anschauungen erkennen. Wenn ich also etwas in der Erinnerung behalten soll, so muss ich die Anschauung desselben wiederholt haben. Durch öftere Wiederhervorrufung erhält aber das Bild in mir eine so große Lebendigkeit und Gegenwärtigkeit, dass ich der äußeren Anschauung nicht mehr bedarf, um mich desselben zu erinnern. Auf diesem Wege kommen die Kinder von der Anschauung zur Erinnerung." (Hegel, S. 261)

Die Bilder von einem großen Wasserbecken trieben ihre hintergründige Existenz im tiefen Schacht der Erinnerungen, an unterster Stelle, weit weg …
Ich habe sie in frischen Bildern gesucht, aber die Erinnerung konnte nicht gehoben werden, die Kraft des Geistes hat nicht gereicht. Jetzt weiß ich etwas, weil es jemanden gibt, der diese Zisterne sehr gut kennt und mir davon erzählt.
Das Erinnern ist eine Leistung des Denkens. Das Kind arbeitet an so einer Hervorbringung eines Bildes, das es vage vor Augen hat. Mit dem großen Haus in der Nähe des Hamburger Hafens ist es ähnlich, das habe ich jetzt gefunden, das Tropeninstitut. Es gab das Bild, in diesem Fall das schlimme, ganz besondere Bild von einer Bedrohung und von Scham, aber das saß fest in der dunklen Tiefe des Erinnerungsschachtes. Das Kind sucht und findet gegenwärtige lebendige, frische Anstöße, die locken das schon gehabte Bild ins Licht des eigenen Bewusstseins. Von einem

zum nächsten Mal wird es deutlicher, bewusster verfügbar, bis es nach vielen Wiederhervorrufungen so lebendig und präsent ist, dass es irgendwann ein klares Erinnerungsbild gibt, das, verfeinert und ausgebaut, zum festen Bestand wird, durch die Macht des Bewusstseins gehalten und weitergetragen.

Ende Februar weht endgültig ein Frühlingswind durch die Alleen. Wir fahren gerade los zu den Terminen in die Stadt, da sehe ich Katrina, wie sie den Kinderwagen über das Kopfsteinpflaster schiebt. Ich halte an, sie lacht und sagt: *Das Ruckeln ist gut für sie, da kann sie besser einschlafen.*
Wie zufrieden sie dabei ist, denke ich.

Warme Frühlingstage im Norden. Die Kirschbäume im weißen Rausch, alles summt, atmet, keimt und knospt. Ausgerechnet jetzt, ich weiß nicht mehr, in welchen Strudel ich hineingeraten bin. Schon wieder mache ich mich auf den Weg, um Räume zu finden für das Geldverdienen. Sie fände es grauenhaft, dass ich wieder arbeiten wolle, sagt Katrina dazu. Besser wäre es, wenn die Eigentumswohnung in der Stadt verkauft würde. *Du weißt ja,* versuche ich ihr zu erklären, *auf jeden Fall muss Johann ein bisschen weiterarbeiten, anders wird es nicht gehen, ich unterstütze ihn …*

Zu Pfingsten packen wir, wechseln den Wohnort und fahren nach Südfrankreich. Noch unterwegs, als wir an der Stadtmauer von Arbois im Jura eine kalte Nacht im *camion* verbringen – dem Kleintransporter, gemietet für den großen Tisch, Bücherkartons und Pflanzen, die nach Frankreich umziehen müssen, wir mittendrin, auf dicken Polsterkissen gerade zum Schlafen zurechtgeruckelt –, da ruft Katrina an und sagt:
Lydia will nun wieder beweisen, dass sie alles allein kann.
Und, was hast du geantwortet?
Sie kann es doch gar nicht allein, das weiß sie, das wissen wir. Es gibt so viel zu tun, und das Kind will ja auch zu mir, wir sind alle drei dabei. Und wenn ich ihr sagen würde, dann mach doch alles allein, zeig, dass du das kannst, dann sieht das so aus, als sei ich gekränkt. Das ist auch nicht vernünftig.

Ja, das stimmt, aber du siehst es ja, diese Hilfe wird Lydia zu viel, sie geht auf Rückzug und nimmt ihr Kind mit.
Und spätestens übermorgen ist sie froh, dass wir für alle eingekauft und gekocht haben.
Ja, das wird so sein.

Wir öffnen das grüne Tor. Still und sanft liegt das Haus in seinem Garten, der Rosmarin blüht, es duftet, verschwenderische das Blau der Lilien. Wir schlagen die Fensterläden zurück.
Erst die Wandergäste, danach die Großfamilie. Die hat sich in diesem Jahr auf den Weg gemacht, nach und nach trudeln neue Gäste ein, in den Kochtöpfen brodelt der *Pot au Feu* für fünfzehn Leute. Die vier Brüder kommen wieder zusammen, ich höre zu, was sie miteinander reden. Zum ersten Mal seit dem Termin bei dem Notar sind wir fünf Geschwister wieder beieinander, in diesem Gewölberaum aus unverputzten Kalksteinen, mit dem Licht, das durch die hohen Glastüren hereinfällt.
Überhaupt, das wollte ich dich fragen, wendet sich Hans an mich, hast du herausgefunden, wann und warum Vater eigentlich nach Indien gegangen ist? War er auf der Flucht vor etwas? Wollte er aus dem Nazi-Deutschland weg? – Nein, ich habe noch nichts gelesen. Ich lasse mir Zeit, das geht nicht schnell. Hin und her, lauter Fragen, ich halte mich zurück.
Ich glaube, er war bei der Bekennenden Kirche, sagt Ernst, *das war der innerchristliche Widerstand gegen die Gleichschaltung der Kirche durch die Nazi-Behörden, dem haben sie sich verweigert. Ich vermute, er hatte immer ein schlechtes Gewissen, weil er weggegangen war. Er hätte auch an die Front gehört, so dachte er.*
Ich will nichts sagen, was nicht gut abgewogen ist und auf sorgfältiger Durchsicht der Briefe beruht. Irgendwann werde ich aufschreiben, wie die Eltern damals gelebt haben.

Hans und Harald googeln Erinnerungsorte. Recherche in der Flut von Adressen und Links. Sie suchen nach Albersdorf, dem Wohnort der Großeltern. Nur der älteste Bruder hat eine eigene Erinnerung an das Pastorat. Das will er Harald zeigen, weil es dessen Geburtshaus ist. *Diesen Großvater*, sagt Harald und beugt sich über das Foto, *den habe ich nicht gemocht, der sprach nie mit uns Kindern, aber seine Werkstatt, das kleine gezimmerte Haus am Rand des Gartens, das so gut roch, das war die erste Werkstatt, die ich gesehen habe. Ich glaube, ich war sechs. Eine Aufbewahrungswerkstatt, mein Traum. Alles alt, krumme Nägel in einem Kasten, irgendwo herausgezogen – und für eine neue Verwendung irgendwann vielleicht. Einen Hammer gab es dort, eine Kneifzange, eine kleine Säge. Ich brauchte nur einen Hammer. Mein erstes Boot habe ich dort gebaut.*

Am letzten Abend sitzen wir drei am offenen Kamin in der Küche. Harald möchte noch eine Flasche Rotwein mit uns trinken, bevor wir morgen alle abreisen. Musik tobt durch den Raum, wirbelt herum und zaubert die alten Bilder herbei. Es ist die griechische Musik, die sofort glücklich macht – diese Schwermut in der Stimme der griechischen Sängerin, begleitet von Gitarre, Bouzouki, Bass. Seine Reisen als Junge, die eigene Liebe zum Musikmachen, zum Singen und Gitarre-Spielen, und die unsagbar spannenden und verschwiegenen Nächte, in denen die Jungs ihre „Fahrten“ gemacht haben … vom Rotwein befeuert, steigen die Sommerbilder hoch.

Am nächsten Tag noch das Haus aufräumen, großes Abschiednehmen, dann sausen wir wieder los. Nach der Grenze als Erstes wieder deutsche Nachrichten. Im Morgenmagazin wird von wüsten Protestaktionen in Griechenland berichtet. Gerade haben wir das „ursprüngliche Griechenland“ gefeiert, hier ist die ernüchternde Gegenwart im Mai 2011:
Schon den zwölften Tag in Folge gehen die Griechen auf die Straße, Massendemonstration in Athen gegen die Sparbeschlüsse der Regierung. Interview mit dem Fraktionsvorsitzenden der CDU/CSU Volker Kauder. *Wir müssen den Rettungsschirm für Griechenland haben,* sagt Kauder. *Aber ohne Gegenleistung der Griechen geht es nicht.*
Woher denn das viele Geld nehmen, und warum wir das müssten, fragt der Interviewer. Europa sei ein Projekt seiner Generation, antwortet Kauder, das würden sie nicht kaputtgehen lassen. Europa stehe auf dem Spiel und müsse gerettet werden. Wir dürften den Euro nicht in die Krise schicken.

Wie kommt der Fraktionsvorsitzende auf diesen Schwenk? überlegen wir auf der Fahrt. Bisher ging es doch immer um „die Rettung Griechenlands". Muss er dem Journalisten jetzt die milliardenschweren Hilfskredite für griechische Schulden erklären? Ja, diese Hilfskredite „müssen wir" haben, so meint er es.
Die sind offensichtlich ein „Rettungsschirm" für Europa. Griechenland bekommt Kredit aus dem europäischen Topf, kann seine Schulden bezahlen und seinen Haushalt, zumindest das Nötigste, wieder finanzieren. Die Gläubiger müssen die griechischen Schuldtitel nicht abschreiben, die Finanzmärkte geraten nicht erneut in einen Strudel.
Senkung der Löhne, Kürzung der Renten, Streichung der Sozialausgaben – das erzwungene Elend der Leute, das sind die „notwendigen Gegenleistungen" dafür, dass der griechischen Regierung die Bedienung ihrer Schulden bei den deutschen Banken vorfinanziert wird. So genau will das keiner sagen, aber faktisch heißt das:
Die Krise wird nach Griechenland verlagert. Bei ihnen soll Entwertung stattfinden. Es hält sich die alte Leier: dass die Leute da unten in der Hitze faul und schlampig sind, weiß man doch, dass die im Süden nicht arbeiten können …

Unterwegs eine Übernachtung im Winzerdorf am Main. Johann schließt die Tür auf, klingelt kurz, der Geruch von kühlem Keller mit Gärung schlägt uns entgegen. Johann geht zum Kühlschrank, ein offener Bocksbeutel, seine Mutter kommt aus der Küche. *Hallo, kommt herein, setzt euch an den Tisch, lasst uns einen Silvaner trinken, frisch, das tut euch gut.* Wann trinken wir schon mal am Mittag einen Schoppen? Für Johanns Mutter gehört das dazu. Sie schöppelt und schöpft Leberknödelsuppe auf die Teller.

Weißt du, erzählt Johann am nächsten Tag im Auto, *wie schwer es für mich war, mich damals aus diesem Winzerhaushalt herauszuschälen? Immer die Erwartung, dass der Sohn im Weinberg hilft, schon immer als Schüler und weiter als Student. Quälend die Ahnung der Unvereinbarkeit mit diesem Leben, ich wollte ganz was anderes.*
Raus aus dem Dorf, weg von der Uni Würzburg und nach München. Dort war Aufruhr. Auf den Tischen in der Mensa – das kannst du dir

gar nicht vorstellen – überall lagen diese Blätter herum, wie Sand am Meer verteilt, die Studentenzeitung, Aufrufe zu Teach Ins, Diskussionen in den Vorlesungen ... Sofort wusste ich: Da geht's entlang.

Toll, was für eine Geschichte! Dafür hast du das Studium wieder gewechselt, nicht mehr Physik und Mathe? unterbrach ich ihn.

Ja klar, das war zu lebensfern, es musste was Gesellschaftliches sein, ich studierte dort Jura, auch das noch neben den Kämpfen. Die linken Gruppen hatten den RCDS aus dem Asta hinausgewählt, der studentische Etat fiel ihnen zu, sie konnten die marxistische Studentenzeitung drucken. Wüster Streit, Kampf gegen das neue Hochschulgesetz, das die linken Gruppen austrocknen sollte. Was das genau ist, das BHG, wusste man gar nicht, aber es wurde bestreikt, bekämpft, man wollte sich das Recht für die eigene Gestaltung der Lehre sichern. ‚Wir werden kämpfen, wir werden siegen, die KuMi Meier wird unterliegen', hieß eine Parole ... So gings zu, jede Woche ein Teach In, durch die Seminare gehen und Diskussionen fordern, die die wissenschaftliche Diskussion provozieren ...

Unterwegs eine Nachricht von Katrina: *Schön, dass ihr wiederkommt, L. will für alle kochen.* Diese Freude treibt uns an. Als wir ankommen, sind Lydia und das Kind nicht da, dafür die glückliche Überraschung, dass Katrina schon zurück ist. Ihr Termin sei ausgefallen, sagt sie und dann, auf der Wiese im Apfelgarten: *Lydia hat beschlossen, auszuziehen. Das war die Eröffnung des Gesprächs, das nach langer Zeit am Sonntag stattgefunden hat. Es ist schade, dass das Gespräch nicht die Kraft der Klärung hatte, sondern mit Ergebnissen begann,* sagt sie noch, dann gehen wir erst mal ins Hinterhaus und packen aus.

Mittsommernacht, berauschend, warm und hell. Mit Katrina und Klaas schöppeln wir am Feldrand einen Bocksbeutel Ewig Leben aus Randersacker. Die kleine Lil ist fast ein Jahr alt, vorhin kam sie an Lydias Hand hierher „gelaufen". Als sie Katrina sah, flog sie fast auf sie, krabbelte auf ihren Schoß, dann gingen die beiden zusammen weiter.

Der Sommertag an diesem 3. Juli beginnt stürmisch. Wind treibt Bäume und Büsche um, schüttelt kübelweise Wasser heraus, weht Rosenblätter auf den Rasen. Ich möchte mit Hans sprechen.

Er sei in der Reha und habe das Wochenende mit Besuchen und Ausruhen besser hinter sich gebracht, als er dachte, sagt er mir am Telefon. Er brauche wohl diese Ruhe nach der Hüftoperation. Was ich denn so machte in dieser Zeit? Oh, ich hätte viel zu tun, sage ich leicht dahin.
Ich meine, was machst du mit dieser Zeit deines Lebens? fragt Hans.
Zeit meines Lebens. Er weiß, wie kostbar diese Zeit ist und dass sie immer kostbarer wird.
Und was macht das Buch? Immer diese Nachfrage. *Oh ja, daran arbeite ich, dafür brauche ich die Zeit, genau dafür...*
Und die Pläne für den Ausbau in Frankreich? Er wolle auf jeden Fall dabei sein, bis dahin sei er bestimmt wieder ganz gesund.

Ich bin froh, dass ich am Samstag allein auf dem *compound* bin. Seit wir aus Frankreich zurück sind, habe ich viele Stimmen im Kopf, neue Texte geistern herum.
Erst noch durch den Garten gehen, Wäsche aufhängen, die weiche Luft genießen, die Katzen besuchen, finde Olga nicht, dafür einen zerrupften Vogel auf der Treppe und eine tote Maus im Flur. Lange schleiche ich um meinen Arbeitstisch, der Rechner steht schon bereit.
Heute soll es losgehen. Ich will aufschreiben, was ich erzählt bekommen habe. Ich will mich auch an den Nachlass der Eltern wagen.
Möchte noch mehr Geschichten hören. Was haben die Brüder gemacht, wo waren sie? Ich suche nach den Geschichten der Reiseorte, der Familienorte. Ich will die Mehrstimmigkeit, die anderen sollen sich äußern können, Brüder, Eltern, „Kinder". Ich will die Polyphonie.
Klaas schaut zur Tür herein, ob wir gegen acht zum Abendessen herüberkommen mögen. Nur zu gern.

Sonnenrotstreifen leuchten unter dem Nordhimmel, mit gigantischen gelb-grünen Verläufen, Wogen von Geruch aus feuchten Wiesen, Mittsommernächte sind das. Klaas und Katrina begleiten uns durch den Garten, als wir spät in der Nacht im Dunkeln zurückgehen. So schön war dieser Abend, wir könnten einfach auch dableiben.

Stille Tage im Midi (2)

Endlich wieder angekommen, *15 juillet 2011.*
Mittage in tiefer, schläfriger Stille auf dem Liegestuhl am Wasserbecken. Flirrend heiße Stille unter dem Gesang der Zikaden in den Flaumeichen, flimmernd das Schattenspiel des Lichts auf Steinmauern und Wasser.
Auf den monotonen Oberton lauschen, das Geratsche der Zikaden, das versessene Gestreiche auf Flügelsaiten, auf- und abschwellend in immer gleichen Terz- und Quintensprüngen, ein brütender Klangteppich, schwer in der Luft. Laut, monoton, ewiges Auf und Ab, irgendwann hört man sie, die Stille der Mittagsstunden, und lässt sich in die Trance entführen im Schattenspiel unter Flaumeichen.

Und dann die Nächte. Mondhelle duftende Nacht mit dem gleichmäßigen Flötenruf des Käuzchens. Aufstehen und ans Fenster treten, hier im Süden ist die Nacht samtweich, duftend und heiß, eine Mondsichel, die wie ein kleines Boot am südlichen Himmel schaukelt. Der Himmel mit funkelnden Sternen, hier das Kreuz des Südens und dort die Kassiopeia. Geheimnisvolles Wispern der Vögel in den Büschen, geräuschlos der Flug der Fledermäuse.
Ich strecke mich unter dem Laken auf dem Bett aus und atme die Luft ein, die hereinströmt mit den Geräuschen der Nacht, getaktet vom hellen Ruf des Käuzchens, geheimnisvoll, von weit her immer dieser Flötenton.
Schweißnass ist das Bett irgendwann und zerwühlt, bis in der frühen Dämmerung ein Wind hereinstreicht. Nach dem kurzen tiefen Schlaf nun die „Stunde des Wolfes“. Aufstehen, das Bett verlassen, Johann schläft noch tief. Zwei kostbare Stunden dieses frühen Morgens gehören mir.
In der Küche heiße Milch mit Lavendelhonig. Aus dem Fenster hinauslehnen, riechen, was da hereinströmt. Die Feuchtigkeit aus dem Wasserbecken wühlt die Gerüche der Garrigue auf, zerstäubt sie, treibt die ätherischen Öle aus den wilden Kräutern.

Wann gab es den zum ersten Mal, diesen besonderen süßen Geruch, der aus Pinien und heißem Buchsbaum strömt, auch von Thymian und Zistrosen? Abend- und Morgengerüche? Damals mischte sich noch etwas anderes darunter: der Geruch von Spaghetti, Tomatenmark, Gaskocher, Öl und Weißbrot, alles süßlich, fett, manchmal etwas ranzig, alles roch sonnenwarm.

Das war an der Riviera, wir waren in Rapallo, es war das Jahr 1957. Da lernten wir eine Felsenküste kennen, Pinien und Buchsbäume, die sich an die Felsen klammern, in minimaler Erdkrume zwischen Steinblöcken verwurzelt, wie sie hochwachsen und sich schräg über die Felsklippen beugen. Felsbrocken, Steine und Kiesel säumen das Meer, das in der Sonne glitzert, vorn in der Bucht türkisgrün bis ultramarinblau. Da unten gluckst, gurgelt das Wasser, schwappt an die Felsen. Ein altes Foto, aber das glitzernde Licht ist zu erkennen.
Dort spielten und schwammen wir Kinder zwischen den Felsen, sammelten Muscheln und stachen uns an den Seeigeln, die auf den Steinen klebten. Der Vater saß auf einem Felsen, rauchte Zigarre und entfernte mit entschiedener Sorgfalt die Stacheln aus den Fußballen – mit feuergeschwärzter, also desinfizierter Nähnadel.
Tag für Tag ging ich in das Städtchen, nur mit mir ging die Mutter. Ich war ja schon dreizehn und die älteste der Kinder, weil Hans seine eigene Reise machte. Wir verließen das geschützte Gelände der Kirche, traten ein in das dunkle Gewirr von Gassen und fanden den Laden, schummrig schön, bis zur Decke übereinandergestapelte Waren. Hinter dem überquellenden Ladentisch auf dem Regal Dose hinter Dose Tomatenmark, *pelati*, schrabbelige Nudelpakete, Olivenöl in bunten Kanistern, Seife, Waschpulver, Kerzen, Hartkäse. Schwerer, süßlicher Geruch, der einen einhüllte, verführerisch der Duft des frischen Weißbrotes.

Genua – dieses geheimnisvolle Wort war vor den Sommerferien aufgetaucht. Immer häufiger sprachen die Eltern beim Abendessen von Genua, wie schön es wäre, wenn man den Kindern mal Italien, die Riviera und diese Stadt zeigen könnte – *wo es damals so furchtbar war, wo wir so schreckliche Dinge erleben mussten,* ergänzte die Mutter mit verschlossener Miene. – *Was war denn damals?* fragte ich. Man

kannte das Wort irgendwoher, schon öfter war der Name gefallen.
Ja, natürlich, sagte die Mutter, *du warst schon mal dort. Unser Schiff ging damals im Hafen von Genua vor Anker.*
Schiffsreise? Wann denn? Egal. Die Familie reiste in diesem Sommer an die Riviera.
Im „Alpenexpress" fuhren wir quer durch Deutschland, vom Norden in den Süden. Langsam rüttelten wir durch den unheimlichen, schwach erleuchteten St.-Gotthard-Tunnel, dann waren wir an der Grenze nach Italien.
Da die Eltern mal wieder „kein Geld" hatten, wie sie immer sagten, hatte der Vater einen Brief an den deutschen Pastor in Rapallo geschrieben und gefragt, ob die Familie dort einen Zeltplatz finden könnte, vielleicht eine kleine Stellfläche an der Kirche.
Die Kirche von Rapallo also war das Ziel. Dorthin fuhr uns der deutsche Pastor, nachdem er uns mit dem Auto vom Zug abgeholt hatte. Unter hohen, schlanken Zypressen vor der Apsis ein Zelt, ein paar Kisten, zwei Klapphocker, eine Wäscheleine und *basta cosi.*

Tag für Tag kochte die hübsche Mutter mit ihrem kecken Kopftuch und den kurzen Shorts auf dem Campingkocher vor der Sakristei Spaghetti und Tomatensoße. Die Jungs hockten auf umgedrehten Obstkisten, die Eltern auf den Campinghockern, ich hatte einen Betstuhl aus der Sakristei herbeigeschafft.
Erst Spaghetti und dann der Mittagsschlaf. Siesta, von eins bis vier lagen sechs Leute im Zelt, dösten und ärgerten sich gegenseitig, Hauptsache, man war vor der Sonne geschützt.
Alle zusammen am Nachmittag in die Felsenbucht am Wasser. Wir sollten diese Felsenküste genießen – sie sei viel schöner als der kleine, von Menschen überlaufende Sandstrand von Rapallo, hatte der Vater gesagt. Auf den Steinen saß der Vater, rauchte Zigarre und zeigte uns einen Stapel mit kleinen weißen Kärtchen, die er aus seiner Tasche zog: *Die beste Methode, eine Sprache zu lernen, sind diese Zettel. Auf eine Seite schreibt man das deutsche Wort, auf die andere das italienische. Man nimmt ein Kärtchen, liest, überlegt, schaut kurz auf die andere Seite, spricht es aus und steckt das Kärtchen nach hinten. Man lernt so lange auswendig, bis man alle Kärtchen blitzschnell umdrehen kann. Hier, guckt mal, macht mal los.*

Das gefiel mir, ich nahm einen Packen und lernte. Schließlich wollte ich allein einkaufen gehen, im Laden auftreten und rumgucken, das dürfte ich erst, wenn ich genug italienische Wörter zusammen hätte, dann ja vielleicht, hatte Mutter gesagt.

Die Nächte waren warm und duftend. Vollmond am Himmel, ich konnte nicht schlafen. Am Tag entschloss ich mich zu schlechter Laune, hielt mich abseits von der Familie, ärgerte mich über Ernst und Harald und wollte partout nicht mehr bei ihnen im Zelt schlafen. So lange verbreitete ich schlechte Stimmung, bis Mutter mich mit einem winzig kleinen Zelt überraschte, das sie nur für mich gekauft hatte. Die Jungs kriegten dafür eine Luftmatratze zum Schwimmen im Meer. Für mich gab es mein Zelt, meine Höhle an der kühlen Kirchenmauer, alles war richtig dicht bei den immergrünen Büschen. Auf meiner Luftmatratze lernte ich für meinen Auftritt im Laden …

Schon allein beim Gehen durch die schummrigen Gassen spürte ich die Blicke der Jungen, die ja schon Männer waren. Das Herz klopfte, ich fand mich schick, wie eine Frau. Ach, und eine Wonne, dieser Krämerladen, stolz auf Italienisch: *Voglio pomodori, pasta, prego,* und *grazie, bon giorno* und *arrivederci,* und natürlich *ciao.* Und dann warten auf die Antwort: *Ciao bella.* Auf kleinstem Raum im dämmrigen Licht, muffig süß, warm und wühlig, vor Warenbergen die italienischen Wörter zusammensuchen und locker losreden, meine Neugier und die Blicke der anderen, ganz allein sein. Die Wärme, nur die dünne Bluse zu dem roten Rock und dieser Geruch des Südens. Unbestimmte Sehnsüchte bekamen einen Namen. Für immer.

Damals, in dem Sommer in Rapallo, zum ersten Mal durch die heiße Macchia. Santa Margherita war das Zauberwort, von diesem Fischerdorf ging es auf einem steinigen Weg bergauf. Über den Monte Portofino, immer vorneweg der Vater mit dem Taschentuch, das, an vier Zipfeln geknotet, auf dem Kopf saß, hinterher trotteten die drei jüngeren Brüder, dann die Schwester, zum Schluss, im Sommerkleid, die Mutter mit ihrem geblümten Kopftuch, das sie fesch nach hinten gebunden hatte. Gegen Mittag stand die Sonne

fast senkrecht am Himmel. Der Mutter wurde schlecht, sie legte sich leidend an den Wegrand.
Später, der schmale Pfad fast senkrecht an der steilen Bergflanke entlang, hinunter in die kleine Bucht von San Fruttuoso, nur ein paar Häuser und Felsen, die von hoch spritzenden Wellen umspült waren. An den alten Fischerhäusern vorbei hangelten wir uns auf Steinstufen bis zur Bootsanlegestelle.
Auf den Fotos erkennt man, was da los war. Das Mädchen hält sich an einem Felsvorsprung fest, um sie herum die drei Brüder, die Mutter guckt hinüber zum Vater, der sich auf einen Felsen wagt, damit er uns alle ins Bild bekommt. Warten auf das Fischerboot, das uns nach Santa Margherita zurückbringen soll. Die Brandung tost an die Felsen, es spritzt, der warme Wind peitscht das Meer hoch. Alle freuen sich auf diese Bootsfahrt. Der Dampfer konnte nicht anlegen, aber wir mussten zurück, der Vater orderte ein Fischerboot, das müsste doch möglich sein.
Vorn im Bug Ernst und Harald. Sie hielten sich am Bootsrand fest. Auf der schmalen Bank gleich dahinter das Mädchen neben dem kleinen Oluf, die hielten sich fest an den Händen. Aus dem Schutz der Felsen heraus – und schon hob eine Welle das Boot vorne hoch, ein Schwall Wasser spritzte auf, und dann – glitt das Boot mit Schwung ins Wellental, und sofort wieder hoch. Die Gischt schäumte, und das Wasser spritzte über uns hinweg. Glatt, sanft und geschmeidig, auch im Aufbäumen bewegte sich das Boot im Takt der Wellen. Alle waren nass, es war herrlich, das Wasser in der Hitze.
Nur einmal schaute ich mich kurz um, wollte nur sehen, wo die Eltern waren. Wie blass die Mutter dasaß, angespannt Halt suchend, die Bank fest umklammernd. Etwas stimmte nicht. War das harte Aufprallen in den Wellen vielleicht gefährlich, und niemand hatte das bemerkt?
Vorbei die wilde Freude. Ich stand auf, schwankte durch das schaukelnde Boot, setzte mich neben sie, aber ich beruhigte sie nicht. Ich übernahm ihre Angst. Und der Vater? Ich schaute zurück. Der stand breitbeinig neben dem Steuermann. Der hatte doch alles im Blick.
Irgendwie blieb eine Unzufriedenheit, es ärgerte mich, dass ich nicht bei den Jungs geblieben war, die hatten so einen Spaß. Aber die Mutter, ich musste bei ihr sein.

Ach, ich war zwiegespalten, holte in meinem Zelt den Taschenkalender hervor und schrieb: *Monte Portofino. Auf dem Gipfel konnte man das brausende offene Meer sehen, bis zu den Küsten Frankreichs. Von San Fruttuoso nach Portofino Schifffahrt bei hoher See, das Boot schlingerte sehr stark, ich setzte mich neben Mutter, herrliches Wetter.* Zum ersten Mal hatte ich einen kleinen Kalender gekauft. Ich machte das den Eltern nach, die *immer einen Kalender führten, um nichts zu vergessen*, wie sie sagten.

Dieser Sommer hörte gar nicht auf, Tag für Tag die heiße Sonne, jeden Tag wieder, dann die Sommerabende, und dann kamen noch die Sommernächte.

Wenn abends die Kühle vom Meer bis zu unserer Kirche hochstrich, dann zogen wir uns hübsch an und gingen wieder hinunter an den Strand. Dort saßen und standen sie alle herum, die Fischer, die Bäckersfrau, die Kinder. Der Pastor kam auch vorbei, der Vater hatte vieles zu besprechen. Manchmal bekamen wir ein Eis.

Alles erwachte zu neuem Leben, zum Nachtleben eben, das war etwas Besonderes, eine Extrazeit, das gab's nur hier im Süden. Genau genommen waren die duftenden warmen Nächte am Strand das Allerschönste, man guckte herum und wurde angeschaut, man drehte sich hierhin und dahin, schubste, wurde gedrängelt, berührte andere Kinder, andere Jungs, das war prickelnd.

Und deshalb fing Mutter an zu singen, erst trällerte sie so herum, dann sang sie einfach los:

Rote Rosen, rote Lippen, roter Wein,
und Italiens blaues Meer im Sonnenschein,
laden uns ein, laden uns ein …

Der Vater stimmte ein, und dann sah Mutter uns an und sang plötzlich mit jubelnder Stimme und dramatischer Bewegung und lachte und lachte, als sei das alles gar nicht wahr, was sie da sang, die Leute drum herum lachten auch und riefen sowas wie: *Si, si, Schuricke, Schuricke …*

Eines Abends kamen noch mehr Leute, Unruhe lag in der Stadt. Es bahnte sich etwas an, wir verstanden nichts. Die Strandpromenade voll mit Menschen, es wurde gefeiert, getrunken, gesungen, dann brach ein Spektakel los. Ohrenbetäubender Krach, fassungslos der Blick in den berstenden Nachthimmel, an dem die farbigen Kaskaden der Feuerwerkskörper herunterfielen. Warmer Geruch vom Meer, eine tanzende, feiernde Menschenmenge, glücklich, erregt, umgeben von dem Krach, so standen wir vor diesem Zauber. Noch nie hatten wir so etwas gesehen. Ein komplettes farbiges Marienbild erschien am Himmel, dann wurde das Bild eines Hirtenjungen hochgeballert und von Farbgarben umflossen.

Vor vierhundert Jahren sollte die Gottesmutter einem Hirtenjungen auf dem Feld begegnet sein. Seitdem werde dieses Marienfest mit allem Pomp gefeiert, erklärte schließlich unser Pastor, der die evangelische Gemeinde in Rapallo betreute. Er hielt von dieser Geldvergeudung und der Anbetung der Mutter Maria nichts. So irgendwie verstand man das.

Nacht für Nacht krachte es, und gleißend hell die Garben über dem Meer. Wir versteckten uns gegen Mitternacht in den Zelten und fanden keinen Schlaf.

Schließlich nahm ich meine Luftmatratze und quetschte mich zwischen Ernst und Harald in das Hauptzelt. Wie erlöst war ich, dass ich nicht mehr allein schlafen musste!

Ich suche nach den Stimmen der Brüder. Was haben die dazu gesagt? Was haben die sich damals gedacht?

Dieser Sommer der Kindheit, in dem uns die Eltern zum ersten Mal den Süden zeigten, war die sanfte Erinnerung an ein früheres Leben. Ich spürte, dass ich diesen Süden brauche, dass das meine Wärme, mein Land ist, dass der Sommer immer diese Farben haben müsste, das glänzende Licht der Sonne, das warme Licht auf dem grünen Hügelland und das Glitzern des Meeres.

Weg in die Wälder

Als wir aus dem Sommerland Italien zurückkamen, war in Hannover immer noch Sommer. Bevor der lange Sommer 1957 zu Ende ging, brachten wir den Vater zum Flughafen. Er flog nach Amerika, von Minneapolis und Washington wurde gesprochen.
Hans war noch auf Fahrt, aber die Tochter, die nahm der Vater rasch beiseite und erinnerte sie an ihre besonderen Pflichten, die mit seiner Abreise verbunden seien … oh ja, sie wusste Bescheid.
Als Erstes lud die Mutter lauter Leute ein, damit das Haus noch voller wurde und sie nicht ganz allein mit den Kindern dasaß. Fünf Kinder wohnten in dem Haus, der große Bruder Hans, der schon sechzehn war, dann der jüngere Bruder Ernst und zwei kleine Brüder Harald und Oluf, und ich natürlich, Marie.
Die Mutter und das Hausmädchen machten den Haushalt, und nun kam noch Tante Lissy zu Besuch, meine vornehme Patentante.
Zum Glück kam Hans wieder nach Hause. Vier Tage habe er gebraucht, um aus Schweden zurückzutrampen, habe nur noch am Wegesrand geschlafen, erzählte er, verwildert, hager sah er aus, das Haar hing lang herunter, und die Mutter rief: *Gut, dass wir den großen Jungen wieder hier haben!*

Soweit war alles wieder in Ordnung, alle Kinder richteten sich unter der Fuchtel der Frauen, so gut es ging, gemütlich ein.
Die Jungs bastelten in ihren Zimmern an den Schiffen. Hans besuchte seine Freundinnen, der jüngste Bruder war ja noch „Möppi“, rund und freundlich stromerte er herum. Mutter sagte ihrer Tante (und schrieb das an ihren Mann): *Er ist mein Sonnenschein, weil er so liebenswürdig ist und „wurstig“.* Trotzdem ließ sie den kleinen Jungen jeden Tag ein Diktat schreiben, weil er in der zweiten Klasse nur noch Vieren nach Hause brachte. Mit Ernst und Harald übte sie jeden Tag die lateinischen Vokabeln, war enttäuscht, dass es wieder nur Vieren gab, und schimpfte über die (*dummen und völlig überflüssigen*) Flüchtigkeitsfehler. Ich fand das ungerecht, wo die gerade so lieb gewesen waren und sich angestrengt hatten. Sie wusste doch gar nicht, dass man am Ende einer Lateinstunde müde wurde! Wegen der schlechten Noten verbot sie ihnen den Ausflug mit der

Jungenschaft, kein Wochenende mit der Kothe, *basta cosi.*
Alle fünf Kinder musste sie „rankriegen", so hieß das bei ihr, wenn sie, fröhlich und unternehmungslustig, jeden zu seinen Pflichten rief. Dann war es für sie erst richtig gut. Und am Ende so eines Tages wunderte sie sich und sagte zu jedem: *Die Kinder sind schwierig.*
Und dann das, auch noch an einem Sonntag: Ernst hatte sich mit einem Freund in seinem Zimmer eingeschlossen, Harald kam aus dem Keller hoch, wollte mitmachen, klopfte, stieß gegen die Tür. Ich lief herbei und wollte ihn davon abbringen. Er griff nach einem harten Gegenstand, hämmerte damit auf dem Türschloss herum, Ernst lachte von drinnen und spottete: *Das schaffst du doch nie, haha.* Das reizte Harald, er schlug auf das Schloss ein und wurde noch wütender.
Da kam die Haustochter heraufgestürmt: *Weeste wat,* rief sie dazwischen, *ick sach dir eins, du haust hier jetzt ab.*
Er aber griff unsere nette Ruth an und prügelte auf sie ein. Dann kam die feine Tante Lissy schwerfällig die Treppe herauf, hielt den Jungen so fest am Arm, dass er nachließ, und bat darum, dass das Türschloss geöffnet würde. Aber das ging nun nicht mehr, das klemmte, das war zerstört, die Jungs saßen fest, Stunde um Stunde.
Los, hol eine Leiter und stell sie am Fenster an, rief Ernst zu mir herüber.
Nein, um Himmels willen nein, eine Leiter dürft ihr nicht anstellen. Wir müssen einen Handwerker holen, der die Tür wieder geöffnet kriegt, befahl die Tante.
Als die Mutter von ihren Besuchen zurückkam, war alles in heller Aufregung, die Tür immer noch verschlossen, die Tante matt im Sessel, sie wackelte nur noch hilflos mit dem Kopf. Ruth war dabei, ihren Koffer zu packen.
Ick kündige, sagte sie erbittert, *ick bleebe nich hier... Dit is ja wie bei den Hottentotten, in diesem Haus.*
Die Mutter stürmte die Treppe rauf und schrie die Jungs an: *Das habt ihr jetzt damit erreicht, dass Ruth nicht mehr hierbleiben will! Muss ich jetzt wieder den Ausklopfer zu Hilfe nehmen? Ihr werdet unter diesen Umständen nichts von Vater mitgebracht kriegen, das schreibe ich ihm.* Sie ließ eine hohe Leiter anstellen und die eingeschlossenen Jungs befreien. Der Schlossdienst musste kommen, das Schloss

wurde ersetzt, Ernst und Harald saßen später maulend am Tisch. Und die liebe Ruth hatte ihren Koffer wieder ausgepackt. Sie könne nicht einfach weg, wann sie wolle, hatte die Mutter ihr gesagt.
Ja, die Kinder waren „*schwierig*". Aber warum musste man sie auch immer „*rankriegen*"?
Damit ging es los. Das hieß ja, dass man alles, womit man selbst gerade so angenehm und zufrieden beschäftigt war, sein lassen musste.

Letztlich wollten die Kinder der Mutter helfen, dass es gutging, wenn sie allein war. Und so kam es, dass am folgenden Samstag der Friede einzog. Hans räumte die Hobelbank im Heizungsraum auf, der Vater hatte nun doch den Schrankschlüssel zurückgeschickt. Den hatten die Jungs gerade nicht zur Verfügung haben sollen, das hatte sich der Vater so ausgedacht, damit sie während seiner Abwesenheit gerade nicht an die guten Werkzeuge herankämen. Aber die Mutter hatte sich darum gekümmert, und so kam der Schlüssel über den Ozean zurück, und Hans räumte die Werkstatt auf. Ich jätete im Gemüsegarten Unkraut, Ernst und Harald ernteten Bohnen, die Mutter wog die Ernte, es waren bestimmt dreißig Pfund oder noch viel mehr. Die wurden abgezogen und geschnippelt, Harald war am eifrigsten dabei.
Die Mutter kam dazu und jubilierte in den wärmsten Tönen: *Fein machst du das, du kniest dich ja geradezu in die Arbeit, du bist so geschickt und wie geschaffen für das Gemüse im Garten.* Dann machte sie sich an das Einwecken der Gläser. Ihre kräftige, fröhliche Stimme schwang durch die Räume, und so war an diesem Tag wirklich alles schön.
Bald kommt Vater aus den Vereinigten Staaten zurück, verheißungsvoll und erst recht froh wurde ihre Stimme, als wir beim Abendessen zusammensaßen.
Was hat er denn dort gemacht? fragte ich.
Er muss Reden halten und Komitees leiten, sagte die Mutter, fröhlich, weil es ja nun vorbei sein sollte.
Wer ist denn da alles? fragte Ernst.
Das ist schwer zu erklären, es ist ein Treffen aller lutherischen Kirchen der Welt in Minneapolis, da tagt der Lutherische Weltbund, aber das

könnt ihr noch nicht so gut verstehen.
Ich ging nach oben in mein Zimmer und schrieb einen Brief an meinen Vater. Er war auf Englisch geschrieben, so wie er es gewünscht hatte. Dann malte ich einen Baum auf das Blatt, bei dem die Blätter abflogen, die bunt angemalten Blätter flatterten schön über das zarte blaue Luftpost-Briefpapier, auf den unteren Rand kamen noch ein paar Blumen, ich schrieb von der Gartenarbeit, dem Unkraut, das so schnell wächst, den Blumen, die ich jeden Tag gießen müsse, weil es so trocken sei … *thick kiss from your daughter Mary Elizabeth.*
Der Vater hatte ihn mir gleich nach seiner Rückkehr wieder ausgehändigt, die Fehler mit Bleistift dezent unterkringelt. *Das ist ein Schmuckstück, den musst du gut aufheben,* sagte er zärtlich. So wurde dieser Brief sorgfältig in die goldene Schatulle gelegt, die ich mir aus den Indienkartons gefischt hatte.

Auch nach dieser Reise war es so. Kaum war der Vater zurück, kaum waren die Geschenke verteilt und der Alltag in vollem Gang, musste das auch wieder sein. Der Vater ging mit einem der Jungs in den Keller, mindestens einer bekam seine Prügelstrafe. „Ritualisierte Züchtigung“ nannte Ernst das später. Dass die Prügel zeitversetzt erfolgten, war in Ordnung, das passte zu diesem Vollzugsgedanken
Die Strafe war unausbleibliche Folge von „Un“-Gehorsam, sie musste erfolgen, sie war wie ein Glattziehen, wie das Gleichheitszeichen. Durch die Missetat war der elterliche Wille verletzt, durch die Prügel war die elterliche Macht wiederhergestellt. Insofern war es egal, dass diese Bestrafung Wochen später erfolgte.
Ich wusste nie, wofür ich bestraft wurde, sagte Ernst später. Wenn ein Kind wissen will, wofür es bestraft, ja geprügelt wird – so ein Kind ist doch schon total gehorsam. Es weiß, dass es für bestimmte Taten geprügelt zu werden verdient …

Und wo war die Mutter?
Passt nur auf, drohte sie den Jungs, wenn die ihr entglitten und sie sich allein gelassen fühlte mit der Erziehungsaufgabe, *Vater wird es euch zeigen.*
Sie selbst schrieb diese Rolle ihrem fernen Mann prospektiv zu. So wollte sie es verstanden wissen: Man musste gelassen tun, was die

Rolle von einem verlangte, so war das nun mal mit der Erziehung. An der Liebe sollte das Kind deswegen nicht zweifeln. Ich hatte diesen Ton von Anfang an als falsch empfunden, das Kind fühlte sich nicht wohl dabei, es litt ja gerade. Was sollte das Schön-Tun? Deswegen mochte ich sie in diesen Momenten nicht. Immer, wenn es um Erziehung ging, musste man beschwingt und zugleich entschieden handeln, es sollte gar nicht die Optik von Strenge haben.
So war sie nun mal, die Erziehungssache, alles halb so schlimm, sollte man denken und brav sein …
Was haben solche Misshandlungen in der Familie zu suchen? Die will doch der geborgene Raum sein, fern von den Kämpfen da draußen. Aus der Sicht der Eltern ging es wohl um das Programm des Gelingens: Die Kinder mussten etwas werden, draußen in der feindlichen Welt, dafür wurden sie drinnen in der Familie passend gemacht. Es war für die Eltern eine Pflicht, dass Kinder Anpassung lernten, Gehorsam, Unterwerfung.
Kinder hatten zu gehorchen. Sonst wurden sie Nichtsnutze.
Ich verstand es nicht, und das blieb zurück: Das Haus in Herrenhausen barg den Heizungskeller und diese Grausamkeiten.

Einen ganz anderen Kampf hatte ich in diesem Sommer allein zu führen. Sie lachten und sagten: *Ach nee, mal wieder die Daisy.* Sie fanden, dass ich eine blöde Kuh war, ich verstand mich selbst nicht, als ich die kleinen Brüder mit den schönsten frechen Spielen und Spritzereien und Rangeleien in der großen Badewanne sitzen sah und nichts tat und die Mutter schon sagte: *Los, beeil dich, mach ein wenig zu, zieh dich aus, ihr gehört bald ins Bett.*
Ich aber blieb angezogen und schrie die Mutter an: *Nein, das tue ich nicht, ich gehe nicht in diese Badewanne, ich bade nicht mit den doofen Jungs zusammen, nie mehr.*
Ich wunderte mich, dass Mutter mich aus dem Badezimmer schob. *Natürlich musst du das nicht, du kannst auch allein baden. Ich wusste das doch nicht.*
Ich verstand gar nichts. *Sie* war erschrocken, sie beruhigte *mich.* Sofort war ich stolz, dass sie mich besonders behandelte, als sei ich eine besondere Person. Und augenblicklich tat mir das alles auch schon leid, ich schaute zurück ins Badezimmer und war neidisch auf

die Jungs. Aber es ging nicht anders.
Ich merkte, dass sich etwas änderte, was genau und wie „anders", das wusste ich nicht. Tief empfunden, ernst war aber der stolze Gedanke, dass dies allein meine Aufgabe war. Ich musste abseits sein, ich war ein Mädchen, ich musste das allein durchstehen. Und ich bekam eine große Kraft in diesen Wochen.
Ich wusste nicht, dass mindestens drei Brüder und zwei Eltern genau hinschauten. Sie betrachteten mich im Geheimen, sie hatten längst gemerkt, wie sich das Mädchen veränderte. Allein war ich damit überhaupt nicht.

In dieser Zeit kam es immer häufiger vor, dass die Mutter zu mir sagte: *Wenn du keine Hausaufgaben zu machen hast, kannst du mir auch helfen. Da musst du nicht immer in die Wiesen ziehen und spielen. Ich brauche dich im Haushalt.*
Warum denn jetzt plötzlich? fragte ich zurück, *dazu habe ich keine Lust.*
Du bist ein Mädchen, sagte sie, *du musst nicht nur und immer mit den Jungs spielen. Es gibt noch andere Aufgaben für dich.* Dabei hatte ich selbst gar nicht mehr so viel Lust, mit den Jungs zu spielen. Ich katapultierte mich von ihnen weg, und sofort fehlte irgendetwas, so oder so. Ich sah die Jungs von den Spielen in den Vorstadtwiesen zurückkommen und wünschte, ich wäre dabei gewesen.

Wenn es nur die Hausarbeit gewesen wäre, nein, die Mutter wachte darüber, mit wem ich zusammen war, mehr mit Mädchen, das war die Sorge: *Schließlich bist du jetzt dreizehn Jahre alt ...* Ich wusste nicht, was sie damit sagen wollte, aber ich ging gern ein oder zwei Mal in der Woche ins Gemeindehaus und traf sieben Mädchen und Ruth, die leitete unser „Nest".
Wir fuhren mit dem Zug in die Berge südlich von Hannover. Dort standen schon die großen Zelte, auf Feldbetten schlief man zu viert in einem Zelt. Hier musste man wirklich etwas hinkriegen, ein offenes Feuer entfachen, nur mit dem, was man im Wald gesammelt hatte. In einem Topf über dem Feuer Kartoffeln und Gemüse kochen für unser gemeinsames Essen, das war Wirklichkeit, kein Spiel, und es war wildromantisch. Wir wanderten durch den Wald und mussten

den Weg mit der Wanderkarte finden, nachts in vollständiger Dunkelheit auch mit Blick auf die Sternbilder. Noch viel spannender war die Gruppe von Jungs, die ein Lager in der Nähe aufgebaut hatten. Da pochte das Herz, und man hielt die Augen offen, wenn sie auch an unserem Feuer saßen.

Einfach nur geschickt im Waldlager herumwirtschaften? Nein, es ging um etwas Höheres, das merkte man sehr schnell. Wir bekamen einen Auftrag und der hieß: *Sei bereit* … und die Antwort musste sein … *allzeit bereit.* Ich fand es überflüssig, zu lernen, wie man Verbände anlegt. Aber es ging um etwas anderes. Erste-Hilfe-Maßnahmen, anderen Menschen helfen können. Und schon fand wie unter Kommando im Lager eine ernste Aufnahmeprüfung statt. Wir Mädchen mussten in einer feierlichen Veranstaltung antreten und den Schwur leisten: *Seid bereit – allzeit bereit.* Für wen und wann denn bloß? War man deswegen in diesen wilden Wäldern, um zum Appell anzutreten, unter einer Fahne zu stehen und die Tugend der Einsatzbereitschaft zu lernen?
Ich war eine „Pfadfinderin" geworden und musste nun immer ein grünes Hemdblusenkleid mit einem grauen Halstuch tragen, wenn ich in meine Gruppe ging. Aber es gefiel mir nicht. Die großen Lager wollte ich nicht erleben, nicht die Nächte neben einer feuchten Zeltwand, die tiefe Stille, die Dunkelheit aushalten, Tapferkeit und Mut lernen. Immer und überall wollten sie was von einem.

Immer häufiger brachte meine Mutter mich zu Frau Dr. von Prank. Die Kügelchen wechselten die Namen, von einem Jahr zum anderen warteten wir gemeinsam auf das, für das der Mutter die richtigen Worte fehlten und was die Frau Doktor mit gebleckten Zähnen und rollendem Rrrr angekündigt hatte. Als ob es nicht schon genug Regeln gegeben hätte, immerzu musste in diesem Leben unbedingt etwas ganz Bestimmtes stattfinden! In den *Entwicklungsjahren* gab es da die allerhöchsten Erwartungen. Ich machte mir Gedanken über mögliche schlimme Krankheiten. Das Einzige, was immer regelmäßiger eintrat, waren heftige Schmerzen im Rücken, und ja, ganz selten mal jagte mir eine Blutspur im Höschen einen Schrecken ein. Darüber sprach ich am besten mit niemandem. Erst recht hielt ich verschlossen, welch wohlige, warme Wonnen mir die Mathearbeiten bescherten, wenn ich nicht mehr weiterwusste und alles auf-, beziehungsweise mich hingab. Ich kassierte eine Fünf, aber ich war im Besitz dieses Genusses.

Ich war vierzehn, die Konfirmation lag hinter mir, ich hatte jetzt eine goldene Armbanduhr, von den Eltern geschenkt, zwölf Kuchengabeln von der Patentante, Bildbände von den Kollegen des Vaters und das Schönste: ein Buch mit leeren Seiten in einem froschgrünen Plastikeinband. Juliane, die Freundin aus der Grundschule, hatte mir das geschenkt. Viele leere Seiten, die nur dafür da waren, dass ich sie vollschreibe. Das tat ich von nun an.
Unsere liebe Ruth verschwand wieder in ihrem Heim. Die Mutter war ohne Hilfe. Da nahm ich die Dinge in die Hand, ging in den hinteren Garten, setzte mich ins Gras und notierte, worüber ich mir Klarheit verschaffen wollte:
Ich soll den Haushalt machen, Mutter begleitet Vater auf eine Tagung.
Ich mache das Essen allein.
Für Sonntag:
Kohl kurz noch einmal aufkochen, Pellkartoffeln kochen,
Frikadellen: Hack, 1 Ei, Zwiebeln, Salz, ein Brötchen (Weißbrot).
Am Abend auch Pudding, für jeden ein Ei. Milch holen, 2 Liter.
Ich habe zehn Mark zum Kaufen. Heizung am Abend klein stellen.
Für Montag:
Nudeln, Wasser mit einem Löffel Salz kochen, 1 Fingerbreit unterm Rand, gebrochene Nudeln hineintun, 20 Minuten kochen.
Tomatensoße. Stich Margarine im Topf aufweichen, mit drei Esslöffel Mehl verrühren, dann Wasser zugießen, kochen, 1 Dose Tomatenmark hinein …

Ich wusste, was zu tun war. Am Sonntag frühstückten wir bis elf, weil Hans seine Freunde eingeladen hatte, die kleinen Brüder waren lieb, weil sie in aller Ruhe an ihren Schiffen basteln konnten. Oluf machte mir auch keinen Kummer. Ich kochte, was zu kochen war. Nachmittags spielten wir, was immer gespielt wurde, Mah-Jong, erst *gegen Abend wurden die Jungs sehr unruhig.* Alles verstand ich mit mütterlicher Einfühlung. *Tobt euch erst mal aus*, rief die Mutter

immer, wenn ihr die jungen Wilden über die Kräfte gingen.
Am Montag ließen wir das Müsli aus, ich kochte nach der Schule, und abends bekam die Mutter nur Gutes erzählt.

Am Donnerstag vor Ostern gingen meine drei Brüder, Hans, Ernst und Harald, zusammen auf Fahrt, sie trampten nach Bebra. Viele Male spielte ich an den Ostertagen mit Oluf und den Eltern Mah-Jong, putzte und kochte, als wollte ich einen Preis gewinnen. Irgendwie so, dachte ich, erlange ich einen neuen Status in der Familie.
Als ich endlich in einer Nacht die Jungs wiederkommen hörte, war ich glückselig, und als sie um elf Uhr zum Frühstück am Ostermontag erschienen, und die Mutter fragte: *Was war denn los? Erzählt doch mal!* Da staunte ich, wie herrlich das Leben auch jetzt schon toben konnte …
Sie hätten die Heilige Osternacht bis zum Morgen in der Kirche gefeiert, nach russisch-orthodoxen Riten, mit Gesängen und Tänzen. Das sei viel schöner gewesen als alles, was sie bisher kannten.
Ich ging in die Küche und kochte zum Mittagessen Sauerkraut, Kartoffelmus und ‚Falscher Hase', davon nahm keiner Notiz.
Ich ging meiner Wege, setzte mich ans Klavier und probierte eins nach dem anderen alle Stücke durch, auch die schwierige *Ecossaise* von Beethoven. Am Sonntagnachmittag war Vorspielen, und es lag mir dran, die Stücke nur so runterrappeln zu können. Die Invention von Bach schnell und auswendig. Ich spielte vor, der Vater stand hinter mir, zog an seiner Zigarre und schmunzelte zufrieden, als ich aufstand und verschwand.

Die Pfingstferien begannen, Brotverpflegung für vier Mahlzeiten, Schlafsack, Mundorgel, Regensachen, Turnschuhe, zwei Unterhosen und *Allzeit-bereit*-Beutel packte ich stolz in den Rucksack und fuhr mit der Straßenbahn zum Hauptbahnhof. Meine Mädchengruppe traf sich *unterm Schwanz*, so wie ausgemacht, die übermächtige Statue von Kaiser Wilhelm auf seinem Ross vor der Bahnhofshalle war nun der Treffpunkt für alle meine Fahrten.
Landeslager im Sachsenhain, Teutoburger Wald. Tannenwald und helles Buchengrün, und in der Nähe auch noch der Bund Deutscher Pfadfinder, oh, war das schön! Jungs waren da, und dafür war so

ein Lager herrlich, Morgenappelle und Fahne- und Handheben zum Bereitschaftsschwur wurden nebenbei auch noch erledigt.
Abends standen wir mit den Jungs um das Lagerfeuer herum, Blicke gingen hin und her. Wir sangen, und man wusste nicht, was noch schöner hätte sein können. Spät in der Nacht, im dunklen Zelt, sah ich den Jungen vor mir, der in dem Feuerkreis immer zu mir herübergeschaut hatte. Und dann hatte er irgendwann neben mir gestanden, das war schon die zweite Nacht gewesen, ich glaubte, er hatte mich gemeint. Mit einem wehen, süßen Gefühl verbrachte ich die Zeltnächte.

Das alles trat rasch in den Hintergrund, als es Sommer wurde. Es war ein strahlender Tag, als ich am Nachmittag aus der Schule kam und die Mutter im Garten antraf. Sie saß in ihrem cremegelb zart geblümten Sommerkleid im Gartensessel und trank eine Tasse Darjeeling, mit einem elegant gekleideten, eloquenten Herrn, der sich den Mund fusselig redete in dem Bemühen, sie davon zu überzeugen, dass es doch Zeit würde für die Tanzschule. Meine liebe Mutter, bildschön und in angeregter Unterhaltung, war rasch ebenfalls der Meinung, dass dem Herrn geholfen werden konnte, indem man seinen noch nicht voll besetzten Kurs mit mir komplett machte.
Oh, ich war sehr einverstanden mit dem, was die beiden ausheckten. Ich wollte unbedingt tanzen lernen, am liebsten sofort.

Und dann das zierliche Fräulein Hahn, unsere Organistin – eines Abends nahm sie mich nach dem Kirchenchor beiseite und fragte, ob ich nicht Lust hätte, bei ihr Orgelstunden zu nehmen. Sie bräuchte jemanden, der sie mal vertreten könne bei Beerdigungen und Hochzeiten. Davon wollte ich nicht unbedingt etwas wissen, aber sehr gern wollte ich mit ihr an der Orgel sitzen und lernen, wie man die Pedale betätigt und sozusagen dreihändig spielt.
Ab dann kam abends, wenn es dämmerte, keine Schwermut, sondern der herrliche Moment, allein die Kirche zu betreten, die Treppen zur Empore hochzusteigen, sich an die Orgel zu setzen und Register zu ziehen. Ganz allein konnte ich dieses mächtige Instrument in Bewegung setzen, zunächst einige Akkorde, dann die Präludien in den Kirchenraum schicken, eine riesige Musik. Oder auch,

schlagartig, wenn man andere Register zog, leise und wehmütige Töne, Geigen- und Flötentöne, es war berauschend, ach, das Leben war einfach herrlich. Der Kirchenraum und die Orgel, das war nur für mich, niemand hörte zu. Ich musste nicht vorspielen, ich konnte ausprobieren, was mir gefiel.

Ich musste viel im Haushalt helfen. Mittlerweile wurde ich dafür bezahlt, drei Mark Taschengeld im Monat, und nun verdiente ich manchmal sechs oder sieben Mark mit Klavierstunden für den kleinen Oluf. Ich malte mir aus, dass ich häufiger Bücher kaufen konnte und Straßenbahnfahrkarten und kleine Geschenke für bestimmte Leute, das war Klasse. Ich fühlte mich üppig mit Geld ausgestattet.

Dann kam Ilse. Sie lebte im Odenwald, war Pfarrerstochter und sollte ein Praktikum im Haushalt machen. Ilse war hübsch, hatte ein fröhliches Lachen, lockige Haare, und sie trug die schönsten weiten Röcke und so ein gestreiftes Oberteil, das schön eng saß und jetzt modern war. Dazu natürlich Ballerinas. Die Jungs mochten sie total gern. Ich mochte Ilse auch, keine Frage. Sie war genau das, was ich auch sein wollte. Hübsch, modern, fröhlich und beliebt. Mit den Jungs wetteiferte ich um ihre Gunst.

Der Vater hatte von der letzten Reise nach Brasilien mit seinen lateinamerikanischen Schallplatten eine kesse, freche und lebenslustige Musik ins Haus gebracht. Die durften wir jederzeit hören, daran konnte man sich besaufen, wie Hans sagte. Und jetzt auch noch tanzen: *Wir geben einen Hausball, das ist in Mode gekommen,* schlug er vor. Die Mutter war sofort dabei, sie befeuerte den Plan. Warum nicht mit den Kindern feiern, wo der Mann sie immer wieder allein ließ.

Ich war gerade mit der Tanzstunde durch, konnte Samba und Rumba und auch Cha-Cha-Cha, Schritt für Schritt, brav und richtig. Jetzt, bei dieser Musik, die ich so gern hörte, wieder und wieder – bei diesen sehnsüchtigen, leidenschaftlichen Klängen, diesen Rhythmen, die immer quer zur Gewohnheit gingen, mit diesen übermütigen Juchzern über dem rhythmischen Klangteppich der Schlagzeuge mit Bongos, Rasseln und Tamburin – jetzt ahnte ich, was man mit diesen

Schritten anfangen konnte.
Wir errichteten im Gartenzimmer so etwas wie eine Bar und beklebten den Raum mit Papierrollen, die wir bemalten. Ilse hatte die besten Einfälle und malte drauflos. Die brasilianischen Schallplattenhüllen waren die Vorlage, Palmen, Hängematte, Meer, Fischerboote. Der Raum wurde schummrig schön mit Lampions und Girlanden geschmückt. Lampions auch draußen auf der Terrasse.
Die drei kleineren Brüder saßen an der Bar und mixten mit dem neuen Starmix frische Fruchtcocktails und Milchshakes.
Ilse war so schick mit ihrem schwingenden Rock, bei dem sich die Petticoatspitze zeigte, wenn sie sich beim Tanzen kess drehte, das wild gelockte Haar zu einem Pferdeschwanz hochgebunden.
Hans hatte seine Freunde eingeladen, wir tanzten in der duftenden Dunkelheit, Lampions gingen im Nachtwind aus, dunkel und warm war die Sommernacht, mitreißend die brasilianische Musik, Rumba und Samba und Salsa. Und die Mutter tanzte! Und wie! Das kannten wir von ihr nicht. Sie schwelgte, lachte und genoss es, sich zu drehen und zu wiegen und geführt zu werden von ihrem großen Sohn, den Freunden.

In diesem Sommer sollte es um den alten Familienbesitz gehen, den wollte der Vater uns zeigen. Schon unterwegs erzählte er aufgeregt.: *In diesem Haus ist meine Mutter geboren worden, hier ist sie aufgewachsen, könnt ihr euch das vorstellen? Meine Mutter hat hier als Kind und als junges Mädchen im Herrenhaus des Gutshofes gelebt.*
Unsere Oma? Die war das Kind in diesem Haus? fragte ich.
Ja, eine Tochter von acht Kindern, und sie hieß Elisabeth, die Mutter hieß Maria.
Das sind ja meine Namen, sagte ich.
Ja, daher kommen deine Namen …
Und keiner in dieser Familie nennt mich so …

Verwunschen und wild war der Gartenpark von Gut Königsförde, als die Familie 1958 dort Ferien machte. Aus der Stadt heraus, und dann so eine Landschaft! Träge zog der kleine Fluss unter Trauerweiden dahin. Ein Kahn an der Anlegestelle, fettes Gras, Stille und Nässe. Ein Boot, ein Fluss, ein verfallenes Backhaus, eine Glasveranda, eine

Freitreppe hinunter in den Park. Viele Plätze zum Erkunden. Ein Paradies.
Es war Hochsommer und dabei kühl und so nass, dass erst mal nichts war wie immer. Ich ging meiner Wege. Du bist verdreht, sagte die Mutter dann, aber das war es nicht. Mich der Traurigkeit hingeben, im Garten herumgehen und Platz finden unter der Trauerweide, wo sie ihre Äste ins dunkle Wasser der Eider hängen ließ, das war es, was ich liebte.
Und das wurde mein Bild einer norddeutschen Gartenidylle.
Trotz der lauten Stimme der Tante, die bis in die letzte Ecke drang und einen immer wieder erschreckte, ebenso wie ihre beiden großen Hunde. Wir waren zu Besuch bei Tante Edelgard und ihrem Vater, unserem uralten Großonkel Joachim.
Während der Kaffeetafel für die beiden Familien im Speisesaal des Herrenhauses – die Frauen hatten die Torten aufgetragen, der alte Onkel präsidierte, sprach vom Baugewerbe und kraulte seine Doggen – erzählte der Vater, aufgeregt und glücklich, dass er in diesem Haus als Kind in der Obhut seiner geliebten Großmutter gelebt hatte. Wir wollten davon gar nichts wissen, aber er redete immer weiter: *Unser Onkel Kim hat den Nord-Ostsee-Kanal gebaut. Während der Bauzeit hat er die Maria kennengelernt, die jüngste Tochter auf diesem Gutshof, genau da, wo die Bauarbeitertrupps die Ausschachtungen für den neuen Kanal machen mussten. Der Joachim hat die Gutstochter Maria geheiratet, die beiden bekamen fünf Kinder. Später hat er dieses Gut geerbt.*

Abends saßen alle vor dem Kamin. Es war behaglich, ein kühler Sommerabend, die Kinder kamen verschwitzt von draußen und alberten herum. Aber es hatte Ruhe zu herrschen, der Vater wollte vorlesen, er suchte, blätterte im Tagebuch seiner Großmutter, überflog die Seiten und erläuterte die näheren Umstände: *Elisabeth hatte den Entschluss gefasst, nach Indien zu gehen, um dort als Missionarin zu arbeiten. Sie war sechsundzwanzig und wollte weit weg in die Ferne. Und diese weite Reise begann so, ihre Mutter hat das hier aufgeschrieben, ich les mal vor:*
29. Oktober 1906. Unsere Lisbeth fuhr um neun Uhr mit dem Schiff fort nach Rendsburg, um halb vier nach Flensburg, um noch Einkäufe

zu machen. Morgen treffen wir uns alle in Jübeck, um nach Breklum zu reisen. Den ganzen Tag wurde ich das wehe Gefühl nicht wieder los. Wilhelm fuhr mit uns hinunter, ich blieb bei ihr, bis das Schiff kam. Gott geleite sie und bringe sie über Jahr und Tag glücklich heim.
Am nächsten Tag trafen sich alle in Breklum wieder. Die große Abordnungsfeier fand im Missionszentrum statt, Elisabeth erhielt ein Heft mit Instruktionen, die sie unterschreiben musste. Nach dem Gottesdienst gab ihr der Missionsdirektor die Fahrkarte und das Reisegeld.
Der Vater schloss das schwarze Notizheft seiner Großmutter, er war tief bewegt, das sah man ihm an. Elisabeth war ja die Frau, die dann seine Mutter wurde, er war auch in Indien geboren.
Was für ein Mut musste dazugehört haben, als Frau allein in die Kolonien zu reisen? Eine Geschichte aus einer fernen Zeit. Mit dem, was ich gerade erlebte, hatte sie nichts zu tun.

*

Es ist Spätsommer geworden. September 2011 auf Hof Eichkamp in der Runde unserer Häuser.
Ich bereite einen kräftigen, scharfen Rindfleischcurry zu und fahre mit Johann nach Berlin. Wir wollen Hans besuchen, der noch immer mit den Folgen seiner Hüftoperation zu tun hat und Unterstützung braucht. Nach der Mahlzeit muss er sich sofort wieder hinlegen. Ob ich ihm die Beine mit einer medizinischen Salbe einreiben mag, fragt er mich. *Ja, gern,* sage ich, setze mich an sein Bett und creme behutsam seine Beine ein.
Was ist denn das hier, frage ich ihn. Woher kommt diese Narbe?
Er richtet sich auf, schaut auf die Narbe, die sich vom Fuß den Unterschenkel aufwärts zieht. *Ja, das war in Indien,* sagt er und lacht erinnerungsvoll. *Das war in der Zeit, als ich jeden Tag hinunter zur Straße rannte, dahin, wo der Bus immer anhielt. Ich rannte, stolperte über Steine und Stacheldraht vor einem Viehgatter, stürzte und riss mir den Unterschenkel auf. Ich musste ins Hospital von Koraput, seitdem habe ich die Narbe, die gelegentlich schmerzt. Mutter hatte mir versprochen, dass Vater ganz bald dort mit dem Bus ankommen würde. Ich war fast drei. Jeden Tag bin ich hingelaufen, um ihn nicht zu verpassen.*

Wir fahren zurück und verziehen uns ins Hinterhaus. Ich freue mich auf die Stille in unserem großen hellen Raum, der mal ein Dachboden war, zwei Tische, jeder hat seine Arbeitsecke. Hier herrscht Schweigen.
Tür auf, ein Windzug fährt herein, auf dem Dachboden stehen die Kartons aus dem letzten Elternhaus. Drei Jahre sind seit der Räumung vergangen, jetzt wird alles herausgeholt und in Augenschein genommen:
Pappdeckel mit Briefen, Tagebücher der Urgroßmutter, zehn schwarze Bücher, fein säuberlich von Maria in Sütterlinschrift gefüllt, Haushaltsbücher der Mutter, Jahreskalender der Eltern, Ordner, die überquellen von Texten und Tagebüchern. Es sind bestimmt tausend Briefe, die der Vater unterwegs von seinen Berufsreisen an seine Frau geschrieben hat, dazu ihre Antworten, die ganz alten Briefe ihrer eigenen Eltern, *mon dieu*! Sogar die Briefe von uns Kindern liegen, in Kästen sortiert, tief unten im Karton.
Alles, alles ist fein säuberlich aufbewahrt und völlig unverletzt, nicht einmal vergilbt. Nur dieser gewisse Duft, diese Komposition aus alten Bücherschränken im letzten Elternhaus, dem Dachboden in unserer Stadtwohnung und schließlich hier auf dem Dachboden im Hinterhaus, in dem Heugeruch liegt, die Schwalben nisten und die Frettchen herumtoben, hier staubten die Kartons weiter vor sich hin. Sichten, notieren, ordnen.

Mich interessieren jetzt die Jahre in Indien, die junge Christa, die dort ankam und niemanden kannte … Die Lebensumstände dort, die Jahre, in denen drei Kinder in die indische Welt gesetzt wurden, eine Welt, in der es das ganze Jahr lang immer nur warm war. Und was die Eltern dort gemacht haben, wie die Geschichte weiterging, von der Mutter mit dramatisch gehobener Stimme immer wieder erzählt, wie sie im Hafen von Madras ankam und zum ersten Mal den Mann traf …
Briefe und Fotos, alles liegt aufgeblättert auf dem Schreibtisch.

Teil 2

Nachforschungen in Indien

Indischer Sommer (1)
Kotapad, Ahmednagar und Dehradun

Im November 1938 steht eine junge Frau beschwingt und unternehmungslustig am Kai der Hafenstadt Madras, sie trägt eine feine Bluse mit Rock, hochgeschlossene Stiefel, alles im Tropenstil, sogar den Tropenhelm hat sie aufgesetzt und die Ledertasche über den Arm gehängt. Lachend geht sie auf Reimer zu, den Freund von Frieder. Ihr Blick geht aber woandershin.
Wer macht dieses Foto, wer freut sich über diesen Anblick, das zärtliche, erwartungsvolle Lächeln? Es ist Frieder, der sie vom Schiff abholt. Es ist der Moment, in dem er diese Frau zum ersten Mal im Leben leibhaftig vor sich sieht.

Er nimmt sie in die Arme, scheu, zuversichtlich, gewinnend … sie strahlt. Die Reise geht weiter, im Zug von Madras nach Visakhapatnam, dort werden sie im Jeep abgeholt, holprige Fahrt durch das Bergland von Orissa, zauberhaftes Grün, weite offene Bergketten, angenehm warm ist es im November, tropisch. Christa ist todmüde, als sie im Missionshaus ankommt. Fast ohnmächtig vor Erschöpfung, schläft sie auf einem schmalen Eisenbett, geborgen unter den üppigen Stoffmassen eines Moskitonetzes. Frieder sorgt dafür, dass sie zu Kräften kommt.
Irgendwie so wird es gewesen sein.
Beide wissen vom ersten Moment an, dass sie sich lieben.

Noch ein Foto nährte die magischen Vorstellungen und fremdartigen Bilder, die man sich als Kind machte, wenn man das Fotoalbum mit dem rötlich glänzenden Holzdeckel öffnete. Eine wunderschöne junge Frau in einem langen weißen Kleid, das ihren Körper lässig und leicht umfloss, ein Schleier, der von vielen Kindern in endlos langer Schleppe getragen wurde, so schritt sie am Arm eines Mannes unter einem Baldachin von Palmenwedeln dahin, flimmerndes Sonnenspiel auf den Gesichtern, sodass sie geblendet schienen vor Glückseligkeit. Ja, das war die Trauung im Dezember, für deren Gestaltung Christa bereits alles im Koffer mitgebracht hatte. Allerdings auch die Abmachung, dass sie mit *Pütt un Pann* zurückfahren würde, sollte die Wirklichkeit anders sein als der Wunsch, dem sich die beiden in vielen Briefen angenähert hatten.

Und schließlich dieses Bild: Ein ausladendes Hauszelt steht auf dem Grasland, unter dem Blätterdach eines mächtigen Baumes sitzt eine junge Frau an einem Tisch, ihr gegenüber ihr Mann. Ein Diener mit weißem Turban bedient sie beim Essen. Es ist nicht *Jenseits von Afrika*, es ist mitten in Indien, im Jeypore-Bergland im Bundesstaat Orissa.
Es war Januar, Frieder unternahm mit seiner Frau die erste Reise in den *Distrikt*, er zeigte ihr die Berge, die Dörfer der Adivasis, der Ureinwohner, die sich vor Jahrhunderten, von der einwandernden Kultur der Hindus an den Rand der Gesellschaft gedrängt, ins indische Bergland zurückgezogen hatten. Hauszelt, Essgeschirr, Töpfe, Pfannen, Wasserbehälter, Lebensmittel, alles das war die Last der Khonds, die mit unterwegs waren auf dieser Distrikt-Reise und schließlich nach einem weiteren Marsch im Dorf der Adivasis ankamen.
Vielleicht zwei oder drei Reisen, mit dem beginnenden Monsun schweres Malariafieber, dann wurde die Arbeit jäh abgebrochen.

Seit dem 1. September 1939 führte Hitler Krieg, und wenige Tage nach dem Kriegseintritt Englands, als der Weltkrieg gleich am Anfang auch die allerletzten Dörfer in Ostindien erreicht hatte, fuhr ein Polizeibus nach Koraput und hielt vor der Missionsstation. Alle deutschen Missionare mussten sich von ihrer Familie verabschieden und einsteigen, die Fahrt ging zum Internierungslager Ahmednagar. Die Frauen blieben mit ihren Kindern auf der Missionsstation zurück, verteilten die anstehenden Aufgaben unter sich und machten mit der Missionsarbeit weiter. Christa war schwanger.

Kreuz und quer lese ich in den Briefstapeln, dabei fällt eine klare, gut lesbare Handschrift auf, gutes festes Briefpapier, in Schönschrift beschrieben. Das weckt die Aufmerksamkeit. Ein kleiner Stapel von Briefen zwischen zwei Pappdeckeln, die in dem Wust aus zarten blauen Luftpost-Briefpapier liegen. Aufbewahrt sind auch Briefumschläge mit exotischer Beschriftung.

Da schreibt jemand aus der Ferne – wo sind wir eigentlich –, ja, dieser Brief geht mitten hinein in den Winter 1939, an die Missionsfrau in der Missionsstation Kotpad, Orissa, British India:

Meine liebe Christa!

... Vielleicht hast Du Deinen Frieder schon wieder bei Dir, wenn diese Zeilen Dich erreichen?! Das wäre ja sehr fein! Und wie sehr möchte ich es Euch Lieben gönnen und wünschen! Aber sei nun nicht zu traurig, wenn es noch länger dauern sollte. Gott segne Dich reich in Deinem neuen Lebensjahr, mein liebes Töchterlein und erfülle Deine Wünsche und Hoffnungen ...

Ich habe noch ein Strampelhöschen für Dich fertig und hoffe, dass es bald erlaubt sein wird Euch Päckchen zu senden. Es kommt gewiss noch leicht zur rechten Zeit, denn in den ersten 8 Wochen werden sie doch noch nicht getragen. Eine gehäkelte Wolljacke habe ich auch fertig für 6–9 Monate älter. Man kann ja noch gar nicht sehen, was weiter mit Euch wird. Hier kann man sie ja immer brauchen, dort wäre sie gut für die kalte Zeit. Sie ist, im Gedanken an die rote Erde dort, in praktischer goldbrauner Farbe mit etwas blau gewählt.

Sei nur guten Muts! Im Vertrauen auf unseren Vater im Himmel. Er hat noch alles so gnädig mit Euch gefügt. Unbequem sind ja diese letzten Wochen! ...

Sei mit Deinen Mitbewohnern und mit unser beider Frieder sehr herzlich gegrüßt von Deiner fernen Mutter Elisabeth.

Es ist die Schwiegermutter, die an Christa schreibt, die Frau, die meine Großmutter wurde, diese strenge, verhärmte, alte Frau, das Bild, das sich in der Erinnerung des Kindes eingenistet hat – hier findet man eine so zärtliche Stimme, so liebevoll sind die Gedanken, hingeschrieben in gleichmäßig gefälliger Schrift, die gar kein Ende findet, so viel Liebes soll gesagt werden ...

In diesen Tagen der Jahreswende 1939/1940 wurden die Missionare aus dem Internment Camp in Ahmednagar entlassen, sie konnten auf die Missionsstationen zurückkehren, Frieder war bei der Geburt des ersten Kindes dabei und konnte seiner Frau helfen.

Geordnete Stapel von blauen Luftpostbriefen. Leichter Geruch schwebt im Raum, bisschen Moder, Trockenes, Vergilbtes, irgendwas strömt hervor. Es wird die Wärme sein, die noch nachschwitzt, der jahrzehntelange Aufenthalt quer durch die Tropen, über die Weltmeere, unter Pappdeckeln in Bücherborden und Schubladen von Ort zu Ort.

Lose blaue Blätter, hunderte Briefe, die es nur deswegen gibt, weil Christa und Frieder ein weiteres Mal getrennt wurden. Im Juni 1940 Abtransport von Frieder und drei seiner Missionarskollegen zurück in das Internierungslager, dieses Mal nur diese vier Missionare der Breklumer Mission.

Die zarten blauen Blätter, Schreibmaschinenbriefe des Frieder, lesen sich wie ein Buch. Dazu die junge, formklare Schreibschrift der Christa, die in jeder Zeile besonders sein wollte. Sie führte offensichtlich ganz besondere Zwiegespräche, das liest sich leicht, und man spürt sofort, was da los war: Sie war verliebt.

Wo muss man Dich suchen, mein Jung? Im Zug, der Dich immer weiter wegträgt von mir? (...) Was haben wir alles vergessen: Glas, Thermosflasche, Waschschüssel?? Schade! Es war überhaupt zu plötzlich! (12.6.)

Es ist ein Tag im Juni 1940, Kotapad. Christa kann überhaupt nicht verstehen, was sich gerade ein weiteres Mal ereignet hat. Ihr Kind ist geboren, es ist vier Monate alt, da wurde der Mann wieder abgeholt. Sie ist allein mit dem Baby. Es schreit, es ist sehr unruhig, seitdem der Vater weg und alles anders ist. Sie hat eine Melone gegessen und dem Kleinen ein paar Teelöffel von dem Melonensaft gefüttert, davon hat er schlimmen Durchfall bekommen und erst recht geweint, sodass sie ihn immerzu auf der Veranda hat herumtragen müssen. Im Brief fährt sie fort: *Ein wenig verwöhnt hat ihn der Papa, wie mir scheint, da muss ich jetzt alle Autorität zusammennehmen.* Und im nächsten Brief: *Mein Liebster, es ist mir noch immer wie ein böser Traum.*

Sie hat eine Luftpostkarte aus Cronenburg bekommen, Nachricht aus allerletzter Zeit, ihre Eltern haben um Fürbitte gebeten für die Brüder, die nun auch im Felde sind. *Wollen wir da noch etwas sagen? Nein, trotz aller Härte geht es Dir und uns ja noch so gut, nicht wahr?* Christa trocknet ihre Tränen und macht sich an die Arbeit.

Zwei Tage später wird ein Brief gebracht, und sofort geht's weiter, stürmisch, fordernd, zärtlich spricht sie zu ihrem Mann: *Wir sitzen hier auf der Veranda, ein tüchtiges Gewitter brachte erquickende Abkühlung, da kommt die Post! Hurra, ein Brief von Dir. O Du, ich glaubs, es ist hart wieder am Ende der Freiheit zu sein. Aber, mein Jung, Du wirst den Kopf hochhalten, nicht wahr? Ich versuche es auch immer wieder und es gelingt auch ganz gut. Hans jauchzt, wie ich ihm erzähle, dass sein Papa geschrieben hat. Er sitzt schon viel strammer im Wagen und muss immer ganz nah nahe bei mir sein. Wir haben unsere schönen Aufgaben …*

Denen wendet sie sich jetzt zu. Sie legt ein neues Bohnenbeet an, will auch Tomaten säen, ein Paket packen mit Wäsche für den Mann und den Taschentüchern, die aber erst noch genäht werden müssen. Sie lässt „ihre Leute" das ganze Haus noch mal recht gründlich reinigen vor der Regenzeit, und sie schaut in der Boarding-School nach dem Rechten. Die Schüler sind noch in den Ferien, sie pflegt ihre kranke Freundin Ille und versorgt nebenbei deren erstes Kind Siem. *Wir sind recht fröhlich, mein Jung! Den Tag beschließen wir immer mit gemeinsamer Andacht.*

So begann die neuerliche Zeit der Trennung. Die Betreuung des kleinen Sohnes Hans teilte sich Christa mit der Kinderfrau Sumoti. Glücklich erzählte sie dem Mann, dass sie eine gute Lösung für die Morgenstunden gefunden hätte, jene Zeit von sechs bis acht, in der sich sonst der Vater um sein kleines Kind gekümmert hatte, damit sie nach der Morgenmahlzeit um fünf weiterschlafen konnte. Jetzt war es Sumoti, die frühmorgens das Baby übernahm und es zwei Stunden im Kinderwagen spazieren fuhr. So konnte Christa bis acht, halb neun schlafen.
Überhaupt die Diener, da war sie sehr zufrieden. Mit der Sumoti, der Kinderfrau, dem Simon, der das Kochen, Gemüseputzen und Reinigen der Kochgeschirre zur Aufgabe hatte. Es gab einen Matthiu und einen Jeremias, alle machten ihre Arbeit wie bisher, sie sicherten die Kontinuität der Abläufe und Verrichtungen des täglichen Lebens der jungen Frau, des Kindes und der Gäste. So war es vor der Trennung gewesen, und so blieb es: *Wir hatten ebenso wie Ihr für die Regenzeit vorzubereiten. Simon deckt die neue Mauer mit Steinen,*

Simon und Sumoti, die beiden Getreuen, machen mir Freude. Sie sind beide rührend bemüht, alles recht zu machen. Matthiu ist auch in Ordnung, so geht es ganz fein mit der Arbeit.
Alles war insofern in Ordnung und fein, Christa hatte „ihre Leute" um sich und konnte die Aufgaben verteilen, alle Putzarbeiten, auch die des *carekeepers*, der das Reinigen des Toiletteneimers zur Aufgabe hatte. Alles, die Pflege des gesamten Hauses, geschah unter ihrer Oberaufsicht tagtäglich fast nebenbei.
Christa war voller Tatendrang in jenen Wochen des Sommers 1940, in der Regenzeit. Sie wollte endlich mal schöne, solide Möbel bauen lassen. Japhit, der Tischler, kam und nahm die Maße für einen Hocker und eine Sofabank, nur ganz trockenes, gut abgelagertes Holz dürfe er verarbeiten, nach dem Schleifen solle er das Holz gründlich mit Knochenfett einreiben, und das Binsengras, aus dem die Sitzflächen geflochten würden, solle er erst viel später sammeln, so hatte ihr Mann noch angemahnt.

In der freien Zeit musste Christa die indische Sprache Odia lernen, sie nahm Unterrichtsstunden, denn demnächst sollte ihre Aufgabe werden, was vorher zur Arbeit des Mannes gehört hatte: der Unterricht in der Boarding-School, Unterricht in Katechismus. So hatte es der leitende Missionar, Herr Tauscher, mit ihr besprochen.
Sie hatte keine Lust zum Erlernen der Sprache, sie habe viel zu nähen, müsse den Garten pflegen und das Kind. Aber es blieb dabei, sie sollte den Unterricht in Katechismus übernehmen. Sie habe Zeit genug, den Frauen aus den Dörfern auch noch das Nähen mit einer Nähmaschine beizubringen, das Stricken und Häkeln.
Die entsprechenden Bücher seien *im Schrank, unterstes oder zweitunterstes Bord ganz links steht Kaftan, Luthers Katechismus,* ermunterte sie der Mann, da werde sie alles Nötige finden. Sie setzte sich an seinen Schreibtisch und bereitete den Unterricht vor, und nach dem Ende der Regenzeit begann sie ihre neue Arbeit.
Vier Frauen waren mit den Kindern zurückgeblieben, als die Männer abgeholt wurden. Bei der zweiten Internierung im Juni 1940 war eine Auswahl getroffen worden. Diese vier Frauen bekamen stellvertretend für ihre Männer die missionarischen Aufgaben auf der Station zugeteilt.

Christa lernte die Sprache und las den Katechismus, aber ihre Gedanken waren immer noch woanders. Ungeduldig schrieb sie ihrem Mann, sie hätte von B. gehört, dass der nach Jeypore kommen sollte, warum der nicht interniert worden sei? *Wie viele Missionare seid Ihr jetzt? Wir wundern uns, dass Ihr bisher die einzigen seid?* Sie konnte einfach nicht verstehen, was geschehen war, und verzehrte sich in Grübeleien und Vergleichen.
Sie solle nicht hadern, schrieb er zurück, er rechne nicht mehr mit sehr langen Zeiträumen. Viel wichtiger war ihm, wie es den Bediensteten in ihren Häusern erging, besonders Jeremia, bei dem es durchs Dach geleckt hatte. Und ob schon ein Graben gezogen sei, außen um die Gartenmauer herum? Ob sie das inzwischen angeordnet habe, die Mauer würde sonst sehr bald unterspült werden und einstürzen.

Ja, er hatte recht. Es gab viel zu tun in dieser Regenzeit, aber sie tat das, was sie am liebsten machte: Sie setzte sich hin und schrieb und schrieb und erzählte ihrem Mann, wie es bei ihnen aussah: *Mein Tagesablauf ist jetzt so, wie ich ihn mir an sich immer gewünscht habe. Lampen aufhängen und dergleichen Dinge mehr belasten mein Gemüt in keiner Weise, denn der Tag ist überreich mit anderen Dingen und vielen Menschen ausgefüllt. Das erste Recht nach gutem Schlaf hat unser Bub, der jeden Morgen mit dem gleichen sonnigen Lachen aufwacht. Ein Stündchen etwa ist er schwätzend und jauchzend bei mir, dann nimmt ihn Sumoti und ich schlafe manchmal noch eine halbe Stunde. Dann husch in die Kleider, eine Schnitte Brot und hinüber in die Schule. Auf dem Rückweg läutet die Andachtsglocke, dann ist es auch Zeit zur Andacht um 8 Uhr. Hinterher in Zukunft zweimal Unterricht, im Übrigen bis 10 Uhr dauernd Medizinausgabe. Die Frauen sitzen im kleinen hinteren Zimmer, so habe ich Aufsicht und kann immer nach ihnen sehen. Unnicka aus der Boardingschool lernt mit ihnen Verse auswendig. Zwischen 10 und 12 Uhr ist der Kleine da und ich habe etwas Zeit zum Lernen, das Allerwichtigste und bisher noch zu kurz Kommende!! Nach dem Essen kurzer Schlaf, dann sitze ich wieder am Schreibtisch. Nach dem Kaffee kommen die Mädels, dann ist entweder Unterricht mit ihnen oder den Frauen. Dann kommen die Master zur Gartenarbeit, Simon, Jeremia säen, pflanzen etc., kurz und gut, heute so bunt, dass es eine Lust war.*

Und ihr Frieder antwortete: *Nun bist Du ja schon einige Male „durch" mit den gefürchteten und ersehnten Unterrichtsstunden, mein Schatz. Ist das nicht wirklich echte Arbeitskameradschaft, dass Du jetzt weiter unterrichten kannst, wo mir die Möglichkeit dazu genommen ist?! Wie gut, dass die Bohnen durchkamen! Wir haben den ganzen Morgen lang zwei große Körbe davon abgepult. Eine langwierige aber vergleichsweise angenehme Arbeit.*

Im „Central Internment Camp Ahmednagar" versuchte Frieder zur gleichen Zeit, sein Leben einzurichten. In dem großen Barackensaal des Wing 1 hatte er zum Glück einen Platz an der Wand gefunden. Dort standen sein Feldbett und der große Arbeitstisch, den er zur anderen Seite hin mit seinem Nachbarn Zacharias teilte. Zwischen dem Bett und dem Tisch war gerade genug Raum, um seine Bücherkiste abzustellen und den Metallkoffer, in dem sich seine gesamte Habe befand, die für ihn notwendigsten Dinge, die er außer der Bücherkiste mit in das Lager hatte nehmen können. Dort fand auch das einzige mitgebrachte Möbelstück seinen Platz: *Meine ganze Freude ist der Stuhl, mein Bett habe ich etwas in den Gang gerückt, so kann ich gerade den Stuhl zwischen Bett und Tisch stellen, so habe ich mein Reich für mich, in dem ich mich behaglich geborgen fühle.* Diesen mit Segeltuch bespannten Sessel hatte er auseinandergenommen, im Sack transportiert, im Lager wieder zusammengesteckt, in allen Lagern war der dabei.

Das Wetter war trocken, sodass der Sportbetrieb in vollem Gang war. Am Freitag und am Samstag wurde Fußball, Faustball oder Handball gespielt, wüst tobten die Männer im Freien, die guten Schuhe machte man sich dabei nur kaputt, also lernte Frieder Tennis und liebte das gepflegte match am frühen Nachmittag auf dem Tennisplatz. Allerlei Zerstreuungen wurden im Lager organisiert, Schachturniere, ein Club der Bridge-Spieler und Musik. Auch im Chor wollte Frieder mitsingen, und so bestellte er beim „Hilfswerk für Kriegsgefangene und Internierte" die Notenhefte, die er sich wünschte. Er fand einen Lehrer, der bereit war, ihm das Cellospiel beizubringen, für 20 Rupee im Monat erhielt er dreimal in der Woche eine Stunde Unterricht und durfte zwischendurch auf dem Cello des Lehrers üben.

So erzählte er von einem Tag im September: *Gestern habe ich den Nachmittag richtig verspielt, erst Schach, dann Tennis, dann Faustball, abends Cello und dann sehr schönes Schallplattenkonzert drüben im Saal der A-Klasse: Beethoven, Leonoren-Ouvertüre No. 3 und die 5. Symphonie. Letztere fand ich wieder sehr gut. Langsam lernt man sie kennen, je öfter man sie hört. Die Freude wird immer größer.*

Dienste hatten die Lagerinsassen zu verrichten. Wochenpläne strukturierten die endlose Zeit, jeden Mittwoch und Samstag zum Beispiel musste Frieder in der Lagerküche Kartoffeln schälen, Kürbisse schneiden und Wurzeln schrappen. Es gab die Putzdienste in den Gemeinschaftsräumen, festgelegte Zeiten für das Putzen ihres Schlafraumes, und es gab die Gartenpflege. Er hatte sich das Amt ausgesucht, einen neuen Blumengarten anzulegen, ein ganzes Stück Arbeit, aber er konnte sich die Zeit so einrichten, wie es ihm passte. Gerade ein Gespräch mit dem Schlangengiftsammler, der für eine Wiener Firma Schlangengift zur Serum-Herstellung beschaffte. Dessen Hobby waren die Schlangen, er griff die giftigsten Schlangen mit der Hand und erzählte: *Besonders die Kobra ist leicht zu fangen, einfach am Schwanz fassen!!*
Mit Kirchhoff, dem Vertreter von Mercedes-Benz aus der A-Klasse, verstand Frieder sich auch sehr gut, mit dem Ingenieur von IG-Farben spielte er Tennis, der Schlangengiftsammler unterhielt ihre Baracke mit Kunststücken.

Mein liebes Mädchen! Suchte mir so im Hinbrüten mal wieder vorzustellen, wie es wohl wäre, wenn Du einmal hier in unsere Baracke hereinschneien würdest. Es ist eigentlich ein ganz unmöglicher Gedanke. Denn Frauen passen in eine solche männliche Sphäre nicht hinein. So anders ist es, wenn Männer auf sich angewiesen sind. Es herrscht Ordnung bei uns, jeder Tag hat seinen bestimmten Rhythmus, jeder weiß, was er zu jeder Stunde zu tun hat. Man hat sich da hinein gewöhnt. Nicht dass man es gerne so haben mag. Aber es ist nun einmal so. Jetzt ist gerade Unruhe über die Zeitung in den Raum gekommen. Man spürt, wie von Mann zu Mann ein Aufleben vor sich geht. Haben sie bisher gesessen und jeder für sich gelesen, gearbeitet, geschrieben, geschlafen, gedöst, dem Grammophon gelauscht, höchstens noch einmal einen dummen Witz zum Besten gegeben – jetzt ist aller Aufmerksamkeit auf die Zeitung gerichtet, die heute, wie es scheint, auch wieder von besonderen Dingen zu berichten weiß. Es hat sich geradezu ein ganz bestimmter Schatz von Redensarten herausgebildet, mit denen man so für den normalen Bedarf auskommt. „Erzähl mal was Neues", beginnt es meistens. „Was sind die letzten Maschen?", „Gott strafe England" ist dann Antwort auf alles … Vorm Zubettgehen wird dann noch einmal der ganze Schatz von Redensarten repetiert und mit herzlich blödem Gelächter und noch blöderen Witzen begleitet, bis dann endlich Ruhe ist. Schnarchen ist übrigens untersagt von wegen der nervösen Nachbarn, die nicht schlafen können.

Im Rahmen dieses Lebens mit zwölf Männern in einem Barackenraum organisierte sich der Frieder sein „Privatleben". In seinem Sessel nahm er seine Lektüre auf, seine Bücherkiste war vom Zensor endlich freigegeben worden. Er vertiefte sich ins Hebräisch-Studium und in Luthers Schriften. Von einem verpflichtenden Tagesmaß schrieb er Christa und dass er nicht nur faul sein werde. Gerade erholte er sich allerdings von dem Geburtstagsbierabend, zu dem Kamerad Senf ihn mit acht weiteren Barackengenossen eingeladen hatte …

So war das damals also, so verlief das Leben in einem Internierungslager. Frieder hatte sich eingelebt und beschlossen, diese freie Zeit für sich zu nutzen, seine Studien fortzusetzen und sich mit den Vertretern der verschiedenen Kirchen und Konfessionen auszutauschen. In diesen ersten Monaten im Herbst 1940 war er voller Optimismus. Mit dem Eintritt Englands in den 2. Weltkrieg am 3. September 1939 hatten die Deutschen in British India den Status von Feinden bekommen. Alle Deutschen waren davon betroffen, die Angestellten, Manager und Facharbeiter von deutschen Unternehmen in Bombay, Delhi oder Kalkutta beispielsweise, Kaufleute, Ärzte, Lehrer und Missionare, alle bekamen den Status von Kriegsgefangenen. Aber einige Monate nach der ersten Internierung durften sie zu ihren Familien zurückkehren.

Auch Frieder war am Ende des Jahres 1939 wieder in Kotapad

gewesen, und so würde es bestimmt wieder sein. Er war sich sicher, dass *general policy, die allgemeine Politik* der Grund ihrer Lage sei. *Darum, lieb Christalein, werde stille und halte tapfer aus* … Sie seien nun mal abgeholt worden, das sei Fakt. Es gebe nur eine Sache, die sie sich vorzuwerfen hätten, sie hätten damals versuchen können, sich repatriieren zu lassen. Man hatte ihnen bei Kriegsbeginn zugesagt, dass sie würden weiterarbeiten können, und dann war ihnen die Arbeit doch genommen worden.
Dennoch, die Frage blieb: Warum dieses Mal, im Juni 1940, eine Auswahl und dann noch diese bestimmte, warum waren mit ihm nur noch drei weitere Missionare vom Missionsfeld in Kotapad abgeholt wurden?

Die gesamte Internierungspolitik von British India war eng mit der politischen Rolle verknüpft, die Indien in diesem Krieg seiner Kolonialmacht spielte. Mit der Kriegserklärung vom 3. September 1939 betrachtete die englische Regierung ihre Kronkolonie Indien als ein Land, das selbstverständlich auch „im Krieg" war, und zwar an der Seite Englands. Indien war jedoch zu diesem Zeitpunkt bereits weit vorangekommen auf dem Weg zur Unabhängigkeit, es fühlte sich in seinem neu erwachten Nationalbewusstsein missachtet und nahm zu den großen Linien der englischen Kriegsfronten von Anfang an eine zwiegespaltene Stellung ein. Das erklärt den Blick auf den Status der Ausländer, die in der Kronkolonie eine neue, selbstbewusste Mittelschicht aufgebaut hatten. In den ausländischen Firmen erhielten Inder Ausbildung und Anstellung, von daher war British India mehr oder weniger wohlwollend, was die deutschen „Gefangenen" Englands betraf. Auch die regionalen Provinzregierungen benutzten ihre neu erworbenen Vollmachten, um ihre Entscheidungen, wer gefangen gehalten wurde und wer seiner Arbeit nachgehen konnte, selbstbewusst dem British Government in Delhi vorzutragen.

Frieder verfolgte das Geschehen in den englischen Zeitungen, hörte genau hin, was im Lager geredet und von den Lagerkommandanten verbreitet wurde: Hitler hatte mit seinen Truppen Frankreich niedergewalzt und am 22. Juni im Wald von Compiègne dem

Marschall Pétain die Bedingungen der Kapitulation Frankreichs diktiert. Seitdem war das Land aufgeteilt in die besetzten Gebiete unter deutscher Herrschaft und das Gebiet des Vichy-Regimes unter Pétain, insofern galt die Westfront als siegreich beendet. Die neutralen Staaten Niederlande, Belgien und Luxemburg hatten gleich zu Beginn des deutschen Westfeldzugs kapituliert.
Am 13. August flog die deutsche Luftwaffe massive Angriffe auf südenglische Stützpunkte der Royal Air Force, am 17. August verhängte Hitler eine Importblockade gegen England, dann gab es erstmals Luftangriffe auf London, daraufhin die erste Bombardierung Berlins. Es war wohl diese Lage, die den Männern im Spätsommer 1940 Hoffnung auf weitere Siege Hitlers und damit das Ende ihrer Gefangenschaft gab: *Die Lage am politischen Horizont scheint sich ja langsam lebhafter zu gestalten. Gott gebe, dass bald Friede sein darf*, das war die Hoffnung, die Frieder seiner Frau mitteilte.
Und dann erzählte er von der Möbelausstellung in ihrem Lager! Alles, was die Kameraden gezimmert und gebastelt hatten, wurde auf der Veranda des Essraumes gezeigt, Bierkistenholz und Bambus waren die einzigen zulässigen Materialien, Gartentische, Lampen, Schachfiguren, Uhrenständer, Schränke und Pulte, Kerzenhalter und Nähkästen, Aschenbecher und Marienaltar. Die Kapelle spielte auf, es wurden Reden geschwungen, die englischen Offiziere bis hinauf zum Kommandanten, alle kamen, um sich die Ausstellung anzusehen. Es gab echte Salzbrezeln. Die katholischen Laienbrüder hatten sich auch beteiligt und errangen Preise, es war ein fröhlicher Tag im Einerlei des Lagerlebens.

Unterdessen hatte Christa viel Arbeit zu bewältigen. Gäste aus anderen Missionsdörfern waren angereist, logierten bei ihr und wurden bekocht. Das war immer eine Freude und auch eine Last, denn der Unterricht, das Kind, die Diener – alles musste weiter betreut werden. Außerdem war die herzensgute Sophie dabei, ihr Mann auch, der war nicht interniert worden, und sie bekam schon wieder ein Kind und hatte doch so viel mit den drei anderen, die sie die Nächte wachhielten, wie sie immer klagte, und dann wunderte sie sich auch noch, dass Christa so lange am Morgen schlief.
Ach, und dann der kleine Junge, ihr Baby, das beim Abtrocknen und

Anziehen einfach nicht ruhig lieben bleiben konnte, geschrien hatte er, als er auf dem Rücken liegen sollte, dafür musste er einen kräftigen Klaps bekommen. *Das muss nun endlich mal anders werden. Anstatt zu schlafen, hat er nachher eine halbe Stunde geschluchzt und schlief nicht. Rührend war es dann, als ich ihn um 1 Uhr hochnahm, da legte er sein Köpfchen an meinen Hals und wollte vor lauter Freude gar nichts anderes als ein bisschen gestreichelt werden. Er hatte gemerkt, dass ich mit ihm böse war. Der kleine Bub wird überhaupt jetzt furchtbar lebendig.* Sie beschloss, dass er Bausteine brauchte, ließ den Tischler Japhit herbeiholen und gab ihm den Auftrag, Bausteine herzustellen. Ihr kleiner Hans sollte ordentlich Beschäftigung haben.

Und weiter der Trubel in den nächsten Tagen. Die Freundin Ille ging nur noch weinend durchs Haus, weil ihre beiden Brüder gefallen waren. Christa erschrak und dachte an ihre eigenen beiden Brüder. Sie sollte fröhlich mit den Gästen Mah-Jong spielen und einen guten Eindruck machen, dabei war sie ruhelos und litt mit Ille. Die Ruhelosigkeit übertrug sich auf das Kind, das wusste sie schon, und der Kleine war natürlich wieder „ungenießbar". Wo der Vater sei, warum sie alles allein zu tragen habe, schrieb sie ihm, sie könne das Kind gut verstehen …

Frieder tröstete sie: *Mein Herz! Im letzten Brief finde ich Dich ja wirklich am Rande Deiner Kraft. Zwei Nächte keinen Schlaf. Die erschütternde Trauerbotschaft; das Haus voller Gäste; der Sohn ungenießbar; die seelische Spannung Sophie gegenüber; Du selbst noch leidend.*

Er wollte ihr helfen und erzählte, was er gerade gelesen hatte, von Lämmchen, der jungen Mutter, ihrem ersten entscheidenden Kampf zwischen Mutterliebe und Ungezogenheit oder, besser, dem schreienden Sprössling, ganz gleich aus welchem Grund er immer schreien mochte. Dieser Kampf sei von Hans Fallada großartig geschildert worden.

Halte es doch mit deiner ganzen Lebensführung so, dass du es innerlich und mit den Nerven verkraften kannst, den Jungen auch mal brüllen zu lassen, wenn er wie du sagst „ungenießbar" ist, ohne sichtbaren Grund, schrieb der Frieder seiner Frau.

Er wollte ihr einen Rat geben, Hans Fallada war sein Gewährsmann, das war für ihn eine öffentliche Stimme: Lämmchen hatte ihr

Wissen von den Säuglingsschwestern. Mit dem, was sie von denen eingebläut bekam, versuchte sie, ihren Mann Pinneberg von Güte und Nachsicht abzubringen. Der wollte nämlich so gern, dass es sein Kind nett bei seinen Eltern hätte, an seinem ersten Tag zu Hause … aber nein, sagte Lämmchen: … das Beste ist, ihn durchbrüllen zu lassen, die ganzen ersten Nächte wird er brüllen … Und man soll ihn auf keinen Fall aufnehmen. Schaden kann ihm das Brüllen nicht. Und dann gewöhnt er sich daran, dass er durch Brüllen nichts erreicht.

Und Christa schrieb ein paar Tage später: *Mein liebster Mann! Es ist Sonntagnachmittag! An sich so friedlich wie nur möglich, denn der Junge und ich sitzen auf der Veranda und schreiben an den lieben Papa. Das tut er, indem er ein Stück Papier mit großer Wonne zerkaut und dann in tausend Stücke reißt. Er könnte mich sonst nicht so ruhig sitzen sehen und schreiben lassen, denn alles Papier, das er zu sehen kriegt, muss er haben. Es ist so merkwürdig, dass trotz unserem süßen Büblein, das ich Tag und Nacht um mich habe, doch die Trennung so hart ist.*
7 Uhr! Große Freude! Dein Brief Nr. 28 kam am Schluss dieses öden Sonntages. Die Sonntage sind immer schrecklich. Heute Abend gibt es Entenkeulen und nachher Mah-Jong.

Es wurde Herbst, der Monsun war vorbei. Die angenehme Jahreszeit begann, die Natur wurde wieder frisch und fruchtbar. Da bekam Frieder einen Spaziergang bewilligt, mit zwei Freunden, zu dritt durften sie raus: *Dem Stacheldraht für einige Stunden entronnen, schwimmen in völliger Freiheit.* Ein herrliches Bad in dem großen Teich, quer hin und zurück, eine wahre Wonne nach so langer Zeit, in der er nicht mal hatte baden können. Am selben Abend noch der Geburtstag eines Mitbewohners, Bier floss in Strömen, herrlich belegte Brote, Musik vom Grammophon und am nächsten Tag der Festgottesdienst zum Erntedank, im Freien und zu den Klängen der Kapelle.

Zur selben Zeit hatte Christa Lust bekommen, Haus und Garten wieder in Schwung zu bringen, die neuen Möbel aus Rosewood

waren geliefert, und sie schrieb:
Mein liebster Mann! Nun komm doch mal schnell bei uns herein, wir haben es ganz mächtig gemütlich in unserem Wohnzimmer gekriegt! Die Sofabank aus schwerem Rosewood steht unter dem Halligbild und ihr zur Seite der Lampenständer, der die Form eines Leselampenständers hat mit unten einem Tisch und einem Fach, wo man Bücher drauflegen kann. Wann setzen wir uns denn zum 1. Mal gemeinsam auf diese gemütliche, sehr bequeme Bank? Da kann man recht nahe zusammenrücken und zwei kleine Kinder hätten auch noch Platz. Was wäre das für ein Fest! Wollen daran jetzt schon mal denken, dann vergisst man die harte nüchterne Wirklichkeit … gut, daß wir es damals nicht wussten, wie lange es würde! So bewegt man sich zwischen Hoffnung, Verzagtheit, Glaube und Enttäuschtsein und schließlich sind wieder Tage und Wochen vergangen und wir sind dem Ende dieser Not und dieses schweren Leides, das für viele Menschen täglich anbricht, doch nähergekommen. Sehnsucht nach der Heimat …

Es war ein warmer Morgen im Oktober, Christa hatte das blau geblümte Chiffonkleid angezogen, alles duftete frisch und leicht, im Garten das junge Gemüse, der kleine Hans wuchs heran. Vor zwei Tagen war er zum ersten Mal auf den Knien gekrabbelt: *Es ist süß, wie er das Esszimmer im Sturm nimmt, dass man ihm kaum folgen kann, nun beginnt eine ganz süße Altersstufe, er ist ein richtig kleiner Mensch, mit dem man reden und lachen, spielen und weinen kann, für alles hat er Verständnis.* Also ließ sie jetzt die Wege im Garten zurechtmachen, damit er freie Bahn hatte beim Laufen. *Er ist ja immer auf Entdeckungsreisen und hat dabei furchtbar viel zu erzählen, so überzeugend und manchmal so laut, dass jeder ihm glauben muss, was er aus seinem glücklichen Kindheitsparadies ausplaudert.*

Es herrschte große Armut in dem indischen Dorf Kotapad, und wie immer kamen am Tag vor einem festlichen Sonntag die Hungernden zum Missionshaus. Sie bettelten um ein paar Rupees, arme, alte, lahme, blinde Leute. Niemanden hätte Christa einfach so wegschicken können, sie suchte abgetragene Kleidungsstücke aus den Koffern heraus und ging zum Koch, um von ihm etwas Reis und Gemüse zu erbitten. Die Bettelnden bekamen auf jeden Fall eine

Mahlzeit. Geld, dachte Christa, müsse man sich verdienen.
Am Sonntagmorgen übernahm sie die Betreuung der Kinder, damit die befreundeten Missionsfrauen in die Kirche gehen konnten. Mit den Kindern machte sie also einen Gang über den *compound*, um den indischen Frauen *Salam* zu sagen, die bekamen einen kleinen Schreck, als die *sahib* in eine Hütte trat. Die Kinder ließ sie draußen stehen.
Sie hatte sofort erkannt, dass es etwas zu tun gab. Ein Baby sollte geboren werden, die Geburt zog sich hin, es war das erste Kind einer ganz jungen Frau. Als sie am Nachmittag noch einmal mit dem kleinen Sohn hereinschaute, kam sie gerade rechtzeitig, um das kleine Wesen, das keinen Vater hatte, in Empfang zu nehmen; sie musste es kräftig schlagen, damit es schrie und schließlich selbstständig atmen konnte.
Ihren kleinen Jungen hatte sie von einer Frau aus dem Dorf nach Hause bringen lassen, sie hörte sein Schreien noch in der Ferne, er schrie während des ganzen Weges, sie machte ihre Arbeit weiter.
Ihr Kind schrie immer noch, als sie später eintraf, sie wusste nicht, was an diesem Tag mit ihm los war. Ob es Zahnschmerzen hatte? Es wollte nur auf ihrem Arm sein. Auch als es sich später beruhigen ließ und im Laufgitter spielte, während die Kinderfrau bei ihm war, schrie es, wenn sie sich blicken ließ, sofort los.
Später am Nachmittag versammelten sich die Mädchen aus der Boarding-School in ihrem Garten, übten dreistimmige Frauenchöre, auch schon für die bevorstehenden Feste das Weihnachtslied *Der Heiland ist geboren* und auch den Kanon *Dona nobis pacem.* Fremdartiges Liedgut für die Inderinnen, aber die waren gut dabei und verstanden schnell. Der kleine Junge saß auf dem Rasen nebenan und spielte mit Sumoti, bis die Mutter fertig war mit ihrer Arbeit und er wieder an die Reihe kam. Das musste er so akzeptieren.

Frieder wollte genau wissen, wie jetzt der Tag seines Sohnes verlief, und sie schrieb: *Um fünf bekommt er die erste Mahlzeit bei der Mutter, dann tollt er eine Stunde im Bett herum, kommt angekollert, legt sein Wänglein an meine Backe und ist schon wieder weg.* Von halb sieben bis acht ginge eine der beiden Kinderfrauen abwechselnd mit den Kindern spazieren, sie könne noch schlafen, dann gebe es eine rohe

Tomate und etwas Brei. *Um neun Uhr schläft er eine halbe Stunde, dann spielt er im Laufgitter. Nach dem Essen darf er im Zimmer herumkrabbeln, wobei er immer die Ausgänge bevorzugt. Manchmal findet man ihn im Nebenzimmer, in dem Kisten, Dosen und Akten eine sehr interessante Beschäftigung bieten, still spielend und arbeitend wieder.*

Alles, wirklich alles, was sie mit dem Kind erlebte, war Teil des Zwiegespräches, das sie mit dem fernen Mann führte, auch dieses, was ein paar Tage später geschah, erzählte sie: Am Mittag habe er nach einer halben Stunde nicht mehr schlafen wollen, und *denk dir, da kriegte er einen Klaps und legte sich ohne ein Tönchen für eine ganze Stunde.* Nicht zum ersten Mal sei das so gewesen, erzählte sie, am 8. Monatsgeburtstag habe es auch einige Klapse gegeben, die ganz heilsam gewirkt hätten.

Die Tonlage, die hier angeschlagen wurde, soll vielleicht sagen, dass dies geläufig, ja, sogar notwendig sei, aber im Lichte der grundlegenden Liebe eher eine unschöne Nebensächlichkeit. Ein paar Wochen später haben ihre Worte eine andere Tönung, nicht so salopp: *Feine Erziehung, was??? Oha mein Jung es ist nicht so einfach. Beim eigenen Kind braucht man doppelt viel Weisheit in der Erziehung. Man ist ja immer leichter zum Verstehen geneigt und soll es auch manchmal.* Als sei das Herz gespalten, so klang diese fröhliche Ironie.

Frieder war beeindruckt von der Arbeit, die sie zu schaffen hatte. Entbindungen, Singstunde, Unterricht, Haus und Garten. Sie solle doch auch fröhlich singen, einfach so vor sich hin. Aber der Garten, um den müsste sie sich kümmern, sie und das Kind bräuchten das frische Gemüse in den Winterwochen. Gebieterisch: *Bohnen legen kann Jeremias sehr fein. Also wann höre ich, dass Du je drei Beete Bohnen, Wurzeln und Tomaten gelegt, gesät und gepflanzt hast? Wasser haben wir in unserem Brunnen um diese Jahreszeit ja genug!*
Sie schrieb zurück: *Mein Frieder, was sagst Du nun, dass Du jeden Tag einen Gruß von mir kriegst? Ich mag jetzt so gerne in der Einsamkeit meiner Tage abends Dir noch gute Nacht sagen, draußen rieselt sachte,*

sachte der Regen, schön ist das! H. ist friedlich und fröhlich zur Ruhe gegangen. Nachts kommt er noch zu mir, damit er zwischendurch mal sein Händchen ausstrecken kann und ganz innig und süß „Mama" sagen kann, das braucht er wohl und dem einsamen Mutterherzen tut das auch so gut.
Beim Tischler Pitro ließ sie Holzspielzeug für ihn anfertigen, er bekam ein Pferd, einen Elefanten und einen Sandwagen. Für seinen Spielkameraden Siem hatte sie ein Kegelspiel zum Geburtstag anfertigen lassen und einen Bus, den seine Mutter ihm dann schenken könne.

Im Mai 1941 begann die Regenzeit früh, deshalb fuhren die Frauen mit ihren Kindern zur Erholung nach Doliambo, in die Berge, in die frische Luft. Man erwartete fröhliche Spaziergänge und Picknicks und kühle Nächte, die Kinderfrauen hatten sie mitgenommen, sie würden sich entspannen können.
Aber es kam anders.
Denke Dir, unser süßes Büblein machte gestern Morgen seine Augen nicht auf. Ich war so unglücklich. Er tastete mit den Händen ungeschickt herum und kroch wie ein blindes Kätzchen einher. Es war rührend und zum Weinen, wie er sein Spielzeug suchte und glücklich war, als er es fand. Ganz rührend geduldig ist das Kind und sein süßes Lächeln mit geschlossenen Augen machte mich immer wieder fröhlich.
Alle Kinder bekamen die schwere Augenkrankheit, die durch Fliegen übertragen wird, auch die Frauen wurden krank, nur Christa blieb gesund und musste stark sein, für die anderen mit. Ihre Freundinnen Lene und Gretchen waren am Rand ihrer Kräfte.

Der kleine Junge verstand gar nichts mehr, er wachte auf, und seine beiden Augen waren wieder dick geschwollen, den ganzen Tag konnte er sie nicht öffnen. Ach, das war eine Not! *Weißt du, es hat dem kleinen lieben Büblein so sehr geholfen, dass er sich fest an mich halten konnte. So, das Köpfchen auf der Schulter, hat er den Tag geschafft.*
Zwei Frauen reisten mit ihren Kindern wieder ab, Christa konnte sich in Ruhe der Pflege ihres Jungen widmen, sich Zeit nehmen zum Wachen und zum Schlafen, gerade wie es nötig war.
Frieder dachte an die Frauen, allein in der Bergeinsamkeit, und

machte sich Sorgen. Was sollten sie machen mit den Kindern, denen der Eiter aus den Augen floss?

Zwei Tag später saß Hans neben seiner Mutter, plauderte mit Sumoti auf Odia und konnte mit dem rechten Auge ein wenig blinzeln.

Wieder zwei Tage später gab es ein Brieflein von ihrem liebsten Schatz, der sie in ihrer Einsamkeit sehr erfreute. Sie plauderte wieder im munteren Ton, sie hätte einen Korb mit frischen Pflaumen und Aprikosen bestellt und an seine Lageradresse geschickt.

Und sie hatte ihrem Mann Gutes zu berichten: Die Augen des kleinen Sohnes wurden langsam etwas besser, und dennoch wollte er es ertrotzen, recht oft auf Mamas Arm zu sitzen. *Da setzt es manchen Klaps und die Augen muss ich ihm gewaltsam aufmachen. Er kneift nämlich jetzt manchmal seine Äuglein zu und meint, dann hätte er ein Recht getragen zu werden. Aber das gibt es nicht!*

Es dauerte keine Woche, da gab ihr der Mann aus dem Lager tausendmal recht: *Mein kleiner Herr Sohn merkt also auch, wie man aus Krankheiten Kapital schlagen kann!*

Die „Zeiten der Krankheiten“, eine Sorgenzeit, Zeit der zärtlichen Zuwendung, der tröstenden Gespräche?

Nein, *die Zeiten der Krankheiten, wo sie die Mutterliebe so recht gespürt haben, sind Brutstätten von Unarten* – da kennt sich der junge Vater, der gerade dreißig geworden ist, der sein Kind beim Heranwachsen gar nicht erleben kann, bestens aus. Woher weiß er das so genau? Hat er das in seiner Kindheit erlebt? War er als krankes Kind eine *Brutstätte von Unarten*? Auf jeden Fall weiß er diesen Rat an seine Frau: *Drum sei nur recht streng mit ihm. Ich bin immer für die Methode: möglichst wenig Schläge, aber wenn, dann gründlich und für den kleinen Herrn eindrücklich. Sich auf den Boden werfen und strampeln und schreien, das könnte ihm so passen. Da gibt es nur ganz kurzen Prozess. Aber Vorsicht mit den vielen kleinen Klapsen.*

Warum fragt sich der Vater in den vielen Stunden seiner Lagereinsamkeit nicht einmal, warum sich sein kleiner Sohn auf den Boden wirft, strampelt und schreit?

Es könnte doch sein, dass er Kummer hat, dass er nicht versteht, was los ist, dass er Wünsche hat und keinen anderen Weg kennt, um sie gewährt zu bekommen. Was lernt ein Kind, wenn es in so einer Lage geschlagen wird? Es macht Bekanntschaft mit elterlicher Gewalt und lernt, dass es gegenüber dieser Macht nichts ausrichten kann und schon gar nicht zur Erfüllung seiner Wünsche kommt. Es lernt neue Tricks, erhöht das Maß seines Rebellierens und erfährt einen Anflug von Hass auf den, der es gedemütigt hat. Und es lernt berechnenden Gehorsam. Mindestens muss man brav sein, dann erhält man sich die Liebe der Mutter. Das Kind wird brav und unterwürfig, oder es wird „schwierig", das bedeutet, hier und da auf dem Wege zu seinen Interessen Schlupflöcher zu erobern, zu tricksen, heimlich unterwegs zu sein. Hatte der Junge, der dieser Frieder mal gewesen ist, auch so gehandelt?

Vielleicht war es wirklich eine ethische Bürde, sein Kind zu lieben und gleichzeitig die sittlichen Normen bei ihm durchzusetzen, also die eigene Gefühlslage in Übereinstimmung zu bringen mit der vorherrschenden Moral von Zucht und Selbstbeherrschung.

Säuglingsschwestern gaben strengen Bescheid, in Mütterschulen wurden den Müttern die Methoden der Erziehung zum Gehorsam verordnet. Das Buch von Hans Fallada zeigt die Nöte der Eltern, ihre eigenen Gefühle unter dieses sittliche Joch zu stellen. Für Frieder war es einsichtig, dass es nur so gehen konnte. Sich in dieser Frage zu überprüfen, dazu gab es für ihn keinen Grund.

Im Bergdorf Doliambo begannen wieder schöne Tage, die Frauen unternahmen mit ihren Kindern Spaziergänge und genossen die frische Bergluft, die Welt sah wieder anders aus. Das Kerlchen sei süß und munter, die Augen wirklich viel besser, erzählte Christa, und gleich sei es fröhlich und unternehmend. Sie habe ihm doch oft Unrecht getan, dachte sie. In den Tagen, da seine Augen immer schmerzten – so streng sei sie mit ihm gewesen! Jetzt sei er gar nicht mehr schwierig.

Alle Nöte waren verflogen, als sie sich nach vielen Wochen wieder auf die Reise begaben, aus den Bergen zurück nach Kotapad. Ein Privatbus holte Frauen und Kinder in Doliambo ab, leider kamen nicht die richtigen Diener mit, die sich um das Packen und Aufladen gekümmert hätten, also mussten sie die schwierige Packerei mit dem Koch Simon und ein paar Jungs aus dem Dorf selbst hinkriegen.

Dann aber Station in Koraput, auf der Missionsstation der allerersten

Zeit, da wurden sie mit einem Frühstück empfangen, in Jeypore gab es bei ihrer Freundin Hedwig ein Mittagessen, und die beiden Frauen konnten shoppen gehen.
Das war immer das Allerschönste, zwei neue Koffer und eine warme Wolldecke, auch Stoff für neue Shorts, der Mann im Lager hatte Bedarf angemeldet, einen recht teuren, aber fabelhaften Stoff hatte sie erstanden.
Bescheidene Bedürfnisse, aber der Einkauf war das große Ereignis, weil bei so einer Gelegenheit Abwechslung und Unterhaltung winkten. Wenn die Missionare unterwegs waren, wurde jede sich bietende kurzweilige Unterbrechung begierig wahrgenommen, gerade so, als wolle man sich der Stationen seines Netzwerkes leib-haftig vergewissern, um sich schließlich, geistig und seelisch aufgeladen, wieder weit weg auf der eigenen Missionsstation niederlassen zu können.
Zurück im Dorf Kotapad, in ihrem Missionshaus, fand Christa die Räume geputzt und die Wände frisch weiß getüncht, das hatte der Missionar T. in der Zwischenzeit veranlasst. Sie möge ihm doch ein wenig von Koraput erzählen, bat Frieder, wie es da aussähe, Neid könnte er kriegen auf die Kollegen, die dort weiterarbeiten dürften, während er im Lager säße.
Sie wolle ihm alles erzählen, sei aber jetzt erst mal beim Einrichten. Sie packte aus, richtete geschäftig ein, stellte mit Vergnügen eine neue Sitzgruppe auf der Schlafzimmerveranda zusammen, schleppte das Kind herum, das weinte und wieder die Augen nicht öffnen konnte – da brach sie zusammen.
Sie ließ das Kind schreiend zurück, kam nur mit größter Mühe die Treppe hinauf, fand gerade noch das Bett. Malariafieber tobte im Körper, zerriss den Kopf, trieb Schmerzen in alle Glieder, verbreitete Schwindel und Brechreiz. Der Arzt musste kommen, sie erhielt Injektionen, Ille, ihr Freundin schlief bei ihr im Haus, die Kinderfrauen kümmerten sich um den kranken Jungen, der nur noch weinte. Aber am nächsten Tag setzte sie sich im Bett auf und wollte schon wieder schreiben. Der Arzt kam alle paar Stunden und verordnete ihr kalte Kopfduschen, damit sie runterkam von dem hohen Fieber. Der kleine Junge war auch noch gequält von Schmerzen mit seinen Augen.

Aber schon gleich schwang die Stimmung wieder hoch, als Christa zu Kräften kam, aufstehen durfte und alles wieder in die Hand nahm.

*

Mein Herzensjung! Heute Morgen war es so kalt und windig, dass ich am liebsten gar nicht aus dem Bett gekrochen wäre. Aber die Pflicht ruft. Erst soll ich mit Dir plaudern – die liebste Tagespflicht –dann soll ich die endlich eingetroffenen Samen säen und 3. beginnt heute der Unterricht. Dienstags und freitags habe ich von halb elf bis elf Uhr fünfzehn Katechismus, Mittwoch um dieselbe Zeit Hygiene und Montag und Donnerstagabend … (das Wort fehlt, es wurde von der Zensur herausgeschnitten).

So beginnt der Brief, den Christa am 30. Juni 1942 an Frieder schickt, nun in den Norden Indiens, in das Central Internment Camp Dehradun, British India.

Frieder hat eine mehrtägige Reise gemacht, ein Bus hat ihn und die Mitgefangenen abgeholt und quer durch Indien, weit weg in den Norden verlegt, in ein anderes Internierungslager.

Ein ganzes Jahr ist inzwischen vergangen, die Lage hat sich nicht verändert. Immer noch wohnt die junge Frau mit ihrem kleinen Jungen in dem weiß getünchten Haus in Kotapad. Vielleicht hat sie das weiße Kleid an, das man auf den Fotos sieht, wo sie schlank, die schwarzen Haare weich zu einem Knoten im Nacken zusammengeschlungen, mit einer weißen Schürze, feinen Schuhen mit kleinem Absatz und Söckchen den Arm ausstreckt, um das Kind an der Hand zu führen, mit aufmunterndem Lachen sich leicht und anmutig zu ihm beugt. Wer hat sie so fotografiert, wer hat diesen freundlichen Blick auf diese zärtliche Szene? Der Mann, den sie liebt, kann es nicht gewesen sein, der ist weit weg. Die Freundin muss das Bild gemacht haben, die Leidensgenossin, die mit ihrem kleinen Sohn ebenso allein im Nachbarhaus lebt. Zwei junge Frauen mit ihren kleinen Jungs in diesen kolonialen weißen Gebäuden aus Stein, mit Säulengängen, Palmentöpfen und dem hellen, heißen Licht der Tropen, vor dem man sich schützen muss, indem man sich in diesen Steinhäusern aufhält. Oder auf der Veranda oder im schattigen Garten an diesem fremdartigen, immer schwer vorstellbaren Ort des Missionsgebietes.

Die Bilder, die ich in den Briefen entdecke, möchte ich in aller Ausführlichkeit vor mir ausbreiten. Die vielen Jahre eines exotischen Lebens, streng geregelt durch den selbst gewählten missionarischen Auftrag, von dem man als Kind der Familie natürlich niemals die blasseste Ahnung hatte …

Es ist Regenzeit, noch ist der Morgen frisch, ein paar Stunden später wird die Luft schwül und schwer sein. Christa wird in den Garten gehen und mit dem kleinen Jungen die Tomaten ernten, die sie jeden Morgen zum Frühstück essen, sie wird Bohnen und Rosenkohl und Salat aussäen, Unkraut jäten und den Zaun ausbessern. Sie hat Simon gefragt, ob er nicht in seiner freien Zeit die Gartenarbeit erledigen könne. Aber er sei doch der Koch, hat er geantwortet, das sei nicht seine Arbeit, er würde sowieso viel lieber zurück in sein Dorf gehen. Christa hat sich sehr geärgert, weil sie ihn schließlich gut bezahlt.
Nun geht sie eben selbst in den Garten, die Gemüsebeete müssen neu angelegt werden. Eine Abreise, das Ende der Zeit der Trennung, ist vor einigen Wochen in Aussicht gestellt worden, aber dann hat man nichts mehr gehört. Sie brauchen also wieder das Gemüse, das sie selbst anpflanzen, zu kaufen gibt es immer weniger, sie versteht nicht, warum.

Weiter und weiter saß Christa in dem weiß getünchten Haus in Kotapad, erzählte ihrem Mann. Niemals wurde es still in diesem indischen Dorf, Geklapper von Geschirren, Töpfen, Pfannen, in der Ferne Menschenstimmen, Geräusche von Hühnern und Kühen, die durchs Dorf wanderten, ein Strom von Gesprächen, die sie mit ihrem Mann führte, in der Melancholie des prasselnden Regens an den Abenden und in den Nächten, in der frischen Kühle des Morgens, die in diesen Sommerwochen alle aufatmen ließ. Nachdem der erste große Regen, der schon schlimme Flut gebracht hatte, endlich nachließ, freuten sich alle an dem Wachstum auf den kleinen Äckern und in den Gärten.
Die Kinderfrau Sumoti spielte mit dem kleinen Hans, während die Mutter in der Schule war. Das Mittagessen kochte Simon, dann folgte der Mittagsschlaf unter dem Moskitonetz. Wenn der Junge am

Abend in seinem Bettchen lag, hielt die Kinderfrau Wache, Christa spielte im Nachbarhaus einige Runden Mah-Jong, fast jeden Abend trafen sich die Missionarsfrauen dort oder bei ihr.
Die Abende und Nächte waren aber oft auch anstrengend, Christa wurde ins Dorf gerufen, Geburtshilfe war zu leisten, oft mehrere Geburten während einer Nacht.
Das Kind, ihr kleiner Junge, mit dem sie nun schon das dritte Jahr allein zusammenlebte, musste viel hinkriegen. Er tröstete seine Mama, wenn sie weinte, er beobachtete genau, was sie machte. Wenn sie ihm abends gute Nacht sagte, fragte er nach: *Was du unten tust, Bilder gucken, Vater schreiben?* Als die Mutter das Päckchen für den Geburtstag des Vaters packte, sagte er: *Vater meine Bonbons mitessen.* Er dachte an seinen Vater, bewahrte von seinen kleinen Schätzen immer ein paar Bonbons auf, um sie ihm schenken zu können, weil er ihn nun demnächst sehen würde. Mit seinem kleinen Schirm lief er morgens im Regen herum, für die Mutter begannen die beruflichen Pflichten.
Sie bereitete sich auf den Unterricht vor, sehr zufrieden, weil sie die jungen Frauen, die aus den Dörfern kamen, um etwas zu lernen, in den ersten Unterrichtsstunden in großes Erstaunen versetzen konnte. Schautafeln, die ihnen den menschlichen Körperbau zeigten, hatte sie ihnen mitgebracht. Daran entlang entwickelte sie ihren Unterricht in „Hygiene“, erklärte ihnen Schwangerschaft, Entbindung und Säuglingspflege.
Anschließend sprach sie mit Frau Tauscher, der Frau des Missionars, der auf dem Missionsgebiet hatte bleiben können. Sie ließ auf keinen Fall zu, dass die sich in ihre Krankenhilfe und Medizinausgabe einmischte. Sie wusste, der Kollege ihres Mannes hätte das gern gesehen, damit seine Frau auch ihre Aufgaben hätte, aber das kam nicht in Frage. Das sollte in Christas Händen bleiben. Sie liebte ihre Aufgabenbereiche, mit der Arbeit kam sie besser durch den Tag, und es hatte alles einen Sinn, das Warten, die Zeit des Alleinseins und der Sehnsucht, die der große Weltkrieg in ihr Missionarsleben gebracht hatte.

Zwei Tage später erzählte sie dem Mann: *Gestern Abend hatten wir Brei aus Koslazaul, Du kennst ihn doch noch. Es gab großen Kampf, den wollte er nicht essen. Dafür sollte es denn auch keine Ananas geben. Er spuckte alles aus und brüllte u. ich ging schließlich zum Singen. Sumoti erklärte er dann: Meula Zaul no keili (schmutzigen Reis esse ich nicht). Weil er aber nicht zu beruhigen war, gab Sumoti ihm ein Stück Ananas, das war das Ende vom Lied. Merkwürdig, er ekelte sich regelrecht davor, es war nichts zu machen.*

Frieder überlegte mit ihr, ob es ein naturhafter Instinkt war, der Kinder so weit treiben konnte, Essen zu verweigern, oder Eigensinn, der gebrochen werden musste, und empfahl: *Ob einfach hungern lassen nicht die beste Strafe und Erziehung wäre, ohne dass es erst zu Szenen kommt? Alle Achtung, dass Du hart bliebst. Aber Sumoti darf es dann nicht umstoßen, scheint mir, wie ich hier so sitze, weitab vom Schuss. Bin mir noch längst nicht sicher, ob ich hart bleiben könnte, halte es aber für notwendig.*

Hart bleiben ist eine Pflicht, die man sich abverlangen muss, das ist letztlich keine Frage. Und schon gar nicht darf die Kinderfrau eine Strafe aushöhlen. Voll Zärtlichkeit redet er und entscheidet sich für Härte.

Die Tage im August waren heiß und unruhig, alle waren aufgestört von der Nachricht, die am 27. Juli gekommen war, tatsächlich sollte für Frauen und Kinder ein Familienlager geplant werden, Missionar Meyer hatte das gesagt! Christa packte und schrieb, ob sie den Herd mitnehmen solle, der geschnitzte Tisch würde natürlich mitkommen, auch zwei Stühle und zwei Sessel, aber die kleine Kommode, die sie aus ihrem Zimmer in Deutschland mitgebracht hatte? Nein, das wusste sie noch nicht, auf jeden Fall aber der große Spiegel, die wertvollen Bilder und die Lampen. In Säcken verschnürt oder in große Körbe gepackt, die zugenäht wurden, und das alles als Frachtgut schon mal losschicken. Aber wohin denn nun? fragte sie Frieder aufgeregt.

Sie war bester Dinge, schenkte dem Jungen eine Stoffpuppe, weil er sich nach einem kleinen Wesen sehnte, mit diesem Geschöpf spielte er nun zärtlich, aber dann musste sie ihre gepackten Koffer wieder durchwühlen, weil sie was für den Unterricht und die Näharbeit brauchte. Schließlich packte sie auch den Herd wieder aus, weil der Koch Simon noch das frische Gemüse aus dem Garten trocknen sollte, das würde sie in dem künftigen Familienlager gut ernähren. Auf dem *compound* in Kotapad blieb es unheimlich still, aber sie hatte beschlossen, dass die Abfahrt unmittelbar bevorstand, und spielte die Reise mit ihrem Jungen durch: *Was sagst du, wenn du jetzt zu Vater kommst?* Er antwortete feierlich: *Bitte Bonbons.*

Endlich die Nachricht von der Regierung, dass wir fahren können, schrieb sie aufgeregt am 15. August, in Dehradun würde doch nun auch gepackt, oder womöglich waren die schon unterwegs, wohin sollte sie nun schreiben? Der Junge ganz aus dem Häuschen … die Möbel nun endgültig auseinandernehmen und verpacken …
Es gab noch so viele Kranke, den ganzen Tag und noch am Abend hieß es auf Trab sein, immer wieder. Die Babys wurden bei ihr im Haus gefüttert, weil die Mütter arm und entkräftet waren, sie teilte in großen Mengen Lebertran aus, ein Geschenk einer befreundeten Mission, die Tage flogen, der August näherte sich dem Ende, es geschah nichts.
Christa aber blieb entschlossen, in ihrem ersten Brief nach Purandhar fragte sie nervös: *Wir hören nichts von Euch, es ist eine schreckliche Ungewissheit! Aber weil Ihr vermutlich am 12. auch schon die order für die Abreise hattet, werdet Ihr womöglich heute fahren oder bald fahren können.* Abreisetermin, Dienerfrage und Gepäckfrage sollte bitte Wilcock jetzt rasch mit dem Lagerkommandanten in Purandhar abklären.
Sie war mit allem fertig, innerhalb von ein paar Stunden konnte sie aufbrechen. Der Junge tanzte auf den Kisten herum und sang in allen Tonarten: *Vater gehen, Bus fahren …*

Im Männerlager saß Frieder in seinem segeltuchbespannten Kolonialsessel sehr bequem, versuchte nachzudenken in dem Gewühle um sich herum und schrieb: *Mein liebes Herz, Du wirst Dich wundern – aber noch sitzen wir hier, noch haben wir keine Ursache, Euch Telegramme zu schicken, noch können wir Euch kein Nest in Purandhar einrichten; darum halte ich es auch für vorteilhaft, wenn Du mir noch weiterhin brav und bieder schreibst, nicht nur noch jeden vierten Tag und nicht in der Annahme, es sei doch schon sinnlos.*
Das Lagerleben ging weiter, endlos wurden Schachturniere

ausgetragen. Je länger die Wartezeit dauerte, desto hartnäckiger beschrieb Frieder in aller Ausführlichkeit, womit er sich in Dehradun die Zeit vertrieb …

Christa konnte es nicht fassen, woher die Ruhe des Abwartens, was dachte sich der Mann eigentlich? Römische Geschichte von Mommsen, Geschichtstabellen, Schach … *Na, das wird ja dann aufhören müssen, wenn wir wieder zusammen sind*, antwortete sie kurz und bestimmend. Sie hatte bereits mit dem Leben auf der Missionsstation abgeschlossen, kein Unterricht mehr, stattdessen ein großes Abschiedsessen.

Aber es geschah nichts. Stattdessen ein Brief, der ihr die Fassung raubte: Frieder erzählte von sonnigen Tagen im September, von einem Ausflug, sie seien mal wieder richtig gelaufen durch die schönen Wälder dort. Vorsichtshalber habe es wieder für alle eine Typhusimpfung gegeben, und er habe die Krankheitserreger heftig zu spüren gekriegt.

Und ganz *en passant* auch noch, dass alte Bekannte zu ihnen ins Lager kämen, die Baseler und Leipziger Familien womöglich auch nach Purandhar versetzt würden, und weiter: *Dann ist unsere Missionarschaft dort ja ziemlich umfangreich und kann eine eigene kleine Kolonie bilden. Denn mit den Juden und sonstigen Antifaschisten werden wir kaum Berührung suchen. Hoffentlich können wir uns dann untereinander vertragen! Wir haben ja eine lange Bewährungszeit hinter uns. Dadurch sollten wir nun endlich reif geworden sein zur Selbstständigkeit und Großzügigkeit anderen gegenüber.*

Das war der letzte Brief, den Christa von Frieder erhielt. Vorläufig!

Die Korrespondenz mit ihrem Mann fiel grausam in die Hände der Zensur, die entscheidenden Informationen wurden zurückgehalten!

Stattdessen kursierte ein Gerücht auf der Missionsstation: Es sollte so etwas wie eine Petition gegeben haben. Christa empört: *Was soll das, was reden die Frauen da? Reimer schrieb am 3., dass Ihr gegen Purandhar seid. Aber viel war nicht zu entziffern, zu viel weggeschnitten. Du hattest Dich doch schon mit Purandhar abgefunden?! Wenn Ihr Euch so dagegen auflehnt, bleibt Ihr eines Tages in Dehradun sitzen und wir hier. Ob Ihr das lieber wollt? …*

Christa war in heller Aufregung, ihr Mann und seine Freunde wagten es tatsächlich, Vorbehalte gegen Purandhar schriftlich zu äußern. Sie waren doch nun schon über zwei Jahre interniert, wie könne man da noch von *freien Deutschen* reden und unter sich bleiben wollen? Warum sollte man sich denn nicht mit den Juden vertragen können?

Sie zwang sich zur Ruhe, wartete, der kleine Junge wartete auch, und jeden Abend dieses Spiel: Mit den kleinen Bausteinen bauten sie einen Bus, luden Kisten und Kasten darauf und fuhren mit Vollgas nach Dehradun. Und die Mutter sprach: *Dort steht dann der Vater mit offenen Armen, und der Junge gibt ihm – na was denn? – Einen Kuss!* sagte Hans und küsste den kleinen leblosen Stein, der den lieben Papa vorstellte. Dann gab es Bonbons und Kuchen, und dann stiegen alle zusammen ein und fuhren weiter.

Frieder war ahnungslos. Er stellte fest, dass keine Briefe kamen, und klagte, mit wem er denn plaudern solle. Könnte ja sein, und das hoffe er, dass sie schon unterwegs seien in das Familienlager? Er kannte Christas Warnungen nicht, schon gar nicht ihre Lage. Zärtlich schrieb er: *Ich bin jetzt mit allem, was Du tust, einverstanden! Mir ist nur noch eins wichtig, dass ich Dich und meinen Sohn bei mir habe, ob mit Bett oder ohne, mit Nähmaschine, Wagen, Matratze oder ohne – das ist alles Nebensache. Nur Dich will ich haben, in Deine Augen will ich schauen, Deine Haare streichen, Deine Stimme und Dein Lachen hören – mehr will ich nicht. Aber wenn ich dazu doch noch einen Wunsch aussprechen soll, dann ist es der, dass Du eine Rosshaarmatratze jedenfalls mitnimmst. Denn das Kokoszeug, das man sich selbst stopfen muss, ist nichts für Dich …*
Dieser Brief wurde Christa zugeleitet, sie verstand nicht, warum er so besorgt war, und dann kam Ende Oktober auch noch die erlösende Nachricht, *dass jetzt an diesem Freitag die letzten Satara-Leute abfahren und wir dann 8–10 Tage später wirklich los sollen nach Purandhar. Auch das ist uns nun natürlich recht. Satara läuft uns nicht weg. Und wir haben jedenfalls unserem ehrlichen Wunsch Ausdruck gegeben. Nachdem das für uns nun festliegt, hoffe ich auch, dass man Euch auf die Reise bringt, damit wir nicht zu lange auf Euch warten müssen. So wird doch endlich Sonnenschein in unser Leben*

einziehen, mein liebes, süßes, tapferes Herzelein, und ich kann das endlich wahrmachen, was Du jeden Abend mit H. spielst: Reise zu Vater!

Christa schrieb eilig und aufgeregt sofort einen Brief nach Purandhar: *Mein geliebter guter Jung! Sorgt doch bitte dafür, dass unverzüglich vom Camp aus telegraphisch an Wilcock unsere Abreise befohlen wird, sonst fahren wir nicht.*

Anfang November kam wieder einen Brief von Frieder,

Du freutest Dich und musstest es ja tun, aber jeder Ausdruck der Freude tut mir heute weh, weil ich weiß, wie bitter Du schon in meinem nächsten Brief enttäuscht werden musstest. Nun, wir wollen nicht hadern, weder mit Menschen noch mit Gott, obgleich ich mich vor den schlaflosen Nachtstunden jetzt fürchte, weil da die Gedanken einem so ungehemmt durch den Kopf schwirren.

Christa verstand gar nichts. Weswegen hatte er schlaflose Nächte, und warum kam die Post wieder aus Dehradun?

Sie registrierte die Nummer oben auf dem Blatt – drei Briefe fehlten.

Der Brief vom 2. September ist tatsächlich als Durchschlag in der Sammlung zu finden: Frieder und seine drei Freunde, vier Missionare, hatten dieses Gesuch an das Government of India geschickt, es lag unter den Akten des Sekretariats der britisch-indischen Regierung in New Delhi und schmorte in der Hitze der Sommermonate:

Es ist nur wichtig, dass Ihr vier jeder für sich denselben Antrag stellt, und zwar direkt nach Delhi per Post und Abschrift an Wilcock. Es ist unser ganz eigener Entschluss und erfolgt nicht unter „Terror". Aber wir sind es unserer Ehre als Deutscher schuldig. Ich gebe Dir im Folgenden am besten den Text, damit Du keine Schwierigkeiten hast:

„To The Secretary of The Government of India, Home Department, New Delhi. I received notice from Government to keep ready for transfer to Purandhar. But now in conformity with my husband I request Government not to send us to P. but to Satara. The reasons are as follows: 1) Purandhar will be a camp for Antifascists, Jews and Neutrals and we do not belong to them. 2) We are Nazi-Sympathizers and support the German Government and want to live together with our loyal German friends.

One copy to The Chief Secretary to Government of Orissa, one copy to The Agent to the Governor, Koraput District, Orissa."

In dem ebenfalls von der Zensur zurückgehaltenen Brief vom 15. Oktober, als Durchschlag von Frieder aufgehoben und später der Briefsammlung beigefügt, ist zu lesen:
Mein liebes, einziges Christalein, Du musst nun mein guter, tapferer Kamerad sein, denn ich habe Dir wieder einmal nichts zu bieten als eine grausame Enttäuschung zu den vielen anderen hinzu. Es ist ohne unser Wollen und Verschulden nun doch so gekommen, wie unsere schlimmsten Befürchtungen es nicht vorausgesehen hatten: Wir müssen hier warten bis unser Gesuch von Delhi aus entschieden ist, und wenn man uns, wie ich Dir im letzten Brief mitteilte, gesagt hatte von ganz offizieller Seite, dass wir in diesen Tagen mit den letzten drei Leuten nach Purandhar fahren sollten, so sagt man uns jetzt, da sei eben ein „Fehler" unterlaufen. Das Ganze ist eine so lange Geschichte, dass ich sie Dir kaum klarmachen kann. Aber eins musst Du Dir immer vor Augen halten: Hätten wir unser Gesuch nicht gemacht, ständen wir als Deutsche geschändet und entehrt da!

Das alles ist schwer zu begreifen, und es ist mehr, als ich eigentlich wissen möchte.
Was für eine eigenartige Vorstellung hatten diese Männer im Männerlager Dehradun? Was veranlasste sie zu denken, dass sie auswählen könnten, mit wem sie zusammen in ein Lager gesteckt werden? Aber so war es tatsächlich. Sie hielten es als anständige Deutsche für ihre Pflicht, sich in der Wahl des Lagers als „Nazi-Sympathisanten" zu Wort zu melden, nachdem sich ein Kollege von ihnen losgesagt und nur für sich die Erlaubnis für das Lager in Satara errungen hatte. Sie wollten auch nach Satara und ersuchten darum, nicht in einem Familienlager interniert sein zu müssen, in dem auch „Juden und sonstige Antifaschisten" lebten. Nicht die Nöte der Frauen und Kinder, die sich allein und mit der Ungewissheit über ihre Zukunft auf der Station durchschlagen mussten, waren vordringlich.
Fragen des Gewissens, der nationalen Ehre plagten die Internierten. Ein Lager, das „völkisch" durchmischt war, hielten sie für unzumutbar.

Es ging den Männern um ein Bekenntnis zur politischen Gesinnung. Keiner in Indien hatte sie danach gefragt.

Es war November geworden, milde, frische Wärme, alles im Wachstum. Und doch nichts Erlösendes, keine Aussichten, nichts war eingetreten von dem, was Christa in den Sommerwochen erwartet hatte. Zerrissen von widersprüchlichen Nachrichten, aufgerieben von unklaren Absichten des Mannes, der undurchsichtigen Politik der Regierung in Delhi und der Tatsache, dass einfach nichts passierte, auch keine Arbeit mehr, keine Bücher. Seit Wochen und Monaten saß sie auf gepackten Koffern mit der Aussicht, auch noch das Weihnachtsfest allein im Missionshaus verbringen zu müssen.
Dann noch die Nachricht von ihrem Mann, dass ein Sekretär des Innenministeriums das Lager besucht habe, von einem Gesuch aber nichts wusste, weil er wochenlang im Urlaub gewesen war. Demnächst wolle er sich die Akte aber vornehmen …

Sie müssten sich noch auf Monate gefasst machen, nicht auf Wochen, meinte der Mann. Grund war die Petition, das war ein Wahnsinn, eine stolze Herausforderung der politischen Mächte, wo die Internierten doch gar nichts zu fordern hatten. Sie hätten längst unterwegs sein können, alles war zerstört durch seine Unvernunft, seine Gesinnung, sie wusste nicht mehr, worauf sie ihre Hoffnung richten sollte.
Ihr Mann blieb streng. Hier und jetzt gebe es die Gelegenheit für sie und für ihn, sich wirklich in christlicher Haltung zu bewähren, und nur darauf komme es an, das wisse sie. Sie antwortete, um Fassung bemüht: Es seien aber doch schon mehr als zweieinhalb Jahre, in denen sie das tagtäglich hätte beweisen müssen.

Es war Dezember geworden. Frieder hatte wieder einen ganzen Tag frei für einen Ausflug, ganz allein in dem schönen weiten Wald. Als er ins Lager zurückkehrte, teilte der Kommandant ihm mit, dass man die Bittsteller jetzt vor die Wahl stelle:
Entweder in Dehradun bleiben oder doch mit nach Purandhar gehen. Unter diesen Umständen, antwortete Frieder, seien sie selbstverständlich bereit, nach Purandhar zu gehen.

Mitte Dezember erfuhr Christa aus der Nachbarschaft, dass die Männer abfahren würden. Sie glaubte es nicht. Sie strickte einen Pullover für den Mann, damit er im Winter in den kalten Bergen von Dehradun nicht würde frieren müssen. Sie bastelte an einem Bilderbuch für das Kind und an einem Spiel, das sie ihm zu Weihnachten schenken wollte, sie backte Plätzchen für das Weihnachtspaket. Sie kämen ja doch nicht weg, dachte sie. Christa lebte weiter in Kotapad mit ihrem kleinen Hans, der bald drei würde, sie teilte die Tage mit ihm und die Nächte. Sein Bett stand neben ihrem im Schlafzimmer des Kolonialhauses. Er war das Liebste, was sie an ihrer Seite hatte, nun schon zweieinhalb Jahre lang.
Warum bist du daulig, fragte er, wenn er spürte, dass es der Mutter nicht gut ging. Jeden Tag machten sie zusammen einen Spaziergang. *Wenn ich sein kleines Händchen fasse u. der untergehenden Sonne entgegengehe, um Dich zu grüßen, dann ist es doch ein großer Trost, dass dieses Händchen da ist.*
Am 31. Dezember 1942 saß sie zum letzten Mal in diesem Jahr an ihrem Tisch, einsam, verzagt und müde. In den letzten Nächten war sie wieder viele Stunden lang mit Geburten beschäftigt gewesen, die Frauen waren glücklich, dass sie das noch erledigen konnten, solange sie noch da war, und sie schrieb: *Die Nacht war lang und hart, Herbert, der Schneider, ist der jetzt sehr glückliche Vater. Dein Söhnlein ist augenblicklich ein recht ungezogener Bengel, der zuweilen recht empfindlich das „Stöcklein" fühlen muss. Du wirst noch staunen darüber und ich bin froh, wenn ich die Verantwortung für diesen kleinen Dickkopf Dir übertragen kann, und Du das Amt des strengen Herrn Papas übernehmen kannst, was die „Rute" angeht.*

Herausgeschleudert aus dem Lesestrom, Erinnerungen kommen hoch: Schlimme Sachen konnte sie so salopp, fast fröhlich sagen, in diesem pädagogischen Ton, von hoher Warte …

Ach, es ging einfach alles immer weiter. Abend für Abend flog die Feder über das dünne Papier, die Schrift zeigt die Eile, den Überdruss, es kam nicht mehr darauf an schön zu schreiben, so als seien die Gedanken sowieso nicht mehr verlässlich, die hingeschriebenen Worte nicht mehr Träger von Hoffnung und Liebe.

Ich denke mich in diese junge Frau hinein, sie war verzweifelt und erschöpft. Aber warum dieses verdammte „Stöcklein" für ihr kleines Kind? Sie war doch schon in der Ziellinie, sie würde ihren Mann demnächst wiedersehen, und bis dahin war alles so wie bisher. Sie half den Kindern im indischen Dorf auf die Welt, stand den Frauen bei, liebte das kleine Kind im Bettchen neben sich im Schlafzimmer, musste ihrem Mann aber doch sagen, dass in Zukunft der Herr Papa die „Rute" übernehmen solle ...

Tatsächlich konnte Christa zu diesem Zeitpunkt nicht sicher sein, ob sie ihren Mann wiedersehen würde, sie wusste nicht einmal, wo er jetzt war, ob er in Purandhar angekommen war, es kam kein Telegramm. Voller Zweifel und Wut schrieb sie, wenn die Petition nicht gewesen wäre, säßen sie schon lange beisammen.
Aber sie ging zum Basar, Rosinen einkaufen, Vitamine für die Familie, wie der Mann ihr das schon im Herbst aufgetragen hatte, auch Stoff hatte sie erstanden, weil er unbedingt neue Hosen benötigte. Das schrieb sie im ersten Brief, der Frieder tatsächlich in Purandhar erreichte. Dann nahm sie einen großen Seesack und packte einen Teppich und eine Matratze hinein. Der geschnitzte Tisch wurde zusammengeklappt und kam mit den auseinandergeschraubten Segeltuchsesseln in den zweiten Seesack. Das alles schickte sie schon mal auf die Bahnfahrt nach Purandhar.

Am 16.12.1942 wurden die Männer in Dehraduhn abgeholt. Die Fahrt ging über Delhi, Kalyan nach Poona, nach fünf Tagen erreichten sie das Lager in Purandhar.
Als der Polizeibus auf einem Schotterweg bergan fuhr, sah Frieder eine langgestreckte neue Baracke am Berg, viele Wohnungen nebeneinander, jede mit einer abgeschlossenen Veranda davor. Er trat ein und fand für jede Familie drei kleine Räume vor, dazu ein Badezimmer und eine kleine Küche. Es gebe genügend Möbel, Betten, drei Tische, vier Stühle, Garderobe und Badewanne, schrieb er überrascht und in größter Freude über diese awfully nice accomodation.
Frieder richtete sich ein, schaute sich um und schrieb wieder: so schöne Gärten am Berghang, überhaupt die Berge von Purandhar,

die gute Luft und der Blick hinunter in die Ebene, alles fruchtbar und frisch in der Blüte.
Das war der letzte Brief an die Frau in Kotapad.

Am 6.1.1943 schrieb Christa in klarer, knapper Schrift eine Postkarte: *Heute kam die order, dass wir Kotapad am 14. Januar verlassen. Lunch bei den Meyers und um zwei Uhr Start im Polizeibus nach Rayagadda. So werde ich nicht mehr schreiben, in der Hoffnung, Ende der folgenden Woche bei Dir zu sein …*

Vier Tage später kam Christa mit ihrem kleinen Sohn im Familienlager Purandhar bei Poona an. Der Vater empfing seinen Sohn, der drei geworden war, mit einer Tüte voll Bonbons und einem Segelschiff, der *Golconda*, schlank, sportlich und mit Segeln aus weißem Stoff. Er hatte das Schmuckstück im Männerlager für seinen Sohn gebaut.
Christa packte die Koffer aus, Hans lernte seinen Vater kennen und folgte ihm auf Schritt und Tritt, um ihn nicht wieder zu verlieren. Die Familie richtete sich in den drei Räumen des Familienlagers ein. Jubelnd schrieb Christa ihren Eltern: *Wie es uns zumute ist an diesem Tag, das könnt Ihr Euch vorstellen, wenn ihr an die schönsten Tage Eures Lebens denkt – es ist alles noch wie ein wunderschöner Traum! Unsere Wohnung, bestehend aus drei kleinen Zimmern, Veranda, Küche, Blick aufs weite Land und hohe Berge, Spaziergänge zwischen Blumengärten und über Felssteine und Gestrüpp, frische, klare Luft – alles alles ist so schön, wie man es in dieser Zeit gar nicht zu erwarten glaubt und es nicht verdient …*
Das Frachtgut war angekommen, sie hatten ihren geschnitzten Tisch, die Stühle, Lampen und Teppiche, die eigenen Matratzen, sogar die Gardinen konnten sie wieder aufhängen. Nun war alles gut, und Anfang Februar wurde das zweite Kind gezeugt.

Ich bin mit meinen Nachforschungen angekommen. Ich habe den Ort gefunden, an dem ich geboren wurde. Eine awfully nice accomodation, eine kleine Wohnung in der Lagerbaracke am Hang, inmitten der Berge der Westghats bei Poona, das war das erste Elternhaus! Umgeben von tropischen Pflanzen, Büschen,

Blumen und fremdartigen Bäumen am Berghang unterhalb eines steinbewehrten alten Forts. Und ich erfahre etwas über die näheren Umstände der Geburt.

Als der Monsun vorbei war, das Wetter milde und sanft, bei Wärme und leichtem Wind Berg und Tal in helles saftiges Grün gehüllt, brachte Christa im November das kleine Mädchen auf die Welt. *Der Sonntag war hart und lang, es war gut, dass ein erfahrener Arzt zur Stelle war. Das Püpplein wog seine sieben Pfund, das war nicht gerade von Vorteil für die Geburt, aber Gott hat durchgeholfen, für den guten Vater waren es allerdings auch anstrengende Tage,* schrieb sie an ihre Mutter.

Mittlerweile wohnte die Familie in einem alten Steinhaus, das bot Ruhe, Schutz vor Sonne, hatte dicke Steinwände und ein Dach aus Ziegeln und Metall. Mittelpunkt des Hauses war eine Halle, die als Wohn- und Studierzimmer eingerichtet wurde.

Frieder hatte das verfallende Haus auf seinen Streifzügen um das Fort herum entdeckt und die Instandsetzung bewilligt bekommen, weil ein Kind erwartet wurde. Sofort machte er sich an die Arbeit und renovierte mit bescheidenen Mitteln. Nun gab es sogar einen Wirtschaftsraum und eine Vorhalle, hinter der einzigen Tür im Haus sogar eine richtige Küche mit Herd und hinter dem Haus den ersehnten soliden Hühnerstall.

Das war der *bungalow*, und endlich gibt es Erzählungen zu diesem magischen Wort meiner Kindheit. Christa schrieb ihrer Mutter, dass Frieder rastlos im Garten tätig sei, um einen schön geschützten Platz zu bauen, wo ihr Kleines jetzt immer stehe ... Und glückselig an ihre große Schwester: *Unsere kleine M. gedeiht prächtig und liegt meistens strahlend in ihrem Wagen im Garten. Sie findet sich wesentlich besser zurecht in der harten Wirklichkeit des Lebens, als es der große Bruder in den ersten Monaten getan hat. Dafür ist sie eben ein Mädchen, um das uns die anderen hier doch etwas beneiden ...*

Warum macht mich das so glücklich, während ich die Briefe lese? Als hätte ich ein Schmuckstück gefunden, so bezaubert es mich, wieder ein Detail zu entdecken, das den Bilderbestand tief drinnen im tiefsten Schacht der Erinnerungen berührt.

‚Gras de Naves' im Herbst

Die Sonne scheint warm, tiefblau der Himmel mittags um zwölf, berückend die Stille des Südens über dem Buschwald, es ist der 3. Oktober 2011. Ich muss mich um das kümmern, was hier und jetzt zu tun ist.
Der Baumeister kommt am Nachmittag und überrascht uns mit der Nachricht, dass nicht er, sondern Miquael die Mauern hochziehen werde, der wolle gleich mal vorbeikommen, *voilà*.
Bloß keine Zweifel aufkommen lassen ... Am Abend fährt der große Bruder im Multivan vor, er hat unseren polnischen Freund mitgebracht. Wir hausen in den unteren Räumen und trinken ein paar Gläser.
In der Nacht zum Montag singt der Mistral ums Haus, Vollmond leuchtet kalt, Unruhe treibt einen aus dem Bett und in den hellen Garten, denn jetzt soll es endlich losgehen, wir leben jetzt hier und werden unser kleines Haus ausbauen.

Die erste Bauphase zu viert. Die *salle commune*, die Küche mit dem alten Kamin, bekommt eine Holzdecke eingezogen, aus der Mezzanine soll ein Dachzimmer werden. Die alte Treppe wird umgesetzt, die moderne Wendeltreppe, die Hans im Auto mitgebracht hat, will ich nicht in dem alten Haus haben. Zwei Männer stemmen das alte Teil, Hans stützt sich mit der rechten Hand auf einen Stock, schließlich hatte er im Sommer eine Hüftoperation, mit der linken Hand dirigiert er das schwere Ding vor die Wand, an der es hochführen soll: *Ja, das wird passen, jetzt vorsichtig herunterlassen, sagt er, jetzt können wir die Fixierung anbringen.*
Unter den Schilfmatten Schutz vor der heißen Mittagssonne, tief im Oktober hier in der Garrigue, später Champagner in die Gläser, den Baubeginn feiern, um zehn nur noch die Matratze, die Decke, das Mondlicht, der Tag endet mit raschen Notizen auf der Bettkante.

Der *chantier* soll um sieben beginnen, also um sechs raus aus dem Bett, gegen neun erscheint Miquael mit seiner *équipe* auf dem Platz. Vier starke Jungs in den braunen Overalls der Firma *Batimike*, also

attaque! Der große *Manitu*, der Baukran, der durch den schmalen Weg gezogen wurde, funktioniert leider nicht. Deswegen schleppen die Jungs die Betonsteine nun mit der Schubkarre vom Weg hoch und auf die Terrasse.
Um zwölf gehen alle zum Essen, um zwei treten sie wieder an, der Chef ordnet Überstunden an, auch die Betonmischmaschine wird noch angeworfen, von jetzt an kündet dieser Klang weithin über den Buschwald von unserem Bauplatz.
Dazu heult die Sägemaschine auf dem Hof, unsere drei Männer sägen die Fußbodendielen. Zwischendurch lungern alle in der provisorischen Küche herum, Kaffee oder ein Bier, gegen Abend gern auch noch *un quart de rouge,* die Stimmung ist gut.
Um zehn heiße Dusche, eine süß duftende südliche Nacht breitet sich aus, noch immer vom Mond tief und geheimnisvoll beleuchtet.

Über der Küche entsteht in den nächsten Tagen das Dachzimmer, fertig schon der Holzfußboden, jetzt noch die Dämmung des Daches. Auf der Baustelle nebenan arbeiten vier Leute, die Mauern wachsen, aber grau verhangener Himmel am nächsten Tag, wir bangen, wie es weitergeht. Gegen zehn kommen Alexandre und Paul und arbeiten bei Regen, Kälte und Schmutz. Durchbrüche auf zwei Ebenen mit schweren Steinbohrern durch die alten Bruchsteinmauern, der Staub im Haus lässt einen schier ersticken, das alte Vorderhaus zittert. Aber schon am Abend sind die neuen Türöffnungen verschalt und gegossen, so stabil sei jetzt das Haus, wie nie zuvor, heißt es.

In dunkler Morgenfrühe Liebe und Glückwünsche, um sechs Uhr noch im Bett. Draußen ein sternfunkelnder Nachtmorgen, klar der schmale Morgenrotstreifen. Ich suche die letzten Rosen, finde drinnen auch noch eine Kerze. Wir feiern zu zweit, dass wir hier zusammen sind, im Süden.
Um zehn Torte für alle zum Geburtstag von Johann. Ein strahlender Morgen, die Mauern sind hochgezogen, die Stützbalken werden vorbereitet. Miquael arbeitet staubbedeckt an den Stämmen der Douglastannen.
Nachmittags Großküche unter beengten Verhältnissen. Die Nachbarin Annick bringt eine *tarte aux groseilles* zum Dessert und nimmt

schon mal Platz, die Perlhühner brutzeln im Ofen, eine festliche Tafel bis Mitternacht mit Ernst und anderen Freunden aus seinem Dorf.

Der Himmel hängt tief, die Wolken sind schwarz, erst nachmittags kommen die Bauleute, es nieselt, sie stemmen die *poutres*, schleppen sie ins Haus, dann die Wahnsinnsarbeit, die schweren Balken hochhieven und auf der Dachschräge platzieren. Das Dach wird gedeckt, jetzt also die Fenster … mit Yves telefonieren, ob die Fensterrahmen schon geschmiedet, nein, kein bisschen, noch nicht fertig (im Sommer bestellt und angezahlt), ich solle nicht drängeln. Er ist wütend, ich bin's auch, er wird erst nächste Woche kommen. *Pressé. Pressé.*
Eines wird langsam klar, wie immer geht alles seinen ganz normalen südfranzösischen Takt – das ist so. Wir laden die Nachbarn zum Essen ein, die wollen sich anschauen, was bei uns abläuft, Michel und Beatrice bringen eine Quiche mit, Bruno und Anne-Laure eine Tarte zum Dessert, französisch-deutsches Geraune und lautes Palavern im Gewölberaum. Spät in der Nacht fragen wir uns: Was treibt uns eigentlich im Letzten?
Kampf gegen den Dreck, bisher war's noch so gemütlich, jetzt fliegt alles durcheinander. Es wird kein Dach gedeckt, ein schwerer Sturm fegt ums Haus und reißt am Gerüst, Regen peitscht hinterher, gerade eben noch konnte das Gerüst gesichert werden. Die Arbeit steht still. Wir fahren ab.

Tatsächlich gibt es wieder berufliche Pflichten in Lüneburg, es fällt schwer, das zu verstehen, aber noch im Spätsommer ist die Eröffnung einer kleinen Lernpraxis in einer Altstadtgasse gefeiert worden. Im Haupthaus wird gepackt, der halbe Hausstand ist schon in Kartons, die stehen im Flur herum, Aufbruch. Lydia zieht aus, drei Dörfer weiter hat sie eine Wohnung gefunden. Klaas packt die kleine Lil in den *Maxicosi* und schnallt den im Auto fest. Lydia und Katrina umarmen sich weinend. Wir folgen der kleinen Umzugskarawane in unserem Wagen und helfen beim Auspacken in der neuen Wohnung.

Kaum sind wir zurück im norddeutschen Herbst, drängen sich die politischen Ereignisse in den Vordergrund. Es hat einen EU-

Gipfel gegeben, milliardenschwere Aufstockung der europäischen Rettungsfonds, gleichzeitig Sparprogramme für die notleidenden Haushalte wurden beschlossen. Heißt, diese Länder können nicht einfach per Verkauf von Staatsanleihen das nötige Geld für die Finanzierung ihres Haushalts aufnehmen, wie sollen sie diesem Teufelskreis entrinnen? Mit dem verordneten Heruntersparen das Wachstum hinkriegen, das sie für die Anerkennung auf den Finanzmärkten brauchen?
Ja, es ist offensichtlich der Widerspruch, den jedes Land mit dem Beitritt zur EU zu spüren bekommt: Es hat nicht mehr die Hoheit über sein eigenes Geld und kann drucken, wenn es fehlt. Man wollte damals die Hoheit über das Geld des Staates der gemeinsamen Europäischen Zentralbank übertragen, dafür aber von der Macht eines „harten" Geldes profitieren.
Die Kehrseite der Medaille sehen die potenziellen Pleiteländer jetzt, wo sie plötzlich kein eigenes Geld mehr haben und sich umso härter der Konkurrenz und Kontrolle an den Finanzmärkten ausgesetzt sehen.
Griechenland hatte es mit der Spekulation gegen den eigenen Euro zuerst erwischt. Jetzt, zwei Jahre später, hört man von ähnlichen Szenarien in Italien, Spanien und Portugal.
Da platzt die neueste Nachricht herein: Ministerpräsident Papandreou will im November unbedingt erst noch eine Volksbefragung durchführen, die Griechen müssten wissen, was mit den Beschlüssen der EU weiter auf sie zukommt – damit sie sich voll und ganz dahinter stellen … Auch das noch, empören sich die Europäer.
Keine Abstimmung, die Politik funktioniert nicht als Meinungsabfrage beim Volk. Papandreou tritt von seinem Amt zurück, und in der EU wird über eine passende Übergangsregierung nachgedacht.

In der größten Dunkelheit des Jahres wird wieder Geburtstag gefeiert. *Katrina geht durchs halbleere Haus und weint*, sagt Klaas am Telefon, also den Termin in der Stadt absagen, wir verabreden uns nach ihrer Arbeit zum Essen in Lüneburg, ein paar Stunden zu zweit, das tut uns beiden gut.

Ende November fahren wir wieder nach Frankreich, der Innenausbau

beginnt. Das Licht des Südens, die milde Luft, die Gerüche der Blüten von Rosmarin und Thymian, das ist es, was man im Winter braucht. Zum Ende dieses Jahres sind wir tatsächlich im Süden. Es gibt einen neuen Baukörper, einen hohen Raum mit Licht vom Dach, von überall, durch die großen Fenster wird Licht hereingeschüttet, ein Lichtspiel an den Wänden, die nun gedämmt werden.
Wieder Kaffee kochen, die Männer sitzen vor dem Kamin in der Küche, nirgendwo ist es jetzt noch gemütlich. Uns wird klar: Erstens kommen die Leute nur auf den Bau, wenn wir da sind, und zweitens muss Bargeld über den Tisch geschoben werden, dann ist alles *d'accord.*
Je suis là, Marie, je travaille, sagt der große Baumeister am Nachmittag und lacht. Immerhin einer, sagen wir uns. Dann geht er wieder. Wir sitzen am Kamin und düdeln uns einen an und sagen uns: *Ach was, es ist doch alles wunderbar, wir sind weitergekommen.*
In den Altstadtgassen unseres Städtchens bieten die Olivenbauern ihre ersten frisch gepressten Öle an, Krapfen und Primeur. Wir kaufen *Foie Gras*, Feigensenf und Honigbrot für das Weihnachtsmenü.

Drei Tage vor Weihnachten kommen wir auf dem Gutshof an, gerade noch rechtzeitig zu dem Termin im Herrenhaus. Der Gutsbesitzer erklärt, dass Bodo und Sybille, die Freunde von nebenan, zum Sommer wieder ausziehen müssen. Sein Sohn trete jetzt seine Nachfolge an, der solle dort wohnen, man brauche das Haus. Dass wir viel Geld in zwei Küchen und Bäder gesteckt haben – das zählt nicht. Der Hof stehe an erster Stelle, das habe er uns von Anfang an gesagt. Wir bekämen einen neuen Mietvertrag, wenn wir damit nicht einverstanden seien, könne er auch kündigen.
Wütend gehen wir ins Haupthaus und betrachten freudig überrascht eine neue Sofalandschaft, alles gepflegt und frisch, Katrina ist wieder fröhlich, sie hat sich neu eingerichtet und zurechtgeruckelt.
Nach den Einkäufen schauen wir rasch nochmal vorbei, da steht bereits eine feine Tanne, *comme il faut. Ja, natürlich. Das soll sein. Wir machen es uns schön*, sagt Klaas nachdenklich und schaut seine Freundin fragend an. Katrina schmückt weiter und lächelt wieder.
Rotwein, die Gans, Tanzen am Tannenbaum vorbei bis tief in die Nacht.

Am nächsten Tag kommt die Nachricht aus der französischen Provinz, alles sei fertig, die Fußbodenheizung, die Fliesen, die Wände, die Balustrade der Mezzanine. In unserer Rübekuhle beginnt der Winterschlaf.
Wird unser kleines Dorf jetzt zerstört? Nein, wir schlafen uns aus, wir werden das aussitzen, das wird schon. Das Leben auf dem Land nimmt sich Zeit, das wird noch dauern.

Am letzten Tag des Jahres jagt ein Frühlingssturm durch die Alleen und Knicks, der Wind wirbelt die schwarzen Silberpappelblätter hoch. Nach einer kurzen Runde zurück am Schreibtisch, jetzt habe ich die Zeit, alles hinzuschreiben. Nicht immer nur im Kopf weiterschreiben – festhalten!
Schon während der Arbeiten im Süden und auch hier, immer wieder die Frage: Der Frieder damals, was trieb ihn an, nach Indien zu gehen, wie kam er drauf, unbedingt in Indien Missionar zu werden? Was der Vater vorgelesen hatte aus dem Tagebuch seiner Großmutter, damals an dem Kaminabend in den Sommerferien auf dem Landgut in Schleswig-Holstein – das war eine schöne Geschichte, eine von vielen Erzählungen zu „Indien".
Heute, beim Nachdenken über die Zusammenhänge, über die Frage, warum Frieder und dann Christa damals nach Indien gegangen sind, jetzt, da die Geschichte der Urgroßmutter in der Erinnerung hochkommt, aus dem Schacht die Bilder ans Tageslicht befördert, wird klar: Das hat mit mir zu tun, das gehört in diese Geschichte. Die Episode in Königsförde bringt mich auf die Sprünge, sie zeigt, wie alles zusammengehört.

Indischer Sommer (2)
Korapud und Ahmednagar

Mit dieser jungen Frau hat es begonnen. Diese Elisabeth J. verließ ihr begütertes Elternhaus, dieses schöne Landgut am Fluss, und reiste in eine völlig ungewisse Zukunft. Allein trat sie im Herbst 1906 diese Reise an, ab Genua auf dem Dampfer bis nach Indien. In der britischen Kronkolonie wollte sie in einem deutschen Missionsgebiet einem Beruf nachgehen, einer Berufung, vielleicht einem Dienst.

1906 stand der indische Subkontinent fest unter der Herrschaft des *British Empire*, die kriegerischen Aufstände der Inder lagen lange zurück, die Missionsgesellschaften hatten sich in einigen Jahrzehnten mit ihrer Arbeit auf den Missionsstationen etabliert. Auch die Breklumer Mission war mit der Christianisierung vorangekommen, hatte in der Provinz Orissa Kirchen, Schulen und Krankenstationen nach und nach aufgebaut und ihre Erziehungsarbeit ausgebreitet. Die Subsistenzwirtschaft war weitgehend abgeschafft, die Eingeborenen lernten die Steuern kennen, und die jungen Inder mussten sich um einen Gelderwerb kümmern, um leben zu können. Auf der Missionsstation konnten sie die Boarding School besuchen.

„*Glücklich und gesund in Salur*" angekommen, vermerkte ihre Mutter mit Genugtuung in ihrem Tagebuch. Elisabeth ruhte sich aus, wurde vorbereitet auf ihre Arbeit und lernte die Sprache. Nach drei Monaten fuhr sie mit ihrer Freundin, dem Fräulein Assmussen, zur Generalkonferenz aller Missionare in Koraput.
Das war das große Ereignis, auf das sich alle freuten, das ganze Jahr im Voraus, auch einer, der schon ein paar Jahre dort lebte. Für den Missionar Friedrich H. hatte das Jahr 1907 mit einem schweren Malariaanfall begonnen, wieder zehrte die Krankheit an seinen Kräften. Er nahm das übliche Chinin und reiste zur großen Generalkonferenz. Und dort unter den Anwesenden ein neues Gesicht, ein Fräulein Elisabeth J., eine junge Missionarin aus Schleswig-Holstein!
Nach der Konferenz nutzten die jungen Leute die seltene Gelegenheit und unternahmen noch einen Ausflug zum Kolab-Wasserfall,

Luise war dabei, Friedrichs Schwester, sein zukünftiger Schwager, Fräulein Asmussen aus Salur und eben diese unbekannte Elisabeth.

Friedrich betrachtete die junge Frau, wie sie da am Wasserfall herumging, sprach vielleicht mit ihr, und ja, das reichte ihm, um anschließend zu wissen, was zu tun war: *Da gewann ich mehr Freudigkeit zu dem Schritt, den ich dann wenige Tage nachher tat, ich fragte brieflich an, ob sie die Meine werden wollte.*

Sie schrieb noch von unterwegs zurück und sagte: *Ja*.

Das Einverständnis der Eltern wurde eingeholt, freudige Erregung auf der Missionsstation, als am 21. April 1907 Elisabeth offiziell die Verlobung mit Friedrich feierte.

Dann trennten sich ihre Wege wieder.

Als Braut des Missionars wurde Elisabeth von der Missionsstation Salur in den Distrikt des Verlobten versetzt, lebte im Haushalt des Missionarskollegen Gloyer, lernte indische Haushaltsführung und die Sprache. Keine Missionsarbeit.

Friedrich reiste nach Darjeeling, zum Erholungsurlaub in der Landschaft der Teeplantagen am Fuß des Himalaya-Gebirges. In diesem Luftkurort für die Kolonialherren aus allen Stationen und Berufen durfte sich Friedrich zwei Monate erholen und kehrte gesund nach Kotapad zurück.

Mit der Heirat mussten sie noch warten, Friedrich feierte erst Ende des Jahres seinen 26. Geburtstag, dann durfte er sich verheiraten, großes Fest und ein Hochzeitsausflug zum Kolab-Wasserfall, dann bezogen Friedrich und Elisabeth eine Wohnung in Koraput, die notdürftig für sie hergerichtet worden war. Zum Glück brachte Elisabeth einige Möbel mit. Auch ein Harmonium wurde in einer großen Holzkiste aus Hamburg angeliefert. Es war das Hochzeitsgeschenk von ihrem Onkel Schinkel in Hamburg.

Friedrich zeigte seiner Frau, was er gebaut hatte, und erzählte ihr von seinem Werdegang.

Aus einer Handwerkerfamilie in Hannover stammte er, 1881 geboren. Mittlere Reife, Kaufmannslehre, nein, dabei konnte es nicht bleiben, ein Büro zu dröge, zu einseitig, er wollte viel mehr. Er dachte an fremde Länder, die Kolonien, im Auftrag der Mission in

die Kolonien gehen, das schwebte ihm vor. Also wandte er sich an die Breklumer Missionsgesellschaft.
1901 ins Missionsseminar aufgenommen, studierte er alt- und neutestamentliche Exegese, Dogmatik, Symbolik und Missionsgeschichte und -geographie. Nach zwei Jahren kam die Anfrage von der Missionsstation in Koraput. Man wollte etwas ganz anderes, ein Missionskaufmann sollte kommen, besser noch könnte man einen Industriemissionar einsetzen. Der junge Friedrich wurde gefragt, ob er die theologische Ausbildung des Missionshauses abbrechen und nach Indien als Missionskaufmann ausgesandt werden wolle. *Ich entschließe mich um der Not willen dafür,* schrieb er hochzufrieden und war fast schon auf dem Sprung.
1903 ließ er sich abordnen und reiste nach Indien.
Damit begann eine lange Geschichte, sorgfältig von Hand, erkennbar mit viel Zeit und Genuss, in ein schwarzes Heft geschrieben und dann noch mal getippt.

Die neue Kirche von Koraput konnten Friedrich und Elisabeth noch gemeinsam einweihen, zwei Jahre lang hatte Friedrich die Männer angeleitet, diese Kirche zu erbauen. Sogar gegen die Meinungen der älteren Missionare hatte er aus Madras Stützpfeiler kommen lassen, die erstmals ein Querschiff sicherten. In diesem Bereich der Ingenieurskunst kannte er sich aus, und er bestand auf diesen modernen Bautechniken. Nichts konnte ihn bremsen.
Auch die Industrieschule war schon längst fertig. Friedrich wusste, was wirtschaftlich notwendig war, um einen Handwerksbetrieb zu betreiben und damit Geld zu verdienen. Man brauchte eine Schule, eine Lehre und einen kleinen Kapitalvorschuss, der Warenverkauf musste gelingen, das wurde durch Mithilfe unterstützt, aber nur dann, wenn einer den christlichen Glauben angenommen hatte.
Es war der Anfang des 20. Jahrhunderts, der 1. Weltkrieg noch weit weg. Seit 1900 gab es ein weit verzweigtes Eisenbahnnetz, das unter dem Kommando der Britischen Krone gebaut wurde und den indischen Subkontinent erschloss. Damit setzte die Industrialisierung ein. Ursprünglich hatte es in jedem Dorf Handwerksbetriebe gegeben, die indische Bevölkerung beherrschte alle Handwerke, das indische Handwerk hatte eine lange Tradition.

Unter der britischen Kolonialherrschaft wurden die indischen Tuchmanufakturen schon im 19. Jahrhundert verboten, die indische Baumwolle wurde nicht mehr in den heimischen Webmanufakturen zu Stoffen gewebt, sondern als Rohstoff verkauft. Aus England kamen ab dann die Produkte, die vorher in Indien hergestellt worden waren. Die ursprüngliche Subsistenzwirtschaft war zerstört. Die Leute mussten sich um einen Gelderwerb kümmern, um sich die notwendigsten Dinge des täglichen Bedarfs kaufen und Steuern zahlen zu können. Daher der missionarische Einsatz für Ausbildung und industrielle Entwicklung.

So viel hatte Friedrich zu tun … aber er musste Indien wieder verlassen.

Die Vorgesetzten in Breklum verlangten, dass Friedrich erstmal seine theologische Ausbildung in Deutschland abschließen sollte. Erst danach würde er als *richtiger Missionar* wieder tätig werden können.

Elisabeth hatte nur eine kurze Zeit in Indien, aber das durfte sie nicht enttäuschen, sie hatte eine neue Bestimmung. Im Dezember 1908 brachte sie in ihrem Elternhaus auf dem Gutshof in Königsförde unter dem Beistand ihrer Mutter Maria ihr erstes Kind zur Welt. Das war die kleine Lotti, und es war Pastor Bahnsen, der das Kind taufte. Man ahnt, was Elisabeths Mutter beim Kaffeetrinken mit dem Pastor Bahnsen besprochen haben mag. Womöglich haben die beiden die Spur gelegt für die junge Elisabeth, dafür gesorgt, dass sie den Weg nach Indien finden würde – wollte die junge Frau, dass die Eheschließung so zügig ablief, hatte sie bei der abenteuerlichen Reise an eine Eheanbahnung gedacht?

Friedrich studierte in Flensburg und Kiel, um die Frau und das Kind konnte er sich selbstverständlich nicht kümmern. Elisabeth verzog sich mit ihrem Baby in ihr Elternhaus nach Königsförde. Dort ließ sie sich von der Mutter verwöhnen, ihre Gallenkoliken wurden besser.

Als die kleine Lotti ein Jahr alt war, reiste sie, gut verstaut im Gepäcknetz des Zuges, mit den Eltern nach Genua, dort bestieg die Familie den Dampfer.

Am 20. Januar 1910 begann das Leben in Indien zum zweiten Mal. Frau und Kind wurden vorläufig bei einer anderen Missionarsfamilie untergebracht, es gab noch die Missionsschwestern, die Diener, die würden seiner Frau und dem Kind helfen, denn Friedrich ritt mit den Kulis weiter nach Nowrangapur und machte sich an seine neue Arbeit.

Als im Februar die Möbelkisten aus Deutschland kamen, zog Elisabeth mit Sack und Pack und Kulis und Kind auch in das ferne Dorf, in die neue Wohnung, packte aus und richtete ein. Der Mann war schon auf der ersten Distrikts- und Predigtreise, allein ins Neuland Kalahandi, und machte noch drei Reisen in diesem Jahr, die längste dauerte sieben Wochen. Elisabeth blieb allein mit der zweijährigen Lotti im Dorf und bekam mit der zweiten Schwangerschaft zu tun.

Im Mai 1911 musste sich die hochschwangere Elisabeth auf den Weg machen, um am richtigen Ort entbinden zu können. In Bangalore, im Hospital der *Church of England Zenana Mission* brachte sie am 25.6.2011 einen Jungen auf die Welt. Das war der kleine Frieder.

Der Säugling war fünf Wochen alt, da reiste die Familie zurück nach Koraput. Friedrich war nun richtiger Missionar, übernahm die Verwaltung von zweihundert Christen und hundertsiebzig Taufbewerbern, baute zügig das noch unfertige Haus zu Ende, hielt Predigten im Dorf, dann reiste er im September zurück und holte seine Familie ab. Er besorgte Bandys, kaufte mit seiner Frau Möbel, Geschirr und Töpfe, ließ den ganzen Besitzstand einpacken, dann ging es los.

Mit dem Säugling, der zehn Wochen alt war und einem kleinen Mädchen, die Mutter, von vier Khonds getragen auf einer beschatteten Sänfte, sie war geschwächt und stillte noch. Friedrich notierte am 9. Oktober 1911: *Aufbruch der ganzen Bandy-Karawane (18 Ochsengespanne!) über Doliambo. Noch viel Regen! 11. Oktober nachts Aufbruch, über Matalput-Fluss. Mittags dort gerastet, nachmittags weiter nach Kakriguma. 13. hier Ruhetag. 14. Oktober endlich in Lakshmipur mit Sack und Pack! Am 15.10. hört dort die Regenzeit auf. Am 17.10. abgeladen. Ein Schrank war unterwegs verloren gegangen.*

Was erlebten die beiden Kinder Lotti und Frieder in ihrer frühen Kindheit? Missionsfeste in Lakshmipur. Die Leute strömten aus den Dörfern zusammen und wurden auf der Missionsstation mit Tee und Ölkuchen bewirtet. Die Kinder saßen mit „den Braunen“ unter

dem Mangobaum und aßen Kuchen.
Die großen Weihnachtsfeste, Gelage mit 500 Gästen, die sich zum Feiern auf der Missionsstation eingefunden hatten, da wurden 1800 Ölkuchen verteilt, zwei Ziegen geschlachtet, die Weihnachtskisten aus der Heimat ausgepackt. Für alle gab es Geschenke aus den deutschen Gemeinden, dreiundsechzig Erwachsene wurden getauft.
Und dann die Tigerjagd in Chama! Der Oberkuli Joseph erspähte eines Tages einen Tiger auf dem Missionsgrundstück. Die Kinder mit ihrer Kinderfrau schwebten in ernster Tigergefahr. *Gott hat sie bewahrt,* schreibt der Vater gelassen. Tiger im Garten, er auf Tigerjagd, ob der kleine Junge Frieder mit zwei, drei Jahren diese Geschichten erzählt bekommen hat?
Fieberschübe erlitt der Junge, es blieb nur eines: Es musste wieder sehr viel gepackt werden, es ging über den Fluss, auf beschwerlichen Wegen zurück, Elisabeth fuhr mit den beiden Kindern in die Berge, der Mann machte seine Arbeit weiter und kam später nach Kotagiri. Von April bis Juli blieben sie in den „Blauen Bergen", *in den Häuschen, die unsere Mission dort hat, erholen wir alle uns schnell, bei malariafreier, frischer Luft und guter Kost. Besonders auch die Kinder leben hier ordentlich auf, auch im Spiel mit anderen Missionskindern. Ausflüge und Spaziergänge, Tennisspiel waren an der Tagesordnung.*
Das gab es auch, das Leben der guten Gesellschaft, nach englischem Vorbild, selbstverständlich blieb man in den heißen Monaten nicht im *jungle*, man ging in die Berge und trank zarten Darjeeling und spielte Tennis, in weißer Leinenkleidung mit Tropenhut und geschnürten Stiefeln zum Schutz gegen die Moskitos. Frische Luft galt damals als Luft, die frei von Malaria war, wie der Name schon ausdrückte: „Malaria" war schlechte Luft. Insektenstiche galten nicht als Infektionsgrund.

Im März 1914, als die milde Zeit noch anhielt, da brachen die fünfjährige Lotti und der bald dreijährige Frieder mit den Eltern erstmals zusammen auf. Vier Tage lang mit Kulis, Trägern, Zelt und Koch unterwegs, die Kinder auf Sänften getragen durch den Dschungel.
Es gab Kämpfe zwischen den Stämmen, die Polizei musste oft einschreiten, von einer Verhaftungswelle hörte man.

Einige Ureinwohner kamen auf die Station, um dort Schutz zu suchen, alle wurden aufgenommen und lebten in Laubhütten. Es gab neue Fälle von Cholera.
Am 3. August die *Nachricht vom KRIEG!*
Anfang Dezember mussten alle deutschen Missionare und Missionarinnen mit Frauen und Kindern ihre Stationen verlassen, wurden in Regierungsautos von den Bergen gebracht und reisten weiter mit der Bahn nach Waltair und kamen dort im Breklumer Erholungsheim unter. Friedrich war empört. Seine Bitte, jetzt bei seiner Frau bleiben zu dürfen, einfach abgeschlagen. Alle Männer wurden im Kriegsgefangenenlager Ahmednagar festgesetzt.
Elisabeth brachte am 17. Dezember 1914 ihr drittes Kind auf die Welt. Ein Telegramm des Hauptmann Bowden ins Lager: *„Strong boy, all well!"*

Lotti und Frieder reisten mit ihrer Mutter und dem kleinen Ernst zu Beginn der Regenzeit im Mai 1915 nach Kodaikanal, der Säugling hatte seine ersten Fieberanfälle bekommen. In der kühlen Bergluft sollten sich alle schnell erholen, und dann, im Januar 1916, plötzlich der Beschluss der englischen Regierung, die deutschen Missionare mit ihren Familien kurzerhand nach Deutschland zu befördern. Nachdem 1915 der Krieg an der Westfront in Frankreich zum Stellungskrieg erstarrt war, ungeheure Mengen an Menschen und Material eingesetzt waren, um Kriegsergebnisse zu erzielen, wurden französische Siedler aus Algerien eingezogen und Soldaten aus den englischen Dominions einberufen. Das British Government wollte sich womöglich nicht auch noch mit den deutschen Kriegsgefangenen in indischen Lagern belasten.
Im Mai 1916 legte die „Golconda" mit den Missionsfamilien im Hafen von Dover an. *Völlig unerwartet ein neuer Überfall auf uns Männer: wir alle mussten vom Schiff und nach London in neue Gefangenschaft, von der wir nicht ahnten, wie lange!* Die Frauen und Kinder wurden auf einen kleinen holländischen Dampfer verfrachtet und reisten nach Holland, von da zum Hamburger Hafen.
Dort stand Maria J. Überglücklich, dass sie ihre Tochter Elisabeth nach sechseinhalb Jahren der Trennung wieder in die Arme nehmen konnte, sie begrüßte Lotti und zum ersten Mal Frieder, der schon

bald fünf Jahre alt wurde, und den kleinen Ernst, der auf dem Schiff das Laufen gelernt hatte. Alle vier brachte sie zu sich nach Hause, die Kinder sollten nun erst mal bei ihr auf dem Gutshof in Königsförde leben. Für Erholung wollte sie sorgen.

Endlich auch aus England zurückgekommen, wurde in der deutschen Heimat festgestellt, dass Friedrich kriegstauglich war, also an die Front geschickt werden könnte. Wusste denn niemand, dass er Missionar war, der seinen harten Dienst bereits geleistet hatte? Nein, nur eine Anstellung als Pastor konnte ihn vor dem Militärdienst bewahren, und diese Pfarrstelle fand das Kieler Konsistorium für den ehemaligen Missionar in Dithmarschen. Am Ende dieses Jahres bezog die Familie das Pastorat in Bargum. Die Mutter kaufte in Kiel einigen Hausrat und Möbel, brachte alle Kinder von Königsförde nach Bargum, half beim Einrichten, und Friedrich schrieb: *Nun hatten wir Arbeit und Heim in der Heimat.*

Gerade so, als müsste er sich selbst klarmachen, was eigentlich los war, schrieb er am 16. November 1916 weiter: *Aber es war im Weltkrieg. In diesem Winter war Hungersnot, das Brot war knapp, und Kartoffeln gab es auch nicht.* Erst kam also ein Schwein in den Stall, dann eine Kuh und dann noch eine, damit schien die Ernährung der Familie sichergestellt.

Elisabeth war wieder schwanger, ihre Mutter Maria erkrankte an Krebs. Am 19. November 1917 wurde das vierte Kind geboren, der kleine Johannes kam in Bargum auf die Welt. Dieses Mal konnte die Mutter ihrer Elisabeth nicht helfen, Maria war zwei Wochen vorher auf dem Gutshof in Königsförde gestorben.

Der Krieg ging zu Ende, Friedrich studierte die Zeitungen und schrieb sich seinen verletzten patriotischen Stolz von der Seele: *Am 9. Dez. 1918 haben wir Schwein geschlachtet. Es war die traurige Zeit des Schandfriedens von Versailles. Deutschland hatte in den 4 Kriegsjahren verloren: (bei 13 ein Viertel Millionen mobilisierter Truppen) 1.822.545 Tote, viereinhalb Millionen Verwundete – 870 000 Opfer der Hunger¬blockade; Reichsland Elsass-Lothringen, Eupen-Malmedy; Teile Westpreußens, das meiste der Handelsflotte; während Deutschlands Kinder hungerten, mussten an Frankreich 640 000 Kühe*

abgetreten werden, an Belgien 800 000 Stück Geflügel, Kohlengruben des Saargebietes …
Der Familie ging es gut. Elisabeth hatte zwar noch im Oktober eine Gallenoperation überstehen müssen, aber sie konnte in diesem Winter das fünfte Kind zur Welt bringen. Ihr Mann dankte Gott: *Dass am 27. Februar 1919 uns ein gesundes Knäblein geschenkt wurde, ist Gottes Wundergüte, die zu rühmen die Erdenzeit zu kurz ist.*
Elisabeth hatte wieder ein Baby zu versorgen. Der kleine Hanns, gerade mal ein Jahr alt, konnte stehen und übte das Laufen, eine Hand der Mutter brauchte er. Lotti, Frieder und Ernst verbrachten die Sommerferien mit ihrem Vater auf Föhr, sie erholten sich prächtig. Elisabeth blieb mit den kleinen Kindern in Bargum zurück, sie hatte keine Ferien.
Aber große Sorgen. Was sollte aus Friedrich werden? Das Landeskirchenamt wollte den Industriemissionar ohne theologische Examina nicht fest anstellen. Das Kurzstudium, auch das zweite, das mit einem Examen für Missionare abgeschlossen worden war, reichte nicht aus für eine Festanstellung. Friedrich wollte nicht das Erbe seiner Frau, das Altenteil auf dem Gutshof übernehmen, nicht auf dem Land leben, er wollte Hebräisch lernen und erneut und dieses Mal richtig Theologie studieren.
Seine Gedanken: ein schönes kleines Geldvermögen, das Vermögen seiner Frau, sie könne das nicht, er werde seine Zeit dafür einsetzen, günstige Anlagen suchen … aber es gab nun auch viel Zeit zum Studieren …
Elisabeth musste das Pastorat in Bargum räumen, alles einpacken, wieder weiterziehen und wohnte mit fünf Kindern in einer kleinen Breklumer Wohnung. Die Möbelstücke, die sie von ihrer Mutter geerbt hatte, kamen auf den Dachboden. Lotti und Frieder gingen von Breklum in die Mittelschule in Bredstedt, der kleine Ernst ging auf die Dorfschule, die Hauslehrerin war nicht mehr nötig, es gab nur noch ein Dienstmädchen für den Haushalt.
Friedrich verbrachte die nächsten zweieinhalb Jahre an verschiedenen Studienorten, von Kiel bis Leipzig und Rostock war er unterwegs. Er genoss diese Zeit und nahm jede Gelegenheit wahr, um möglichst weit herumzukommen.

Schließlich eine Pfarrstelle in Wewelsfleth, Friedrich lebte nun mit Kindern und Frau zusammen. Wieder neue Schulen. Frieder war dreizehn, er und seine große Schwester Lotti stiegen jeden Morgen auf die Räder, setzten bei Wind und Wetter mit der Fähre über die Stör und radelten nach Glücksstadt zum Gymnasium, Ernst und Hanns gingen in die Dorfschule.

1926 kam die frohe Kunde: Die Mission öffnete wieder *die Tore auf ihr indisches Arbeitsfeld*! Dieser Ruf beglückte die Missionsgeschwister … Friedrich und Elisabeth waren sofort dabei.
Groß war diese Zeit, so beginnen Friedrichs Mitteilungen zu dem erneuten Aufbruch nach Indien. Am 31. Oktober 1926 legte die „York" in Genua ab, verspätet nach einem Hafenarbeiterstreik, aber großartig unter den Klängen der Hymne „Die Himmel rühmen des Ewigen Ehre": *Mit uns 10 Breklumern fuhren 6 Leipziger, 3 Schweden und 15 katholische Missionare.*
Zurück blieben fünf Kinder, fünf Jahre lang wollten die Eltern weg sein.
Lotti war siebzehn und bei den Tanten in Hamburg untergebracht, von dort aus besuchte sie das Elise-Averdieck-Lyzeum. Die vier Brüder lebten im Missionskinderheim in Hamburg-Othmarschen. Frieder war fünfzehn und Schüler des Christianeums, Ernst war elf und ging auf ein Realgymnasium,
Hanns war acht, der kleine Heinrich sieben, beide lernten auf der Volksschule Lesen, Schreiben und Rechnen. Es gab eine Heimmutter, die das häusliche Leben dieser und anderer Missionskinder betreute. Friedrich wollte unbedingt Missionar sein, das war ihm wichtiger als der kirchliche Dienst in der Heimat. Auch Elisabeth wollte dieses Mal nur noch diesen Beruf ausüben, die fünf Kinder ließen sie kompromisslos zurück. Für Missionsfamilien waren das fertig eingerichtete Verhältnisse: der weitere Werdegang der Kinder würde im Missionskinderheim stattfinden, man konnte sie dort zurücklassen.

Aufgeregt und glücklich Friedrichs Gedanken: *Am 24. November 1926 um 5 Uhr in Koraput. Wieder hier auf unserem Arbeitsgebiet.*
Eigentlich sind sie hier zu Hause. Zwei Tage lassen sie sich Zeit

zum Auspacken, Elisabeth empfängt die Ochsengespanne mit den Möbeln, richtet die Wohnung ein, die erste Predigt wird wieder in Odia gehalten, dann geht die Reise schon weiter, *mit Liesel über Jamguda, Suku, Kumda, Kalar nach Lakshmipur.*
Diese Ortschaften besuchen sie nacheinander, zu Pferd, zu Fuß, zwar am anderen Ende der Welt, aber doch, als sei das das Normalste, was zwei Menschen tun können. Jubelnd der Ausruf: *Erster Gottesdienst wieder nach 12 Jahren auf meiner alten Station.*

Schon bald wurden die ersten indischen Pastoren-Kandidaten geprüft, erste Ordinationen. Die Jeypore-Kirche wuchs, es gab zunehmend mehr indische Pastoren, mehr Autonomie, eine eigene kirchliche Verwaltung wurden in den folgenden Jahren angestrebt. Es wurde gebaut, Stations- und Gemeindearbeit fiel an, Medizinausgabe, ein Auto wurde gekauft, ab dann ging es mit dem „Whippet" die Berge hinauf. Mit Gloyer durch den Kalahandi-Distrikt, unermüdlich wurde der Wirkungskreis der Missionsarbeit noch in die letzten Dörfer der Khonds ausgedehnt, immer tiefer in die Berge hinein.
Elisabeth blieb auf der Station in Koraput, die Kostkinder der Boarding-School waren zu versorgen.
Von den eigenen Kindern kamen immer gute Nachrichten, schrieb Friedrich zu Beginn des zweiten Jahres der Trennung. Genaues erfährt man nicht. Was machten die Kinder *in dem schönen großen Missionskinderheim in Othmarschen*? Die große Schwester Lotti ging mittlerweile auf das Kindergärtnerinnenseminar der Diakonissenanstalt in Altona, die war nicht bei den Brüdern.
Frieder sollte siebzehn werden, er war nun in der Unterprima und fühlte sich verantwortlich für die drei jüngeren Brüder, mit denen er in dem Heim zusammenlebte. Er hatte eine Vorstellung von der Ferne, in der seine Eltern waren. Er erinnerte sich an die Dörfer der Khonds, er wusste, was es hieß, in den Distrikt aufzubrechen, er war fünf, als er auf der *Golconda* um Afrika herumfuhr.

Das dritte Jahr begann, 1929 hatte Friedrich die Industrieschule wieder anfangen lassen, Druckerpressen und Typen gekauft, ein Mädchen-Kosthaus in Koraput fertiggestellt.

Wieder gab es einen Urlaub in den Blauen Bergen, und wieder gab es schwere Stunden. Anlass war ein hellfarbiges Brahmanenkind dunkelfarbiger Eltern, das zum Unterricht in die *Boarding-School* geschickt worden war. Wer, wann, warum … bestürzte Fragen der Missionsgeschwister.
Wieder unterwegs zu einer längeren Reise in den Distrikt um Lakshmipur, das alte Haus des Freundes der ersten Stunde Reimer S. wurde wieder aufgebaut, mit Wellblech gedeckt und als Schule eingerichtet.
Da erreichte eine schreckliche Nachricht das indische Dorf: *Lotti ist tot.* Elisabeth und Friedrich mussten erfahren, dass ihre Tochter am 15. Dezember starb, *nach eineinhalb Tagen Kranksein, fern, in der Heimat, in der Diakonissenanstalt. Keiner der Geschwister oder Angehörigen konnte sie sehen. Nach uns, ihren Eltern, hat sie sich vergeblich gesehnt. Aber der Heiland wird bei ihr gewesen sein.*
Jetzt wollten sie früher nach Hause, Aufbruchsgedanken, aber Friedrich sagte sich beruhigt: *Noch forderte uns die Arbeit ganz stark. Und das war gut.*
Früher als geplant, nach dreieinhalb Jahren, kamen sie bei ihren Kindern im Missionskinderheim Hamburg-Othmarschen an. Der älteste Sohn Frieder war fast neunzehn und wollte mit dem Studium der Theologie beginnen, Ernst war fünfzehn, Hans zwölf, der kleine Heinrich elf. Die Tochter Lotti war tot. *Sie war das Opfer, das wir bringen mussten, schrieb Friedrich.*

•

Nachdenken, Unruhe, es ist schwer, sich dem Gewebe dieser Geschichten zu entziehen, zum ersten Mal höre ich diese Geschichte der Vorfahren, und sofort kommen sie so dicht heran und erschüttern das Bild von der Familie.
Dieses Mal machte der Mann es sich definitiv zu einfach. Es ist schwer zu ertragen, wie glatt und selbstverständlich alles, aber auch wirklich alles, jedes Ereignis, jedes Unglück und jedes Leid in der Familie mit der Einsicht: *So ist es nun mal, es ist Gottes Wille,* weggesteckt wurde. Immer wieder der Beschluss, dass mit diesem Verweis auf die allerhöchste Macht alles getan sei, um genau so weiterzumachen, wie man es sich gedacht hat.

Langsam zeigen sich die Konturen, langsam wird klar, wie die Geschichten zusammenhängen. Es folgt das, was zu meiner Geschichte geführt hat, zu der neuen Familie …

Die kühne Reise damals im Jahr 1906 hatte Elisabeth das Leben an der Seite eines Missionars beschert, das sie sich wahrscheinlich so gewünscht hatte. Das erste Kind in Deutschland, zwei Söhne in der zweiten Indienzeit zur Welt gebracht, zwei weitere Söhne in Deutschland, dann ging Elisabeth an der Seite ihres Mannes wieder auf das Missionsfeld.

Ihr herangewachsener Sohn Frieder muss akzeptieren, dass seine Eltern allein wieder dorthin gehen, wo sie ihre eigentliche Aufgabe sehen. Sie werden die Arbeit auf dem Missionsgebiet fortsetzen. Gleich nach ihrer Rückkehr beginnt er mit dem Studium, verlässt seine Eltern und verfolgt seine Pläne zielstrebig.

Sein Vater darf nicht wieder „hinausgehen", er muss seine Arbeit als Pastor in Schleswig-Holstein wieder aufnehmen.

Frieder absolviert in sechs Jahren ein Theologiestudium und die Doktorarbeit, dann in Breklum die Fortbildung für die Missionarsarbeit. Es ist für ihn offensichtlich keine Frage, dass er die Arbeit seiner Eltern fortsetzt. 1936 ist er der nächste junge Missionar, der sich in Breklum abordnen lässt und nach Indien reist. Er lernt die Sprache, macht Bekanntschaft mit allen Aufgabenbereichen der Missions-station in Koraput und unternimmt die ersten Ausritte in den Distrikt.

Im Winter 1938 wird der zweitälteste Bruder Ernst vierundzwanzig, die Schule hat er ohne Abitur beendet, seine Eltern sollten keine Erwartungen an ihn stellen können, auch Theologie zu studieren. Er macht das, was die meisten jungen Männer seines Jahrgangs zu tun haben. Erst Reichsarbeitsdienst, dann wird er zum Wehrdienst eingezogen.

Sein jüngerer Bruder Hanns wird einundzwanzig, hat Abitur gemacht und ist im Reichsarbeitsdienst.

Der jüngste Bruder Heinrich macht sein Abitur und wird dann seinen Wehrdienst beginnen.

Frieder, der Älteste, fährt im November mit seinem Missionarskollegen und besten Freund Reimer von Koraput nach Madras.

Er holt die Frau ab, die er heiraten möchte, er sieht sie zum ersten Mal. Es blieb immer das Geheimnis der Eltern, wie sie sich kennengelernt haben.

Nun, da die Geschichte der Großeltern bekannt ist, wird klar, was damals im warmen Echoraum des Kolonialismus ausgebrütet wurde. Heute würde man sagen, wie präzise im Netzwerk der Mission daran gearbeitet wurde.

Vermutlich war es meine Patentante Lissy, die Tante von Christa, die ein paar Fäden gesponnen hat. Als Familienmutter im Missionskinderheim kannte sie den jungen Frieder, sie war seine Ersatzmutter gewesen. Vielleicht bekam sie einen Brief von ihm, er wolle heiraten, ob sie eine nette Frau kenne, die bereit sei, zu ihm nach Indien zu reisen, damit sie sich kennenlernen könnten.

Und die kluge Elisabeth, genannt Lissy, wandte sich an ihre Schwägerin, Maria R. und fragte, ob eine Tochter, vielleicht Christa, sich für so ein schwieriges Unterfangen interessieren könnte … Und dann vielleicht eines Tages ein Besuch bei der jungen Kinderkrankenschwester Christa, die nicht über den Besuch ihrer Tante überrascht war, wohl aber über ihr Anliegen.

Sie mit einem Mann bekannt zu machen, der als Missionar im fernen Indien sei, sie habe doch sicher schon, was von der Breklumer Mission gehört … Irgendjemand muss es gegeben haben, der Christa gefragt hat, ob sie sich darauf einlassen wollte, eine angebahnte Verbindung einzugehen.

Vermutlich schrieb Tante Lissy einen Brief an Frieder auf die Missionsstation in Koraput und berichtete von einem Besuch bei ihrer Nichte und dass die bereit sei, einen brieflichen Kontakt zu ihm aufzunehmen, es würde ihr schwerfallen, diesen Schritt zu tun, aber für die Mission, ja, vielleicht. Sie sei nämlich gebunden, habe davon aber nicht reden können …

Tatsächlich: 1938 in Holstein, Sieverstedt. Ein warmer Frühsommertag in Norddeutschland, Nachmittagskaffee in einem Garten, junge Leute sitzen in fröhlicher Runde, reden und lachen, zwei junge Männer, ihnen gegenüber die hübsche junge Christa mit einem Blumenkranz im Haar in dem zarten, blau geblümten Chiffonkleid, ein scheues Lächeln, erwartungsvoll schaut sie zu den Männern

hinüber. Auf der anderen Seite in langen Gewändern Christas Eltern und ebenfalls in hochgeschlossener Festtagskleidung Elisabeth und Friedrich. Die Söhne Ernst und Hanns in diesem Juni 1938 in der Uniform der Soldaten, Heini noch Gymnasiast, der bewundert die übermütige Mareili, die ihre große Schwester Christa zum Kennenlernen der neuen Familie begleitet hat.
Das Verlobungsfoto. Die Familie von Frieder hat sich mit der Familie von Christa zu der kleinen Feier zusammengefunden, der Verlobte ist in Indien.

Im September saßen fünf Frauen ein weiteres Mal im Pastorat zusammen, nähten, stickten und packten fieberhaft Christas Aussteuer. Der Vater war glücklich, dass der Sohn Hanns von seiner Dienststelle Urlaub bekam und seinen Eltern beistehen konnte, jedenfalls ein Sohn würde bei der Feier in Breklum dabei sein, die beiden blieben in ihrem Militärdienst.
Die Abordnungsfeier wurde im großen Saal des Missionszentrums abgehalten, drei Frauen wurden vom Missionsdirektor offiziell verabschiedet, vor allem aber mit den nötigen Papieren und Geld ausgestattet. Auf dem Foto in den Breklumer Nachrichten sieht man den schmerzvollen, ernsten Blick der jungen Frau, die jetzt alles hinter sich lassen muss.
Wir erbitten, dass Gott Frieders und Christas, aber auch vieler Millionen anderer Menschen Gebet um äußeren Frieden erhören möge. Die Dinge sind jetzt aufs höchste zugespitzt; heute Abend will der Führer reden und alle Kabinette arbeiten dauernd, fieberhaft anscheinend, schrieb Friedrich an die Söhne, es war der 26. September 1938.

Was Friedrich mit „*die Dinge*“ meinte, das waren Kriegsdrohungen Hitlers. Seit April 1937 betrieb er seinen Plan, „Lebensraum im Osten“ zu erobern, dafür wurde mit Hilfe der Sudetendeutschen Partei in den deutschsprachigen Grenzregionen des tschechischen Staates Aufruhr angeheizt, worauf der mit Mobilmachung drohte. Unter Mussolinis Vermittlung wurde das Münchener Abkommen geschlossen, mit dabei die britische Regierung unter Chamberlain und die Regierung der Französischen Republik unter Daladier, der von Hitler angestrebte Waffengang konnte verhindert werden,

die Eingliederung des Sudetenlandes ins Deutsche Reich wurde ausgehandelt, Hitler hatte ein erstes Kriegsziel erreicht.
In diesen Wochen der um sich greifenden Angst, dass Hitler es darauf anlegte, einen Krieg zu führen, bestieg Christa das Schiff in Genua und fuhr hinaus in die Kolonien, auf das Missionsfeld in Indien.
In Indien fuhr Frieder einige Wochen später mit seinem Freund Reimer von der Missionsstation in Koraput nach Madras. Er holte eine Frau vom Schiff ab. Es war die Frau, die er durch Briefe kennengelernt hatte. Nun sah er diese Christa zum ersten Mal leibhaftig vor sich stehen.

Indischer Sommer (3) Purandhar

Wir sind wieder im Süden, Johann hat es gewagt, die lange Reise im Winter anzutreten. An diesem Tag im Januar strömt warmes Licht über Steineichen und Zypressen, über das ganze stille Buschland. Ein leichter Wind, der hier und da Bewegung schafft, leise ein- und ausatmend, als wollten der Garten, die Garrigue, Bäume und Büsche, die immer grün sind, gerade jetzt, im Winter, ihren Sommer beginnen und eine wilde schöne Blüte hervorbringen. Hier sitze ich an meinem Schreibplatz vor dem großen Fenster und schaue in die grüne Wildnis mit Steineichen jenseits der Steinmauer.

Vielleicht wusste er gar nicht mehr, dass er diese Notizen gemacht hatte. Die fünfzig dünnen, gelblich verblichenen Blätter fand ich zufällig unter einem Haufen von Briefen, nicht in der bekannten, geordneten Form bei den Indienbriefen abgeheftet. Irgendwo zwischen den Kinderbriefen glitt dieser kleine Stapel heraus, dünne, eng beschriebene Blätter, in Sütterlin, also verschlüsselt, vorerst nicht zu entziffern. Dank professioneller Transkription gibt es endlich Aufzeichnungen über das Leben „im Familienlager“. Der Vater hat niemals darüber gesprochen. Jetzt läuft ein neuer Film ab.

Licht fällt plötzlich auf *mein* Purandhar, auf die Zeit vor meiner Erinnerung in Indien. Die Aufzeichnungen setzen in der schönsten Jahreszeit ein, zu Beginn des neuen Jahres, im warmen und milden Klima der Winterwochen, dem eigentlichen indischen Sommer.
Wie mag es ausgesehen haben in den Westghats südlich von Bombay? Frieder war schon in dieses Lager gebracht worden, dann kam Christa mit dem kleinen Jungen dazu. Das Familienlager in Purandhar wurde mein erstes Zuhause.

So glücklich war er, dass er alles genaustens beschrieb, damit sich die Eltern mitfreuen konnten. Jetzt hatte er endlich einen Platz für den Hahn, den er aus dem Männerlager mitgebracht hatte. Hennen vom Basar, Küken, Hühnereier, einen großen Garten, massig schwere Steine und sofort die nächste Arbeit: *Meine Hände tragen die Spuren von der schweren Steinarbeit im Stil der Megalithiker, die hier schon einmal vor gut 5000 Jahren reichlich gebaut haben, die erste Steinmauer entsteht, eine Grotte aus aufgeschichteten Steinen.* Genau genommen war dies seine erste selbst gebaute Friesenmauer, immer und immer wieder sollte es so eine Mauer geben …

Da rennt das kleine Mädchen durch den Garten, stolpert über Steine, purzelt hin, steht auf und rennt weiter, es lacht und ist voller Schalk, als es innehält und zuschaut, was der Vater macht. Der hat den Hinterhof gefegt, jetzt zerkleinert er Feuerholz für den Küchenherd, die Mutter will gleich kochen. Dann die Gießkanne, das kleine Mädchen stolpert, kommt hoch und will helfen, die Salatbeete zu gießen. Es ist warm, das Kind trägt ein helles Sommerkleid, die Bougainvilleas duften, es ist ein Garten in den Tropen.
Der große Bruder kommt mit dem Go-Cart um das Haus herumgefahren. Der Vater hat ihm zum Geburtstag einen „Selbstfahrer“ gebaut, mit dreißig Kindern haben sie auf dem Spielplatz gefeiert. An seinem eigentlichen Geburtstag musste die Mutter zu Ille gehen und ihr helfen, das dritte Baby auf die Welt zu bringen. Das kleine Mädchen hatte vorher hohes Fieber, drei Tage lang, die Eckzähne sollten durchkommen, es war so abgemagert, dass die Silberreifen von den Ärmchen glitten. Jetzt sind beide Kinder fröhlich. *H. ist überreich beschenkt, M. entwickelt sich zusehends,*

lacht schelmisch, versteht sehr viel, redet aber noch nicht. Isst allein ihr Mittagessen, holt ihr Töpfchen und hilft alles hinaustragen. Schreit nachts so oft und ohne ersichtlichen Grund auf. Tagsüber strahlend.

Es ist Frieder, der seine Kinder beobachtet, von Woche zu Woche schreibt er nieder, was er sieht. Er nimmt sich die Zeit, alles festzuhalten. Die Notizen beginnen im Januar 1945, das kleine Mädchen ist ein Jahr alt, der große Bruder Hans gerade fünf geworden.

Am nächsten Tag, es ist ein Sonntag, geht Frieder mit seinem Sohn auf den Berg, hinter den Lagerbaracken führt ein Weg zum Fort hinauf. Hans will getragen werden, der Vater erklärt ihm, dass er doch nun ein großer Junge sei und selber gehen könne, seine Schwester sei noch ganz klein, die müsse man manchmal tragen.

Anschließend geht er in den Garten, siebt Humus, wässert Salat und Wurzeln, dann muss er Steine schlagen, um beim Spielplatz seiner Kinder eine neue Kante zu setzen. Nach der Arbeit am Schreibtisch spielt er am Abend mit seinem Freund R. noch eine Partie Tennis. Am späten Abend notiert er: *H. wohl eine leichte Eifersucht auf die kleine Schwester, neue Empfindlichkeit für Zärtlichkeiten, aber die Selbstbeherrschung nimmt zu … M. kann allerliebst und sehr energisch unartig sein.*

Von Woche zu Woche schreibt Frieder unter wiederkehrenden Rubriken seine Bestandsaufnahme nieder. Zuerst immer der Blick in die Welt: Was sind die politischen Ereignisse, was ist in der englischen Zeitung zu lesen, und wie ist es zu beurteilen?

In der Woche vom 4. bis 11. Februar 1945: *Nach kurzem Stocken an der Oder setzt eine neue Welle der russischen Offensive ein. Dazu jetzt Unterstützungsoffensiven der Alliierten im Westen (Ardennen, Colmar). Breslau nahezu umzingelt … Elbing nach heroischem Kampf gefallen. (…) Churchill, Roosevelt und Stalin tagen derweil im Schwarzen-Meer-Gebiet. Die erste Verlautbarung: Absolute Einigkeit, Deutschland militärisch kaputt zu machen. Weltkongress der Gewerkschaften redet von Besetzung Deutschlands bis 2000. Absolute Reparationen. Zwangsarbeit zum Wiederaufbau der zerstörten Gebiete etc.*

In der Woche vom 12. bis 17. Februar 1945 wurde das Treffen

1945 in Jalta, auf der Halbinsel Krim

von Churchill, Stalin und Roosevelt in Jalta abgehalten: *Besetzung Deutschlands nach Zonen. Frankreich beteiligt, Oberste Zentrale in Berlin, Reparationskommission in Moskau. In jeder Beziehung hat England nachgegeben gegen den Druck Stalins unter dem Motto Realpolitik. Polen B-Linie …*
England ging mit dem moralischen Mäntelchen in den Krieg, Polen zu retten. Jetzt liefert es Polen dem russischen Erbfeind aus. Ob das nicht mehr ist, als die Engländer und Amerikaner verdauen können? „Völkerbund". Erstes Treffen in San Franzisko am 15. April. Wird Russland gegen Japan Krieg erklären? Müssen Amerika und England darum jedes Zugeständnis machen? *Jalta fast zu schön, um wahr zu sein. Wenn Deutschland in dieser militärisch hoffnungslosen Lage mit letzter Kraft noch durchhalten kann, kann sich politisch noch ein verhandelter Friede möglich machen?*

Im Lager hatte das Bridgeturnier begonnen. Zehn Paare aus dem Freundeskreis traten abends an. Bei der Gelegenheit warnte Freund L., Frieder solle das Rundschreiben über den Besuch des Roten Kreuzes besser nicht herumgeben, es sei verboten, ohne offizielle Genehmigung Briefe im Lager zirkulieren zu lassen. Der Kommandant hatte inzwischen angeordnet, dass die Kartoffebestellung für die reichstreue Gruppe gesondert zu machen sei. Die Weihnachtsspende vom Deutschen Reich sei eingetroffen, werde aber vorläufig nicht verteilt.
Später notierte er: *M. tanzt wie ein Bär, betet wie eine Heilige, läuft zum Markt, trinkt aus dem vollen Bierseidel mit einer Hand es haltend. Chr. leichte Übelkeit, kritischer Monat? Spät am Abend noch eine Partie Tennis mit Reimer und am Sonntag ein Ausflug mit seinem Freund L., von morgens um 5 Uhr bis abends halb elf am Fluss gesessen, philosophiert, Schach gespielt, gebadet, gekocht … im Mondschein zurück.*
Und Anfang März wieder der Blick auf die Kriegslage: *Neue Gefahr im Westen. Montgomerys Caen-Technik: Angriff und Fixierung der deutschen Reserven an einem kritischen Punkt.*
Im Osten: Zurüstung für einen Angriffswall. Durchstoßversuch auf der Ostsee zwischen Danzig und Stettin … Erbitterte Schlachten in Königsberg und Breslau.

Politisch: Churchills Rechtfertigung von Jalta im Unterhaus. Vertrauensvotum nach Ablehnung des rechtskonservativen amendments … Roosevelts Rede vor dem Kongress: vor allem anderen Deutschland für immer aus dem Machtspiel ausschalten. Goebbels Rede: Sieg oder Niederlage und Tod!

Am nächsten Sonntag feierten die Familien ein kleines Fest, Reimer taufte seinen dritten Sohn, nachmittags war die Familie bei ihnen, ein ganzer Film wurde verknipst, so glücklich waren alle zusammen. In diesen Wochen gab es viel Schelte und Strafen für den großen Sohn. *Warum darf ich nicht tun, was ich will*? fragte er den Vater. Diese Frage wurde gewissenhaft notiert, die Antwort leider nicht.
Die kleine Tochter sah, dass der Vater in den Garten ging, oben zu den Tanks, wo das Wasser gepumpt wurde. Sie rannte los, stolperte und stand wieder auf, rannte weiter: *M. hilft ganz ernsthaft beim Gießen des Gartens.* Und: *Chr. geht es wieder besser, seit sie ihren Zustand den „Freunden" bekannt gegeben hat.* Im Sommer erwartete die Familie das dritte Kind.
Nach der Durchsicht von Examensarbeiten, die Frieder im Lager betreute, ging er mit seinen Kindern hinaus in den Garten. Acht Beete Salat hatte er im Januar gepflanzt, jetzt konnten die Lagerbewohner wieder frischen Salat kaufen. Neue Saatbeete wurden angelegt. Beim Erledigen des Kassenabschlusses fragte er sich, ob die Neuanpflanzungen nicht doch überflüssig seien, wer wusste denn, wie es überhaupt weitergehen würde?
Am nächsten Tag wanderte die ganze Familie früh am Morgen zur Obstwiese und weiter zum Grasschneiden, am Abend so eines heißen Tages im März saßen alle im Garten und genossen die kühlere Luft … Tag für Tag das kleine Mädchen nur im Sommerkleid, immer draußen, immer leicht bekleidet, so wuchs dieses Kind auf.
Für die Mutter begann gerade die Zeit, in der sie die neue Schwangerschaft genießen konnte. Ich glaube, dass sie in diesem indischen Sommer 1945 glücklich war. Sie würde wieder ein Kind bekommen, es war fast alles so, wie sie es sich gewünscht hatte. Nur die Angst vor schlechten Nachrichten war immer da.

Mittendrin so ein Brief, der ein Jahr zurückliegt: *Es ist zwar kurz*

vor dem Mittagessen und M. sitzt im Wagen neben mir und bekundet, dass sie auch nicht mehr lange warten mag, trotzdem sollt Ihr einen Gruß haben. Wir denken viel an Euch und die tapferen Soldaten, auf die wir stolz sein können, aber nicht ohne Zittern! Gott allein weiß, was die Zukunft bringen wird und wann wir uns wiedersehen dürfen! Die Post geht doch jetzt ziemlich gut, da möchten wir so viel es geht gerne noch öfter schreiben und immer wieder eine Brücke schlagen übers weite Meer zu Euch allen hin. Dass Ernst einen Sohn hat, ist fein! Wie gut für Euch Großeltern, auch in Albersdorf, dass junges Leben Euch zur neuen Freude heranwachsen darf …
Und gleich weiter noch ein Brief von Christa an ihre Eltern, nachdem sie eine kurze Mitteilung über Hans Haralds Tod bekommen hatte:
Wir müssen und wollen ihn willig hergeben, weil er wie so unzählige andere sein Leben fürs Vaterland hergegeben hat. Aber weh und bitter ist es einem doch um das so sehr geliebte Bruderherz. Ich hoffe, dass Ihr tapfer und getrost durch diese harte Zeit gehen dürft, an Gottes gnädiger Vaterhand. Denkt daran, dass wir Eure Kraft und Liebe auch noch beanspruchen wollen …
Der Stolz auf die Soldaten, das Zittern und Hoffen und das Sich-Fügen in Gottes Willen, dass der und nur der geschehe, das alles ist aber doch ein Teil dieses Todes, denke ich. Wie kriegt man das zusammen? Tiefste Ergebenheit in eine von Gott gelenkte Welt samt Kriegsvernichtungen, Grauen und Trauer – und Glücklichsein. Alles macht man mit sich und seinem Gewissen ab und gibt den Mächtigen freie Hand …

Vielleicht war diese Zeit in den warmen indischen Dauersommern deshalb so voll von strahlendem Glück für das kleine Mädchen und seine unverwüstliche Lust an Entdeckungen, weil mit jedem Brief der Mutter an deren Mutter das Elend über das weite Meer weggeschoben wurde oder weit nach oben in den Himmel. Die Mutter wandte sich ihren Kindern zu, half beim Aufrichten und Laufen, half den anderen Kindern im Camp, brachte die neuen Kinder mit auf die Welt, schürte den Herd, kochte die Mahlzeiten, nähte jedes Kleid, jede Hose, strickte jedes Jäckchen. Traurigkeit sieht man, wenn sie in die Kamera blickt, der ernste dunkle Blick dieser jungen, hübschen Mutter fällt auf.

Mit zweiunddreißig Jahren hatte diese Frau schon lange gelernt, dass das Leben unter der Fügung von Mächten steht, dass man allerhöchstens etwas darf, wenn man es verdient hat, dass man sich *in any case* zu fügen hat unter das, wie es nun mal bestimmt wird von anderswo. Wenn man das alles hinkriegt, dann gibt es auch Hilfe, Belohnung und eigene Macht, aus der man dann für andere – und manchmal auch ein bisschen gegen sie – schöpfen kann. Dass das Sich-Fügen, das Gehorchen auch von den anderen geleistet wird, kann und muss man erwarten, sonst muss man nachhelfen. Es ist die Kunst der Selbstbeherrschung und der Anpassung, die einen zu manchem berechtigt. Das mussten die Kinder lernen.

Hier im Lager waren die Bedingungen gut, die Familie fühlte sich in Sicherheit. Wenn sie und der Mann klug und bedacht vorgingen, konnten sie auf diesem *compound* gut leben.

Frieder hatte Gemüsebeete angelegt, der Verkauf von Salat an die Mitbewohner brachte ein paar *rupees* ein. Christa hatte ihre Nähmaschine mitgebracht, beim Shopping auf den Basaren, schon in Kotapad hatte sie Stoffe gekauft. Sie nähte alles, sämtliche Kleidung für die Familie. Die Kinderfrau, ihre Sumoti, hatten sie einfach mitgenommen, und die begleitete alle Kinder, die im Garten spielten, tröstete und fütterte.

Zwei Jahre lebten sie wieder zusammen, gemeinsam mit sehr vielen Familien in den anderen Baracken. Hunderte lebten hier, verschiedene Sprachen wurden gesprochen. Aber die Familien hatten sich ihr Lagerleben eingerichtet:

Aus dem Dorf am Fuß des Berges kam jeden Morgen eine Lieferung Milch.

Es gab eine Bäckerei, es wurde Brot gebacken.

Es gab einen Arzt und ein Hospital.

Es gab einen Kindergarten, und die Familien berieten, wie sie eine private Schule organisieren könnten.

Es gab eine Bibliothek. Dort wurden die Zeitschriften und Bücher, an die man privat herankommen konnte, für die anderen bereitgelegt.

Es gab verschiedene Komitees. Sie organisierten Sport, Konzerte, Chor, Bridgeturniere und, wo es möglich war, auch die Ausbildung in bestimmten Fachgebieten.

Die leitende Idee war, dass Hunderte von Leuten, die auf ungewisse Zeit in einem Internierungslager miteinander zurechtkommen mussten, nur dann gut leben konnten, wenn sie ihre Geschicke in die Hand nahmen und gemeinschaftlich organisierten. Es wurde eine Art von Organisationsstruktur versucht, für jedes Ressort gab es eine verantwortliche Gruppe, ein *committee*, und einer leitete diese Gruppe, so war es vermutlich gedacht.
Im März 1945 votierte das Lager für die Neuwahl des Sportkomitees. Frieder notierte: *Interview mit dem Kommandanten. Erreicht, dass wir nicht alle zum ‚meeting' am 26. erscheinen müssen, sodass ich als Bevollmächtigter unserem Wunsch, eine eigene Verwaltung zu haben, Ausdruck geben kann. Neuer Raum für Bibliothek und Club genehmigt. Stellung zum „Vertrauensmann". Haltung der Regierung. §43, „Reichstreue group leader". Kommandant: Jeder muss mit seinen Privatangelegenheiten zum Kommandanten kommen können. Das sei verständlich. Aber im Übrigen erkannte der Kommandant und damit die Regierung mich in sehr entschiedener Form an – solange ich das Vertrauen der Gruppe hatte.*

Derweil las Frieder über die Kampfszenarien in den letzten Wochen des Krieges: *13.–19. März 45, Heimat: Osten: Noch immer Vorbereitung der russ. Offensive. Flankendeckung von Norden und im Süden. Erbitterte Kämpfe in den abgeschnittenen Fronten von Königsberg und Danzig, vor Stettin und in Breslau. Im Zentrum fällt Küstrin … Heimat: Westen: Zusammenbruch der Deutschen Front im Saargebiet und in der Pfalz. Amerikanische Tanks überrennen den Hunsrück und stehen über Bingen, Kreuznach, auf Mainz. Fast ohne Widerstand wird der Rhein bei Mainz überschritten.*
27. März bis 2. April: Auf die Schlacht um den Rhein folgt die Schlacht um Deutschland. In breiten Wellen stoßen feindliche Panzerarmeen nördlich und südlich des Ruhrgebiets ins Herz Deutschlands vor. Heftige Kämpfe im Norden gegen Montgomery. (…)
Osten: Danzig und Gdingen fallen. Ebenso die umzingelte Gruppe westlich von Königsberg. Danzig: 39 000 Tote, 11 000 Gefangene!

Im Lager gab es eine gute Nachricht. Am 27. März versammelte sich die „Reichstreue Gruppe" und nahm einstimmig den

Antrag an, dass Frieder als Vertrauensmann die Organisation der Gruppen verantwortlich verwaltete, mit acht Mitarbeitern für die Gemeinschaftsunternehmungen. *Damit ist dem Führerprinzip Genüge getan und auch die Form gefunden, die der Kommandant gutheißen konnte. S. hatte dem Plan zugestimmt. Und ich habe von der Gesamtgruppe Vertrauensvotum erhalten (Bibliothek, Lesezimmer, Zeitschriften, Mitarbeiter, Umlage etc.).* Zufrieden mit diesem Ergebnis nahm Frieder die Organisation des Bibliothekswesens in seine Hand, alle waren ein Stück vorangekommen.

Aber schon in der nächsten Woche: Die Weihnachtsspende des Deutschen Roten Kreuzes für die Kinder war angekommen, wurde aber ungerecht verteilt. Die Spenden aus Deutschland und Zuwendungen vom Deutschen Roten Kreuz wurden in der Regel zurückgehalten, wochen-, ja monatelang, und schließlich von der Lagerleitung verteilt. Dabei wurde die deutsche Gruppe offensichtlich schlecht behandelt, vielleicht sogar schikaniert. Vermutlich war es deshalb so wichtig, dass die Lagerbewohner sich einig wurden und gemeinsam dagegen auftraten, mit „einer Stimme sprachen".

In der Familie gingen alle ihren gewohnten Verrichtungen nach. Die kleine Tochter kletterte überall herum, fasste praktische Dinge sehr gut auf, sprach aber noch nicht, der Sohn malte Buchstaben und wollte alles lesen können. Im Juni sollte er in die erste Klasse der gerade eingerichteten Schule gehen, der Kollege W. hatte den Unterricht organisieren können.

Frieder konnte endlich Wein ansetzen, neun Flaschen hatte er abgezogen, da erschraken die Eltern. Die Kleine hustete stark, schlaflose Nächte für alle. Sofort kam vom Lagerarzt die Anweisung: *Quarantäne für die Kinder wegen Keuchhustengefahr.* Zum Glück ging es dem Kind von Tag zu Tag besser. Frieder nahm sich die Zeit, den Kinderwagen aus dem Schuppen hervorholen, ihn ein weiteres Mal zu reparieren und neu anzumalen.

Während das alles auf dieser weltentrückten indischen Insel geschah, in den Lagerbaracken und Häusern am Berghang, in den Westghats bei Bombay, begann in der Woche vom 17. bis 23. April die große russische Offensive gegen Berlin und drang bis zu den Vorstädten Berlins vor. *Hitlers Tagesbefehl richtet sich nur an die*

Ostfront. In Österreich und Oberschlesien deutsche Gegenangriffe. Goebbels' Aufruf. Deutschland erfüllt seine Mission: Kampf gegen Bolschewismus, bis zum Letzten.
Westen: Druck auf Emden, Bremen Hamburg, nachdem die Lüneburger Heide überrannt ist. Halle, Dessau, Leipzig und Chemnitz fallen. Die ersten Amerikaner in der Tschechei ... Erster Kontakt mit den Russen wahrscheinlich nördlich Leipzig-Dresden.
Frieder schnitt die Skizze der Frontverläufe aus der Zeitung aus und legte sie zu seinen Notizen.
24. bis 30. April: Der Zusammenbruch scheint unaufhaltbar. Amerikaner und Russen haben sich bei Torgau vereint. Berlin ist umzingelt und wird Straße für Straße erobert. Bremen wird gestürmt. Die Engländer gehen über die Elbe auf Lübeck und Hamburg zu. (...) Deutschland hat keine zusammenhängende Front mehr ...
Und dann: *Plötzlicher Zusammenbruch der militärischen Lage in Deutschland ... Im Lager gedrückte Stimmung. Uns fehlt die Ahnung zum Verstehen ...*

Am 8. Mai 1945 teilte der Kommandant mit, dass *die „unconditional surrender" in der Nacht 2 Uhr vorläufig unterzeichnet sei. Glockengeläut. 9. und 10. Feiertag.*
Noch mal Salut und Glocken der Russen. Einen Tag später endgültig gezeichnet in Berlin ...
Nur in Böhmen gehorcht Feldmarschall F. Sch... nicht und kämpft um Deutschlands Ehre. Zweifelhafte Position von Dönitz. In Schleswig-Holstein hat unter ihm noch Busch das Kommando. Selbstmordwelle unter den Führern.

Unruhe im Lager, tausend Gerüchte. Angst brach aus: Was würde mit ihnen geschehen, was war mit den Familien in Deutschland ... Männer und Frauen versammelten sich hektisch und erbaten Auskünfte von den Kommandanten.
Da geschah ein Unglück: Das kleine Mädchen lief allein im Lager herum, bei den Salatbeeten? Nein, beim Wasserbecken. Die große Zisterne. Da lief sie hin, zog sich an der Steinmauer hoch, beugte sich über das Wasser, blickte hinein ... und fiel! Irgendjemand hatte es gesehen, die Kinderfrau Sumoti kam entsetzt angelaufen.

Da war das Kind schon herausgeholt. Es war noch mal gut gegangen. *Furchtbarer Schreck für Christalein. Größte Sorge in der Nacht … Belladonna beruhigt. Gefahr behoben,* notierte Frieder.
Die Mutter hatte sich beruhigen können, die Kinder schliefen, da trafen sich die Männer wieder: Kriegsende abends mit R. ruhig begangen. Die Missionare wollen darüber sprechen, was an Himmelfahrt geschehen soll, R. wird predigen als 2. Pastor.
Am nächsten Tag ging Frieder wie immer mit seinem Sohn auf den Berg, um Holz zu holen. Dann reparierte er das Harmonium.
Am Abend hatte das Mädchen hohes Fieber und Schmerzen. Krank, hustend und blass lag es im Bett. Eckzähne? fragten sich die Eltern. Warum kamen sie nicht auf die Idee, dass der Sturz in das tiefe Wasser bei ihrem Kind etwas angerichtet haben könnte? Nein, sie waren abgelenkt und gefangen in ihren Nöten. Das Ende des Weltkrieges, das traf sie. Was würde jetzt mit der Familie passieren?

Vielleicht war es dieser Sturz in die Zisterne, der das Wasserbild festgezurrt hatte: Das kleine Kind am Beckenrand beugt sich rüber, schaut in die Tiefe, freut sich, will näher heran und verliert das Gleichgewicht, plumpst kopfüber, schreit, spuckt, spaddelt, gleitet nach unten in das dunkle Wasser
Dann ein Griff und der Arm von Sumoti.

Die kleine Tochter erholte sich vom Sturz ins Wasser und dem Fieberschub, die Eckzähne kamen durch, der Appetit besserte sich, und sie nahm wieder zu. Allein stellte sie dem Milchmann den Milchtopf hin, deckte nach der Mahlzeit den Tisch ab. Der Vater registrierte aufs Neue *die erstaunliche Auffassungsgabe des Kindes,* dann sagte er: *Komm, wir gehen zur neuen Wasserleitung, wir können jetzt die neuen Beete mit den frischen Saaten der Wurzeln gießen,* da rannte sie hin, stolperte und stand wieder auf. Der Vater lachte und schaute seine Tochter an: ihr Kopf zerbeult und verschrammt von all dem Purzeln …

Vieles änderte sich. Der Kommandant hatte im Lager schon die Anordnung verbreitet: *Die „Reichstreue-Gruppe“ can no longer exist in the present military situation.*

Das Deutsche Reich existierte nicht mehr, also konnte es auch keine Gruppe von Reichstreuen mehr geben. Der zuständige Schirmherr war untergegangen.
Spannungen lösten sich. Die Schulgründung wurde ein voller Erfolg. Der große Junge ging in die neue Schule, der Vater wusste sofort: *Die goldene Kinderzeit ist für ihn zu Ende*. Und er war überrascht: Der Sohn war stolz und fröhlich, viel mehr Kinder waren gekommen als erwartet, viele Eltern hatten *keine Bedenken mehr*; die Schule war nicht mehr eine Einrichtung der deutschen Gruppe, die zu den Feinden zählte. Das hatte sich erledigt, selbst der englische Arzt schickte sein Kind und ließ es in deutscher Sprache unterrichten.

Aber dann wurde die *non fraternisation order* verkündet, selbst in Bezug auf Pastoren und Gemeinden, solange ihr Verhalten zu den Nazis nicht geklärt ist, sagt der Erzbischof von York. *Die Spannung zwischen Westmächten und Russen wächst, die Antwort Stalins in der Polenfrage verschärft die Lage. Neu hinzu kommt der Streit um Triest und Marschall Tito. Die Engländer sehen langsam, was sie angerichtet haben. „Was hinter uns liegt, ist nichts verglichen mit den Aufgaben vor uns", sagt Montgomery, die San Franzisko-Konferenz verkrümelt sich. Nur noch Farce. Japans Friedensfühler abgeschlagen. Auf Okinawa geht's erbittert weiter.*

Es war offensichtlich und erschreckend, wie jeden Tag eine neue Nachkriegslage entschieden wurde. Gerade eben der Waffenstillstand, und schon rangen die Siegermächte um eine neue Weltordnung, es war keine „Stunde Null". Aus dem 2. Weltkrieg ging ein neuer Weltgegensatz hervor. War Stalin nicht der eigentliche Feind? Jeden Tag las Frieder die englische Zeitung aus Bombay und erfuhr, was in der „Welt" passierte, aus Deutschland aber hörte er nichts mehr. Die Arbeit der Nachrichtenagenturen war eingestellt: *Jetzt erst fühlt man sich von der Heimat restlos abgeschnitten, denn jetzt ist auch die Zeitung stumm. Nur noch vereinzelte Notizen. Eisenhower, Montgomery und Zhukov die Beherrscher Deutschlands – aber in jedem „Gebiet" sieht es anders aus. Die große Frage: Wieviel (kann) wird England sich von Russland gefallen lassen?*

Im Lager zirkulierte die „notice 122", der Kommandant setzte ein neues Verteilungssystem der Pakete vom Roten Kreuz durch, *ein Sturm* wurde ausgelöst. Die Verantwortlichen versammelten sich und überlegten, wie man geschlossen auftreten und sich gegen die ungerechte Verteilung und das Zurückhalten der Pakete wehren könnte: Entweder die deutsche Gruppe erhielt alles – oder alle weigerten sich, irgendetwas zu nehmen? Nein, undurchführbar diese Alternativen, einige waren dafür, andere unbedingt dagegen, davon hätte doch niemand etwas. *Alle wollen nur protestieren und sich fügen. Frage nach dem Sinn unserer Gruppe. Versagen auf ganzer Linie. Keine Geschlossenheit in dieser Frage der Sendungen des Roten Kreuzes ... Trotzdem halte ich es für geboten in dieser Lage der deutschen Heimat, jede uns gelassene Form der Ordnung aufrechtzuerhalten, solange es geht. S. ist anderer Meinung. Verhandlungen darüber haben bei S. zum inneren Bruch mit mir als Vertrauensmann der Gruppe geführt.*

Ende Juni begann der Monsun, der indische Sommer meldete sich mit tropischem Regen, der Holzstall musste gesichert werden, da jäh wieder ein Erschrecken. Die Familie saß bei Freunden zum *five o'clock tea*, als Christa schwere Darmkrämpfe und heftiges Erbrechen erlitt, noch in der Nacht musste der Arzt gerufen werden, eine Morphiumspritze gab zeitweilige Erleichterung. Dann hatte Frieder heftige Leibschmerzen, schließlich musste der Sohn erbrechen, nur die Kleine blieb verschont. Vielleicht eine Fleischvergiftung? Die Freundin Ille kam herüber, zog die Kleine an und kochte Kartoffelbrei. Der englische Arzt gab Atropin.
Nach einer erholsamen Nacht wurde Christa am nächsten Morgen zur anderen Freundin gerufen, zur Geburtshilfe, um elf kam Anne auf die Welt, *alles gut und auch nicht zu viel für Christalein,* am nächsten Tag wieder hinüber in die andere Lagerbaracke, um die Wöchnerin zu pflegen, da brach Christa unter Krämpfen zusammen. Wieder Morphiumspritzen, aber es half nichts, die Übelkeit wurde schlimmer. Die Freundin musste wiederkommen. Ratlosigkeit. Um elf geht Frieder zum englischen Arzt und will ihm seine Sorge mitteilen: *Das Kind ist gestern leicht gesackt, vielleicht Ileus?* Wieder Morphium und Atropin? Nein, Christa wollte das nicht mehr, sie war im achten Monat, bloß kein Morphium. Nach zwei weiteren

Tagen war es geschafft, die ganze Familie wieder gesund.
Der Vater beendete die Krankenpflege, las Zeitung und setzte seine Notizen fort. In Indien verfolgte man atemlos die Verhandlungen in Bombay. Gandhi hatte sich in eine *glänzende Position* hineinmanövriert. Die Unabhängigkeit Indiens war vorangekommen.
Beim Schreiben beobachtete Frieder seine kleine Tochter und sinnierte: *M. redet jetzt frisch von der Leber weg. Bei aller Robustheit hat sie ein einschmeichelndes Wesen. Praktische Ader. Energie zum Guten und Bösen.*

Nach vielen Wochen ohne Postverbindung kam endlich wieder ein Brief von Frieders Eltern. Größte Bestürzung: Auch der zweite Bruder war gefallen. Er ließ Irmgard zurück, seine junge Frau, und seine drei Kinder: *Er war der Sonnenschein der Familie. Gnade des Glaubens?* Was war mit dem jüngsten Bruder, der zuletzt in Kurland war? Niemand hatte etwas gehört.

Die letzten Tage im Juli. Der Monsun war milde, der Regen hatte sich gelegt, die Sonne schien. Christa wartete und schleppte, das Kind ließ sich Zeit, deswegen wollte sie umso mehr laufen, viel Bewegung, die ganze Familie musste mit ihr auf den Berg laufen.
Das Mädchen liebte die neuen Gummistiefel für den Monsun, wollte damit im Regen durch den Matsch toben, hatte Sehnsucht nach dem gleichaltrigen Spielkameraden Theodor aus der Baracke gegenüber und redete von dem Baby, auf das alle warteten. Heiß geliebt war die Puppe mit dem Kopf, den der Vater aus Holz geschnitzt hatte, ja, die musste immer dabei sein, beim Schlafen, auf dem Töpfchen, beim Essen, beim Nuckeln, nichts ging ohne diese Puppe. Frieder wusste, was los war: *Ihr Dickkopf entwickelt sich nicht minder.*
Weiter schrieb er: *Heute stehe ich mit ihr im Garten und sage so „Ja, ja". Im selben Tonfall wiederholt es M. und läuft lachend sich umsehend davon. Redet süß und viel. Abschiedskuss für H., wenn er zur Schule geht. Sich ausschütten vor Lachen beim Toben und Reiten. Aber bei fremden Menschen viel Scheu und bei Träumen in Dunkelheit unheimliche Angst.*
Er schrieb und schrieb. Hat er sich auch darüber Gedanken gemacht, wie er der Tochter *die unheimliche Angst* nehmen könnte? Nein.

Frieder ging in den Garten, säte Salat, Sellerie, Tomaten und Bohnen und übernahm den Singunterricht für seine hochschwangere Frau. Die indische Regenzeit war offensichtlich sanft und warm.
Und endlich, am 4. August früh um halb sechs erwachte Christa durch eine Wehe, der in halbstündigen Abständen weitere folgten. Sie standen in Ruhe auf, machten die Kinder fertig, räumten alles zurecht und bereiteten alles vor. Um neun sprach der englische Arzt vor, um elf holte er Ille. Die Wehen nahmen an Zahl und Heftigkeit zu. Um eins kam der Doktor und blieb. Um halb zwei Pitruitin-Spritze, und schon um kurz nach zwei war der Junge da, nach den Erfahrungen mit Marie überraschend schnell und glatt.

Es war der 4. August 1945, die Zeitung voll von den Beschlüssen der „Großen Drei" in Potsdam, wie sie Deutschland teilen wollten ... *Aber ja*, schrieb Frieder, *sollen sie es teilen, umso mehr wird die Freiheitsstunde für unser Volk wieder schlagen, und der Tod unserer Brüder darf und wird nicht vergeblich sein, der Kampf für die Freiheit und der Dienst Jesu Christi – diese ... (Losung?) gestern soll über dem Leben unseres Jungen stehen. Und darum soll er heißen: Ernst nach dem gerade gefallenen Bruder ...*

Sein Kind, gerade geboren und gesund, sofort verpfändet an den Dienst für die höchsten Mächte. In seinem glühenden Patriotismus benutzt der Vater den Jungen, übergibt ihm mit dem Namen ein Programm, das sich wie der Ruf nach Revanche anhört. Sollen die Siegermächte Deutschland zerteilen, die Stunde wird kommen, sich zu rächen. Der Krieg ist noch nicht ganz zu Ende, da denkt sich dieser Missionar in Indien die Staatsräson eines künftigen Deutschlands zurecht. Mit Rachegedanken und Wiedervereinigungswillen.

Sogleich ging er zur Tagesordnung über, betreute die Gemeindearbeit im Lager, leitete das Sportkomitee, organisierte ein Tennisturnier. In die Küche ging Frieder nicht. Auch hier war es wie bei allen Geburten im Lager: Eine Freundin kam, übernahm die Pflege und kochte für die Familie. Andere Freunde kamen und kochten eine Mahlzeit. Die Familie war wohlauf, das Wochenbett rasch überstanden, *der Jüngste ist sehr artig, M. sagt zu ihm „mein Baby"*. Natürlich war die

Kinderfrau Sumoti zur Stelle und nahm auch dieses Kind sorgsam auf den Arm.

Im Lager wurde der Friedensball abgehalten. Die Unstimmigkeiten nahmen zu, *gewisse Kreise der Deutschen Gruppe versuchen noch ihr Fell zu retten, indem sie aus der Gruppe austreten. Österreicher wie A. und W. und Reichsgenossen wie H.* Die Familie feierte Taufe, der Vater schaute seinen Kindern zu: *Das mustergültige Leben des Jüngsten nimmt seinen Fortgang. Er trinkt gut und wohlig bei seiner Mutter, nimmt fast zu viel zu und ist artig. H. genießt seine ersten Ferien. M. ist bei aller Fülle ein flinkes Menschlein, tapfer beim Fallen und unausstehlich, wenn ihr etwas nicht passt …* Also schon damals, noch nicht einmal zwei Jahre war das Kind alt, hatte der Vater dieses Wort parat, „*unausstehlich*". Dass man mit dem, was man möchte, denkt, fühlt, dem anderen gerade gar nicht so gut passt, das musste auch gelernt werden.

In bester Laune wandte Frieder sich wieder seinen Studien zu, arbeitete im Garten, unternahm lange Spaziergänge mit seinem Freund L., bis weit hinter den Fußballplatz, dabei sammelte er Pflanzen, botanisierte, arbeitete später an der Pflanzenpresse und legte ein Herbarium an. (Auch dieses Buch gelangte in das zerstörte Deutschland, hat alles überlebt und liegt vor mir auf dem Schreibtisch: gepresste Blüten aus den Tropen.)

1. Oktober 45: Die Konferenz der Außenminister in London verebbt ohne Resultate. Deutlich ist nur, dass Russland durch die Atom-Bombe durchaus nicht eingeschüchtert ist, sondern unbeirrt seine Hegemonie in Europa und Asien unterbaut. (…) Es will sich in die Friedensverträge auf dem Balkan (Ungarn, Rumänien und Bulgarien) nicht dreinreden lassen. Es will im Fernen Osten stark mitreden … hat sich mit China geeinigt. Es hat die unverhohlene Sympathie des Kongresses in Indien. In Frankreich haben die Wahlen den erwarteten Ruck nach links gebracht. Die Tage von Franco in Spanien sind gezählt.
Kurz: Russland hat in diesem Krieg gesiegt und will und wird nicht vergeblich gesiegt haben. In Deutschland droht ein entsetzlicher Hungerwinter.

General Patton sagt, wenn man Deutschland einigermaßen verwalten wolle, könne man auf die Nazi-Beamten nicht verzichten – und muss vielleicht dafür büßen. Der Prozess der Angestellten des Lagers Belsen wird mit teuflischer Propaganda ausgemalt.
Sechs Jahre ist Frieder in englischer Gefangenschaft, er schreibt, betrachtet und beurteilt die Politik aus der Perspektive eines Deutschen, der sich daran gewöhnen musste, dass er nur die Presse des Feindes zu lesen bekommt. Deswegen weiß er genau, dass bestimmte Informationen über Deutschland nur feindliche Propaganda sein können. Das durchschaut er sofort, ernst nehmen kann und darf er das nicht. Das ist reine Gräuelpropaganda, auch was da über das KZ in Bergen-Belsen berichtet wird.

Im November kursierten Neuigkeiten, das Hospital musste geräumt werden, die Royal Air Force benötigte Quartiere für die Truppe. Die Kinder rannten herbei und schauten zu, wie Militärfahrzeuge langsam den Berg hochfuhren.
Große Erregung über das Begünstigungswesen bei der Zuweisung neuer Quartiere durch den Kommandanten, notierte Frieder.
Und dann wurde ein Fragebogen der Regierung herumgereicht, eine Sensation. Jeder sollte über *reasons for claim for exceptional treatment* nachdenken. Fast alle entschieden sich dafür, in Indien zu bleiben, jedenfalls die Breklumer Missionare. *Die Entscheidung über uns liegt nun allein bei Gott.*
Das waren also Frieders Pläne, schwer vorstellbar. Neun Jahre in Indien, davon als Missionar sechs Jahre im Internierungslager. Jetzt war der Krieg zu Ende, und er wollte in Indien bleiben, als Missionar arbeiten, nicht nach Deutschland zurück?
Erst mal zog der duftende tropische Herbst ein, es war Zeit zu pflanzen. Frieder ging mit seinem Freund L. nach Poona, um sich die Knolle der Gloriosa Superba zu holen. Und dann machten sich alle auf den Weg, *die ganze Familie mit den Freunden ins Paradies. H. läuft tüchtig und wacker. E. gedeiht prächtig und benimmt sich mustergültig. M. versucht alle Wünsche durch Brüllen zu erzwingen.*
Schon wieder fällt ihm die Tochter auf, sie nervt durch ihr Brüllen, sie weint so viel, wie gerne wüsste man, was es denn ist, was die Kleine haben möchte und nicht bekommen kann.

Am 1. Dezember 1945:
Deutschland: das trübe Bild wird immer trüber. Seit dem 20.X. richten sich alle Augen nach Nürnberg, wo die noch lebenden Führer des 3. Reiches als „Kriegsverbrecher" abgeurteilt werden sollen.
Frankreich: De Gaulle ringt mit den Kommunisten.
Griechenland: Kommunistischer Druck.
Palästina: schwere Wirren, Amerika wird hinzugezogen.
World War III is in the making, verkündete die *Headline* der englischen Zeitung aus Bombay in der folgenden Woche.
Die Außenministerkonferenz war gescheitert, Russland hatte mit Berufung auf die Potsdamer Beschlüsse gefordert, dass nur die kriegführenden Mächte über die Friedensbedingungen beschließen sollten, China und Frankreich also bei den Verhandlungen über den Balkan nichts zu suchen hätten. Das verschärfte die Spannungen zwischen den Westmächten und Russland. Der zukünftige Ost-West-Gegensatz deutete sich an. Die USA forderten, dass England seinen Empirehandel aufgab, es sollte auf seine koloniale Vormachtstellung verzichten. Alle Staaten sollten für den freien Handel zur Verfügung stehen, die koloniale Aufteilung der Welt sollte nicht mehr gelten.
Bleiben oder Repatriierung? – war die große Frage im Lager.

Die Familie entschloss sich zu einem Hausputz, in der klaren reinen Luft des indischen Sommers auch eine Jagd auf die Wanzen. Der Jüngste bekam mit vier Monaten zum ersten Mal zusätzlich auch die Flasche, wurde gegen Pocken geimpft und lachte schallend mit seinen Geschwistern. Und ein paar Tage später feierten sie mit ihren Freunden den zweiten Geburtstag der kleinen Tochter. Sie bekam einen Puppenwagen und die erste Haarschleife. *Unendlich stolz. Bewundert ihren Schatten! H. gute Fortschritte. Wird selbstständiger. Botengänge durchs ganze Lager. Rührende Liebe zum kleinen Brüderchen …*

Im Dezember beherrschte nur noch ein Thema die Gespräche im Lager: Wie würde die Regierung entscheiden, wer durfte in Indien bleiben, wer musste gehen? Es gab schon erste Listen, aber Frieder und Christa hörten nichts.
Zu Weihnachten wurde im großen Saal ein Theaterspiel aufgeführt.

In eigener Version hatte ein Lehrer mit allen Kindern der Schule Aschenputtel einstudiert. *In fünf einfachen, aber eindrucksvollen Szenen. Für jedes Kind der Schule eine speziell ausgearbeitete Rolle. Große Freude für die Kinder. Der Kommandant mit Gästen anwesend. Alle singen „Der Heiland ist geboren“ und „Wachet auf, wachet auf“..., Gedichte im Sprechchor. Die Christvesper wurde von Reimer gehalten und war gut besucht.*
Aber als am nächsten Morgen der *Chief Leader* der Royal Air Force den Weihnachtsgottesdienst abhielt, war das gesamte Lager versammelt.

Schließlich die Repatriierungsorder, am 25. Februar 1946, für alle Missionare! Es war entschieden, sie mussten zurück nach Deutschland. Frieder machte noch ein Foto vom Kommandanten. Die Royal Air Force veranstaltete ein Sportfest, auch das geplante Tennisturnier fand noch statt, aber die Ämter wurden niedergelegt. Frieder hielt unbeirrt an seinen Gewohnheiten fest, schaute seinen Kindern zu und schrieb und schrieb. Das Wetter war wieder angenehm warm. Der Jüngste setzte sich mit sieben Monaten zum ersten Mal allein im Wagen aufrecht hin, entwickelte guten Appetit, war sehr vergnügt, lachte und quiekte stundenlang allein für sich. M. besuchte den Kindergarten, und das tat sie gern.
Aber zu Hause war sie *jaulig*, vor dem Essen und überhaupt, immer wieder notierte der Vater dieses Wort. *Sie träumt lebhaft und hält uns durch Aufschreien in Gang. Kann aber wiederum ganz entzückend zutraulich und fröhlich sein.* Das Mädchen spürte, dass die Mutter traurig war, deswegen schlief es schlecht. So wird es gewesen sein, die angstvollen Gedanken, wie es weitergehen würde, nahm das Kind auf. Ganz sicher auch, dass sich die zärtliche Aufmerksamkeit der Mutter bereits dem nächsten Kind zuwandte.
Dann wieder etwas Schönes, mit den Freunden machten sie einen Ausflug zum Tempel, am Abend besuchten alle zusammen die Kinovorstellung der Royal Air Force. Ein Brief von Missionar M. aus dem Lager in Satara kam an und wurde von den Breklumern diskutiert.

Das war der letzte Eintrag im Tagebuch. Der Film bricht ab.

Tatsächlich kam es zur Verlegung in das Internment Camp Satara. Vorbei die Jahre im Bungalow, die Familien mussten sich neu einrichten und an schwierige Zustände gewöhnen.
Wie eine Drohung stand die Regierungsorder zur Repatriierung der Familie vor Frieder und Christa. Zurück in ein besiegtes, zerbombtes Deutschland, Sorge vor Verhören, Diffamierung, Ausgrenzung, Hass? Die unglücklichen alten Eltern, gefallene Brüder, deren Witwen und allein gelassenen Kinder …

Ja, offensichtlich war es so. Die Jahre in Kotapad, auch die Jahre in Purandhar – das war ihr Zuhause, ein anderes hatten sie nicht. Hier wollten sie die Missionsarbeit fortsetzen. Christa graute es bei der Vorstellung, mit dem Dampfer über die Ozeane reisen, nach Deutschland zurück, eine lebensgefährliche Reise auf unsicheren Meeren, in eine gänzlich ungewisse Zukunft. Wo überhaupt wohnen und arbeiten? Wie sollte das alles gehen … in den letzten Monaten ihrer Schwangerschaft? Sie versank in schwere Gedanken.

Vorerst ging alles noch ein bisschen so weiter wie bisher. Der Monsun begann, auch dieser indische Sommer verlief in den Bergen der Westghats in einem angenehmen Klima.

Erst mit der Reise nach Bombay, mit dem Besteigen des Schiffes im November 1946, kamen der Weltkrieg und seine Folgen näher und näher. Den Bungalow hatte die Familie schon verlassen, die warmen Tropen, eine paradiesische Landschaft.
Es begann die große Seereise …

Die große Seereise von Bombay nach Hamburg

Das neue Jahr hat begonnen. Hans kommt aus Berlin, um zu hören, wie es um den Ausbau in Südfrankreich steht. Dafür bietet er wieder seine Mithilfe an. Vor längerer Zeit hat er sein Haus in Berlin-Zehlendorf verkauft und eine schicke Wohnung am Prenzlauer Berg bezogen. Deshalb transportiert er seine große Leiter im Bulli zu uns auf den Hof, er hat keine Verwendung mehr dafür, auch Leiter und Motorsäge aus dem letzten Elternhaus bringt er aus Berlin zurück. Dafür nimmt er einige Möbel mit, die von den Großeltern stammen, wir haben keinen Platz mehr dafür. So geht es mal wieder hin und her mit dem Hausrat der Vorfahren.
Blitzschnell kommt mir die Idee, jetzt ist die Gelegenheit. Er war damals schon groß, vielleicht erinnert er sich, vielleicht kann er mir weitererzählen ...
Weißt du noch, diese grünen Metallkoffer, die unser Reisegepäck waren? Hast du die noch? frage ich. – *Natürlich,* sagt er, *die stehen im Keller und sind gut für Aufbewahrung, die kamen aus Militärbeständen damals. – Hast du denn noch eine Erinnerung an die Ankunft im Hamburger Hafen?*
Ja, ich erinnere mich gut, sagt er, *ich war ja schon fast sieben. – Und die Schiffsreise, sechs Wochen auf dem Meer? – Ja, klar, so etwas vergisst man nicht.*
– Erzähl doch mal ...

Es war kein Passagierdampfer, wir stiegen in Bombay ein, vielleicht ein Frachtschiff, es gab keine Kabinen, die Familien richteten sich auf den Zwischendecks ein, drei bis vier gab's davon, ein weiter, offener Raum mit Hunderten von Leuten, die ebenfalls ihre ‚beddings' ausgerollt hatten, wie Flüchtlinge. Mutter hatte flache Unterlagen, die sie auf dem Fußboden ausrollte, irgendwie kannten die es so, dass man auf dem Boden schläft. Sie wussten Bescheid, jede Menge Stoffe hatten die Eltern dabei, und mit denen wurde das Areal für unsere fünf beddings abgehängt und vor Blicken geschützt. Ich bin mit den anderen größeren Kindern durch das ganze Schiff gegangen, das war herrlich, die Lehrer sammelten uns ein und beschäftigten uns, irgendwie war es eine aufregende Zeit. Auf dem Schiff habe ich endlich die Zahlen gelernt,

das einfache Rechnen, ich hatte bis dahin nichts verstanden. Alle Missionarskinder, alle, auch die jüdischen Kinder, kamen zusammen und wurden bestens beschäftigt von Musik- und Kunstlehrern, oh ja, es war irgendwie eine goldene Zeit, wir waren aufgehoben.
Erinnerst du dich an die Schiffsroute? Mutter hat immer etwas von Söldnerheeren erzählt, die dazustießen?
Klar, wir fuhren von Bombay direkt nach Mombasa, hinter Sansibar. Da legte das Schiff am Kai an, ich war ein kleiner Junge und sah Sklaven auf dem Nebenschiff, schwarze Träger. Die mussten Säcke schleppen und kriegten mit der Peitsche einen über den nackten Rücken gerissen. In Mombasa kamen italienische Kriegsgefangene an Bord, noch von Rommels Afrika-Kampagne, die waren bis Genua dabei, eingepfercht auf dem untersten Deck, aber sie hingen überall herum und kamen in unsere Etage und bestaunten die Mütter und die Kinder, sagten immer: Bambini, bambini …, und lachten und freuten sich. Sie hatten zerrissene Klamotten an und stanken, Mutter musste sich immer wieder übergeben, sie war schwanger.
Sie hatte immer Angst, alle Frauen hatten Angst, die Vorstellung, dass da unten viertausend Soldaten hausten, die ausbrechen konnten …
Wir sind an Afrika vorbei nach Norden, Suezkanal, da habe ich Beduinen gesehen, Araber. In Port Said legte das Schiff wieder an, sofort umzingelt von Bootshändlern, die schrien und verkaufen wollten. Kamelhaartaschen, weiches, cremiges Leder, schöne Taschen waren das, aber niemand hatte Geld dafür.
Und weiter?
Übers Mittelmeer, erst Genua, ein zerbombter Hafen, versenkte Kriegsschiffe, ausgemusterte U-Boote, dort stiegen die Soldaten aus. Dann Sizilien, Golf von Messina, Golf von Gibraltar, da sah man hunderte Fischerboote, verdreckte, arme Fischer in einem erbärmlichen Zustand, ich weiß nicht mehr, ob die nicht an Land gelassen wurden oder was da los war im Dezember 1946. Weihnachten gab es Erbsensuppe, das fanden wir toll. In der Biskaya kam schwerer Sturm auf, alle paar Minuten neigte sich das Schiff von der einen zur anderen Seite, man konnte sich nicht halten, der riesengroße Geschirrschrank, der auf unserem Deck stand, kippte auf die ‚beddings'. ‚Heavy seas', nicht in Seenot, aber alle mussten kotzen. Mutter kam immer wieder ins Schiffslazarett, weil sie rehydriert werden musste, das Erbrechen

war nicht gut für das Kind.

In Southampton legte das Schiff an, Zielhafen, es war ein englisches Schiff. Alle wurden von da auf einen alten Truppentransporter verfrachtet. Und dann auf der Elbe zum Hamburger Hafen. Wir waren angegriffen, kränkelnd, alle froren, ich hatte ein schweres Furunkel am Hintern, konnte nicht sitzen und liegen. Und dann das Tropeninstitut …

Oh ja, dieses Tropeninstitut, das ist meine erste Erinnerung! Und wie ging es danach weiter?

Unsere erste Station in Deutschland war das ehemalige Konzentrationslager in Neuengamme, sagt er. Vom Schiff wurden wir mit einem Militärlastwagen dahingefahren.

Ja, das haben die Eltern mal erwähnt, dort waren wir einige Wochen. Weißt du, was dort geschah, wie war das?

Ja, ich erinnere das gut. Es gab einen Stacheldrahtzaun, der ging quer durch das Lager, dahinter sah ich Männer, die streckten die Hände durch den Zaun und wollten etwas zu essen haben. Sie hatten auch kleine Holzfiguren geschnitzt, die wollten sie verkaufen, da war ein richtiger Markt im Gange. Das waren Menschen, die gefangen gehalten wurden, weil sie alte Nazis waren, es hieß, die hätten Naziverbrechen begangen. Die sollten in dem Lager überprüft werden oder bestraft, unter Verschluss gehalten, was da immer so geredet wurde, so genau weiß ich es nicht mehr. Wir waren auf der anderen Seite dieses Stacheldrahtzauns. Die Mutter war ja hochschwanger, sie war wie gelähmt vor Angst. Es gab Verhöre in dem Lager. Alle, die mit dem Schiff aus Indien angekommen waren, wurden verhört. Man wollte ihre Gesinnung prüfen. Es sollten keine Nazis nach Deutschland hereingelassen werden. Mutter hatte total Angst, dass jemand aus dem Lager in Indien Vater verpfeifen könnte.

Warum hätte ihn denn jemand verpfeifen sollen?

Das weiß ich nicht mehr. Sie dachte wohl, dass er sich im Lager in Indien auch Feinde gemacht haben könnte und einer ihm vielleicht bei der Gelegenheit etwas heimzahlen würde. Sie hatte wahnsinnige Angst, dass sie wieder von ihrem Mann getrennt werden würde.

Hat sie mit dir darüber gesprochen?

Ja, hat sie, aber die anderen auch, alle haben darüber gesprochen, sagt er. Es gingen Gerüchte um. Es herrschte eine große Angst. Mutter lebte

in ständiger Angst, das wusste ich, das habe ich immer gespürt.
Du wusstest, dass Mutter ein Kind bekam?
Ja, ich wusste das, sagt er.
Ich habe das niemals gesagt bekommen, es war immer nur so: Ein Kind wurde geboren, und dann war ein neues Brüderchen da, an keiner Schwangerschaft konnte man Anteil nehmen, die Brüderchen kamen vom Himmel.
Wie es weiterging? Man konnte in dem Lager Kontakt aufnehmen mit seiner Familie und musste es irgendwie hinkriegen, dass jemand einen abholen konnte, sagt er. Nach ungefähr vier Wochen brachte ein Lastwagen uns und viele andere zu einer Sammelstelle in Hamburg. Dort war der Treffpunkt. Da kam dann tatsächlich die Tante Lissy. Die holte uns ab und brachte uns mit einem Auto in die Kaulbachstraße nach Othmarschen, das war schön. Wir konnten baden und in schönen Betten schlafen, und wir bekamen frisch gewaschene Anziehsachen. Und zu essen, so viel wir wollten. Das war das erste Mal seit Monaten, dass man sich wieder wohl fühlen konnte.
Ja, das erinnere ich auch, sage ich, *diese feine Stadtwohnung, warm und gemütlich, das Badezimmer, da habe ich zum ersten Mal eine Badewanne erlebt, in die das heiße Wasser aus einem Hahn floss. Und das Gefühl, dass jetzt alles wieder in Ordnung kommen würde. Aber warum ist eigentlich nicht der Großvater gekommen, warum hat der nicht seine Kinder und die neuen Enkelkinder am Schiff begrüßt? Haben die Eltern darüber gesprochen?*
Das weiß ich nicht mehr, von den Großeltern wurde nicht geredet. Wir waren einige Wochen bei Tante Lissy. Irgendwann wurden wir nach Albersdorf gebracht, das war nicht schön. Das Pastorat war groß, ungemütlich, nicht beheizt, weil es keine Kohlen gab. Der Großvater war ein introvertierter, narzisstischer Mann. Er war unnahbar, beziehungslos, auch die Großmutter war verhärmt und unfroh, es fielen keine freundlichen Worte. Es war für die Eltern schwierig, sich dort in dem Haus heimisch zu machen. Es gab die Lebensmittelmarken. Jeder bekam die Menge, die ihm zustand. Man saß um den Tisch, und jeder war mit seinen Rationen befasst. Es war nie so viel, dass man etwas abgeben mochte. Dieses Fräulein Schweingruber, die Haushaltshilfe, passte genau auf, dass jeder bei seinen Rationen blieb, nie war es für alle genug. Dort hat Mutter dann ihr viertes Kind geboren.

Die Großeltern hatten ja gerade ihre beiden Söhne im Krieg verloren. Der Großvater war ein gebrochener Mann, sage ich.
Ja, das stimmt, er hat seinen jüngsten Sohn, den Hans, sehr geliebt. Es gibt tausend Briefe, die er von ihm aufgehoben hat, sie haben sich jeden Tag geschrieben, wann immer es ging. Der Großvater hat alle diese Briefe zu einem Buch binden lassen. Ich habe dieses Buch, das hat Vater mir gegeben, weil der Onkel Hans mein Patenonkel war. Ich hatte ihn nie kennengelernt, deshalb sollte ich das Buch bekommen, der Vater hat mir einen Karton überreicht mit dem Nachlass seines Bruders. Fotos, Schallplatten, Tagebücher. Und da war noch mehr, ich habe eine Dokumentenmappe von Großvater gefunden, die habe ich dir mitgebracht, die enthält ein Tagebuch. Da schon, in den Briefen, kam zum Vorschein, dass der Hans aus der Jugendbewegung kam und die russische Kultur liebte, die Musik der Donkosaken, die Bräuche der Kosaken. Ich habe immer noch die alten Schelllackplatten aus seinem Nachlass mit den Liedern und Chören. Er war an der Front damit beauftragt, diese Donkosaken aus dem feindlichen Lager herauszulösen und dem deutschen Heer zuzuführen. Dafür ritt er nachts in die Wälder, um die feindlichen Lager auszuspähen und dann einzelne Männer herauszulösen und hinter die Front zu bringen. Sie liefen dann zwar Gefahr, von russischen Soldaten erschossen zu werden, aber Onkel Hans hat es als seine Mission betrachtet, Donkosaken davor zu bewahren, dass sie in den Händen der Bolschewisten blieben. Ja, er war ein richtiger Nazi, er war durchdrungen von der Notwendigkeit dieses Krieges und wollte kämpfen.
Ich erinnere mich auch, sagt Hans, *dass nebenan die Irmgard mit ihren drei Kindern wohnte, sie war Witwe. Ihr Ernst, der andere Sohn der Großeltern, war kurz vor dem Ende des Krieges gefallen.*
Ja, unterbreche ich ihn, *ich habe mal mit Ane, der ältesten Tochter, darüber gesprochen. Irmgard und Ernst hatten mit Beginn des Krieges eine Familie gegründet, drei Kinder, ein Familienleben, das in Heimaturlauben stattfand. Dann ist Ernst in den allerletzten Tagen des Krieges gefallen, der Vater verließ die Familie im Heimaturlaub, weil er seinen Kameraden beistehen wollte. Sie hat das niemals begreifen können.*
Und der kleine Sohn, der Hansel, starb ein paar Wochen später an Diphterie, in dem Haus nebenan. Wir haben das miterlebt.

Damals gab es kein Penicillin, viele Kinder mussten an Diphterie sterben, das war furchtbar. Tante Irmgard hat sich dann bei der Wäsche eine Sicherheitsnadel in die Hand gestoßen und wäre fast an einer Blutvergiftung gestorben. Der linke Arm war gelähmt bis zum Ellbogen. Sie konnte die Hand nie wieder gebrauchen.

•

Ich wusste damals nicht, was Purandhar ist. Auch die sechswöchige Schiffsreise über die Weltmeere blieb verschlossen in einer Kapsel. Aber die Ankunft im Hamburger Hafen, mit den Erlebnissen in den beiden Tropeninstituten erwachte das Erinnern. Mit den Bildern einer kompletten Fremdheit der Welt, Ärzten und Schwestern, die einen bedrängten, Diakonissen, die einem die Mutter wegnehmen wollten. Ich musste kämpfen, damit wenigstens das nicht geschah. Das Bewusstsein begann mit den Ängsten und den Bildern, die man ab dann mitzuschleppen hatte.

Früh um fünf, das frische Jahr ist unterwegs, das Frühjahr.
Es ist ein heller Morgen, die Vögel sind wach. Da ist der Finkenschlag. Da ist sie wieder, die freche Terz, die den Früh-Ton vorgibt. Der Finkenschlag. Eifrig rätschend, wispernd, tschilpend antworten die Spatzen und Meisen.
Es ist ein süßes Sextett, das in den Morgen gejubelt wird.

Teil 3

Zauberland Kreta und weitere Inseln

Gras de Naves im Frühling

Februar 2012. Ich schließe den Laptop, gehe hinaus in die frische, warme Frühlingsluft und schaue mich um in der Gegenwart, die hell und freundlich und sicher ist. Wolkenbilder spiegeln sich tief im Wasserbassin. Hier und jetzt ist alles sonnenklar, ich muss mich nur noch zerstreuen. Vergessen, dass die drei Jungs von Elisabeth und Friedrich in den Krieg mussten, ehe sie noch richtig erwachsen waren. Dem Leben hinterherliefen, um es gerade noch einzufangen. Bisschen Glück, eine Liebe, ein Kind, ein zweites ... zumindest das noch gerade im Heimaturlaub hinkriegen.
Vergessen das alles und nur noch in der Gegenwart sein.

Geruch von Rosmarin hängt über den grauen Steinen, die lila Blüten verbreiten mit den Buchsblüten in diesen Wochen die Honigsüße, den verführerischen Schmelz des Südens.
Wir leben und arbeiten wieder in Südfrankreich. Der neue große Raum hat einen frisch gefliesten Boden, große Fenster und Türen, die Licht hereinlassen, üppiges Sonnenlicht. Ende Februar ist der Frühling schon weit voran. Mandeln beim Abblühen, Mimosen: freche gelbe Büschel voll Blüten, hoch empfindlich, wenn man sie berührt.
Tiefe Stille liegt über dem Buschwald. Das verschwenderische Licht des Südens strömt über die Ostterrasse, die Zypressen, das große Wasserbecken. Es legt die zarten Wucherungen der grünen Algen frei, die sich bis auf den Grund um Seerosenwurzelballen, Schilfe, Gräser, Töpfe und Steine gewunden haben. Es leuchtet die verschwiegensten Ecken aus, die Dreckstellen über dem Abflussrohr auf der Terrasse, wo noch gestern ein verwüstender Regen Laub und Steinchen hingetrieben hat.
Diese offene Zisterne wurde nun auch noch gebaut. Indische Sitten. Indien muss das Vorbild gewesen sein oder die Mauren, oder die Bauern in den Cevennen.
Gestern noch ertranken die Hügel der Garrigue in Nebelwänden und Regen. Die Erde soff das Wasser und bekam mehr als genug. Wasserlachen schwappten über glitschige Felsplatten und Gesimse.

Heute um sieben aufstehen, in den Frühlingsmorgen hinein und gleich an den Schreibplatz. Die aufgehende Sonne erwischt die oberen Kanten der Hausmauern, schüttet Gold auf die grauen Steine, streichelt sie und geht weiter hinunter an den scharfen Kanten, setzt frech Glanzlichter hier und da und schüttet das Licht nun ins Zimmer, blendet, ist da. Alles ist hell und klar.
Gegen Mittag kommen Katrina und Klaas mit dem Wohnmobil angefahren. *Wie warm ist es hier, wie herrlich, wo ist der neue Raum, wir wollen alles ansehen*, beide reden zur gleichen Zeit. – T*rinken wir erst einen Sekt, ja unbedingt.* Ein warmer kleiner Rock über Leggings. Sie lacht so verschwörerisch und erwartungsvoll. Gibt es Neuigkeiten, etwas liegt in der Luft, oder?
Beide grippal infiziert, Katrina hat außerdem einen schlechten Magen, aber dann sitzen sie im Garten und erholen sich im warmen Licht vom Winter.
Wir könnten doch alle zusammen ans Mittelmeer fahren, wird vorgeschlagen. Leider ist am nächsten Tag das neue Abflussrohr in der Küche verstopft, sie nehmen sich der Sache sofort an.
Aber dann, wir können losfahren, beziehen später die freundlichen *chambres d'hôtes* hinter den Stadtmauern von Aigues-Mortes, essen am Leuchtturm in Le Grau du Roi frisch gebratene Sardinen, und dann kommt der Weg ans Meer: Wir lassen uns viel Zeit, weiter Horizont, Salzseen, Salzberge, *fleur de sel*, Flamingos, hemmungslos die Sonne auf den Salzseen, die hohen Dünen, warm und weich. Ein bisschen Saharasand, aus Nordafrika herübergeweht. Fremde, einsame Landschaften im Frühling. Schließlich am Meer und in einer warmen Sandkuhle dem Wellenschlag lauschen, *voilà.*

Hier war das damals, im Sommer 1960, an diesen weiten, wilden Strand sind die Eltern damals gereist mit ihrem ältesten Sohn, der gerade erwachsen werden wollte. Hier, in der flimmernden Hitze über den Sandbergen, den Salzseen, der gleißenden Fläche des Meeres, weit und einsam. In der Hitze die Gemüter aufgeheizt, ohne jeden Schutz. Da flogen die Fetzen, der Vater herrschte den Sohn an, und der schrie zurück, vielleicht schlug auch einer zu.

Das Ziel war ein Reisetraum. Hans hatte der Familie einen

Bildband mitgebracht, Fotos von weißen Pferden, die durch die Sumpflandschaft der Camargue tobten, wilde Pferde, schwarze Stiere und Geschichten von Festen in Saintes Maries de la Mer. Einen Film gab es, Bilder, die bei allen Kindern Sehnsucht weckten nach dieser wilden Mittelmeerküste, zu der eine große heiße Sonne, Salzseen, Sand und Sommerwind gehörten.

Reisen, weit weg ins Ausland, allein unterwegs sein in den unendlich langen freien Wochen der großen Sommerferien. Keine Familienreise, sondern allein etwas wagen, das begann, als die Kinder fünfzehn, sechzehn, siebzehn wurden … So streng es im Elternhaus zuging – reisen durften sie. Unterwegs konnten sie die Sehnsüchte und Freiheitswünsche entfalten.

Der Sommer der Kinder

Erst die Spritztour nach Berlin, der große Bruder wollte seine Freunde besuchen und mir Berlin zeigen, er bekam das Auto der Familie, raste los. Eine Grenze in das andere Deutschland, Unruhe, Aufregung, lange Wartezeit, aber dann, *alle Papiere, bitte*, der Schlagbaum wurde gehoben, wir waren drin. Ein fremdes Land, schnurgerade und löchrig die Autobahn, Kiefernwälder, Kartoffeläcker, dazwischen große Stallgebäude, ein Fabrikgelände. Wälder, die noch alle abgeholzt werden sollten, alles wird zu Äckern gemacht, das hatten wir über die DDR gehört, und dann: *Berlin! Berlin! Berlin!*
Hans kannte die Jungs aus Föhr, ihre Eltern besaßen ein Bauunternehmen in Berlin und hatten in Kriegszeiten auf dem alten Familienbesitz auf Föhr gelebt. Die Söhne kannten sich in der Großstadt aus, waren reich, fesch gekleidet und flitzten mit uns im Auto durch die Stadt.
Mein lieber Bruder führte mich ungeniert zu verwegenen Ausschweifungen, bei „Aschinger" essen, abends ins Amerikanische

Ballett, in Verbotszonen, mit der S-Bahn in den Ostsektor, Platten und Bücher zu Spottpreisen, und beim Umsteigen wurden wir tatsächlich geschnappt! Die Berliner Jungs blieben kühl, als wir einem Mann in Zivil folgen mussten und in einem winzigen Loch verhört wurden. Am nächsten Tag mussten wir zu einem Anwalt gehen und alles noch einmal und in Ostgeld bezahlen.

Hans ließ mich auch Genüsse kosten, die ich nicht kannte, rauchen, quatschen, weitere Freunde, bis tief in die Nacht tanzen, die Nacht sogar „durchmachen". Ein Uwe, der einen küssen wollte, und nur noch doller drückte, als man sagte: *Wenn wir uns küssen wollten, müssten wir uns erst mal kennenlernen.* Darauf sein Flüstern ins Ohr: *Du bist süß, ganz anders als die Berliner Mädchen.* Sich wehren und erst recht rieselte es einem durch den ganzen Körper …

Zurück aus Berlin blieb ich eine Woche im Bett, weil ich nicht mehr mochte. Die Versetzung sei gefährdet, stand im letzten Zeugnis. Niemals. Ich schwor mir, nur noch für die Schule zu arbeiten. Lustlos die Lateinlektüre, eine Rede von Cicero musste übersetzt werden, schon besser *The Merchant of Venice* von Shakespeare, ach, es half doch gar nichts.

Die Schule machte mich verrückt. In den dunklen Winterwochen strengte ich mich an, zwang mich zur Mitarbeit, führte Strichlisten, wie oft ich mich gemeldet hatte, und büffelte die Stoffe aus dem Unterricht für die Wissensüberprüfung in den Klassenarbeiten. Und wieder waren die Arbeiten so abgefasst, dass ich in der Bewertungsgruppe der Schlechteren landete. Willensanstrengungen zunichte gemacht, weil wie von Geisterhand die Leistungsanforderungen höhergeschraubt wurden, alles noch ein bisschen schwerer war und noch weniger Zeit. Vielleicht ja doch von Lehrerhand so angelegt, dass ich mit einigen anderen wieder schlecht abschnitt?

Nur noch Angst. Die schriftlichen Arbeiten zurückzukriegen, eine Quittung zu beziehen, und dann wieder im Hinterkopf die Stimme: Es lag an dir. Was du „kannst", war im Vergleich leider doch wieder zu wenig … Alle anderen sind besser …

Im Sommer 1960 stehen Ernst und Harald auf der Straße, den Rucksack schon auf dem Rücken, ein eckiges Monstrum aus schwerem Segeltuch, das Rückenteil mit braunem Fell bespannt, der sagenhafte Affe, aus Wehrmachtsbeständen. Harald trägt die Gitarre, Ernst die Balalaika über der Schulter. Die Mutter winkt, der Vater fotografiert …

Danach trotteten die Jungs zur Straßenbahn.

Was sie dann erlebten, erzählen drei Postkarten, auffällig mit gleicher Handschrift an eine ungewöhnliche Adresse gerichtet: *Luth. Weltbund in Genf, 17, route de Malagnou, Frankreich.* Handschrift der Mutter, Postkarte vorbereitet, *am 26. spätestens abschicken!*

Herzogsreut ist ein süßes, kleines Dörfchen. Es liegt auf einem kleinen Hügel von Tannenwäldern eingeschlossen. Am Rand dieser Wälder haben wir unsere Kothe aufgeschlagen. Am nächsten Tag wollen wir den Lusen besteigen. Die Bayern sind ein lustiges und freundliches Volk, bloß in unserer Gegend sind sie auch sehr arm. Wenn es regnet, dann stürmen wir sehr oft ein Haus, um Mittagessen zu kochen, schreibt Harald.

In diesem Sommer war es offensichtlich so: Der Vater kam von seiner Weltreise, flog von Rio de Janeiro zurück nach Hannover, nahm seine Frau und reiste mit ihr allein zum alten Vater in Bad Liebenzell und zur Schwägerin in die Schweiz. Dann die Weltbundtagung in Genf.

Die Jungs gingen „auf Fahrt", Ernst und Harald hatten am Bahnhof ihre Gruppe getroffen und waren mit dem Zug in den Bayrischen Wald gefahren:

Alle gesund und guter Laune. Passau großartige Stadt. Dom besichtigt. Orgel gehört. Hinreißendes Konzert. Inzwischen kleine Wetterverschlechterung, Sonnabend Schaschlik überm Feuer geröstet. Wir leben gut. Viel Geld über. Sehr nette Bevölkerung, aber sehr arm. Schickt mir bitte 6 Mark für Geburtstagskuchen nach Breisach …

Das ist eine Überraschung. Jahrelang stand er nur herum, zuerst unter dem Schreibtisch der Mutter, dann in der kalten Bibliothek, beim Auszug verschwand er ganz unten in einer großen Umzugskiste. Jetzt habe ich auch diesen Karton aus dem dunstigen Staub des Dachbodens ans Licht geholt. Ich öffne ihn und finde einen Briefbogen, auf dem steht, in Mutters Handschrift, „Kinderpost". Es ist unglaublich. Ich blättere, suche, betrachte das Sammelsurium.

Wie einen Schatz hat sie jeden Zettel aufbewahrt, von den ersten Sätzen in großen Druckbuchstaben, kleinen Malereien und mit Blumen umkränzten Gedichten, Post- und Ansichtskarten bis zu den sorgsam gefalteten Briefen der erwachsenen Kinder, immer weiter durch die Jahre.

Wo war denn das Mädchen in diesem Sommer? Fuhr sie als einzige Tochter noch mit den Eltern in die Ferien? Nein. *Heute um 13 Uhr bin ich glücklich in London gelandet*, liest man auf einer Postkarte an die Eltern vom 4. Juli. Dass es dieser Sommer war, dass auch ich schon so bald allein unterwegs war – ich bin überrascht, blättere herum, lese und merke, dieser kleine Stapel von blassblauen Briefen, liebevoll zusammengefaltet und von der Mutter in einem Extrakuvert aufbewahrt, erzählt etwas ganz Neues:

Abenteuerlich, abenteuerlich, sage ich Euch! Es war natürlich niemand da, der mich abholte, denn unser Zug hatte zwei Stunden Verspätung durch die Zollkontrolle in Dover. Nachdem ich also eine Stunde gewartet hatte, nahm ich ein Taxi und fuhr zu Hafermanns. Die konnten mich nicht aufnehmen, weil sie sehr viel Besuch haben. Pastor Hafermann fuhr mich in das Gäste- und Diakonissenhaus, wo ich jetzt zwei Nächte höchst provisorisch schlafen werde. Außer Frühstück muss ich mich selbst verpflegen. Das Wetter ist hier herrlich. Schönster Sonnenschein. London ist eine riesige Stadt, sehr verwirrend und unübersichtlich … Mein Englisch-Reden ging bis jetzt ganz gut, mit Händen und Füßen. Irgendwie wird schon alles hinkommen, wie, weiß ich zwar auch noch nicht. Das Ganze macht auf jeden Fall riesigen Spaß.

Innige Küsse und Grüße Eure Tochter

Die Mutter unterstreicht „Sonnenschein" mit zufriedenem Schwung, das ist wichtig, Hauptsache, die Sonne scheint. Umgehend setzt sie sich an den Schreibtisch und antwortet, quittiert diesen Vorgang mit einem Haken oben auf dem empfangenen Brief und vermerkt das Datum 6.7. So ist sie. Übersicht behalten über Briefeingänge, wer hat wann geschrieben und wem hat sie wann geantwortet – das kann sie gut, das macht sie schon ein halbes Leben lang. In allem Wust bewahrt sie eine riesengroß gespannte Übersicht über das Leben der Kinder. Dazu gehört auch die sorgfältige Ablage der Briefe.

Jetzt springt mir die Stimme der sechzehnjährigen Marie entgegen,

der Ton, wie sie spricht, was sie erzählt, diese Marie von damals, allein in London, wie geht das? Ganz einfach.
Sie schließt sich zwei anderen Mädchen aus dem *guesthouse* an, die drei laufen zum Buckingham Palace, an den Houses of Parliament vorbei zur Westminster Abbey, finden Big Ben und kommen zur National Gallery, vom Piccadilly Circus in den Hyde Park. Es ist das Programm, das sie aus ihrem Englischbuch kennt. Im *teahouse* ein Kännchen englischen Tee, ein *browny,* der warme, weiche Kuchen klebt in einer Papiertüte. Und der Mutter erklärt sie, dass es *allein einfach zu riskant ist. Wegen der vielen Neger usw. Die sind wahnsinnig aufdringlich, aber ich sehe mich schon vor.*
Am Nachmittag kauft sie sich eine Fahrkarte, weil der Pastor sie nun doch nicht, wie geplant, nach Oxford fahren kann, setzt sich in den St. James Park, isst ein Sandwich und reist weiter.
Am Abend wird sie von einer runden, freundlichen Madam in einem feinen Stadthaus in Oxford empfangen und bekommt ein kleines Zimmer gezeigt.
Marie, diese kecke junge Person, kennt die Arbeiten, die von ihr jetzt verlangt werden. Nach dem Frühstück deckt sie den Tisch ab, macht den Abwasch, fegt die Küche, auch den Flur und die Treppe, fertig. Schnappt sich ihr Buch „The Scapegoat" von Daphne du Maurier, und setzt sich in den Garten. Nachmittags spaziert sie durch die Straßen der alten Universitätsstadt, traut sich allein in die mittelalterlichen Gänge und Hallen der grauen Colleges.
Hochfliegend die Begeisterung, gewissenhaft die Berichterstattung, wenn sie im Garten sitzt und der Mutter schreibt, dass sie in einem hochkultivierten Haus angekommen sei: *Frau Munz ist eine rasante Frau, ca. 60 Jahre, aber in Tatkraft, Benehmen und Ansichten wie 30. Ein Mundwerk und Bildung hat die, kann ich dir sagen, da ist alles dran. Sie ist unverblümt und sagt dir alles ins Gesicht.*
Zum *five o'clock tea* muss sie zurück sein, Tee ausschenken, herumgezeigt werden. Täglich kommen Gäste in dies feine Haus, und alle sind sehr erfreut, sie kennenzulernen. Und sie denkt gerade noch, dass die alle so nett sind zu ihr, da hat sie schon mitgekriegt, dass jeder so begrüßt wird, *nice to meet you*, und sie teilt Gebäckteller aus und fragt sich, ob sie als kleines Hausmädchen hier wirklich so willkommen ist.

Später setzt sich das Mädchen in den Garten, erwartet den nächsten Regenschauer und denkt mit Sehnsucht an sein Zuhause. Aber nein: *Du musst nicht denken, dass ich Heimweh habe, aber manchmal ist es schwierig. Das ganze fremde Leben, man muss sich stark gewöhnen, aber das ist nur gut, wenn man so auf sich selbst angewiesen ist. Das war in London noch schlimmer als hier. So, Muttchen. Das ist alles, was ich zu erzählen habe. Viele Küsse von Deiner glücklichen Tochter.*

Wenn Madam außer Haus ist, nutzt sie die Gelegenheit! Tür auf, Tür zu, jetzt kann sie in Ruhe mal durch alle Räume spazieren, erschrickt vor fremden Geräuschen und quietschenden Türen und steht plötzlich in einem stinkenden, verstaubten Behandlungsraum. Ein Zahnarztstuhl, Geräte, als sei eben gerade ein Zahn gezogen worden. Gerüche von Jod und Eukalyptus, gespenstisch die alten Bohrer, die Zangen.
Ihr ist sofort klar, dass sie hier nichts zu suchen hat. Ein fremdes Leben geistert in diesem Raum herum, der alte Zahnarzt liegt vielleicht gerade im Sterben? Oder ist vor kurzem gestorben? Vielleicht hatte Madam Gesellschaft gewünscht und Hilfe, ist sie deswegen in diesem Herrenhaus gelandet? Sie möchte weg, aber sie hat Pflichten zu erfüllen. Dass hinter allen Dingen plötzlich ein Sterben ist, das hat sie nun von ihrer Neugier, dieses Gefühl ist ganz obenan geblieben im Schacht der Erinnerungen. Und das Alleinsein in diesem alten englischen Haus mit den großen Ölgemälden in Goldrahmen.

Abends geht es nicht zu Bett, sondern ins Theater, eine neue Welt, Glanz, Lichter, Spektakel: „My Three Angels“ und „My Fair Lady“, die Treppen hoch, nach oben, in die hohen Ränge mit den billigen Plätzen … dort sitzt sie unter dem Zuschauervolk, schaut sich um und wundert sich über dieses fröhliche Theater. Kein staatliches, nein, privates Eigentum, der Besitzer engagiert Spielgruppen, die durchs ganze Land ziehen, hat sie gelesen. Vor der Vorstellung Radiomusik, in den Pausen Reklamefilme, aber noch vor Beginn des Stückes die Nationalhymne, alle stehen mit einem Ruck auf und hören schweigend zu. Während der Vorstellung wird geraucht, gegessen und, wenn das Stück nicht interessant ist, geschwatzt. Marie aufgeregt dazwischen.

Immer weiter erzählt sie der Mutter von Gärten, alten Steinhäusern in einer alten Ortschaft, Stratford upon Avon, Shakespeare …
Trotzdem nagt der Gedanke, dass sie sich was ganz anderes vorgestellt hatte, sie sollte bei einer Familie sein und mit deren Kindern Englisch sprechen. In diesem feinen Haus darf man sich nie gehen lassen, immer muss man Strümpfe anhaben, will sie mal ohne in die Stadt gehen, heißt es gleich: *Ziehen Sie aber Strümpfe an.* Nicht mal ihren Strandanzug darf sie im Garten tragen, dabei ist er doch so hübsch.
Die Eltern sind jetzt wohl schon mit dem großen Bruder in Südfrankreich, am Mittelmeer. *Postlagernd Saintes Maries de la Mer* liest sie sehnsüchtig auf der Adressliste, die ihr die Mutter mitgegeben hat. Die können da im Süden machen, was sie wollen, im nächsten Jahr will sie auch wieder zelten und ein schickes Leben führen, in der Sonne am Meer …

Die Eltern waren den ganzen Sommer auf Reisen, ja, und Oluf, der gerade mal zehn war, den hatte die Mutter allein nach Süderende auf die Insel Föhr reisen lassen. Dort lebte der Studienfreund des Vaters, der liebe Onkel Paul und seine Tante Anna. Sauber und sorgfältig schrieb auch Oluf am 17.7. an die Mutter nach Bad Liebenzell:
Liebes Muttchen. Mir gefällt es hier sehr gut. Leider müssen wir hier um acht Uhr im Bett sein. Wir helfen auch tüchtig dem Nachbarbauern. Ich wohne mit Siem-Peter ganz oben im Eulennest. Am Sonntag durften wir bis 9 aufbleiben. Tante Anna hat uns aus einem Buch vorgelesen. Grüß von mir auch Großpapa und Vater …

Erfüllt von den Erlebnissen, reisemüde und leicht verschlampt trafen vier Kinder nach den Ferien wieder in Herrenhausen ein. Die Mutter regelte bereits den Haushalt, mit verbittertem Mund hantierte sie herum und schwieg. Jeder in der Familie kannte und fürchtete das, diese Aura des Schweigens verhieß Schlimmes. Irgendetwas war geschehen – in Südfrankreich? Sie würde darüber jedenfalls keine Auskunft geben.
Der Vater packte aus und schon wieder ein, mit ebenfalls verbissener Miene ordnete er seine Akten, der leichte Koffer für große Flugreisen stand bereits im Studierzimmer. Er flog nach Afrika, Tansania war sein Ziel.

Hans war gar nicht nach Hause gekommen, er hatte sein Studentenzimmer in Göttingen bezogen.

Nach der langen Englandreise endlich wieder in dem geliebten Haus, verflog meine Begeisterung augenblicklich. Ohne den Vater musste die Notgemeinschaft aus Mutter und vier Kindern wieder für viele Wochen funktionieren. Mit dem Hausmädchen natürlich, diese Frau gab es auch noch, die derzeitige war allerdings nur am Zetern.
Ich blickte mit anderen Augen auf das Zuhause. Sah meine Mutter hin- und hereilen, mir Anordnungen erteilen, was ich zu erledigen hätte für den Haushalt, sah, wie sie erzog, kochte, dann fortging, Besuche machte, weg war, um ihren Kram zu erledigen, wiederkam und von mir hören wollte, was „die Kleinen“ gemacht hätten. Die Brüder stritten, ich musste eingreifen, schlichten, dann kochen und für sie sorgen.
Als die Mutter auch noch erwartete, dass ich nur Gutes zu berichten hatte, legte ich los: *Du weißt doch, dass ich keine Lust mehr habe, mich als große Schwester aufzuspielen, die Jungs sind längst groß genug und viel stärker. Und ich will auch nicht mehr zusehen, wie die Jungs wieder bestraft werden und geprügelt.*
So eine herrliche Reise, allein, ohne die Eltern und die Brüder, unter keinen Umständen wollte ich jetzt wieder Kloppereien ertragen und ausgleichen.
Diese Beschwerde nahm meine liebe Mutter zum Anlass, alles dem Vater zu erzählen und mir anschließend mal ganz grundsätzlich klarzumachen, was meine Rolle zu sein hatte: *Du weißt, dass ich in der Erziehung der drei jüngeren Brüder auf deine Mithilfe angewiesen bin … – Das mag ja sein, aber ich will es jetzt nicht mehr,* unterbrach ich sie. – *Du bist jetzt alt genug, und es ist an der Zeit, dass du als Mädchen das Los des Besänftigens, des Vermittelns annimmst. Diesen Platz musst du im späteren Leben auch ausfüllen.*
Sie ließ nicht locker. Ich auch nicht.

Am Wochenende ließ sich Hans mal wieder blicken, ein Glück, dass er kam. *Erzähl doch mal, was ist denn in Frankreich passiert?* fragte ich, als wir einen Moment allein waren.
In Nizza trafen wir uns, Hans sprach sofort sehr erregt, *ich hatte*

durchgesetzt, dass Renate mitkam, von da aus ging es in die Camargue, natürlich mit den Zelten und zünftig, das wollte Vater.
Nirgendwo ist man so dicht beieinander wie beim Zelten, das war ein Fehler. Die Eltern, die so taten, als ob sie eigentlich so gut wie immer am liebsten zelteten und bestens bekannt wären mit sämtlichen Widrigkeiten, Hitze, Lärm, Staub, Zikaden, Mücken.. Vater jedenfalls, der wusste bei allem Bescheid.
Konntet ihr euch denn nicht ein bisschen selbstständig machen, einfach abhauen?
Ach, kein Gedanke, weißt du, das war gerade der Witz, Vater hat diese Reise doch nur deshalb mit mir gemacht, damit ich gerade nicht mit meiner Freundin allein zu Hause sein konnte. Es war der reine Terror. Einmal nur, da gingen die Eltern allein woandershin, und da kam ich gerade mal mit Renate ein bisschen zur Sache … Und dann standen sie wieder da, einfach so, waren zurückgegangen und was folgte, du kannst es dir nicht vorstellen, der Alte hat mich angeherrscht, ich schrie zurück, wir sind aufeinander losgegangen. Mutter weinte.
Es ist aus. Nie wieder reise ich mit diesem Patriarchen … Nichts durften wir, der ist wahnsinnig, ich bin zwanzig …

Mein Beschluss stand auch fest, Ich wollte ab jetzt mein Zeug machen und nicht mehr die Rolle der vernünftigen ‚Oberschwester' spielen.
Das Gymnasium wurde plötzlich ein interessanter Ort. Ich war überrascht und die Englischlehrerin auch: Ich redete Englisch mit ihr, trat auf, meldete mich zu Wort, endlich, in der elften Klasse.
Die Lateinlehrerin beglückte uns nach dem Kriegstext „De bello gallico" mit der „Äneis" von Vergil. Also Poesie, die laut vorgelesen wurde, in Versmaßen, rhythmisch wie ein Lied. Das brachte mich auf Trab, auch die „Metamorphosen" von Ovid waren die reinste Freude, wie eine schöne Melodie konnte man das erklingen lassen, der Inhalt eher schaurig schön …
Gedichte von Goethe und Mörike, ich wagte es, über Deutungen aus innerster Empfindung zu reden. Der anthroposophisch denkende Deutschlehrer, der unser Schulrektor war, sagte *en passant* so was wie: *eine schöne Reife, wenn man Ihnen zuhört.* Bei diesen Worten assoziierte ich „Apfel", hoffte aber, dass im Zeugnis nicht mehr gefordert würde, dass *ich mehr aus mir herausgehen müsse.*

Und dann bekam ich auch noch eine Freundin. Ich konnte es nicht fassen, schon vier Jahre waren wir zusammen in dieser Klasse, und jetzt geschah es doch wahrhaftig, dass Renate mich zu sich nach Hause einlud. Ich betrat eine Vorstadtvilla, traf im Vorbeigehen Renates Vater, den Chefarzt der Lungenheilstätte in Kirchrode, und die Mutter, die, rund und fröhlich, mich selbstverständlich umarmte. Zur Abendessenszeit reichte sie uns eine Platte herein mit feinen Schnittchen, Schinken, Eiern mit Mayonnaise, Kapern und kleinen Gurken, für mich alles feinste Leckereien.
Meine neue Freundin führte mich in die Stadt, in die Oper, in Konzerte, ein- bis zweimal in der Woche zog ich ein festliches Kleid an, nicht von der Mutter genäht, sondern gemeinsam gekauft. Mit der Straßenbahn in die Innenstadt, und dort führte mir Renate vor, dass man eine Rose dabeihaben musste, mit der man beim Künstlereingang auf die wichtigen Sänger oder Solisten wartete, sich für die Darbietung bedankte und dabei seinen allerliebsten Tenor bevorzugt beglückte.
An den Wochenenden fuhren wir regelmäßig weg. Es war ganz einfach, wir bestiegen den Zug, sie nahm mich mit in den Harz, ins Ferienhaus der Familie. Am Kaminfeuer sitzen und reden und reden, Geschichten erfinden, losschreiben, was man sich ausdenkt, auch das zeigte sie mir. Dass man so was macht, wenn man dazu Lust hat, dass man es aufschreibt und sogar an Verlage schickt und dann reagieren die auch noch auf solche „Schundromane".
Renate wusste auch schon, dass sie Tierärztin werden wollte, sie fand, dass Tiere zuverlässiger seien als Menschen. Ich war etwas irritiert, aber es war alles wahnsinnig interessant.

Heute will ich wissen, was in jenen Sommermonaten 1960 tatsächlich los war, auch, was der Vater eigentlich gemacht hat, wenn er die Familie verließ. Also blättere ich in den Briefen der Eltern herum und bin überrascht, dass der Vater parallel ein zweites Leben führte – und was für eins. Hin und her gehen die Briefe zwischen Hannover und Tanga, den Bergen von Ostafrika und Norddeutschland.

Es ist September geworden in Herrenhausen, Mutter hat die Gladiolen angebunden, die verwelkten Blüten abgeschnitten, jetzt pflückt sie einen Topf voll Brombeeren, Marie säubert das Wasserbecken und macht sich an die Tomatenbüsche, bindet die Pflanzen fest, die jedes Jahr in drei langen Reihen aufwachsen, täglich reifen neue Tomaten heran. Ernst mäht den unteren Rasen, Harald den oberen, Oluf sammelt abgeschnittene Zweige und bringt sie zum Feuerhaufen. Es ist ein Samstagnachmittag, alle wissen, dass es die Zeit für gemeinsame Gartenarbeit ist. Hans hat Semesterferien und geht zum Arbeitsamt, weil er einen Job sucht.

Zur selben Zeit geht es für den Vater in aller Frühe weiter. Mit dem Flugzeug von Daressalam nach Tanga. Nach kurzem Frühstück weiter in vier Wagen in ununterbrochenen Kurven auf holpriger Straße nach dem „Bethel in Ostafrika". In wildester Bergeinsamkeit steht dort in Lutindi ein großes Anwesen für die Betreuung von Geisteskranken:
Ich bin selten so begeistert begrüßt worden wie von den verrückten Frauen in ihren groben Khaki-Kleidern. Mit diesem Krankenhaus hat die Bethelmission sich einen hohen Ruf erworben. Wir mussten alles besehen, und es herrschte eine mustergültige Ordnung.
Zurück auf derselben holprigen Bergstraße hinunter nach Korogwe und bald wieder hinauf nach Suni, wo die neu errichtete Buchhandlung eines Breklumer Landwirt-Missionars zu besichtigen ist. Über Lushoto, Hauptstadt der Usambara-Berge, weiter nach Magamba. Dort hat die Kirche einen Monat zuvor ein großes Hotel gekauft.
Das ist die Überraschung des Tages. Jeder bekommt ein eigenes Zimmer mit Bad und fließendem heißen und kalten Wasser. Nach der Juckelei im Auto den ganzen Tag ist das eine köstliche Erquickung. Abends sitzen sie am Kamin beieinander, bei einem Glas Whisky, den Frieder vorsichtshalber noch in Frankfurt besorgt hat. Bitterkalt in der Nacht trotz der drei dicken Wolldecken, bezaubernde Ruhe hoch in den Bergen.

Dieses Reden des Vaters, wenn er von seinen Reisen erzählt, frisch und rasch wie die Reportage eines Abenteurers, es ist nicht die Sprache des predigenden Vaters, nicht die Sprache des Strafens …
Er fühlt sich prachtvoll, alles ist phantastisch herrlich und richtig – so, wie er es durchzieht.

Zu Hause macht sich die Mutter an die Arbeit. Mit dem dreizehnjährigen Harald weißelt sie in frühen Herbsttagen den Heizungskeller, Marie beschneidet die Erdbeerrabatten und schützt sie mit einem Strohbett vor dem Unkraut. Und als es am Nachmittag noch einmal schön warm wird, fährt die Mutter mit den beiden Großen an den Blauen See, um dort ein kleines Eis zu essen. Die Tochter sei dran, sie solle mal rauskommen, schreibt sie, weil sie eine Woche lang hart gearbeitet habe und all die Arbeit sowieso nicht länger auszuhalten bereit sei. Sie mache gern etwas mit Hans zusammen, der erst im Oktober wieder zur Uni müsse. In der Eisdiele planen sie das *Festchen*, das zwei Wochen später im Garten stattfinden soll.

In Magamba verbringt ihr Mann unterdessen mit seinen Kollegen ein paar schöne Tage in dem großen bequemen Hotel. Sie brauchen nicht wieder zu packen, sondern können nach üppigem Frühstück in die bereitstehenden Autos steigen, über Lushoto nach Mbusii fahren und hoch oben auf dem Berg die neue Backsteinkirche und eine Knabenschule besichtigen. Von Suni geht es hinauf nach Vuga, der alten Hauptstadt des Häuptlings, wo die Mission Press zu Hause ist. Und am Abend, zurück in dem schönen Hotel, eine Runde Whisky und dann schreibt er wieder und erzählt und erzählt:
Wir waren in der Kirche, hörten dort wieder einen gemischten Chor und Ansprachen und konnten uns nicht sattsehen an der wunderschönen landschaftlichen Umgebung und der sauberen Anlage der Häuser unter den hohen Bäumen. Man spürte allen diesen Häusern die Solidität und die Einfachheit der Pioniermissionare Bethels an. Sie hatten die gesunden Berge damals ganz bewusst gewählt. Der alte Bodelschwingh hatte sehr gesunde Anschauungen über die Platzwahl der Arbeit …
Spät in der Nacht endet er den Brief mit der Versicherung, dass er trotz aller Eindrücke immer wieder mit seinen Gedanken und Gebeten bei Frau und Kindern sei und sie begleite von früh bis spät – gute Nacht!
Das letzte stimmt natürlich nicht. Er ist in Afrika und begleitet die Kinder kein bisschen, schon gar nicht „von früh bis spät“. Das weiß er auch, wahrscheinlich ist er deshalb so glücklich, dass ihn in dem schönen Magamba-Hotel die ersten beiden Briefe seiner Frau

erreichen und er neun Tage nach seiner Abreise wieder liebe Worte von ihr zu hören bekommt. Deshalb möchte er ihr im Überschwang sagen, dass er auf jeden Fall über die „Unerfreulichkeiten" ihrer Frankreichfahrt schon längst hinweg sei, weil erstens die zehn Tage, an denen sie allein gewesen seien, ausgesprochen schön und erholsam gewesen seien, zweitens sich doch in der Erinnerung glücklicherweise immer das Positive durchsetze und drittens sie beide eine nicht unwichtige Phase im Reifungsprozess ihres Ältesten zusammen erlebt, erlitten und durchgestanden hätten und daran doch bestimmt auch selbst gereift seien … So schön leicht macht es ihm die Sonne Afrikas, sich das Unglück der Frankreichreise ins gute Licht zu rücken.
Das sieht die Frau ganz anders. Er müsse dem Sohn schreiben, er sei jetzt dran, er habe sich ihm gegenüber zu erklären, darauf besteht sie.

Unterdessen geht es dem Mann prachtvoll, *am Ende der Wirbelwind-Tour zusammen mit den amerikanischen und skandinavischen Kollegen.*
Ja, es geht ihm so gut, weil er drei Tage bei dem Missionar Simonsen untergebracht ist, einem Mann von „echtem Schrot und Korn", der sich ganz und gar der missionarischen Aufgabe hingibt. *Athlet mit schwarzem Vollbart, 30 Jahre, 4 Kinder und ein Draufgänger besten Stils, wirkt natürlich revolutionär in seiner afrikanischen Umgebung, ist trotzdem ganz und gar Amerikaner. Hat ein prächtiges Verhältnis zu den Eingeborenen und liebt die Massai.*
Dieser Missionar kämpfte um eine Übergangslösung für das Problem der Polygamie, ein Häuptling sollte nach seiner Vorstellung auch dann getauft werden können, wenn er mehrere Frauen hätte. Warum die Frauen nach Hause und ins Elend jagen? Die Vielehe sei eine soziale Einrichtung, erst wenn ein Mann im christlichen Glauben verwurzelt sei, könne er den Sinn der Einehe verstehen. Ja, dieser Mann habe ihn seit Tagen durch die Gemeinden geschleppt und mal wieder echte Missionarsarbeit gezeigt.
Aber dann zu ihr und den Kindern: Wie schön, dass sie sich des Gartens angenommen habe, und ob sie sich mit den beiden Jüngsten bei schönem Wetter nicht in den Garten setzen und deren Schularbeiten beaufsichtigen könne, der Garten solle doch nicht nur

eine Last, sondern auch eine Freude sein. Und Ernst – *wie sehr freue er sich, dass der so wacker und verantwortungsbewusst für die Schule arbeite, dann wird und muss er es auch schaffen mit seiner Klasse. Wie haben unsere Kinder es doch gut, dass sie so in engstem Kontakt mit dem Elternhaus zur Schule gehen können. Für alle Kinder hier in der Mission ist das doch eine große Not, dass sie nur einige Monate im Jahr im Elternhaus sein können …*
Ja, und dieser wunderbare Flug in der viersitzigen Cessna! In dieser kleinen Ein-Propeller-Maschine fühle er sich immer besonders wohl. Sie gehöre der *Missionary Aviation Fellowship*, erklärt er seiner Frau, das seien Piloten, die im Krieg das Fliegen gelernt hätten und nun *ihre Kunst der Reichs-Gottes-Arbeit zur Verfügung gestellt haben.* Sie bilden eine eigene Gesellschaft und haben sich den protestantischen Missionen in verschiedenen Kontinenten zur Verfügung gestellt, um Missionare, Pastoren und wichtige Güter auf entlegene Stationen zu befördern.
Dieser Pilot hat die Reise für sie zu einem großen Vergnügen gemacht. Über bergige Steppenlandschaft, weit und breit kein Baum, kein Strauch, nur die Krals der Massai. Aus tausend Meter Höhe der Viktoriasee wie ein Binnenmeer und drum herum tropisches Regenklima, wilde, fruchtbare Landschaft.
Hier in Bukoba sollten nun eine Konferenz stattfinden und das Fest zum 50-jährigen Bestehen der Bethel-Mission gefeiert werden. Die Missionshäuser lägen malerisch am Berg, die weiße moderne Kirche, im Ort sein See-Hotel, *das sicher noch aus der guten alten deutschen Zeit stammt.* Dort macht er es sich in einem Ledersessel gemütlich und schreibt und schreibt. Gerade prassele ein Gewitterregen nieder. Entschlossen, die Erholung nicht zu kurz kommen zu lassen, nimmt er im Hotel ein warmes Vollbad und begibt sich zum Dinner.

Das See-Hotel „aus der guten alten deutschen Zeit“. Er wusste natürlich, dass Tansania mit den heutigen Staaten Burundi und Ruanda zur Kolonie Deutsch-Ostafrika gehörte und deutsche Truppen im 1. Weltkrieg mit zähem Widerstand gegen die Briten und ihre Verbündeten gekämpft hatten. Wusste er auch, dass einheimische Soldaten, die sogenannten Askaris, unter Paul von Lettow-Vorbeck in jahrelangen Kämpfen verschlissen wurden, erst im November

1918 musste er auf Befehl der Reichsregierung kapitulieren. Der Vater müsste den Namen des Generals kennen, er wurde noch zwei Jahrzehnte der Bundesrepublik als Kriegsheld verehrt. Zehntausende von schwarzen Trägern starben bei Truppenbewegungen im tropischen Gelände unter den Strapazen. Weil Tansania deutsche Kolonie war, konnten sich die „Pioniermissionare“ aus Bethel in den Bergen so großartig breitmachen.

In Herrenhausen sitzt seine Frau am Schreibtisch, überdenkt den Tag, findet nicht recht zu einem *Bild des Tages*, erzählt, dass sie mal ernsthaft mit der störrischen Tochter reden musste, und stellt schließlich lobend fest, dass er sich ja nun mit dem Schreiben beeilt habe und die letzten Tage treuer an die Familie denke. Das Schlimmste sei doch, wenn sie ihren Kindern den Christenglauben nicht vorlebten, sondern durch Hetze und Gereiztheit alles Reden Lügen strafen würden, da seien diese Jahre entscheidend. Sie bittet darum, dass er aus der Ferne mal darüber nachdenke, wie er dem gerecht werden könne. Augenblicklich fresse ihn der Beruf auf, statt dass sich alles so eingespielt habe, dass es gut laufe.
Sie kommt richtig in Fahrt, sie hat die Spur gefunden …
Augenblicklich findest du das Reisen mal wieder herrlich. Afrika aus der Luft, aus dem Auto, beim Whisky, wundervoll!! Lass deine Familie nicht draufgehen!
Sie schreibt und schreibt immer weiter, hastig rast die Schrift schräg über die Seiten … Harald hat sie wieder belogen, hat unter dem Einfluss von Heino seine Klassenarbeit nicht vorbereitet und ist überzeugt davon, dass er immer und überall der Stärkere … Ja und gestern, da hätten sie alle mit vereinten Kräften versucht, ein wenig Glanz in den unsauberen Garten zu bringen, aber die Tomaten seien faul, die Ernte sei gering, die Brombeeren dagegen großartig, die Äpfel auch. Täglich würden sie einkochen, aber was er denn denke, im Garten sitzen mit den Kindern, dazu komme sie nie! Sie stehe morgens um sieben auf und komme trotzdem mit den Arbeiten nicht durch. Er könne sich nicht vorstellen, was zu Hause los sei.
Und spricht frei heraus:
Kinder, die den Garten scheuen, einen Mann immer auf Reisen, was soll dann der Garten?? Ich bin entschieden dafür, dass wir einen Teil

verkaufen. Mir ist ein ruhiges Gespräch mit den Kindern wichtiger als das Unkraut im Garten und die Sucht, immer wieder etwas ändern zu wollen.
Er habe ja gewollt, dass sie so schreibe, wie sie denkt (und ich höre ihre Stimme und bin überrascht, wie sie spricht und denkt ...) *Du siehst, es geht immer um uns, die kleine Welt, aus der aber fünf Menschen hinauswachsen ins Leben und für die wir volle Verantwortung tragen als Eltern. Wenn Gott uns nicht sehr gnädig ist, können wir noch viel Schweres erleben, durch unsere Schuld! Dein Maßstab, dass du es ohne deine Eltern geschafft hast, ist nicht maßgebend. (...) Behüt dich Gott, mein Liebster, und sei immer geküsst von deinem oft verzagten Frauchen.*

Ein köstlicher afrikanischer Morgen, die Sonne steigt aus dem spiegelglatten, unendlich scheinenden Victoriasee, die Fischer rüsten ihre Netze und Boote, und die ganze Vogelwelt lockt, girrt, zwitschert und jubiliert ringsum in den Palmen und Pfefferbäumen. Es sind die wohlbekannten Stimmen aus Indien, der Mangovogel und die Waldtaube ... An diesem Morgen, den der Vater so überschwänglich beschreibt, an dem er die Atmosphäre der Tropen beschwört, wie eh und je verzaubert durch die Tropenwelt, ist er in bester Stimmung und seelisch so weit im Gleichgewicht, dass er endlich das innere Zwiegespräch mit dem Sohn Hans, das er in diesen Wochen dauernd und meist quälend führt, *sich zu einigen Zeilen verdichten lassen will: Du hast das besondere Pech oder Glück, unser Ältester zu sein, auf den wir also besonders stolz sind und den wir besonders liebhaben, mit dem wir aber auch unsere Erfahrungen als Eltern erst sammeln müssen! Paradepferd der Elternschaft und Versuchskarnickel der Erziehung – das ist keine leichte Mitgift, nicht wahr?*
Ich will Dir also gerne einmal sagen, dass ich aufrichtig hoffe, mich Deinen Brüdern gegenüber später nicht so töricht zu produzieren, so störrisch und verkrampft, wie ich es auf unserer Reise Dir gegenüber leider getan habe. Ich habe Dir also einiges abzubitten und tue das von ganzem Herzen. Ich hätte mich im Ganzen sicher gelassener und überlegener beweisen dürfen. War kleinlich genug, auf einen groben Klotz einen groben Keil setzen zu wollen. Dass Du mich nicht unbedeutend herausgefordert hast und Deine Überlegenheit

in gewissen Fragen des Autofahrens und der Fahrtgestaltung etwas ungestüm geltend machtest, wird Dir auch nicht verborgen geblieben sein …
Wenn ich dann etwas sage, geschieht es allerdings oft mit Nachdruck und oft mit verletzender Schärfe – ich liebe die klare und harte Auseinandersetzung um der Sache willen.(…)Ja, mein Junge, so erleben wir unsere Niederlagen, wie Paulus es in Röm. 7 beschreibt: Das Gute, das wir tun wollen, tun wir nicht, sondern das Böse, das wir nicht tun wollen, tun wir! Idealgestalten sind wir sicher nicht, aber glücklicherweise will Christus ja solchen helfen, die mit sich selbst nicht fertig werden …
Meine aufrichtige Bitte, mein lieber Junge: Halte immer zu Deiner Mutter, und wenn Du Dich zehnmal über Deinen Vater ärgerst, lass Deine Mutter es nicht entgelten. Du musst ihr ritterlicher Halt sein und Du musst ihr Vertrauen schenken, gerade weil ich so viel abwesend bin. Aber darum kannst Du das doch auch! Es heißt zwar: „Darum wird ein Mensch Vater und Mutter verlassen …" Aber dieser Fall ist doch noch nicht gegeben! Ich bin eigentlich gar nicht in Sorge, dass wir beiden nicht doch noch einmal wieder ganz gut zurechtkommen werden, ich hoffe und freue mich darauf – aber für Mutter ist das ganz anders, sie braucht den Halt an Dir und Dein Vertrauen, um glücklich zu sein.
Hans kennt diesen Brief, ich habe ihn danach gefragt, er gehört zu den „wichtigen" Briefen, die er in seinem Leben bekommen hat. Ich erschrecke darüber.
So klar, so entschieden und selbstbewusst, wie sich der Vater hier aus den afrikanischen Tropen und so gemütlich zu Wort meldet.
Kann der „grobe Klotz", wenn Hans denn einer ist, den Brief verstehen?
Er hätte überlegener handeln können, schreibt der Vater, aber der Junge habe seine Überlegenheit in der Fahrtgestaltung auch stürmisch geltend gemacht. Dass sein zwanzigjähriger Erstgeborener einfach mal loslegen könnte und der Alte hielte sich zurück – undenkbar, dass der Vater so etwas einsieht. Er kommt seinem Jungen nicht näher.
Stattdessen: Tja, mein lieber Sohn, ist dumm gelaufen, aber weißt du was? Mit den Worten von Paulus, der diese vor fast zweitausend

Jahren an die Römer schrieb, wollte ich nur „das Gute" und „das Böse", das ich tat, wollte ich eigentlich nicht.
Fertig ist die Abbitte, eine Idealgestalt sei er nun mal nicht.

Die Verurteilung des Handelns seines Sohnes nimmt der Vater nicht zurück.
Und auch das tritt jetzt deutlich hervor: Welche Handlungen ihrer Kinder die Eltern der moralischen Beurteilung „gut" und „böse" zuordneten, das suchten sie sich frei heraus. Wenige Jahre später zum Beispiel spielte sich „das Böse" bei den jüngeren Brüdern nicht mehr im Bereich der sexuellen Wünsche ab.

Ach, Vater, du bist so bemüht darum, „das Gute" zu tun, und traust dem Sohn im Versöhnungsbrief doch noch die Rache zu:
Dass dein Sohn seine Mutter dafür büßen lassen könnte, für das, was du ihm zugefügt hast. Das darf nicht geschehen. Der Sohn darf nicht die Ämter ablehnen, die du für ihn vorgesehen hast, er solle *der ritterliche Halt bleiben.*
So einfach macht er es sich.
Er will ja seine monatelangen Weltreisen machen und die göttlichen Wirkungsstätten besuchen.
Als ob man als Herangewachsener gern der Mann seiner Mutter sein möchte!

Spät in der Nacht schreibt der Vater auch noch an *sein herziges und so überaus ernüchtertes Frauchen*, und dieser Brief enthält die klarsten Klarstellungen: Sein Reisen sei Beruf, sei Dienst, komme ihn hart an, sei saure Mühsal und Entsagung, er habe sich diese Arbeit nicht ausgesucht, sei vielmehr da hineingerufen und gedrängt worden … Auch wenn ein Stück Abenteuerlust im Spiel sei, heiße das doch, *Gehilfin seiner Freude* zu sein und der Arbeitsteilung, dass sie ihm den Rücken frei mache für die Aufgaben draußen und ihrerseits die Aufgaben daheim nicht nur *als drückende Enge und Beschränktheit empfinde, sondern als großes weites Feld … Für einen Diener im Erntefeld Gottes dürfe nicht die Sehnsucht nach einem Familienidyll bestimmend sein, sondern der Wille, mit den vorhandenen Kräften den Dienst recht zu tun.*

Er bittet sie, die Dinge so zu sehen … *Unsere Kinder fahren meines Erachtens dabei am allerbesten, ihre Mutter ist ihnen immer nahe und der Vater fehlt ihnen nicht ganz.*
Dieser Brief Nr. 6 vom 1.9.1960 aus Bukoba/Victoriasee zeigt einen Vermerk der Mutter, krakelig hingeschrieben: *wichtiger Brief, wieder gelesen Oktober 97*, Unterstreichungen mit dem roten Stift des Vaters, Vermerke, wann angekommen, gelesen und beantwortet.
Es war offensichtlich ein zentrales Thema für die Eltern. Das Amt und ihr Familienprojekt.
Damals war man ein Kind in dieser Familie – jetzt, da alles längst vorbei ist oder eben auch nicht, sitzt man darüber und muss das begreifen.

Klarer kann man es eigentlich gar nicht ausdrücken, als der Vater in Tansania sein Konzept niedergeschrieben hat. Er hat ein Amt in der Kirche, es ist aber kein Ministerium, sein Tätigkeitsfeld liegt weit darüber, er arbeitet im *Erntefeld Gottes*. Das umspannt die ganze westliche Welt, Afrika, Indien und noch viel mehr. Das hat er sich nicht ausgesucht, in diese Arbeit ist er berufen worden, sie ist Dienst und Mühsal für den Gottesbotschafter. Auf diesem Feld kann ein Familienidyll keinen Platz finden.
So machtvoll spricht er aus seiner Weltsicht heraus. Selten ist mir das so klar geworden.
Damit er sich im unbestreitbar *höchsten Feld* so einsetzen kann, wie er dazu berufen ist, muss seine Frau das Ressort Familie übernehmen. So war es von Anfang an besprochen, und sie macht das gern, die Mutter macht ihren Familiendienst, damit er seinen Dienst für Gottes Reich verrichten kann.
Da oben ist alles erlaubt, es darf auch ein bisschen Abenteuer dabei sein, das ist in Ordnung. Weil es Gottes-Dienst ist, darf und muss er darin und dafür auch diese seine Freiheit des Reisens haben.
Die Mutter hat sich akkomodiert, es ist ihre Lebensleistung, die fünf Kinder aufzuziehen.
Hans und Marie bekommen vom Vater ihre Ämter zugeteilt: vorrangig Beistand für die Mutter, Erziehung und Betreuung der jüngeren Geschwister. Das ist deren Zuständigkeit für das Gelingen des väterlichen Dienstes.

Mit allseitiger Anpassungsbereitschaft der Familie geht das Familienleben ohne „Idylle“, Jahr für Jahr.

Jetzt mag die Mutter aber nicht mehr. Sie schafft es nicht, die Kinder entgleiten ihr, die großen verweigern die Mitarbeit, die jüngeren sind in den schwierigen Jahren. Das große Haus, der Garten – der Mann könne nicht mehr das Amt über alles stellen und die Familie draufgehen lassen.

Was schreibt ihr der Mann? Sie müsse sich eben ein bisschen zusammenreißen, ihm falle sein Dienst ja auch nicht leicht, sie sei nun mal *die Gehilfin des Mannes*, und er brauche sie als seine liebe Frau. Und wenn sie es recht betrachte, seien ihre Aufgaben mit den fünf Kindern nicht nur beschränkende Enge, sondern doch auch *ein großes weites Feld.*

Wirklich? Oder verwechselt er hier gerade das große, weite Feld:

Ja, ich sitze hier seit heute Nachmittag vor einem köstlichen wärmenden Kamin und kriege wieder warme Füße. Ich habe endlich einen Artikel über unser Interview bei dem Ministerpräsidenten von Tanganjika, Nyerere, abgeschlossen und ans Sonntagsblatt geschickt.

Schon im nächsten Brief hat die Mutter ihren Ton wiedergefunden, das freundliche Gesäusel in den schönsten Worten der Besänftigung:

Und Du sollst Lust am Leben und Arbeiten haben. Ich hoffe, dass ich über das Dunkel der letzten Wochen hinweg bin ... Geduld und Liebhaben, das brauchen die Kinder von ihren Eltern als Hilfe in dieser bösen und argen Welt.

Heute wird mir klar: Erstens ist es keine Selbstverständlichkeit, dass aus solchen „Geschäftsreisen“ so eine umfangreiche und dichte Korrespondenz erwächst. Dazu gehört eine tiefe Liebe.

Zweitens spricht die Mutter von *dieser bösen und argen Welt*, ist aber doch unbedingt für das, was der Vater fordert: Dass man jedes Kind hart rannehmen muss, dass es lernt, sich zusammenzureißen, dass es das ganz allein leisten muss, Punkt. Dass es eben nicht an der bösen Welt, sondern nur am Kind selbst liegt, wie man in dieser Welt zurechtkommt und auch noch „etwas wird“.

Dabei erlebt sie gerade, dass die böse Welt und das Kind und auch sie nicht gut zurechtkommen. *Geduld und Liebhaben* – diese

Höchstleistung der Anpassung … will sie sich mit dieser schönen Floskel beruhigen?

Ganz anders der Mann.
Der war in diesen Fragen wahrlich „unmoralisch". Rücksicht auf Kinder, Wünsche der Frau, Verpflichtungen zu Hause, alles das war ganz und gar nachrangig. Was er tat, war alles durch seinen Gottes-Dienst geadelt und „notwendig".
Die restlichen Verbindlichkeiten suchte er sich frei heraus.
An diesem Reich Gottes auf Erden entlang passierten die Kräche in der Familie, das Verprügeln der Jungs, die Zerwürfnisse in den folgenden Jahren. Auch Marie zog eines Tages den heiligen Zorn des Vaters auf sich.

Lüneburger Land

Frühling 2012. Der Weg aus dem Dorf führt über die Landstraße, entlang an Apfelbäumen, deren Knospen vor dem Aufspringen sind. Grüne Flächen von Weizen, mehrere Hektar junge Kartoffelpflanzen in Reih und Glied. Die Allee im flimmernden Licht unter dem frischen Laub der Buchen, holpriges Kopfsteinpflaster, dann das Haus aus roten Backsteinen, hier wohnen zwei von uns. Hinter der Gartenhecke englischer Rasen, hohe Rhododendronbüsche. Der Hof mit Kopfstein gepflastert, das Gutshaus. Daneben, unter der Eiche, ein kleines Backsteinhaus, auch hier wohnen zwei von uns. Über den Hof am Haupthaus vorbei, da geht das Fenster auf und eine Stimme ruft: *Na, warst du im Dorf bei der schönen Bäckerin?*
Ja, habe Milch und frische Brötchen gekauft. Willst du welche?
Nein, ich fahre jetzt in die Uni. Wollen wir am Nachmittag einen Tee zusammen trinken?
Sehr gern.
Das Fenster ist zu, und ich gehe weiter, an der Kartoffelscheune

vorbei, der Remise, fast bis zum Rapsfeld, dann sieht man auf die ehemaligen Häuser der Landarbeiter, in einer Reihe, eines neben dem anderen, auch aus rotem Klinker, alles aus derselben alten Zeit. Das Haus am Feldrand, das von einer Jahrhunderteiche beschattet wird, in dem wohnen wir. Nebenan auch zwei von unseren Leuten, das vierte Haus in unserer Dorfrunde. Noch ist das so.
Nach dem Frühstück ein Gang durch Feldraine und Wiesen. Warmer Südwest tost in den alten Baumkronen der Allee, die bis in den Wald führt. Vor dem blühenden Weißdorn abbiegen und hinter das Gebüsch, dort durch das feuchte, fette Gras um die Angelteiche herum. Das Wolkenspiel im Wasser, Wasserspiegel, der Blick in die blaue Tiefe, mich im hohen Himmel in der Tiefe verlieren, als stünde ich in der Marsch oder am Wasserbecken in Herrenhausen. Aber es sind die welligen Hügel im Lüneburger Land mit Angelteichen, Feldwegen, Wiesen, landwirtschaftlichen Nutzflächen, großräumig ringsherum Agrarindustrie. Senkrechte Halme von Weizen stehen in Reih und Glied, ohne Unkraut, Bienen und Viecher auf dem Boden. Ebenso die computertechnisch gelenkten Reihen von Rüben oder Kartoffeln, soweit man sehen kann.
Wir wohnen auf einem Gutshofgelände mit seinen Landmaschinen und Kartoffelscheunen und den kleinen Häusern aus rotem Backstein am Ackerrand.
Gerade ist alles still. Ich habe Zeit.

Am Nachmittag gehe ich hinüber ins Haupthaus und werfe rasch einen Blick in den großen Raum, während Klaas krachend die Kaffeemühle anschmeißt und Katrina einen Ingwertee kocht. Alles ist anders geworden. Neue Gardinen, eine moderne Sitzlandschaft. Man merkt es sofort, hier wohnen jetzt zwei, die gerade dabei sind, sich ihr Zuhause neu einzurichten. Die beiden passen gut aufeinander auf. Wenn sie zusammenstehen, legt er den Arm um sie. Jedes Wochenende verbringen sie zusammen, sagt sie. Sie würden oft in die Stadtwohnung fahren und dort ihre Leute zum Essen einladen, sie seien jetzt ja ganz ungebunden.
Auf dem grünen Sofa eine Tasse Ingwertee trinken. Katrina in ihrer hübschen weißen Bluse mit Biesen, noch ganz beruflich, erschöpft und leicht angespannt, erzählt von ihrer Sitzung in der Kommission,

der Vorführstunde im Seminar und dem Vortrag von zwei Bewerbern um eine Professorenstelle. *Beide grottenschlecht, das war nur anstrengend und unergiebig,* sagt sie, *und am Freitag kommen die nächsten dran.*
Sie erhebt sich, die Teestunde ist zu Ende.

Zurück durch den Apfelgarten, an den aufbrechenden Blütenknospen entlangstreifen, will den Gedanken, dass es diesen Garten vielleicht gar nicht mehr lange geben wird – nein, bloß das jetzt nicht denken. Lieber überlegen, was da eben gerade war, dass die beiden im Haupthaus ziemlich glücklich aussehen. Vielleicht liegt etwas Neues in der Luft, denke ich. Da höre ich ihre Stimme hinter mir herrufen:
Warte mal, ich wollte noch was sagen, wir wollten zwar erst in der nächsten Woche darüber sprechen, aber …
Was ist denn los? frage ich.
Sie geht atemlos neben mir her: *Seit Fietes Tod hast du dreizehn Jahre deines Lebens für Ditta gesorgt.*
Die letzten vier, werfe ich ein.
Nein, dreizehn Jahre warst du für deine Mutter da. Und jetzt willst du immer weiterarbeiten? Ich habe davon gar nichts. Du bist im Winter mit einer schweren Bronchitis aus Frankreich zurückgekommen, jetzt hast du einen schlechten Magen, was willst du denn noch?
Vielleicht ist es ja auch so, sage ich und versuche dagegen anzusteuern, *dass es mir nicht leichtfällt zu akzeptieren, dass ich nicht mehr so kann wie bisher.*
Ach was, ruft sie, du hast alle Kraft, die du brauchst, wenn du nicht mehr arbeitest. Worauf wartest du, wann willst du das machen, was du wirklich möchtest? Gut kochen, reisen, gestalten, schreiben …
Das Haus im Süden ist fertig, jetzt kommt ja nichts mehr.
Wir haben euch in Haut Gras *erlebt, beide angespannt und erschöpft, so genervt, warum tust du dir das an? Auch die Praxis in Lüneburg, du weißt, ich war dagegen.*
Ja, das weiß ich, die Rente reicht eben nicht.
Genau das ist es, was ich dir sagen will, sie ringt um Fassung, *ich will die Scheißeigentumswohnung nicht mehr. Ich will dich haben, nicht diese Wohnung.*
Jetzt muss ich auch weinen, ich bin erschöpft, niemals wollte ich ihr

diese Wohnung wegnehmen, nur weil wir Geld brauchen, nein, zu oft musste sie mit mir weiterziehen, die Wohnung wechseln und wieder woanders die Zelte aufschlagen, nein, dieses Nest rühre ich nicht an, denke ich sofort wieder.
Du wirst jetzt nicht weiterarbeiten, du wirst endlich damit aufhören und dein Leben genießen.
Ich sage nichts mehr.
Ich brauche keine eigene Wohnung, ich will dich gesund und munter, und von dem Geld – sie schaut eindringlich zu mir herüber –, *von dem machen wir uns hier ein schönes Leben.*
Der Satz ist eine Überraschung. Genau darum geht es doch. Sie hat recht. Nur noch ein bisschen arbeiten, dann kann ich und werde nur noch schreiben.

Dazu kommt es nicht, gerade überschlägt sich alles. Ob wir alle zusammen kochen und uns zur Abendmahlzeit im Haupthaus treffen sollen, schlägt Katrina ein paar Tage später vor. Sie sprudelt über vor Freude und Erwartung.
Wisst ihr was? Sie legt sofort los. *Ich habe eine Idee. Wenn wir alle zusammen hier nicht so leben können, wie wir es mögen, dann suchen wir uns etwas Neues, wir suchen uns ein Anwesen, einen anderen Bauernhof mit vielen einzelnen Gebäuden, es können vielleicht auch mehrere Häuser in einem kleinen Dorf sein, irgend so etwas, so wie hier.*
Du meinst, dass wir ein Haus kaufen, etwas Eigenes haben werden?
Ja, genau, wir zahlen eine sehr hohe Miete für ein Haus, das gar nicht vernünftig gedämmt ist, wir wissen doch, der Gutsbesitzer macht nichts. Wir könnten viel besser anstatt der Miete einen Kredit abzahlen, dann würden wir Eigentum anschaffen, nicht das Geld in den Rachen des Eigentümers schmeißen, und dann ist es weg für die Vergoldung von dessen Boden und seinen Resthäusern.
Ja, und woher haben wir das Geld?
Ja, genau, wenn ihr die Wohnung in der Buchenstraße verkauft, könnt ihr uns vielleicht einen günstigen Kredit geben, und dann hättet ihr eine schöne monatliche Rente … Wäre das nicht die Lösung für alles? Das ist es doch: Wir bleiben alle zusammen, und ihr habt euer Geldvermögen sicher angelegt, in eine monatliche Einkommensquelle umgewandelt.

Die Zinsen sind gerade so niedrig, es gibt keine sicheren Anlagen mehr. Und stellt euch vor, ich habe im Netz schon Objekte gefunden …
Die Schmortöpfe sind leer, wir trinken Rotwein und reden uns die Köpfe heiß. Was plötzlich alles möglich werden könnte!
Am nächsten Tag fahren wir über Land. Römstedt, Maasbrock, Niendorf. *Dahinten aber, da wird die zukünftige Autobahn entlangführen,* sagt der Makler und zeigt auf die Wiesensenke. *Casa Verde* bietet ein Anwesen in Testorf an. *Gartenpark, herrliche Scheunen und Remisen, aber riecht es hier nicht nach Schweinezucht?*

Ein paar Wochen später, zum dritten Mal in diesem Jahr aus Frankreich zurück, ein wunderbarer, warmer Frühsommerabend, wir sollten doch rüberkommen, sie würden grillen, hatten die anderen nachmittags vorgeschlagen.
Klaas und Katrina gehen auf und ab. *Kommt ihr jetzt endlich?* rief sie gerade noch durch den Apfelgarten herüber …
Auf der Terrasse vier Sektgläser auf dem Gartentisch – Katrina hält die Sektflasche, öffnet rasch, schenkt drei Gläser voll, ein Fläschchen Bionade in das vierte Glas. Ich schaue … Mit dem vollen Glas holt sie weit aus und ruft: *Hoch die Gläser, und wir wollen trinken.* Jubel in der Stimme. Wir trinken auf? Pause, lacht uns an und zwitschert und hebt das Glas. *Wir bekommen Zwillinge!*
Verhaspele mich fassungslos, sage, was man nicht mehr sagen kann. *Mein Kind*, rede ich gleich los, *du bekommst ein Kind?* Ich wende mich ab, drehe eine Runde über den Rasen, weil die Tränen kommen, etwas springt auf. Ahnungen, ja, die ganze Zeit, aber nie ein Wort, denke ich noch und umarme sie.
Vierzehnte Woche, erst heute, jetzt darf man es sagen, ruft sie …
Klaas schnappt sich das Mädchen, drückt sie an sich, der Sekt schwappt aus seinem Glas. Wir lachen und umarmen uns …
Und, sagt Klaas, schaut uns erwartungsvoll an und fragt: *Seid ihr dabei, helft ihr uns mit den Kindern? Und ob, das machen wir*, rufen wir ihnen prostend zu.
Soll aber noch nicht darüber gesprochen werden.
Wind, Frühlingswind, Sommerwind fegt durch die Alleen und wirbelt alles auf – ein Juchzer geht hoch in die Luft, ein Lied möchte man singen!

Das Familienhaus wird abgewickelt

So beginnt der Sommer in diesem Jahr 2012. Wir fahren in die Elbtalaue, ein Haus ist dort zu besichtigen, es wurde in der *Landlust* angeboten. Aber das passt nicht, zu viele Landmaschinen auf den Straßen, eine Kreuzung vor dem Haus, dafür hohe Eichen dahinter. Ich habe viel zu tun. Jetzt ist Zeit. Ein Jubel macht sich breit, wirbelt durch die Luft. Ich sichere mir Zeit.
Der Wind bewegt warm und leicht die obersten Blätter der Bäume, stößt Gedanken in diese und jene Richtung und bläst sie weg. Ich biege ab und betrete das feuchte, fette Gras auf dem Wiesenweg um die Angelteiche. Das Wolkenspiel im Wasser. Wasserspiegel. Der Blick in die Tiefe gibt Ruhe, er ist nicht mehr wie ein gefährlicher Zauber. Die Bilder aus den Kindheitsjahren sind zusammengetragen, die Orte wiedergefunden. Jetzt noch das Familienhaus. Das wurde damals abgerissen …

Mittsommernacht, die Sonne steht noch hoch, als wir abends den Feldweg hinuntergehen, von weit her hört man sie schon mit ihrem kullernden, gemütlich glucksenden Lachen, als sie mit ihrem Liebsten den Weg am Feld entlang hochkommt. Sie lachen und reden.
Die Kleinen machen sich um diese Zeit so breit, sagt sie, als wir herankommen. *Sie sind schwer. Das Laufen ist anstrengend. Morgens ist das ganz anders.*

Und dieser Sommermorgen Anfang Juli, tiefe Stille beim Lauf in der Allee, luzide Geräusche hoch am Himmel. Kraniche rufen.
In der letzten Nacht das Fest zum Sommer, Geburtstag, Ferienbeginn, laut dröhnte die Musik durch die warme Mitternacht und immer weiter bis in den erwachenden Sommermorgen. Um sechs singt und säuft die Festgemeinde immer noch, die Stimmen der letzten sieben dringen in den leichten Schlaf. In den Tag hinein schlafen bis um zehn. Sommerferienzeit.

•

Das Jahr 1962, Hans studierte in Göttingen Medizin, Ernst war siebzehn und kämpfte um die Versetzung in die Oberstufe, Harald

war fünfzehn, lernte ebenfalls auf dem Kaiser-Wilhelm-Gymnasium alte Sprachen und fiel durch sein Klavierspiel auf, Oluf war zwölf und nun auch schon das zweite Jahr dort.
Ich musste Mathe pauken, jeden zweiten Nachmittag ging ich zu meiner Freundin in die Chefarztvilla der Lungenheilstätte, und wir lernten zusammen trigonomische Formeln und mit Sinus und Cosinus die kühnsten Kurvenbeschreibungen. Wir büffelten, und dieses Lernen machte mir Spaß, weil wir zu zweit waren und unsere Freundschaft hatten und um uns herum Freundlichkeit herrschte. Renates Mutter bewirtete uns noch feiner als früher, es sollte uns an nichts fehlen. Ob in der Schule das „richtige Ergebnis" herauskam – den Gedanken schob ich nach hinten. Im Februar bestand ich das Matheabitur, und das fand der Vater so überraschend, dass er etwas Außerordentliches machte. Er lud mich zu einem Stadtbummel ein, ganz allein er und ich. Er wollte mal so richtig von allem erzählt bekommen, was ich so machte, aber ich wusste nicht, wo ich auf die Schnelle anfangen sollte, deshalb ging er mit mir ins Kino, das war für ihn einfacher.

Als der Sommer kam, packte Ernst seinen Rucksack, trampte durch Deutschland, Österreich und Jugoslawien und traf im Hafen von Piräus seine Freunde von der Jungenschaft. Sie bestiegen die Fähre und legten am nächsten Morgen im Hafen von Heraklion an, badeten im Mittelmeer, und abends, als es kühler wurde, brachen sie nach Archani auf. Triumphaler Empfang durch Einheimische, sie sollten sich doch hersetzen in diese Pinte unter die schattigen Bäume. *Das schönste Plätzchen, was man sich denken kann. So nette Menschen kann man sich in Deutschland gar nicht vorstellen,* schrieb er den Eltern. Sie bekamen Hühner- und Hasenfleisch vorgesetzt und den besten Wein zu trinken. Dafür sangen sie und spielten Gitarre bis in die Nacht, der Wirt richtete ihnen schließlich sein Wohnzimmer zum Schlafen her. Am nächsten Tag ging es weiter zu einem Kloster, und vorher schickten sie noch glückliche Grüße aus diesem herrlichen Kreta.

So viele Briefe liegen auf dem Tapeziertisch. Ein weit gespannter Bogen von Geschichten, hier im ausgebauten Dachboden wird nun erzählt und erzählt.

Was für eine Freude in diesen Sommern der Kindheit! Was man alles ausprobierte, kostete, welche frisch entdeckten Genüsse Tag für Tag: *Grüße aus dem Zauberland Kreta. Eben haben wir uns die Ruinen von Phaistos angesehen. Viele Grüße von Alexandros, unserem Fremdenführer, ein uriger Kerl. Heute geht die Reise weiter, wir kommen zum Meer, das gibt ein Fest. 39 Grad im Schatten, aber viel Wind. Uns geht es gut und wir leben jeden Tag besser.*

Tagelang bei den Raubfischern, später die kleinen Olivenhaine, jeden Tag in Hülle und Fülle aus den Gärten die reifen Tomaten, Weintrauben, Gurken. *Überanstrengen tun wir uns auch nicht. Wir genießen die Fahrt bis aufs Letzte.*

In den Briefen immer die Listen der Speisen. Essen und schlafen, das musste stimmen, auch vor dem Überanstrengen warnte die Mutter wieder und wieder. Was für ein Gedanke? In den Ferien waren Strapazen das Probierfeld.

Auch ich kam in Schwung. Der zweite Sommer in England, ich wusste jetzt, wie das ging. Von London in die Midlands, nach *Hothorpe Hall*. In grüner Hügellandschaft, *very british* und romantisch gelegen, umgeben von großen Bäumen, Goldregen und Rotdorn, in diesem Landsitz war ich vier Wochen mit Jungs und Mädchen aus anderen Ländern zusammen – da musste ich Englisch sprechen, es ging nicht anders.

Der Innenraum einer Kapelle sollte einen neuen Anstrich erhalten, Stuck war auszubessern, lauter Mädchen und Jungen standen auf Baugerüsten, palaverten englisch, lachten und pinselten. Später auch noch der Küchen- und Hausdienst, jeder arbeitete mit, alle Arbeiten wurden aufgeteilt. Aufgeregt der Bericht an die Mutter. Auch noch englische Bücher lesen? *Wisst ihr, das geht hier gar nicht. Wir haben ein strenges Programm.* Immer wieder rechtfertigen. Die Lust flatterte gerade los – da blieb das „Pensum" im Koffer.

Wenn es dunkel wurde, trafen sich alle beim *campfire*, und als die Nacht hereinbrach, streunten sie los, zu Spaziergängen in einsamer Landschaft. Bisschen *Wuthering Heights*? Nein, eine neue Melodie. *Moon River*, dieser Song gehörte in die englischen Midlands, das Träumen begann dort in den Mondnächten. Und dann noch die

finnische Sauna (für die Mutter: *Das ist so schön und man wird so sauber …*), der Zauber, ins Handtuch gehüllt, aus der Sauna in die Wiesen laufen!
Der nächste Tag, wie prickelnd, auf dem Baugerüst neben einem Jungen, ich kannte das ja nun, zusammen mit den Brüdern zu arbeiten, aber hier zitterte ich vor Aufregung, was es alles auszutauschen gab, zu lachen, einander aus Versehen zu berühren oder in die Haare zu fassen. Im Dunkeln *Moon River* und dann wieder in die Sauna …
Jeder Tag in diesem *camp* begann mit einer Andacht. Jeder sollte sie einmal gestalten, und ich kriegte es hin, diese *devotion*, die Gebete und Texte in Englisch abzuhalten, aber die Diskussionen, da fühlte ich mich fremd. *Abends wird oft diskutiert, über Gott und die Welt, man sitzt auf dem Fußboden, salopp und easy. Einerseits witzig. Mit Neugier und Befremden lausche ich den anderen, wie die sprechen, über Jesus, god loves you, love is everywhere – or not? Death and holy spirit, where is it? Ganz selbstverständlich, wie wenn man unter Freunden ein bisschen rumquatscht. Das kann ich nicht!* So eine klare Sprache tritt mir aus dem Tagebuch des Mädchens entgegen.
Ja, diese Begriffe hatte ich in Predigten, Gebets- und Liedertexten erlebt, im Kontext von Ernst und Strenge. Dieses beiläufige Plaudern über *god and everybody* fand ich abstoßend. Solche Themen waren doch kein *happening*, alles *easy*, entspannt und ohne Widerstände, nichts, woran man sich festbeißen, glaubensmäßig *reiben* konnte? Einen lässigen Gesprächssalon inszenieren? Nein, das war Gefasel, dagegen wehrte ich mich.
Die zweite, dann die dritte Woche, da hatte ich einen Überblick: Die anderen Mädchen hatten fast alle einen Freund unter den vielen Jungs, ich nicht, und ich bilanzierte in meiner Kladde: *Ich bin nicht schön, das weiß ich ja schon* … Geübt als „Mauerblümchen", legte ich mir einen Plan zurecht, wie man das vielleicht ändern könnte. Und vergaß die Rangliste der Beliebtheit, als ich mich ans Klavier setzte, weil einer gesucht wurde, der die gemeinsamen Lieder begleiten konnte.
Das war total einfach, jeder suchte sich einen *song* aus, wir sangen, und ich spielte dazu. Und beim nächsten *service* – das war der Gottesdienst – spielte ich die Orgel, und ab dann war klar, dass ich das nun immer tun würde. In *Hothorpe Hall* spielte ich Klavier,

weil wir uns alle so gut verstanden, wenn wir im Kreis um den Kamin saßen und erzählten und sangen. Die anderen machten mir Komplimente, das fand ich nun wieder übertrieben, wir waren doch Freunde in einer Gruppe.

Erst in einem *teahouse* in London, am übernächsten Tag sollte die Fähre nach Ostende gehen, fiel mir mein Zuhause wieder ein. Es gab eine gemeine Störung, in den letzten schönen Tagen musste sich wieder dieser grauenhafte Gedanke einnisten und die schönsten Erlebnisse zerstören. Schon im Frühling war eine Ahnung aufgekommen. Die Eltern waren immer wieder nach Hamburg gefahren, sie wollten uns dort etwas zeigen, ich hatte abgelehnt. Und dann war es plötzlich schon entschieden, schon vor den Ferien. Sie machten es einfach, ohne unsere Einwände ernst zu nehmen.
Warum musste immer alles zu Ende gehen?
Warum musste immer wieder überlegt werden, wo die Familie wohnen sollte? Schon wieder wurden wir Kinder mit dieser Frage strapaziert. Wieso ein neues Aufgabenfeld für den Vater, hatte er sich bei den Kirchenbehörden beworben, war er aufgefordert worden? Nichts wusste man.
Die Mutter war glücklich über diese Entwicklung, natürlich hatte sie seine Pläne unterstützt. Der Vater hätte nicht mehr weltweit die Kirchengemeinden zu betreuen, sondern nur noch den Sprengel in Holstein zu leiten, und die Familie würde in die großartige Stadt Hamburg ziehen, in eine große Dienstwohnung.
Wir haben ein Haus, wir sind eine Familie mit einem eigenen Haus, so etwas verlässt man nicht einfach – stritt ich mit den Eltern herum, *wir brauchen doch gar nichts anderes. Jeden Quadratmeter Erde haben wir in dem riesigen verwilderten Garten bearbeitet. Die Tomaten, das Erdbeerfeld, die Zisterne mit der Schildkröte, das kann man doch nicht einfach verlassen,* tobte ich herum.
Der Plan der Eltern stand fest. Der Vater war entschieden, das „müsse“ er machen, sagte er, schon wieder war der Posten für ihn genau richtig.

Ich fasste noch in London einen Entschluss.

Als ich zurückkam, war die Familie am Packen, niemand fragte, was ich erlebt hatte, überall standen Kartons herum. Schon am nächsten Tag kamen tatsächlich die Möbelwagen. Acht Packer schwärmten aus, drangen in die Zimmer und schafften es, binnen vier Stunden aus dem Haus eine Hülse zu machen. Harald und Oluf sollten sich beeilen mit ihrem Kram.
Die Entwurzelung war eingeleitet.
Mitten im Chaos schnappte ich sie, zwang sie, mir zuzuhören und sprach erregt auf sie ein: *Liebe Mutter, ich bin achtzehn, ich werde nicht umziehen! Ich behalte mein Bett hier, meinen Sessel und den kleinen Tisch und den Schreibtisch, den Hans mir gebaut hat. Ich ziehe in das Zimmer von Harald, ganz unten. Das ist gut überlegt, glaub mir, ich will weiter hier zur Schule gehen.*
Dabei blieb es.

Damals konnte ich mich damit trösten, dass es zunächst wieder eine Gelegenheit gab abzuhauen, mit der Schulklasse eine Wanderreise in den Bayrischen Wald, die Berge kennenlernen, den Großen Arber besteigen und den Lusen. Ich schwelgte, endlich war ich da, wo die Brüder schon zwei Jahre zuvor gewesen waren. In die sommerliche Abenddämmerung hinein und bis in die späte Nacht weht eine Melodie vom Jahrmarkt herüber, die trägt die Stimmung von damals bis hierher. Ich lag wach und ließ mich wiegen von dieser Musik, der hellen Stimme von Conny Francis, in unbestimmter Traurigkeit und Sehnsucht mal lauter, dann weiter weg. *Schöner fremder Mann* … immer und immer noch einmal dieses Lied, bis in die Nacht hinein. Ich ahnte nicht, wie dicht ich dran war …

Übergänge

Die fünfte Jahreszeit hatte begonnen, von der Klassenreise zurück, morgens um sechs, fuhr der Nachtzug aus München in Hannover ein, mit der Straßenbahn nach Herrenhausen, und ich betrat wie immer unser Haus.
Meine Familie hatte das Eigenheim aber verlassen, ich war allein. Ich wohnte jetzt in dem kleinen Raum, der mal die Waschküche gewesen war, mit ein paar Möbeln aus meinem alten Zimmer, hier wusch ich mich an dem tief gesetzten Waschbecken, das nur kaltes Wasser hatte. Über den Flur gab es ein unbeheiztes Klo, daneben lag der Heizungsraum mit der Werkstatt, den Ort musste ich ignorieren. Hier unten hauste ich und dachte, ich bin zu Hause geblieben. Das stimmte natürlich nicht.
Nichts war wie vorher, alles war fremd, eine neue Familie war eingezogen, der Nachfolger des Vaters mit fünf Kindern und einer liebevollen Frau, die mich wie ein weiteres Kind behandelte.
Das war das Letzte, wonach ich suchte. Natürlich hatte meine Mutter um diese Fürsorge gebeten, als sie merkte, dass ich tatsächlich nicht mit umziehen würde. Mir war es peinlich. Nach der Schule hinauf in unser ehemaliges Esszimmer, bei lauter kleinen Kindern herumsitzen und der besorgt nachfragenden Frau K. einige Belanglosigkeiten aus der Schule berichten. Ich zeigte wie gewohnt gutes Benehmen, war froh über die Mahlzeit und verschwand, so rasch es ging, von der Bildfläche. Rasch die alte Treppe hinunter, steil und schlecht beleuchtet wie immer, im Keller schnell an der Werkstatt vorbei, dem ehemaligen Züchtigungsraum … legte mich aufs Bett und hörte die Schallplatte von Dvořák, diesen Schatz aus den Einkäufen in Ostberlin …

Die dreizehnte Klasse hatte begonnen, ich hatte wirklich viel zu arbeiten, aber es gab natürlich Aufregenderes, als auf meiner Restinsel in dem alten Familienhaus Schularbeiten zu machen. Ich ging auf sämtliche Partys, fuhr wie gewohnt mit meiner Freundin *downtown* zu Konzerten und Opern und hatte richtig ein wenig Hauswirtschaftsgeld, so nannte das die Mutter, davon konnte ich mir alle möglichen Vergnügungen leisten.

Ich wirbelte herum, es war ein Jubel, weil ich gern zur Schule ging. Karin, das beliebteste, hübscheste Mädchen und der Mittelpunkt der Klasse, ja, sogar die fand mich nun auch ganz nett, und ich hinwiederum fand sie mittlerweile ein bisschen primitiv, ich gehörte nicht mehr zu den Mauerblümchen, das waren andere. Es gab einen Jungen, den ich gerne mochte, das war der lange, schlaksige Gernot, der war im zwölften Schuljahr als Sitzenbleiber mit zwei anderen großen Jungs in unsere Klasse gekommen. Die brachten Blickwinkel, Beurteilungen, Vorlieben in unserer Klasse schön durcheinander, die Mädchen guckten sich überrascht um. Gernot trug immer dasselbe, einen grauen Anzug mit einem schwarzen Rollkragenpulli, eine schwarz umrandete Hornbrille und üppiges Haar, das er zur Rolle bürstete, wie es jetzt modern war. Wortkarg war er, scheu, blieb immer abseits der Herde. Zu ihm fühlte ich mich hingezogen, der gefiel mir. Er kam aus einer Arbeiterfamilie, darüber konnte man aber schon gar nicht mit ihm sprechen.

Jetzt aber, in der dreizehnten Klasse, gab es plötzlich einen anderen großen Jungen, allseits geschätzt, klug, gut erzogen, und deswegen auch noch der Klassensprecher und Klassenbeste. Weiß der Herr, was der an mir fand, aber es wurde immer deutlicher bei den Festen, er hatte ein Auge auf mich geworfen, und er war es, mit dem ich am häufigsten eng tanzte. Alle waren überrascht, ich auch. Freudig griff ich zu, aber im Grunde meines Herzens fühlte ich was anderes, dachte immer am liebsten an Gernot. Der kam leider nicht aus der Deckung, ich wurde nicht schlau aus ihm. Klaus war es, der mein Freund wurde und mich in meinem Zimmer besuchte.

Ich staunte über das, was er mir erzählte an den vielen Abenden, während er lässig auf dem Bett lag, ich gegenüber auf dem Sessel: Er wollte Theologie studieren, er wollte mich auch gern in Hamburg besuchen. Der wusste ganz genau, was er wollte und wo es längsging. Die anderen kamen auch, manchmal saßen wir zu zehnt in meinem kleinen Zimmer, auf dem Teppich, auf dem Bett, einen Stuhl gab es noch und meinen Sessel. Die anderen sagten: *Du hast es gut, du hast eine sturmfreie Bude.* Für welchen Sturm die frei war, wusste ich zwar nicht genau, ich verstand das Bild gar nicht. Aber ich genoss es, dabei zu sein und ausgerechnet in dieser Bude von allen gerne besucht zu werden.

An den Wochenenden platzte nun doch die Großstadt Hamburg in mein Leben hinein, ich hätte dort zu erscheinen, Punktum, sprach mein Vater. Mit der Straßenbahn zum Hauptbahnhof Hannover, dort in den D-Zug nach Hamburg, am Hauptbahnhof die Rolltreppe ganz tief nach unten, mit der Untergrundbahn in die Walddörfer, dann war ich in Volksdorf.

Herbstwind brauste durch die Buchen auf dem Rockenhof. Gegenüber von den U-Bahngleisen stand der massige moderne Backsteinbau der Propstei auf einer Anhöhe unter hohen Bäumen. Natürlich hatte mir die Mutter ein schönes neues Zimmer eingerichtet, mit einem neuen Bett und zwei mit Stoff bezogenen Kolonialstühlen, die der Vater hatte nacharbeiten lassen. Ja, die gefielen mir, und erst recht die wunderbare moderne Stereoanlage, die ich auch noch geschenkt bekam. Ich legte mich auf das feine Bett, hörte auf der einen Seite die Räder der Hamburger Vorortbahn auf den Gleisen quietschen, bis tief in die Träume drang frühmorgens die Lautsprecherstimme in das Zimmer: *Zurückbleiben bitte,* oder, sonor-mechanisch: *Volksdorf, dieser Zug fährt weiter bis Ohlstedt.* Von der anderen Seite die Schläge der Kirchturmuhr im Viertelstundentakt, Glockengeläut, manchmal auch ein Fetzen Orgelmusik. Lauter neue Geräusche und Klangkulissen in dieser fremden Stadt, ein Gesang, den ich nicht einordnen konnte. Aus der Bahnhofshalle wehte ein Chorgesang die Anhöhe herauf, vierstimmig hörte man ein Gloria, Gloria in excelsis deo …, von der Akustik der alten Halle bis ins Zimmer hinaufgetragen, das war verführerisch, ein Zauber. Wer machte so etwas?

Immerzu kam so was vor, etwas Festliches war unterwegs, Klänge, Glanzlichter. Nachmittags kam Waldemar mit seinem Cello, stellte, solange es milde war, einen Stuhl auf das winzige Grasstück hinter der Propstei und strich los. Ohne Noten, übermütig schwang sich eine Melodie über den Rockenhof, die *Suite G-Dur* von Bach. Die Jungs versammelten sich hier draußen, im Haus traute man sich noch nicht, neue Freunde waren dabei. Und so war es dann immer, die trafen sich jeden Nachmittag und machten Musik, spielten einfach so los, ließen es klingen.

Es hatte sich wirklich vieles verändert, die Brüder waren anders,

waren größer geworden, ich hatte es bisher nicht gemerkt. Oben auf dem Flur im zweiten Stock der Dienstwohnung hatten sie sich eine Sofaecke eingerichtet. Dort stand der Samowar, dort saßen sie, nicht mehr im allgemeinen Wohnzimmer.
Wollen wir uns wieder besaufen? fragte Ernst und sah mich verschmitzt an. Klar wollten wir das. Wir fläzten uns dicht beieinander in die Kissen, tranken russischen Tee, der stark und aromatisch war, knutschten ein bisschen und hörten zu, wie Harald Gitarre spielte. Ach, war das schön, Waldemar kam mit seinem Cello herauf, auch sein Bruder Eckehard kam, der war schon in der dreizehnten Klasse der Walddörferschule und spielte Konzertgitarre.

Und noch einer kam. Der rauchte Gauloises, hielt beim Zuhören den Kopf gesenkt, die Haare fielen wie eine Gardine vor Stirn und Augen. Dann aber schaute er hoch, grinste, legte eine Geige ans Kinn und begann zu spielen, alles pantomimisch natürlich, er war der Lehrer, der die Geige strich. Alles kippte, das Erhabene war weg. Jetzt kam seine Nummer, das Cello verstummte, die Gitarre auch, alles brüllte vor Lachen, da kam eine Melodie in den Raum, dieser bekannte Dreivierteltakt, ein Soundtrack zu was? Nun hinkte er auf dem linken Bein, zog es etwas nach, *gestatten*, Auge blinzelte verschlagen, böses Grinsen, *Harry Lime*. Natürlich, er war der *Dritte Mann*. Ein anderer sprang auf, sie warfen einander die Sprachfetzen zu wie Pingpongbälle, ein Schlagabtausch, das böse Grinsen wurde zur verschlagenen Miene, eine Gaunerei wurde ausgehandelt. So war dieser Junge. Er hieß Helle.
Es fiel sofort auf. Er war der Junge, der viele Bewunderer hatte, obwohl es ihm keinen Moment darum ging. Alle wollten in seiner Nähe sein, er war unterhaltend, einer, der fließend von der einen Rolle in die nächste hinüberglitt.

Wie an dem Nachmittag ein Wochenende später. Da standen wir alle an einer belebten Straße, und die Jungs schlossen Wetten ab, ob er schaffen würde, was er gerade angekündigt hatte. Gleich würde er den gesamten Verkehr zum Stehen bringen, mitten auf der Straße.
Und so kam es, Helle war der Polizist, pantomimisch sicher, streckte er beide Arme hoch und wieder herunter, dazu gab es ein gewinnendes

Lachen: *Halt, Moment mal, würden Sie bitte so freundlich sein, hallo, wissen Sie,* er beugt sich zu dem Autofahrer herunter, *gestatten, ein Notfall, wissen Sie, es kommt hier darauf an, ja, hallo, würden Sie bitte für einen kurzen Moment,* so arbeitete er sich mit ausgebreiteten Armen über die Straße und zurück, die Autos stoppten, der Verkehr ruhte – vielleicht war das ein Verrückter?

Er schaute herüber, lachte, feixte, gab lässig das Signal zum Weiterfahren und kassierte, nein, nicht ernsthaft, um Geld wurde nicht gewettet. So war Helle. Dann spielte Waldemar im Garten ein Stück von Boccherini, und Ernst sah mich wieder mit seinem verschmitzten Lachen an. Er beobachtete mich herausfordernd, dann sagte er zu Waldemar, als der zu Ende gespielt hatte: *Ist sie nicht süß?*

Wenn ich nach so einem Wochenende am Sonntagabend wieder in meinem Kellerzimmer saß, wusste ich nicht, wie ich anknüpfen sollte. Ich musste fürs Abi büffeln, gleichzeitig durfte nichts versäumt werden. Es musste genügend Schönes los sein, damit ich nicht nachdenken musste. Zum Glück lud mich Renate schon für Montagabend in die Oper ein. Was die Prioritäten anging, war sie entschieden. Die Musik musste sein, alles andere kam danach. Aber sie glitt auch sanft, sicher und erfolgsgewohnt durch die Oberstufe, völlig gewiss, dass wenige Monate später ihr Studium der Tiermedizin beginnen würde.

In den Wintermonaten wurde das Kellerzimmer der Magnet für meine Clique. Im Januar wurde die Orgie unterbrochen: an drei Tagen hintereinander mussten die sechsstündigen schriftlichen Abiturarbeiten in Deutsch, Englisch und Latein geschrieben werden. Und an einem Tag im Februar mussten sich die Schüler, dunkel feierlich gekleidet, um neun Uhr zu den mündlichen Prüfungen einfinden.

Ausgerechnet der Religionslehrer, dieser kleine schwarzhaarige Mann! Es war geradezu lächerlich. Der wollte mich, die Tochter des Probstes prüfen? Das Herzstück des Protestantismus, das er selbst nicht hätte erklären können?

Immer schlenderte er in bedeutsamer Pose über die Flure, in der linken Hand eine brennende Zigarette, und quatschte die Schülerinnen an, wo immer sich die Gelegenheit bot, am liebsten aber in den Katakomben. Dort lümmelten wir Schüler auf Sitzkissen in großer Runde um flache Tische und diskutierten, besser noch meditierten entspannt über die Weltreligionen. Oh, wie ich die Anbiederung dieses Lehrers hasste …

Ich war sein Bauernopfer, mich setzte er der Überprüfung seines Unterrichts aus. *Versinkendes Nachdenken* hatten wir in dem Keller gelernt, ein bisschen Trance war dafür günstig,

Und jetzt saß ich im Vorbereitungsraum, musste kühl und distanziert *Über die Freiheit eines Christenmenschen* nachdenken und kriegte meine Wut nicht aus den Gedanken. Der versammelten Lehrerschaft etwas klarmachen, was die wenigsten von denen so genau wussten und mein Lehrer mir nie beigebracht hatte, es war eine Gemeinheit, mir mein Abi zu vermasseln …

Nervös kämpfte ich mich durch den Text, und dann hörte ich die predigende Stimme des Vaters. Natürlich, es ging in diesem Text von Martin Luther um die Reformation. Der Glaube an Gott sollte ein Akt des freien Geistes sein. Frei gegenüber Ablasszahlungen, Abgaben des Zehnten an die Kirche und frei von der Vorstellung, dass man durch gute Werke zu etwas kommen konnte. Ich vermutete, Luther wollte die Liebe zu Gott aus freier Entscheidung, ohne Berechnungen. Im irdischen Leben sollte man dem Kaiser dienen und sich durchaus anstrengen, aber nicht daraus und erst recht nicht aus Geld sollte ein Mensch seine Berechtigung auf ein ewiges Leben ableiten können. Ich hörte den Vater, wie er von geistiger Freiheit sprach: das sei die Verheißung der Reformation. Irgendwie so hatte ich ihn verstanden, er war „Lutheraner", wie er uns mal erklärt hatte.

Zurück im Klassenraum fand ich ein Gelage vor. Teilnehmende Mitschüler, die aufgeregt fragten, was ich denn in Religion überhaupt hätte sagen können. Ja, ich hatte es geschafft, es wurde eine „Zwei", der Lehrer war bestimmt froh, dass ich seinen Unterricht herausgerissen hatte … Unser Klassenzimmer war über die Stunden des Tages zu einem Schlachtfeld geworden, Kaffeekannen, Teebeutel, Kekspackungen und Coca-Cola auf den Tischen, ein Plattenspieler lief, man empfing den Geprüften mit offenen Armen und schickte dem Zu-Prüfenden eine Kusshand und tausend gute Wünsche hinterher.

Noch einmal und dann in Latein, das war leicht, ich bezirzte die prüfenden Lehrer mit dem mündlichen Vortrag der lateinischen

Dichtkunst von Ovid, die Rhythmen zogen jeden in den Bann. Und noch übersetzen, na ja, meine verehrte Lehrerin zeigte sich sehr zufrieden mit der Leistungsschau.
An einem Tag im März – nach der Feier zur Entlassung der Abiturienten des Goethe-Gymnasiums, nach den Reden, den freundlichen Wünschen und dem ganzen aufwendigen Gemache des Schulleiters und seiner Lehrermannschaft, die tatsächlich auch noch rührselig wurde – sprang ich lachend vor Freude und Lebenslust die Stufen des Schulgebäudes hinunter, es war zum ersten Mal richtiges Frühlingswetter und eine Sonnenwärme, die einen verrückt machte. Und da kam mir Klaus schon entgegen und umarmte mich, und dann sah ich meine Mutter und meinen Vater, die bei dem großen Bruder am Wagen standen, sie nahmen mich in die Arme, und Mutter sagte: *Du kannst ihn doch nach Hamburg einladen, das ist doch kein Problem, er kann bei uns wohnen.*
Im großen Stil schließlich der Abi-Ball in der Stadthalle, und in der Nacht darauf die Clique aus der Klasse in meiner Bude. Um vier Uhr morgens saß ich in einem Schlachtfeld aus Matratzen, leeren Flaschen, Aschenresten, also *In the Valley of Tears*, was immer noch mal abdudelte. Dabei ersoff ich in dem Gedanken und schrieb und schrieb: *nie wieder hier feiern, nie wieder mit Renate in die Oper, nie wieder unser aller Treffpunkt im Parkhaus.* Schließlich kam noch der letzte Abend mit Klaus, wir sahen uns in diesen Wochen täglich, küssten uns, hörten Musik, tanzten eng umschlungen und verabschiedeten uns für die Nacht kummervoll. *Ist das Liebe?* fragte ich mich und antwortete mir: *Ich weiß es nicht und glaube es eigentlich nicht. Liebe ist noch etwas Höheres.*

Nie mehr bin ich auch nur noch ein einziges Mal wieder nach Herrenhausen gefahren. Es war nicht vorstellbar, sich das anzutun, auch noch zu sehen, was einige Jahre später geschah: Ein Abrissunternehmen hatte sich in dem Gartenparadies in Stellung gebracht und unser eigenes Haus mit Stumpf und Stiel ausgerissen, samt Garten und Grotten, Tomaten und Zisterne.
Durch die Nähe zur Innenstadt und zu den prächtigen Königsgärten konnten die Grundstückspreise hochspekuliert werden, der Investor profitierte, schicke Wohnblocks wurden errichtet.

Lüneburger Land

Immer noch der Sommer 2012, ich schaue mich im Garten um, auf den Feldern, in den Wäldern, hochsommerlich heiß und duftend das Land.
Raus und durch den Garten, die Wäsche aufhängen, bei den Freunden in den Garten schauen, die decken den Tisch unterm Apfelbaum, da durchbricht lautes, umwerfend fröhliches Lachen die Stille. Das kann nur Angie sein. Sie kommt mit ihrem Jan aus der Stadt, zum Gartenfrühstück bei den Freunden im Nebenhaus.
Weiter an den Feldern vorbei. Areale von Ockergelb bis zum Waldrand, der Weizen ist reif. Am Feldrand die EU-finanzierten Bienenweiden, leuchtend gelbe Rapsblüten, dazwischen Ackerwinde und Sonnenblumen.
Wieder das große stille Wolkenbild eines Sommertags.

Neueste Nachrichten aus der Zeitung. Die Sommerferienländer, was ist los im Süden, im Mittelmeerraum?
Die Griechen haben so gewählt, dass die EU zufrieden sein kann. Jetzt muss erst recht sichergestellt werden, dass die Maßnahmen der Sparpolitik von der griechischen Regierung noch zügiger durchgesetzt werden. Sonst gibt es keine neuen Kredite, hört man aus der Presse. Zur Überprüfung ist erneut die Troika der EU in Athen angereist. Es hilft der griechischen Regierung offensichtlich nichts. Sie muss einsehen, dass ihre finanzielle Krise nur an ihrem falschen Regieren liegt, dass sie sich dadurch zwangsläufig die Oberaufsicht durch die reichen Euro-Partner eingehandelt hat.
Dabei hat die griechische Regierung nicht viel anders gemacht als die europäischen Partnerstaaten – entgegen der allgemeinen Hetze. Abgesehen davon, dass sie es nicht geschafft hat, so viele Erträge hereinzuschaffen wie die reichen Länder im Kerngebiet der EU. Wie soll das auch gehen, dass alle Euroländer untereinander gleiche Exportüberschüsse erzielen können?
Das sieht man etwa an den Handelsketten Aldi und Lidl. Die beiden Multis hatten es für lohnend befunden, mit ihren Läden überall in Griechenland zu expandieren. Die Griechen hatten Arbeit, bezogen

Löhne und konnten damit bei Lidl und Aldi einkaufen gehen. Feine Sache! Faktisch versilbern ihre Lohneinkünfte die Waren der Global Player in Deutschland, also logisch, wer die griechische „Kaufkraft" seinen Gewinnen zuschlagen kann. Und welches Land zwangsläufig negative Handelsbilanzen verbuchen muss.

Einmal übers Mittelmeer, da tobt der Krieg in Syrien, in diesem Sommer das zweite Jahr, der Kampf um Aleppo hat begonnen. Kofi Annan ist zu Verhandlungen nach Syrien gereist und verlangt von Assad, dass er den Friedensplan der UNO umsetzt. Der sagt, dass es legitim und notwendig sei, den Angriff auf sein Land zu bekämpfen, weil der von Terroristen ausgeht. Er muss diesen Krieg führen, damit erfüllt er doch den Friedensplan.
Katar hat gerade einen großen Waffendeal von der deutschen Regierung bewilligt bekommen. Das Land unterstützt die Rebellen *from behind*, im Auftrag der USA. Wer hier alles Krieg führt, das lässt der Journalist offen.

Nachricht aus den Alpen: *Hallo aus den Bergen, nach zwei dicken Sommertagen nun wieder mal Regen. Sehr gemütlich lesen u Sauna. Essen wirklich jeden Tag ein Vergnügen. Klein a hat sich auf die Seite gedreht u ich sehe jetzt aus als hätte ich einen Schuh verschluckt.*
Klaas ergänzt: Meine dicke Robbe schwimmt im Bergsee. Allen geht's gut.
Hier klart es auf, und nach einer Nacht mit schwerem Gewitter stehen wieder weiße Puffwölkchen still und unschuldig am Himmel.

In der *Süddeutschen* von heute einige Betrachtungsanleitungen zum normalen Nationalismus: In London haben die Olympischen Spiele begonnen und „Deutschland" hat noch keine Medaille, das kann doch nicht sein! Immer winkt ein anderes „Land" vom Gewinnertreppchen.
Und überhaupt, Deutschland gerate jetzt auch in den Strudel der Krise. Das habe die Ratingagentur *Moodys* angerichtet. Die habe angekündigt, dass die deutsche Bonität an den internationalen Anleihemärkten ab jetzt genauer beobachtet werde. Das passe nicht zu den Wirtschaftsdaten, ist zu lesen, das Land habe im Vergleich zu

den anderen Eurostaaten eine starke Wirtschaft, an ihm hänge die Stärke der gemeinsamen Währung.
Was für eine Logik.
Spekulation gegen die deutschen Schuldverschreibungen – das kann einfach nicht sein und geht gar nicht. Die Krise ist doch in Griechenland und selbstverschuldet. Mit dem Milliardenprogramm der staatlichen Kreditaufnahme sollte der lokale Brand gelöscht werden. Negative Ratings gehören sich nicht gegen die Bundesanleihen – im Mutterland der europäischen Finanzmacht!
In diesem Sinne verkündet der Artikel zum Schluss, dass durch die Versteigerung einer Bundesanleihe problemlos wieder zig Millionen Geld am Finanzmarkt aufgenommen werden konnten, zu Zinsen nur knapp über zwei Prozent. Darauf könne man doch stolz sein.
So sieht es aus: Die deutsche Regierung bekommt den Kredit, den sie braucht, Griechenland nicht. Man soll es offensichtlich für völlig normal halten, dass in einem europäischen Wirtschaftsverbund die Erfolge der Länder extrem auseinanderliegen.
Zum Schluss noch die Börse: Der Außenwert des Euro beträgt heute 1,25 Dollar, und die Deutschen haben 2 Billionen Euro Schulden. „Wir“ haben „Schulden“, wenn die Regierung sich Geld am Finanzmarkt besorgt. Das ist viel verlangt, gerade sollte man noch stolz über die deutsche Kreditmacht sein, und dann geht es um „unsere“ Schulden.

Ein großer Hochsommertag, warm, windig, wolkenlos. Raus in den Garten, Terrasse putzen und Beete gießen. Ich treffe die Freunde aus dem dritten Haus, Mathis holt den Rasenmäher, Bea füttert die Katzen im Haupthaus, die Freunde im Nachbarhaus sind am Packen, die müssen jetzt wieder ausziehen. Als Ruhe ist, fläze ich mich in den Gartenstuhl, setze mich der Sonne aus, die nackten Arme und das Gesicht. Ein Glas Rosé, ein süßer Rausch, da klingelt eine Nachricht vom Ammersee: *Hier sehr nett und gemütlich mit den anderen. Schöne Wanderung mit Abkühlung im See. Klein a und b mögen Wanderungen. Seid ihr noch da, wenn wir kommen, kocht ihr was Schönes? Dicke guks!*
Ja, das machen wir … Was für ein schöner Sommer im Norden, heiß und voller Erwartungen!

Am 4. August 2012 auf dem Rasen am Waldrand.
Das Honig-Balsamico-Hühnchen ist abgeräumt. Von Seedorf schwallt und drummert eine schwere Heavy-Metal-Rhythmik herüber. *Seedorf ist gut unter Dröhnung,* sagt Klaas. Er klickt auf dem Smartphone durchs Internet und sucht das Dorf Barförden. Wir erzählen von einem Haus hinterm Deich und einem alten Kasten in St. Dionys, einem ehemaligen Gutsherrenhaus.
Krachende Geräusche im Wäldchen. Helle, bellende Rufe zerreißen jäh die dunkelwarme Stille. *Das sind Füchse,* sagt Katrina.
Wirklich? Ich dachte, das sind Vögel, Schreie von durchziehenden Vogelschwärmen? frage ich.
Nein, das sind Füchse, sagt sie, die sind hier im Wald. *Klaas, bist du es*? fragt sie und lauscht in die Dunkelheit. Der war gerade ins Haus gegangen. Sie steht ruhig auf und schaut sich um. Die Katzen Olga und Kosta sind angespannt, bleiben im Umkreis des Tisches und hören ihre beruhigende Stimme: *Bleibt hier, komm her, Kosta. Komm hoch.* Die Katze schmiegt sich zufrieden an ihre Schulter. Klaas hat Petroleumlampen hergebracht, leuchtet ins Wäldchen und will die Füchse vertreiben. Katrina setzt sich wieder.
Eine gute Verbindung nach Hamburg gibt es von Barförden nicht, sage ich, *aber es sind nur sechzig Kilometer bis in die Stadt. Trotzdem dauert es mehr als eine Stunde,* sagt Klaas, *das ist gar keine Verbesserung im Verhältnis zu hier.*
Ich liebe die Elbmarschen. Irgendwie denke ich, es müsste doch näher an Hamburg sein. Ist es aber nicht.
Warum dieses Aufschrecken, als ich höre, dass in dem Wäldchen nebenan Füchse sind? Gelegentlich hört man diese hohen, bellenden Rufe nachts durch das offenstehende Fenster, von drüben aus den Alleen, wild und unheimlich.
Vielleicht so ähnlich wie das, was die Mutter damals in der Nacht gehört hatte. Diese Geschichte, die sie immer wieder erzählte, obwohl alles in einer unbehaglichen Stille endete und keiner zuhören mochte.
In den schwülen Sommernächten, sagte die Mutter, *wenn es feucht und heiß war, wurden leichte Feldbetten auf die Veranda gestellt, üppig verschleiert von langen Moskitonetzen.* Ihre Erzählstimme schwang dann in einen Singsang, der verzaubernd wirkte wie die

Flötenmelodie eines Schlangenbeschwörers. Alle hätten tief geschlafen. Plötzlich ein unheimliches Geräusch, grell, wie ein hohes meckerndes Gelächter. Sie fuhr hoch, schaute in die dunkle Nacht, noch ein lang gezogener Schrei. Sie schrie: *Frieder, wach auf. Da ist was, eine Hyäne. Ich habe das schreckliche Lachen gehört!*
Der Vater sprang hoch, nahm ein Kind und lief ins Haus, eine Waffe holen, sie weckte den großen Jungen, zog ihn ins Haus. Natürlich schlief keiner mehr, der Vater stand und spähte in die Dunkelheit. Er sah noch die Umrisse eines Tieres, tatsächlich war es eine Hyäne, die ums Haus strich, dann war sie weg, verschwunden im Gebüsch.

Hier aber, in dieser Sommernacht, mit der *Cuvée Passion*, die im bauchigen Weinglas südfranzösisch Brombeere und Zimt entfaltet, dem Mond, der noch immer weiter über dem Haus aufsteigt, und den Trommelrhythmen, die über den Hügel heranwehen, stellt sich im Kopf eine süße Gleichgültigkeit her.
Ich muss mir gar nicht die Ängste meiner Mutter antun, und wir suchen weiter nach einem Haus.
Ich schaue zu Johann, der weiß und sieht es an meinem Lächeln, dass ich an unsere süße Sommernacht denke, die erste vor 28 Jahren ... Zurückdenken und hinauslauschen in die Nacht.
Wir zwei fanden zusammen – ein *coup de coeur* – damals an diesem Tag im August, als ich mit Katrina die letzten Tage der Sommerferien in Molfsee, dem Haus meiner Eltern, verbrachte. Er hatte angerufen, weil eine Freundin erzählt hatte, wenn er eine Datsche suchen wolle, müsse er Marie ansprechen, die kenne sich in Schleswig-Holstein gut aus. Das habe sie gesagt, und deshalb rufe er an, er wolle mich besuchen kommen.
Nein, das passe gar nicht, ich wolle am nächsten Tag mit Katrina nach Hamburg zurück … Warum denn das? Weil ich hier allein sei und überhaupt … *Also, wenn ich komme, dann bist du nicht mehr allein, wir schauen uns ein paar alte Häuser an, fahren herum und dann sehen wir mal …* So sprach er.
So wurde es gemacht. Seit diesem Tag waren wir zwei zusammen.

Stille Tage im Midi (3)

August 2012. Wir sind froh, dass wir den Absprung geschafft haben. Wieder auf unserem Kalksteinplateau in der südfranzösischen Provinz, jedes Jahr der Sommer im Süden.
Das hier bleibt. Gemütlich hockt das Steinhaus auf der Felsplatte. Jahrzehntelang steht es hier und hat noch bei keinem Sturm geruckelt. Jurakalke, im Erdmittelalter war hier ein seichtes Meer. Aus Muschelkalken wurden Felsbänke, in denen sich Tiere und Pflanzen versteinert haben. Wenn man Steine behaut, gibt es Spalten, und zauberhafte Gebilde der alten Natur liegen bloß.
Ausbrechen aus bürgerlichem Routineleben, was erleben wollen, da sein, wo sich „das Leben" abspielt. Etwas Wildes, ein Freiheitsmoment ist mit diesem Leben auf dem Kalksteinplateau verbunden, das fremdländisch ist und überwiegend heiß … Das soll zu unserem Leben dazugehören.
Inzwischen wissen wir, dass dies überhaupt nichts Selbstverständliches ist. Die Organisation von Arbeit und Reichtum hat die Tendenz, das ganze Leben in Arbeitszeit zu verwandeln. Eine Opposition dazu muss durchgesetzt werden. Damit auch der Genuss und die freie Zeit stattfinden. Man kann eine kritische Distanz einnehmen zur sogenannten Normalität.
In diesem Sommer ist etwas anders. Es liegt viel an auf dem Hof im Norden, immer bin ich mit einem Ohr da oben. Dennoch, Licht und Wärme dringen in die Poren des Körpers, der nimmt nun den Rhythmus des Südens wieder auf. Die Tage verlangsamen sich.

Kostbare Kühle am frühen Morgen, das zerwühlte Laken der Nacht – früh um fünf aufstehen, durch das offene Fenster zieht eine zarte Woge von Gerüchen. Binsen und Wasserlilien im Wasserbecken, Zypressengrün und Oleanderblüte sind schon leicht von der Sonne des beginnenden Tages angewärmt. Zerstäubt von der morgenfrischen Luft über der offenen Zisterne ziehen die Gerüche herein und verkünden: Es ist Sommer, es wird heiß, der Himmel ist blau. Tag für Tag ist das so, einen ganzen Sommer lang.
Um sechs ein Hemd überwerfen, die Steintreppe hinunter und raus in den Morgenduft, alles wieder betrachten, die Pflanzen

der Garrigue. Die Kaktusfeigen, diese stacheligen, dickwandigen Gewächse, haben auf den oval geformten Ohren schon Früchte aufgesetzt. Will man sich ihnen nähern, um eine Frucht zu pflücken, muss man feste Handschuhe überziehen. Empörend scharf dringen die zarten Dornenbüschel in die Haut, im hellen Sonnenlicht erkennt man sie kaum. Beim richtigen Licht sieht man die Dornenpunkte in einer bestimmten Symmetrie angeordnet. Durch die Anordnung in Spiralen haben die Dornen einen optimalen Lichtzugang, heißt es im Pflanzenbuch der Garrigue über die Opuntien. Gleich daneben stehen die Wildrosen des Maquis, sie gehören in die Pflanzengesellschaft des Mittelmeerraumes mit den kargen Kalkböden. Es sind die Zistrosen mit ihren behaarten Blättern und zarten rosaroten Blüten, die man essen kann.

Noch leidet man nicht unter Hitze, Wärmegerüche steigen auf, Wind streicht über das Plateau, lässt seine Melodie aus der Ferne hören, gelassen, gleichförmig, geheimnisvoll von weit her. Stille mit Wind und Zikaden.

Um zwölf steht die Sonne über dem Haus und glüht, es ist *Midi.* Jetzt ist die Zeit für Tomatensalat mit *chêvre* und ein Glas kühlen Rosé unter den Schilfmatten der Terrasse, den *Canisses de Camargue.* Dann im Steinhaus, verborgen hinter geschlossenen Fensterläden, das flirrende Schattenspiel auf den dicken Steinwänden betrachten. Das Halbdunkel der Räume wirkt beruhigend, man liegt beschützt auf dem Bett, liest, döst.

So reift die Zeit schläfrig heran für die nächste Begierde im Takt der Tage im Midi. Nachmittags um vier eine Kanne mit heißem Darjeeling, Zucker und frisch gepressten Limonen. Mit diesem Tablett im hauchdünnen Fähnchen auf die tiefschattigste Terrasse im Garten, Plauderstunde, zusammen ins türkisblaue Wasserbassin gleiten, wieder heraus. Zeit zum Denken, Lesen und Schreiben. Die Kleine, dick und rund, geht's ihr gut bei dieser Hitze, die aus der Sahara nach Europa geschoben wird? *Es ist ruhig*, sagt Catherine am Telefon, wenn ich in Frankreich bin, klingt die französische Variante ihres Namens so leicht wie eine Melodie. Ihr geht es gut, sagt sie. Die Jungs sind ruhig. Keine Wehen. Also dann, ein großes *Alhamdulillah! Inshallah!*

Und dann die Nächte, samtweich und langsam kühlend, mit dem

leichten Rausch von Rotwein im Kopf, den weit schweifenden großen Gedanken. Später geht das in Schlaftrunkenheit über, die eigentliche Nacht beginnt. Auf dem zerwühlten Lager, im Kampf mit Nachtfaltern, fremden Geräuschen von Wildkatze, Wildvögeln und Wildschweinen, dem ganzen Geviecher aus der warmen Garrigue, dem Buschwald des Südens um das Haus herum. Gefährliches Weinen und Schreien der brünstigen Katzen aus der Nachbarschaft, die sich unter der Zeder treffen. Schließlich sendet das Mittelmeerkäuzchen seine beruhigenden, gleichbleibenden Töne.
Gewittergrollen in der Ferne, schwarzer Himmel verdrängt das Sternengefunkel. Schweren Kopfes in Schlaf versinken. Erleichterung winkt beim ersten Aufwachen früh um fünf, wenn die Morgengerüche aufquellen und nach einem kurzen Regenguss über dem Buschwald wieder die zarte Woge der Düfte ins Zimmer schwappt.

Nach dem Tee auf der Terrasse gehen wir um sieben in der Frühe auf die andere Seite der Bruchsteinmauer. Dort roden wir heute das Unterholz. Mit Gartenschere, Motorsäge und Buschschere arbeiten wir uns durch die struppige, stachelige Buschheide, die wie Zunder brennen würde, gäbe es nur den kleinsten Funken. Dies Gestrüpp wird weggeschleift zu Feuerplätzen, die man im Winter abbrennen kann. Schon um zehn sind wir schweißnass und staubbedeckt. Schluss mit der Arbeit.
Es ist heiß und still. Eine schwere Hitzeglocke liegt über der Garrigue, still und staubig dampft die immergrüne Steppe. Nur das träge Gesäge der Zikaden füllt besessen den Raum. Türkis und kühlend das Wasserbecken, Oleanderblüten werfen ihr zartes Schattenspiel an die Beckenwand, irgendetwas ist anders … Ja, die Zikaden schweigen, nur die Hitze dröhnt, die Zeit stockt, so tief ist die Stille.
Am späten Nachmittag Vorbereitungen in der Küche, frische Makrelen grillen für die Vorspeisenplatte, kleine Gemüsesalate anrichten und die Aioli schlagen, zwei Perlhühner in den Ofen. Gegen acht kommen unsere Gäste, Ernst und seine Freundin Geli und deren Urlaubsfreunde aus dem Dorf in den Cevennen. Mit einem Glas Crémant de Bourgogne beginnt die Tischrunde auf der Terrasse, spät wird es dunkel, Geschichten werden erzählt, der Rotwein ist mal wieder sommernachtssüffig …

Nach *minuit* legt Johann eine alte Filmmusik auf, Freddy Quinn singt vom Meer und von Wiederkehr, oder gibt es keine Wiederkehr – egal, die Stimmung schwappt in die höchsten Töne.
Weißt du das noch? fragt mich Ernst. *Diesen Film, den durften wir damals nicht sehen. Weißt du noch, diese Ruth, die nannten wir immer „Die-Alte-wat-hier-war", weil sie so sprach, so schön derb und Berlinerisch sprach sie in unserem feinen Elternhaus. Die mochten wir doch so gerne, diese dicke, fröhliche junge Frau. Die hat sich den Film natürlich angeschaut, wir durften das aber nicht. Aber am 13. August 1961, da ist Mutter mit uns in einen Film gegangen, „Die Kinder des Olymp", im Kuppelsaal des Pressehauses. Matinée-Vorstellungen für das gebildete Kinopublikum, weißt du das noch?*
Na klar weiß ich das, sage ich, überrascht, was er alles noch erinnert. *Danach hat Mutter dann gesagt, der Film war zu schwer für euch, weißt du das noch?* fragt er und lacht versonnen, verschmitzt, vielleicht ein bisschen besoffen, in sich hinein. *Ja, so war die Kindheit. Ich weiß das genau. Das war der Tag, an dem die Mauer gebaut wurde. Du kennst doch bestimmt noch den Lateinlehrer, den ich hatte,* fährt der Bruder fort.
Allerdings, sage ich.
Weißt du, wie das bei dem ging? Der kommt rein, sagt: Sie da, aufstehen! Zeigestock auf mich gerichtet, stellt er eine Frage so, dass ich sie nicht beantworten kann, dann: Runter. Sechs!
Schweigen in der Runde, das war nicht mehr lustig. Ich frage nach: *Erinnerst du dich noch an die Zeit in Volksdorf, als ihr in das neue Gymnasium in Hamburg kamt, wie war das dort für euch?*
Ach, das war anders, legerer, hanseatisch natürlich, aber neue Stoffpläne. Ich kam nicht mehr mit, verlor den Anschluss, dem Vater war das egal. Es musste ja wieder das humanistische Gymnasium sein, jeden Tag von den Walddörfern in die Großstadt fahren, in das piekfeine Winterhude. Wir hatten sofort neue Freunde in Volksdorf, klasse war das, aber wir konnten nicht zu denen ins Walddörfer-Gymnasium. Wir mussten weiter Latein und Griechisch lernen, am besten auch noch Hebräisch, so wollte es Vater.
Erinnerst du das erste kleine Sommerfest auf dem Rockenhof, als ich auch eingezogen war?
Oh ja, sagt er, *da habe ich mich mit Eckehart angelegt, diesem*

eingebildeten Künstler.
Ich meine diese Stimmung, werfe ich ein. *Weißt du noch, wir hatten in diesem Sommer die ersten richtigen Feste, ohne die Eltern. Auf Apfelsinenkisten saßen wir im Garten, hatten Sterne, Lampions, Bier, Zigaretten, waren in Decken eingehüllt. Ich saß zum ersten Mal neben Helle und konnte mit ihm reden, bis tief in die Nacht hinein. Waldemar spielte wieder das Präludium der G-Dur-Cellosuite von Bach, weißt du das noch? Du spieltest später Balalaika und ganz spät noch die wunderbare Malagueña von Albeniz. Das perlte und schluchzte über die Anhöhe, Eckehart konnte die spielen …*
Und ließ sich so lange bitten und war arrogant, wir waren gar nicht sein Publikum … und stinkeempfindlich, wenn man ihn aufzog.
Weißt du noch, in dem Sommer warst du zum allerersten Mal in Südfrankreich, das war deine Entdeckung …
Wahnsinn, oh ja, das war irre, ganz allein durch Frankreich trampen, die Leute verstanden nicht, wie ich so was machen kann. Und dann in Taizé, ich war besessen von dem Klosterleben, der Stille, den Chören der Mönche, dem Stundengebet …
Stockdunkel ist die gewitterschwüle Nacht. Um drei fährt das Auto mit den Vieren vor und zurück, rammt die Mauer, nimmt einen größeren Bogen aus der Garteneinfahrt hinaus, die Fenster gehen noch mal auf: *Also, dann bonne nuit, kalinichta und sonst noch was? Ciao, ciao,* und rums geht es los durch den dunklen, steinigen Weg und hinauf in das Cevennendorf.

•

Der jüngere Bruder hatte Südfrankreich schon damals kennengelernt. Ich kam gerade in Hamburg an, hatte in der alten Stadt Hannover ein bisschen mein eigenes Leben geführt, die Familie hatte schon fast ein Jahr in der neuen Dienstwohnung gelebt, im Frühjahr 1963 wurde dieser Ort endgültig auch mein neues Zuhause. Wieder unter der strengen Aufsicht der Eltern, das wurde mir sofort klargemacht.
Der Mutter ging es nicht gut. Sie litt, und die ganze Familie litt mit ihr, gerade jetzt lag sie im Krankenhaus, in einen sechstägigen Dämmerschlaf versetzt, um die Nervenschmerzen zu beenden, man wusste es nicht so genau. Beim Besuch klagte sie: *Warum machst du*

diese Arbeit? Du kannst dich um mich kümmern, du siehst doch, wie schlecht es mir geht.
Ich will aber selber etwas machen, etwas, das ich mir vorgenommen habe. Ich will richtig arbeiten gehen.
Jeden Montagmorgen fuhr ich mit der Bahn nach Eimsbüttel und erschien in einer weißen Schürze als Pflegehelferin auf der Station des Krankenhauses Ebenezer. Ich schlief in einem winzigen Dachzimmer und lebte bis zum Freitagnachmittag im Krankenhaus. Schön war das nicht. Ich hatte nicht mit den Tatbeständen eines Krankenhauses gerechnet.
Eine elende alte Frau beruhigen, die allein in einem dunklen Zimmer lag und schrie, dass es über die ganze Station zu hören war. Sich wälzte, die Decke vom Bett warf und schrie, was konnte man da machen, was ihr sagen? Ein alter Mann, der sich entblößt hatte und schamlos herummachte. Grinste er? Nein, der wusste gar nicht mehr, was er tat. Wo sollte man hingucken, was tun? Angeekelt war ich. Als ich am nächsten Morgen über den glatt gebohnerten Flur ging, stand das Zimmer offen, das Bett wurde gewaschen, der alte Mann war in der Nacht gestorben.
Später fuhr ich kurz in die Uniklinik und fütterte meine Mutter, die im Krankenhaus mittags aus dem gesteuerten Tiefschlaf erwachte und leichte Nahrung zu sich nehmen sollte.
Die Arbeit war ein Durchhalteprogramm, vier Wochen lang. Ich musste mir beweisen, dass ich selbstständig arbeiten kann. Gleichzeitig war ich enttäuscht, dass Mutter den freiwilligen Einsatz im Krankenhaus nicht wenigstens loben konnte.
Aber dann ging es los. Mit der Vorortbahn zum Dammtor, in der Edmund-Siemers-Allee das Hauptgebäude der Universität betreten und feierlich die großen steinernen Treppenstufen hinauf, ganz oben auf den weiten Fluren schließlich der Hörsaal. Wie in einem Amphitheater waren die hölzernen Klappstuhlreihen im Halbrund um das Rednerpult angeordnet. Ich hörte eine Vorlesung über Beethovens Sinfonien, verstand nichts und war hingerissen.
In diesem Sommer begann das Studium.
Diese alte Universität war wie ein einziges Versprechen, für mich ab jetzt schlechthin der Ort, an dem ich alles lernen konnte, was ich wollte. Hier würde alles möglich sein, ich konnte so viel Wissen

anhäufen wie möglich, alles, was angeboten wurde, ausschöpfen. Einen Kurs in Mittelhochdeutsch gab es, ich lauschte der Vorlesung über die *Liebeslyrik Walthers von der Vogelweide,* verstand wenig und schrieb den Vers eines unbekannten Dichters seiner Zeit ins Heft:

Dû bist mîn, ich bin dîn:
des solt dû gewis sîn;
dû bist beslozzen in mînem herzen,
verlorn ist daz slüzzelîn:
dû muost och immer darinne sîn.

Eben erst aus dem Hörsaal raus und auf der Suche nach einer Cafeteria spürte ich eine Hand auf der Schulter, drehte mich um. *Du bist auch hier, natürlich, du studierst ja auch, woher kommst du gerade, magst du einen Kaffee mit mir trinken?*

Das war Helle. Er strahlte, streckte die Hand aus, es war das erste Mal, dass wir uns außerhalb der Clique trafen. Ohne Grimassen, ohne Wechsel in pantomimische Gangart, ganz einfach. Ich erzählte, und er berichtete von seinem Geschichtsseminar. Ein paar Tage später wieder, *Deutsches Volksmärchen* im Audimax, und auf dem weiträumigen Flur sah ich ihn, folgte ihm, ging raus, fand ihn schließlich im Asta. Er begleitete mich zum Dammtor, wir klönten, es war schön warm, schon Sommer, und ich zitterte, das war doch verrückt. Und dann, gerade eben verabschiedet, tippte er noch mal an die Schulter und fragte, ob ich Lust hätte, mal mitzukommen zum Schwimmen, im See am Buchenkamp, er würde mich abholen.

Hochsommer, die Familie war weg, ich blieb allein zu Haus.

Ernst trampte nach Frankreich, zu einem Arbeitsprojekt im Kloster Taizé. Meditation über einen Bibeltext und Gespräche mit dem Klosterbruder über Fragen, die sich ihm stellten. Alles war neu für ihn, die Stundengebete, der Gottesdienst. *Ich fühle immer wieder, das ist echter Gottesdienst und echtes Lob, obwohl ich kaum etwas verstehen kann,* schrieb er an die Mutter.

Harald trampte mit seiner Gitarre und einem Freund nach Athen, weiter ging es mit dem Schiff nach Kreta. Er erzählte dem lieben Vater, der die Karte voradressiert hatte: *Wir sind jetzt durch Dörfer und Klöster gekommen, in denen nur einmal im Monat die Post*

abgeholt wird. Tymbakion inmitten der fruchtbaren Messaiaebene. Herrliches Wetter, herrliche Landschaft. Versteh mich sehr gut mit Frieder und Hünne.
Oluf war in diesem Sommer auf dem Bauernhof in Röst, jedes Kind musste das mindestens einmal erleben, das richteten die Eltern so ein, jeden Morgen ganz früh aufstehen, mit den Mägden und Knechten am großen Tisch in der Küche Suppe essen, die Schweine und Kälber füttern und Heu einfahren. Die Mutter war sehr zufrieden, dass alles so gut lief.
Unsere Mutter war in diesem Sommer bei ihrem Vater in den Schweizer Bergen, der hatte sie eingeladen, mit ihm ein paar Wochen in der Pension Ebenezer in Beatenberg zu verbringen, der Blick auf den Thuner See und ruhige Wege über die Almwiesen sollten ihr helfen, ihr angegriffenes Nervensystem zu beruhigen. Sie sollte nur noch an sich denken. Dabei war und blieb sie der Kristallisationspunkt für alles, was die fünf Kinder taten. Täglich kamen Briefe zu ihr auf den Berg.

Wochenlang im Höhenflug, mit Verve und triumphalen Gefühlen segelte ich in diesem Sommer durch das erste Semester.
Dieses ausgelassene Fest in Ohlstedt, bei Kirsten und Gunnar, Helle hatte schon gefragt, ob er mich abholen dürfe. Schnell noch ein Kleid nähen, eng, Karostoff, von Mutters Haushaltsgeld bezahlt, *darf ich doch – oder?* Spät in der Julinacht, es dämmerte schon, als wir nach dem Fest gegen vier in der Frühe vor der Haustür standen und redeten und redeten. Immer wieder über mein Lieblingsstück, das Erste Klavierkonzert von Tschaikowski, nein, beharrte er, die Fünfte Symphonie müsste ich kennenlernen.
Kurz darauf, um halb acht, ein Pfiff vor dem Fenster, ich sauste hinunter, setzte mich hinten aufs Fahrrad, und er radelte uns auf dem Waldweg zum See. Schwimmen, nur wir beide im Sommerlicht auf dem weiten See. Und hinterher in der Küche der leeren Dienstwohnung ein Frühstück zubereiten, oben in meinem Zimmer legte Helle schon die Platte auf, die Fünfte Symphonie von Tschaikowski klang durchs Haus. Wir schwelgten bis zum Mittag, irgendwann fuhren wir auch noch zur Vorlesung, alles war ein Fest …
Ich war allein im Haus, die kostbare Zeit raste, schon war Ernst aus

Frankreich zurück, wieder die prickeligen Momente in der Sitzecke auf dem Flur. Zu später Stunde nur noch mein Bruder und ich, *vin rouge ordinaire* aus der Literflasche, der kullerte so kräftig und würzig, Ernst rückte noch näher heran und sagte zärtlich: *Du bist ganz anders als sonst, etwas hat sich verändert. – Wieso? Wie bin ich denn? – Süß bist du, jede Bewegung hat mehr Schwung, jedes Lächeln ist anders, aufreizender … – Was du alles mitkriegst, ich glaub das nicht! – Doch, deine Augen haben einen ganz anderen Glanz. – Ich merke nichts,* sagte ich und wurde rot, *ich bin … – Du bist süß,* sagte er, legte mir den Arm um die Schultern, zog mich heran, ganz eng, ganz anders, und küsste mich. Ach, wie verrückt war das alles. – *Das dürfen wir doch nicht … Wir dürfen alles,* sagte mein Bruder.

Schließlich kam auch Hans für ein paar Tage nach Hause. Ab dann hatte ich alle Hände voll zu tun. Die Wäsche aufsetzen, kochen, der Mutter alles schreiben und auch: *Muttchen, versuche doch noch länger zu bleiben, tue es auf jeden Fall, denn hier ist tatsächlich niemand da um den 5./6. August herum. Ich selbst fahre mit Wiebke und Angela mit dem Zelt eine Woche nach Rømø.*
So, das war gesagt, das kleine Zelt war schon gekauft.

Das Sommersemester war vorbei, Helle mit seinem Freund schon auf dem Tramp nach Spanien, und die Mutter erfuhr durch eine Postkarte, dass die Tochter das Zelt nicht hatte aufbauen können, obwohl viele Jungs versucht hatten zu helfen. Dass sie dann im Auto des Zeltnachbarn geschlafen habe und die beiden anderen Mädchen im Auto des anderen, dass die *Luftveränderung* guttue, Weißbrot, Butter, Käse und Milch, alles, was sie von früheren Nordseesommern kenne, und dass die beiden Freundinnen leider am übernächsten Tag schon wieder wegwollten. *Aber das macht nichts, ich werde allein hier bleiben …*

Moments musicaux

Im frühen Licht des Inselmorgens erwachte ich mit dem Geruch von Wind und Meer, lauschte dem Wind, hörte in der Ferne Stimmen, lag behaglich und geschützt unter dem Zeltstoff – da kamen Schritte heran. Leichtes Unbehagen, und ich erschrak, als ich hörte: *Hallohallo, bist du hier?* Tief, bekannt, gemütlich diese Stimme.
Ja, ich bin hier, rief ich, und ratsch! wurde der Reißverschluss schon von außen hochgezogen. Mit zerzaustem Haar schaute der Vater herein. Ich rappelte mich hoch, wurde in den Arm genommen, bekam einen Kuss auf die Wange: *Na, mein Pubbe, ich will dich besuchen, steh schnell auf, und zieh dich an, ich lade dich zum Frühstück ein, wir gehen in das Restaurant von Lakolk, ich gehe schon vor.*
Das klingt ja nett, dachte ich.
Im Restaurant des altmodischen Hotels von Lakolk saßen wir einander gegenüber, der Frühstückstisch appetitlich gedeckt, frische Kopenhagener, dänische Dickmilch mit Blaubeeren und Milchkaffee, das hatte es noch nie gegeben. Vielleicht machte er wirklich nur einen kleinen Besuch? Nein: *Du weißt genau, dass das nicht geht, fing er an. – Was geht nicht? – Du kannst als Mädchen nicht allein hier zelten. – Wieso denn nicht? Ich mache es doch gerade! Ich bin nicht allein, das Zelt habe ich sogar aufbauen können, hier sind viele nette Leute. es gefällt mir, und die Jungs dürfen das doch auch*, erklärte ich dem Vater. – *Wir verlieren jetzt kein Wort mehr darüber, wir essen zu Ende, dann packen wir das Zelt zusammen, und du fährst mit mir nach Hamburg.*
Meine Ferien jetzt beenden, mich einpacken und nach Hause fahren lassen? Woher wusste er das überhaupt? Ich spürte die Besorgtheit, sogar eine väterliche Zärtlichkeit, aber ich kriegte die nicht umgebogen zu einer Erlaubnis, in der Sache blieb er streng.
Das kränkte mich. *Ich bin neunzehn, du kannst mir nicht einfach eine Sache aus der Hand schlagen. Genau das wollte ich doch ausprobieren, das Alleinsein. – Das ist reine Fahrlässigkeit, was du hier machst, wir haben die Verantwortung für dich, die Sache ist erledigt, iss auf, wir packen.*
Ich tobte innerlich, sagte aber nichts mehr.

Kein Wort verlieren, und: *So wird's gemacht* ... Was für ein eigenartiges Bild, überlege ich heute. Wie sehr man gewöhnt war an eingeschliffene Texte, die einen durch die Jugendjahre schleusten, ohne dass man ihnen auf die Spur ging. Sprechen erschien geradezu als Verlust. Oder fiel ihm wirklich kein Argument ein, oder war ihm der Auftrag sowieso schon lästig und eine einzige Zeitverschwendung? Warum nahm er sich in diesem Moment nicht die Zeit zu erklären, was nicht ginge, warum nicht und was passieren könnte. Ein Verbot, das seine Schärfe aus der Strenge holt, mit der man einen Einwand als *Widerrede* abtut, baut kein Bewusstsein auf, eröffnet nicht den Weg zu einer Erkenntnis. Man erlebt nicht die Kraft des Arguments. Stattdessen eine zerstörerische Wirkung, das Selbst will erst recht und macht es wieder, heimlich. Die Gefahr wird größer, weil es nun ums Beweisen geht, ein angriffslustiges „Warum denn nicht?" Die Seele hat gelitten, der Verstand hat nichts dazugelernt.

Ich zog mich in mein Zimmer zurück, wollte die Eltern nicht sehen, alles war quer. Ich fühlte mich gar nicht in Sicherheit, nur tief verlassen. Musik, wieder Dvořák, wunderbar traurig das Klavierkonzert Op. 106, ich war allein und würde allein entscheiden müssen. Die Jungs waren weg, die neuen Freunde ebenfalls, ich würde am nächsten Tag wieder losfahren, und zwar zurück auf die Insel. Was hatte die Mutter bloß erfahren, von wem so Schlimmes gehört, dass sie den Vater losgeschickt hatte?
Die Mutter aber handelte bereits, telefonierte hin und her und sagte am nächsten Morgen, ich könne zurück nach Rømø, im Missionshaus wohnen. Niemand sei da, ein Zimmer für mich, und es gebe auch eine Küche, in der ich mir etwas kochen könne. Wieso jetzt plötzlich doch? Der Vater höchstpersönlich fuhr am nächsten Tag wieder auf die Insel! Ich kannte das Missionshaus, weiß getüncht lag es in der Heide von Hauneby, umgeben von niedrigen Kiefernwäldern Er ließ mich allein: *Pass gut auf dich auf, mein Pubbe. Du weißt, was wir von dir erwarten. – Weiß ich. Tschüss.*

Wieder auf der Insel, als Erstes in die Marsch und ins Wattenmeer, und dann in das einsame große Haus unterm Strohdach, lesen, vollkommen allein, wollte ich denn das? Am nächsten Tag mit dem

Bus nach Lakolk, über den weiten weißen Kniepsand wanderte ich am Meer, immer an den Brandungswellen entlang, auf seidenweißen Wasserteppichen, die sich über den feinen Sand verströmten, tiefer hinein ins Wasser, in die Brandungswellen ...
Am dritten Tag kam ein Postauto vor das Haus gefahren.
Überraschung und herzrasendes Glücksgefühl, ein Brief von Helle, seine Schrift, spanische Briefmarke. Hierher? Nee, das war Mutter, die hatte die Adresse geändert. Hinterm Haus, zwischen Blaubeer- und Heidebüschen, öffnete ich vorsichtig den Umschlag und fand ein Gedicht:

Ich habe dich so lieb!
Ich würde dir ohne Bedenken
Eine Kachel aus meinem Ofen
Schenken.

Hingerissen und überrascht, ich war doch gerade von allen verlassen, und ausgerechnet hier, an meiner Nordsee, wurde ich aufgefischt und gefunden. Selig las ich die Verse von Ringelnatz, die Botschaft, die Helle mir geschickt hatte. Mir wurde warm, vom Wind geschützt im Wald, ringsherum roch es warm und wohlig nach salzgewürztem Heidesand, Kiefernnadeln, Heidekraut. Er war betörend, dieser Geruch von Nordsee und Sommer. Natürlich blieb ich jetzt erst recht noch hier. Hatte ich jetzt einen Freund? Ich kochte eine Kanne starken Tee, setzte mich mit der Tasse in die Sommerheide, liebte die Einsamkeit und schrieb Briefe.

In Volksdorf waren schon lange alle zurück, die Freunde kamen wieder in den Vorgarten, Waldemar spielte Cello, es gab Blicke, aber immer war jemand dabei, nirgends und niemals war Gelegenheit, um zu zweit miteinander zu sprechen, nichts war, nur immer weiter Unruhe und Verlangen.
Tage später kam Ernst zu mir ins Zimmer und platzte mit der Nachricht heraus: *Ich war gerade bei Helle, der hat sich gefreut, sage ich dir. – Du hast ihn gesehen? –Ja, ich habe es ja kommen sehen, jetzt ist es da, das freut mich für ihn.* So sagte er das. – *Was ist da, was hast du kommen sehen? – Das musst du ihn selber fragen,* sagte er.

Am nächsten Tag kam er einfach an, setzte sich auf das Bett, ich ihm gegenüber, heißer Tee in den Schalen, es dämmerte, schönes Zwielicht. Den Blumenstrauß auf der Kommode habe er mir hingestellt, sagte er. Er sei viel früher aus Spanien zurückgekehrt als geplant, mit dem Freund sei es nicht so gut gelaufen, und jetzt hier, die Enttäuschung über das Leben hier, das Herumgesitze und Gerede, und ein blöder Job bei Unilever. Mit so einer lustlosen Zusammenfassung der Ferien hatte ich nicht gerechnet. *Komm*, sagte ich, *jetzt bin ich da*, und ich erzählte vom Kiefernwald und der Dünenheide, wo ich seinen Brief gelesen hatte. *Ja*, lachte er, *und ich war irgendwo in der einsamen Pampa, in Spanien, so weit weg …*

Ab jetzt platzten lauter festliche Ereignisse in mein Leben. Jeden Dienstagabend fuhren wir mit der U-Bahn nach Ohlstedt. Dort trafen wir uns mit der Clique in der weißen Kirche auf dem Berg, stellten uns um den Altar und sangen die Komplet. Das war das Nachtgebet der evangelischen Mönche von Taizé, Ernst hatte es aus Taizé mitgebracht. Bei diesem Ritus durften auch die Mädchen dabei sein, Helle achtete darauf, dass ich dabei war.

Alles andere, das Studieren, das Jobben, die Zusammenkünfte mit den Brüdern, mit den anderen Freunden, ging natürlich weiter. Er war der Freund meiner Brüder. Dass die ihr Zeug zusammen machten und ich kein bisschen dabei war, das blieb so.

Dann hüpfte mir das Herz wieder, als er mich fragte, ob er mir etwas zeigen könne, ob ich Lust hätte, zum Beispiel in den Hamburger Hafen zu fahren.

Ja, natürlich, wann? Ich hatte mir das schon vorgenommen, ich wollte da sowieso mal hin. – Komm, wir steigen in die U-Bahn, gleich jetzt, die Uni kann warten.

Vor dem Meßberg kroch die Bahn aus dem Untergrund hervor, wie eine Raupe bewegte sie sich langsam bergauf und landete auf einer Stahltrasse in luftiger Höhe, von wo sie direkt in den Hafen ratterte, sodass man wie auf einer Aussichtsplattform vor dem Schild „Landungsbrücken“ haltmachte. Dampfer, Docks, die Silhouette der Lastkräne, das kannte ich ja schon, aber die Erinnerung sprang nicht an, in diesem Moment war alles viel gewaltiger.

Er nahm mich bei der Hand, und wir gingen die Treppen hinunter, direkt ans schwappende dreckige Wasser der Elbe, dorthin, wo die Pontons lagen und man auf der Höhe des Wassers herumspazierte, fernab vom Getriebe der Stadt. Eine Wasserlandschaft, in der es roch, schwappte und schwankte. Hatte er mir das zeigen wollen? Wir standen in der Novemberdämmerung, hätten uns umarmen können und wärmen, aber er fragte: *Hast du ein Lebensziel? Ich weiß einfach nicht, was ich will, ein Gedankengebäude aufgebaut, dann bricht es wieder zusammen. – Aber es ist doch toll, dass wir studieren können, lernen und immer weiter etwas Neues mitkriegen und lernen. – Nein, die Professoren, die Kommilitonen, jeder macht sein Zeug, man muss allein, ganz allein mit allem fertigwerden.* Eigentlich hatte ich ihm hier was zeigen wollen, aber es passte nicht.

Ich verstand ihn nicht. In diesem November kreisten alle Gespräche um dieses Thema, warum man überhaupt studieren solle bei dem Betrieb, so wie das Studieren organisiert war. Dass man ganz allein vor allem stand.

So ein Blödsinn, mischte Ernst sich ein, *natürlich musst du studieren, das ist es doch, was du willst, lernen und weiterkommen. Sei glücklich darüber, dass du so weit bist! Wir veranstalten ein Fest, nur unsere Clique, was meinst du?*

Ernst und ich hatten ein großes Fest beschlossen, Sturm, Regengüsse, Dunkelheit, wir kamen uns wie Verschwörer vor, als wir die Einladungen herumbrachten. Die Eltern sollten damit gar nichts zu tun haben. Unser Flur wurde ein Festraum, eine Tafel aus Obstkisten und Holzbrettern, griechische Webteppiche und Sitzkissen, ein griechisches Gastmahl sollte zelebriert werden.

Zuerst fast zwei Stunden die Treppen rauf und runter, um die Gäste zu begrüßen und dafür zu sorgen, dass die ganze Sache in Gang kam, schließlich konnte ich eine Weile neben Helle sitzen, ihm zuhören. Dann tanzten wir.

Ach, wild tanzten wir alle, es ging hin und her, aber in dem Trubel merkte ich, dass Helle zu mir herüberschaute, wir sahen uns und hielten uns mit Blicken fest, sekundenlang war das wie elektrische Spannung, ein Erkennen, ich, ja ich bin gemeint. In dieser Nacht gegen drei tanzte er nur noch mit mir, zog mich an sich und sagte: *Du bist süß, ich freue mich,* legte den Kopf zurück, lachte mich an, nahm mich und umarmte und küsste mich beim Herumwirbeln einfach hinten auf den Nacken, ins Haar.

Unersättliche Sehnsucht wucherte durch die folgenden Tage. *Sehen wir uns in der Mensa? – Nein, ich komme nachher bei dir vorbei.* Tee trinken in der Dämmerstunde, ach, war das schön, dachte ich, aber was wird morgen sein? Wann werden wir uns wiedersehen, soll ich anrufen, oder warte ich darauf, dass er anruft? Und dann kamen sowieso alle vorbei, ohne sich anzumelden, elf Leute saßen in meinem Zimmer und tranken Rotwein, er war auch da, es gab die Blicke, zur Begrüßung den Händedruck, ohne sich loszulassen. Bei den Walzern von Chopin legte ich auch mal den Kopf an seine Schulter. Nach Mitternacht, als die *soirée* zu Ende war, zog ich rasch den Mantel an, sauste die Treppe runter, und erst hier, vor der Haustür, geschützt von der Dunkelheit der Nacht, konnten wir uns sagen, was wir uns sagen wollten.

Das war alles nicht genug, ich hatte solche Lust am Lernen, ich wollte richtig gern studieren und *vorankommen*, wie ich immer sagte, ohne das Ziel genau zu wissen.

Die Brüder, die Familie, das Studium, das war mein Leben. Die neuen Freunde, wann und wo auch immer sie sich trafen, mindestens einer hatte sein Instrument dabei, und es wurde freigebig Musik gemacht, es war eine wilde Freude, dazuzugehören und zu spüren, dass man begehrt wurde.

Ich zitterte vor Glück bei der Ahnung, dass einer vielleicht ganz zu mir gehören würde. Vor alles andere in diesem wunderbaren dunklen, kalten Winter schob sich ein Gefühl von Nähe und Vertrautheit; es wurde zu einem Verlangen, das ich nicht kannte. Am liebsten hätte ich von jetzt an alles mit ihm zusammen gemacht, aber das ging nicht, und das wollte natürlich auch keiner, aber warum eigentlich immer dieses Zögern?

Es war ja ganz offensichtlich und unabweisbar. Jeder lebte zu allererst mal bei sich zu Hause, mit der eigenen Familie. Der hintergründige moralische Druck, ohne dass da groß etwas gesagt werden musste; es war längst klar, was von einem erwartet wurde. Das Regime der Mütter, drüben am Waldredder klingelte man zur Unzeit, hier am Rockenhof schimpfte die Mutter, die Kinder würden immerzu mit den anderen *rumglucken, anstatt* – ja, was denn eigentlich? Jeder machte, was er tun musste. Das hatte sie doch seit langem erreicht.

Ich wollte schon wieder einen ganzen Abend lang weinen darüber, dass einfach nichts ging, da holte mich Ernst zu einem Spaziergang in den Wald und erzählte, wie unbrauchbar der Helle gewesen sei, als ich noch in Rømø geblieben sei, wie oft er sich bei ihm nach mir erkundigt, wie sehr er sich über den Tabak von mir gefreut habe, und erst die Briefe. *Glaub es mir, der ist ganz anders zu mir, er weiß nicht, wie er mit mir umgehen soll, ich glaube, der denkt, dass er mir untreu wird oder so ähnlich, dass alles vielleicht so weitergehen soll, wie bisher, er aber eigentlich am liebsten mit dir zusammen sein will*

– *Meinst du?* fragte ich erfreut. *Das ist bei mir genauso. Man möchte mit allen zusammen sein, aber was ich mit ihm möchte, ist etwas anderes.*

Ja, so eine Liebe ist etwas anderes, sagte er.

Das zeigte sich. Zum Teetrinken kam Helle in der Dämmerstunde, las mir Gedichte von Ringelnatz vor, ein ganz bestimmtes und andere, dann fragte er, ob ich nach dem Abendessen rüberkäme zu ihm, dann könnten wir zusammen Klavier spielen. Wie rasch ich nach dem Abendessen losstürmte, in der Dunkelheit zu dem abgelegenen Haus, dort spielte ich eine Beethoven-Sonate, er schaute mich an, wir lachten, so ging es nicht. *Komm, wir spielen ein Stück vierhändig.* Leider trat plötzlich Harald ins Zimmer, aber wir fühlten uns alle zusammen gut.

Noch in der Nacht – allein in Glück und Unruhe – notierte ich: *Oh Gott, er hat mich lieb, er hat es mir gesagt, heute bei uns in der Küche, er hat mir über die Haare gestrichen, sich dann über mich gebeugt und mich geküsst. Was wird morgen sein?*

Ich war verrückt vor Sehnsucht, aber wo um alles in der Welt konnten wir mal allein sein? Stundenlang in Sturm und peitschendem Regen in hohen Gummistiefeln durch feuchte Wiesen und Pfützen, in der Waldschänke am Duvenstedter Brook tranken wir Grog. Noch nie in meinem Leben war der November so schön gewesen. Die Haustür war ein Zufluchtsort, am kalten Buß- und Bettag nach dem Besuch des „Deutschen Requiems" von Brahms, als wir noch einem Moment allein sein wollten, bevor der Abend kam mit allen anderen zusammen, da sagte er: *Ich freue mich auf morgen.* Er legte seine Stirn an meine und sagte ganz leise: *Nicht speziell, sondern ganz einfach, weil du da bist – und das nicht nur heute, gestern oder morgen, sondern immer.*

Am zwanzigsten Geburtstag im dunklen November kam der erste Kuss gleich am Morgen von Harald. Am Abend brachte mir mein Vater eine Flasche Rotwein. *Extra für dich gekauft*, sagte er. Er trat mit der Mutter in mein Zimmer, wo die anderen schon saßen und zechten, setzte sich *zwanglos* und hatte sofort großen Spaß, dabei zu sein und mitzuquatschen. Ein Anruf von Hans in Göttingen, von Ilse aus dem Odenwald, ihr erzählte ich das, aber sonst zeigte ich niemandem den selbst geschnitzten Brieföffner, den Helle mir geschenkt hatte, mit einem Foto von sich, als er zwölf Jahre alt war.
Spät in der Nacht rannten wir noch zu einem Spaziergang hinaus, in Regen und Sturm küssten wir uns, ich hätte ihn die ganze Nacht umarmen können.
Aber nein. Natürlich musste jeder in sein Bett. Und unbeirrt von allen anderen Freunden, Jungs und Mädchen, zogen die Brüder am nächsten Abend ihre hohen Schaftstiefel an, nahmen ihre Instrumente und trafen sich mit ihrem Freund Helle und den Jungs der Jungenschaft in der „Hütte“. Das war eine exklusive Sache, Mädchen hatten dort definitiv nichts zu suchen. Sie spielten Gitarre und Balalaika, sangen russische und griechische Lieder, tanzten Krakowiak und veranstalteten ihr Truthahnessen am Lagerfeuer in den Teichwiesen.
Obwohl vollkommen übermüdet und mit Suffkopf, kam Helle am folgenden Tag und nahm mich mit in den Zauberwald. Der Duvenstedter Brook war weiß von Raureif, und im Dunkeln lief das Leben förmlich über …

Und wieder ein Abend, an dem ich auf dem Bettrand hockte und mich zusammennehmen musste, um nicht zu weinen. Da hörte ich den Pfiff, diesen hüpfenden Dur-Dreiklang in zweimaligem Anlauf, der wie eine Verheißung vom Garten her hochklang. Ich fuhr hoch, er winkte, ich sauste die Treppe hinunter, schlüpfte in den Mantel, und wir liefen bei Nebel und scharfem Wind in die Teichwiesen.

Ausgerechnet in diesem Moment sagte er, dass er die Uni wechseln müsse, er wolle endgültig weg von zu Hause, in irgendeine andere Stadt, keine Ahnung. Ich erschrak und wünschte mir nur eines: Wir müssten zusammenbleiben, das musste gehen.
Und weil das vollkommen sicher war und die große schriftliche Arbeit für das Semester gerade fertig, begann ein Wintertraum. Die Teiche und Seen zwischen den Holsteinischen Moränen waren zugefroren, die Sonne schien, der Himmel war zartblau. Pegel erhöhter Erwartung, die Erinnerung hat schönste Bilder parat …
Alle draußen beim Schlittschuhlaufen, Felder und Knicks unter einer leichten Schneedecke. Die reine Wonne, dahinzusausen und den Paarlauf zu versuchen, huch, da kam man sich so nahe und fiel übereinander, wenn sich die Schlittschuhe verhakelten. Glitzerndes Sonnenlicht, die klirrende Kälte, die uns zueinander trieb, dann fiel die Dämmerung. Holz wurde gesammelt, ein Feuer entfacht, jemand hatte Wodka mitgebracht, der Winter wurde gefeiert und sonst noch so viel. Spät in der Nacht wurde ich nach Hause gebracht, verlangende Küsse, so heftig, dass es wehtat und bedrängte.

Es dauerte lange, aber irgendwann kam er vorbei, wir saßen in der Dämmerung und tranken Tee, und er schwieg. Ich ahnte schon was, aber er sagte: *Du gibst dir solche Mühe, alles zu verstehen und dann noch einen Rat zu finden. Ich weiß nicht, ob ich das befolgen kann, aber ich danke dir dafür.*
Ich wusste nicht, was er meinte. Immer wieder diese Schwermut. Kein Einfall für einen witzigen Sketch, nichts, was er sonst an Witzen parat hatte. Er war ganz anders als andere Jungen, in jeder Beziehung, im Verhalten, im Denken, in allem. Jedenfalls gehörte er nicht zu denen, die große Sprüche machten und genau wussten, was die Zukunft an Erfolgen schon bereithielt. Eher erschraken die Freunde bei seinen Verarschungen für angeberisches Getue … oder ließen sich mitreißen, wenn er wieder mit schrägen Scherzen pantomimisch auftrat und dabei alles vergessen konnte …

Und dann fuhr er weg, er brauche das *Vagabundieren*, sagte er.
Viele Wochen im März, die Tage vergingen langsam, zum Praktikum gehen, stricken, Klavierstücke von Chopin üben, die Walzer.

Dann ein Brief, und kurz danach der Pfiff. Unser Pfiff, ich riss das Fenster auf, winkte stürmisch. Ungläubiges gegenseitiges Betrachten und Abtasten, weil man es einfach nicht glauben konnte. Er war wieder da. Von seinem Vagabundieren hatte er eine schwere Sepsis mitgebracht. Im Freien geschlafen, nachts unter dem Sternenhimmel, im Dunkeln den Fuß irgendwo aufgeratscht und tagsüber weitergelaufen, getrampt. Nun lag er mit hohem Fieber im Bett. Ich suchte Liebesgedichte heraus, von Stefan Zweig, Friedrich Rückert.

In einer warmen Nacht im Mai feierten wir mit den Freunden ein ausgelassenes Fest an einem See. Tief in der Nacht tobten wir raus, beschwipst und glückselig verdrückten wir uns in das Wäldchen weit weg vom Haus. Der Morgen dämmerte, es wurde Zeit, wir wollten uns jetzt nur noch küssen. Er drückte mich gegen einen Baum, mit beiden Händen fasste er nach der Brust, es war, als wollte er meinen Körper übernehmen. Das musste jetzt sein, ich ergab mich.
Wie eine Preisgabe fühlte sich das an, das Fallenlassen der Scham, die niemanden dem Körper nahekommen ließ. Bei diesen Küssen in dem duftenden Wald fiel sie, ein Kleidungsstück musste nicht entfernt werden.
Der süße Geruch, der noch vom Vortag zwischen den Bäumen hing, der Geruch von feuchter, erwärmter Erde, das verbinde ich mit diesen Küssen. Immer sind die ersten warmen Mainächte in der Morgendämmerung unter den Bäumen so süß wie diese Küsse …

Kaum länger als ein Jahr lebte die Familie in Volksdorf, da wurde wieder alles umgestoßen. Für den Vater sollte es ein neues Amt in Kiel geben, für die Familie eine neue Dienstwohnung. Es stellte sich heraus, dass die zwei Jahre in der Probstei nur als Durchgangsstadium seiner Karriere gedacht waren. Wieder mussten alle Kinder sich neu sortieren. Volksdorf, gerade eben eingezogen – da war es schon vorbei, die Brüder und ich, wir alle würden unsere neuen Freunde verlieren.
Der Boden schwankte unter den Füßen, ich verschwand mit Helle in die warmen, duftenden Juninächte, bloß weg aus diesem unsicheren Terrain auf dem Rockenhof. Irgendwo im Wald an einem See saßen wir im Gras, es wurde nicht dunkel, die Frösche quakten, er las

mir französische Gedichte vor, übersetzte sie, las wieder und noch einmal die sehnsüchtige Melodie, dann verschwanden wir im Wald. Dort hatten wir alles für uns, die Zeit, die Dunkelheit, den warmen Waldboden: *Schläfst du schon? – Nein, nur träumen, wir bleiben einfach hier, wo uns keiner stört.*

Die Sommerferienzeit begann, die Freunde der Volksdorfer Clique trafen sich in der Sitzecke des Flures in der Propstei, tranken Tee aus dem Samowar und planten ihre Reisen.
Wieder gibt es die Stimmen der Brüder, wie ein gemischter Chor hört sich das Parlando der Geschichten an …
Am 10.7. schrieb Oluf aus Buxy *an das liebe Muttchen: Sind gut in Buxy, 16 km süd-westlich von Chalon, angekommen. Die Fahrt lief bisher sehr gut. Das Wetter ist sehr reizvoll. Zwar nicht nur Sonne aber doch sehr schön. Das Wandern ist sehr gemütlich. Eine sagenhafte Landschaft. Gestern haben wir warm gegessen. Das Leben ist hier verhältnismäßig billig. Wir essen viel Brot und Schafskäse. Eben gerade haben wir uns gewaschen. Viele Grüße und Küsse Dein O.*“
Am 11.7. Harald aus Cerbère an die lieben Eltern und Geschwister: *Endlich, nach langen Irrfahrten bin ich in Cerbère angelangt. Mittelmeer, Sonne, Strand, ein herrliches Dorf. Hannes habe ich in der besten Laune angetroffen und morgen ziehen wir los nach Spanien. Eine Adresse außer Madrid bis zum 17. kann ich noch nicht angeben. Also erholt Euch gut. Ich schreibe bald wieder!*
Am 18.7. Ernst aus La Chapelle-de-Bragny: *Wir sitzen hier in einem verlassenen Waschhaus, nur spärlich geschützt vor der erbarmungslosen Sonne und essen, schreiben Tagebuch, singen und warten auf den kühlen Abend. Stimmung gut, Essen teuer, aber Geld reicht, viele Erlebnisse …* Ja, er war mit seinem jüngsten Bruder und einigen Jungs von der Jungenschaft unterwegs im Burgund.
Am 24.7. kommt ein Gruß aus Alcalá, einer herrlichen kleinen Stadt inmitten Spaniens, und am 25.7. ein langer Brief aus Le Gros Chigny: *Wir verleben eine herrliche Zeit. Jeder Tag bringt etwas Neues und Dinge, die wir uns nicht träumen ließen.* Nachdem sie einige kleine Krankheiten überwunden hatten, zogen sie von Dorf zu Dorf, spielten und sangen in den Pinten, wurden eingeladen und reichlich bewirtet. Die Stimmung war gut und auch die Kleinen hielten durch.

Fast kein Regen, nur bis 45 Grad Hitze im Schatten. Die Landschaft herrlich, besonders die vielen Chateaus, die von oben bis unten nach alten Dingen durchsucht wurden. Abends sprachen sie über die Ereignisse des Tages, hielten sie im Tagebuch fest und *versuchten, in Büchern nachzuempfinden, was andere vor uns empfunden haben über Volk, Geschichte und Landschaft. Ich hoffe, dass wir die 100 Franken rechtzeitig in Cluny erhalten, wo wir uns hoffentlich mit Frieder und Gruppe treffen werden. Vielen Dank für Eure Briefe, und wir glauben, dass es euch genauso gut geht wie uns …*

Noch in den großen Ferien war es so weit, erst der Festakt im Dom von Kiel, dann der Sektempfang mit Büfett in der „Schiffergesellschaft" in Kiel. Alle fünf Kinder hielten sich am Rande der Gesellschaft, schick gekleidet und auf fremdem Terrain. Wir hörten den Reden zu, beobachteten die Würdenträger, registrierten die Blicke, die auf „die Kinder" geworfen wurden. Neugier und Skepsis auf den Gesichtern, vor allem aber diese gnädige, salbungsvoll freundliche Gestimmtheit, mit der Diener der Kirche auf die Menschheit blicken. Die Jungs feixten und machten sich lustig, aber man fühlte sich auch ein bisschen geschmeichelt und bewundert.
Angerührt von der ernsten Stimmung in der Kirche, bemüht zu verdauen, was da abgelaufen war mit dem Vater, bei seiner Einführung zum Bischof, stürzten wir uns auf das Büfett, während die Festgemeinde gemessenen Schrittes, in tiefen Gesprächen, an den weiß gedeckten Tafeln entlangflanierte. Wir hatten schon alles durchprobiert: Lachshäppchen, Kieler Sprotten, Käsespieße auf Pumpernickel, Krabbenschnittchen, Meeresfrüchte, festliche Üppigkeit, wir bedienten uns.
Ich wollte unbedingt mit Mutter reden, weil am nächsten Tag meine große Reise beginnen sollte. Es würde doch alles wieder anders werden, da musste man sich jedenfalls richtig verabschieden. Ich schaute mich um und entdeckte sie zwischen Pröbsten, Pastoren und Kirchenbeamten, da stand sie und sprach. Ich näherte mich, hörte die fröhliche Stimme, irgendwie war es aber nicht die Mutterstimme, da waren bewegte, teilnehmende, pastorale Schwingungen, der Kopf war zuhörend leicht geneigt – dazu der offizielle Ton, den man auch an ihr kannte, aufgeweckt, hellwach und mittendrin. Alle schätzten

und verehrten sie, das sah man. Sie war die Frau des neuen Chefs. Das waren die Leute der Mutter, das Feld ihres Berufes, sie war selbstbewusst und ganz und gar bei sich. Dass ich verreisen wollte, hatte sie nicht im Kopf.
Ich ging davon, ohne etwas zu sagen. Im Hotel am Kieler Hafen zog ich noch auf der Treppe die hochhackigen Schuhe aus, das hatte ich mal in einem Film gesehen, es war schmerzlich und schick, jetzt allein zu sein. Erregt, als ich im Hotelzimmer den gepackten Rucksack sah und die Segeltasche mit dem Zelt und dem Schlafsack. Es war alles richtig. Es war alles vorbei, und ich konnte wieder an Helle denken. Er war auf und davon, weit weg Richtung Frankreich, und tat das, was er am liebsten machte, vagabundieren. Schönste Sehnsucht, liebste Gedanken gingen ihm hinterher.

Am nächsten Morgen mit der „Stena Line" nach Korsør in Dänemark. Monika erwartete mich im Hafen, der Freund hatte sie dorthin gefahren. Zu zweit fuhren wir mit dem Zug nach Helsingborg und reisten dann per Anhalter weiter.
Beim Trampen hielten zwei junge Männer im VW-Käfer, nahmen uns mit, man plauderte und lachte, und schnell war klar, dass man zu viert weiterreisen könnte. Monika meinte, man könnte die Jungs „händeln", und deswegen gab es als einzige Annäherung einmal am Tag eine Begrüßung mit Handschlag, wir Mädchen hatten unsere Ruhe.
Auf dem kleinen Bootssteg im See, die heiße Sonne auf der Haut: Glücklich waren diese Tage. Am Vätternsee, tief im duftenden Kiefernwald unser Zelt, das der Jungs ein bisschen weiter weg. Das Waschwasser holten wir aus dem See, das Trinkwasser in speziellen Kanistern vom Bauern. Abends, wenn es kühler wurde, machten wir ein Feuer am See, tranken heißen Tee mit Rum und erfanden Würfelspiele. Wanderungen in den hellen Mittsommernächten, und am nächsten Tag mit der schwarzen Kladde auf dem Waldboden sitzen und alles aufschreiben, die Sehnsucht nach Helle, aber nein, ich wollte nichts entbehren, es war gut so, ich konnte allein, ohne ihn sein, ich wollte das so.
Manchmal tuckerten die Fischer mit uns hinaus auf den See, wir halfen beim Heben der Netze und bekamen dafür ein paar Fische

geschenkt, die wir abends auf dem Feuer grillten. Blaubeeren sammeln, auf dem Bootssteg sich sonnen, mit „Anna Karenina" versacken, durch die duftenden Kiefernwälder am See entlanglaufen

Übermut, ungestümer Wille, jetzt, wo man sich so schön losgerissen hatte und alles nur noch neu war. Deshalb vielleicht geschah das, was dann kam. Niemandem habe ich jemals davon erzählt.
Niemand durfte erfahren, was wir in dem kleinen Fischerdorf Lundeborg auf der Insel Fyn gemacht hatten.
Abends spazierten wir an der Hafenmole entlang und betrachteten zwei große Segeljachten, englische Flaggen, die Männer beim Abtakeln, zwei Jungs schauten aus der Kombüse zu uns hoch. *Hallo, ihr zwei, wollt ihr mitessen?*
Ja, warum denn nicht? Und schon schwangen wir uns über die kleine Gangway, nahmen Platz da unten und guckten uns neugierig um, Schlafkabinen, Taue, der Geruch von Curry, ein brodelnder Topf auf dem Spirituskocher. Der Kapitän kam dazu, wir aßen, hin und her die Gesprächsversuche auf Englisch: *Where are you from? – We come from Småland, travelling. – Alone? Where do you want to go? – To Sønderborg? – You can join us, if you want it. We can sail together, we've got two large boats. – Oh, no,* lachten wir, verließen die Jacht und gingen zurück in unser Zelt. Am nächsten Tag kamen wir schon etwas früher zur Anlegestelle. Die Gespräche flogen hin und her. *Welcome on board, take a seat …* Die Jungs schauten uns neugierig an. *Come with us, we will bring you to Sønderborg, one girl on one boat. You'll get a sleeping place on the boat,* sagte der Kapitän.
Am nächsten Tag also mit unserem ganzen Gepäck zum Hafen, rasch waren die Sachen verstaut, die beiden Jachten glitten nebeneinander her, wir Mädchen standen auf den Vordecks und warfen uns die Worte hin und her.
Seltsam die Nacht in der Koje. Rasch im Schlafsack verkriechen, Reißverschluss ganz hoch, auf die Geräusche der Tampen lauschen, das Schwappen des Bootes, nichts hörte ich von den vier Männern, die wohl ebenso gespannt waren …
Am nächsten Tag ein Segeltörn bei Windstärke drei. Die Wellen klatschten leicht und rhythmisch gegen den Bug, die Jungs hatten gut zu tun, man bekam die Order, die Vorschot zu halten, ganz

festzuzurren und sich dabei etwas mit den Füßen festzuhaken. Der Ton der Offiziere wurde strenger, auf jedem Boot drei Jungs, die angeherrscht wurden … wir Mädchen ahnten, dass es sich hier um etwas Ernstes handelte. Am Abend großes Palaver. Segeln wir morgen weiter? *Sure, we will*, sagte Mike, der Offizier unseres Bootes. Wieder dieser Befehlston. *No, it's better to spend the day in the harbour*, sagte der Offizier des Bootes, auf dem Monika fuhr. Wir würden sehen, welches Wetter der nächste Morgen brachte.
Es stürmte schwer. Ich schlief kaum und wachte morgens um fünf auf, gerädert vom Quietschen der Takelage und den Schlägen an die Kaimauer. Die Wellen schwappten nervös in alle Richtungen. Mike sagte, er habe versprochen, uns nach Sønderborg zu fahren, das werde er einhalten. Monika sagte: Ich mache das nicht. Ich fahre mit dem Bus nach Sønderborg.
Ich war unschlüssig, dann fand ich, dass es doch toll wäre und mutig und eine Gelegenheit, bei hoher See über die Ostsee zu segeln. Ich wusste nicht, was hohe See ist. Ich wusste gar nichts. Die Skipperin vom Nachbarboot rief mir zu: Du bist verrückt, mach das nicht, da hatte die Jacht schon Fahrt aufgenommen. Wie die drei Jungs auch ich in gelben Sturmklamotten und Schwimmweste drüber, dann musste ich mich – genau wie die anderen – hinsetzen und eine Tablette schlucken. *Wofür ist das? – Damit du den Tag durchhältst und nicht durchdrehst – Warum sollte ich? – Damit du schwimmst, wenn du im Wasser landest, und nicht wie ein nasser Sack untergehst.* Ach, ich kannte den Mike schon ein bisschen, der machte immer solche Späße. Aber es hatte sich etwas geändert, gehorchen, Anordnungen verstehen und augenblicklich ausführen, unsere drei Jungs waren angespannt. Sollten die womöglich Soldaten der Marine werden?
Ich musste die Schot festhalten und mich dabei weit hinauslehnen über den Bootsrand, dann aber, nach der Wende, rasch unter dem Baum hindurch und auf der anderen Seite dasselbe. Ich war noch nie gesegelt. Ich hatte den Auftrag bekommen, Tee zu kochen, jede Stunde. Gegen das Schlingern des Segelschiffes, gegen die Schräglage, immer wieder hinunter in die Kombüse und den Wasserkessel so über der Flamme halten, dass ich nicht den Halt verlor. Das Teegebräu mit Zucker in die Becher kriegen und die nach oben reichen, das war meine Aufgabe von einer Stunde zur nächsten.

Ich musste pinkeln und das mit einem Jungen besprechen, wie das denn jetzt gehen sollte. Der lachte: *You must take the bottle.* Das geht nicht zum Pinkeln. Mike sagte ungerührt: Das muss gehen.
Scheiße! Ich musste einen Eimer finden, der Jüngste an Bord, Peeter, half mir. Der musste Wasser schöpfen, gab mir den Eimer und blieb in meiner Nähe. Ich fühlte mich getröstet, als Mike mich später aufforderte, mich neben ihn zu setzen. Er war am Ruder, und er erklärte, wie ich mich festhalten, gleichzeitig das Gewicht verlagern und rechtzeitig unter dem Mast durchkriechen konnte, wenn das Kommando kam: *Fertig zur Halse!*
Irgendwann kam die Stunde, als Mike erklärte, dass sie vor dem Küstensaum da drüben – ich konnte nichts erkennen in der Ferne – kreuzten und dabei keinen Meter weiterkamen, nicht einen. Der Wind sei so stark, dass es nicht voranginge. Gerade wurde der Bug des Bootes wieder hochgehoben und sank so jäh ins Wellental, dass mir schlecht wurde. Dem Boot werde nichts passieren, meinte der Offizier, das sei für solche Wellen und so einen Sturm gebaut, aber das Segel: *Wir haben schon zwei Verbindungsringe verloren.*
Durch den Wind schrie er dem Ältesten der drei Rekruten das Kommando zu, er solle die Fock einholen. Ich konnte kaum glauben, was ich sah: Der Mann arbeitete sich auf dem schräg liegenden Boot vorwärts, hielt sich an den Tampen fest und musste immer weiter nach vorn kriechen, bis er in einem waghalsigen Hinauslehnen die Fock zu fassen kriegte und einholte. *Ist es gefährlich?* fragte ich Peeter, der neben mir saß. – *Nein, das ist überhaupt nicht gefährlich. Uns kann nichts passieren.*
Zuversichtlich und fest mein Blick auf die Wellenberge, die heranrollten und sich mit einem Schwall Wasser über den Schiffsrumpf ergossen. Der glitt durch und hoch und schlingerte wieder ins Wellental hinunter. Ich wunderte mich, dass ich ruhig war. Ich fühlte mich watteweich im Kopf und wie gepolstert – in was eigentlich? Was für eine Tablette hatte Mike mir gegeben?
Wieder in die Kombüse und so froh, dass ich mit Peeter, der dort Wasser pumpte, sprechen konnte. *Hast du nicht Angst?* fragte ich. Er schaute hoch und schüttelte den Kopf. *Nee, man darf nie Angst haben. Angst gibt es nicht. – Also hast du Angst, aber du willst es nicht sagen?* Ich schaute in das blasse Gesicht mit den feuchten Haaren

unter der gelben Kapuze. Der war ja noch ein Kind. Er schaute mich auch an, kam näher und sagte: *Man darf das nie sagen. Sonst kommt die Angst.*

Jäh legte die Segeljacht sich wieder zur anderen Seite, ich keilte mich mit breiten Beinen zwischen die Schrankwände der Kombüse, ließ Wasser in den Kessel laufen, zündete die Gasflamme an und war froh, eine Weile beschäftigt zu sein. Trank mit Peeter einen Becher heißen Tee und passte auf, dass sich keine Angst einschlich. Drei Becher sollte ich der Mannschaft hinausreichen, aber das heiße Zeug schwappte über, ich kippte auf die andere Seite, hörte dann erst, dass Mike gegen den Wind Befehle schrie, ich hatte nicht darauf geachtet, dass sie wieder ein Wendemanöver vorgenommen hatten. Ich solle hochkommen, kam das Kommando. Ich sollte mich neben ihn setzen und die Schot halten. Ich war mir sicher: Neben diesem Mann konnte mir nichts passieren. Hart am Wind kämpfte sich die Jacht weiter.

War es schon Mittagszeit, früher Nachmittag, würde das irgendwann vorbeigehen? Es konnte doch auch ein Unglück passieren! Nebelhaft die Gedanken, ein weher Gedanke an zu Hause, was machte ich denn eigentlich hier? Die schweren Wolken und die graue, aufgewühlte See, nirgendwo fand ich einen Anhaltspunkt für Zeit und Ort. Hatte ich vielleicht doch einen Fehler gemacht? Nein, Mike hatte ja gesagt, dass nichts passieren könne. Der wusste Bescheid. Ich musste nur das machen, was zu tun war, und warten und die Schot halten und die Balance, wenn er schrie: *Klar zur Wende!*

Immer und immer und immer wieder. Ich fragte lieber nicht mehr, ob wir Strecke machten, ich fror und war nass, auch unter den Segelklamotten. Ich hatte mich nass gemacht, anders ging das nicht, es war sowieso alles egal. Beim Schlingern spritzte mir Salzwasser ins Gesicht, ich wurde von einer Seite auf die andere geschleudert, fühlte mich von Grund auf elend, die Nässe spielte keine Rolle. Am schlimmsten war die Angst, sich bloß nicht auch noch von der Angst überschwemmen lassen. Gedanken strömten durch den Kopf, ich nahm mir tausend Sachen vor, *ich wollte von jetzt ab viel weicher, zärtlicher, liebevoller und freundlicher zu allen sein …* Insgeheim versprach ich dem grausamen Sturm die schönsten Dinge.

Nie mehr konnte ich vergessen, was später geschah.

Irgendwann nach vielen Stunden, ich saß apathisch auf der Bank, fühlte die klammen Händen kaum noch, hielt krampfhaft die Schot fest, hielt mich am Nachbarmann, an irgendeiner Holzkante fest und nahm wie in Trance mit dem Körper die schlingernden Bewegungen des Bootes auf, irgendwann, als ich da saß wie ein nasser Sack, schrie Mike plötzlich los und zeigte: *Look, there,* und noch ein Manöver und noch einmal klar zur Wende, dann wurde die See ruhiger und er schrie: *Halleluja, we've got it!* Und dann erhob er die Stimme und sang einen Choral. Und die Mannschaft sang mit. Da musste ich weinen. Das sah sowieso niemand, weil das Gesicht nass war. Ich konnte nicht mehr. In diesem Moment, als die schwere See dahinten war und wir im Schutz der Bucht von Sønderborg – die hatten wir wohl erreicht, die musste es sein, man erkannte gar nichts –, jetzt, da Mike einen Choral sang, jetzt ahnte ich, wie es in Wahrheit gewesen war. Um uns herum eine leichte Dünung, ein Wind, wie beim Osterspaziergang an der Nordsee, und jetzt ein Dankeslied, ein Jubel. Mike legte den Arm um mich und drückte mich fest. Da wusste ich, dass wir in großer Gefahr gewesen waren. Keinen Moment hatte er diesen Gedanken zugelassen. War das Heuchelei oder Menschenführung? Langsam kam mir eine Ahnung von dem, was die Jungs lernen mussten.

Als wir im Hafen von Sønderborg ankamen, lagen sich alle in den Armen, wie die Sieger in einer gewonnenen Schlacht. Monika wartete schon am Anlegesteg und schrie mich an: *Bist du wahnsinnig geworden, dass du so was Beklopptes machst? Mensch, es hätte sonst was passieren können!* Wir umarmten und küssten uns, und ich zitterte vor Freude und Entsetzen. Als alles festgezurrt war, zeigte mir Mike, dass es nur noch zwei Verbindungsringe gab, die das Hauptsegel am Mast fixierten. Dann nahm er mich bei der Hand und ging wortlos über den Steg, die Hafenstraße weiter und bis zur Kirche. Dort trat er mit mir ein, setzte sich in eine Kirchenbank und sprach ein Dankesgebet.

In diesem Moment zerriss etwas in mir. Die Erleichterung, dass dieser Tag geschafft war, ja, da konnte ich wohl dankbar sein. Aber hier nun in die Kirche gehen – das war nicht der Raum, in den Mike gehörte, der hatte seinen Beruf, der war Offizier der Marine, der hatte etwas anderes zu erledigen! Was er jetzt machte, war nur peinlich, theatralisch, aufgesetzt. Aber viel schlimmer noch war der andere, sehr unangenehme Gedanke: Es war eben doch gefährlich gewesen, und wie! Und ich hatte mich beruhigen lassen und alles geglaubt, was er gesagt hatte: *Sure, no problem, don't worry, keep the sheet*, und so weiter. Jetzt war klar, dass ich in etwas Gefährliches hineingeschliddert war, einen Fehler gemacht hatte, wie Monika sagte. Für den Offizier hier in der Kirche gehörte alles zusammen, erst ein Risiko eingehen, eine Gefahr in Kauf nehmen, weil man etwas versprochen hat, weil die Ehre auf dem Spiel steht? – Weil die Rekrutenausbildung schließlich sein Job ist? –, und dann, wenn der Sieg der Segeltörn im schweren Sturm vollbracht ist, ein Dankeslied in der Kirche?

Spätestens diesen Kirchgang hätte ich doch ablehnen müssen. War es ein Ritual, war es Heuchelei, oder ging das Erlernen des Kriegshandwerkes in dieser Reihenfolge?

Wir verschwanden schleunigst, trampten von Sønderborg nach Broager, fanden ein Zimmer auf einem Bauernhof auf der Halbinsel Alsen, faulenzten und badeten. Die Sonne immer noch heiß, kühler die Nächte, deswegen waren wir froh über ein richtiges Bett. Schon stimmte alles wieder. Ich dachte nicht daran, die Reise zu beenden, nur weil ich gerade einem Unglück entronnen war. Bewusst arglos ein paar Sätze an die Mutter, dass aufregende Tage hinter uns lägen, nach dem einsamen Fischerdörfchen Lundeborg eine dreitägige Segelpartie auf schnittiger Segeljacht über die Ostsee, viele wertvolle und gute Erfahrungen, nette Menschen …

Ich konnte das mittlerweile gut – um die Klippen herumschippern. Und schrieb unbekümmert und in der Gewissheit, dass ich viel Zeit hatte, in die schwarze Kladde: *Schon 5. September, einsamer Sandstrand, angeschwemmte Muscheln und schwarze vertrocknete Algen, die Steilküste, darüber die strahlende Bläue des Himmels. Tiefe Stille über der weiten Wasserfläche, nur das leise Schlagen der Wellen und das ferne Gekreisch der Seevögel, wir sind auf der Halbinsel Alsen. Ich weiß nicht, ob ich „neu" geworden bin, wie ich es mir vor einigen Wochen gewünscht habe, und wie Monika von sich behauptet, dass sie es geworden sei. Ich glaube, so einfach kann man es sich nicht damit machen.*

Lüneburger Land

Herbst 2012. Raureif liegt zart wie Spitze über Gärten und Wiesen. Jäh ist die Herbstblüte abgebrochen. Aber die Sonne scheint an diesem Sonntag im späten Oktober, geradezu festlich ist die zarte Himmelsbläue. Flach der Sonnenball drüben über der Allee, gleißend das Licht hier im Zimmer. Beginnt schon jetzt der Winter? Eine Kanne mit heißem Darjeeling und Toastbrot auf dem Tablett. Johann ist bei seiner Familie in Franken. Vielleicht werde ich diesen Sonntagmorgen im Bett verbringen, *grasse matinée.* Ich war so aufgeregt, dachte, ich müsste immer etwas tun, kochen, Essen rüberbringen, helfen, überall dabei sein, wenn Hilfe gebraucht wird, so ist es aber nicht. Meine Erwartungen sind offensichtlich überspannt.

Es beginnt ein langer, schöner Tag. Die Uhr ist zurückgestellt, von nun an wird die Umstellung auf ‚Winterzeit' die dunklen Stunden des Abends verlängern.

Da geht das Telefon, Katrina sagt: *Ist das nicht ein schöner Tag? Wir planen einen großen Spaziergang! Magst du mitgehen?*

Sind die anderen denn noch da?

Nein, die sind schon abgefahren und besuchen jetzt Lydia und Lil. Komm doch rüber.

In der Tür zum Haupthaus steht sie mit einem Kleinen auf dem Arm: Er braucht noch mal die Flasche. *Setz dich, magst du ihm die geben?*

So easy also, so winzig das kleine Kind und will schon alles betrachten, herumgucken, die großen Augen wollen alles erfassen, der Blick streift mich und macht vor meinem Gesicht halt: *Voilà, mon p'tit*, du kennst mich noch nicht.

Katrina schaut zu, lacht, nimmt ihn hoch, legt ihn in den Wagen, und sie tuscheln, reden, schnurzeln: *Na, du Süßer, hast du genug getrunken? Könnte ein bisschen mehr sein. Ist aber auch gut so. Das Mützchen – das passt dir gut. Hier dein Schnuller.*

Das Baby rekelt sich, stößt auf, Behaglichkeitslaute sind zu hören. *Was bist du süß,* flüstert sie verliebt in den Kinderwagen hinein. Dann das andere Bündel, Nikkel ist schon am Einschlafen. Heute sind sie vier Wochen alt, was für eine Freude, das mitzuerleben!

Ein paar Tage später bewache ich ihren Mittagsschlaf, schaue zu, wie *Petit Yves* und *Nikolas* grunzen, schnorcheln, atmen und ächzen. Vielleicht eine Hand auf den kleinen Körper, wenn plötzlich das ganze Kind sich reckt, gähnt, den Mund verzieht, wohl schreien will, aber doch eigentlich schlafen. Wenn es zuckt und strampelt, weil vielleicht eine Kolik durch den zarten Leib jagt, dann sage ich: *Schuschu, das wird gleich besser.*
Im *Living* ist es warm und gemütlich, ich bin allein mit den beiden, die Baumkronen sind herbstrot, früh bricht die Dämmerung herein. Im Ostfenster sieht man den Bulli auf den Hof fahren. Katrina bringt einen Karton Windeln, Papiertücher, Cremes, Joghurts, Käsevariationen, Kekse und Schokoladen herein und sagt: *Das ist eine Premiere. Das erste Mal lasse ich die Kleinen allein hier bei dir und fahre einkaufen. Toll. Trinken wir einen Carokaffee zusammen?* Sie erzählt vom letzten Donnerstag, als sie beim Arzt in Hamburg war: *Das war komisch, allein in der Stadt, nicht mehr schwanger, fünftausend Menschen sehen. Das stürmt auf einen ein, kaum auszuhalten. Ich schaue in die Kinderwagen und denke: Habe ich auch! Das habe ich auch! Während der Schwangerschaft auch in jeden Kinderwagen ganz vorsichtig hinein- und gleich wieder weggeguckt. Ich wollte das gar nicht sehen. Erst mal müssen sie da sein, erst mal muss alles gutgehen.*

In der Nacht um eins hat Yves geschrien, erzählt Katrina am nächsten Tag. Sie nimmt ihn hoch, er nuckelt lustlos, sie spricht mit ihm, trägt ihn durchs Haus, beruhigt ihn und legt ihn dann ins Bett zurück. Er schläft ein. Um drei Uhr schreit er wieder, sie nimmt ihn hoch, wickelt ihn und gibt ihm die Flasche. Er mag etwas trinken. Dann weint er und lehnt die Flasche wieder ab. Sie trägt ihn, beruhigt ihn, er schläft in ihrem Arm wieder ein. Im Bettchen schläft er weiter, um halb fünf ist er wieder wach. Diesmal putzmunter, trinkt die Flasche ganz aus, lacht seine Mutter an und will spielen. Sie spricht mit ihm, singt ihm etwas vor, spielt mit seinen Fingern, dann ist um halb sechs Nikolas wach. *Um sechs ist Schicht*, erzählt sie, *da wollen beide Babys den Tag beginnen.* Klaas wacht auf, nimmt die Kleinen

und sagt, dass sie ins Bett gehen soll. *Das tut sie*, sagt er, *ich habe die beiden Kleinen auf die Spieldecke gelegt, eine Musik von Simon und Garfunkel angestellt, und dann sing ich dazu und dann wollen sie natürlich auf den Arm und mitmachen.*
Toll, wie ihr das macht, sage ich später, als sie mir alles berichten. *Wie schafft ihr es, so viel Geduld zu haben? Das muss man durchhalten können, wenn man alles so macht, wie die Kinder es haben wollen. Schafft ihr das? Ich könnte sie ja auch mal ...*
Nein, das geht nicht. Die müssen erst mal eine Bindung aufbauen, sagt Katrina. *Das brauchen sie. Sie müssen gerade immer wieder erleben, dass man sich auf die Zuwendung der Eltern verlassen kann.*
Wird das verhindert, wenn eine Marie ein bisschen hilft? Insgeheim bleibt die Frage.

Frühmorgens an einem Montag im November laute, metallische Schläge im Garten. Aus dem Schlaf hoch und noch bei der jähen Frage, was da in unserem Garten gerade passiert, Hose und Pullover greifen, anziehen und die Tür aufreißen. Da steht ein Schwerlaster auf dem Rasen vor der Haustür. Drei Männer sind dabei, mit einem Kran einen Gastank vom Anhänger herunterzulassen. Ich treffe den jungen Landwirt, spreche, nein, flehe ihn an, ob man nicht überlegen könne, den Gastank woandershin zu stellen, doch nicht hier, in unseren Garten. Vielleicht drüben neben die Kartoffelscheune?
Nichts da, es gibt keinen anderen Platz auf dem Hof. Ich bestimme das hier.
Ich renne zum Herrenhaus und will den Senior sprechen.
Sie können auch mir alles erzählen, sagt die Chefin des Hofes im Büro am Schreibtisch. *Sagen Sie mir, was Sie bedrückt. Aber der Gastank wird da natürlich hingesetzt. Das geht ja gar nicht anders.*
Am Nachmittag gehe ich hinüber zum Haupthaus und klingele, ich muss diese Geschichte loswerden. Niemand öffnet. Ich kehre um.

Später klingelt das Telefon, Katrina fragt, ob ich auf einen Kaffee herüberkommen wolle.
Erst Nikkel die Flasche geben, dann lege ich ihn an die Schulter, trage ihn durchs Zimmer, den süßen Geruch von seinem schwarzen Haar in der Nase. Da reckt er sich, verzieht den Mund zu einem Grinsen,

gähnt, blinzelt. Schnuppern und Schunkeln. Katrina pumpt ab und studiert eine Examensarbeit. Yves schläft im Korb. Nikolas immer noch bei mir in der Armbeuge, sein Bauch an meinem Körper, man spürt, dass er die körperliche Nähe mag, die Höhle beruhigt ihn.
Ich kann gar nicht sagen, wie sehr ich mich freue, immer wieder das Kind betrachten, dabei sein, mitmachen zu können.
Später noch Forellen braten, Kartoffeln kochen, Feldsalat putzen, die Mahlzeit rüberbringen. Der Vater ist jetzt aus der Uni gekommen.

Wie in jedem Jahr beginnt der November mit trüben Tagen. Bei Nieselregen durch die Alleen. Keine bunten Laubwände. Es ist fast alles kahl, die Luft milde, stille Landschaft weit und breit. Ehe es noch richtig hell wird, bricht um fünf die Dunkelheit herein. Wenn die Schatten in den Raum fallen, kommt die Schwermut. Das war schon immer so. *Herr bleibe bei uns, denn es will Abend werden,* das war damals die Antwort. Ganz offensichtlich war diese Schwermut etwas Allgemeines.
Es ist nun langsam vorbei, dass man sich ein Haus suchen mag. Es gibt keine Angebote mehr. Wer will schon durch regennasse, welke Gärten gehen und kalte, vergammelnde Scheunen besichtigen? Schließlich doch noch ein Objekt im Internet, die Sommerbilder eines Bauernhofensembles im flimmernden Licht unter Eichengrün. Katrina und ich fahren rasch hin und sind angetan …
Am Abend im Haupthaus beratschlagen. Klaas, der mit Nickel auf dem Arm durch den Raum geht und immer um den Tisch herum, sorgenvoll: *Da ist aber kein offener Blick in die Landschaft. Keine Feldrandlage. Wo sollen wir denn unsere Feuerstelle machen?*
Ja, das stimmt. Feldrandlage ist es nicht. Insofern haben wir nur „die achtzig Prozent“.
Drei Tage später Katrina *en passant*: *Heute ist wieder Besichtigungstermin. Bodo kommt auch, wir treffen uns gleich dort! Hast du die SMS nicht bekommen? Kommst du mit?*
Zum ersten Mal setzt sich der Familientreck in Bewegung, Babys werden in die Plastikschalen gelegt, auf dem Autositz festgezurrt, wachsam zwischen den zwei Maxi-Cosis die Mama, der Vater fährt langsam durch die Landschaft des trüben Novembertages nach Lehmgrabe.

Bodo kommt mit Taschenlampe und Zollstock in die Dorfstraße, schaut sich alles an und sagt: *Ein tolles Gebäude-Ensemble, gut renoviert, liebenswürdig Hof und Gartenanlagen.*

Mitten im dunklen November erst recht ein Fest, eine große Tafelrunde im Hinterhaus.
Die Großen bringen die Kleinen im Kinderwagen, stellen ihn vor die Haustür und lassen dort zwei Babys unter der Plastikabdeckung in den Abend hineinschlafen.
Bodo kommt mit ein paar Feuerwerkskörper und sagt: *Du bist doch in Indien geboren, stimmt's? Also hier eine Ingwerblüte!* Sibylle hat Klaviernoten dabei, einen Walzer von Chopin. Mathis und Bea tragen aus ihrem Haus eine israelische Vorspeisenplatte herüber.
Aus dem Wendland wird ein Akkordeon herbeigeschleppt, es soll *Bal Musette* gespielt werden, eine Flasche mit selbst gebrautem *Cidre* und ein kleiner Sack mit frisch geernteten Haselnüssen sind die Geschenke. Die Malerfreunde stellen Kuchen auf den Tisch und haben ein Bild gemalt.
Die Kleinen stehen im Nieselregen vor dem Haus, dann wollen sie mitmachen. Einer darf die Flasche geben, jemand anders *P'tit-Yves* im Arm haben. Das Epizentrum aber der Vater und die Mama. Auf dem einen Arm hier und dem anderen Arm dort schlucken, rülpsen, dösen, schlummern und schauen die beiden Kleinen in die große Tafelrunde.
Später jagen ein paar Feuerwerkskörper in den nächtlichen Himmel. Sie zerbersten in farbigen Garben, immer noch mal das zischende Geräusch, der sanfte Knall, und dann schüttet es Leuchtkugeln vom Himmel. Ein kleines Diwali-Lichterfest triumphiert über die Dunkelheit dieses Novembers im Norden.

Am Sonntag sitzen die sechs, die zusammenziehen wollen, um den großen Tisch. Es gibt einen Kostenvoranschlag vom Dachdecker und die gute Nachricht, dass sich aus der soliden Bausubstanz zwei schöne Wohneinheiten bauen ließen. Na also, so könnte es gehen, wir werden uns einig an dem Nachmittag. Die Flasche Sekt steht schon bereit. *Wollen wir anstoßen auf dieses Ergebnis? – Nein, das ist wohl doch noch ein bisschen zu früh,* sagt Klaas.

Am Dienstag sagt Bodo alles ab. Er kann sich nicht dafür entschließen. Die anderen stehen noch einmal auf dem ehemaligen Bauernhof in dem abgelegenen Dorf. Jetzt erst fällt ihnen der hohe Schornstein auf, der gleich hinter der Gartenmauer aufragt. Sie fragen den Landwirt, der den Nachbarhof bewirtschaftet.
Ja, dieses Gebäude da, das ist ein Hühnerstall.
Darf man da mal hineinschauen?
Nein, das ist unmöglich, da darf niemand hinein.
Wie viele Hühner haben Sie denn dort?
Och, das ist eine große Legebatterie, dreitausend Hennen.
Hühnerstallemissionen also, der Schornstein, der sie in die Luft befördert, liegt fünf Meter schräg gegenüber von dem Haus, in das sich alle verknallt haben.
Das war's dann.

Mit der Einkaufsliste für das Weihnachtsessen bin ich fertig. Da ruft Hans aus Berlin an: *Ich sitze hier gerade im ‚Lafayette' und bekomme einen Teller mit sechs Austern gereicht. – Na dann, schön für dich. – Ihr werdet sicher eure Gründe gehabt haben, dass ihr das Haus wieder abgesagt habt, dann soll ich also gar nicht kommen, um bei der Planung zu beraten? – Eine Legebatterie von dreitausend Hennen war der Grund, ich bin sehr entmutigt. – Thank God, dass ihr das abgewendet habt, antwortet er, Hühneremissionen sind sehr gefährlich. Seid ihr Weihnachten da? Dann schicke ich euch ein Paket vom ‚Lafayette' mit provenzalischer Fischsuppe und Wein.*
Ein Glück, dem geht's gerade richtig gut. Mit dem reichen Freund fein Austern zu Mittag, eben mal auf großem Fuß, aber die Mittelmeergenüsse sollen auch für uns sein. Gegen die Entmutigung kommt prompt ein großes Paket im Hinterhaus an. Ab dann ist Stille. Das Holz knackt im Kamin, ich sitze am Schreibtisch.

Vierter Advent, schon der Tag vor Heiligabend, rasch hinüber, wate durch den Hofmatsch und frage, ob ich nun die Ananas-Pannacotta zum Dessert machen soll oder wer eigentlich was für den Nachtisch des Festessens … Und ob ich mal wieder ein Baby füttern dürfe. *Geh rein, ich komme auch gleich,* sagt sie. Die Kerzen am Adventskranz sind angezündet, warmer Tannenduft liegt im Raum, die Teller vom

Mittagsessen stehen noch auf dem Tisch.
Es ist still, ich schau mich um, ein Baby schläft im Korb, das andere liegt auf dem Bauch und hält, nein, balanciert sein Köpfchen hoch. Das duftet so saubersüß und frisch. Babygeruch mit Sogwirkung. Es trägt zum ersten Mal die kleine Jacke, die ich ihm gestrickt habe, in grauem und lila Alpaka, nach einem feinen Babystrickdesign. Das Stricken hat beim Warten geholfen, es war dieses kleine Strickgewebe, dem ich Reihe um Reihe meine Gedanken beigab. Katrina kommt ins Zimmer, schaut sich um, nimmt ihr Baby hoch, schaukelt es und redet behaglich und strahlend: *Sieben Stunden hat er in der letzten Nacht geschlafen, auch in der Nacht davor. Da verändert sich etwas, die Koliken gehen zurück, er trinkt, pupst und fällt in den Schlaf. Das ist neu.* Und seit zwei Tagen stille sie ihn wieder, redet sie weiter.
Der hat das in der Küche gehört, tritt hinter die beiden und streichelt sie im Nacken. *Das ist das Glück der Mutter, sagt er zärtlich.*
Ja, das war toll. Ich legte ihn an, ich dachte, ich versuche es einfach wieder, und er hat getrunken.
Sie hätte das jetzt noch mal im Buch nachgelesen. Das Füttern sei die innigste Sache zwischen der Mutter und dem Kind. Das hätten schon zu viele gemacht, die fremd sind.
Ich bin doch nicht fremd, werfe ich ein. – *Nein, aber doch. Die Mutter ist wichtig. – Und der Vater. Ihr macht es doch zusammen. Das ist doch eure gemeinsame Sache? – Das muss die Mutter machen,* sagt Katrina.
Ich gehe zurück in unsere Küche und bereite die Pannacotta zu. Sie freut sich, denke ich: den ganzen Tag bei den Kindern sein, Klaas dabei, Elternzeit genießen. Alles ist richtig.
Gut, dann habe ich jetzt auch viel Zeit, zum Kochen, zum Lesen und zum Schreiben.

Mit milden acht Grad kommt der 24. Dezember, ich betrachte das Arrangement auf dem Küchentisch: die Gans, büschelweise Majoran und Beifuß, in einer Schüssel Pflaumen, schon am Vortag in Portwein mariniert, klein geschnittene Feigen, Apfelstücke, der Vogel kommt gut gefüllt in den Ofen, *et voilà,* hundertfünfzig Grad, mindestens fünf Stunden also, stetige Begleitung bedeutet das, Präsenz und viel Zeit …
Ich könnte jetzt also mal – ungefähr um diese Zeit war das damals –,

ich könnte jetzt mal nach unten gehen und in die Werkstatt schauen …

Die Jungs haben zu tun. Es geht hektisch zu, man darf eigentlich nichts sehen, es ist aber alles zu erkennen, weil die Tür nur angelehnt ist. Allen voran der Vater. Die Zigarre im Mund, redet und erklärt er, hantiert fieberhaft und geschickt mit kleinen Nägeln, die in feines Holz gehämmert werden. Es wird gesägt, geklebt und gequatscht, dass man jetzt auch die kleinen Nägel brauche, der Hammer zu mir. Der Vater baut an der Weihnachtskrippe, bis sie fertig ist. Vorher gibt es kein Feiern.

Eigentlich müssten sich die Kinder schon im Esszimmer versammeln, denkt das Mädchen. Das Licht wird gelöscht, das Warten im Dunkeln, es muss diese dunkle Stunde geben, bis aus dem Wohnzimmer die Glocke bimmelt. So muss das ablaufen. Sie hat schon mal im Esszimmer Platz genommen, damit die Zeit des Wartens endlich anfängt, ihre Geschenke sind längst fertig

Ich gehe wieder hinauf in die Küche und begutachte die Gans, wende, begieße und warte. Dieses Warten während der Zubereitung eines Festessens gab es damals nicht. Es gab Kartoffelsalat und Knackwürstchen, die Mutter sollte entlastet werden, hieß es jedes Jahr aufs Neue. Aber das war nicht der Grund. Es ging um etwas anderes. Der Heilige Abend hatte seinen Grund und Inhalt in der Geburt des Christkindes. Dieses Fest wurde ernsthaft, aus tiefstem Glauben gefeiert.

Eine rappelvolle große Kirche, heiß von den vielen Menschen und den flackernden Kerzen an zwei riesengroßen Tannen, links und rechts vom Altar. Der ganze Raum durchtobt von „Tochter Zion, freue dich", ausführlich und langsam aus der Tiefe in die Höhe, vielstimmig und schief die Stimmen der Bauern, tragend und lenkend vorneweg, allen voran, die Stimme des Vaters. Der stand vor dem Altar, wurde von der Orgel wuchtig begleitet und schließlich zum brausenden Schlussakkord gebracht. Welche Tochter, wer war Zion? Auf dem „freue dich" schaukelten die Stimmen bewegt herum. Es durchrieselte einen von Kopf bis Fuß. Für das kleine Kind in Boldixum auf Föhr war dies schwer fassbar und sehr wunderbar. Es blieb das große Weihnachtsbild.

Aus der Küche dringt jetzt der Geruch von Pflaumen und Portwein, draußen ist es dunkel geworden, man müsste jetzt die Beilagen zubereiten, aber man könnte auch mal ins Haupthaus schauen und sehen, was die Babys machen? *Nein, auf gar keinen Fall kannst du da jetzt hineingehen, das ist die Überraschung, die Geschenke kannst du hier ablegen, ich bringe sie später ins Weihnachtszimmer*, sagt Katrina. Das ganze Haus duftet nach Tanne.

Dass es etwas Schönes zu erwarten gab, war klar. Tannenbaum, Gabentisch und der bunte Teller mit Plätzchen, die fröhlichen Lieder, aber jedes Jahr aufs Neue die Geburt des Jesuskindes?

Wenn dann endlich die Glocke erklang und die Tür mit großer, geheimnisvoller Geste geöffnet wurde, dann gab es diesen glückseligen Moment, auf den man die Stunde vorher im Dunkeln hingefiebert hatte: Der Tannenbaum glitzernd mit seinen Kerzen in der Mitte des Wohnzimmers. So war es immer. Die stolze Tanne, breit und ausladend, unter den Zweigen grüne Schlupfwinkel, in denen es duftete, wenn man sich da seinen Platz suchte. Bis weit in den Januar hinein stand diese hohe Tanne im Zimmer und verbreitete Wald.

Aber ernst schlug der Vater die dicke Familienbibel auf und las langsam die ganze Weihnachtsgeschichte vor, während alle standen und beklommen warteten. *Factum est autem in diebus illis, ut describeretur universum orbis* … musste später, als die Jungs Latein lernten, aufgesagt werden. Die alte Sprachmelodie verklärte den Text in fantastische Dichtung, ich konnte das auch auswendig hersagen … Schließlich der Familienkanon, alle waren befreit, es wurde fröhlich wie in dem vierstimmigen Kanon *Ubi sunt gaudia*, der immer noch mal gesungen wurde …

Kurz bevor sie drei Monate alt werden, haben sich die Kleinen etwas Neues ausgedacht. Ich bin gerade drüben, trage Nicolas ein wenig herum und schaukele ihn, da erzählt Katrina von den letzten Nächten.

Die Jungs schlafen unruhig, sie schrecken jetzt bei Geräuschen hoch, jäh und aufgebracht sind sie dann, sagt sie. – War das nicht schon immer so? – Nein, das ist etwas Neues. Sie können jetzt ‚weinen'. Sie haben Tränen. Die sind jetzt da! Die Seele ist erwacht.

Am letzten Tag des Jahres jagt ein Frühlingssturm durch die Alleen und Knicks, Föhnwind wirbelt die schwarzen Silberpappelblätter hoch. Am Nachmittag die Pflanzen aus dem Zimmer in den Flur, Tannenbaum in die Ecke, Tafelrunde vorbereiten. Wir werden zu acht sein und die Babys dazu.
Sind wir dann aber doch nicht.
Ob ich noch einmal kommen könne, fragt Klaas am späten Nachmittag, er brauche Unterstützung. Katrina liegt krank zu Bett, alles tut ihr weh. *P'tit-Yves* schreit und hört damit auf, sobald ich ihn hochnehme und mit ihm auf und ab gehe, das Köpfchen an der Schulter, sein Bauch an meiner Brust. Nikolas hat in seinem Korb viel zu tun. Er muss schauen – da oben hin, rum das Köpfchen, dahin, nein, jetzt dorthin. Große Augen schauen umher, vor meinem Gesicht bleibt der Blick stehen: *Was bist denn du für eine*, scheint er zu denken.
Um fünf Uhr erwacht Katrina, setzt sich im Bett auf und freut sich, als die Kleinen gebracht werden. Mit beiden Armen nimmt sie ein in eine Decke gehülltes Bündel entgegen, dazu die fertige Flasche, sie ist langsam und behutsam in den Bewegungen, sie betrachtet ihr Kind. Ich sitze daneben auf der Bettkante und gebe dem anderen Baby die Flasche. Was für ein schöner Moment am letzten Tag des Jahres! Still ist es im Haus.

Es ist tiefer Winter im Eichkamp. An einem Tag Ende Januar komme ich aus dem Dorf zurück, gehe am Küchenfenster des Haupthauses vorbei, da winkt mich Katrina herein, öffnet die Haustür und sagt: *Moosbrock ist vom Netz*!
Das kommt jäh. Nun also doch, denke ich. Katrina ist enttäuscht. Sie hängt an diesem Multifunktions-Großscheunenprojekt. Obwohl es zu keiner Zeit ernsthaft in Betracht gezogen werden konnte, es war einfach zu teuer. *Yves wird gerade gefüttert*, redet sie weiter. *Wollen wir dann eine Runde zum Zwiebelberg machen? – Gern, ich komme gerade von der Bäckerin, die Straßen sind vereist, hier, frischer Bienenstich.*
Auf Socken ins Wohnzimmer, Yves im Arm von Klaas und Nickel im Korb. Ich spiele ein bisschen mit seinen Händen – und schwupp, da greift er meine beiden Zeigefinger, einen links, einen rechts, schließt

die kleinen Hände ganz fest darum, ich kann ihn daran etwas hochziehen. Er schaut lange, guckt tief in die Augen, hört die Stimme seiner Mama und dreht sofort den Kopf zu ihr hin. Dann schaut er wieder zu mir, strampelt, der ganze kleine Körper ist im aufgeregten, aktiven Status, gespannt und eifrig interessiert. Und dann macht er den Mund auf und lacht, lacht mich an. Ich lache zurück. Guten Tag, mein Hase. Katrina schaut zu.

Das Haus im Süden

Frühling 2013. Eintausendvierhundert Kilometer Richtung Süden, am besten durch das Rheintal an den Weinbergen des Elsass vorbei, weiter an den Weinbergen des Beaujolais entlang, immer weiter nach Süden, Vienne, Valence, bald danach die Schluchten der Ardèche, schließlich auf winzigen Straßen auf das Kalksteinplateau am Ostrand der Cevennen, nicht mehr weit vom Mittelmeer.
Da stehen Zypressen und Olivenbäume, Blüten sprießen in der molligen Wärme des Südens, Büschel von zartblauen Blüten an den holzigen Stämmen von Thymian und Rosmarin. Die gelben Blütenstände des Honigbusches *Elaeagnus*, auch die Büsche des *Laurier-Tin*, des Mittelmeer-Schneeballs, tragen überall im Garten hunderte rosa-weiße Dolden.
Geruch liegt in der Luft, ätherisch, süß, der ganze Garten riecht nach Honig, dieser Duft ist es, der einen verrückt macht, der Geruch des Südens, es ist Frühling in der Macchia.
Der Wind gehört dazu. Fährt wie eine singende Säge durch Schilfe und Palmenwedel, streicht durch die Zedern, lässt die blassgrünen Fensterläden erschauern und springt wieder davon, die Berge hoch. Das ist der kalte, scharfkantige, singende Mistral. Man muss sich schützen. Ich gehe zurück ins Steinhaus und setze mich im

Nachthemd mit einem heißen Tee an den Küchentisch, das Kaminfeuer brennt. Da pocht es an die Tür. Scheppernd wird sie geöffnet, und ein kräftiges *Comment ça va*? dringt in den Raum. Es ist der Nachbar Michel. *Ohh, je suis au lit. Bonjour, bonjour!* Kuss an der linken Wange vorbei in die Luft, an der rechten Wange vorbei, und dann gibt's noch einen dritten. *Mais ouiii, Marie, tranquille, c' est la vie. Vous êtes là jusqu'à quand? – Voilà, bien quelques semaines ... on se verra!* Bestimmt wird man sich in den nächsten Wochen treffen, man wird sehen, Ruhe kehrt wieder ein.

So geht es hier, das Licht, die Garrigue, das Steinhaus, alles ist eine Zauberkraft für das Gemüt und eine Herausforderung für den winterträgen Körper. Was könnte, was müsste man jetzt alles machen? *Tranquille,* Marie. Baumsäge heult aus dem Westen, Steinegerappel von der anderen Seite der Mauern, das sind im Februar die Geräusche des Südens. Die Bruchsteinmauern werden wieder aufgebaut. Wildschweinfamilien, die drüben in der Wildnis leben, haben über den zusammengestürzten Mauern einen Pfad gebahnt und sich im Winter im frischen Gartenboden gesuhlt, dabei sind ein paar junge Olivenbäume umgelegt worden.
Ohne Mörtel werden die Steine aufgeschichtet, fast zwei Meter hoch auf einem schweren breiten Sockel aus Felsbrocken. Ohne diese Mauern, die sich weit durch die Landschaft ziehen, gibt es keinen Schutz vor den wilden Tieren, keinen Garten, erst mit der Einhegung geht der los. So ist das im Paradiesgarten. Das Wort *pairidaêza* taucht in einer Sammlung religiöser Lehren aus dem alten Persien auf und bedeutet umfriedetes Land, Gehege.
Auf den griechischen Inseln ist mir diese Architektur aus Natursteinmauern zum ersten Mal aufgefallen. Immer ist es dieses Bild, auf dem kahlen Hang zum Bergdorf, steinig und heiß, eingefriedete Flächen. Schwere Feldmauern um einen grünen Flecken Gras, ein Kornfeld oder einen Olivengarten, auffällige Muster bildeten diese Gartenoasen. Jetzt leben wir selbst in einer Garrigue, in der es ohne diese schweren Steinmauern keinen Garten gäbe.

Wir arbeiten an den Mauern, am nächsten Tag bringe ich Johann zum Zug ins Rhônetal, er muss noch einmal zurück in den Norden, er hat zu arbeiten, ich bin allein im Haus. Anstatt zu schlafen, lausche ich lange in die Nacht. Woher kommen die fremden Geräusche, wer trampelt jenseits der breiten Westmauern durch den Buschwald?

Am Morgen die große Freude, *Catherine* ruft an, hier in Frankreich heißt Katrina für mich Catherine: Der Bulli gehe doch nicht auf den Autoreisezug, die Schlafplätze seien sowieso schon ausgebucht. *Wir wollen den Aufbruch aber auch so versuchen. Wir freuen uns, wenn ihr da seid. Aber ihr sollt euren Trip nach Marokko nicht davon abhängig machen. Ich muss jetzt mal nach Nikolas sehen. Der liegt draußen im Wagen.* Das Baby auf dem Arm, kehrt sie ans Telefon zurück. *Hörst du ihn, sein Atmen? Sag mal was, hör mal, wer da ist? Nikolino, hörst du? Nee, das kann er noch nicht. Ich lausche.* Sie werden also tatsächlich kommen.

Einen Tag später die Einladung in das andere Haus. Bei denen hat sich eine Gruppe aus Berlin versammelt, um über ‚Spontaneismus' zu diskutieren. Abends wird zusammen gekocht, ich die zehnte in der Tafelrunde. Die Stimmung nimmt Fahrt auf.
Schwerer Regen ist am Tag niedergegangen, Sturzbäche kamen von den Hängen, wo man niemals Wasser gesehen hat, Straßen waren im Nu überschwemmt.
Die Natur, das Wetter wird immer aggressiver und gefährlicher, sagt Ernst, *und erst die Politik! Nordkorea droht mit einer Erstschlagskapazität, das Land will zu einem atomaren Angriff fähig sein, und jetzt schaut die Welt gebannt auf die USA. Wie werden die Amerikaner reagieren?*
Frankreich hat auch Atomwaffen, Luftbodenraketen sind in Istres am Mittelmeer stationiert, gar nicht weit weg.
Und Interkontinentalraketen mit atomaren Sprengkörpern auf der Île Longue, ergänzt ein anderer.
Und gleichwohl dringt Macron auf schärfste Sanktionen gegen Nordkorea, gemeinsam mit den europäischen Partnern, wie soll man das verstehen?

Gegen Mitternacht allein durch die dunklen Wälder zurück, neue Sturzbäche und überschwemmte Straßenpassagen. War das schon

immer so, im Frühling im Süden? Wildwasser, windig, wetterwendisch, streichelnd warm und jäh wieder kalt?
Die Nacht ist unruhig, gegen fünf muss ich aufstehen, die Glut im offenen Kamin schüren, ein paar Scheite auflegen. Vor dem aufflackernden Feuer hocken und heißen Tee trinken, in die Flammen schauen, das beruhigt.
Wann kommt Johann zurück? Bestimmt werden wir nicht nach Marokko fahren, sondern bei den Großen und Kleinen bleiben, das ist wichtig.
Draußen in der Nacht der erste Finkenschlag, die Dämmerung beginnt.

In Holstein das Haus der Urgroßmutter

Ein Morgen im Mai 2013. Feucht, frisch und kühl schwappen die nässeschweren Äste der Buchen auf den Weg am Feldrand. Zartflaumig wachsen Buchengrün und chlorophyllgesättigt auch schon die jungen Eichenblätter. Auf dem Morgenspaziergang durch Alleen und an Feldrainen hört man den sanften Wind, wie er in den Blättern spielt. Nur die Spitzen der Äste wippen auf und ab. Ein federleichter Windstoß stülpt die Blätter hoch und lässt sie im Wind flirren. Leichte, metallische Klänge erzeugt das Windspiel in den Pappeln, ein bisschen wie der absichtslose Griff über die Saiten einer Harfe. Flirrende Klänge in den Kronen der Bäume, das sind die Töne des Frühlings hier im Norden …

Nach dem Einkauf auf dem Markt im Städtchen, als ich gerade in den Gutshof gefahren bin durch große Matschpfützen, die aufspritzen, dann mit schweren Körben über den nassen Rasen, kommt Katrina durch den Garten und fragt, ob ich Lust hätte zu einer Runde, das wäre gut, dann könnte Klaas etwas schlafen.

Rasch die Gummistiefel an, drüben die Riemen des Tragegurtes umgeschnallt, dann sitzt Nickel vor mir. Das Köpfchen hochgereckt, schaut er mich an, lacht erwartungsvoll und lässt sich die Mütze und das Cape überstülpen, meine Hand schützend auf seinem Kopf, als mit einem Stoß der Wind um die Hausecke fegt. Yvchen hockt an der Brust seiner Mutter und schläft gleich ein. Nikolas will das gar nicht. Er schaut hoch in die Bäume, lauscht und legt das Köpfchen weiter in den Nacken, um noch besser zu verfolgen, was sich da oben in den Kronen der Bäume abspielt. Hört er den Wind in den Blättern? Hört er diese metallischen Klänge? Es ist ein bisschen so wie die Klangstäbe am Türeingang, die er schon selber in Bewegung setzen kann. Ganz bestimmt nimmt er es wahr. Geht so der Anfang? Sind das erste Erlebnisse von Klängen?
Yves erwacht, schaut hoch und erkennt seine Mutter, schaut sie an und schaut immer weiter – und dann breitet sich auf seinem Gesicht dieses Lächeln aus, dieses scheue und zugleich umwerfend freundliche, zarte Lächeln. Es überströmt sein Gesicht. Immer noch schaut er seine Mama an, und sie schaut ihn an, glücklich und verliebt.

Kühl und nass ist es am nächsten Samstag, als wir alle sechs wieder unterwegs sind, dieses Mal in Echem an der Elbe, ein niedesächsisches Hallenhaus aus dem 19. Jahrhundert besichtigen. Da liegt es, das stolze Anwesen, wie auf einer Warft, wie ein Friesenhof auf Föhr. Gepflegte Wohnräume, alles fein restauriert und in eine heitere Gartenszene gesetzt. Aber dann die Scheune, da bröckelt der Putz aus den Gefachen, Stroh hängt vom Dach herunter, uraltes Gemäuer, vom Denkmalschutzamt gut bewacht. Undenkbar also die Einrichtung von bodentiefen Fensteröffnungen, meint der Eigentümer. Dunkel dösen diese Hallen ihren alten Traum. Wer möchte das anfassen? Die Frage hat sich schon erübrigt. Katrina bricht ab und strebt mit einem Baby unter dem Arm dem Bulli zu. Nach einer Weile, in der er sich noch neugierig umgeschaut hat, folgt ihr Klaas mit dem zweiten. Zeichen für alle, dass das Thema beendet ist.
Ich gehe noch durch das nasse kniehohe Gras, werfe einen Blick in den Gemüsegarten, das Gewächshaus mit zerbrochenen Scheiben, die Obststreuwiese, könnte es nicht doch etwas für uns sein?

Immer werde ich unkritisch, wenn ich plötzlich vor einem Haus stehe, das dem Bild gleicht, das ich erinnere: ein stattliches Haus in einer Gartenlandschaft, mit zwei Geschossen, Giebeldach und drei Steinstufen, die zum Eingang führen.
Genau so üppig und wild war der Garten mit dem alten Gutshaus in Schleswig-Holstein.

•

Damals, 1964, zog die Familie auf so einen Landsitz.
Gerade in dem Moment, da die Eltern ihre Kinder wieder umziehen ließen, weg von Hamburg und wer weiß wohin, als wir immer größer wurden und mit diesem Weiterziehen die Unsicherheit wuchs, wo man überhaupt mal hingehören und bleiben wollte, da fanden sie noch einmal ein großes Haus für uns alle. Vielleicht, weil wir es schon kannten und weil es so ein herrliches großes Haus in einem weiten Gartenpark war und auch noch ein kleiner Fluss vorbeifloss – jedenfalls gelang es ihnen, wieder alle fünf Kinder dort zu versammeln. Auch bei diesem Haus halfen wir den Eltern, es zu beziehen.
Es war der ehemalige Gutshof in Königsförde. Mitten in Holstein, das Haus der Urgroßmutter, da hatten wir Ferien gemacht. Jetzt sollten wir in dieser alten Pracht wohnen.
Nun also das sechste Elternhaus …

Nach der Rückkehr aus Schweden war Umzugstag, ein schöner Sommertag. Man sieht es auf dem Foto: Mutter sitzt auf der obersten Stufe der Steintreppe vor dem Hauseingang, das Gesicht hält sie keck lächelnd und demonstrativ der Sonne entgegen. *Kinder, genießt es*, sagt sie. Die sitzen drumherum und kennen das. Wenn in Norddeutschland ein Sonnenstrahl durchbricht, muss man das sofort genießen. Das und vielerlei anderes gab es, von dem die Mutter wusste, dass es die Kinder genießen sollten. Wir bezogen also in diesem sechsten Elternhaus jeder wieder ein eigenes Zimmer. Die ganze Belletage stand uns zur Verfügung, mit witzigen alten Möbeln. Aus dem Fenster schaute man auf Trauerweiden, die ihre Äste in der Eider spielen ließen. Der Möbelwagen war noch nicht abgefahren, da machten die Brüder eine Kahnpartie auf dem Fluss.

Ilse war gekommen, wir putzten zusammen das Haus, packten die Kartons aus und richteten die Küche ein.

Noch etwas hatte die Mutter sich ausgedacht: Wenn schon alle Kinder da waren, sollten sie gleich noch in diesen Tagen ein großes Einweihungsfest feiern. Alle Freunde aus Volksdorf waren eingeladen, alle kamen. Hochsommerliches Gepränge, alle waren berauscht von dem großzügigen, weitläufigen Stil des Landhauses, streiften durch den parkähnlichen Garten, wandelten unter den Trauerweiden an dem stillgelegten alten Arm der Eider, einige sprangen ins Boot und paddelten los. Später ein großes Essen im Wohnzimmer des Herrenhauses, im Kamin wurde Feuer gemacht, die einen spielten Schach, andere fanden sich zu einer Vorleserunde zusammen, später wurde getanzt.
Jetzt endlich war der Moment gekommen. Helle ergriff meine Hand, und wir liefen weg, in die Dunkelheit hinunter zum Fluss. Das erste sehnsüchtige Streicheln, ungläubig lachten wir uns an: *Wie lange habe ich mich auf dich gefreut*, sagte Helle, *lass uns gehen, lass uns eine Weile gehen.* Stunden später waren wir immer noch auf der Wiese und machten Pläne für die Zukunft. *Was meinst du,* fragte er, *gemeinsam weit weg sein, irgendwo ganz allein, und da in einem Häuschen zusammenwohnen, Studium und alles das hinter uns lassen und wegfahren, dorthin, wo keiner mehr etwas sagen und dazwischenreden kann? Wollen wir uns das nicht vornehmen?*

Tatsächlich gab es so etwas Ähnliches. Zusammen mit dem großen Bruder bezog ich ein kleines Steinhaus in einem verwilderten Garten, natürlich in Volksdorf, da, wo die anderen Freunde lebten. Das größere Zimmer mit Schreibtisch, Sessel und Bett für Hans, ein kleiner Raum für mich, neben das Bett passte gerade noch eine Holzplatte als Schreibtisch. Im dritten Raum stand der Kanonenofen, der das Haus beheizen musste. Wenn der in Betrieb war, gab es auch warmes Wasser, das durch eine kunstreiche Vorrichtung in eine kleine Sitzbadewanne floss. Ein Waschbecken gab es nicht. Wir kochten auf zwei Elektroplatten, die auf einem Geschirrschrank standen. Dieses schrabbelige Gartenhaus hatte Hans für uns gefunden, während ich in Schweden herumsauste, und nur dadurch, dass ich nicht allein und noch dazu in Volksdorf lebte, konnte ich so bequem an das Studentenleben anknüpfen, das ich ein Jahr zuvor begonnen hatte. Alle kamen und halfen, das Haus zu renovieren und einzurichten. Helle war jeden Tag da, brachte fertiges Essen und half beim Streichen.

Vorlesungen zur „Idee und Geschichte der höfischen Liebe“ und „Understanding Shakespeare“, Verse aus dem Mittelhochdeutschen übersetzen, die Buddenbrooks lesen, das hatte ich mir aus dem Vorlesungsverzeichnis des Semesters herausgesucht, diese Themen lockten mich. Die Familiengeschichte von Thomas Mann war spannend, das reine Vergnügen, geradezu mein Leben, dachte ich mir, aber Pustekuchen – nichts hatte ich begriffen. Sicher, es ging um die schöne Literatur, aber die wurde jetzt ein Gegenstand, mit dem ich literaturwissenschaftlich umzugehen hatte. Womit ich in der Schule hatte glänzen können, einen gedichteten Text deuten, interpretieren, genießen – so einfach ging das nun nicht mehr. Das stieß auf Widerstände im Seminar. Ich musste lernen, dass ein sprachliches Kunstwerk wahnsinnig schwer zu verstehen war und letztlich so tiefgründig, dass es eigentlich nicht verstehbar war. Man brauchte erst die Methoden, mit denen konnte man sich einer wissenschaftlich begründeten Deutung ‚nähern‘, mehr ging nicht. Eine Seminararbeit zu den Buddenbrooks hatte mit Lust an dem Text jedenfalls fast gar nichts mehr zu tun.
Der Seminarleiter schrieb mir schlechte Bewertungen, schickte sie mir in die Semesterferien hinterher und wollte mir weismachen, dass ich mit meiner Begeisterung den hintergründigen Sinn nicht ansatzweise hätte erfassen können.
Gut, da wollte ich mich gerne noch weiter um die wissenschaftliche Sinndeutung bemühen. Aber dass jede Deutung von einem Stück Literatur immer nur eine mögliche war und alle anderen daneben weiter bestehen sollten … wozu dann meine Anstrengung?
In den Semesterferien fuhr ich nicht zur Familie. Hans hatte schon einen Plan. Er musste seinen klapprigen VW-Bus verkaufen und war sicher, dass er den für viel Geld in Istanbul loswürde. *Und du kommst mit! Mit Helle natürlich, und unsere Freundin Angela habe ich auch schon gefragt.*

Das hatte mein großer Bruder eben mal so entschieden, und so kam es, dass Helle und ich tatsächlich zur ersten gemeinsamen Reise aufbrachen! Sofort schrieb ich los …

Meine fantastische Reise nach Istanbul!
Aufbruch am Abend, die beste Tageszeit zum Abreisen, befand Hans. Vor Aufregung fanden wir Mädchen keine ruhige Minute: *Daisypupp, koch uns einen starken Tee,* kam der Befehl aus dem Cockpit. – *Dazu müssen wir aber anhalten. – Gerade nicht, Tee wird während der Fahrt gekocht, aber bitte, ohne dass das Wasser überschwappt.* Natürlich, das hatte ich auf der Segeltour auch hingekriegt. In München frühstücken und duschen bei Freunden und unverzüglich auf die Piste über die Alpen, hinter Villach die Grenze nach Jugoslawien. In Ljubljana ein großes Hotel im pompösen Stil der Jahrhundertwende mit vielen Betten, ausgiebige Morgentoilette und einen Tag durch die ganze Stadt, konnten uns das Essen leisten und das Lokal, in dem zum Tanzen aufgespielt wurde, und vor lauter Glück noch so eine gemütliche Nacht.

Auf dem „Autoput“ bis nach Belgrad, nach Niš und immer weiter durch das hübsche Tal der Morava, schließlich am sechsten Tag hinter Sofia mitten in der kargen, steinigen Landschaft eine Quelle. Wir konnten uns waschen, Angela suchte meine Nähe, als wir uns hinter die Büsche verzogen, sie habe Verstopfung, nie ein sauberes Klo, und überhaupt, im Stehen, das ginge doch gar nicht! Ja, das war so, ich verstand sie, mit den Jungs hätten wir darüber nicht reden können. Wir kochten wie immer den Kaffee, sprachen uns gut zu und landeten später im Rila-Kloster, dem ältesten Kloster und Kulturzentrum Bulgariens, Angela gestand mir, sie würde am liebsten zurückfahren.
Aber in Bansqo, ach, wie schön war das! Augenblicklich eine Menschenmenge um uns herum, die Frauen zeigten uns stolz ihre handgewebten Decken. Sie wussten ganz genau, was wir wollten und was sie gerne hätten. *Für vier Paar Nylonstrümpfe eine gewebte Decke. Pelzmützen und Schaffelle? Gorgi weiß Bescheid.* Der kam, er war der Unterhändler, fünf Jahre Gastarbeiter in Deutschland, gewitzt und klug, witterte das große Geschäft. Drei Perlonhemden sollten die drei

Bauern bekommen, die uns zwei Felle und zwei Mützen anboten, so bestimmte er das. Pullover und Blusen für die Frauen, die zeigten uns ihre Kinder, fassten uns in die blonden Haare und lachten.
Viel Bier und Slivovitz, viele Betten bei unseren Gastgebern in einem fremden Haus, ein Typ, der gegen Morgen die Decke anhob und sich zu mir auf das Sofa drängte, schwer sein Gewicht auf mir, alkoholisch die Küsse, niemand wurde wach, als ich rief, also rangeln und kämpfen mit dem Mann, und mit etwas List kriegte ich ihn tatsächlich runter vom Sofa.

Weiter über das Pirin-Gebirge im Schnee, schieben, aufspringen, fahren, wieder abspringen und schieben, kurz vor der türkischen Grenze gab der alte VW-Bus auf, der Motor erbrach noch ein paar stolpernde Geräusche, und unter dem Gelächter der türkischen Grenzbeamten mussten wir das Auto über die Grenze schieben. Trotz nächtlicher Stunde konnte ein Mechaniker den Schaden beheben, wir platzten vor Freude und Glück, feierten im Auto mit Milch und Brot – und schließlich die Tage in Istanbul!
Das war ein Fest, unser Standplatz die kleine Straße neben der Blauen Moschee, frisches Wasser aus dem Brunnen und jeden Morgen der Weckruf des Muezzins, früh um sechs die hohe Stimme, beschwörend, fremdartig. Im Dämmerlicht des Basars eine verzauberte Welt, Kupferkannen, Kerzenleuchter, Lederjacken, wir begriffen schnell die Riten des Schachers, und dann der ay-Tee in kleinen Gläsern, auf Tabletts von den Kellnern durch das Gewirr der Gassen getragen. Schwarzer Tee mit einem Büschel von Minze, das in der Kanne steckt und würzigen Geruch verbreitet.
Mit dem Schiff über den Bosporus, und dann: der asiatische Kontinent, liebliche Szenen am Schwarzen Meer und Frühling, üppiges Grün! Angela führte uns zu ihrer Freundin Sükrin, ihre Familie erwartete uns und lud zu opulenten Mahlzeiten ein. Lammbraten, Kuddeln, Fisch auf Knoblauch-Mayonnaise in großer, wunderbarer Gastfreundschaft aufgetragen,
Weiche Betten, ein komfortables Badezimmer mit allem, was wir begehrten, duschen, Haare waschen, *Alham dulillah*!
Schließlich am Schwarzen Meer der allerschönste Stellplatz, zu viert im Bus mit Blick auf das Meer.

In der Dämmerung wachte Helle auf, legte den Arm um mich, und wir schliefen zusammen wieder ein. Und als wir aufwachten! Frühstück am Schwarzen Meer, in der Sonne liegen, schon waren die anderen vom Paddeln zurück. *Könnten wir nicht doch noch ein bisschen bleiben? Nein, schnell wieder los und auf nach Istanbul,* rief der große Bruder ...

Zum Glück wurde die Reise im VW-Bus fortgesetzt, er sei zu alt, sagten die Händler, nichts wurde verkauft. Dafür erhandelten wir im Basar eine neue Schreibmaschine, Lederjacke, mehrere Kupferkannen, Teegläser, lauter Schätze des Orients. Ach nein, niemand wollte weg, aber Hans gab den Befehl zur Abfahrt, das galt, jeder kannte mittlerweile seinen scharfen Ton.
In der Dämmerung des duftenden Frühlingsmorgens erreichten wir die Grenze. Wir waren in Griechenland! Schemenhaft der Blick auf die weite Steppe neben der Straße, eine Herde von Kamelen, die in tiefer Ruhe da entlangzogen. In Alexandroupolis noch ein paar Stunden am Strand schlafen, wieder ein wildes Erlebnis, obwohl es schon genug brodelte alle die Tage. Es war wie eine Offenbarung, mein großer Bruder zeigte mir auch noch Griechenland, endlich!
11. April, Griechenland ist ein göttliches Land, weite fruchtbare Ebenen, dahinter die steil ansteigenden Bergketten, überall frisches junges Grün, saftige Wiesen, blühende Bäume, zartrosa Mandelbäumchen. Gestern in Philippi und das Gefängnis von Apostel Paulus gesehen, das war die erste Begegnung mit der Antike, deswegen habe ich gleich an Großpapa geschrieben und ihm davon erzählt.

Die Fahrt endete am nächsten Tag im Schnee. Glücklich über den Unterschlupf in einem Kloster im Gebirge Nordgriechenlands verspeisten wir mit drei Mönchen eine Wassersuppe mit Zwiebeln, dazu trockenes Brot, es war Fastenzeit. Schnaps und Geschichten aus der Bibel, die Mönche kicherten und amüsierten sich, und wo wir eigentlich herkämen und wer unsere Eltern seien, wollten sie angeheitert wissen. Und verdrehten die Augen, bekreuzigten sich, die Mädchen mussten raus in eine Kammer mit zwei Pritschen, die Jungs in eine andere Kammer, der Vater ein *episkopus,* ein Bischof, und dann diese zwei Kinder? Waren die des Teufels? Eine kalte

Nacht im Schlafsack, ich kroch ganz dicht zu Angela, um Wärme zu finden, um fünf schon wieder aufgescheucht und schlaftrunken zum Morgengebet in die Kapelle geschickt. Weihrauchkessel wurden geschwenkt, mit dünnen Stimmen und Inbrunst unendlich lang die Litanei, mir wurde schlecht, wieder die Fastensuppe, das Tor ging auf, und wir wurden in den ungemütlichen griechischen Wintermorgen entlassen.

Wir fahren über Ungarn, ordnete Hans an, *hier bleibt das Wetter schlecht! War mein Vater mitgereist?* Nein, bloß nicht das Gleichgewicht verlieren, ich konnte doch froh sein, dass ich dabei war.

Noch mehr Strecke, noch schneller, die Jungs machten uns wieder einmal mit dem größten Vergnügen den fliegenden Fahrerwechsel vor: Das Auto anhalten und einmal drum herumgehen? Ja, bloß nicht, was für eine Zeitverschwendung! Wien, Prachtstraßen, Schloss Schönbrunn, am Abend des Karfreitags die Messe im Stephansdom, Hans bestand darauf, auch noch die Gesänge der katholischen Priester und wieder viel Weihrauch … Wir verschwanden mit einer Flasche Rotwein, Käse und Brot auf unserem Nachtlager, tranken, aßen, schliefen nebeneinander ein – wie sehr würde ich das vermissen! Am nächsten Morgen in aller Frühe hoch, nur noch ‚Bleifuß', nonstop nach Hause …

Wir fuhren gleich bis Königsförde, zur Familie. Ich wollte alle wiedersehen und erzählen. Die jüngeren Brüder hatten wieder ihr Osterlager im Kaufunger Wald verbracht. Sie sprachen von Feiern in der Osternacht, in der man nicht schlief. Um vier Uhr das Singen bis in den Ostermorgen hinein, Liturgien und Ostergesänge zur Auferstehung, jubelnd und großartig …

Ich hatte ja nun Helle. Die wilden Reisen, unterwegs sein mit geringsten Mitteln – mit ihm zusammen würde das alles gehen. So träumte ich uns beide auf und davon …

Nach dieser Reise hatte ich vor so gut wie nichts mehr Angst. Hans hatte mich seinen wilden Wagnissen ausgeliefert, und ich hatte erlebt, dass sie mir nichts anhaben konnten. Auf engstem Platz im Bulli schlafen, mit dem Serben auf dem Sofa, auf der Pritsche im

Kloster dicht an Angela geschmiegt, schmutzig bleiben oder sich am Wasserhahn vor der Moschee waschen …
Hans genoss seine Rolle als Lehrmeister, und ich hatte aufgepasst, dass ich mir nicht alles vorsetzen ließ.

Es war schon Mai, das Studium hatte begonnen. Ich war zurück in dem kleinen Haus im verwilderten Garten in Volksdorf, in meinem winzigen Zimmer mit den Büchern. Frühjahrsputz, entrümpeln und zwei Wasserbecken installieren. Als alles wieder schön war, kam Helle.
Wir lagen auf dem Bett, ich hatte meinen Kopf an seinen gelegt, da hörte ich seine Stimme an meinem Ohr: *Hast du dir mal überlegt, dass wir mal immer zusammenbleiben können? Wenn wir allein auf der Welt wären, hätte ich dich schon längst geheiratet, aber dann wäre eine Heirat ja gar nicht nötig.*
Es durchfuhr mich wie ein Blitz, ich wurde rot und zitterte. Das Leben war doch die reine Lust. Bald war Sommer, den würden wir vollauf genießen, und zwar zusammen in diesem Haus. Und dann zusammen die nächste Reise … Ich hatte auf dem Markt kleine Heringe gekauft, für uns vier, die Reisegruppe. Abends gebraten und mit Brot und Bier serviert, und da war er wieder, der Geruch von gebratenem Fisch, aufgeregt erzählten wir uns Istanbul und das Schwarze Meer.

Leider musste ich am nächsten Tag mit dem Zug nach Achterwehr, wurde von Herrn Hoffmann im Dienstwagen des Vaters abgeholt und vor der Freitreppe des Landhauses Königsförde abgesetzt. Die jüngeren Brüder hatten einen großen Hecht gefangen, der sollte am Abend gegrillt werden.
Die Mutter war schon weg, an der Seite ihres Mannes die Kirchengemeinden besuchen, sie hatte bei mir angefragt, ich war zur Stelle. Ernst, Harald und Oluf wurden jeden Morgen von Herrn Hoffmann ins Kieler Gelehrtengymnasium gefahren. Frau Stender, die gute Seele, die mit ihrem Mann im Pförtnerhaus lebte, kochte Rote Grütze, erntete und kochte frisches Gemüse, füllte Gläser mit Erdbeermarmelade. Ich ging durch den Garten, zupfte hier und da ein bisschen Unkraut, pflückte Salat, und wenn die Jungs

im Dienstwagen des Vaters auf dem Kiesweg zur Eingangstür herangefahren waren, tischte ich das Mittagessen auf. Ich musste auch erziehen, reinreden und schrieb wieder Briefe: … *bis eben sah ich noch Ehepaar Hoffmann und Ehepaar Stender beim Unkrautjäten in den Rabatten. Hoffmann hat seit heute der Ehrgeiz und der Eifer gepackt. Am Sonnabend musste ich ihm aber mal sagen, dass er die Tomaten gießen sollte; sonst angelt er nämlich nur,* erzählte ich der Mutter.

Ich wanderte durch das große alte Haus, betrachtete alle Zimmer und wählte einen Raum als Arbeitszimmer aus. Ein großer Tisch stand schon da, darauf verteilte ich das Manuskript der Semesterarbeit und die Lehrbücher, las und schrieb. Tatsächlich waren meine Gedanken ganz woanders: Pläne für den Sommer, Griechenland musste es sein.

Zurück im Gartenhaus in Volksdorf lud ich Helle zu einem Festessen ein und redete sofort los. Ich wolle mit ihm nach Griechenland reisen, wir könnten alles so machen, wie die Brüder es erzählten, draußen schlafen, wandern, am Strand liegen, sogar am Meer schlafen, im Cafenion sitzen … mutig redete ich mich voran und sagte: *Komm, lass uns in diesem Sommer zusammen nach Griechenland reisen, wir könnten auch noch andere Freunde fragen und vielleicht wieder eine kleine Gruppe bilden.*

Ich will aber nicht mit dir nach Griechenland reisen, sagte er. *Es fällt mir zu schwer … – Wieso denn schwer?* fragte ich. – *Ich will nicht auf mein einsames Vagabundieren verzichten,* sagte er. *Es sei denn, wir feierten unsere Hochzeit, dann wäre es eine Hochzeitsreise. Aber das geht ja wohl nicht.*

War das ernst gemeint? Woher dieses herzrasende Glücksgefühl, warum war ich nicht traurig, sondern zitterte, weil alles in mir jubelte? Ja, wenn es dieses süße Problem war … Es war offensichtlich die Liebe, die wir uns nicht erfüllen konnten. Ja, dann würden wir uns eben jetzt trennen, nicht zusammen reisen. Und dann würde es irgendwann später noch viel schöner werden – meinte er das so?

Ich packte meine Sachen für die Semesterarbeit, fuhr zu Pfingsten ins Haus meiner Urgroßmutter, die Eltern waren weg, die Brüder zwei

Tage auf Fahrt, ich war allein. Im Studierzimmer des Vaters suchte ich in den Regalen und entdeckte die achtzehn schwarzen *cahiers*, die Maria J. von oben bis unten vollgeschrieben hatte, sorgfältig in großen Buchstaben, schönste Sütterlinschrift, mit dem Alphabet nebenbei konnte ich das gut lesen. Ich fand das Jahr 1906, die Stellen, die schon vorgelesen worden waren, damals in den Sommerferien … Ich wollte wissen, was für eine Frau diese Elisabeth gewesen war, wie ihr Leben ausgesehen hatte, als sie den kühnen Entschluss fasste, blätterte und las …

•

Sie wächst im Herrenhaus dieses weitläufigen Landbesitzes auf. Sitzt mit der Mutter auf der Veranda, die jüngere Schwester Maria ist auch dabei, die drei trinken Kaffee. So sitzen sie jeden Tag, plaudern, stricken und häkeln. Sie haben viel zu tun, weil sie wieder ein Paket zusammenstellen wollen mit Sachen für die Mission. Die Mutter liest den Mädchen aus dem Missionsblatt vor, dann gehen sie in den Garten und pflücken Johannisbeeren und Himbeeren. Es ist ein warmer Sommernachmittag im Jahre 1905.
Am Abend sitzen sie wieder auf der Veranda, Lisbeth spielt mit ihrem Vater Schach, die Mutter übt im Wohnzimmer Klavier. Am nächsten Tag kommt die Freundin des Hauses, es ist Anna Asmussen, der die Lisbeth eine neue Bluse schneidern will, sie planen und nehmen Maß und arbeiten, dann packt Lisbeth ein paar Sachen für eine kleine Reise zusammen. Am nächsten Tag gehen sie mit ihren Taschen zu Fuß nach Kronsburg, fahren mit dem Schiff nach Rendsburg und von dort über Husum nach Breklum. Sie besuchen einen mehrtägigen Bibelkurs im Missionszentrum und bekommen Englischunterricht.
Drei Tage später wird schon wieder Besuch erwartet. Es ist schönes Wetter, der Roggen wird eingefahren. Die Mutter näht an einer neuen Morgenbluse, Maria soll ihr dabei Englisch vorlesen, Lisbeth holt vom Rendsburger Schiff das Fräulein Flemming ab. Die war früher Missionarin, jetzt ist sie Lehrerin im Bibelhaus in der Nähe von Berlin. *Sie macht einen sehr angenehmen und wachen Eindruck*, schreibt die Mutter in ihr Heft. Lisbeth hört zu, was sie zu erzählen hat. Weiter schreibt die Mutter: *7. August, stilles, schönes Wetter. Als ich im Hause fertig war, ging ich in den Garten und machte mich dann*

ans Schreiben, (...) Lisbeth malte, das Frl. Fleming saß bei ihr, dann lasen sie über Indien Things as they are *(...), wir hatten es auf der Veranda schön bis zum Schlafengehen.*

Ein paar Tage später, am Sonntag nach der Kirche, kommt Lisbeth von einer kleinen Reise zurück und bringt Anna Asmussen mit. Zum Kaffee sitzen die Frauen im Pavillon und hören gespannt zu, was sie zu erzählen hat. Sie denke jetzt daran, vielleicht auf ein Jahr zu ihrer Schwester nach Indien, nach Salur, zu gehen, alle anderen Aussichten hätten sich immer wieder zerschlagen. Ob sie denn mit Pastor Bahnsen schon darüber gesprochen habe, fragt Maria. Sie müssen abbrechen, Anna muss schon wieder zum Schiff gebracht werden. Aber sie solle wiederkommen, bittet Lisbeth, sie wolle mehr von den Indienplänen hören.
Zwei Wochen später schreibt Fräulein Asmussen an Lisbeth, dass ihre Mutter einverstanden sei, sie dürfe nach Indien reisen, jetzt hänge alles von Pastor Bahnsen ab. Lisbeth spricht lange mit ihrer Mutter über ihre Überlegungen, über die möglichen Berufe für junge Frauen.
So geht das Leben in diesem Herrenhaus. Es geschieht immer das Gleiche, aber das ist egal, die Mutter schreibt alles auf, alles ist wichtig und soll festgehalten werden, ländliche Ruhe, das Glück des Sommers. Im Zentrum stehen die Frauen, die Mutter und die Töchter, die Freundinnen. Zwei Söhne des Hauses studieren wohl irgendwo, und der Vater? Es gibt keine schwere Arbeit, man hört nichts davon, wenig erfährt man vom Gutsbesitzer Wilhelm. Es gibt keine Not. Die jungen Frauen leben auf diesem Landsitz, bloß: Was wird aus ihnen?

Ein weiterer Sommer auf dem Landgut, die Frauen sitzen wieder auf der Veranda, nähen und trinken Kaffee, man geht an der Eider spazieren. Es gibt die Lesestunde im Garten, Sohn Paul reitet aus, später spielt Lisbeth mit dem Vater Schach. *Wir hatten wieder einen köstlichen Abend,* notiert ihre Mutter.
Am nächsten Tag schreibt sie einen Brief an Pastor Bahnsen und meldet ihre Tochter Lisbeth wieder zum Missionsfest an. Dieses Mal will sie selbst mitkommen. Zu zweit begeben sich die beiden

Frauen an einem Tag im Juni 1906 auf die Reise nach Breklum. Gegen sechs Uhr morgens geht Lisbeth zu Fuß nach Kronsburg, die Mutter wird gegen sieben von der Tochter Maria mit der Kutsche dorthin gebracht. Gemeinsam reisen sie im Zug nach Husum, dort machen sie Station, beziehen ein kleines Zimmer und treffen Freunde, mit denen sie im Schlossgarten spazieren gehen. Es ist ein schöner Tag, sie fahren weiter an der Westküste entlang bis nach Bredstedt. Pastor Bahnsen holt sie persönlich mit der Kutsche ab. Das Missionsfest beginnt mit Bibelkreisen und Kirchgang. Um zwölf wird die Weinsuppe aufgetischt, man ergeht sich auf der Festwiese. In der Stille des Mittags nimmt Pastor Bahnsen Lisbeth beiseite und eröffnet ihr seinen Plan: Er will sie zum Herbst nach Salur schicken. Was für eine Überraschung! Tief bewegt geht Elisabeth herum, während auf der Festwiese die Reden beginnen.

Ebenso bewegt ist ihre Mutter, die nach dem Abendbrot, während im Zelt die Nachfeier stattfindet, mit Pastor Bahnsen in der Steingrotte sitzt und später schreibt … *er sei nach und nach zu der Einsicht gekommen, dass es nun doch sein sollte, sehr gern, und dass Lisbeth sich jetzt in der englischen Sprache übte, doch wollte Wilhelm davon für den Augenblick nichts hören. Ich suchte nach Lisbeth, wir fanden uns im Wohnzimmer und saßen lange zusammen.*
Am nächsten Abend berichtet Lisbeth den Eltern auf der Veranda, die Mission wünsche, dass sie einige Zeit nach England gehen sollte, um die Sprachkenntnisse zu vertiefen. Später könne sie, wenn die Eltern einverstanden seien, nach Indien reisen. Am nächsten Tag setzt Maria sich hin und gibt tatsächlich ihr Einverständnis.
Monate später … packen, Abordnungsfeier in Breklum, die Eltern begleiten ihre Tochter nach Hamburg, dort müssen sie endgültig Abschied nehmen.
Unterwegs noch Abschiedsbesuche, mit dem Zug nach Luzern, dort noch einmal Verwandte und Freunde treffen. Dann die italienische Hafenstadt Genua, Elisabeth besteigt das Schiff nach Indien.

Es ist kaum zu glauben, diese junge Frau ist tatsächlich losgereist! Am 30. November 1906 kam Elisabeth in Salur, in Ostindien, an.

Ich schloss die schwarzen Hefte der Urgroßmutter und schaute mich um. So viel Leben war in diesen Räumen schon gelebt worden. Hier war Elisabeth als Kind die Freitreppe in den Garten hinuntergesprungen, an die Eider gelaufen, im Wäldchen dahinten spazieren gegangen, hier war sie erwachsen geworden, vierundzwanzig Jahre alt, fünfundzwanzig, dann entschloss sie sich: Sie wollte in Indien leben und arbeiten.
Hat sie diesen Entschluss selbstständig gefasst? Angesteckt von den Frauen, die sie in ihrem Elternhaus kennengelernt hatte, von denen sie Geschichten aus Indien, Hongkong und Shanghai hörte? Von der Mutter sanft zur Verantwortung für Mission erzogen worden, damit etwas aus ihr wurde? Offensichtlich war alles von langer Hand angebahnt, wenn die Mutter mit Pastor Bahnsen einen Kaffee trank und man über *Lisbeths Angelegenheit* sprach, wie sie das schon viel früher immer wieder mal notiert hatte, jetzt wurde durch Herr Pastor Bahnsen eine Entscheidung getroffen.

Kurz nach ihrer Ankunft lernte sie in Koraput den Industriemissionar Friedrich kennen. Sie war die Frau, die Gott ihm geschickt hatte, ein Jahr nachdem Pastor Bahnsen ihm auf dem letzten Missionarstreffen diese Zuversicht gegeben hatte …

Ich legte alle Notizbücher beiseite und war plötzlich auf der Spur. Ich würde es genauso machen wie diese Elisabeth, eine neue Universität suchen und allein auf Sommerreise gehen. Eine Lust war diese Vorstellung und so einfach und naheliegend!
Ich bereitete die große Reise allein vor, besorgte mir ein Buch über die griechischen Inseln und fand beim Herumsuchen im Haus den „Koloss von Maroussi“ im Zimmer von Ernst, ein Rowohlt-Büchlein, eng gedruckt und schlecht gebunden. In einem Atemzug der Begeisterung hatte Henry Miller seine Reiseerlebnisse hingehauen, schon 1940 war der auf den griechischen Inseln gewesen. Auch „Clea“ von Lawrence Durrell las ich. Diese Schriftsteller hatten sich bereits seit 1939 im östlichen Mittelmeerraum herumgetrieben, in Alexandria, Ägypten, auf Korfu und in Athen. Womöglich waren sie vor dem Krieg geflohen?

Ein paar Tage blieb ich noch im Haus der Urgroßmutter. Hier konnte ich in Ruhe zu klaren Gedanken kommen. Helle würde nun allein nach Griechenland fahren, ich allein nach Griechenland. Hans würde woanders studieren und ich aus dem Norden weg und in eine südliche Stadt ziehen. Das kleine Haus in Volksdorf würde wieder aus meinem Leben verschwinden. Ich wollte mich auf eigene Füße stellen, etwas erleben und ausprobieren. Was diese junge Elisabeth damals hingekriegt hatte, das würde ich ja wohl auch schaffen.

Kaum war ich zurück in meinem winzigen Zimmer, war Helle da, setzte sich zu mir aufs Bett und schaute mich an: *Was hältst du davon, wenn wir uns vor deinem Umzug nach München verloben, so ganz für uns und inoffiziell, ich habe dich lieb, sehr lieb, und das ist irgendwie ganz klar, auch wenn du es nicht glaubst.*
Schluck, warum denn das jetzt, wo wir doch gerade voneinander weg und woanders …
Ja, genau, sagte er, *warum suchst du nicht eine kleine alte Universitätsstadt? – Wieso denn,* fragte ich. Da legte er sich behaglich aufs Bett, zog mich zu sich hinunter und sagte: *Ich will das auch. – Du auch, warum denn? – Ich habe mir vorgestellt, wie es wäre, du in München und ich hier und du bist nicht mehr da … deswegen will ich auch die Uni wechseln.*
Mein Herz war hin- und hergerissen: *Warum denn Trennung, wenn wir uns lieben?* fragte ich zurück. *Immerzu nehmen wir Abschied, mir graut vor dem Winter, ist es nötig, dass ich dir Abstand lasse, wovon denn überhaupt?*

Lüneburger Land

Wieder so ein schöner Sommermorgen im Juni 2013. So geht das schon die ganze Woche. Die Tage beginnen im Garten: Rosen düngen, gießen, die Augen schützen vor dem gleißenden Licht, Mittagessen unter der Kirsche, Apero am Feldrand. Schöne, ruhige Tage, da wird plötzlich von der Elbtalaue gesprochen.
Das Bild von dem Bauernhaus in dem großen Garten kommt zurück, vor einem Jahr schon waren wir da, haben uns alles angesehen und überlegt. Jetzt kehrt der Zauber zurück, die Vorstellung, irgendwo in der Elbtalaue sesshaft zu werden, mit Klaas und Katrina und den beiden Kleinen gemeinsame Sache zu machen. Vielleicht wird es doch möglich, wer weiß, was die anderen überlegen.
Ja, doch, sagen sie, ein Termin mit dem Gutachter sei schon verabredet, auch ein Tag für weitere Verhandlungen. Und tatsächlich sind wir bald wieder in dem fremden Garten, tragen abwechselnd die Kleinen hierhin und dorthin. Die gucken mit großen Augen, während die Eltern im Zimmer reden. Essenziell vorangekommen, meint die Eigentümerin, sie hatte den Kaufpreis in der Zwischenzeit erhöht, daher noch nicht das „Yes“, das alle erhofft hatten.

Grün, duftend und verheißungsvoll geht es im Norden weiter. Eine Perlenschnur von Sommertagen knüpft der Juni im Hof Eichkamp. Zur Mittagszeit unter der alten Eiche die Schlafwache für die Babys. Als sie nach der ersten kurzen Runde erschreckt hochfahren und eigentlich weiterschlafen wollen, schiebe ich die Karre los, schaukele über das Kopfsteinpflaster, über den Feldweg, *voilà, bébés, schlaft schön weiter.* In den Baumkronen spielt der Sommerwind, gemächlich bewegen sich die Äste auf und ab. Es ist, als höre man den Atem des Sommers. Schläfrige Stille, heiße Mittagsstunde, den Wagen auf dem Grasweg zwischen den Kartoffelfeldern hin- und wieder zurückschieben, die Sonne senkrecht über uns, der Wagen mit einem weißen Tuch abgedeckt. Die Großen schlafen und die Kleinen auch, der Wagen rollt, die Mama freut sich, denke ich, weil sie jetzt ausruhen kann.
Nein, sie räumt wieder ein bisschen Sperrmüll, denn es wird einen

Umzug geben, der Vater macht einen Kaffee mit aufgeschäumter Milch.
Gestern dritter Besuch in der Ostheide, diesmal mit dem Gutachter. *Regenrinnen, Gefache, Holzbohlen, Dielenböden und die Schwellen, auf denen das Haus steht. Ja, das Haus ist in einem gepflegten Zustand, keine Nässe, kein Schwamm, kein Holzbock. Sie können dieses Haus kaufen, es ist ein Liebhaberobjekt, na ja, das wollten Sie doch hören, oder?*
Ja, und heute, am 26. Juni, Blick hinaus auf die Regengardine, die sanft über das grüne Gras streicht: hüfthoch gewachsenes Gras, reife Kirschen, die aus dem alten Baum leuchten, Unkrautgrün sprießt fröhlich zwischen Päonien, Margeriten und Rosen.
Heute ist Termin beim Notar, tatsächlich soll es nun doch dieses Haus sein: Hinter den hohen Tannen und der Ahornhecke an der Straßenkreuzung des Dorfes, mit den Wiesen, Apfelbäumen und dem kleinen Eichenwald dahinter. Der wird weiterhin der Landwirtin gehören, wir zahlen eine Pacht für diese wilde Ecke. Diese letzte Hürde wurde auch genommen.

Atemlos sind die letzten Tage im Juni, das Haus in der Elbtalaue ist gekauft, die Kündigung des alten Hauses wurde auf dem Gutshof übergeben. Jetzt muss die Finanzierung gelingen. Die Geldanlagen wurden aufgelöst.
Rauchschwaden liegen über der Feuerschale an diesem feuchtwarmen Juniabend, der Geruch von gegrilltem Côte de bœuf wabert durch die Luft. Wir feiern im Haupthaus Geburtstag und das zukünftige Haus.
Anfang der Woche der Gang zu den Banken, ein Spaziergang am Feldrain, alle sechs den Weg hoch, zwei Kleine schaukeln im Wagen. Ich berichte Katrina, dass die ganze Summe auf ihr Konto angewiesen ist, da sagt sie: *Toll, das ist toll.* Kurz und kräftig schlägt sie mit der Faust in die Luft.

Heute, ein warmer Julitag auf der Terrasse. Yves mag nicht essen, das Ritual, *ha, Mund auf,* Löffel rein, Lippen schließen sich, *hmmm*, nein, das macht er nicht. Er windet sich hoch, herum und raus aus dem Kindersitz. Katrina nimmt ihn auf den Schoß, hält gut fest, sanft findet der Löffel seinen Weg. Der nächste wird aus der Hand geschlagen. Er krabbelt auf dem Boden, schnappt sich den Plastikschlauch der Milchpumpe, zieht ihn behaglich durch den Mund, nein, ist nichts, krabbelt weiter und schaut hoch, unzufriedene Stimmlage, weinerlich. Gerade hat Katrina noch Schnuller eingesammelt, Gemüseschalen, Löffel und Milchflasche zusammengestellt, rasch in die Küche gebracht. Jetzt hält sie inne in ihren flinken Bewegungsabläufen. Mit diesem ganz bestimmten Blick nach innen hält alles an, bleibt die Bewegung stehen. Sie schaut ihr Kind an, denkt laut: *Was ist mit dir, hast du wieder Zahnweh, was ist mit dir, Yvi?* Dabei nimmt sie ihn hoch, entschlossen und sanft, und drückt ihn fest an ihre Brust. Er legt das Köpfchen an ihre Schulter, schaut darüber hinaus, nun von ganz oben. Schläfrig und zufrieden hält er sich an ihrem Hals fest. Das ist ein guter Platz. Sein Rückzugsort.

Stille Tage im Midi (4)

August 2013. Gerade eben sind wir angekommen, haben in den frühen Morgenstunden die letzte Etappe durch das grüne Val d'Isère zurückgelegt. Die Umsetzung aus dem Norden liegt hinter uns.
Da sind wir: Gleißend hell fällt das Licht auf die Südfassade des Hauses. Die Steintreppe brütet unter der Sonne. Das Gewölbe darunter setzt in dem steil herabfallenden Licht dunklen Schatten. Leuchtend in Ocker- und Sandtönen die kantigen Bruchsteine des Hauses. Der Hof ist still, die Kieselsteine flimmern grell, der Wind bewegt die Zeder, lässt die Palmwedel knarren und streicht durch die frischen Blätter des *mûrier platane*. Im grellen Licht der Südseite blühen Oleander im üppigsten Rot. Zikaden hocken unter dem Grün des Blätterdaches und streichen selbstvergessen ihre Zwielaute. Über dem Gewölbe der Westseite führt die nächste Treppe am Haus hoch. Hier ist es ruhig. Hier war noch keine Sonne an diesem Tag.

Im Schatten geht man die Treppe hoch und betritt das *pièce principale*. Die grün ausgebleichten Holzläden vor den Fenstern werden wieder geöffnet, Geruch von verbranntem Holz und Heu hängt im Raum, er hat sich in den Mauern eingenistet und bleibt, obwohl die Kalksteine einen weißen Putz bekommen haben.
Im Lavendelzimmer ist es trocken und still. Das große Bett, ein alter Tisch mit einem Stuhl, dessen Sitzfläche aus Schilf geflochten ist. Die Fensterläden öffnen, Licht hereinströmen lassen und den süßen Geruch des Südens. Wir sind wieder angekommen.
Die *salle commune* ist der große Raum nach Norden. Das alte Bauernhaus war hier eine Ruine. Jetzt gibt es weiße Steinwände mit moderner Dämmung und großen Atelierfenstern in schmiedeeisernen Rahmen. Da steht der alte Bibliothekstisch, die Tafel für viele Leute. Die wunderschönen, zartbeinigen Tiere, die Spinnen haben sich in der Umgebung der Querbalken in Struktur und Geruch der Douglasien aus dem Jura eingenistet. Zwischen Decke und Holz machen sie es sich mit ihren Nestern gemütlich, bis in die letzten Winkel des hohen Raumes.
Glastür auf, und man ist wieder draußen, auf der Terrasse, weiter Blick über die Garrigue, von da weht Zikadengesang heran. Die Nachbarin Annick kommt für einen *petit bonjour*, nimmt Platz und erzählt von schweren Gewittern, Stürmen über dem Buschwald und Sturzregen. *C'est dur, le Gras*, sagt sie.
Wir trinken einen Pastis zusammen. Das löst die Spannung, die Gedanken an das, was einen wieder alles erwartet, wenn man hier lebt, wenn auch nur für einen Teil des Sommers, und Annick sagt: *Quand ça chante, le Gras, c'est beau.*
Wie wahr. Auch deswegen sind wir wieder hier. Zum Gesang in der Garrigue gehören auch die Frösche. Unter dem überdachten Teil der Terrasse führt eine weiß gekalkte Steintreppe in den Olivengarten. Hier träumt dunkel das Wasserbecken, das den Regen auffängt, die moderne Zisterne. Wassergräser, eine Seerose, eine Lilie und die Algen verbreiten grasigen, warmen Geruch. In den Gesang der Zikaden mischt sich der Männerchor von zwei frischen Fröschen. In das Becken hinein, Frösche fangen und in anderen Gewässern aussetzen – das machen wir erst morgen.
Unter dem Laubdach der Mittelmeereichen liegt im hinteren Teil des

Gartens still und verdreckt das andere Wasserbecken. Alle Insekten der Garrigue haben sich hier versammelt und treiben nun tot auf der Wasserfläche, auf dem hellen Grund liegen Blätter und Viecher. Das Becken hat in der Zwischenzeit eine Besiedelung erfahren, jetzt tummeln sich hier tausende kleine Larven. Also Wasser raus, die Pflanzen wässern, das Becken tiefgründig reinigen, füllen – und in dem frischen, nun türkisfarbenen Wasser abtauchen.
Auf dem Liegestuhl die schläfrigen Stunden des späten Vormittags, wenn die Hitze auf den Steinen lastet und es nur im tiefen Schatten der Mittelmeereichen Kühlung gibt. Die Salbeiblüten leuchten vor dem grünen Einerlei des Buschwerks, Hitze und schwere Gerüche strömen heraus, das ist die *Sauge de Jérusalem* mit pelzigen Blättern und grellgelben Blüten. Schwerer Sonnengeruch, der Geruch der Hitze. Um eins muss man in das alte Haus gehen und alle Läden und Türen schließen. So ist das im heißen Süden.

So war das damals auch.
Zu so einem Haus aus alten Steinen sind wir in der Mittagshitze hochgestiegen. Zum ersten Mal ein griechisches Inselhaus, ein weißer Kubus mit zwei Türen und zwei Fenstern und Kühle hinter dicken Mauern. Matten von Salbei blühten drumherum.
Wir hatten uns tatsächlich auf den Weg gemacht, meine Freundin Angela und ich. Sie kannte einen jungen Griechen, der in Hamburg studierte. Er hatte ihr erklärt, dass seine Freunde aus Athen diesen Sommer auf Ios verbringen würden, einer kleinen Insel in den Kykladen mitten in der Ägäis. Die sei die schönste von allen, und im Oberdorf gebe es so etwas wie eine kleine Jugendherberge. Genau, das war richtig, da wollten wir hinauf.
Mit dem Zug von Hamburg nach Athen: einen Tag lang und die Nacht durch Jugoslawien und noch einen Tag, dann waren wir dort und noch am Nachmittag im Hafen von Piräus. Ich rieche die Wärme, den Hafengestank, das Meer am Abend, wir ließen uns mit unserem Gepäck vorwärtsschieben durch die Menschenmenge, Frauen, Männer und Kinder, die mit Säcken, Taschen, Paketen und Koffern auf das Schiff drängten, kämpften uns durch die stickigen engen Gänge des Schiffsrumpfes, raus aus dem Gewühl und hoch aufs Oberdeck.

Der Dampfer stampfte aus dem staubigen Hitzedunst der stinkenden Hafenzeile, verschwand in der dunklen Kühle der Nacht, weit hinaus aufs offene Meer. Um uns herum die Gerüche von Salzwasser, Wärme, Benzin aus dem Schiffsrumpf, von Schiffstauen, Ölkanistern und Schweiß. Zwischen Männern, Frauen, Kindern und Tieren, eingemummelt im Schlafsack auf den harten Planken des Oberdecks, umhüllt vom Nachtwind und der griechischen Musik, die von irgendwoher herüberdudelte, über uns Millionen von glitzernden Sternen, so begann die erste Nacht unter freiem Himmel.
Gegen fünf Uhr Geschrei und Gedrängel aus dem Inneren des Schiffes, wir schreckten hoch, verstanden nichts, ein Hafen war nicht zu sehen. Wir sollten aussteigen, hieß es, in der ersten Morgendämmerung den Ausgang finden, und dann der Schreck: eine Strickleiter, da mussten wir runter. Das Meer schwappte unruhig; langsam, schwankend tasteten wir uns mit Rucksack und Schlafsack und Koffer an der Seite des Schiffkörpers dorthin, wo eine Nussschale im Wasser auf und ab hüpfte. Im trüben Morgenlicht tuckerten wir dicht gedrängt zwischen Körben, Taschen und Menschen der kleinen Hafenmole entgegen. Schon trug die Wärme aus dem Schutz der Insel die Gerüche des Südens herüber. Der Dampfer verschwand.

Im Hafen von Ios tranken wir den ersten griechischen Kaffee, dieses bittere Zeug aus einem Zentimeter Kaffeesatz und schwarzer Tunke. Mit zwei Löffeln Zucker süß und heiß, vorsichtig die drei Schlucke, schon hatte man die Kaffeekörnchen im Mund. Zum Glück stand ein Glas Wasser auf dem blechernen ovalen Tablett. *Ligo néro, parakaló,* probierte ich zu sagen, und schon wieder stand ein Glas Wasser vor uns, wir schauten uns neugierig um. Schließlich wurden wir angesprochen, *echo xenodoxion*, sagte ein alter Grieche, ein ‚Hotel', das etwas Besonderes sein sollte, eine Jugendherberge … genau das, was wir suchten, also hinter ihm her.
Auf weiß getünchten Stufen immer bergauf. Angela setzte ihren Koffer ab, und wir schauten herum, die Sonne brannte, vom Meer ein frischer Wind, der Blick auf die anderen Inseln, die im Sonnenglast auf dem Meer zu schwimmen schienen. Weiter hoch, die Salbeibüschel gelb und vertrocknet, schwere Gerüche waberten auf der Halde. Sonne und diese Gerüche lagen wie eine schwere

Matte auf dem Kopf.
Treppauf, treppab durch schmale weiße Gänge, an kubischen Bauten vorbei, Mauern, die sich flach, weiß getüncht und sonnenüberschüttet am ockergelben Hang des Berges hinzogen, vor den weißen Hauswänden blühende Geranien in Blechkanistern.
Schließlich zwei Häuser, schon außerhalb des Dorfes. Eine Frau trat heraus, rief den Gruß: *Kaliméra, yiá sou*, lachte und strich uns scheu über die Haare, *oreia, oreia, nai, nai.* So schön fand sie uns.
Wir waren entzückt, ein Haus für uns, zwei Räume, eine winzige Teeküche. Aufgeregt wirbelte ich herum, betrachtete das Eisenbett mit der Matratze und zwei weißen Laken, das kleine Fenster ohne Glas, aus dem man bis zum Hafen blickte, ein Tischchen mit Kanne und Schüssel, außen an der Hauswand ein Kupferrohr mit einem Duschkopf aus Plastik, das war unser Bad. Angela hatte das weiße, etwas abseits gelegene Steinhäuschen entdeckt. *Alles ist sauber*, sagte sie, *man spült mit einem Eimer Wasser nach.* Wir waren zu zweit hier oben in diesem weißen Quaderhaus. Angela und ich, wir beide machten die erste große Reise nach Griechenland.

Im französischen Süden nachmittags um vier mit schweren Gliedern aufstehen, die Läden zurückstoßen und in den Garten treten. Im Schatten der fahlgrünen Steineichen sind jetzt die Steine heiß von der Sonne. Die Schallkaskade der Zikaden dringt ins Ohr, noch immer brütet die Hitzeglocke über der Garrigue. Ein Glas heißer Tee mit Zitrone und Zucker, ein Bad im flimmernden Spiel der Wasserfarben. Warten auf den Abend, der Kühlung bringt. Er beginnt mit einem Pastis, salzigen Nüssen, ein bisschen Musik. Jetzt kann man wieder gut denken, alle Sinne sind wach, bis tief in die Nacht.
Die Mittelmeerländer: ich finde eine Glosse in der FAZ von Anfang August: „Finster sieht es aus in den Sonnenländern, Wirtschaftskrise, Generalstreiks, *doom and gloom.* Man traut sich kaum noch in den Pleitegürtel rund ums Mittelmeer. Der Merkel kleben sie Hitlerbärtchen an. In meinem geliebten Spanien ist ein Viertel der Bevölkerung ohne Arbeit. Das macht Angst, sogar mir. Dabei will ich dort nur ein paar nette Ferientage verbringen …
Haben die Espressomaschinen in den Cafeterias noch Strom? Sitzen Juan, Pepe und Consuela auf der Straße?“

Nein, der deutsche Señor von der Presse kennt sich aus, diese Leute sitzen in den Kneipen und essen Tapas, die spanischen Kellner, die *camareros*, wie eh und je in weißem Hemd und schwarzer Weste, haben – „mit leicht gehetztem Blick" – gut zu tun, „bedienen ausschließlich im Sprint" – von wegen Krise, „hinterm Tresen herrscht Vollbeschäftigung" … Weitere Rassismen erspare ich mir in dieser warmen Mittelmeernacht. Funktioniert die Kneipe, haben jedenfalls die Touristen ihren wohlverdienten Urlaub und zumindest die Kellner einen stressigen Job – das reicht doch, oder?

Damals, im ersten griechischen Sommer setzte ich mich in der prallen Mittagssonne auf eine Feldmauer und betrachtete unser Haus. Das Haar wehte im Wind, die Haut glühte, ich spürte die schwere, duftende Wärme, als wäre ich unter einer Glocke. Kein Gedanke daran, dass man sich hinter den Mauern vor der Hitze schützen müsste. Verzaubert von der Insel, dem Haus am Hang … Da, auf dieser weltabgeschiedenen Insel im Ägäischen Meer entstand das Bild und blieb, es war *spiti mou*, Archetypus für „mein Haus".

Lässiges Treiben im *kafeníon,* als wir am nächsten Tag in der Gasse vor der Hafenmole ankamen, die Touristen hockten an blauen Metalltischen vor dem Hafenbecken, wir setzten uns dazu, tranken Kaffee, palaverten auf Deutsch, auf Englisch, hatten endlos Zeit und sahen den Fischern zu, wie sie im Halbschatten der Platanen ihre Netze flickten. Die schwarz gekleideten Frauen drüben vor den Häusern auf ihren Schemeln klöppelten schwarze Spitze. Eine gewisse Aufregung hörten wir aus den Gesprächen heraus, es sollte ein Fest geben, oben in den Bergen. Der Wirt sprach davon, zwei junge Griechen setzten sich zu uns an den Tisch. Ob wir mitkommen wollten? Sie seien aus Athen angereist für dieses *panagiri*, wir könnten mit ihnen hochreiten, auf dem Esel. Fließend Englisch reden, alles ganz einfach, also morgen in der *chora*? Ja, oben in unserem Dorf. Die Esel würden bereitstehen, so wurde es verabredet.
Es war einfach zu reiten, man konnte sich dem Esel anvertrauen, *gaithuraki*, das Eselchen war das zärtliche Wort, das man lernte und nie mehr vergaß.
Am späten Nachmittag die kleine, weiß gekalkte Kapelle auf dem

verdorrten Wiesenhang am Pass. Auf dem Kirchplatz sammelten sich die Leute um eine Feuerstelle, an einem Eisengestänge hing ein schwerer Topf, in dem die Suppe köchelte. Alles lagerte drum herum, Geschwätz und Gelächter, die Frauen mit den Vorbereitungen für das Essen beschäftigt, Gesänge hier und da. Rasch brach die duftende Nacht herein. *Chérete*! rief die Frau, zu der ich mich setzte, schenkte Wein ein, reichte Gläser und Teller und schwarze Oliven herum, alles hatte sie dabei. Angela hockte auf ihrem Schlafsack neben den beiden Jungs aus Athen, man hörte ihr Lachen und das englische Schäkern.

Irgendwann trat der Pope heraus, die geistlichen Gesänge in der Kapelle waren abgeschlossen. Erhitzt von Weihrauch und brennenden Kerzen, strömten die Leute ins Freie. Der Pope grüßte lässig ein *Yiá sou* in die Menge und nahm auf der Bank Platz. *Chérete, yiá sou*, jubelte es in der Runde: Freude allen und Gesundheit … Jetzt saßen alle an langen Steintischen eng nebeneinander, Bauern, Städter, Kinder und Alte, auch die *xenoi*, die fremden Gäste, alle aßen Bohnensuppe mit Fleisch und Brot. Lauter wildfremde Menschen um uns herum, für nichts hatten wir vorgesorgt, nichts mitgebracht, sie ließen uns mitessen, mitfeiern, völlig selbstverständlich.

Tiefblaue Nacht, die Sterne funkelten am Himmel, die Dorfmusikanten spielten auf. Die Männer sprangen auf den Platz, schlangen einander die Arme um die Schultern und bewegten sich mit schweren Schritten im Rhythmus der Musik, erst linksherum, dann in die andere Richtung. Einer war Vortänzer, der schwenkte sein weißes Taschentuch, lachte, sang mit, machte eine Kreisbewegung und die anderen folgten ihm, eine Reihe von Tänzern, die im Rhythmus immer zusammenblieben.

Alle machten mit, auch wir Mädchen sollten uns einreihen, Angela rief zu mir herüber: *Komm her, das kriegen wir hin! – Wie denn, ich habe das noch nie …* Sie verstand mich nicht. Egal, von beiden Seiten wurden wir umschlungen und in die Bewegung hineingezogen, schneller und schneller die Schritte unter den anfeuernden Rufen. *Éla, éla paithi mou, éla éla,* riefen Frauen und Männer und klatschten. Ich löste mich aus der Reihe, trat beiseite und atmete gierig die Bergluft, süß von Salbeiblüten und der Sonnenglut des Tages, als ein

Mann ausgelassen zugriff und mich herumschwang. *Orchi, orchi,* rief ich. Er schaute mich lachend an mit seinem Sorbas-Gesicht und rief: *Orchi? Choréo,* ich tanze, was heißt hier nein? Was für eine Lust, was für eine Freude, er umschlang mich, und wir tanzten. *Chérete!* Immerzu die kleinen Gläschen mit Ouzo, dazu ein lautes *sto kalo,* Gelächter, Geschubse, kandierte Früchte, kaum ein Wort konnte man verstehen. Die Gesänge stiegen in den Nachthimmel.

Im Schlafsack zwischen allen Leuten, vielleicht waren wir gegen vier kurz eingenickt, um sieben kochte schon der Tee über dem Feuer. Die Frauen reichten Brot herum, Oliven und Käse, man redete, aß und trank. Als die Sonne hoch am Himmel stand, wanderten wir los, die Esel auf der ersten, sehr steilen Strecke neben uns her. *Chérete* erschallte es von unten nach oben durch das Tal, und ob man sich freute! Keine Müdigkeit, der Morgen wie eine Droge, die Gesänge, Gerüche, das Gepränge der Nacht, alles noch im Kopf, im Bauch … Schaukelnd ritten wir bergab, müde um die heiße Mittagszeit.

Im *Kafenion* hörten wir von einem anderen Strand, der schöner sein sollte als der Hafenstrand, noch feinsandiger und menschenleer!
Zu Fuß also am nächsten Tag von der *chora* über die Bergkuppe in die kleine Strandbucht auf der anderen Seite des Berges. Wir hatten einen schweren Sonnenbrand, aber nun begannen die wunderbaren Tage in Mylopotas …
Am großen Holztisch im weichen Sand sammelten sich zur Mittagszeit ein paar Strandgäste, offensichtlich eine kleine Clique, Patron und Chef der Gesellschaft ein Maler aus Athen. Mit sonnengegerbtem Gesicht, nacktem Oberkörper, schwarzgrauem Schnauzbart und eindringlich fixierendem Blick spähte Alexandros herum. Adlerblicke überallhin, vor allem die Frauen taxierend und ihre Begleiter sowieso. Angela stapfte mutig vorweg, lachte fröhlich und gewinnend, rief gekonnt ein „*Yiá sou*" in die Taverne und schaute sich um. Mit der Aura lässiger Unwiderstehlichkeit, das Gesicht unter dem ausladenden, schlabbrig durchlöcherten Strohhut verborgen, brachte sich der Maler in Pose und zog sofort wieder anhimmelnde Begeisterung auf sich ... Das hatte er uns wohl angesehen, jedenfalls rief er herüber: *Yiá sou, kommt herbei, setzt euch zu uns*!

Im flirrenden Schattenspiel der Schilfmatten wurde geschwatzt, gelacht, geflirtet. Er machte die Bestellung, ließ auftischen, und es war schon wieder ein Fest, schwarze Oliven, Weißbrot, Käse und Rotwein, Omelett, Salat mit Zwiebeln und Tomaten, frisch gebratene Sardinen mit gebackenen Kartoffeln, Karaffen mit Wasser. Schließlich schwarzer Kaffee mit klebrig-süßem Mandelkuchen. Für uns Mädchen war alles fremd, verrückt und wild, diese hoch schwappende, fröhliche griechische Gastfreundschaft … *Ihr seid natürlich eingeladen, zwei blonde Mädchen aus Jermanika!* Ab dann gehörten wir zu dieser Tafelrunde am Strand.
Am anderen Ende des Tisches saß eine Frau im langen, schwarzen Kleid, fein, schlank, schwarze Haare, knusprig geölte Bräune, ein gepflegtes Gesicht mit ersten Falten, melancholischer Blick. Es war die schöne Evangelia, die Frau des Malers. Musste sie die Mädchen akzeptieren, mit denen er sich umgab, die er bei Tisch anbaggerte und dann abschleppte? Es wurde gefrotzelt und gespottet, griechisch und englisch, man verstand nicht so genau.
Immer wieder über den Berg und hinunter zu unserem Mylopotas. Italiener und Franzosen, der Maler mit seinem Anhang im Mittelpunkt. Überrascht lese ich weiter, was ich damals aufgeschrieben habe, am 25. August 1965: *Bei gebratenen Fischchen, kleinen Kartoffeln und Salaten sitze ich ihm dieses Mal gegenüber. Er ist anders als die anderen, hat lustige Augen, er schaut mich fortwährend an, weicht nicht aus, als ich ihn ansehe, und hat trotzdem etwas merkwürdig Sympathisches, was ist das? Er sitzt zwischen seiner Geliebten und seiner Frau und unterhält sich mit ihnen über mich. Später spreche ich mit seiner Frau, die schöne Evangelia ist sehr nett, versteht Deutsch, ist aufgeschlossen und will wissen, was wir machen, so selbstverständlich ist sie. Was der Mann macht? Sie zeigt auf die anderen Frauen. ‚Then pirási', sagt sie mit großer Geste, das macht nichts, ihr Mann ist Künstler, der braucht das - und nur sie ist seine Frau, sie lieben sich!*

An diesem heißen Nachmittag in der Garrigue jagt ein heftiger Südwind von den karstigen Bergkuppen herunter, streicht über die Hügel und mit erneutem Schwung hoch um die Hauswände herum, wirbelt das trockene Laub auf und knattert in den Palmen. Im Haus knallen die Türen ins Schloss, es scheppert und kracht um Schornsteine und Fensterläden. Aus Nordafrika kommt über die Küsten Spaniens ein heißer Wüstenwind, der sich gegen die Tiefausläufer in Nordfrankreich stemmt und die Nerven aufs Äußerste strapaziert. Es gibt keine schattige Stille, kein Schlupfloch der Ruhe vor der Sonne, alles wird durchwühlt und aufgestöbert. Der Wind heult und singt durch die Stille, und der Chor der Zikaden wird noch schriller.

Am Abend steht im Norden eine schwarze Wand, Blitze reißen sie auf, ums Haus saust noch der Wüstenwind. Wir sitzen mit den Nachbarn beim Aperitif, Annick erzählt von der Kaminholzlieferung, die der Holzhändler einfach vor ihr Haus geschüttet hat. Welche Länge die Scheite haben, will Michel wissen. Sie lacht, natürlich nicht die richtige, *non, non, soixante, comme d'habitude.* – Was willst du mit Holz, das nicht in deinen Kamin passt? Beatrice ruft: *C'est toujours comme ça, elle fait ce qu'elle veut, et après ... Michel, Michel, peux tu m'aider.* – Nein, ruft Annick, *je fais au sel.* Sie hat gute Freunde, der Mann hat eine Säge und seine Frau hat Ziegen, er wird das Holz auf die richtige Länge zuschneiden. Dafür kümmert sie sich um die Ziegen, wenn sie wegfahren, *voilà, ça marche,* sagt sie zufrieden. – *ça marche,* sagt auch Michel, *au sel – ça marche.* Das geht „auf Salz" – eine Arbeit gegen die andere, damit kann man sein Leben auch ein bisschen regeln, findet er. Er gießt sich einen neuen Pastis ein und deutet auf die schwarze Wand im Norden, es werde gleich regnen, meint er. *Non*, sagt Beatrice, das gehe gar nicht bei dem Wind. Im Osten zucken die Blitze, *regardez*, sagt Michel in größter Ruhe, *les hirondelles* – die Schwalben fliegen ganz tief, sie spüren den Druck, gleich geht's los.

Irgendetwas ist plötzlich anders. Es ist Stille. Nichts ist. Der Gesang der Zikaden ist verstummt, eben noch habe ich ihn gehört. Ich blicke herum, schaue zur Mauer, und mitten hinein in den letzten Vers, der schräg abstirbt, passiert es. Ein Skorpion zieht die zarte Zikade in die Mauerritze, das war die letzte Strophe ihres Lebens, der Skorpion hat sein Tötungswerk vollbracht. Da klatschen die ersten Tropfen schräg von Norden heran, eine Böe fegt vom Berg herunter, wirbelt auf der Terrasse das Laub auf, der Himmel ist schwarz, jeder nimmt, was er zu fassen bekommt, Kissen, Gläser, Flaschen und Eiswürfel. Dann sitzen wir drinnen am großen Tisch. Noch sind es nur ein paar Tropfen. Der Südwind stemmt sich gegen den Nordhimmel. *Il va pleuvoir? – Non, il n-y-aura pas de pluie.* So geht es hin und her. Dann aber zerreißen die Wolken, taghell entlädt sich die Elektrizität in grellen, scharfen Blitzen, sofort folgen die Donnerschläge. Der Himmel öffnet sich und schüttet das Wasser heraus, Blitz, Donnerschlag, wir sitzen im Dunkeln, der Strom ist weg. Sind alle Fenster zu? Ist das Internet abgeschaltet? Als hätten sich Schleusen geöffnet, rauschen die Wassermassen über das Land, das eben noch völlig zermürbt und betonhart vor sich hindöste.

Then pirási

Ah, Griechenland, diese Verheißung aus den Erzählungen der Brüder! Hier waren wir jetzt, wir beiden Mädchen auf der Insel. Lauter freundliche Griechen waren um uns, alle wollten uns etwas zeigen, uns einladen, alles war selbstverständlich, man musste nicht fragen. Nichts war gefährlich, nichts verboten. Alles war leicht in dieser Sonne, in dem Licht, dem sanften Wind, der vom Meer hochstrich und die Gerüche aus den Salbeibüscheln zwischen den heißen Steinen aufwirbelte. Gut aufgehoben waren wir, geborgen hinter den dicken Mauern unseres Hauses am Berghang, wenn die Nacht kam.

Am Tag die kleinen Orgien am Strand von Mylopotas, eine Lust, dabei zu sein, zugelassen zu einer Gruppe von Leuten, die man nicht kannte. Evangelia gefiel mir. Die Gelassenheit, mit der sie neben ihrem Maler saß und mitfeierte. Man spürte es, dass es das geben kann, dass die Sphäre von Liebe und Lebenslust etwas Heiteres hat, nicht belastet ist von Prinzipien, Ansprüchen. Es war ein riesengroßes Staunen.

Tag für Tag geschah etwas Aufregendes, man musste nur zugreifen. Dieser alte Professor aus Athen zum Beispiel, erst las er uns die

Zukunft aus dem Kaffeesatz, dann lud er uns ein. Auf der Terrasse seines Ferienhauses legte er eine Platte auf, ohne diese Musik reise er nie, sagte er, stellte eine Flasche Wein auf den Tisch, Brot und Käse. Wir sahen das Meer vor uns, die Silhouette der Berge im Osten, sahen die Sonne unter- und den Mond aufgehen. Er übersetzte uns den Titel des neuesten Oratoriums von Mikis Theodorakis: *Axisti, es lohnt sich, das heißt, der Widerstand lohnt sich.* Es war ihm sehr wichtig, dass wir wussten, was in Griechenland passierte. Spät in der Nacht gingen wir durch die wilden, warmen Gerüche der Macchia wieder hoch ins *spiti mas.*

Und dann dieser Abend: unter tausend funkelnden Sternen den Weg hinunter zum Kafenion am Hafen, gerade hatten wir die weiß getünchten Gassen des Hafenorts erreicht – es roch nach Meer, gebratenen Sardinen und Rosmarin –, da sahen wir eine Szene und blieben stehen. Ein Zauber erfasste uns.

Wir sahen einen Odysseus, rothaarig mit langem Bart. Lässig ließ er die Glasperlenschnur durch seine rechte Hand gleiten, dabei hockte er auf einem Schemel und schaute dem anderen zu, seinem Freund, der an einer Staffelei stand und ein Bild malte. Man erkannte heitere Muster, die Wellen des Meeres, Sonne, Blüten. Angela blieb stehen. *Oh, ist das schön. Was ist das? Wie heißt ihr? Wo kommt ihr her?*

Der Odysseus warf einen adleräugigen Blick auf meine Freundin, lächelte, sagte erst mal gar nichts und dann: *Where are you from? We're coming from Athens. My name is Gavrilos. Do you want to know anything more?* Ganz bestimmt wollte sie noch mehr wissen, sie lachte und wurde rot. Und sein Freund, der schwarzgelockte Maler lachte, schaute uns beide an, deutete auf sich, sagte: Iannis, Iannis, und malte weiter an seiner Sonne.

Nicht mehr lange, dann saßen wir zusammen im *Kafenίon*, inmitten von Leuten, Stimmen, griechischen Liedern aus dem Radio. Die beiden Männer ließen sich vom Wirt die Flasche Ouzo herüberreichen, der weiße Anisschnaps wurde in kleine Gläser gegossen, und wir aßen schwarze Oliven, immer diese schwarzen Oliven, die so bitter und ölig waren, dazu frisch gebackenes Brot und Feta. Und wir schwatzten aufgeregt und glücklich im Kauderwelsch englischer und griechischer Sprachfetzen. *Kalinichta*, schließlich, lang nach Mitternacht. *Adio, sto kalo, kalinichta, kalinichta,*

flüsterten, zwitscherten, jubelten wir. *See you tomorrow? – Perhaps,* achselzuckend der rotbärtige Odysseus. *Guten Weg. Gute Nacht.*
Dann wanderten wir den Berg hinauf. Myriaden von Sternen im weißen Band der Milchstraße – noch nie hatte ich so einen Sternenhimmel gesehen. Was für eine schöne Nacht in dem kleinen weißen Zimmer auf der fernen Kykladeninsel im Ägäischen Meer! Und dann erst die Tage, welche Erregung, wir machten von jetzt ab alles zusammen mit Gavrilos und Jannis, von morgens bis abends. Zusammen wanderten wir abends die Stufen hoch in die *chora*, saßen auf den breiten Feldmauern und ließen uns Sternbilder erklären, lernten griechische Buchstaben, Wörter, Lieder.

Die stillen Tage im Midi gehen weiter. Der Morgen – die Luft wieder blitzsauber und frisch – beginnt mit dem Abtauchen im Wasserbecken. Pflanzen gießen, Wäsche aufhängen, Fenster putzen – er endet im Liegestuhl. Schläfrige Trägheit macht sich breit. Der Gesang der Zikaden schwillt an.
Auf der Terrasse am Abend gebratener Fisch mit Salat, frisch der Sauvignon, in der abendlichen Wärme steigen die Gerüche auf.
Dann die Nacht. Eben noch hat sich die Hitze des Tages in dem kleinen Schlafzimmer gestaut, jetzt liegen wir, erfrischt von der kalten Dusche, auf dem Bett. Nachtluft strömt duftend herein. Der Vollmond steht über dem Ostfenster und wirft gleißendes Licht auf den warmen Buschwald. Schwarz ragt davor die Zypresse auf. Daneben die Zweige der Zeder wie ein Schattenriss vor dem Mondlicht. Mitternacht, aber die Nacht gibt keine Ruhe, ich muss wieder hoch und mich weit aus dem Fenster lehnen. Im Norden hängt eine Gewitterwand. Von dort zucken Blitze herüber, für Sekunden ist der schwarzblaue Nordhimmel grell erleuchtet, krasser Kontrast zu der wolkenlosen Mondnacht vor dem Zimmer.
Über 38 Grad zeigt das Thermometer noch immer. Der Nordhimmel ist geladen mit elektrischer Energie. Die Wolkenwände zittern, grollen, reißen auf und werfen grelle Blitze heraus, da klingelt das Handy. Ein Nachtgedicht kommt aus Sardinien, unsere Malerfreunde erzählen aus ihrem Sommer: *Venus versinkt in Dunstnacht über Meerhorizont. Der obligate Kauz, Hund, Schafgebimmel. Grillen. Zelt unter Feigenbaum für Schatten morgen früh. Glas Cannonau. LG!*

Gegen eins hat sich der Mond hinter eine Wolkenwand verzogen. Schräg darunter verströmt er verschwenderisch sein Licht vor dramatischer Kulisse. In dieser Nacht schweigen die Frösche. Die Käuze schweigen. Die Vögel schweigen. Ist da an Schlaf zu denken? *Diese Nächte*, sagt Johann, sind das Schönste, *agapi mou …*

•

Mein Griechenland endete damals in einem schrabbeligen Bettgestell aus Eisen. Ein winziges schmuddeliges Zimmer in einem billigen Hotel in der *plaka*, der Altstadt von Athen, da lag ich krank mit einer schweren Sommerdiarrhöe auf dem Laken und zitterte, nicht vor Kälte, nein, das war der Salzverlust, das wusste ich noch nicht. Die Freundin brachte mir Salzwasser und schwarzen Tee mit Zucker, und Jannis kam, brachte Zwieback, irgendwann eine Hühnerbrühe, mittags und abends saß er an meinem Bett. Drei Tage, dann wagte ich mich wieder hinaus, und wir gingen von der *plaka* in die Stadt hinunter. Dort trafen wir Gavrilos und Angela und schlenderten gemeinsam durch den warmen, duftenden Abend.

Gemeinsam folgten wir dem Lärm, den Rufen, die schon seit Tagen in mein Zimmer gedrungen waren. *Papandreou, Papandreou*, dröhnte es durch die Straßen, ein einziger, aufgebrachter Ruf im dunklen griechischen Rhythmus. Am Rand der tobenden Menschenmenge standen wir, Tausende demonstrierten auf dem Platz Ormeou. *Warum rufen sie Papandreou, um was geht es? – Gerade eben hatte der seinen Rücktritt als Ministerpräsident erklärt, jetzt fordern sie seine Rückkehr,* sagte Gavrilos und suchte nach Worten, um uns die Lage auf Englisch zu erklären. *Warum denn seine Rückkehr? – Mit seiner Zentrumsunion hat er die politische Mitte zusammengebracht,* Karamanlis aus dem erzkonservativen Lager war aus dem Spiel, gleichzeitig wurden die Rechte der Arbeiter gestärkt. Dafür haben die Linken seine Politik unterstützt. Als wir fragten, warum sie nicht mitdemonstrierten, äußerte er sich ungenau. Papandreou habe zwar die ständige Bespitzelung linker Gesinnung abgeschafft, erklärte er, aber jetzt handele es sich um eine Regierungskrise, warum solle man sich für eine Krise der Regierung starkmachen?

Jannis sagte: *Komm, agapi mou*, legte den Arm um mich und zog mich weg vom Getümmel. Wir spazierten in den Park am Fuß des Lykabettos. Wieder der Zauber, die fremden, süßen Gerüche der Palmen, Zedern, Pinien, drüben die angeleuchtete Silhouette der Akropolis. Wir saßen auf der Bank, und er wollte mich küssen, aber nein, das ginge doch nicht, ich hätte in Hamburg einen Freund. *Then pirási*, sagte er, *then pirási, du hast deinen Freund in Hamburg, und hier küssen wir uns jetzt. Warum sollen wir uns nicht küssen? Genau so wurde es gemacht.*

Warme Abende in den Parks, die heißesten Sommerküsse am Lykabettos, so schön, so verlockend, dass ich sie nie vergaß. Ich liebte in diesem Sommer Jannis, und ich hatte Sehnsucht nach Helle. Ich hatte mir immer mal ausgemalt, dass wir uns vielleicht zufällig an einer Straßenecke in Griechenland begegnen würden, aber nichts davon geschah, wir waren weit auseinander …

Die sehnsüchtigsten Küsse ganz zum Schluss am Zug. Dort saß ich dann mit der Freundin und fremden Reisenden im Abteil, dachte zwei Tage lang zurück und fand, dass ich womöglich überhaupt nicht genug ausgekostet hatte, was es in diesem herrlichen Griechenland zu erleben gab.

In diesem ersten griechischen Sommer bekam ich eine Ahnung davon, wie es gehen könnte. Unbeschwert leben und lieben, drauflosgehen und ausprobieren … nicht zurück und zur Seite schielen, ob das überhaupt erlaubt ist … Nein, nimm es hin, hab keine Angst, freu dich. *Chérete,* freut euch, rufen die Griechen einander als Gruß zu. Das war die Offenbarung dieses ersten Sommers auf der griechischen Insel. Die Entdeckung dieser freundlichen Geste, die mit dem „then pirási“ und einer unnachahmlichen Kopfbewegung nach oben Erstaunliches möglich macht. Als würde ein Tor aufgestoßen. Immer wieder dieses verblüffende „macht nichts“, die Aufforderung – umwerfend schlicht und einfach – zur reinen Freude am schönen Moment. Nimm ihn auf, und genieße! Freu dich an dem, was du erlebst! Jetzt und hier, *étsy*?

Heute sieht es dort anders aus, die Erinnerungen bekommen einen heftigen Knick bei den Nachrichten, die wir im Sommer 2013 zu lesen bekommen. Die griechischen Bauern, Fischer, Händler,

Gastwirte und Ferienhausvermieter müssen um ihre Existenz kämpfen. Sie versuchen, neue touristische Angebote aufzubauen und mit kräftig gestiegenen Preisen gegen das Sparregime der EU-Partner anzugehen. Die Touristen sind das nicht gewohnt und meiden dieses herrliche Land.

Vor zwei Jahren hat der griechische Finanzminister noch selbstbewusst die Spekulanten für den Verfall der Anleihekurse verantwortlich gemacht. Ministerpräsident Papandreou hielt die „Hilfe" der Gemeinschaft für angemessen und aus dem europäischen Gedanken heraus für logisch und konsequent. Deshalb wurden die Partner offiziell um die Aktivierung des Hilfsmechanismus gebeten, den hatten sie schließlich gemeinsam vereinbart.

In diesem Sommer wird endgültig klar, wie das mit dem „Hilfsprogramm" gedacht war. In der Tagesschau hört man, das Parlament in Athen habe ein Gesetz gebilligt, wonach im nächsten Jahr fünfzehntausend Staatsbeamte aus dem Dienst entlassen werden sollen. Die Familien, die von deren Gehältern abhängig sind, werden in die Armut geschickt. Nur so gibt es die nächste Tranche von schon zugesagten Krediten. Vertreter der linken Oppositionspartei reden mittlerweile von einer Diktatur der Troika, so schnell durchgepeitscht, die Regierung handele nur noch nach den Geboten der EU-Geldgeber.

Dabei muss das Parlament auch noch selbstständig beschließen, dass Griechenland Hilfskredite nur verdient, wenn es ein gnadenloses Heruntersparen seines Haushalts akzeptiert. Es muss diese Erpressung verfassungsförmlich beschließen und dem Volk erklären. Und wenn das „Hilfspaket" endlich kommt, werden die Gläubiger bedient. Die Griechen dürfen dann froh sein: Das Bankenwesen funktioniert, ihr Staat kann wieder Schulden aufnehmen. Ist es tatsächlich so? Das Leben der Griechen hängt vom Funktionieren der Banken ab?

So genau will die deutsche Presse das natürlich nicht gesagt haben, die macht sich eher Sorgen darum, was den Griechen noch alles in den Rachen geworfen wird, unverdienterweise. Wo sie doch ihre Misere selbst gemacht haben, bekanntlich faul sind und immer nur an ihre Mittagspause denken.

Teil 4

Liebeslust erwacht – nein, später!

„Oktober, Schönheit des Lichts, die verstreuten Dörfer“

Die Reise machten wir noch zusammen, Hans fuhr uns in seinem Bus. Wir trödelten herum, besuchten Ilse im Odenwald, aber am Abend waren wir in der kleinen alten Stadt im Süden von Deutschland. Schwäbische, enge Gassen mit Fachwerkhäusern, ein kleines Zimmer, ein Kohleofen, ein schmales Bett. Dorthin brachte ich zwei große Koffer mit Büchern und Kleidung, Tauchsieder, Teekanne, ein bisschen Geschirr, den mit Segeltuch bespannten Kolonialstuhl, griechische Webteppiche und einen kleinen Kelim.
Warme, duftende Luft in der Universitätsstadt Tübingen, südlich fühle man sich, schrieb ich am nächsten Tag an die Mutter. Der große Bruder fand einen Gasthof, bestellte eine Flasche Ihringer Weißherbst, ich hatte es tatsächlich geschafft.
Hans und Helle schliefen im Bus, ich allein in einem fremden Zimmer, am Sonntagmorgen drängte der Bruder zum Aufbruch, und dann waren sie weg. Hans setzte Helle in Heidelberg in seinem Studentenzimmer ab, dann fuhr er zurück in den Norden, seinen neuen Studienort beziehen. Unsere gemeinsame Zeit im Gartenhaus in Volksdorf war vorbei.

Aufregend und ganz anders die alte Universität in Tübingen. Ich suchte aus dem Lehrangebot heraus, was mir passend erschien: „Antikes und modernes Drama“ bei Walter Jens und die Vorlesung von Friedrich Bollnow, der in bedächtigen Worten unendlich umständlich Woche für Woche über das Wort lehrte, die Sprache und die Formen des Redens.
Vor allem aber der Oktober im südlichen Licht, der studentische Trubel auf der Straße, die Straßenkneipen, das war die Verführung. Man konnte immer noch draußen sein, warme Tage im späten Herbst. Und es gab die Studentengemeinde und ihre Teestube.
Da trafen sich die Theologiestudenten. Mit denen ließ sich gut herumstreiten, diskutieren, ich kannte mich ja ein bisschen aus. Als ich am nächsten Sonntag wieder in die Kirche ging und schon wieder einen von denen traf, die mir gefielen, kam es mir vor, als

gäbe es vielleicht eine Clique für mich. Der sagte nämlich: *Hast du Zeit, komm, wir besuchen meinen Studienfreund.* Karsten erzählte, er komme aus Schleswig-Holstein, habe dort sein Erstes Examen gemacht und leider nur eine Drei bekommen, weil der Prüfer so dogmatische Fragen gestellt habe und von seinem Prüfungsthema Venezuela nichts habe wissen wollen. Ja, das hat der Bischof von Holstein angerichtet, der war das. Als ich dann sagte, dass ich die Tochter dieses Bischofs sei, wollten die beiden auch noch den ganzen Abend mit mir verbringen.

So ging es los. Ich verbot mir sehnsüchtige Gedanken, griff nach neuen Freundschaften und war entzückt von den Flirts und den verwirrenden Tête-à-Têtes im Studentenwohnheim. Ich fühlte mich umschwärmt und war schon auf dem Sprung in ein neues Abenteuer …

Doch als Helle an einem Tag spät im November aus Heidelberg angetrampt kam, war alles wie verwandelt. Wir hatten zwei Tage und eine Nacht, das war eine kostbare Zeit. Aber nicht im Studentenzimmer, nicht unter den Blicken der Wirtin in einer schwäbischen Kleinstadt. Wir packten die Rucksäcke, stiegen in den Bus und fuhren in den südlichen Schwarzwald. Alles Weitere würde sich ergeben, wenn wir erst mal unterwegs waren …

Wir fuhren bis zum schwarzen Titisee und weiter bis zum Feldsee, dort wanderten wir, ohne Karte, Stunde um Stunde nebeneinanderher auf den Waldwegen. Es sollte ein großer Ausflug sein, jede Stunde, die wir draußen sein konnten, wollten wir auskosten. Aber die Dunkelheit holte uns ein, die Berge versanken in Nebel und Niesel, Beklemmung schlich herbei. Immerhin sahen wir in dem Gasthof am See Licht und betraten die Gaststube, die ganz still war. Niemand saß an den Tischen, die Wirtin schlurfte aus der Küche hervor: *Ihr wollts hier schlafe, gell? – Ja, wenn das geht, ein Gastzimmer, nur für eine Nacht?* Sie schaute uns streng an, musterte uns von oben bis unten. *Joa freilisch, dasch geht wohl, jeder isch für sich, das Büble und das Mädle, jeder isch für sich in einem Zimmer. Es gibt aber nua Schäufele mit Kraut.*

Ich hatte ja nicht die geringste Ahnung, wie das gehen könnte, eine ganze Nacht mit einem Jungen in einem Zimmer, dieser Gedanke

war mit jeder Stunde dieses kühnen Tages näher gerückt, so als näherte ich mich einer Gefahrenzone. Geradewegs in ein Bett mit einem Jungen, wo Triebe herausbrechen konnten, wilde Gier. Sie könnten nichts dafür, hatte die Mutter mal gesagt, Männer seien denen ausgeliefert, als Frau müsse man sie besänftigen.
Alle Bedenken waren beiseite gewischt, als uns das Essen vorgesetzt wurde, dazu ein Krug mit badischem Rotwein und ein Korb voll mit Brot, der Rausch machte alles weich und warm. Irgendwann bestimmte die Wirtin das Ende, sie wollte schlafen gehen, und deswegen kam dieser komische Moment immer näher.
Hier isch fürs Mädle, sagte sie, öffnete die Tür, ließ mich hineingehen, ging weiter mit Helle den Gang entlang, um die Ecke, dann eine Treppe hinauf, dann wieder durch einen Gang, und dann, am hintersten Ende, öffnete sie die Tür zu einer Kammer. *Da isch a Zimmer für den Buben, gute Nacht, du gescht wieder zurück, sag isch nochma.* Sie folgte mir auf dem Fuß und schloss die Tür zu meinem Zimmer mit Nachdruck. Da saß ich nun auf dem Bett und wollte gerade wieder los, da wurde leise die Tür geöffnet und Helle trat ein. Er hatte gewartet, bis die Wirtin in den unteren Räumen angekommen war.

Festgezurrt im tiefen Schacht der Erinnerungen und ganz oben dieses Bild von der ersten Nacht. Eine dunkle, kalte Nacht, ein geisterhafter Gasthof, unwirklich, einsam und verlassen in dem nassen schwarzen Wald. Ich war mir nicht sicher, ob richtig war, was wir vorhatten – eine Nacht, ein Bett. Man durfte ja nicht und wollte doch kosten …

Ich zog die nassen Schuhe aus, die Hose, wusch mir das Gesicht unter dem Wasserhahn, zog rasch ein wollenes Kleid drüber, das Zimmer war eiskalt, dazu dicke Strümpfe, und gut verpackt ging's unter die kalte Decke. Helle machte es genau so, und so wagten wir uns in die erste Nacht in einem Bett, am Ende der Welt, in Schutzkleidung. Keine Verführung, keine Berührung, keine Haut … Zitternd vor Erwartung, versponnen wie in einem Kokon. Und ein Sturm der Gefühle. Einen Menschen, den Jungen, den man liebt, neben sich liegen zu spüren! Das war Berührung genug. Eine ganze Nacht dicht nebeneinander in dem schmalen Bett. Es wurde mollig warm

in seinem Arm, ich hörte den Regen und den Wind und seine leise Stimme neben mir.
Am nächsten Morgen noch viel Zeit zum Wandern, aber nachmittags wieder in dem kleinen Zimmer in Tübingen. Wir mussten den Ofen heizen, Tee kochen. Helle legte ein Geschenk auf den Tisch und das große Paket der Mutter. Ich hatte Geburtstag und packte aus: Äpfel aus dem Garten in Königsförde, einen Kuchen, neue Strümpfe und eine blaue Kaffeekanne. Und dann noch einen langen Brief, oh weh … ausgerechnet an diesem Sonntag, nach dieser Nacht ein Brief von ihr. Ich las, Helle schaute mich an. Na, was schreibt sie denn, lies mal vor! – Nee du, das erspar ich uns lieber, was für abwegige Gedanken hat meine Mutter im Kopf, das möchte man gar nicht laut sagen. – Los, lies vor, das will ich jetzt wissen. – Sie schreibt: *Du hast Dir Dein Elternhaus nicht aussuchen können, ebenso wenig wie Deinen Namen, der Dir immer noch nicht gefällt. Aber da stehst Du nun, von uns aufs Freudigste begrüßt, geliebt und mit allen Wünschen umgeben, die man einer geliebten Tochter nur zu geben vermag. Freue Dich des Geschenks der Tradition, des Andersseins, sei stolz, eine Christin sein zu dürfen, Maßstäbe zu haben und ein festes Herz.*
Wovon will sie mich überzeugen, was weiß sie überhaupt? überlegte ich. *Wie immer spricht sie aus reiner Liebe,* erklärte ich Helle. *Wie merkwürdig sie das ausdrückt: Du bist erwünscht und freudig begrüßt. Das ist ja schön, aber umso mehr könnte sie doch sagen, es soll dir rundum gut gehen … und: Was für ein netter Junge ist Helle und der beste Freund meiner Söhne … Aber sie meint dich gar nicht, sie redet allgemein. Ich würde, schreibt sie, in jeder Weise zu den Bevorzugten zählen, durch Herkunft, Aussehen, Bildung und Begabung. So doll ist es damit aber auch nicht, sagte ich. Warum kann sie mich nicht in Ruhe lassen? Kaum ist man weg, schickt sie mir solche Worte hinterher! Ich kann dich verstehen, meine Mutter denkt ähnlich, sie kennt nur ihre Prinzipien, nur, was sie denkt, hat zu gelten. Gib mal her,* sagte Helle und las: *Sei dann auch wählerisch in der Wahl Deines Partners. Du brauchst wie alle starken Frauen einen Mann, zu dem Du heraufschauen kannst, dem Du ebenbürtig bist, aber zu dem Du auch Hochachtung haben musst.* Helle brach ab und legte den Brief beiseite. *Na ja, das ist nicht sonderlich ermutigend, irgendwie sehr stolz, diese Frau, sehr von oben herab …*

Er fuhr ab, in dieser Nacht trampte er noch nach Heidelberg. Am Ende dieses Wochenendes saß ich allein in dem alten Kolonialstuhl, wärmte mich an meinem Kohleofen und fragte mich, wie man einer geliebten Tochter einfach so hinschreiben kann, dass man nichts von ihrer Wahl hält. Dann kuschelte ich mich in mein Bett und dachte mir die letzte Nacht herbei: wir beide, dick vermummelt und eng umschlungen eine ganze Nacht im kalten Zimmer, und dazu die warmen Küsse.

Ende November fiel der erste Schnee, die Freunde nahmen mich zu Skitouren mit, an den Abenden diskutierten wir über die Politik der Studentengemeinde in der Hochschule, über Studienbedingungen, über Abschlüsse für Theologen und Pädagogen und darüber, wie es dann in welchen Berufen überhaupt mal weitergehen könnte. Die Selbstverständlichkeit und die Nähe in dieser Gruppe, zu der man sofort dazugehörte, versetzten mich in große Schwingungen. Das Leben in diesem verwinkelten Städtchen mit seinen Gassen, immer nur ein paar Schritte, von der Mensa zur Bibliothek, von da in die Vorlesung und von da zu den Räumen im Studentenwohnheim, wo man sich zum Teetrinken verabredet hatte. Weil man die Nähe suchte, die Diskussionen, die Berührungen, die Flirts. Mir fehlte gar nichts, so viel Freundschaft gab es da.

Der Mutter schrieb ich ein Dankeschön für das Geburtstagspaket, so sorgfältig sei alles ausgewählt, ich sparte nicht an Lob und Dank, strahlend und gelassen im Ton, und fein dosiert erwähnte ich auch, was die Hauptsache dieses Wochenendes gewesen war: *Helle hat mich glücklicherweise zu meinem Geburtstag besucht …* und ganz zum Schluss beiläufig, dass wir einen Tag (!) gemeinsam im Schwarzwald … und schlechtes Wetter … und schließlich nach gekonnter Umsegelung aller Klarstellungen das Eigentliche: *Ich wäre sehr dankbar, wenn Ihr mir sobald wie möglich mein Semestergeld schickt, denn es ist wichtig, dass ich meine Miete rechtzeitig bezahle! Verstehst Du das?*

Meine Begeisterung verflog kein bisschen. Leben in der Studentenstadt unter der Supervision aus dem fernen Elternhaus, das ging so: Ich machte einfach alles weiter und verschaffte mir unterhalb der Gebote und dessen, was von Sitte und Glauben schon lange in mein

Denken aufgenommen war, alle nur möglichen Kostbarkeiten und Entdeckungen.

Bereits sechs Tage vor Weihnachten beendete ich Seminare, Vorlesungen und alle Verführungen, packte einen kleinen Koffer und fuhr mit dem Nachtzug nach Hause. Ich reiste in Begleitung der kleinen Tante Else, die ein feines Schlafwagenabteil finanziert hatte. Die Adresse der Tante Else Regelmann hatte der Vater mir mitgegeben, ich könnte jederzeit mit dem Bus von Tübingen nach Herrenberg fahren, dort würde ich immer ein Mittagessen bekommen und den guten Rat der Tante, so hatte das der Vater gesagt.
Ich mochte sie und ließ mich gerne ab und zu von ihr verwöhnen, und nun hatte ich dafür gesorgt, dass die quirlige Dame das Weihnachtsfest mit unserer Familie in Königsförde verbringen würde. Ich verstand überhaupt nicht, dass die Mutter und die Brüder von dieser feinen Idee erst überzeugt werden mussten. Es sei doch total ungerecht, dass Tante Else, die zu der Familie gehörte, die in dem Familiensitz gelebt hatte, jetzt in ihren zwei Zimmerchen allein feiern sollte, und zweitens hätte der Großpapa, der ja auch eingeladen war, dann eine Gesprächspartnerin, und drittens: *Die Jungs könnten sich ruhig auf uns beide freuen. Tante Else freut sich so auf Königsförde, und wenn wir in so einem Ort wohnen, ist das eben auch verpflichtend. Basta.*
Ich beherrschte die Tour des Argumentierens: Wenn man jemanden von seinem Willen überzeugen will, muss man hohe Titel finden, die für alle gelten. Ich kannte auch die Wirksamkeit des Gedankens, die Schmeichelei an die Mutter, was die dann aber auch alles zu leisten hätte, wenn die Kinder das machten, was sie wollten, es würde ein *turbulentes Weihnachtsfest, das deine Kraft sehr in Anspruch nehmen wird, aber es ist auch wieder schön, wenn Kinder und sogar noch Freunde kommen können.* Ich brachte die Tante also mit, und es wurde ein großes Fest in den großen Räumen des Landsitzes, und Else genoss jeden Moment und gehörte dazu.
Auf der Rückfahrt fragte ich Tante Else: *Wie fandest du es, dass ich meinen richtigen Namen Marie durchsetzen wollte? Warum gibt man dem kleinen Mädchen die großen Namen der Großmütter, damit die weitergetragen würden, wenn man selbst niemals vorhatte, sie so zu nennen? – Ach, Kindchen,* sagte die Alte beschwingt, *willst du das*

wirklich so ernst nehmen? Hauptsache ist doch, dass die dich alle mögen, und jeder kleidet das eben in seinen eigenen Namen für dich, ist das nicht so? Stimmt, so konnte man das auch sehen! Aber ich blieb dabei. Wer was von mir wollte, musste mich ab sofort bei meinem richtigen Namen nennen, fertig.

Winter in Tübingen, Referate mussten geschrieben, Klausuren vorbereitet werden. Die Kälte nahm zu, viele Eimer mit Kohlen mussten aus dem Keller in die Dachstube getragen werden, damit ich es einigermaßen warm hatte, wenn ich abends nach Hause kam. Aber der Ball der Theologen, die Faschingsfete meiner Clique, jedes freie Wochenende mit meinen Leuten im Schwarzwald, was für Ausschweifungen! Die Mutter sprach von „deinen" Theologiestudenten, sie hatte die Anführungszeichen in ihren Briefen eingeführt. Sie nahm die neuen Freunde nicht ernst, sondern eher auf die Schippe, weil die Tochter immerzu von ihnen erzählte und ihr Leben mit ihnen teilte.

Zum Ausgang des Winters plante ich glücklich das Sommersemester im Süden – und traf auf heftigen Widerstand: auf keinen Fall *das Studium unnötig in die Länge ziehen*, das Alter, Familienplanung, Aussteuer berücksichtigen, die alten Argumente der Mutter, die längst ausdiskutiert waren. *Die neue Studienordnung in Hamburg verlangt das,* schrieb ich zurück, und die Mutter beredt: Vater meine, das Sommersemester zuzusetzen könne nur dann lohnend sein, wenn ich nach Kiel käme und noch einmal versuchte, dort ein wenig heimisch zu werden. *Aber da Du es bereits beschlossen hast, werden wir wohl nichts mehr ausrichten können.*

Im Rückblick bin ich froh, dass ich immerhin darauf einigermaßen klar erwiderte, ich wolle nicht nach Kiel gehen, nicht in die gewohnte Umgebung und zur Familie zurückkehren, sondern weiter die „Fremde", Süddeutschland und die Kleinstadtuniversität, auskosten *… und hoffe nun, dass Ihr mir Euer Einverständnis nicht verweigert. Ich habe es mir wirklich überlegt!*

Anfang Februar, als ein warmer Föhnwind blies, kam Helle und trampte mit mir ins Rheintal, ins Badische Land. Wir saßen am Fluss, tranken eine Flasche Rotwein und feierten Frühlingserwachen. *So ist das in Süddeutschland,* sagte er, *da drüben sind die Weinhänge des*

Elsass, da beginnt der Frühling im Februar. Das war die Verheißung. Schließlich kam die Einwilligung der Mutter: *Nach wie vor glauben wir, dass nicht so heiß gegessen wird, wie gekocht ist. Immerhin, wenn das Referendariat später mal nachgeholt werden kann, ist es beruhigend. Nun denn, ein Semester drauf! Aber wo?*
Beste Mutter, wie kam sie denn darauf, das Referendariat zu verschieben? Warum? Weil man erst mal Kinder … Gut, dass sie die Weitsicht für die Tochter behielt. Sie wollte mich aus Helles Nähe weghaben, daraus machte sie gar kein Hehl, dafür hätte sie sogar Geld übriggehabt. Der Vater, die Brüder, alle durften sich mit der Frage beschäftigen, wo der Ort wäre, der für mich zum Studieren geeignet sei. Der Vater schlug Zürich vor, obwohl sie dann noch mehr bezahlen müssten, Hans fand München interessant, Ernst sagte das einzig Richtige: *Warum bleibst du nicht in Tübingen, da kennst du doch alle …*
Aber genau das machte ich nicht!

Nach den langweiligen Semesterferien im Norden trafen wir uns endlich wieder und fuhren zu zweit los, Helle hatte nun ein Auto, wir ließen uns Zeit. Wieder besuchten wir meine Freundin Ilse in Darmstadt, sie wirkte glücklich, sagte aber nicht viel; ich glaubte, sie sei verliebt. Wir tranken an der Weinstraße Wein und wanderten mit Ilse in den Odenwald, vier Tage trieben wir uns in Richtung Studienort herum, dann kam die Trennung. Denn der Pakt galt noch. Es war und sollte die Zeit sein, in der jeder Raum für sein Studium, für sich allein hatte.
Am 1. Mai bezog ich ein Zimmer in einem Vorstadthaus in Freiburg, es war sehr warm, hier im Süden war schon Sommer. Helle fuhr ab, er war es, der mein Zimmer im geliebten Tübingen bezog.
Er durfte am nächsten Tag den netten Friederich treffen, mit ihm Kaffee trinken, anschließend die Morgenzeitung lesen und dann zu Bollnow in die Vorlesung gehen und mir zujubeln: *Weißt du, mein Herzliebes, so ein Tag bringt Schwung in die Arena, da brummt der Kopf wie ein Telegraphenamt, da ist alles in Aufbruch. Du darfst nicht glauben, ich sei verrückt oder völlig besoffen wegen der Schrift* … Ja, er hatte es gut, er würde meine Tübinger Freunde kennenlernen, die Stadt, die Uni, die Wege durch die Gassen zur Studentengemeinde,

das alles hatte ich ihm überlassen.
Dafür musste ich mich neu eingewöhnen und mit dem Lernen für die Klausur in Mittelhochdeutsch beginnen. Mit dem Fahrrad der Wirtin aus der Vorstadt zum Germanistischen Seminar und am Abend die Klage: *Tausendmal lieber wäre ich bei dir, bei meinen Freunden. Warum können wir eigentlich nicht zusammen in Tübingen sein? Ach, ich will kein bockiger Esel sein, also tschüss!*
Stimmt, so sehr hatte ich mir das Sommersemester in Freiburg gewünscht und erkämpft, es beglückte mich mit sommerlicher Wärme, ich bestand die Klausur in Mittelhochdeutsch und bekam aus Tübingen zugerufen, *dass mein kleines Mädchen ganz groß die Sache geschmissen hat* … Aber Helle schrieb noch weiter: *Ich hoffe fest, dass Du hineingesprungen bist in all das Neue, schüttele es und bringe es in Bewegung … mein geliebtes Eselchen, stemme Dich auch gegen Deinen vielleicht hin und wieder aufmuckenden Verdruss an kantigen Wegen, lauf los und trabe voran!*
Der ist gut … *Verdruss an kantigen Wegen* … ich hatte ihm schließlich „mein Tübingen" überlassen, und überhaupt, dieses bescheuerte Trennungsprogramm … Ich kämpfte mit Sehnsucht und Missmut und beschloss, mich mit Sprachunterricht abzulenken. Sehnsüchtig erwartete ich die Unterrichtsstunde in Neugriechisch, weil mir der Klang dieser Sprache so gut gefiel und der schwarzhaarige Lehrer, der unbekümmert nur Griechisch sprach, lachte und für mich den Raum mit Lernbegeisterung und Lebensfreude füllte.

An einem Wochenende Ende Mai kam Helle nach Freiburg und nahm mich mit in die Hügel des Kaiserstuhls. Wir wanderten durch die Weinhänge um Ihringen, aßen uns an reifen Kirschen satt, lagerten auf der Wiese, fielen voller Sehnsucht übereinander her. Immer heißer wurde es, weiter wanderten wir, alles war leicht … trotzdem kündigte sich der Abend an.
Einen Schlafplatz suchen und gucken, wie wir die schöne Nacht hinkriegten – in dem Wust von Vorschriften und eigener Moral. Immer diese Frage, diesmal allerdings erledigte sie sich ganz praktisch: Wir schauten umher: eben noch die hübschen Wolkentürme über den Hängen, plötzlich drohten schwere Wolken wie ein bleierner Vorhang über Weinbergen und Wiesen. Donner quollen heraus,

tiefes, böses Grollen. Die Luft war zum Bersten, Helle trieb mich an: *Lauf schneller, beeil dich.* Er zeigte auf eine abgemähte Wiese. Da drüben, das ist gut. Wir rannten durch die offene Landschaft, da zuckten schon jäh, grell die ersten Blitze, und gleich darauf rollte schwerer Donner über uns. *Los, schneller, wir brauchen einen Schutz!* Schweißnass rannten wir weiter, Blitz und Donner über uns. *– Komm her, hier rein, in diese Heumiete, schnell.* Er schob mich in einen hohen Heuhaufen. *Hier? Das geht doch gar nicht, viel zu klein, zu stickig und gefährlich bei dem Gewitter!*

Er drückte mich runter, ich wühlte mich durch das heiße Dickicht und tatsächlich, es gab einen winzigen runden Platz. Schwere Regenböen prasselten, Blitze, gefolgt von Donnerschlägen, tobten über der Wiese, man glaubte, ersticken zu müssen unter dem staubigen Heuballen, aber Helle war unerbittlich. *Du musst dich flach hinlegen. – Auf das staubige Stoppelgras, das ist zu hart. – Macht nichts, runter,* befahl er. Die Klamotten klebten, das Gras piekste, ich zerrte meinen Anorak aus dem Rucksack. Er legte sich auf mich, als wollte er mich schützen. Ich dachte, ich müsste sterben unter dem Gewicht, den gleißenden Lichtern am Himmel und den Schlägen des Donners, die in metallischen Kaskaden über uns hinwegrasten.

Nur an unsere Naschgelüste hatten wir an diesem heißen Tag gedacht, nicht daran, dass es da draußen gefährlich werden könnte … Helle bekam es mit meiner Angst zu tun, und ich merkte, dass er nicht wusste, ob er das hinkriegte mit mir.

Sous la belle étoile, so nennt man das, sagte Helle früh um vier, als wir rausschauten in den kühlen Morgenhimmel. Da funkelten gerade noch die Sterne. *Jetzt hast du das erlebt,* sagte er und zog mich wieder hinein in den Heuunterschlupf. – *Was heißt das?* fragte ich. – *Das wirst du dann sehen*, erwiderte er.

Helle wusste genau, wie Frankreich geht. Der hatte Französisch in der Schule gelernt und Camus und Saint-Exupéry gelesen. Später im Café in Neuf-Brisach, als wir den ersten *Café au lait* tranken und einen Croissant aßen, brachte er sich von einem Moment zum anderen in Pose, ließ seine filterlose Gauloise in den Mundwinkel rutschen, zog die Mundwinkel nach unten, setzte sich schräg das Käppi auf den Kopf. Gelächter im Café, dieser Typ, und überhaupt: *les Allemands*!

Übermütige, ungeduldige Stimmung beim Studieren, alles musste schnell gehen, immer in Erregung, was nun kommen würde, ja kommen musste. Das Referat in Literaturwissenschaft wurde zügig heruntergeschrieben, es gab den Auftritt meines russischen Chores, jubelnde Gesänge, täglich lernte ich Neugriechisch, manchmal spielte ich mit den Wirtsleuten Monopoly, weil ich ein gutes Verhältnis zu ihnen haben wollte, das bedeutete die Mitbenutzung des Kühlschrankes, Fernsehen und die Möglichkeit zu duschen.

In den Pfingstferien packten wir die Rucksäcke und fuhren mit dem Bus in den Kaiserstuhl. In Ihringen trampten wir, ein Mechaniker nahm uns mit nach Colmar, zum zweiten Mal in Frankreich – dieses Mal nur auf Landstraßen, ja, man kann es kaum glauben, wenn man auf die Michelin-Karten aus den sechziger Jahren schaut. Es gab keine Autobahn, wenn man aus Freiburg kam. Auf einer kleinen, anmutigen Nationalstraße ging es am Rhein entlang nach Mulhouse, dann auf die N 83 und rauf und runter durch das Hügelland der Franche-Comté, an den südlichen Bergen der Vogesen vorbei, durch Belfort, und dann kam der Schwenk nach Ronchamp, da wollte Helle mir etwas Besonderes zeigen.

Mitten in der Landschaft stand ein moderner sakraler Bau am Hang, kühn und leicht, wie ich noch nie eine Kirche gesehen hatte. Flirrendes vielfarbiges Licht drang durch die Mosaikfenster, eine lichtdurchflutete Kirche, ein Bauwerk des französischen Architekten Le Corbusier.

Rasch gingen wir wieder hinaus in den Sommertag. *Guck mal,* rief er, *hier war vor zwei Jahren mein Schlafplatz, das wolltest du doch immer wissen, auf dieser Wiese unter den Bäumen werden wir beide heute schlafen, voilà!*

Unser Nachtlager war wirklich *sous la belle étoile*, ohne Heustaub und ohne Regen, und am Pfingstsonntag trampten wir weiter, die N 73 führte uns immer weiter ins Hügelland von Burgund, in Lons-le-Saunier der erste Wein. *Voilà*, jubilierte Helle, *wir sind in Frankreich, wir kaufen jetzt eine Flasche vin rouge ordinaire und ein baguette und ein Stück Camembert, das isst man in Frankreich zu Mittag.*

Die Nacht, der Morgen, das Erwachen im Weinberg, ich sehe dieses

Bild vor mir: gerade aus dem Schlafsack heraus, da tuckert ein Auto heran, ein Mann steigt aus, lacht zu mir herüber: *Vous êtes amoureuse? Oh là là!* Dieses Erschrecken, als sei ich ertappt worden bei etwas Verbotenem, und gleichzeitig der Stolz, wie eine Geliebte in Erscheinung zu treten.

Der Winzer begann mit dem Rebschnitt, wir packten rasch zusammen und wanderten auf der Landstraße weiter. Freie Tage, nur im Freien sein, wandern, trampen und schlafen auf der Wiese. Wir wollen uns kennenlernen, das ist erlaubt, so hatte ich mir das zurechtgelegt.

Die Arkaden von Louhans bergen vieles, Boulangerien mit ausverkauftem Brot, Camemberts und Tomaten, Cafés mit sauberen Toiletten … erster Marsch durch Burgund, heiß aber windig, kleine Kapellen, große Rasten, weiße Brote und schwarze Höschen, wache Sinne bei alten Höfen und Mühlen, müde Füße auf staubigen Straßen … intonierte Helle, griff in die Saiten seiner imaginären Klampfe, bog sich inbrünstig in die Pose des Barden, dann tranken wir Kaffee und ruhten uns aus. Zu Fuß weiter Richtung Tournus. Die Sonne schien, leichter Wind fächelte uns ins Gesicht. Später lagerten wir an der Saône, tranken Wein, legten die Schlafsäcke offen nebeneinander, Helle umschlang mich, wir küssten uns und redeten bis tief in die Nacht.

Sankt-Philibert in Tournus, schon wieder war es fast Mittag, wir wanderten in der Hitze nach Ozenay, pflückten reife Kirschen, gingen schwitzend und schweigsam immer weiter, dann auf dem Feldweg in das stille Dorf. Kein Mensch weit und breit, hinter Büschen eine Wiese am Fluss … das war unser Platz.

Ein heißer Tag und am Wasser die Gerüche des warmen Abends, wir wurden übermütig, forderten die Welt heraus und wagten, ja was denn eigentlich? Den Sprung ins kalte Wasser! Warfen die verschwitzten Kleider ab, sprangen ins Wasser, zum ersten Mal waren wir nackt, schwammen, umarmten uns und ließen uns in der leichten Strömung treiben, *sans phrase, sans souci* – für einen überraschenden Moment. Hand in Hand zurück ans Ufer, rasch zu den Klamotten greifen, ich kramte Brot und Käse aus dem Rucksack, Helle fand noch eine Flasche Wein, die nicht ganz geleert war, wir schmiegten uns aneinander.

Am nächsten Tag intonierte mein Schatz: *Mariechen muss neben einem schweigsamen „Chrob“ von Ozenay nach Brancion wandern …* Mehr wurde nicht gesprochen, ich war in Gedanken bei dem letzten Abend. Mitte der Woche saßen wir in der kühlen Kirche im Kloster Taizé, ruhten uns aus und lauschten der chromatischen Tonfolge der Mönche, dem Gesang zum Zwölf-Uhr-Gebet, dann setzten wir uns mit den anderen Gästen an einen langen Holztisch und bekamen eine warme Mahlzeit … da legte Helle seine Hände auf meine Schultern, lachte leise und sprach: *Taizé, ein Mittagsmahl, das ich mit meinem Weibe einnehme …*

Wir wanderten, trampten, stromerten immer weiter, jeden Tag und jede Nacht unter freiem Himmel. Ich liebte alles, die Hügel mit den Weinhängen, die hoch aufragenden Pappeln an den Straßen, die kleinen Dörfer, die Häuser aus grauem Stein, gleißend in der Sonne, die blühenden Rosenbüsche, die gedrungenen Steinkirchen. Und ich liebte Helle dafür, dass er mich in dieses fremde Land gebracht hatte. Wir trampten nach Dôle, badeten und wuschen uns im Doubs bei Médière. Am zehnten Tag kamen wir nach Freiburg zurück.

Endlich wieder ein Bett, nebeneinander auf meinem schmalen Bett, die Erschöpfung riss uns in einen schweren Schlaf, und am nächsten Nachmittag begleitete ich ihn zur Autobahn. Er wartete auf ein Auto, ich radelte zur Uni, träumte während des Seminars und fuhr durch warmen Abendduft zurück. Die Rosen blühten, süße, krautige Gerüche stiegen aus den warmen Weinhängen, alles sog ich in mich auf, ich fühlte mich frisch, lebendig und hellwach.

Wild und ungestüm forderte ich in diesem Sommer die Reise nach Griechenland. Mit Helle wurde ich einig, meine Mutter musste mir Geld dafür geben, ich erklärte ihr, dass es eine Lust sei, hier zu studieren, und deswegen wolle ich unbedingt die Sommerreise von Freiburg aus antreten. Man müsse es ausnutzen, dass man alles Schöne und den Süden so nahe vor der Tür … und die Reise durch Deutschland sei ja immer das Teuerste …

Daraufhin standen die Eltern in meinem Zimmer in Freiburg-Haslach, wollten nur mal schnell vorbeischauen, luden mich zum Abendessen ein und nahmen mich am nächsten Tag mit nach Hause. Das sei doch am praktischsten, wo sie nun gerade wegen der Dienstreise hier seien, dann müsse ich nichts bezahlen. Meine Wut konnte ich mir sparen, es war doch klar, dass die Eltern dasselbe Argument, nämlich die Moral der Sparsamkeit, für ihr Interesse benutzten …

Ich studierte und schrieb, jeden Tag kam ein Brief, ich war eifersüchtig auf das Treiben in Tübingen. Was Helle alles erlebte … *auf dem Neckar herumschippern mitten durch ein Heer von Kähnen, mit Lampions und fröhlichen Besatzungen bestückt, flussauf und flussab in angenehmer abendlicher Wärme …*
Wenn ihm das Studieren der Wissenschaft zu viel wurde, griff er in die Kiste, holte einen Sketch hervor, oder er kritzelte eine Satire, oder er schrieb: *Die Vorlesung brachte heute einen Höhepunkt, Bollnow foppte seine Zuhörer damit, dass er sagte, alles, was er bisher vorgetragen hätte, sei gewissermaßen hinfällig, er müsse noch einmal ganz von vorn beginnen, neu ansetzen, um das wirkliche Problem beim Aufbau einer Erkenntnislehre freizulegen und deutlich herauszuarbeiten … Das war der echte Bollnow! Es folgten dann noch tiefgreifende Bemerkungen zum „menschlichen Philosophieren überhaupt" …*
So ging er auf Distanz, trieb seinen Spott mit der Lehre. Etwas anderes fiel ihm nicht ein, mir auch nicht. Aber er hatte nachgedacht und ließ nicht durchgehen, was sich beim Nachdenken als Widerspruch bemerkbar gemacht hatte. Er stolperte darüber, dass das Denken unter Vorbehalt stand, ja, das war schwer zu denken, und es war der schwierigste Lernprozess im Studium der Literatur und der Geschichte. Dass man endlos debattierte, und wenn man meinte, gerade etwas verstanden zu haben, schlug schon jemand anderes mit seinem Ansatz auf. Dass man – a priori – sich nicht direkt auf die Suche nach dem Erkennen einer Sache machen durfte, sondern zuvor und immerzu darüber nachdenken musste, ob das Erkennen überhaupt „geht". Dass man, auch am Ende, nie richtig wusste, ob nun etwas stimmte oder nicht

Egal, wir schoben die Wissenschaft beiseite und feierten. Wir feierten den Sommer, das Ende des Semesters, den Abschied von den Freunden, also tanzten wir.

Lüneburger Land

Zurück in die Gegenwart.
Jenseits der Dorfstraße die Wiesen des Neetzetals. Gülletrecker auf der Straße und dort ein großes Haus mit Tenne. Zwei kleine Jungs öffnen die Tür, treten hinaus und blicken herüber und auf ein kleines Haus aus Holz. Hier wohnen wir.
Dazwischen ein großer unbekannter Garten. Sie laufen herbei und begrüßen mich stürmisch.

Dieses Haus, die Kinder haben miterlebt, wie es aufgestellt wurde.
Erst der Bagger, der die großen Baumwurzeln herauszog und auf einen Haufen schmiss. Sie waren sprachlos, was Bagger alles können, so laut, aufregend, Sandberge entstanden und ein Loch.
Später ein Sattelschlepper, direkt aus Schweden, und wie der Kran hoch oben über dem Fundament die Westfront des Holzhauses durch die Luft schweben ließ, sie langsam, kontrolliert, bedächtig wie in Zeitlupe absenkte und wie sie von drei Monteuren festgehalten, gesichert und fixiert wurde. Und noch eine Hauswand am Seil des Krans durch die Luft und schön ruhig auf der Nordseite abgesetzt, immer weiter so ...

Das war im Oktober. In diesem Jahr 2014 beginnt der Sommer schon im Mai. Apfelblüte, Kartoffeln, Pferdebohnen schießen ins Grün, Feuerbohnen wachsen und ranken in die Höhe, dass man zusehen kann.
Sonnige Wärme unter hellgrünem Laubdach im hinteren Teil des Gartens, da wollen sie jetzt hin. Das Gras ist so hoch wie ihre Schultern, nur die Köpfe schauen heraus, Nikolas geht voran, Yves folgt ihm. Das raschelt und riecht, also gehen sie immer weiter. Yves schaut zurück. Er sieht mich auf der Schaukel, dreht sich um und geht weiter. Als er ganz hinten unter den hohen Bäumen angekommen ist, lacht Nikolas laut und übermütig, und weiter gehen die beiden ins dichte grüne Unterholz. Ich sehe sie nicht mehr.
Es ist ganz still. Noch eine Weile, dann verlasse ich meinen Platz und finde sie bei der Feuerschale, versunken ins Spiel mit der kalten Asche. *Kommt, wir müssen mal sehen, was dahinten los ist! – Neiiin,*

schallt es lang und gedehnt. Einen links unter den Arm geklemmt, den anderen rechts, komme ich gebückt aus dem Dickicht hervor und setze sie am Kartoffelbeet ab. *Wir gucken mal, wie hoch die Kartoffelpflanzen schon gewachsen sind. – Haben*, sagt Nikolas und zieht kräftig am Kartoffelgrün. *Nein*, sage ich, *die müssen noch wachsen.*

Ein paar Tage später geht Nikkel allein in das grüne Dickicht und erblickt ein kleines Tier. Katrina, beunruhigt von der Stille im Unterholz, findet dort ihr Kind, das versonnen, mit nach innen gerichtetem Blick, auf einer Blindschleiche herumkaut. Ich höre nur ihren Schrei. *Nein, Nikolas, spuck das aus, raus damit …*

Streifzüge ins Unterholz, allein losgehen. Es ist der erste Sommer in den beiden Häusern. Der alte Bauerngarten ist verwildert. Frisch und unergründlich liegt hier neues Terrain.

Seit wir wieder mal aus Frankreich zurückgekehrt sind, hat sich im Haupthaus einiges geändert. Der Tag beginnt, die Tür der Tenne geht auf, die Jungs nehmen die Dinge selbst in die Hand. Sie besuchen uns ganz allein.

Rasch kommen sie heran, Nikolas breitet die Arme aus und lacht, Yves ist versunken und hat noch zu tun, weil er zwischen den Holzplanken vor dem Haus ein Blatt gesehen hat. In der Spielecke holt Yves den aufziehbaren Plastikhubschrauber herbei, ich soll ihn kreiseln lassen, damit er sich überschlägt. Er lacht, ballt die Fäuste, der Schnuller fällt ihm aus dem Mund, weil er so lachen muss, obwohl ich das Ding gar nicht in Gang kriege. Macht nichts. Er findet es einfach zum Lachen komisch.

Am Kindertisch beugen wir uns über die großen Seiten eines Buches mit Tierzeichnungen. Man muss nur einen Pappdeckel hochklappen, und schon steht ein Tiger vor einem, in Augenhöhe, oder ein Dromedar, oder die ganz kleine Pappe, die verbirgt, sie wissen es schon – den Maulwurf. Große Tiere, kleine Tiere, nun gut, fertig, weiter.

Nikolas nimmt das Handy vom Schreibtisch und zieht mich an der Hand zum Sofa, Freudenlaute in höchster Stimmlage, er überkullert sich durch sämtliche Buchstabenkombinationen, krabbelt auf das Sofa, klopft auf das Polster, ich soll neben ihm Platz nehmen.

Er will Fotos im Handy anschauen. *Is Papa?* fragt er. – *Ja, das ist der Papa.* Jetzt telefonieren. Er hält das Handy ans Ohr und spricht mit versunkenem Blick, das Inventar durchsuchend: *Asubeaschej, molugischi*, atemberaubend schnell. *Ma is? Mama, Mama?* – *Hallo, hallo, Nikkel*, sage ich stellvertretend.
Auch gut, fertig, er rutscht herunter und läuft hinter Yves her, der gerade die steile Treppe hochsteigt, auf den Knien von einer Stufe zur nächsten, immer höher die steile Wendeltreppe hinauf. Da oben ist Johann, da wollen sie hin. Am Computer sitzen, das Telefon in die Hand nehmen und einmal quer über alle Knöpfe. Gibt es da einen schönen Klingelton? *Nein*, ruft die Mama, *Jacken anziehen, es ist gleich zehn, es geht los.* Die nächsten drei Stunden werden sie Jos sehen und Philene und Jenny, die Tagesmutter. Katrina arbeitet jetzt wieder und muss zur Uni, und die beiden fahren nun auch fort.

Betörend ein Sommertag im Juni, viele Stunden liegen vor mir, es ist Zeit für die Runde am Vormittag. Der Sandweg zieht sich den Hügel hinauf, das Kornfeld wiegt sich im Wind, die Ähren reifen, ein Gelbschimmer liegt über dem Hang, Kornblumen leuchten schon blau am Feldrand, Kamille und Beifuß, Windspiele in den hängenden Zweigen der Birken, sonst ist es ganz und gar still auf der Anhöhe.
Vorhin die Redakteurin im Morgenmagazin: Das sei doch Wahnsinn, da gebe es wieder Krieg, mitten in Europa, genau genommen fast vor ‚unserer' Haustür, in der Ukraine. Ich überlege. Was wird alles als ‚normal' durchgewunken, bis das eintritt, was die gesamte öffentliche Diskussion fassungslos als ‚Wahnsinn' bezeichnet. Alles ist ganz ‚normal', und dann begreift man plötzlich nichts mehr? Das gibt es nicht. Ein Krieg bricht nicht aus wie ein Vulkan. Ein Krieg ist die bewusste, berechnend in Gang gesetzte Tat von Staatsmächten. Über welchen Wahnsinn in Friedenszeiten müsste man sich also schon längst aufregen.
Ende letzten Jahres, die Einigung war schon fast erzielt, da weigerte sich der ukrainische Präsident Janukowitsch, den Assoziationsvertrag mit der EU zu unterschreiben. Er wolle noch mal verhandeln, die verlangten Reformen seien ruinös für sein Land, er habe schon Wirtschaftshilfe in Moskau beantragen müssen. Die westlichen

Schutzmächte und Russland müssten sich erstmal verständigen.
Mit diesen Vorstellungen hat sich Janukowitsch als Präsident disqualifiziert. Die westlich orientierte Opposition im Parlament organisierte Proteste, Volksmassen versammelten sich, Milizen, aus westlichen Landesteilen der Ukraine herbeigetrommelt, schlugen ihr Lager auf dem Unabhängigkeitsplatz in Kiew auf. Wilde Proteste aller Couleur, viel handfeste Unterstützung durch die EU. Scharfschützen wurden gesehen, Massenkundgebungen, Tote, wochenlang ging das so.
Zu Beginn dieses Jahres, im Februar, macht sich Außenminister Steinmeier zur Stimme einer „ordnungsgemäßen Abwicklung des Machtwechsels" in Kiew. Er und sein französischer und polnischer Kollege haben sich „in der Nacht mit Regierung und Opposition auf eine neue Machtverteilung zwischen dem Präsidenten und Parlament geeinigt. Die Angst vor der Spaltung des Landes und einem Bürgerkrieg hat die Parteien an den Verhandlungstisch zurückgebracht." So konnte man das am 21. Februar in der FAZ nachlesen. Janukowitsch wird zurücktreten, Neuwahlen, alles palletti.
Aus diesem Abkommen der drei europäischen Mächte wird nichts. Die USA lassen das Abkommen platzen, Janukowitsch ergreift die Flucht, das pro-westliche Lager kommt ans Ruder, Timoschenko, zurück aus der Haft, ruft den Majdan-Kämpfern zu, sie sollten weiterkämpfen, es lohne sich, sie sei sicher, dass ihr Land demnächst zur EU gehören werde und dann alles besser werde. Ihre „Vaterlandspartei" ist an die Macht geputscht, Jazenjuk wird Präsident. Das war also die vorangegangene Zeit des Friedens.

Nachmittags ist Teestunde auf dem Holzsteg, mit den Kleinen und Katrina. Yves möchte in die Sandkuhle, aber nur mit mir. *Arm*, sagt er. – *Magst du nicht lieber mit Nikolas gehen?* fragt seine Mama. Nikolas schaut herüber, kommt heran, Yves dreht sich um, geht auf die Knie, lässt sich am Steg herunter und greift nach der Hand von Nikolas. Der nun: *Ach, ich weiß nicht, ich glaube, ich gehe lieber in den Schuppen* – ob er das so etwa denkt? Yves schaut unschlüssig hinterher und folgt ihm dann. *Er braucht ihn*, sagt Katrina. *Er ist der kleine Bruder. Nikolas sagt an, was gemacht wird.*
Im Schuppen suchen sie Stöckchen, und dann strebt Nikolas voran,

kehrt noch einmal um, streckt die Hand nach Yves aus, und so gehen sie Hand in Hand davon, hinüber an die Südseite, wo man sie nicht mehr im Blickfeld hat. Dort gibt es Spiele im heißen Sand, mit Ameisen und anderen Viechern.

Es bleibt heiß, der Arbeitstisch im Garten im flimmernden Licht unter der Eiche, die Bücher liegen bereit, der Laptop, da verlässt Nikolas die Karre, er hat ausgeschlafen. Ab jetzt läuft alles im Rhythmus der beiden Kinder, gerade war Mittagsschlaf, Yves steht unschlüssig da. Nikola läuft zurück zum Wagen, krabbelt hinein, greift seinen Schnuller, geht zur anderen Seite des Wagens, greift nach Yvis Schnuller, kommt zurück, steckt ihm den Schnuller in den Mund und sich selbst den eigenen.

Yves hat den Schnuller, muss aber noch auf dem Flecken Erde stehenbleiben, auf dem er sich absetzen ließ. Er weiß nicht recht und will einfach nur zuschauen, wie sein Bruder das Bobbycar so steuert, dass die Pfützen hochspritzen, und immer noch mal durch, bis er nass ist. Hochnehmen, ins Haus gehen und trockenes Zeug anziehen, da klagt ein Jammerton herein. Nikolas lauscht und sagt: *Wei …* – *Ja, Yves weint,* bestätige ich. – *Wein,* wiederholt er nachdenklich. Dann hat er es eilig. Gerade eben die frische Windel festgesteckt, da rutscht er mir fast vom Wickeltisch runter, tapst zu Yvi, der noch auf demselben Fleck steht, streicht ihm übers Haar, beugt den Kopf und schaut ihn von unten an. Und noch näher geht er ran ans Gesicht, legt einen Finger zärtlich unter Yvis Kinn und guckt noch genauer. Da watscht der ihm eine ins Gesicht, so leichthin. Nikkel zieht den Kopf zurück und geht unschlüssig weg.

Und was nun? Nikolas läuft in unser Haus, bringt mir meine Schuhe. Wenn die Großen nicht verstehen, was man will, muss man ihnen zeigen, was zu tun ist.

Wir trecken wie eine Schafherde über den Rasen und nehmen alles mit, was sich unterwegs bietet. *Da, da, da, ge, ge,* heißt: Da ist was. Das will ich. *Okay, ja,* und so landen wir auf der Aufsitzer-Mähmaschine unter dem Schuppenvordach. Ruckzuck klettert Nikolas auf den Sitz und lacht kullernd vor Glück. Er dreht das Rad, befühlt das Gestänge, während Yvi von der anderen Seite kommt und nun auch draufsteigen will.

Plötzlich schaut Nikolas auf. War da nicht ein Geräusch?
Schon gleitet er vom Aufsitzer herunter, läuft zum Gartentor – und was ist? Der Papa ist vorgefahren. Also geht er zur Pforte, hebt den Riegel hoch, ächzt und kriegt das Ding tatsächlich hochgeschoben. Yves schiebt und arbeitet mit. Dann hangeln sich beide Kinder am Papa hoch und betatschen ihn, geben ihm zur Begrüßung zärtliche kleine Schläge ins Gesicht.

Allein im Haus, schlage ich die Zeitung auf. Kriegsberichterstattung aus der Ukraine.
Im Februar hörte man noch die machtvollen Stimmen des Westens, der Generalsekretär auf der Tagung der Nato-Verteidigungsminister: „Die Ukraine ist enger und langjähriger Partner der Nato. Und die Nato ist aufrichtiger Freund der Ukraine. Wir sind bereit, die Ukraine weiterhin bei ihren demokratischen Reformen zu unterstützen." Verteidigungsministerin von der Leyen weiß, warum sie hinterherruft: „Russland muss mit einbezogen werden, es wird keine Lösung ohne Russland geben." Lauter Zumutungen für Russland, das weiß sie ganz genau, aber man möchte weiterhin beste Geschäftsbeziehungen mit der Großmacht haben.
Bald darauf die Annexion der Krim durch Russland, Putin zeigt, was er militärisch hinkriegt, brutale Landnahme kann er auch.
Jetzt tobt Bürgerkrieg. So führen sich Staatsmächte auf.
Und da kann sich die Presse nichts erklären?
Aber das weiß sie: die Leute müssen auf der richtigen Seite stehen: Die Russen haben Schuld. Wir „müssen" der Ukraine helfen.

Das Glück auf der griechischen Insel

Das Semester war geschafft. Nur noch die gepackten Rucksäcke nehmen und sich zu Herrn Musikprofessor Kounadis ins Auto setzen, nur noch alles genießen!

Aber nein, ob wir von der Demonstration in Berlin gehört hätten, neulich im Juni? *Ging es nicht wieder um die Studienbedingungen?* – *Um viel mehr,* rief er, gab Gas, parierte zügig die waghalsigen Überholmanöver der Lastwagenfahrer und erklärte, es gehe um die Versammlungsfreiheit, es gehe ja mittlerweile um ganz neue Fragen, ob wir das verfolgt hätten und ob wir Anfang des Jahres in Berlin auf der Demonstration gegen den Vietnamkrieg gewesen seien. Er redete unablässig, gestikulierte, drehte sich nach hinten, riss uns aus den Betrachtungen der Landschaft heraus … Eine wilde Fahrt, immer wieder ein Erschrecken, aber er lachte und sagte: *Keine Sorge, mehrere Male fahre ich im Jahr von der Uni in Tübingen nach Hause, also nach Athen.* Was für ein Arbeitsplatz, so weit weg von zu Hause, dachte ich und erwiderte vage: *Natürlich sind wir für die Proteste, das ist doch klar, aber jetzt wollen wir auf die griechischen Inseln, unsere erste gemeinsame Reise. – Ja, diese Inseln, da muss man hin.* Er lachte, fuhr noch schneller …

Am Abend fand er eine Unterkunft, lud zum Essen ein und fragte, ob wir wüssten, was in Griechenland los sei. *Im letzten Jahr hat Papandreou seinen Rücktritt erklärt, ich habe bei Demonstrationen zugesehen … – Ja, keine stabile Regierungsmehrheit seitdem, die politische Klasse ist zerrissen, Griechenland steht wieder am Rand eines Bürgerkriegs.* Krieg in diesem Land, in das wir gerade fuhren? Schon wieder ein Schock!

Weiter die rasende Fahrt durch Mazedonien, am Abend setzte Kounadis uns auf dem Omonia-Platz ab, in der Hitzeglocke von Athen. Ich höre noch die Stimme mitten im wüsten Verkehrslärm, die *Gloukoumia* rief, sehe den Mann, der das Tablett mit klebrigem Teilchen durch die Massen balanciert, spüre wieder die schwere Nachtwärme, die Gerüche, ein großes, unbestimmtes Verlangen … Wir kauften eine Flasche Retsina, etwas Brot und Käse, schleppten unsere Rucksäcke auf die Akropolis und lagerten auf dem

Liebeshügel, schauten auf das Amphitheater und in den strahlend hellen Nachthimmel, schlaflos, überwältigt von dem Moment und der Freude darüber, was jetzt alles kommen würde …
Dreck, Wirrwarr, Menschenmassen im Hafen von Piräus, wieder stampfte die alte *Myrtidiotissa* hinaus in die Nacht. Wieder im Schlafsack auf dem windumfächelten Oberdeck, aber als wir am nächsten Morgen den Hafen von Ios erreichten, war alles anders: bestimmt tausend Touristen um uns herum. Hotels, Bars, Tavernen, Esslokale, Kafenions reihten sich aneinander, vom Hafen bis tief in die Bucht.
Meine Freundin Angela und Gavrilos erwarteten uns schon an dem bekannten Tisch in unserer Taverne, wir umarmten uns glücklich, der Wirt erkannte uns sofort und wollte unbedingt vom letzten Sommer sprechen … Aber Helle nahm mich und verzog sich mit mir in die einsame Bucht von St. Maria. Dort hockten wir zu zweit, und Helle reimte und schrieb sich den Frust von der Seele.
Alles war falsch. Wir waren bestimmt nicht nach Griechenland gefahren, um nachts Bars und Discos zu erleben. Die Insel war in fremder Hand, ein Jahr hatte gereicht, um sie vollkommen zu verwandeln. Mit den Touristen war eine neue Form des Geldverdienens eingezogen, wir mussten weitersuchen. Was suchten wir denn eigentlich? Wir wollten das andere Griechenland wiederhaben, das einfache Leben, in der Nähe von Fischern und Bauern, irgendwie so.
Wir bestiegen das Post-*Kaiki,* das im Hafen anlegte, das Meer schwappte heftig, Nordwind sauste von den Bergen herunter, zügig tuckerte der Motor durch die Wellenberge. Am nächsten Hafen ließen wir uns absetzen. Alopronia, wir waren auf der Insel Sikinos.

Es gab nur diesen kleinen Hafen, wenige Häuser, das Meer schwappte unruhig in die felsige Bucht, nach kurzer Debatte im Kafenion: *Thelete xenodochíon? – Orchi, orchi,* auf gar keinen Fall ein Hotel, nein, wir fragten, ob wir uns auf der Terrasse eines der Fischerhäuser dahinten einen Schlafplatz einrichten dürften? Keiner verstand das so richtig, aber sie ließen uns gewähren, die Griechin von nebenan brachte Obst, Eier und am nächsten Morgen ein Messingtöpfchen, in dem der schwarze Kaffee blubberte. *Thélis glikis? – Nai, nai.*

Oh ja, ich wollte diesen Kaffee auf der steinigen Terrasse süß haben. Sie meinte, dass es dahinten, am Rand des Ortes, eine Terrasse gäbe, die zu einem leerstehenden Haus gehörte, das wäre doch noch schöner für uns. Sofort trugen wir unser Lager dorthin und machten uns auf den Weg, den Berg hoch ins Oberdorf, dort würde es bestimmt ein Restaurant im Schatten alter Bäume geben.

Ein großes Bergdorf, blendend weiß gekalkte Gassen, brütende Hitze, tiefe Stille, Fensterläden und Türen geschlossen, es schien, als sei der Ort verlassen. Drüben eine angelehnte Tür, eine Frau schaute hervor, fremde Stimmen, *Restaurant*? fragten wir. Orchi, orchi – mit großer, verneinender Gebärde, nein, das gibt es hier nicht. Ein Mann kam dazu, sprach sein entschiedenes „*Nai, nai*" und brachte uns zu einem größeren Haus weiter oben in der Gasse. Eine schwarz gekleidete Frau: *Chérete*, was wollt ihr? Ein rascher Wortwechsel, sie lachte und ließ uns eintreten in einen halbdunklen, kühlen Wohnraum. *Ich kann euch ein Omelett machen.* Gespannt schaute sie uns an. *Malista, gewiss doch, setzt euch nieder, ruht euch aus!*

Mit zwei Pfannen kam die Bäuerin aus der Küche, eine zart im goldenen, dickflüssigen Olivenöl gestockte Eiermasse ließ sie auf die Teller gleiten, für jeden ein Omelett. *Efcharistó polí*, sagten wir, riesig froh, dass wir nun doch etwas Warmes zu essen bekamen, und befangen in dieser dämmrigen Stube mit schweren Möbeln, die nach Bohnerwachs rochen. Als die Mittagssonne langsam ins weichere Licht des Nachmittags wechselte, standen wir auf und fragten: *Was sollen wir denn bezahlen?* Großes *Orchi, orchi, tipota, tipota,* der Kopf der Frau ging verneinend nach oben. – *Eine ganze Mahlzeit umsonst? Then pirási, endáxi, endáxi,* sagte sie. Da war es wieder, das Zauberwort. Wir sollten nichts bezahlen, uns nichts dabei denken. Alles sei in Ordnung.

Die Wirtin strich über meine blonden Haare, *polí päthiá, adios, adios,* viele Kinder wünschte sie uns. Ich wurde rot. In festlich gehobener Stimmung hauten wir ab.

Jenseits der Gassen kam der Meltemi über die Kante des Bergs herangeschossen, wischte wie ein kühlender Lappen über das Gesicht, zauste in den Haaren, schob uns voran und blähte die Bespannung der Mühlenräder, ließ sie rattern und stemmte sich gegen die alten Ölbäume. Zauberhaft lagen hier und da grüne Getreideflächen und

Olivengärten in der kargen Landschaft, von Steinmauern sorgfältig umrahmt. Wer hatte die Terrassenmauern gebaut, wer kultivierte die Trockenmauergärten? Wir wanderten bergab zu der Bucht, die wir von oben entdeckt hatten. Unten ein paar Felsen mit einem Kieselstrand. Ausziehen und losschwimmen, dann hockten wir im Schatten der Felsen und ließen uns trocknen, dicht nebeneinander, verliebt, sonnenverbrannt, ausgesetzt der Sonne und dem Wind auf dieser Insel im Ägäischen Meer.

Am Abend auf der Steinbank vor dem verlassenen Haus unser Reise-Skizzenbuch auf einem wackeligen Stuhl, mal schrieb der eine, dann der andere, der Kopf war voll von Sonne und Eindrücken. Wind strich kühlend vom Meer heran, Abendgerüche lagen in der Luft.
Er: *Sich auf den Weg machen, Wegweiser, den Weg finden, Steine in den Weg legen, den Weg verlieren, Holzweg, Irrweg –*
Sie: *Ergebnis eines vierstündigen Weges durch Hitze, über Steine und durch Gestrüpp,*
Weg ist der Raum zwischen zwei Disteln,
Weg ist dort, wo Eselmist liegt,
Weg ist dort, wo der Mann sagt, dass dort ein Weg sei.
Er: *Der Weg, den ich tastend durch ein unbekanntes Land finde,*
wird vielleicht nie ein zweites Mal begangen,
unter Umständen würde ich selbst ihn nicht genau wiederfinden,
er bestünde somit nur noch in meinen Gedanken.
Sie: *Zum Glück kommen unsere Nachbarn und schlagen vor,*
dass wir zusammen Karten spielen, den Göttern sei Dank!

Die Nacht, eng nebeneinander auf dem Schlafsack, nur mit einem Leinentuch bedeckt zum Schutz gegen die Viecher, die mächtige Wölbung des funkelnden Sternenhimmels über uns, eine Pracht, die betäubenden Gerüche der Nacht, die mit der Brise vom Meer süß über dem Land lagen, mein Kopf in seinem Arm, seine Hand auf meinem Bauch, wir kosteten die körperliche Nähe. Der Betonboden war hart, Isomatten gab es nicht, flüsternd sprachen wir bis in den Schlaf, der erst gegen Morgen kam.

Am nächsten Morgen wieder in den Tag hinein und auf die Berge, dieses Mal in das eigentliche Bergdorf, das *Chorio*, nach Norden durch einen Steilabfall gegen das Meer geschützt. Fremd fühlten wir uns in den weißen Gassen, die Männer im Kafenion schwiegen, als wir näherkamen.

Am Abend schrieb Helle:

Wie jeden Tag hat die Sonne auf dem kargen Land gelastet, das in der flimmernden Hitze kaum atmen konnte. Die steinigen Wege, die dürftig bewachsenen Hänge, das knorrige Gebüsch – alles hat wie leblos dagelegen, unbeweglich und ohne Regung. Die Menschen haben sich in ihre kalkweißen Häuser zurückgezogen, die Fensterläden sind geschlossen, kein Laut dringt nach außen …

Ich ergänzte: Es ist aber und bleibt eine fremde Landschaft, wir sind die einzigen ausländischen Touristen. Liegt es daran, dass uns die Bergbauern argwöhnisch beobachten, teilweise sogar feindselig? Sie führen ein hartes Leben auf dieser schroffen Insel, vielleicht verbirgt sich hinter ihrer Scheu Armut und Entbehrung?

Unten am Hafen ist alles, wie es immer war und wie es wohl auch in weiterer Zeit kaum anders sein wird. Das schäbige Kafenion, dahinter die anderen Häuser mit den laubgedeckten Terrassen. Vorne der leicht angeschlagene, schmutzige Kai, gegen den das Wasser gleichmäßig schwappt, ein rostiger Mast, der in besseren Zeiten eine Lampe getragen haben mag, jetzt aber zum Vertäuen der Boote benutzt wird. Die Männer beladen Esel und treiben sie auf den Weg Richtung Dorf. Die Alte im Kafenion geht einer Arbeit nach, die aus dem Hintergrund klappert, alles geht seinen ruhigen, gewohnten Gang.

Vor dieser Kulisse spielt sich in den folgenden Stunden ein Geschehen ab, das die Bewohner des Hafenortes leicht durcheinanderbringt.

Ein Grieche trat auf uns zu und meinte, wir sollten doch mal mitkommen, er wolle uns etwas zeigen. Wir kannten ihn, er kam aus Athen und hatte schon mehrmals herübergegrüßt, als wir vor ‚unserem' verlassenen Haus auf der Steinbank saßen. Außer ihm und zwei Engländern, die in den Bergen wohnten, gebe es keine Fremden, die hier lebten, erzählte er jetzt. Früher habe Sikinos mal zwanzigtausend Einwohner gehabt. Treppauf, treppab, an den letzten Häusern der Bucht vorbei, folgten wir ihm gespannt, unten schwappte das Wasser an die Steinkante, noch ein Haus und dann? *Thelete spiti,* fragte er? Was für eine Überraschung, wir waren sprachlos. Wie gerne wir ein Haus wollten, wir brauchten unbedingt ein Haus! Es gehöre seinen Freunden, die emigriert seien und nur für ein paar Wochen im Jahr auf ihre Insel kämen. – *Ja, aber wir haben kein Geld übrig, was sollen wir bezahlen?* – *Then pirási,* sagte er, das macht nichts, darum geht es nicht. Warum es leer stehen solle, wenn wir es brauchen könnten? erklärte er auf dem Rückweg. Im Hafen tranken wir einen Kaffee zusammen.

Wir packten unsere Sachen, kauften für die nächsten Tage Kartoffeln, Tomaten, Brot, Wein und Käse. Dann gingen wir zurück bis ans Ende der Bucht und richteten uns ein.

Es war nicht zu fassen. Es war ein Geschenk. Es war genau das, was wir jetzt noch brauchten, wir bekamen ein Haus, ein ganzes kleines Haus wurde uns zur Verfügung gestellt! Am Ende der Bucht, direkt am Meer, Helle zeichnete es in das Skizzenbuch. Genügend weit weg von den anderen Häusern des Dorfes stand es an der äußersten Bucht, von kleinen Felsbrocken zum Meer hin geschützt. Es war weiß gestrichen, hatte eine Küche mit einem Herd und vielen Töpfen und einen Schlafraum mit einem Bett.

Im Schutz von Steinmauern lagen wir auf der weichen Matratze, küssten und umschlangen einander, *oh agapi mou.*

Stille Tage im Midi (5)

Juli 2014. Wärme dringt durch das geöffnete Fenster, mit ihr eine mächtige Schallwoge, *bon jour cigales*! Wieder dröhnt ihr Festkonzert mit stets gleichen Kadenzen in den großen Raum. Die Schreibsachen beiseitelegen und hinausgehen, sich auf die Felsplatte setzen. Nur hier gibt es das, diese Musik der Stille, den vibrierenden Soundtrack zur flimmernden Mittagshitze.

Man riecht die Süße der Wärme, es ist ein Sonnengeruch. Unsere griechische Insel liegt jetzt hier unter diesen Steineichen, auf diesen Felsplatten. Nur spärlich von Erde bedeckt ist dies steinige Gelände. Steine häufen sich, wenn man den felsigen Untergrund bepflanzen will. Steine, aus dem Boden gesammelt und zu Mauern geschichtet,

so ging es auch hier seit Jahrhunderten. Steinhaus und Garten wurden eingehegt. Wind streicht über die Hänge, lässt seine Melodie aus der Ferne hören, gelassen, gleichförmig, geheimnisvoll, von weit her singt er heran, der *meltemi* ist es nicht.
Stille mit Wind und Zikaden, das ist das Hügelland in Südfrankreich. Süße Tage laufen ab. Was damals in Griechenland begann, das geht hier weiter, in diesem Haus, in der Gegenwart …
Langsam baut sich die Hitze auf, man nimmt auf dem Liegestuhl Platz, die Wärme wird dicht und schwer. Das fordert die Zikaden heraus, im Schatten der Bäume geht die Schallwoge hoch, als müsste die Balz noch berauschter, der Hochzeitstanz noch lauter werden. Es ist *midi*, zwölf Uhr mittags, man lässt sich von den streichbesessenen Zikaden zurückbeamen in tiefste Trägheit. Zeit für einen kalten Sauvignon. Süße dicke Tomaten aufschneiden und mit Olivenöl und säuerlichem *chèvre* auf den Tisch unter dem Schilfdach der Terrasse bringen.
Hinter verschlossenen Fensterläden in der dämmrigen Kühle des Hauses. Was gibt es Schöneres als die heißen Mittage im abgedunkelten Raum, wenn die Woge des Tages die erste Delle bekommt und man bereit sein muss, alles nur noch passiv zu erleben? Im Norden muss man zu dieser Stunde in Hochform arbeiten, hier ist sie der erste Tiefpunkt. Dem muss man sich ergeben, das ist *la sieste* …
Nirgendwo braucht man so nötig ein Haus wie im Süden. Wenn die Sonne im Midi steht, braucht man den Schutz dicker Mauern. Und da, in dieser dämmrigen Stille, nimmt man plötzlich wahr, was in der Luft liegt.
In den Halbschlaf dringt ein anhaltender Ton, weht heran, kommt von weit her, geistert durchs Haus und verebbt. Diese Musik macht der Mistral, eben noch war es nur ein zarter Ton, wie ein Fetzen in der Luft, dann kommt Verve hinein, die Melodie schwingt sich hoch und wieder herunter, der Wind nimmt Schwung auf, lässt die Fensterläden scheppern und bläst durch die Ritzen eine frische Brise herein. Es ist Mistral, es ist wie immer, so geht alles wieder los, mit dieser Musik des Südens.

Damals – in jenem Sommer auf Sikinos – gab es nun auch ein kleines Haus.

Das Leben tobte im *spiti mas*. Wir gingen nicht mehr baden oder essen, nein, wir badeten, wenn wir aufstanden, wir aßen, wann wir wollten, Tomaten und Kartoffeln, manchmal ein Omelett, nachmittags zog Helle los, um Binsen zu suchen, er wollte einen Korb flechten. Ich schrieb und las „Clea“ von Lawrence Durrell. Dann machte ich es wie die griechischen Frauen, kaufte in dem winzigen Laden von Alópronia Schafwolle, setzte mich auf die Steinbank vor unserem Haus und häkelte aus vielen Luftmaschen und Stäbchen einen griechischen Schal. So ein Wolltuch legten sich die Frauen um die Schultern, wenn der Wind über die Insel fegte.

Der Nachtschlaf ist unruhig bis um drei quaken die Frösche den Basso continuo. Gleißend hell scheint Vollmond ins Zimmer, das Nachtkäuzchen ruft. Diese griechischen Sommernächte, wie war das damals im Sommer davor, in dem ersten griechischen Sommer?

Ja, da hatte es diese Glückseligkeit gegeben, das Fest des Panigyri, die beiden Mädchen waren eingeladen zum Eselsritt in die Berge. Im Jahr darauf kam keiner, um uns zu einem Fest einzuladen, wir waren abgeschirmt wie ein Paar, das für sich sein wollte. Wie heiß und vibrierend die Mittage mit den Athenern unter dem flimmernden Licht der Schilfmatten am Strand von Mylopotas gewesen waren, die Staffelei des Malers Jannis in der weißen Gasse … Ein Glück, dass es auch den ersten griechischen Sommer gegeben hatte!
Auf Sikinos wanderten wir in die Bergdörfer, hockten im Kafenion und suchten später einen abgelegenen Platz, wo wir allein waren, in der Felsengrotte, der Kopf schwirrend vom grellen Licht, die Haut verbrannt, immer wieder frisch umspült von einer hochschwappenden Welle ...
Im Sommer davor: Wie simpel und leicht waren diese Ferien gewesen, vom Strand in die Taverne, von dort in die *chora* zur Siesta, abends wieder in die Taverne, wir hatten uns das Inselleben von jungen Leuten aus Athen zeigen lassen.
Auf Sikinos waren Helle und ich die *xenoi*, zwei Fremde, die sich auf diese gottverlassene Insel getraut hatten. Ungefiltert, von keinerlei Tourismus auf mitteleuropäisches Maß getrimmt, umgab uns ein fremdes, ursprüngliches Leben. Dem *meltemi*, der Sonne und dem

Meer viel stärker ausgesetzt sein, genau das wollten wir, aufpassen, dass wir nicht vom Touristenrummel überrollt wurden. Helle und ich wollten richtig „auf Fahrt" sein, draußen unter dem Sternenhimmel schlafen, noch einfacher, noch elementarer sollte das Leben sein, das wir in Griechenland ausprobieren wollten.
Es war eine Form des Ausbrechens, raus aus der eigenen Lebensform mit ihren vorgeschriebenen Bahnen. Auf den Inseln in der Ägäis ging es anders zu, alles war fremd, aufreizend, herausfordernd, da lebten Menschen zusammen, bei denen der Staat noch nicht durchregierte … Das gab es im Sommer davor auf Ios, nun auf Sikinos. Diese griechischen Bauern und Fischer hatten noch die richtige Lebensart, sie verstanden, mit allem irgendwie zurechtkommen, in den Tag hineinzuleben, eine Haltung, die sich in dem heiteren *then pirási* zusammenfasste – so dachten wir uns das damals.

In dem Jahr, in unserer Bucht konnten wir nackt ins Meer hinausschwimmen, uns auf dem warmen, feuchten Kieselstrand von der Sonne trocknen lassen, vor Blicken geschützt. Ich liebte die Hitze, den Honigduft der vertrockneten Salbeiblüten, die weiß gekalkten Gassen im Bergdorf, Tomaten, Schafskäse, den komischen Harzgeruch des Weines oder doch eher den Anis im weißlichen Ouzo, alles war herrlich, weil wir es zu zweit machten.
Zusammen entdeckten wir diese elementaren Genüsse, und danach war es klar. Das sollte immer wiederkehren: das sinnliche Vergnügen dieser Art von Reisen, das Aufwachen unter freiem Himmel, nach einer unruhigen Nacht auf dem Steinfußboden mit Sonnenbrand und Moskitos, das erste Bad am Morgen, dann der süße, starke Kaffee, die wehmütigen Schlager aus der Musikbox im Kafenion, diese nie enden wollende Melancholie des griechischen Rembetiko, die heißen Steine, der Anisschnaps am Abend, der Sternenhimmel und das Rauschen des Meeres, der süße Wärmegeruch in der Nacht, das Zusammensein.

Alles das fällt mir wieder ein, als ich nach kurzer Nacht von frischen Morgengerüchen erwache und der Tag klar und blank vor mir liegt. Ich weiß, dass wir damals etwas erlebt haben, was es heute nicht mehr gibt. Es war eine Momentaufnahme eines bäuerlichen Lebens,

das aus einer vergangenen Ökonomie stammte. Diese Fischer und Bauern auf der griechischen Insel lebten ein einfaches, entbehrungsreiches Leben. Abgeschnitten von der Welt und eingebunden in Traditionen, hatten sie ein bescheidenes Auskommen.
Heute bestimmen die Standards der Europäischen Union jede Lebensregung auch noch auf der kleinsten griechischen Insel im Süden der Ägäis. Die griechischen Bauern, Fischer und Händler sind einem Wettbewerb ausgesetzt, den sie nicht aushalten können. Schließlich ist das, was sie anbauen und produzieren, Tomaten, Paprika, griechischer Joghurt, Honig und Weintrauben, diese prallen Früchte sind längst in den Läden Lidl und Aldi vorzufinden und dort so günstig, wie die großen Produzenten mit der Wirtschaftskraft ihrer Länder sie eben hergeben. Auch die Bauern in Spanien und Portugal sind diesen Wirkungen ausgesetzt.

Am späten Abend hängen schwarze Wolkenberge über den Bergkämmen der Cevennen. Es ist still, alle warten auf den Regen, damit die vom Wind ausgedörrte Erde wieder Wasser bekommt. Der Wind wirbelt aber dagegen, und so ziehen die Wolken nordwärts weiter.
Und dann fallen doch erste schwere Tropfen, in einer Schneise der Windstille sinken die Wolken herunter, und es schüttet erfrischend über das matte Grünzeug. Luft strömt vom Ostfenster zur Südtür und wieder zurück. Unter dem Fenster wird sich jetzt das Becken füllen, die offene Zisterne bekommt frisches Wasser. Sanft wegdriften in einen kleinen Schlaf, beim Aufwachen ist die sengende Wüstenhitze abgezogen, wieder zetern Zikaden, Abendgerüche breiten sich aus …

Die Nächte in Griechenland damals, um Mitternacht auf dem bäuerlichen, schmalen Bett im *spiti mas*. Was für ein unbekanntes, neues Glück – diese heißen Nächte im Schutz der Mauern und beim fernen Wellenschlag des Ägäischen Meeres. Gemeinsam schützten wir meine Jungfräulichkeit. Das fiel uns nicht mal auf, so hatten wir es uns nun mal verordnet, es war und blieb *then pirási*, es machte nichts.
Stürmische Bootsfahrt von Sikinos nach Ios, auf dem Deck der *Myrtidiotissa* wieder die Sternennacht, griechischer Kaffee am Hafen

von Piräus, die Fahrt mit dem Bus nach Athen, bis wir schließlich in Kifisia an der Autobahn standen. Über Larissa trampten wir nach Lamia und lagerten abends in Katerini am Strand. Tage später erreichten wir nach einem *sagenhaften Tramp* die Weltstadt Hamburg.

Wir mochten uns aber nicht voneinander trennen. Deshalb gab es noch eine allerletzte Fahrt, und wir erreichten das neue Haus, das nun ein altes Haus hinter dem Deich war.

Tusculum liegt an der Elbe: hinterm Deich das Haus

Neugierig schaute ich mich um und roch die Nordsee auf dem Elbdeich in den Vier- und Marschlanden, *Moorfleet, ein altes Bauernhaus, dort noch zwei Tage zum Abgewöhnen …* schrieb ich in den Kalender und war entzückt, meinen großen Bruder wieder anzutreffen. Er hatte dieses Haus schon vor einiger Zeit gefunden.

Allein aber zog ich dann weiter und kam zurück ins Elternhaus in Königsförde. Auch da gab es den Übergang vom Sommer in den Herbst, natürlich musste ich auch dort sein, allein schon, weil die Brüder von ihren Abenteuern in Griechenland zu erzählen hatten. Ich lauschte ihren Geschichten, schwieg besser über meine und fragte Ernst: *Musst du jetzt nicht dein Abitur nachholen? – Oh ja,* er stöhnte und fuhr sich durch die langen Haare, *ich muss das jetzt schaffen, ich muss hier weg …*

Die Zeit der privaten Nachhilfe hatte er beendet, nach den Sommerferien nahm er wieder am Unterricht der dreizehnten Klasse teil und sollte im Herbst sein Abitur wiederholen. Das hatte der Vater kraft seines Amtes bei der Schulleitung durchgesetzt. Keinen Moment verstand er das als persönliche Vorteilsnahme. Das kirchliche Amt war sein Gottes-Dienst, und wenn der Sohn wegen wechselnder Ämter und Versetzungen des Vaters dreimal in neue

Bundesländer und Schulen geschickt wurde und scheiterte, dann musste die Schule ihren Teil zu diesem Gottes-Auftrag beitragen.
Jetzt sah es so aus, als könnte er es schaffen, ich fuhr wieder nach Hamburg. Helle hatte das große Auto von Hans organisiert, wir holten die beiden Hausstände vom Dachboden in Freiburg ab. Unterwegs schauten wir bei Ilse im Odenwald herein, übernachteten in ihrem kleinen Wohnzimmer auf dem Sofa und berichteten von den Plänen. Sie betrachtete uns beide und strahlte vor Freude und sagte nicht viel. Ach, Ilse, hätte ich dich mal ganz fest umarmt und darauf bestanden, dass du mir auch etwas erzählst! ...

Bücherkartons, Koffer, Teppich, Segeltuchsessel und Tisch wurden in das Studentenzimmer in der Stadt gebracht, Helle fuhr sofort weiter nach Moorfleet. Ich packte aus und richtete ein, trank mit der neuen Wirtin eine Tasse Kaffee und erfuhr, dass sie Näherin in Heimarbeit sei und jeden Nachmittag Kaffee und Sahnetorte brauche, sonst hielte sie diese Arbeit nicht aus. Ob ich denn gelegentlich für sie einkaufen gehen könne? Ich war beeindruckt von diesem harten Los, versprach alles, ging in mein Zimmer, legte die seitenlange Liste der Literatur auf den Tisch, die bis zum Examen gelesen sein musste, und schrieb die Titel auf, die ich mir besorgen wollte. Gleich am nächsten Morgen betrat ich die *Jobberhöhle* im Studentenwerk und meldete mich für einen studentischen Aushilfsjob bei der Firma Edding. Sofort begann die Tätigkeit im Büro, Lochkarten sortieren und kontrollieren, fein war das zum Abgewöhnen, aber ohne einen Job ging es nicht, ich musste auch das nächste Semester finanziell absichern. Und ich musste rasch Anschluss finden an die Studiengänge in der Universität Hamburg und über Themen von zwei Examensarbeiten nachdenken.
Nur schwer löste ich mich aus dem Traum, der dieser Sommer gewesen war. Ich hatte von der Süße des Zusammenlebens genascht. Hier in der Großstadt wurde ich klipp und klar zurückgeschubst in das Leben, das ich allein zu führen hatte. Auf dem Campus aber, da war was los, es gab politische Veranstaltungen, man hörte Geschichten, irgendwie war es wichtig, wieder in der Großstadt zu leben. Und es gab einen neuen Weg. Ich griff erneut zu und hielt fest, was ich nun erlebte.

Der Weg führte aus der Stadt in die Vorstadtviertel, dahin, wo die Elbe sich in zahlreichen Verästelungen und Kanälen durch Industrieviertel vorarbeitet und schließlich in einigen Armen durch die Vier- und Marschlande fließt. Mit der S-Bahn hinaus und vor den Elbbrücken mit weitem Blick quietschend in die Kurve nach Südosten, am Arbeiterviertel Rothenburgsort vorbei und dann nach Tiefstack. Dort stieg ich aus, ging an Elektrizitätswerk und Gewerbeanlagen vorbei und auf die Deichstraße.
Sofort war alles anders. Blick aufs Wasser, Geruch der Ferne. Geschützt vor dem Wind, duckten sich Fachwerkhäuser hinter den Deich. Wasser schwappte an den Deich, trübe, Brackwasser, Teergeruch gehörte dazu, der hing an den Holzbohlen. Viele kleine Kurven, flach hingestreckt die langen Gewächshäuser, endlich das grau verblichene Strohdach von Haus Nummer Hundertdreiundsechzig am Moorfleeter Deich. *Kinder, genießt es*, hätte doch bestimmt auch die Mutter gesagt, hätte sie das gewusst.
Es war ja erst Mitte Oktober, das Semester hatte noch nicht angefangen, ich hatte die neuen Reclam-Bändchen dabei und würde lesen können, wenn ich die Zeit dazu fand. Jetzt aber wollte ich dabei sein, wenn Helle in dieses Haus zog.
Hans hatte es wieder mal geschafft. In Volksdorf hatten wir beide in einem Gartenhaus gewohnt, ich war versorgt gewesen und wir beide waren zusammengeblieben. Dieses Mal war es anders. Er hatte dieses Reetdachhaus organisiert und sofort seine Freunde einziehen lassen, Oskar, einen Medizinstudenten, Heinrich, der Kunst studierte und seinen Freund mitgebracht hatte, vier Männer wirtschafteten da zusammen, und jetzt kam Helle dazu.
Er zeigte mir das Haus, ich schaute neugierig in jedes Zimmer, alle hatten zu arbeiten. Da standen Staffeleien, es roch nach Farbe, ich betrachtete Bücherstapel, Aschenbecher voll von Kippen, Kaffeebecher, in denen noch Reste von kaltem Kaffee klebten, da wurde gelernt, das sah man, da hatte man gar nichts zu suchen. Wir machten einen Spaziergang am Deich, kochten etwas und trafen am Abend die anderen in der Dorfkneipe. Mein großer Bruder, der bei aller Arbeit so fröhlich, selbstgewiss und tatendurstig war, sagte mit schönster Selbstverständlichkeit: *Setz dich zu uns, Daisy, trink ein Bier mit uns, du kannst auch gern ein paar Tage bei uns wohnen.*

Ich blieb und schaute zu, was die Jungs machten. Die Kunststudenten trugen die Staffeleien aus dem Zimmer auf den Deich und wieder zurück, Hans begann morgens mit einem starken Kaffee, von acht bis dreizehn Uhr las und memorierte er, dann im Stehen ein paar Stullen, kurzer Mittagsschlaf, starker Kaffee, Zigaretten, und von vierzehn bis neunzehn Uhr die nächsten Kapitel der medizinischen Lehrwerke. Wieder Kaffee, Zigaretten inzwischen aufgebraucht – von dreißig sprach Hans stolz, pro Tag, sozusagen als Beleg für das Quantum seiner Anstrengungen –, dann der Abend, kurz und konzentriert die Entspannung beim Bier. Beeindruckend, diese Routinen.

Das wollte ich auch hinkriegen. Ich fuhr also zurück in die Stadt, machte meinen Bürojob, kaufte Tortenstücke, trank mit Frau Kelms Kaffee, und der nächste Tag verlief genauso. In den freien Stunden las ich im Schelmenroman „Simplizissimus“, und eines Abends nahm ich den Zug nach Achterwehr, dort holte mich der Fahrer des Vaters ab und fuhr mich auf den Landsitz der Familie. Schon wieder wurde ich aus meiner Routine geholt, ich sollte nach Hause kommen, schließlich habe das Semester noch nicht begonnen, sagte die Mutter. Außerdem müsse ich beim Umzug nach Kiel helfen, der neue Amtssitz in Kiel sei fertig. Es fiel mir sehr schwer, mich von diesem alten Gutshof zu trennen, von dem Gartenpark, dem Flüsschen unter der Trauerweide ... Von nun an wohnte die Familie in Kiel, der Dienstsitz an der Kieler Förde war das siebte Elternhaus.

Von dort wieder zurück, es ging nicht anders, in diesem einsamen Studentenzimmer in der Stadt Hamburg musste ich heimisch werden. Ich kämpfte um meine Selbstständigkeit, auch hier sollte es glücklich sein. Also in die Sprechstunden der Examensprofessoren, in die Bibliothek, zur Büroarbeit und schließlich ins Café. Da traf ich den langen, schlaksigen Jungen aus Ostfriesland mit den flachsblonden Haaren, der zu meinen Tübinger Freunden gehört hatte. Große Freude, Dirk in Hamburg wiederzusehen, mit seiner neuen Freundin Nane, eng umschlungen gingen sie weiter.
Ein Mädchen war mir im Seminar aufgefallen, Elke. Sie schrieb ihre Arbeit beim selben Pädagogikprofessor, war Flötistin und spielte

Instrumente der Renaissance-Zeit. Und dann kam sie auch noch aus Ochsenwerder, war die Tochter eines Dorflehrers in den Vier- und Marschlanden, da, wo ich nun auch dieses Haus kannte!
Kaffee mit meiner Wirtin, immer noch freie Zeit, dachte ich, zwei Tage noch bis zum 1. November, dann erst sollte das Semester beginnen. Schnell raus aus der Stadt und in das Bauernhaus an der Elbe, Hans freute sich, Helle erwartete mich, und in der guten Bierlaune am Abend meinte mein Bruder, wir könnten doch einen Blitzbesuch in Amsterdam machen, das sei genau der richtige Zeitpunkt für eine kleine Pause, bevor das Examen beginnen würde.

Wunderschönste Verführung, ich kuschelte mich neben Helle ins Auto, Hans hatte seine Freundin überredet, ebenfalls mitzufahren.
Die Nacht verbrachten wir im Studentenhotel, am nächsten Tag streiften wir über den Büchermarkt und tranken zum Aufwärmen Liköre von *Bols*, das süße Zeug in krassen Farben, blau der Curaçao, grün die Minze, das kullerte süß und klebrig und versammelte Wärme und Wohlbehagen im Körper. Herrlich. Immer tiefer kamen wir ins Hafenviertel hinein, vorbei an Schaufenstern, in denen Frauen saßen, adrett in weißer Schürze oder im knappen Schürzenkleid saßen sie auf dem Bett und strickten, lieb und appetitlich sah das aus, als sei es Mutters Schlafzimmer. Musikszene, Kifferszene, an allem schnupperten wir neugierig und landeten schließlich in einem Lokal, in dem gerade ein Beat-Club eröffnet wurde. Hans war sehr zufrieden, dass wir genau richtig waren, nämlich da, wo was los war.
Am vierten Tag zügig zurück und gerade noch rechtzeitig in der Uni, um an der ersten Vorlesung im Wintersemester teilzunehmen.
Das Stadtzimmer war nun meine Arbeitsstation. In zehn Minuten fuhr ich mit der U-Bahn zur Uni, arbeitete im Literaturwissenschaftlichen Seminar, in der Bibliothek, in meinem Zimmer. Gelegentlich kam es vor, dass Helle mich in das Stadtzimmer begleitete. Er half mir, den hohen Kachelofen gut durchzuheizen, es wurde geradezu gemütlich, und wir lernten zusammen. Dann war er wieder weg, und ich trank bei der Wirtin Kaffee. Vorher war ich mit einem Zehnmarkschein in die Konditorei geschickt worden, um Sahnetorte zu kaufen, und weil es genau so lief, wie Frau Kelms es sich erhofft hatte, sollte ich doch auch noch am Abend zum Fernsehen

rüberkommen. Der arbeitslose Sohn saß dabei, die Wirtin schenkte heißen Grog ein.
In der Nikolaikirche gab es ein Konzert, bei dem Renaissancemusik gespielt wurde, die neue Freundin spielte mit. Ich las Dilthey, Schleiermacher, die Logik der Hermeneutik von H. Lipps, gelegentlich lasen Helle und ich in meinem Stadtzimmer zusammen Ernesto Grassi und Eliade und nahmen die Spur zu den Examensthemen auf. Es sei ja so nett mit mir, meinte die Wirtin, ich solle doch am Sonntag zum Mittagessen kommen.
Wie kam sie darauf, mein Mitleid mit ihrer Arbeitsplackerei so schamlos auszunutzen? Nicht nur, dass sie mich selbstverständlich aus meiner Arbeit herausholte, ich ahnte, dass sie mich mit der Torte in ihr Familienleben locken wollte. *Ich werde das Zimmer kündigen müssen,* sagte ich ihr und fuhr nach Tiefstack. Das Wasser und der Deich, die Dove-Elbe, umgeben von Teerböschungen, der Blick auf die Chemiefabrik Dow Chemical schräg gegenüber und auf Lastkräne und Industrietürme, die nur unter schweren Rauch- und Emissionsmassen zu sehen waren – aber mir kam es so vor, als könnte ich das Meer riechen, wie an der Nordsee das Kreischen der Möwen und die unruhige Bewegung des Wassers hören. Schließlich das schrabbelige Reetdachhaus.

Die beiden Medizinstudenten waren mitten in der Examenszeit, es waren die Wochen, in denen alle zwei Tage ein neues Fach geprüft wurde. Es wurde geraucht, gelernt, Kaffee getrunken, dann fuhren sie ab und kamen abends wieder. Die beiden Malerstudenten und Helle, ja, die machten den Haushalt. Einer kaufte ein, der andere kochte, und die Putzarbeiten waren sowieso aufgeteilt, das Bad und die Küche wurden irgendwie sauber gehalten, das sah man. Am Abend sagte Hans: *Jetzt machen wir es uns gemütlich, Daisy, was gibt es denn zu essen?* Sie saßen gedrängt um den Esstisch in der Küche, die lag gleich hinter der Eingangstür, ich hatte gekocht.
Na, wie sieht's aus, machen wir noch einen kleinen Trip in die Stadt? fragte Oskar. – *Auf jeden Fall,* sagte Hans, klopfte auf den Tisch und holte den Autoschlüssel aus der Tasche. *Los geht's, du kommst doch mit?* fragte er mich. Rasch ins Auto, und dann raste Oskar los, man konnte gar nicht glauben, wie schnell das ging, über den Deich mit

all seinen Kurven nach Tiefstack, weiter durch Rothenburgsort, und schon war man am Berliner Tor. Dort gab es eine Kellerbar, hier wollten sie „Freunde sehen", so nannten sie das.
Es war etwas Ernstes, wenn man ein Examen bestehen wollte, das musste diszipliniert verfolgt werden, viele, viele Stunden lang, jeden Tag wieder. Aber in den Reststunden des Tages, da ging noch was los, mindestens gab es noch ein Bier, einen Film oder Musik. Nichts lieber als genauso - so war es richtig zu leben. Diese Jungs wollten ihre freie Zeit am liebsten zusammen verbringen, und ich war froh, dass ich dabei sein durfte. Allein wäre ich nicht darauf gekommen, und ich hätte mich als Mädchen auch nicht getraut.
Doch es war noch mehr.
Mit meinem Bruder hatte ich schon mal zusammengewohnt, aber das hier war anders. Dieses Leben in der Gruppe weckte alle Sinne, ich schaute genau hin, neugierig beobachtete ich, wie die Jungs sich das Leben anders organisierten, Pflichten und Notwendigkeiten neu verteilten. Ganz anders als das, was ich als Mädchen schon als Rolle für mich übernommen hatte. Hier fiel der Haus-Halt nicht in die Zuständigkeit einer ‚Haus'-Frau, das war schon mal klar, die Jungs organisierten das unter sich.
Was für ein Lichtblick für die eigenen Vorstellungen davon, wie das Leben ablaufen könnte, das wollte ich auf keinen Fall verpassen!

In diesen Dezembertagen erlebte ich den ersten Sturm am Elbdeich. Frühmorgens fuhr ich mit Helle in die Stadt, wir besuchten Seminare und Vorlesungen. Nachmittags raste der Wind über die Alster, Schaumkronen, die letzten Blätter zerfledderten, ich war gerade dabei, den Kachelofen in meinem Stadtzimmer anzuheizen, da brachte mir die Wirtin einen Brief. Wieso schrieb mir die Mutter von Ilse?
Ilse liege im Krankenhaus, las ich, sie habe operiert werden müssen, sie, die Mutter, wage es gar nicht zu fragen, ob ich ihr mal schreiben könnte, ob ich womöglich hinfahren würde oder ob das eine Zumutung sei. Sofort schrieb ich zurück, versicherte, ich würde hinfahren, und bat sie, das Ilse zu sagen. Ich brachte den Brief zum Briefkasten und dachte, ich hätte noch viel Zeit. Also mit der S-Bahn nach Tiefstack, ich wollte den Rat der anderen hören.

Auf der Deichstraße stemmte ich mich gegen den Wind, das Elbwasser klatschte in schweren, schmutzigen Wellen gegen den geteerten Deich.

Dirty old town … diese unsagbar traurige Melodie sang einer in meinem Kopf. Und völlig durcheinander fragte ich Helle, was ich tun solle, ich hätte das Gefühl, ich müsste hinfahren. *Ja, musst du, ich fahre dich morgen zum Bahnhof, mach das, ich helfe dir.* Ich rief bei Ilses Mutter in Erbach an. Ja, sagte sie, es stehe schlecht um Ilse, sie habe noch einmal operiert werden müssen. Am nächsten Morgen stieg ich in den Zug, am Nachmittag kam ich in Erbach an. Mit einem Taxi in die Klinik, Ilse im Krankenhausbett, ganz allein lag sie da, in diesem kleinen Krankenzimmer. Apparate standen um sie herum, eine Schwester saß bei ihr. Ilse war noch nicht wieder zu Bewusstsein gekommen. Sie röchelte, sie rang um jeden Atemzug, sie lallte etwas, das ich nicht verstand.

Was will sie denn sagen? fragte ich entsetzt. Sie habe Durst, Wasser versuche sie zu sagen, erklärte die Schwester gelassen und benetzte mit einem nassen Tupfer Lippen und Stirn.

Ilses Mutter kam herein und freute sich. Nun werde alles besser werden. *Rufen Sie sie bei ihrem Namen, sprechen Sie mit ihr, sagte die Schwester, das ist wichtig. – Kann sie mich denn hören? – Ja, sie nimmt die Stimme wahr, vielleicht wacht sie auf.*

Ich sagte den Namen, sagte ihr, dass ich nun da sei. – *Ja, nur zu, reden Sie mit ihr, sprechen Sie lauter, Sie können ihr damit helfen,* drängte die Schwester, als sei es allein meine Stimme, die die bewusstlose Freundin noch ins Leben rufen könne. Jetzt, dachte ich, hängt es von mir ab, dass Ilse wieder aufwacht. Aber ich konnte nicht sprechen, ich rang darum, dass mir etwas einfiel, das ich sagen könnte.

Hinterher und in all den Jahren danach wusste ich, was ich dir hätte sagen können. Ich habe immerzu mit dir gesprochen, ich habe es aufgeschrieben …

Ich bin bei dir, Stunde um Stunde sitze ich bei dir und verfolge jeden Atemzug. Bis in die Morgenstunden bleibe ich an deinem Bett und erzähle dir von dem Dorf an der Elbe, von Hans, den du gern mochtest, und den Jungs, die da zusammenwohnen. Als der Morgen dämmert, sagt eine Krankenschwester, ich solle mich hinlegen, sie

hätten ein Zimmer für mich fertiggemacht.
Am nächsten Tag sitze ich wieder bei dir, ich bleibe bei dir, ich passe auf, ob du wieder aufwachst, aber ich bekomme Angst, weil dein Atem immer schleppender wird. In der zweiten Nacht soll ich nach Hause fahren, meint deine Mutter, ich müsse doch furchtbar müde sein, ich solle nach Erbach in das Pfarrhaus fahren. Ich will gar nicht weg von dir, aber ich mache es so, wie sie sagt.

Ich musste mit meiner Mutter sprechen, ich stand in der Telefonzelle vor dem Krankenhaus. *Was ist denn los?* fragte sie. *Was ist geschehen?* – *Ilse stirbt*, rief ich ins Telefon. *Sie stirbt, das geschieht.* Ich konnte nicht weitersprechen und hängte den Hörer ein.

Ich schlief in deinem Zimmer, ich schaute mir alle deine Sachen an, das, was du in deinem Elternhaus zurückgelassen hattest, die Bücher, die Möbel, da stand ein Aschenbecher auf dem ovalen Tisch mit den schrägen Beinen, Asche lag darin. Da hattest du gelebt, das war ein Zeichen aus deiner Welt, das musste die letzte Zigarette gewesen sein, da hattest du gesessen, bevor du ins Krankenhaus fahren musstest. Was hattest du gefühlt, gedacht, bevor du ins Krankenhaus gingst? Was für ein Leben hattest du geführt? Weswegen musstest du überhaupt ins Krankenhaus? Nur eine harmlose kleine Unterleibsoperation sei es gewesen, hatte deine Mutter fast nebenbei gesagt, sie verstünde nicht, was daraus geworden sei. Und dann hatte sie hinzugefügt, leise und schleppend, es sei wohl ein ärztlicher Fehler unterlaufen. War ein Wattestück im Bauch gelassen worden? Sie könne, sie wolle nicht darüber sprechen, es sei nun so, sie hoffe, es werde sich schließlich alles zum Guten wenden, reden könne sie darüber gar nicht ... Ach, dieses verdammte Schweigen in den Pastorenfamilien, warum sagte dein Vater kein Wort zu mir? Warum sprach niemand von dir? Von einem Freund, den es vielleicht auch gab und der um dich weinte?

Weißt du, Ilse, ich konnte das niemals fassen, was da geschehen war, wann immer ich daran dachte, in allen Jahren, gab es bei diesem Gedanken keinen Boden, ich kippte hinein und fand keinen Boden mehr.
Nach der zweiten Nacht fuhr ich mit deinem großen Bruder ins

Krankenhaus, der Geruch, die Geräusche, das Ringen um jeden Atemzug, ich war wie versteinert gegenüber dem, was da passierte, es überstieg alles, Ilse, du bist nicht mehr erwacht, an dem Nachmittag kam der letzte Atemzug.
Fünf Tage blieb ich noch in deinem Elternhaus. *Gehen Sie bloß nicht weg,* hatte deine Mutter gesagt, *wir brauchen Sie!*
Die Küche aufräumen, abwaschen, einkaufen, kochen für die ganze Familie, wahrscheinlich alles das, was du sonst gemacht hast! Mit dem mürrischen Vater zurechtkommen, die Mutter betreuen, was für ein Leben hattest du geführt? Der Vater nur noch in seinem Studierzimmer, die Mutter den ganzen Tag in ihrem Schlafzimmer, die schweren Gardinen blieben zugezogen. Dein jüngerer Bruder war aufmerksam, half mir liebevoll. Als ich es wagte, ihn zu fragen, weshalb du überhaupt operiert werden musstest, sagte er, sie hätten von einem Myom gesprochen, er wüsste nicht, was das sei.
Auch bei der Beerdigung musste ich noch dabei sein, dabei hatte ich nur zu dir reisen wollen. Du solltest er-leben, dass ich bei dir bin.

Januar 1967, ich fror in meinem Studentenzimmer. In diesem ungemütlich hohen Zimmer im Altbau, mit einem Kachelofen aus der Vorkriegszeit, die Briketts nicht rechtzeitig nachgelegt, war es abends kalt. Da nahm ich es wieder ein bisschen in die Hand und wagte einen Schritt voran.
Ilses Leben war schon vorbei, das Sterben, die Angst vor dem Sterben beherrschte die Gedanken. Ich wollte nicht mehr allein sein, ich wollte am liebsten mit den Freunden leben, mit Helle, aber auch mit den anderen.
Ich packte Bücher und Papiere in den Rucksack, fuhr mit der S-Bahn nach Tiefstack und wanderte die Deichstraße entlang, sog den modrigen Geruch ein, blickte über das schwappende Wasser. Natürlich sorgte ich für Überraschung im Bauernhaus, aber dann war alles ganz einfach.
Im hinteren Trakt des Hauses, in dem kleinen Musikzimmer, stand ein Tisch, den hatte ich jetzt ganz für mich allein. Augenblicklich lagen Bücher und Manuskriptseiten bereit, ich versenkte mich in die wissenschaftliche Lektüre. Ein paar Stunden später in die Küche, Darjeeling kochen, ach, diese Gerüche, Tabaksqualm aus

Helles Zimmer, Zigarettengeruch von oben. Ich inhalierte die Ingredienzen der geistigen Arbeit, versunkene Stille, Kaffeeduft, erst wehte er frisch heran, später war er fade und abgestanden, kalt. Je länger der Kaffee stand, desto höher stieg die Zahl der Stunden, in denen gearbeitet wurde. Hier war ich richtig, hier fehlte nichts, die Atmosphäre von Nachdenken, Lesen, Notieren waberte durch das alte Haus, verdrängte den Heugeruch und zog mich hinein. Hier gab es nichts anderes, hier wurde gearbeitet, Punktum.

Aber nein, man hörte Geräusche, Oskar kam aus seinem Zimmer, er hatte sie schon gesehen. Ich öffnete die Haustür und wollte ihnen entgegengehen, aber sie standen schon da, *oh, là, là!*
Hallo, hallo, ihr seid ja da, wir wollten nur mal kurz hereingucken, rief die Mutter in ihrer aufmunternden, hohen und unternehmungslustigen Stimmlage.
So, so, Pubbe, du bist auch hier, wir kommen von einer Tagung in Hannover, sprach der Vater und schaute sich wohlwollend um.
Gerade so, als hätten sie eben ihren siebten Sinn aktiviert, waren sie hinter den Elbbrücken abgebogen und schauten mal nach, die beiden Eltern.
Ihr überrascht uns, will der Fahrer nicht auch hereinkommen?
Das muss nicht sein, wir möchten nur schnell eine Tasse Tee trinken, sagte die Mutter. *Der Fahrer kann so lange im Auto warten, das ist dem sowieso viel lieber.*
Wieso war sie sich da so sicher? Immer noch diese Unsitte, den Fahrer zu behandeln, als sei er ein Knecht, dachte ich und schwieg. Hier musste jetzt gerade was klappen …
Wir wollen doch nur mal schnell guten Tag sagen. Und was machst du hier? fragte der Vater.
Ja, hier könnt ihr sehen, was ich mache, ich habe hier hinten in dem kleinen Musikzimmer meinen Arbeitsplatz und lerne fürs Examen.
In alle Zimmer waren sie schon vorgedrungen, bis ganz nach hinten.
Da ist ja ein Spinett, rief die Mutter.
Ja, ist das nicht toll? In diesem Zimmer machen wir Hausmusik, sagte ich, ebenfalls in hoher, unterhaltender Tonlage. Wunderbar, es könnte nicht besser sein, dachte ich. Das leuchtete doch unmittelbar ein, dass man hier war und nirgendwo anders.

Nach einer Tasse Darjeeling fuhren sie ab, Stille kehrte ein.

Die Eltern hatten im Vorbeikommen alles gesehen, das Leben wurde plötzlich ganz leicht. *Frühlingshaftes Wetter, man atmet freier,* schrieb ich am Abend entzückt in den Kalender und ging zurück an meinen Arbeitstisch. Das Modell klappte, und auf der griechischen Webdecke kuschelte ich mich spät in der Nacht in seinen Arm und in die Wolldecken. So war das. Unter die Bettdecke, das gefiel uns nicht, das passte nicht.

Gerade verabschiedete sich dieser Winter, zitternd stieg die Nadel am Stimmungsbarometer, ich dachte nicht daran, jetzt gleich zur Familie nach Kiel zu fahren, nein, ich packte meine Sachen in die Reisetasche und machte mich mit Büchern und Schreibmaschine auf nach Tiefstack. Oskar holte mich ab, Helle war etwas krank. Ich hatte beschlossen, die Semesterferien damit einzuleiten, dass ich mindestens noch eine Woche bei Helle hauste. Dieses Wort war wichtig, es sollte genauso verliebt und verrückt hergehen wie auf der griechischen Insel oder auf der Wiese am Weinberg.

Die Studenten hatten am nächsten Tag die allerletzte Examensprüfung, abends wurde ein Fest gefeiert. Auch die Freundinnen waren eingeladen, die Bauernhauskommune tobte für ein paar Stunden, so wild wurde getanzt.

Am nächsten Abend wieder eine Spritztour in die Stadt, es gab den Film „La Notte" von Michelangelo Antonioni. Auf der Fahrt über den Deich ging der Renault kaputt, zu fünft schoben wir das Auto zurück, wieder tobte ein Sturm über den Deich, es regnete. Es gab keinen Film, dafür aber eine neue Überraschung.

Oskar hatte Geld, alle hatten Zeit und waren in Feierlaune. Also zog er ein Tütchen mit einem weißen Pulver aus der Jackentasche, legte etwas von dem Stoff auf feines Zigarettenpapier, krümelte etwas Tabak dazu, drehte alles zusammen, leckte den Klebefalz an, drehte und schloss, klopfte mit der Zigarettenspitze ein paar Mal auf den Tisch. Dann nahm er ein Streichholz und zündete mit großer Geste an, gerade so, als würde gleich ein Tannenbaum im Kerzenlicht glänzen. Oskar nahm einen Zug und gab die kleine Stange weiter, jeder zog an dem *Joint*, ich schaute nur zu. Der Geruch, der im Zimmer aufstieg, war wunderbar, schwer, etwas modrig mit einem

Schuss Süße. Es reichte mir, das in die Nase zu ziehen, um mich aufgeregt gut zu fühlen und verwundert und neugierig in erregende Stimmung abzuzwitschern.

Ein erster feiner Frühlingstag in den Vier- und Marschlanden, aber dann begannen die Semesterferien, ich musste nach Kiel ins Elternhaus. Dort hatte ich ein großes Zimmer mit Blick auf die Kieler Förde und war die liebe Tochter zu Hause, nichts anderes, viele Wochen lang. Ich hatte Sehnsucht, schrieb Briefe, wir telefonierten, es gab Missverständnisse, Trennungsschmerz, aber alles wurde zur Nebensache, als Ernst aus Tübingen angereist kam und berichtete. Sein erstes Semester lag hinter ihm.
Es war toll, erzählte er, *ich hatte in Tübingen eine großartige Zeit, neue Umgebung, neue Menschen, ich muss ja Hebräisch lernen, aber ich studiere auch Psychologie.*
Wie ist das Zimmer, das ich dir noch besorgt hatte? Gefällt es dir?
Ja, in dieser Dachstube fühle ich mich sauwohl. Ein toller Blick über die Dächer von Tübingen und im Zentrum der Altstadt. Meine Wirtin ist eine alte Frau, wirklich rührend, schon seit fünfzig Jahren vermietet sie Zimmer an Studenten. Morgens macht sie mein Bett und räumt auf, legt den Ofen ein, ich muss ihn dann nur noch anzünden.
Ist sie streng, passt sie auf, was du machst?
Überhaupt nicht, sie räumt nicht hinter mir her, sie lässt mich in Frieden, lässt mich machen, was ich will. Und erst das Studium, alles ist anders, man wird vor Anforderungen gestellt, die man allein bewältigen muss, man wird akzeptiert und muss sich deshalb beweisen.
Und was machen die Freunde in der Studentengemeinde? Hast du die kennengelernt? Erzähl!
Klar, es gibt ständig Diskussionen.
Ja, die hatten wir auch.
Aber das ist jetzt anders. Es wird ernst. Wir haben hearings *veranstaltet zu den Notstandsgesetzen, die Große Koalition geht ja jetzt ganz anders vor. Und wir müssen um die studentische Mitbestimmung kämpfen, sonst passiert gar nichts in der Hochschule.*
Wie läuft so ein hearing *ab?*
Man muss sich Gehör verschaffen, wir versammeln uns und diskutieren mit den Professoren, die wir dazu einladen. Macht ihr das in Hamburg

auch? In Hamburg gibt es ja die Springer-Presse, im Verlagshaus war schon was los! In Berlin haben sie was geplant.
Ich weiß davon nichts, aber ich werde darauf achten, du musst mir alles aus Tübingen berichten. Bleibst du noch ein paar Tage? Es ist so schön, wenn du da bist, sagte ich.
Nee, Zu Ostern fahren wir nach Berlepsch, da ist ein Ostertreffen, da feiern wir.

Ich war so enttäuscht. Am liebsten wäre ich sofort nach Moorfleet gefahren, aber ich hatte kein Geld mehr, erst zum Semesterbeginn würden die Eltern wieder Geld überweisen. Also Ostern wie immer, Karfreitag die Matthäuspassion in der Nikolaikirche, Trauer lag über diesem Tag, ich kannte und erwartete diese unsägliche Stelle, die Worte: *Mein Gott, mein Gott, warum hast du mich verlassen?* Von Johann Sebastian Bach so zu Musik gemacht, dass es schmerzte. Warum musste man sich diese Kreuzigung ansehen, über dem Altar, in Holz geschnitzt, warum immer und immer wieder dieser grausame Anblick des Leidens?
Und gleichwohl zum Osterfrühstück der Gesang der Familie: *Wir wollen alle fröhlich sein in dieser österlichen Zeit* und noch einmal in diese Kirche, wegen der Predigt des Vaters.

Mit den Frühlingswinden im April wieder über die Deichstraße, beschwingt begann das neue, ja, es sollte das letzte Semester sein, und ich war am richtigen Ort. Stürmisch die Begrüßung im Haus hinterm Deich. Helle sagte: *Komm, wir fahren gleich in die Stadt und räumen dein Zimmer.* Bücherkartons, Kolonialstuhl und Tisch wurden unter dem Strohdach des Bauernhauses zwischengelagert. Wir zwitscherten selig in die Vier- und Marschlande zu einem ausgedehnten Elbspaziergang, bekamen in Ochsenwerder noch ein bisschen Renaissancemusik beschert, aber schließlich musste ich doch zurück in die Stadt und ein neues Studentenzimmer suchen. Ich musste mein Leben als Einzelwesen wieder annehmen.
Aber dann! Als ich an jenem schönsten aller Frühlingstage im April wieder in Moorfleet ankam und mich zu den Freunden an den Esstisch setzte, hörte ich, wie Oskar verkündete: *Ich werde nach Osterode in den Harz ziehen müssen, dort haben Ulrike und ich*

Assistenzstellen gefunden. Maler Heinrich war zu Besuch aus Berlin, der Wind schepperte ums Haus, oh, was war das gemütlich, und ich hörte zu, wie Ulf verkündete, dass er nun auch weggehen wolle, er werde zu Heinrich nach Berlin ziehen.
Und tja, sagte Hans, *was meint ihr denn dazu?* Sprach's und schaute Helle und mir bedeutungsvoll in die Augen: *Dann wäre ja nun Platz, wenn zwei Zimmer frei werden, dann könnten die beiden Mädchen doch einziehen – oder? Usch wartet auch schon darauf.*
Plötzlich erschien alles ganz normal, selbstverständlich, logisch und konsequent. Alle freuten sich, auch Usch würde nun einziehen. Sofort renovierten wir ein bisschen, malerten und putzten, und abends feierten wir nach langer Zeit mal wieder bei „Tante Hermine" im Hamburger Hafen.
Eng und heiß war es in der Hafenkneipe. Die Leute drängelten sich um die Theke, rempelten, quatschten, schrien sich etwas zu, lachten. Sofort die Erregung, über Rauchschwaden und Köpfe hinweg Blicke aufnehmen und vielleicht zurückschicken, flirten also, dass es knisterte. Schließlich in die zweite Reihe um die Theke herum vorgearbeitet, und durch das Gewirr der Stimmen schäkerte Hans mit der kleinen Frau, die hinter der Theke stand und das Bier zapfte, das war Tante Hermine. Auch an diesem Abend lieferte sie uns den Witz: *Na, wollt ihr mal was Richtiges sehen, Jungs, hier das ist der … na ihr wisst schon, der vom Walfisch.* Schepperndes Gelächter, und sie zeigte auf die Trophäe an der Wand hinter der Theke.
Eine, höchstens zwei Stunden, dann sausten wir im VW-Bus zurück zum Haus hinterm Deich, um acht Uhr mussten die Jungs als Assistenzärzte wieder in der Klinik sein. Ich frühstückte und fuhr mit der S-Bahn in die Stadt, um das neue Stadtzimmer wieder zu kündigen und meine Sachen zu packen.

Ich bekam das kleinste Zimmer, ganz hinten im Haus, weit weg von der Küche und mit Fachwerkwand und roten Backsteinen und Holzbalken an der Decke, in Wirklichkeit das schönste Zimmer im ganzen Haus. Es hatte nämlich eine Tür. Tür auf, ein Stück Rasen, eine Wildrosenhecke, es hätte nicht passender sein können. Dahinter Kohlfelder bis zur Straße und die Industrieanlagen der Firma Boehringer. Machte nichts, die Rosenhecke schützte vor dem Blick.

Neben dem Haus lang gestreckt die Gewächshäuser von Bauer Prorock. Hier kultivierte er Edelrosen, Lilien und Dahlien, erntete morgens um vier und fuhr um fünf mit unerwartetem Getöse Richtung Großmarkt nach Hamburg. Jeden Morgen, sechs Tage in der Woche.
Mit Wonne richtete ich mich ein. Systematisch hatten wir in den Wintermonaten die Sperrmüllhaufen in den Villengegenden um Hamburgs Elbchaussee angesteuert, hatten gefleddert, gewühlt, begutachtet und die Fundstücke eingepackt. Alle Möbel in unserem Haus hinterm Deich waren solche Schätze, die auf der Straße gelandet waren, weil es nun schick wurde, Möbel in modernem Design anzuschaffen. Ein feiner Teewagen mit Samowar und ein Ledersessel mit Beistelltisch schmückten mein neues Zimmer, Kelim und griechische Teppiche wie immer, ein größerer Holztisch zum Arbeiten, es war das erste ganz und gar eigene Reich. Ich war am richtigen Ort!

Es war das erste richtige Haus, das nicht das Elternhaus war, und zwar *en commun*. So und nicht anders war es vorstellbar, dass wir unter einem Dach wohnten. Dabei hatten Helle und ich gar nicht den Plan gefasst, zusammen zu wohnen. Nein, es hatte sich ergeben, quasi als schöne Nebenwirkung von Lebensplänen anderer. Selig glitten wir beide in ein neues Leben, in das, was jedenfalls ich mir seit langem sehnlichst gewünscht hatte.
Ich jubelte, weil es nun still, unaufgeregt und *en passant* passierte, geradezu zwingend und aus der Situation heraus, ohne dass wir viel hätten bereden müssen. Ich musste den Eltern gar nichts groß erklären oder womöglich ansagen und von ihnen abhängig machen, nein, das war jetzt so. Der große Bruder hatte es schließlich vorgeschlagen.
In Musicis Moorfleet schrieb ich also in den Kalender, mit rotem Filzstift in großen Druckbuchstaben über zwei Seiten, gerade so, als sei das die Überschrift zu allem, was danach geschah.
Vielleicht war es aber auch nur die Freude darüber, dass die Musik so einen Spaß machte, hier, wo sie gar nichts mehr damit zu tun hatte, dass man üben und üben musste, um dann vorspielen zu können. Nein, die Freundin aus Ochsenwerder inszenierte das ganz anders.

Ein Tag im Mai bei ihr im Garten, mit Büchern, wir lagen im Gras, sonnten uns und träumten, lasen ein wenig. Dann fuhren wir in das Strohdachhaus, dort versammelten sich alle, die aus der Stadt oder woher auch immer hier auf dem Land ankamen. Für sie machten wir unsere *Haus-Musik*.
Hans spielte Querflöte, Elke Altflöte, Helle strich das Cello, und ich saß am Spinett, wir spielten Telemann und Bach, Das ging so schön, fern von den Spielroutinen im Elternhaus. Elke brachte mir die Atemtechnik für das Spielen der Altblockflöte bei. Diese Dimension war mir neu, in all den Unterrichtsstunden der Kindheit hatte ich davon nichts gehört: aus dem eigenen Körper heraus Musik zu machen, mit Wahrnehmung von innen, Körperhaltung, Atmung und Konzentration. Hinhören, anstatt Blicke von außen aufzunehmen, daran zu denken, wie man wirkte und ob es *richtig* wurde. Richtig spielen, darum war es früher ausschließlich gegangen, das musste vorgeführt werden.

Es dauerte nicht lange, da sorgte Hans für neue Mitbewohner, Dr. Jiri Bernacek zog ein. Er kam aus Prag und brachte seine schöne Assistentin Ewa mit. Der Bruder hatte ihn bei einem Studentenaustausch in Prag kennengelernt, ihn zu sich ins Haus eingeladen und ihm einen Forschungsplatz im Biochemischen Labor des Universitätsklinikums Eppendorf organisiert. Dort hielt der tschechische Wissenschaftler Ratten. Er fütterte sie mit einer Nahrung, aus deren Inhaltsstoffen ein neues Vitamin destilliert werden sollte. Versuchsreihen über Versuchsreihen also, ein langer Forschungsprozess, viele Jahre lebte er in diesem Haus.
Wenn „Bernaci" mit dem Kochen an der Reihe war, gab es immer Letscho. Mit allergrößter Ruhe und naturwissenschaftlicher Sorgfalt schnitt er Paprika, Tomaten, Zucchini und Auberginen in kleine Stücke, briet alles in Öl an und ließ das schöne Gemüse mindestens zwei Stunden leise köcheln. Dadurch war alles zu einem Matsch heruntergefahren – und genau richtig so, weil die Zellulose zertrümmert sein muss, bevor der Mensch so ein Gemüse essen darf, weil es nur so überhaupt erst verdaut werden kann. Das war die entschieden vorgetragene These des Biochemikers Dr. Bernacek, und nur so konnten wir Letscho essen. Uns hat es immer geschmeckt,

weil wir froh waren, dass überhaupt etwas Warmes auf den Tisch kam, ohne dass wir uns darum hätten kümmern müssen. Später durfte er kochen, wann immer er wollte.

Als Ernst zu Besuch kam, um sich unser neues Leben anzuschauen, sagte er: *Seid ihr jetzt die Kommune Zwei?*
Nee, wieso, was ist das?
Nö, och, nur so, man hört ja jetzt viel aus Berlin, dort gibt es jetzt die Kommune Eins.
Von der wusste ich nichts, sie interessierte mich auch nicht. Wir probierten unser Zusammenleben, was gar nicht so einfach war. Immer kam schnell der Rückzug in getrennte Gemächer, wir waren schließlich nicht verheiratet, und wir suchten den Abstand, um uns zu besinnen auf das, was wir werden wollten.
Es blieb das Glück, wir hatten ein Haus hinter dem Deich. Trotz des Blicks auf Dow Chemical war es das Haus auf dem Land, es war das *Hinterland* der Stadt. Was sich dort bewegte, der Furor auf dem Platz vor dem Philosophenturm provozierte uns … wir mischten uns ein in erregte Diskussionen, aber hinterher flitzten wir aufs Land und blieben abgeschirmt.
Zu Pfingsten fuhren wir nach Paris, wieder in das geliebte Frankreich. Unsere Studienfreundin Marie-Jeanne hatte uns zu ihren Eltern nach Meudon eingeladen. Helle kannte sich aus, er war es, der uns mit seinen Redewendungen – *Où se trouve?* und: *Mais oui!* und: Et *voilà!* elegant französisch intoniert und schauspielerisch perfekt inszeniert – in die Stadt brachte. Wir trieben uns glücklich in den Straßen des Quartier Latin herum, unter den Platanen an der Seine, vor den Buden der Buchhändler, kauften vor der Abfahrt noch reichlich Rotwein, Käse und Baguettes, dann fuhren wir mit dem Nachtzug zurück nach Hamburg und feierten das Wiedersehen in unserer Deichkommune mit einem *casse-croûte*. Diese schöne kleine Mahlzeit hatte uns die Mutter von Marie-Jeanne vorgeführt, *wir teilten das Brot*, aßen Käse, ein paar Scheiben Salami, tranken dazu ein Glas Rotwein.
Mitten hinein platzte allerdings der Besuch der Eltern, sie waren auf der Rückreise von einer Tagung und wollten *nur kurz mal hereinschauen. Et voilà*, so wussten sie nun auch von diesen

Eskapaden, der Käse schmeckte ihnen außerordentlich, der Vater lobte die Weinauswahl, weg waren sie …

Der Sommer hatte begonnen und damit die Zeit in den Gärten. Ich stellte einen Blechtisch nach draußen, legte alle Papiere bereit, die Exzerpte aus den Büchern, die Notizen, ein Bündel Papier neben die Schreibmaschine, ich schrieb an der Examensarbeit. Wenn ich aufstand und beim Hin- und Hergehen nachdachte, blickte ich über die Wildrosenhecke auf die Kohlfelder, wollte nichts wissen von der Firma Boehringer, die sich hinter den Äckern breitmachte und, wie später zu erfahren war, chemische Restbestände unkontrolliert in die Ackerböden leitete. Ich hatte die Tag- und Nachtgedichte von Mörike ausgesucht, so war es mit dem Professor besprochen, ja, die Morgengedichte gefielen mir gut. Aber ich hatte über Motivgeschichte nachzudenken, sollte Mörikes Lebensgeschichte mit den Motiven von Tag und Nacht verbinden. Ich liebte das Schreiben und Nachdenken, auch den Zeitdruck, der mit der Routine zusammenhing, die ich mir von Hans abgeschaut hatte: Jeden Morgen um acht aufstehen, mit dem Teebecher in der Hand durch den Garten, nach dem Frühstück an den Gartentisch und mindestens drei Seiten schreiben, das war das Pensum, vorher stand ich nicht auf. Zur Mittagszeit traf man sich in der Küche, plauderte, berichtete, schmierte sich ein Brot im Stehen, ging wieder zurück und schrieb weiter, vielleicht noch zwei Seiten, das musste geschafft sein.
Am Nachmittag ein Lauf über den Deich, eine Kanne heißen Darjeeling, die Teeschale in der Hand, beugte ich mich wieder über die Bücher.

Jäh brachen schlimme Ereignisse in diese Tage herein. Das Studium ging weiter, man musste an Seminaren teilnehmen, an Examenskolloquien. Nach einem ganz normalen Tag an der Uni trafen wir uns beim Griechen, aßen eine Bohnensuppe, wunderten uns über Unruhe und fragten die Kommilitonen, worüber sie diskutierten …
Im Auto fuhren wir zurück zum Deich, drehten das Radio an. Sofort die Nachrichten des Tages im Deutschlandfunk, ein Student sei erschossen worden, es habe eine Massendemonstration von Studenten in Berlin gegeben. Erst nachdem Lübke mit dem Schah

von Persien in der Oper verschwunden sei, als die Türen verriegelt waren und die Studenten im Begriff, sich zu zerstreuen, habe ein Straßenkampf begonnen, berichtete der Reporter, oder eine Treibjagd der Polizei. Es sei geknüppelt worden, dabei sei ein Schuss gefallen, aus Notwehr habe ein Polizist schießen müssen. Die Stimme aus dem Rundfunk stieg in aufgeregte Tonlage. So etwas habe es in der Republik noch nicht gegeben. *Oh Mann, das ist ja Wahnsinn, ein Student wird erschossen, warum denn? Beim Demonstrieren?* fragte Helle.

Wusstest du etwas von einer Demonstration? Wogegen ging die?

Ich weiß es nicht, ich habe heute Morgen die Schlagzeile gelesen, dass ein Staatsbesuch in Berlin eingetroffen ist, der Schah und seine Farah Diba sind schon einige Tage in Deutschland.

Es hatte schon mal einen Ruck gegeben. Wie ein ungemütliches Rumoren im Gebälk, von dem sich aber niemand hatte ablenken lassen wollen. Protestaktionen zur politischen Lage in Griechenland. Dort hatte sich im April das Militär an die Macht geputscht. Und im kuscheligen Tübingen hatte Walter Jens, bei dem wir in der Vorlesung gewesen waren, zu einem Protestmarsch aufgerufen! Bloß nicht ablenken lassen, den Kopf unbeschwert lassen für das Leben hinterm Deich, hatten wir da noch gedacht.

Aber jetzt, was war in Berlin geschehen, dass die Studenten mitten im Semester alle Termine sausen ließen, sich zu Tausenden versammelten und zu Demonstrationen aufriefen an diesem 2. Juni 1967? Was war los, was machten die, dass die Polizei mittendrin war? Trupps mit Knüppeln sah man am nächsten Tag in der Zeitung, geschlossene Reihen, Iraner hätten auch geknüppelt, hieß es. Warum demonstrierten die Studenten? In den nächsten Tagen waren sie schon wieder zu Tausenden unterwegs, ein Trauerzug für Benno Ohnesorg hatte sich formiert, von der Freien Universität bis zum Autobahnkreuz in Zehlendorf, von dort sollte es im Konvoi nach Hannover weitergehen, das las man in den Flugblättern …

Die unterbrachen ihre wissenschaftlichen Arbeiten, schoben die Bücher beiseite und gingen auf die Straße – warum?

Da kam ein Brief aus Tübingen. Wie es uns gehe und ob das studentische Leben seit den Ereignissen in Berlin und Israel in

Hamburg auch so turbulent sei, fragte Ernst und schrieb weiter: *Da kann aber auch die Geduld langsam zu Ende sein, wenn bei berechtigten Demonstrationen Studenten erschossen werden und darüber sogar noch falsche Angaben und Verheimlichungen gemacht und Nachrichtensperre verhängt werden.*

So war das also. Die setzten in Tübingen vorlesungsfreie Zeit durch für den Beerdigungstag von Benno Ohnesorg, einen Schweigemarsch der Studenten; die machten Hearings, verteilten Protestflugblätter, organisierten Sammlungen für die Witwe des Erschossenen, alles das berichtete er.

Wir saßen am Küchentisch und redeten und redeten, niemand wusste etwas Genaues, und überhaupt: Was war der Grund für eine Demonstration zu einem Staatsbesuch des Schahs? Gleich am nächsten Tag fiel es krass in den Blick, Transparente in den Fluren des Audimax, in der Mensa Zeitungsausschnitte aus der Bild-Zeitung und Fotos, nichts als die reine Wut auf die Demonstranten konnte man der Berichterstattung entnehmen.

Es war Hochsommer, leichter Wind auf dem Deich, der Garten still, die Wildrosenbüsche dufteten. Alle Freunde kamen. Wir waren die Landkommune an der Elbe, jeder wollte dabei sein.

An einem Sommerabend kam Ernst angefahren und wollte sehen, wie es dem Freund erging, den er bei uns hatte unterbringen wollen, dem jungen Maler aus Kiel. Der kam vom Dachboden herunter, alle saßen am Küchentisch, Ernst ergriff das Wort: *Die haben geschrieben, der Benno Ohnesorg hätte die Polizei angegriffen, der Polizeibeamte hätte aus Notwehr schießen müssen. Das stimmt nicht, die Ermittlungen haben etwas anderes ergeben. Es ging um etwas ganz anderes. Die Bundesrepublik probt den Notstand, es soll regelrecht vorgeführt werden, dass die Notstandsgesetze wegen innerer Unruhen notwendig sind.*

Warum demonstrieren die Studenten wegen eines Staatsbesuches, musste die Polizei da nicht eingreifen? fragte Hans.

Die organisieren Widerstand, ja allerdings, das ist der einzige Protest in der Republik, und es sind vergleichsweise wenige Studenten, die Mehrheit will studieren und nichts anderes. Es gibt keine innerparlamentarische Opposition, die große Koalition kann alle Gesetze durchsetzen, selbst die Notstandsgesetze.

Bist du dabei, machst du da mit? fragte ich.
Allerdings, das ist das Mindeste, die Empörung über solch ein ostzonales Verhalten der Staatsgewalten kann nicht laut genug sein, sagte Ernst. *Allerdings, eines muss man bedenken, es ist eine Gefahr, Emotionen aufzupeitschen, dann wird man unsachlich.*
Er haute ab. Wir schrieben weiter an den Examensarbeiten. Manchmal segelten wir abends, wenn Hans aus der Klinik kam, von der Doven Elbe in die Norderelbe und weiter bis in den Hafen hinein, wo die großen Pötte lagen. Hans hatte ein schweres, altmodisches Boot mit einem bräunlichen Gaffelsegel besorgen können, seitdem lag es bei uns am Deich und war, ja, ein Juwel, aber es brachte auch Sorgen …

Ab und zu und immer häufiger verschwand ich ganz allein … zu Fuß auf dem Deich ins Dorf, in den Bus, an den Marschwiesen entlang, über die Kanäle bis zum Ochsenwerder Elbdeich. Da, im Garten hinter dem Haus des Lehrers, verbrachte ich mit Elke heiße Sommernachmittage. Wir fläzten uns ins Gras, träumten, machten Pläne über unsere gemeinsame Zeit als Lehrerinnen, lasen ein wenig, pflückten Erdbeeren. Wann immer es ging, wenn das Schreibpensum einigermaßen gut erfüllt war, trafen wir uns hier.
Weißt du was, sagte die Freundin eines Abends, bevor der letzte Bus fuhr, *wir stellen uns vor, hier ist unser Tusculum, der Garten, in dem man zu schönen Gesprächen inspiriert wird.*
Ich wusste zwar nicht, was das Wort bedeutete, aber ich fragte sie nicht, der Klang des Wortes passte zu diesem Sommertraum. *Lauter Unsinn geschieht da,* notierte ich am Abend im Kalender und war schon wieder streng mit mir, weil eigentlich nur das Pensum zählen durfte, dem ich entfliehen wollte, so gern verbrachte ich diese kleine heimliche Zeit in dem Ochsenwerder Garten.
Manchmal packte ich deshalb auch schon am Vormittag alles zusammen, Arbeitsblätter, Bücher und Manuskript, dann lebten wir einen langen Sommertag in diesem geschützten Garten, völlig ungestört, Sommermittage in *Tusculum*. Erdbeeren pflücken, Kräuter zum Salat, Manuskriptseiten über Gedichtinterpretation austauschen, fremdartige Klänge auf Pommer und Dulzian, zum Ende des Sommertages von Elke herbeigezaubert … alles inspirierte das Schreiben der Examensarbeiten kolossal. Die Sommergärten in

Ochsenwerder und Moorfleet … die waren unser Glück, unser *Tusculum.*
Tusculum, was sollte das wohl bedeuten, woher kam dieses magische Wort, wie konnte ich das herausfinden?

Immer noch Hochsommer. Alle Freunde kamen. Heinrich kam aus Berlin und blieb eine Weile. Er erzählte, dass die Studenten immer wieder Aufruhr anzettelten und er auch demonstriert habe. Jiri Bernacek saß dabei und sagte, wir sollten froh sein, dass wir hier leben könnten, uns geschehe doch nun wirklich nichts.
Dieter und Aida trödelten herein, nette Typen, ein paar Tage vorher auf einer Party kennengelernt. Sie setzten sich zu uns, und schon ging's los. Lambrusco ging herum, ein Feuer brannte im Garten, und Aida stand auf und sang: *Schöne Nacht, oh Nacht der Liebe …* einfach so in den Abend hinausgesungen, eine große Arie breitete sie mit großer Stimme wie einen Liebesteppich aus.
Oskar und Ulrike kamen aus dem Harz, es wurde Hasch geraucht, Ulrike redete vom Sterben. *Sie ist depressiv,* sagte Oskar.

Christian kam aus Erbach im Odenwald, er wollte mich wiedersehen, achtzehn war er jetzt und sollte Abitur machen. *Wie schön, dass du da bist, komm, lass uns weg hier, ich zeige dir den Hamburger Hafen,* sagte ich in aufmunternd hoher Stimmlage. Wegdrängen das Grauen.
Ilse fehlt mir so sehr, ich fühle mich allein in der Familie, die Mutter lebt völlig zurückgezogen, sie kommt kaum aus ihrem Zimmer heraus, sagte er. Er habe Ilse nicht im Krankenhaus sehen wollen, er habe es nicht geschafft, jetzt mache er sich Vorwürfe, sie allein gelassen zu haben, sagte er. Dabei war es dieser jüngere Bruder, den Ilse in der Familie als Einzigen an ihrer Seite gehabt hatte.
She's a rainbow. Dieser übermütige Song der Rolling Stones war die Lieblingsmusik in dem Sommer, an diesem Abend hörten wir die Platte und tanzten.

Dann kam Ernst, zum ersten Mal mit seiner Freundin. Sofort zettelte er neue Themen an: *Ihr müsstet mal die Bild lesen, dann wüsstet ihr, wie die Leute denken.*
Man erfährt nirgends etwas über die Hintergründe, gab ich zu

bedenken, als ob ich wahnsinnig danach gesucht hätte.
Der Schah-Besuch in Berlin, weswegen wurde dieses Polizeiaufgebot für nötig befunden? Was wollte der Schah in Deutschland, weißt du das? fragte Hans.
Ja, der Schah aus Persien, das war gar nicht mehr Persien, der Reza Pahlawi hat das Land in Iran umbenannt, der hatte den Plan, sich zum Kaiser vom Iran krönen zu lassen. Seinen Hofstaat, die Verwaltungsbeamten, den Reichtum, den er für Hofhaltung und Militär brauchte, hat er aus den Dollars der britischen Ölkompanie bezogen. Die beutet seit Jahrzehnten den Rohstoff in Persien aus. Deswegen besucht er den Lübke in Berlin und De Gaulle in Paris, er genießt das Gepränge, pflegt die Diplomatie, knüpft wirtschaftliche Kontakte, seine Souveränität ist damit anerkannt.
War es so, dass der seine eigenen Sicherheitskräfte mitgebracht hatte?
Ja, das ist bekannt, die Hurrarufer, die dann auch geknüppelt haben.
Ja, das macht ein Herrscher, der nur sein Herrscherhaus regiert und die Bauern in der feudalen Ausbeutung zurücklässt. Aber das war ja nicht alles, das war nur der Anlass, es ging noch um etwas anderes. Die Bundesrepublik probt den Notstand. Die Große Koalition will die Notstandsgesetzgebung durchsetzen. Es gibt ja keine Opposition mehr im Bundestag.
Was hast du vor? Willst du bei der APO mitmachen?
Auf jeden Fall gehe ich im nächsten Semester nach Berlin. Die Eltern wissen das noch nicht. Wir wollen dahin, wo politisch was los ist. Was hast du vor?
Ich muss zwei Examensarbeiten schreiben, sagte ich, *es gibt nicht viel Zeit für anderes.*
Achte mal auf das, was geschieht, davon hängt etwas für dich ab, für dein Leben, das kann dir nicht egal sein, sagte Ernst zum Abschied.
Ich wollte gern viel mehr und allein mit ihm sprechen, ich wollte über die Freundin reden. Aber jetzt ging es um andere Themen, die politischen Ereignisse waren wichtiger, die Zeit reichte nicht, um zu begreifen, warum da protestiert wurde.

Trotzdem: Ich packte den Rucksack und fuhr mit dem Bus zum Ochsenwerder Elbdeich, in den anderen Garten. Ins Gras legen und lesen, ja, was denn …

O flaumenleichte Zeit der dunklen Frühe!
Welch neue Welt bewegest du in mir?
Ein Gedicht von Eduard Mörike, das ich zu deuten hatte … leise sprach ich vor mich hin. Da sagte Elke: *Oh ja, gib mal her das Buch, das passt doch, hör mal:*
Was ist's, dass ich auf einmal nun in dir
von sanfter Wollust meines Daseins glühe?
Ich las laut weiter;
Und welch Gefühl entzückter Stärke,
Indem mein Sinn sich frisch zur Ferne lenkt …
Und noch einmal, und laut erhob sie ihre Stimme und deklamierte unseren neu zusammengestöpselten Gesang zu zweien am Sommermorgen:
Auf einmal blitzt das Aug', und, wie ein Gott, der Tag
Beginnt im Sprung die königlichen Flüge!

Ja, die Tage begannen mit diesem Sprung, es war aufregend, es blieb hektisch, es war so viel los in den Sommergärten hinter dem Deich. Dabei mussten wir doch arbeiten, mitten im Juli waren wir schon. Zwiegespalten war ich und in Gedanken woanders. *Wir müssten, glaube ich, weg von hier und richtig zusammen sein, allein,* sagte ich zu Helle, *wir sehen uns ja kaum noch, merkst du nicht, dass wir gar keine Zeit für uns allein haben? – Du hast recht,* antwortete er, *komm, lass uns sofort losfahren, wir haben das Auto und nehmen das Zelt mit. Unterwegs sind wir allein.*
Am Hennestrand fanden wir einen reizenden, abseits gelegenen Bauernhof, fragten bei den Leuten, ob wir ganz hinten in ihrem Garten ein kleines Zelt aufbauen dürften. Da lagerten wir, ein paar Schritte von der Nordsee entfernt, vor dem Westwind geschützt hinter einer Wildrosenhecke.
Tag für Tag wanderten wir vom Zelt ans Wasser, lagen im Sand, lasen und schwammen. Wir wanderten vom Meer in den Garten und kochten auf dem Campingkocher Spaghetti. Abends ein Fingerhut dänischen Aquavit mit den freundlichen Menschen aus dem Sommerhaus. So klein die Gläschen und so wunderbar würzig, geradezu erregend schmeckte dieser Schluck Schnaps, Sehnsüchte hüllten uns ein. Wieder lagen wir in den Nächten eng beieinander, in

Erwartung von etwas, das nicht sein durfte. Sommerhitze, Wind und wilde Rosenbüsche und die Sehnsucht, das blieb so.

Es war Hochsommer, Sturm an der Elbe, Wellen schlugen an den Deich, im Garten dufteten noch die Wildrosenbüsche. Der August hatte begonnen.
Im Postkasten lag der große Umschlag vom Prüfungsamt, die beiden Examensthemen wurden bestätigt, ab jetzt zählte jeder Tag, zweimal sechs Wochen, dann musste jeder zwei Abschlussarbeiten abgegeben haben.
Auf der Rückfahrt von Spanien erreichte schließlich auch Harald das Haus hinterm Deich und wollte seine Freunde aus Berlin treffen, Wanja war mit seiner Freundin schon angekommen. Wieder gab es hitzige Debatten.
Dieter und Aida setzten sich dazu, alle saßen bis tief in die Nacht im Sommergarten und sangen, und dann war es wieder so weit. Aida stand auf und sang verführerisch, aufreizend, laut und unverschämt schön in die warme Sommernacht: *Schöne Nacht, oh, Nacht der Liebe* … diese herzerweichenden Sehnsüchte in der Barkarole aus Hoffmanns Erzählungen von Jacques Offenbach.
Dann fuhr Hans mit seiner Freundin und Jiri und Ewa auf die Nordseeinsel Fanö.
Ruhe kehrte ein, ich saß wieder im Garten und schrieb. Endlich waren Helle und ich ganz allein.
Ach, dieser wunderbare Sommer in dem Haus an der Elbe, das unser erstes eigenes Zuhause wurde. Immer noch betörend die Wärme hinter der Wildrosenhecke, der Geruch, den die roten Blüten verströmten, die Erregung über diese wilde Abgeschiedenheit, das Arbeiten und die Gelüste, Abend für Abend die Gespräche und Diskussionen, alles war voller Verheißung.
Und immer noch, auch im späten August, sogar noch im September saß ich am Blechtisch im Garten und schrieb, die zweite Arbeit fürs Staatsexamen musste fertig werden. Nur noch der Garten in Moorfleet, der Gartentisch, auf dem die Schreibmaschine stand, Sichtschutz, Sonnenschutz und der Geruch von Sommer. Zu dem gehörte auch der Geruch des Brackwassers der Elbe, Süßwasser, das sich mit Nordseewasser mischte. Große Erwartungen lagen über

diesen Wochen. Das Studium würde zu Ende gehen, die Bewerbung zum Referendariat war eingereicht, ich kannte bereits die neue Dienststelle, die in der Schulbehörde für mich zuständig wurde.

Irgendetwas änderte sich. Ich glaube, es war, dass der Sommer klammheimlich verschwand. Stürme fegten über den Deich. Unruhe und Bangigkeit drängten sich in die Gedanken.
Die lässigen Stunden mit der Freundin. Ich traute mich nicht mehr, in diesem herrlichen, niemandem so recht bekannten Garten in den einsamen Marschwiesen der Vierlande in den Tag zu leben. In Gesprächen mit der Freundin die Zeit zu vergessen in unserem *Tusculum*. Ich wusste jetzt, woher dieses Wort kam. Elke hatte mir das Reclam-Bändchen geschenkt, Cicero lebte in der Nähe der Stadt *Tusculum* im Hinterland von Rom auf einem Landgut. In der frischen Luft der Berge versammelte er seine Freunde um sich, wohlhabende und gebildete Menschen, die in der Nähe ihre Villen hatten. Sie kamen zusammen, um über Leben und Politik zu diskutieren, das wurden die Gespräche in *Tusculum*, die Cicero aufschrieb.
Eine gewisse Unruhe, eine Nervosität mischte sich überall ein. Plötzlich drängte die Zeit. Nach den schriftlichen Arbeiten würde man die mündlichen Prüfungen vorbereiten müssen. Stapel von Büchern lagen auf dem Schreibtisch und mussten gelesen sein, bevor man die Literaturlisten für die beiden Fächer zusammenstellen und im Prüfungsamt einreichen konnte.
Zur Ablenkung ging ich hinter die Wildrosenbüsche, betrat das Feld, suchte einen großen Kohlkopf aus, schnitt ihn ab und machte mich rasch vom Acker. Zum Abendessen ein Kohleintopf für die Kommune, Rindfleisch musste noch besorgt werden. Alle hatten Hunger auf Fleisch, doch mir verging der Appetit, als ich an die geistigen Verrenkungen dachte, die ich gleich wieder würde vollbringen müssen.
Ich war noch nicht Lehrerin, aber ich sollte ausführen, mit welcher Methode man Schülern Dichtung nahebringen könnte. Allein schon dieser Ausdruck war so vorsichtig, so ungewiss. Der reine Genuss an einem schönen Herbstgedicht von Mörike zum Beispiel reichte nicht aus, um Gegenstand des wissenschaftlichen Nachdenkens zu werden. Es gab nie den direkten Weg, um sich eine Sache zu erklären.

Sich der Literatur anzunähern, sie zu verstehen, das musste als hermeneutisches Problem aufgefasst werden. Mit diesem Wörtchen ‚als' schob sich vor den einen, den, so dachte ich, eigentlichen Gegenstand ein anderer, nämlich eine Anordnung, als was man den Gegenstand verstehen sollte. Mindestens eine Verdopplung also, wenn nicht ein Gegenstandswechsel, oder? Ich wollte das mal mit den anderen besprechen. Dass man mit einem Verstehensproblem zu tun hatte, das musste man zuallererst mal *verstehen*, und das war doch eine Zumutung an das Denken.
Ach, sie sollte endlich vorbei sein, diese Art des Nachdenkens! Wir wollten endlich die politischen Ereignisse begreifen, die um uns herumtobten, unbedingt politische Praxis betreiben. Nichts mehr schreiben.

Es war ein stürmischer Tag. Der Wind fegte über den Deich, als ich die erste Arbeit ins Schreibbüro brachte, um sie ordnungsgemäß abtippen zu lassen. Dann fuhr ich in die Staatsbibliothek, um die Bibliographie für die zweite Arbeit zu recherchieren. Abends kam wieder die Nervosität, die sich auf den nächsten Tag richtete, das schlug mir auf den Magen, ich mochte nichts essen, ich hatte Bauchweh, genauso wie in der Zeit, als ich das Abitur gemacht hatte. Ich schlief zu lange, alle waren schon weg, der Sturm raste, als ich das Haus verließ, um wieder in die Stadt zu fahren. Schaumkronen tanzten, Böen trieben Wellen gegen den Deich.
Am frühen Nachmittag hörte ich, wie der Sturm um den Philosophenturm heulte, ich beschloss zurückzufahren, den Termin bei der Ärztin sagte ich ab. Ich wusste, dass sich Sturm in der Stadt anders anfühlte als das, was man dann auf dem Deich zu spüren bekam: Scharfe Böen griffen den klapprigen Renault von der Wasserseite an, nur schwer konnte ich gegensteuern. Die Wellen schwappten an die Deichkrone. Hin- und hergeworfen und herangestoßen an die mit Teer bedeckte Böschung, so fand ich das Segelboot vor unserem Haus. Zum Glück war Usch da. Mit wildem Eifer, unter Aufbietung aller unserer Kräfte zogen wir an dem Boot, das sich aufbäumte, zurückkippte und in den Wellen herumschlingerte. Hans würde es nicht verstehen, wenn wir das nicht zustande brächten. Wir schoben und zogen wieder und wieder, mit jeder Böe

wollten wir das Boot ein Stück höher bringen, wollten es unbedingt aus der Zone herausschaffen, in der es den Kräften des Wassers ausgeliefert war. Schwere Wolkenmassen rasten über den Himmel, es regnete, es wurde dunkel, wir standen bis zu den Knien im kalten, schäumend dreckigen Elbwasser, in dem Holzstücke und Plastikteile herangeschwemmt wurden. Vergebens arbeiteten wir gegen die Kräfte des Windes und der Flutwellen an.

Wann würde das Boot bersten, wann das Wasser die Böschung überschwemmen? Wo blieben die anderen, würden die überhaupt noch die Deichstraße passieren können? Da kam ein Mercedes den Deich entlanggefahren und hielt an. Heraus stieg mein Vater! Mit ihm sein Fahrer. *Hallo, mein Pubbe, ich wollte nur mal schnell vorbeischauen und guten Tag sagen.* Was für ein Glück, zu viert schafften wir es! Das Boot lag auf der Deichkrone. Ich ging ins Haus, zog trockene Kleidung an und setzte einen Kessel mit Wasser auf. Eine Kanne starken Darjeeling, und in die Tassen kam ein ordentlicher Schuss Rum. Und noch eine Tasse und noch ein Schuss, wohlige Wärme stellte sich ein und auch ein feiner Schwips. Hier drinnen unter dem Strohdach des alten Bauernhauses hörte man den Sturm an den Fensterläden rütteln, aber die Ängste wogen nicht mehr schwer. Ich trank noch ein Gläschen Rum. Der Vater musste wieder los, und der Bruder kam.

In dieser Nacht schlief keiner. Wir waren alle zusammen, abwechselnd hielten zwei die Wache, immer in der Erwartung, dass der Deich überflutet würde. Helle hatte das Auto in Fahrtrichtung Stadt geparkt, damit es schneller ginge, wie er meinte. Ich sollte mir in erster Linie keine Sorgen machen, sagte Hans. Am Morgen, beim Frühstück am Küchentisch, sah ich neben der Haustür einen kleinen schwarzen Koffer abgestellt. *Was ist das?* fragte ich. *Das ist meine Doktorarbeit,* antwortete Hans. Nur, um sie nicht zu vergessen, wenn man sich doch überstürzt hätte in Sicherheit bringen müssen?

Also doch, natürlich hatte er sich Sorgen gemacht und Vorsorge getroffen, und was war mit meinen Arbeiten zum Staatsexamen? Nicht einen Moment hatte ich an die gedacht, und er auch nicht.

Gab es denn eine Überflutungsgefahr? fragten wir den Nachbarn.

Nee, sagte der Vierländer Bauer Prorock, *das is ja nun so, das gibt's hier nun nich mehr.* Er sagte das in diesem ruhigen Singsang von oben nach unten das „Nee", gedehnt und in tiefer Ruhe das Folgende. Wenn Sturmflut gemeldet würde, dann würde die Hafenbehörde den Seitenarm der Elbe, die Dove-Elbe, vollaufen lassen, und bei einem bestimmten Wasserstand würde sie die Eisentore schließen, und *dann is ja alles gut, nich*? Ja, so war also alles geregelt, es gab die hohen Schutzdeiche, seit der großen Flutkatastrophe von 1962. Nun wussten wir das auch. Unser Haus war sicher und der richtige Ort für uns.

Ich musste aber wieder nach Kiel fahren, die Mutter bestand darauf, dass die Tochter nach Hause gehörte, immer dasselbe, ich hätte ja Semesterferien, meinte sie, arbeiten könnte ich auch in Kiel. Als sei ihr nicht klar, dass ich längst woanders lebte. Dass ich nach Moorfleet gehörte, in mein Zuhause.

Es lag aber am Geld, ich konnte nicht mehr jobben und hatte kein Geld, um mich selbst zu verpflegen.

Zum Glück kam Ernst angefahren, er hatte sich in Hamburg ein Auto gekauft und erzählte auf der Fahrt nach Kiel von den letzten *hearings* in Tübingen, im Februar sollte es in Berlin eine Vietnam-Konferenz geben: *Da musst du unbedingt kommen, das wird dir gefallen, mach das, lass alles andere sausen …*

Ende Oktober brachte ich die zweite Arbeit ins Schreibbüro, schließlich beide Manuskripte zum Buchbinder und dann ins Prüfungsamt. Das war nun in Ordnung, ich bekam die Termine für die mündlichen Prüfungen. Helle fuhr mich nach Hause, ich legte mich sofort ins Bett, zog die Decke über den Kopf und wollte erst mal nur noch schlafen.

Am nächsten Tag machten wir beide einen gemütlichen Stadtbummel, besuchten Ewa und Bernaci im Biochemischen Institut, bekamen die Rattenfütterung vorgeführt und auch noch die Liquidation. Wissenschaftlich, sachlich, nahm er eine Ratte und killte sie. Mir wurde schlecht, wir hauten ab.

Später kuschelten wir uns in unserem Haus auf der roten Decke zusammen, das tat gut. Dann noch zum Korbmacher in Moorfleet, und ich durfte mir mein Geburtstagsgeschenk bestellen, wir hatten einen langen süßen Mittagsschlaf. Schließlich nahm ich den Kalender hervor, es war Anfang November, und ich zählte die Tage bis zur ersten mündlichen Prüfung. Am nächsten Morgen fuhr Helle mich in die Stadt, dieses Mal gab es keinen Grund, den Termin bei der Ärztin abzusagen.

Der Sturm jagte über den Deich, der Wind trieb Wellen heran. Ich ging auf der Deichstraße zur Telefonzelle, noch an diesem späten Nachmittag, als die Dunkelheit schon hereingebrochen war. Ich stemmte mich gegen den Wind, der seitwärts vom Wasser herantrieb, und spürte eine Kraft, als könnte nichts, rein gar nichts mehr, ein Widerstand sein, nie mehr.
Ich war so glücklich. Ich jubelte und rief in die Dunkelheit dieses Novembertages über den Deich: *Lieber Gott, ich danke dir für dieses Geschenk!* Schnell wollte ich wieder bei Helle sein, es durfte, es würde ja alles weitergehen. Es gab nichts Schweres mehr, die Schatten der Sorge waren schon weggeblasen.

Die Straßenlaternen erleuchteten die Deichstraße, ich kannte den Weg, jeden Abend gingen wir in der Dunkelheit ganz hinunter bis zur Kneipe und dann wieder zurück. Es dauerte zehn Minuten, ich überlegte, was nun kommen würde, ich wollte es schnell hinter mich bringen, sie würde sich bestimmt auch freuen. Als ich die Telefonnummer gewählt hatte, klingelte es nur zweimal, dann war die Mutter schon dran.
Ich muss dir etwas sagen, begann ich sofort, ich bekomme ein Kind.

Die fünfte Jahreszeit

Ich überlege hin und her, vor und zurück.
Innehalten, Luft holen, Abstand kriegen zu den hin und her wirbelnden Ereignissen in jenem Sommer, dem aufregenden Leben in der Moorfleeter Kommune …
Ich bin zurück in der Gegenwart, in dem Haus auf dem Kalksteinplateau.
Hier ist es freundlich und warm, und es bleibt warm bis Dezember, es ist diese ganz besondere Jahreszeit.
September 2014, an einem Nachmittag auf dem Liegestuhl unter den Flaumeichen. Wind streicht sanft über die Hügel.
Es ist schon spät im Jahr, aber der Sommer hält an. Die Zeit bleibt stehen. Verwundert stelle ich fest: Es geht noch weiter.
Die Zypressen, der Himmel, zart, durchsichtig und frisch ist die Himmelsbläue über dem grünen ‚Gras de Naves', das Licht des Südens dringt bis in die letzte Ecke, keine Wolke, alles liegt frisch unter dem leuchtenden Licht. Keine Zikaden. Keine Vögel. Alles verharrt in tiefer Stille.
Die Blüten von Oleander und Passiflora, die Früchte im Granatapfelbaum, die roten Beeren der Berberitze. Fülle und Pracht des Lebens, damals und heute …
Das ist sie, diese besondere Jahreszeit: *Wenn der späte Nachsommer im Verklingen ist und der Herbst noch nicht angefangen hat-: dann ist die fünfte Jahreszeit*, lese ich bei K. Tucholsky.

Die beiden Kleinen sind mit den Eltern ins Südhaus gekommen.
Steintreppen, Steinmauern, Wasserbecken, Felsplatten, kratziges Gebüsch, Wespen, Mücken? Werden sie das schaffen? *Pas de souci* – da stehen die Laufräder, gleich nach der Ankunft ziehen sie die ersten Runden durch den hellen Kies, steuern holprig über die Böschungen und erreichen den *chemin*, der aus Schlaglöchern besteht. Da muss ein Großer aufpassen, ein bisschen schieben, und zurück lässt man sich gern tragen, *voilà*. So geht das.
Der nächste Tag ist aufregend, die Sonne sehr warm und dann dieser Fluss, der immer in Bewegung ist und zwischen den Steinen vorbeisaust.

Abends sitzen wir im großen Raum, draußen weht der Wind. Catherine überlässt die Kinder Klaas, sie will jetzt endlich auch Fisch essen, der wird noch einmal aufgewärmt. Sie trinkt ein Glas Chardonnay und entspannt sich, weil nun der Abend beginnt. Da kommt Klaas hoch und bringt Yves wieder mit. Der kann nicht einschlafen, er schafft es nicht. Catherine nimmt das Kind auf den Arm, geht mit ihm ein bisschen beiseite, *magst du noch etwas essen, ein paar Nudeln,* fragt sie, setzt sich an den Tisch in der Küche, mit dem Rücken zu uns, Yves auf dem Schoß, füttert ihn Nudel für Nudel, er greift auch in den Teller. So sitzen die beiden eine Weile, dann steht sie auf, geht die Steintreppe im Dämmerlicht hinunter. Es ist Nacht, das soll er merken, sie legt ihn in den Wagen und fährt langsam im Innenhof auf und ab.

Am nächsten Morgen: *Wollen wir jetzt mal zu Annick gehen und guten Tag sagen, sie ist unsere Freundin nebenan und hat eine Katze? – Ja, Niek*, sagt Nikolas, *Niek,* echot Yves, *Katse, Niek, Katse sehn, Niek, Haus,* so setzt sich der Treck unter vielfältigen Gesprächen wieder in Bewegung und walzt schließlich zu Fuß durch den Garten, dann durch Oregano, kratzige Schlehen, über Steine, durch Gerüche, vor allem gern die Kaka von den Eseln betrachten, die auf der Wiese nebenan auch schon zu sehen waren! *Kaka? Liegen lassen, bitte,* sage ich, und umso lieber treten sie schön drauf rum. Dann kommt die Katze aus der Tür, dann Annick, Yves gibt ihr *bisous*, Kopf an Kopf die beiden, und dann alle durch den Garten auf die Wiese zu den Eseln.

Maria, sagt Nikolas, schaut zu mir auf, *ja, Nikolas*, er sitzt behaglich auf meiner Hüfte und schaut von da aus zu, wie sich die Ohren der Esel bewegen. *Joànnn, wo is Joànnn,* der ist mit Yves schon da vorne. Mit der Anrede, diesem Wechselgesang, geht es nun immer los, den Namen rufen, und dann ist der da, den man haben will, das klappt, eine Woche der großen Entdeckungen, die Namen für Menschen ausprobieren.

Am nächsten Vormittag aber steht Yves im Eingang des unteren Badezimmers und weint. Man hört es durch das ganze Haus, ich gehe hinaus, er weint noch lauter, ich nehme ihn auf den Arm und

tröste.
Katrina hatte den Wäschekorb auf den Trockenplatz getragen, jetzt kommt sie herbei und spricht zu ihm: *Ich war dahinten, das ist alles sehr übersichtlich,* sagt sie mit ruhiger Stimme, *es ist eigentlich alles in Ordnung. Es sei denn, ja,* sie nimmt den Kleinen und drückt ihn fest an sich, *es sei denn, man hat eine sehr große Sehnsucht – dann muss man das natürlich anders lösen.* So gehen sie im Gespräch herum, Yves ist ruhig und hingegeben und drückt seinen Kopf an ihren Kopf.

Heute muss die Mama früh am Morgen weg, sie hat sich einen feinen Rock angezogen und eine Kette um den Hals gelegt, dann fährt sie mit dem Auto los, weiter mit dem Zug nach Basel, dort muss sie bei einer Tagung sein, hat der Papa gesagt. Sie werden bald zwei Jahre alt, und deswegen können sie die Nacht allein mit dem Papa verbringen, zum ersten Mal.
Es wird Abend, und es kommt die Nacht, um zwei Uhr nachts stehe ich am Küchenfenster und schaue in den mondhellen Garten. Alles ist ruhig, duftend, warm, aber an Schlaf ist nicht zu denken hier im Süden, wenn Vollmond ist. Ich höre die Stimmen der Kinder, der eine ist aufgewacht und schreit, der andere erwacht und schreit auch. Das geht eine Weile, ich überlege, wie lange ich warten soll. Dann erwacht Klaas, das hört man. Was geschieht jetzt wohl da unten, soll ich helfen? Wenn er mich nicht ruft, tue ich nichts, rede ich mir gut zu.
Am nächsten Morgen erzählt er, dass er das Weinen seiner Kinder in seinen Traum eingebaut habe, er sei wohl erst später aufgestanden. Yvchen bekam die vorbereitete Milchflasche und ließ sich beruhigen, dann bekam Nikolas seine. Anschließend waren beide fit und tobten frisch los. *Ich war ratlos,* sagt er, *was sollte ich tun? Sie rennen durch das Zimmer, hangeln sich schon die Stufen zum Bad hinunter und tapsen im Halbdunkel über die kühlen Fliesen, machen sich am Klodeckel zu schaffen, da habe ich gesagt: Kinder, was wollen wir jetzt denn machen, wir sind allein, die Mama ist nicht da, was machen wir? Da gehen beide die Treppe hoch ins Schlafzimmer, zu ihren Betten, sagen: Da, da, da. Sie wollen zurück ins Bett.*

Ein paar Tage später fahren wir sechs ans Mittelmeer. Es ist immer noch die fünfte Jahreszeit, in Marseillan-Plage ein Hotel, wir die einzigen Gäste, die Saison geht zu Ende. Das Meer liegt warm, still und tiefblau hinter dem weiten weißen Sandstrand, die Kinder rennen die Dünen rauf und runter, schaufeln Wasserkanäle ... Vier Tage noch, dann bringen wir sie zum Flieger nach Béziers, wir sind allein. Mittagessen am Étang, in spätsommerlicher Wärme.

Etwas verändert sich.
Wind stürmt schwere Wolken über das Mittelmeer, dann wieder gleißendes Sonnenlicht, sanft wiegt das Dünengras, duftende Wildrosenhecken, Schatten im Pinienwäldchen.
Mücken spielen im schwarz-goldenen Licht, im Licht sind wirklich schwarze Töne, tiefes Altgold liegt unter den Buchen, Pflaumenblau auf den Höhen ... kein Blatt bewegt sich, es ist ganz still. Blank sind die Farben, der See liegt wie gemalt, es ist ganz still. Boot, das flussab gleitet, Aufgespartes wird dahingegeben – es ruht.
So vier, so acht Tage –
Und dann geht etwas vor.
Eines Morgens riechst du den Herbst. Es ist noch nicht kalt; es ist nicht windig; es hat sich eigentlich gar nichts geändert – und doch alles. Es geht wie ein Knack durch die Luft – alles hat sich einen Ruck gegeben, dahin der Zauber, der Bann ist gebrochen ...
So lese ich bei K. Tucholsky über die fünfte Jahreszeit, 1929, ein Essay.

Am nächsten Morgen: Wolken hängen schwarz über dem Gebirgszug der Cevennen, von dort bläst der Wind, Herbststürme deuten sich an, die berüchtigte *épisode cévenole*? Johann schwimmt mit Kraft durch die hohen Brandungswellen und will unbedingt noch einmal zum Hafen gehen und dort Sardinen essen.
Dann geht die Fahrt zurück, eintausendfünfhundert Kilometer in den Norden, unterwegs durch Südfrankreich, Sonntagsnachrichten von rund ums Mittelmeer:
La Mer Méditerranée, Sommer, Meer, Urlaubsparadiese im September 2014: Für Libyen zum Beispiel spricht das Ausländische Amt eine offizielle Warnung aus. Alle ausländischen Touristen sollten ausreisen, es gebe Kämpfe unter den aufgelassenen Truppen, Milizen

setzten Ölraffinerien in Brand.
Im Gazastrefen habe sich die Hamas geweigert, die Waffenruhe um ein paar Stunden zu verlängern, und Angriffe gestartet. Israel habe das Recht, sich dagegen zu wehren. Ergänzend die FAZ: Wohin die Menschen in Gaza auch fliehen, überall müssten sie sterben, überall seien sie lebensgefährlich bedroht, sagt der Reporter so, als ob diese Brutalität zwingende Logik des berechtigten Rückschlagens der Israelis sei …
Frankreichs Präsident Hollande will die Waffenlieferungen an Russland auf jeden Fall fortsetzen. Bestehende Verträge könne man nicht auflösen, erklärt er. Deutschlands Außenminister Steinmeier sagt im Wocheninterview des Deutschlandfunks, das müsse man akzeptieren, man könne sich die Verhältnisse nicht schöner reden. Dabei seien die Sanktionen gegen Russland besser als ein Militärschlag. Das sei eine Politik der Stärke, das will er dem Volk, das auf Vergeltung dringt, an diesem Sonntag klarmachen.
Immer noch Bürgerkrieg in der Ukraine, der Westen straft mit den scharfen Waffen einer Sanktionspolitik. Das trifft die Handelsbeziehungen zu Russland, die Gasgeschäfte, ärgerlich allerdings, dass Frankreich sich nicht in den Beschluss eines Embargos füge. Ein Wirtschaftskrieg ist offensichtlich nur dann eine scharfe Waffe, wenn alle Partner mitziehen, sonst ist der eigene Schaden am Ende größer als der des Feindes.
Zum Schluss noch eine Glosse zu Spanien, der Reporter der FAZ fragt sich besorgt: *Können sich die Spanier noch ihre Siesta erlauben?* Nein, sagt der Mitteleuropäer, das ist ja Wahnsinn, mittags nicht zu arbeiten.

Am Montagmorgen, gerade eben haben wir die bunten Weinhänge der Vogesen hinter uns und fahren durch die Pfalz nach Norden, da hören wir die neuesten Meldungen vom Mittelmeer: schwere Verwüstungen und Überschwemmungen am Cap d'Agde. Das Mündungsgebiet des Hérault, Flutwellen, die in den hochgelegenen Gebirgsflüssen der Cevennen anschwellen und herabstürzen, der Hérault ein reißender Fluss, überschwemmt einen Campingplatz, reißt Autos und Menschen mit sich fort, die Kais sind überflutet.
So geht dieser Sommer zu Ende.

Verwüstend der Beginn des Herbstes.
Wo wir vor ein paar Tagen noch bis tief in die Nacht am Meer gespeist haben, toben die Brandungswellen und ziehen Tische und Stühle ins Meer. Wir werden durch die Radiokommentare ein weiteres Mal daran erinnert: Es gibt nicht mehr gutes oder schlechtes Wetter. Wir haben jetzt ein Klima. Das Klima wird gerade zerstört, das geht kaputt, und zwar global, was auch sonst. Das Klima ist die Katastrophe, und wer ist davon der Täter?
Die Menschheit natürlich, sagen die Menschen und reklamieren mit ihrer Klage höchste Dringlichkeit und auch Rechtfertigung. Mit dem Wörtchen „eigentlich" könnte alles besser sein, wenn … alle weniger Fleisch essen und mehr Fahrrad fahren …
Stimmt, sagen die maßgeblichen Lenker des Landes, teilen diese Werte und begrüßen die Taten, dann gehen sie ungestört an ihre Arbeit und tun, was ihre Ämter und die harte Wirklichkeit auch im Namen des Klimaschutzes erfordern: Klimaabkommen, damit sich auch wirklich alle Nationen Selbstbeschränkungen auferlegen, weil Klima alle betrifft … also neue Energieprodukte, Sonnenenergie, Windräder, Offshore-Parks, Elektroautos …
Eins bleibt sonnenklar: Das gewinnorientierte Wirtschaften ist die bestimmende Größe, und Wachstum muss sein, und das unterstützen sie konsequent mit alternativer Energiepolitik. Insofern wird das alles zusammen die nächsten Zerstörungen von Menschen, Campingautos, Häusern, Dörfern, Flüssen, Meeren, Bergen und Buschwäldern zustande kriegen.

Am Abend Ankunft in unserem Dorf, in jeder Hand eine Tasche gehen wir langsam durch den Garten, schauen uns um, da hören wir Stimmen: *Da sind sie, sie kommen drüben entlang, hier ist ja die Tür zu.* Die zwei Großen, die zwei Kleinen, alle stehen zum Empfang bereit, ganz offensichtlich. Wie lange warten sie da schon? Ich breite die Arme aus, Nikolas springt hoch, mit Armen und Beinen umklammert er mich. Yves hievt sich an meinen Beinen hoch, ich helfe nach und dann sitzt er daneben. Alle beide, sagt Nikolas zufrieden.
Später sitzen wir um den Gartentisch, die Nudeln liegen auf dem Teller und kleine Gurkenstücke, und man kann eines nach dem

anderen in den Mund legen. *Willst du auch eine?* Nikolas will aus dem Kindersitz raus und zu mir auf den Schoß. *Nein, sie isst, und du isst hier auf deinem Stuhl, und wenn alles fertig ist, gehst du zu ihr,* sagt Katrina klipp und klar und erklärt mir: *Das lernen wir gerade, dass jeder auf seinem Platz sitzt und isst und hinterher wird gespielt.*
Ich verstehe es nicht, gerade läuft doch etwas Besonderes, die Freude des Wiedersehens, da muss man doch zusammenrücken … oder nicht?
Auch Yves versteht alles noch nicht richtig. Da war ein Tag, irgendwann war das, sie standen in der heißen Sonne alle zusammen vor dem Haus in den Weinfeldern, und die anderen sagten *tschüss*, und winkten, und dann stiegen sie in ein Flugzeug, und er wusste ja nicht, was daraus wird …
Und nun sind sie plötzlich wieder da – woher, warum, nichts versteht man ganz. Deshalb geht er erst mal zu den Baggern in der Sandkiste. Ich setze mich mit Nikolas auf die Gartenliege und dann – Yves verlässt die Sandkiste, schaut herüber, kommt herüber, es geht ganz schnell, er steht vor mir, kommt dicht und legt seinen Kopf in meinen Schoß.

Wieder ein Amtssitz: das siebte Elternhaus

Zunächst begann eine festliche Zeit. Jetzt, da die Dinge diesen Verlauf genommen hatten, wurde alles anders. Mein Liebster nahm mich in die Arme und sagte: *Komm, agapi mou, lass uns feiern, alles ist gut jetzt.*
Vorsichtig, scheu, nein, gelassen taten wir endlich das einzig Richtige, wir liebten uns. Es war das Einfachste und Normalste von der Welt. Hinterm Deich pfiff der Wind, wir fühlten uns festlich und frei. Wir verließen unser Zimmer nicht mehr, sprachen miteinander und planten, holten erste Erkundigungen ein. Ich hatte plötzlich großen Appetit auf Äpfel und glaubte auch, jetzt immer schlafen zu müssen. Aber wir lernten gemeinsam für die Examensprüfungen, die im Dezember stattfinden sollten. Das Leben war wieder aufregend schön.

Wir machten dort weiter, wo wir im Sommer aufgehört hatten. Jetzt hatten wir Liebesnächte, doppelt und dreifach. Vom ersten Moment an waren wir zu dritt. Dieses Geschenk machte schließlich im November auf sich aufmerksam, es wurde Zeit, dass ich es beschützte. Ja, irgendwie wussten wir es beide, es hatte diese Sommernacht gegeben. Das kam nicht *en passant*, nicht aus einer Stimmung heraus, nein, diesen Schritt hatten wir besprochen, es war ernsthaft, vielleicht angestrengt. Blöderweise hatte es wehgetan, dann hatte es noch geblutet. Wie die Kinder erschraken wir und ließen die Finger davon. Das war dann wohl der letzte Sommer der Kindheit gewesen. Jetzt, im November, war alles sonnenklar und leicht. Wir hatten allerglücklichste Tage und Nächte.
Der große Bruder, die anderen, die mit uns zusammenlebten – niemand, wirklich niemand, musste davon etwas wissen.

So war es gelaufen. Meine Erinnerung aber hatte sich bei einem anderen Bild festgehakt. Im Vordergrund, am oberen Ende des Schachtes, trug ich über die Jahre immer dieses Bild vom Deich mit mir herum: das Mädchen, das lostobt, noch am Abend desselben Tages, an jenem stürmischen Abend, allein über den Deich, um rasch dieses eine noch hinter sich zu bringen; das Mädchen, dem als Erstes eingefallen ist, dass man sofort die Mutter anrufen müsste. Aber so war es nicht, ich habe nachgelesen, nachgeforscht, und ich freue mich, dass ich im Wust der Kartons diese dünnen Hefte wiedergefunden habe. Die entwerfen etwas anderes.
Ich schob alles beiseite, wir blieben einfach in unserem Bauernhaus. Wir versteckten uns regelrecht, sprachen mit niemandem darüber, niemanden ging das etwas an. Es ging nur noch um uns beide, darauf bestanden wir – so einfach war das.
Erzähl doch mal von der Ärztin, was hat die denn gesagt, fragte mein Liebster, und dann musste ich erzählen, er hatte ja gesehen, dass ich geweint hatte. Aber nein, mit einem Schwung setzte ich mich neben ihn ins Auto, lachte und rief: *Los, fahr los, alles ist herrlich, ich bin gesund, ich erzähle dir alles.*

Es war gar nicht meine Ärztin. Ich war unglücklich, dass es nicht die stille und vernünftige Frau war, die ich gern mochte, weil sie ohne viele Worte machte, was nötig war, aber die war nun mal weg und ich musste diese forsche, dicke Frau ertragen, eigentlich eine Tierärztin! Nach der Untersuchung musste sie erst noch in aller Ruhe mit dem Verwalter ihrer Pferderanch in Spanien plaudern. Als sie sich mir wieder zuwandte, sagte sie: *Sie sind in der zehnten Woche, herzlichen Glückwunsch,* und sofort folgte die verwirrende Frage. Einfach so, umstandslos, fragte sie mich als Erstes nicht, wie es mir ginge, sagte nicht, was ich jetzt zu beachten hätte oder so ähnlich, nein, sie fragte, gegen wen ich mich denn nun verheiraten würde. Das war doch übergriffig, unmöglich, das ging sie nichts an, aber sie fragte nach dem Namen des Vaters, schob mir Tempotaschentücher und eine Tafel Schokolade über den Schreibtisch und meinte, das sei doch alles kein Problem – oder? Ich müsse nicht weinen. Aber ich war überwältigt, und ich nannte den Namen, und dann durfte ich gehen. Und als ich draußen war, war alles gut …

Es blieb aber nicht so. Warum eigentlich nicht, warum um alles in der Welt konnte es nicht so bleiben?
Ich sprach schließlich mit Hans, dem erzählte ich alles, und der war es, der aussprach, was ich auch wusste: *Hast du Mutter schon angerufen? Das musst du jetzt tun.* Warum stand mir das bevor? Warum gab es jetzt noch etwas, das mir Angst machte?

Erst viele Tage später machte ich mich auf diesen Weg.
Sturm jagte über den Deich, trieb die Wolken über die unruhig schwappenden Wassermassen der Elbe, ich stemmte mich mit aller Kraft dagegen und überlegte, was nun kommen würde, ich wollte es schnell hinter mich bringen, sie würde sich bestimmt auch freuen. Ich trat in die Telefonzelle, wählte die Nummer, ich hörte ihre Stimme und sagte: *Mutter, ich muss dir was sagen. Ich bekomme ein Kind. – Ach, mein Kind, was tust du uns an?* rief sie ins Telefon. – *Wieso denn das, das ist doch was Schönes! – Warst du bei der Ärztin? – Klar, warum fragst du das? Sie hat mir gratuliert und mir alles Gute gewünscht, ich bin in der zehnten Woche. – Du musst sofort nach Hause kommen. – Im Moment passt es nicht, wir lernen, wir wollen allein bleiben. – Das kommt gar nicht in Frage, was denkst du dir eigentlich?* Sprach's zu ihrer erwachsenen Tochter, und die hängte ein.

Etwas Fremdes machte sich breit, etwas, das nichts mit dem glücklichen Aufruhr zu tun hatte, den wir beide gerade erlebten.

Die Mutter kam und holte mich regelrecht raus.
Sie hatte ihre Schwester im Schwarzwald besucht. Jetzt kam sie in Begleitung ihrer Freundin bei uns an, meine Patentante setzte sie bei uns ab und fuhr weiter. Die Mutter saß in unserer Küche, es war schon spät am Abend, wir hätten ihr ja nun gern etwas erklären und es uns gemütlich machen können an diesem Winterabend, aber nein! Sie genoss die Rolle, hörte nicht hin, stand auf und sagte: *Jetzt fahren wir zusammen nach Hause, Vater will mit euch reden. – Wie bitte, jetzt noch? So spät? Warum geht das nicht morgen? Ich möchte schlafen gehen,* wandte ich ein. Aber darum ging es nicht. Um was es jetzt zu gehen hatte, das entschied sie: *Nein, wir fahren jetzt. Ihr gehört alle beide nach Hause.*

Am nächsten Morgen, Harald und Oluf waren leider schon in der Schule, niemand da, um die Stimmung zu prüfen. Wir kamen vom Frühstück im Esszimmer, da trat mir der Vater im Flur entgegen, und ich hatte noch den Eindruck, dass er schmunzelte, als ich ihn begrüßte. Oder war ihm die Situation peinlich? Nein, sie war ernst. Augenblicklich wurden wir aufgefordert, in sein Amtszimmer zu kommen. Der Vater nahm am Schreibtisch Platz, wir saßen ihm gegenüber, zwischen ihm und uns Akten, Aschenbecher, Zigarrenkasten, Kerzen und Kreuz. Er holte aus, im bekannten strafenden Ton: *Wisst ihr überhaupt, was ihr getan habt?*
Nein, wissen wir nicht, dachte ich, *wir lieben uns, wir wollen nichts gegen die Eltern tun.*
Schweigen. Peinliche Stille.
Wenn's das gewesen wäre, nein, der Vater nahm die andere Stimme an, die tiefe, drohende – dabei ist doch nichts Böses, eher was Wunderbares geschehen, rief ich ihm innerlich zu –, und sprach: *Die Ehe ist ein Sakrament, die wird vor Gott geschlossen, das habt ihr nun ganz allein gemacht. Deswegen seid ihr schuldig geworden, ihr habt eigenmächtig gehandelt, falsch und vorschnell, das ist eine Verfehlung vor Gott, da tut Vergebung not.*
Die göttliche Macht also. Konnte er befehlen, was wir zu glauben

hatten? Das Gebet, er zog es durch, gnadenlos, dann nahm er mit geübtem Griff die Zigarre wieder auf, zündete die Streichholzflamme, paffte eine süße Wolke über den Schreibtisch und wandte sich den irdischen Fragen zu. Weißt du, Helmut, dies ist meine Tochter, sie ist mein Ein und Alles, kannst du überhaupt für sie sorgen? Bist du bereit und überhaupt schon in der Lage, Verantwortung zu übernehmen, weißt du eigentlich, was da auf dich zukommt?

Wir sagten nichts. Diesem strengen Blick ausgesetzt, fiel mir nichts ein.

Wie vernagelt der Kopf, und um uns herum die wabernden Rauchwolken, süß und benebelnd, ich dachte noch, dass ich diesen Geruch eigentlich liebte, na ja, tat hier nichts zur Sache. Er redete von Verantwortung und Sitte und Aufgabe, es helfe nur, dass die Bitte um Vergebung ausgesprochen werde und die um Gottes Beistand, das sei jetzt unsere Aufgabe. Ich wusste immer noch nicht, was wir Böses getan hatten.

Der Vater senkte die Stimme, die Amtstätigkeit war beendet, er stand auf, öffnete die Tür zum Flur und rief zärtlich und sonor zur Küche hinüber: *Mutterchen, komm mal her.*

Erst heute, da ich wieder und wieder darüber nachdenke, in was wir da hineingezwungen wurden, was wir alles über uns ergehen lassen mussten, fällt mir auf, dass die Mutter bei diesem Gespräch nicht dabei war. Da war sie wieder, diese Arbeitsteilung. Der Vater musste die Rolle des Strafens übernehmen, und wenn das erledigt war, konnte sie mit ihrer tätigen Hilfe loslegen, dann war auch wieder alles gut. War das so? Ja, ich spürte damals ihre Erleichterung, für sie war nun etwas geschafft. Jetzt war sie an der Reihe. Der Ton schwang hoch, als sie sagte: *So, Kinder, jetzt feiern wir die Verlobung, nehmt doch Platz, ich habe ein schönes Mittagessen gekocht …*

Überrascht schauten wir sie an. Wir wären nicht darauf gekommen, aber das war die gültige Definition der Eltern, dass wir an diesem Tag Verlobung feierten. Was war denn eigentlich eine Verlobung, warum gab es diese Sitte? Was war den Eltern daran so wichtig?

Festlich gestimmt, in fröhlichem Ton erklärte uns Mutter beim Mittagessen, wie es weiterzugehen hatte: *Am besten, ihr geht sofort zum Standesamt, vielleicht schon nächste Woche die standesamtliche*

Trauung? Sie sah fragend zu Helle hinüber. *Meinst du, dass du das hinkriegen kannst, vielleicht in Volksdorf, da wohnt ja deine Mutter, das macht ihr allein und ladet deine Mutter dazu ein?*
Der Helle wusste zwar noch gar nichts, und was „der Fiete" – so sollte er meinen Vater jetzt nennen – da gerade mit ihm gemacht hatte - zusammengefaltet und sprachlos war er. Und zuckte zusammen. *Aber natürlich, ja, das machen wir so*, sagte er. Er gab sich einen Ruck, sah mich an und nahm unter dem Tisch meine Hand in seine.
Am Polterabend gibt es einen großen Empfang für das Kirchenamt, die Kollegen von Vater, die Pröbste und Bischöfe mit ihren Frauen, da werden wir dann etwa hundert Gäste haben, dann die Hochzeit, am besten in den Tagen nach Weihnachten, da sind wir unter uns, nur die beiden Familien und eure Freunde, in den Tagen haben ja alle Zeit. Wenn wir uns alle Mühe geben, dann wird es gehen, sagte die Mutter mit dramatisch getragener, zuversichtlicher Stimme, so als könnte sie mit diesem Programm einen guten Verlauf heraufbeschwören.
Was war dieses „*es*" eigentlich?
Zum Schluss, wieder in geschäftig entschiedenem Ton, so ganz nebenbei die nächste Regieanweisung: *Von dem anderen reden wir natürlich nicht, das hat Zeit.*
Unser Leben in Moorfleet, was wir dachten und vorhatten, niemand fragte danach, niemand interessierte sich für unsere Interessen. Helle beendete die Veranstaltung, erhob sich, nahm mich an die Hand und brachte uns nach Hause, in das Haus hinterm Deich.

Wir saßen in der Küche, tranken Tee und lauschten nach draußen, der Wind pfiff ums Haus, wir waren müde, erleichtert, wieder zu Hause zu sein, und trotzdem voller Unruhe:
Was war denn das? Kannst du begreifen, was da abgelaufen ist?
Ja, das war, ich weiß nicht, sagte Helle, *das war ein Bußgang, und dann haben deine Eltern so was wie Verlobung inszeniert, das ist doch ein Witz, oder? Sie haben die augenblickliche standesamtliche Trauung angeordnet, sie diktieren uns, wie alles der Reihe nach zu gehen hat, wann und wo!*
Weißt du, was mich richtig ärgert? Nichts von dem, was wir wirklich bewältigen müssen, ist für die wichtig, unsere Examensvorbereitungen, meine Übelkeit, die Erschöpfung, Termine in der Uni, nein,

das Wichtigste ist jetzt, dass die Normalität abläuft, die Ämter, müssen denn wirklich die Vorschriften vorrangig sein?

Was war geschehen? Zum ersten Mal bange Fragen. So lange ging das schon, dachte ich, man kann es gar nicht fassen, Drei Monate bin ich herumgelaufen und habe alles so weiter gemacht wie sonst, ich wusste nichts und konnte nichts beschützen. Dieser Nachmittag zum Beispiel, als wir das Boot hatten retten müssen. *Weißt du noch, wann das war, vor drei Wochen, oder ist das schon vier Wochen her? Da habe ich im Wasser gestanden und das Boot hochgezogen und geschoben, wir mussten es doch unbedingt retten, weißt du das noch? Du warst in der Stadt. Knietief habe ich im Wasser gestanden, eine, zwei Stunden? Heißen Tee mit Rum habe ich getrunken, eine Tasse und viel mehr. Das darf man doch gar nicht,* die Gedanken setzten sich fest und trieben mich um.
Ja, jetzt wissen wir das, Helle nahm mich in die Arme. *Du bist stark, wir sind glücklich, was soll sein?*
Was hatte ich schon alles falsch gemacht in den letzten Wochen, nein: Monaten! Helle beruhigte uns, wir müssten vielleicht mit einem Arzt sprechen. Ja, ich könnte Hans fragen.
Nein, ich war gar nicht beruhigt, ich rang um Fassung, wir waren doch gerade noch so glücklich zusammen gewesen, überwältigt von dem neuen Zustand, endlich zusammen zu sein, Liebe zu haben! Ein Kind zu bekommen! Warum hatten wir rausgemusst aus unserem sicheren Haus, die Familie aufsuchen und dort Meldung machen? Damit waren wir eingefangen, jetzt bestimmten die Eltern, woran wir uns zu halten hatten!
Natürlich wollten wir heiraten, schon vor Jahren hatten wir darüber gesprochen. Aber das eilte doch nicht!
Erst mal alles überdenken, gerade jetzt, wo die Veränderungen so bewegend waren und voll Freude, irgendwann, nach dem Examen vielleicht. Wir würden das beschließen, das war unsere Sache!
Aber nein, jetzt entschieden die Eltern, die öffentlichen Institutionen, so sah die Wirklichkeit aus.
Schon bei der Ärztin: Die hatte nichts Besseres zu tun gehabt, als in einem Atemzug mit der Diagnose von Eheschließung zu sprechen. Was beunruhigte diese Leute?

Warum diese Verpflichtung auf das Einhalten der richtigen Reihenfolge, so wie Sitte und Glaube es verlangten. Wir ‚mussten' augenblicklich heiraten, das war die Tatsache, die alles durcheinanderbrachte. Wir ‚mussten' zu den Ämtern rasen, zum Standesamt, zu den Behörden, in die Läden.
Ich wollte aufbegehren, mindestens um Nachsicht bitten für unsere Lage, das Examen, die Übelkeit, aber ich wagte keinen Einspruch.
Wir fuhren nach Volksdorf und bestellten das *Aufgebot.* Urkunden, Geburtsurkunde, der Standesbeamte konnte nicht erkennen, ob der Vater nun einen Doktor hatte oder was das denn war, ein ‚Licentiat' der Theologie, so stand es da fremdländisch in der Geburtsurkunde aus Indien. Ich schrieb dem Vater und bat ihn, dass er bitte selbst dem Standesbeamten erklären solle, was er in Indien gewesen sei, ich könne das ja nicht wissen. Wir kauften einen schwarzen Anzug und ein schwarzes Jackenkleid, die Mutter hatte mir viel Geld mitgegeben. Wir kauften Ringe, ob wir daran gedacht hätten, hatte Helles Mutter beim Mittagessen gefragt. *Nein, haben wir nicht, können wir ja gleich noch machen,* hatte Helle geantwortet.
Wir machten alles, was man uns auftrug. Verrückterweise wurde uns Schritt für Schritt Richtung Hochzeit immer feierlicher zumute, auf einmal musste alles eine besondere Bedeutung haben. Als wir im Juwelierladen standen und das rote Samtkissen betrachteten, in dem die Ringe steckten, da kam so ein Gefühl, dass etwas Besonderes geschah. Ringe waren etwas Schönes, wir schenkten uns Ringe, das hatten wir noch nie gemacht, aber war das nicht etwas übertrieben, sich jetzt plötzlich teure Ringe zu kaufen? Es kam mir seltsam vor, als führten wir ein Theaterstück auf, als würden wir die Handlung nur inszenieren. Ach was, jetzt rasch durch, es würde ja demnächst alles wieder normal werden, beruhigten wir uns gegenseitig.

Wir holten die Ringe ab und steckten sie einander zu Hause an, so machte man das jetzt ja wohl oder erst zur Hochzeit – oder was? Und da passierte dieses Stolpern – dass ich das alles gar nicht fassen konnte. Es ging so unfassbar schnell. Das Gefühl, das mit diesen Sachen verbunden sein sollte, irgendwie machte es sich breit. Es blieb nicht aus, die Dinge entfalteten ihre eigene Wirkkraft. Ich wollte nicht weinen, nein, wir wollten doch glücklich sein und etwas feiern, also bereiteten wir am nächsten Tag ein festliches Essen zu. Es gab Wein, wir feierten in unserer Kommune. Eine Woche ist es erst her, stellte ich beim Nachzählen fest und schrieb später in meine Kladde: *Vielleicht liegt es an unserem Kind, dass ich immer gleich weinen muss.* Unsinn, ich hatte in den ersten Tagen kein bisschen weinen müssen …

Dann fuhren wir wieder los, zuerst nach Volksdorf. Zur standesamtlichen Trauung trug ich das schwarze Jackenkleid, es war eng und betonte die Figur. Schick sah ich aus, dem Ernst der Lage war das angemessen, mein Liebster verkleidete sich ebenfalls tiefschwarz. Wo denn die Ringe seien, fragte der Standesbeamte, da sagten wir: *Hier, gucken Sie mal,* und hielten unsere Ringfinger hoch. Ihm fehlten die Worte.

Ich wurde an diesem Tag vierundzwanzig, aber wir feierten nicht wie geplant in Moorfleet, es war der offizielle Beginn unserer Ehe, das hatten wir schon mal hingekriegt. Die Eltern waren zufrieden, und deswegen sollten wir gleich nach der Trauung mit der „Mutti" von Helle und den beiden Trauzeugen nach Kiel fahren, in zwei Autos, die Mutter hatte ein feines Essen gemacht. Es sei doch eine gute Gelegenheit, dass sich die beiden Familien kennenlernten, hatte sie erklärt. Abends fuhr ein Auto zurück, wir blieben. Für den nächsten Tag hatte die Mutter den Kauf des Hochzeitskleides geplant. Es werde ganz schnell gehen, sie habe sich schon einiges angesehen und eine Vorauswahl getroffen.

In dem großen, schicken Modehaus in Kiel schlug ich alle Kleider, die Mutter ausgesucht hatte, aus, sah mich entzückt um und suchte nach langen, weit geschnittenen, flatternd jungen und unkapriziösen Hochzeitskleidern. Ich wollte schön aussehen, wenn schon, denn schon. Rasch zog ich mich um, legte Festroben an, führte vor, drehte mich vor dem Spiegel und genoss die neue Rolle. Festliches Empfinden stellte sich ein, noch mehr das Entzücken, hübsch auszusehen beim Verkleiden. Überhaupt die Kleider! Ich hatte nichts zu verbergen, ich war in fröhlicher Stimmung, im Prinzip war jetzt doch alles geschafft, wir konnten ein richtig großes Fest feiern, warum denn nicht, es konnte ein dreifaches Liebesfest werden …

Schick sollte es also sein, mit Musik, Tanz und langen Abendkleidern. – *Wie bitte? Alle in langen Kleidern?* hatte die Mutti beim Mittagessen

gefragt. – *Ja, das ist doch schön, wenn schon große Hochzeit ist, dann sollt ihr alle richtig schön ankommen!* Wenn es denn schon so sein sollte, Öffentlichkeit, große Hochzeit, große Kirche und viele Menschen, denen wir vorgeführt werden sollten, da musste alles stimmen.
Weitere Kleider wurden gekauft, Schwiegermutter, Schwägerin, was alles plötzlich zur Verwandtschaft wurde und mitdiskutierte, sie war geradezu unheimlich, die Zugkraft so einer Eheschließung. Aber es gelang mit allseitigem Bemühen so gut, dass die Mutter in ihren Kalender notierte: *So vieles besprochen, wir sind uns näher gerückt denn je. Alle Vorschläge werden dankbar angenommen.*

Die Ämter waren geschafft. Wir konnten unser schönes, stilles Leben in dem Haus hinterm Deich fortführen – hier, nur noch hier – und uns freuen, nicht bedrängt. Dann mit einem Strauß Rosen und zwei Keramikschüsseln zur Hochzeit unserer Freunde Dirk und Nane. Die mussten nun auch heiraten, aber das war so schlicht, einfach und normal wie irgendwas, mehr noch, das war richtig fröhlich.

Zu Hause setzten wir uns wieder an die Arbeit, um die ging es in Wirklichkeit, mitten im Examen. Das hätten die Eltern doch mal begreifen können. Also lasen wir, memorierten die Exzerpte aus der Sekundärliteratur für Pädagogik, trugen uns das wechselseitig im gespielten Prüfungsdialog vor, dann fuhr ich mit Bus und S-Bahn in die Stadt zur Staatsbibliothek und ging über den Campus.
Es hatte Aufruhr gegeben! Stellwände überall, im Audimax tobten die Kommilitonen aufgeregt herum. Was hatte sich abgespielt, etwas Hochoffizielles war aus dem Gleis gelaufen, die Zuschauer hatten eine Protestveranstaltung daraus gemacht. Die Fotos auf den Plakaten zeigten, wie zwei Studenten bei der feierlichen Amtseinführung des neuen Rektors ein Transparent ausrollten. Sie hatten sich einfach vor den Zug der hereinkommenden Ordinarien gestellt, das Transparent entrollt und vor den Professoren im Ornat den Text hereingetragen: *Unter den Talaren der Muff von tausend Jahren.*
Ja, dachte ich, die trauen sich was, die lassen diesen Zinnober nicht so einfach über die Bühne gehen, das ist gut. Das muss ich den anderen erzählen.

Als ich abends nach Hause kam und schon draußen den Geruch aus der Küche wahrnahm, wäre ich am liebsten gleich wieder umgedreht. Jiri kochte wieder sein Letscho. Mir war schlecht, ich konnte diesen Geruch nicht mehr ertragen, rührte Quark an, mischte Apfelmus aus dem Glas dazu und ging damit in mein Zimmer. Ich las und löffelte und wartete, bis die Abendmahlzeit vorbei war und die Küche gelüftet werden konnte. Dann kochte ich einen Kräutertee.
Es war die vierte Woche nach der ‚Diagnose', Anfang Dezember. so weit waren wir nun schon: *Ich esse weiterhin fleißig Äpfel, gehe früh schlafen und denke viel an unseren kleinen Schnubbel im Bauch. H. ist süß und lieb mit mir,* schrieb ich auf. Glücklich und gut aufgehoben in unserem Moorfleet. Das hier war der richtige Ort!

Wir mussten aber noch mal los, ich würde nun endlich einem Arzt erzählen müssen, was in den letzten Wochen geschehen war. Helle fuhr mich in die Eppendorfer Universitätsklinik, er wartete im Auto, ich suchte in den langen kahlen Fluren nach der Ambulanz. Niemand um mich herum, nicht in Kiel, nicht in Volksdorf, dachte überhaupt an mich, an eine schwangere Tochter, ja, an ein Baby, das nun bald kommen würde. Alles war auf Außenansicht gepolt: Wie wickeln wir *die Sache* nach außen hin ab?
Hans kannte den Kollegen aus der Frauenklinik. Er selbst war dort Assistenzarzt und meinte, dieser Arzt sei sehr kompetent, der mache auch eine Hormonsprechstunde, hatte mir die Ärztin nicht auch Hormone, oder … na ja, dem könnte ich alles erzählen, was ich mir geleistet hätte in den vielen Wochen. Ich könnte sogar auch bei ihm entbinden, das sei überhaupt das Beste, dann könnte er dabei sein. So hatte er das auch schon geregelt, und deshalb saß ich jetzt allein in diesem elendigen Krankenhausgeruch und fand es peinlich, wieder mal alles öffentlich machen zu müssen, und dann noch vor einem Mann.
Der Arzt aber hantierte sachlich, konzentriert, gelassen und sagte: *Das Baby sieht sehr schön aus.* Am wenigsten hätte ich von so einem Typen erwartet, dass er zärtliche Worte findet. Sofort strahlte die Zukunft im schönsten Licht. Nichts hätte mich glücklicher machen können in diesen Wintertagen, ein schwerer Stein fiel mir vom Herzen.

Beim Hinausgehen traf ich Nane, wir fielen einander in die Arme. Sie fühlte mit mir, es tat so gut, mit jemandem zu reden, der das alles kannte, diese seltsamen Empfindungen, dieses Lauschen nach innen, die Übelkeiten und jetzt diese jähe Freude über den Befund des Doktors. Wir verabredeten uns für den nächsten Abend, wir wollten alles austauschen. Mit niemandem konnte man darüber reden, dazu wäre eine Revolte nötig gewesen.
Jetzt gab es aber auch diesen Arzt, und der war jung, wohlwollend, geradezu liebevoll, er gehörte ganz und gar auf meine Seite. Wir drei, Helle, Schnubbel und Marie, konnten loslegen.

Christian kam aus Erbach im Odenwald. Wir mochten uns inzwischen richtig gern, er wollte mich wiedersehen, und ich freute mich über die Nähe zu Ilses geliebtem Bruder. Wir liefen über das Kopfsteinpflaster des alten Fischereihafens, es dämmerte schon, öde trieb das träge, stinkende Elbwasser dahin, ein großes Containerschiff wurde von Schleppern in den Hafen manövriert, da sagte Christian leise, fast beiläufig: *Ich habe jetzt etwas ganz anderes erfahren. – Was? Was meinst du denn? fragte ich nervös. – Ich weiß nicht, ob ich dir das jetzt sagen sollte, wo du … – Was ist los, sag es schon! – Ich weiß jetzt, dass Ilse nicht wirklich krank gewesen ist, es ging um eine Abtreibung, dabei muss was falsch gelaufen sein. – Nein, nein, sag das nicht!*
Da war wieder dieses Grauen, als ob die Gedanken in etwas Irres kippen. Ich kann das nicht denken. Niemals hatten wir über Verliebtsein gesprochen, nie über Liebe, Einen-Freund-Haben, nein, dieses Thema gab es nicht. So verkorkst. So verdruckst waren wir, in und samt dieser bekloppten Elternwelt, da kamen wir nicht gegen an. Jedenfalls, dachte ich, hat sie das erlebt. O weh, Ilse sollte ein Kind bekommen, das war es gewesen. Warum sollte das Kind nichts werden, warum musste der Embryo entfernt werden, und dann stirbt sie, wie im Mittelalter, an irgendwelchen dubiosen Folgen, unter den grauenvollsten Umständen einer langsamen Vergiftung. Nichts wusste ich von dem, was es damals schon in Ilses Leben gegeben hatte, ein Jahr zuvor. Nie hatten wir darüber gesprochen.

Nein, ich musste das wegdrängen. Ruhige, schöne Wintertage sollten kommen, in einem geordneten Arbeitsrhythmus, der tat uns gut.

Jeden Tag lernten wir ein paar Stunden, und es blieb immer noch reichlich Zeit für die gemütlichen Dinge. Helle bereitete mir jetzt eine kleine Extramahlzeit zu, ich konnte mich danach hinlegen, er verwöhnte mich.

In seiner Dachstube arbeitete der junge Maler an einer Miniatur. Unser *Aussteiger*, der so gern für uns *einklaufen* ging, weil er unser schmales Haushaltsbudget nicht zu sehr belasten wollte, unser Künstler, der im Sommer auf dem Deich stand, um das schwappende, schlammig riechende Wasser der Doven Elbe malen zu lernen. Dieser Junge hatte verstanden, was mir guttat in diesen Wochen. Mit feinster Zeichnung von Ornamenten, als stelle er ein kostbares Schmuckstück her, fertigte er eine Lithografie an, feingliedrig und zärtlich: *Ich wünsche dir ein schönes Baby, für Marie von Walter.*

Gleichwohl, es musste wohl sein. Wir wurden wieder aus der Ruhe hinter dem Deich, dieser tiefen, stillen, winterlichen Ruhe, herausgerissen. An einem Tag im Dezember hielt der Dienstwagen auf dem Deich, der Fahrer stieg aus und holte uns aus dem warmen Haus. Schon beim letzten Besuch im Amtssitz am Düsternbrooker Weg hatte die Mutter geordert: V*atterchen, das kannst du doch mit den Kindern besorgen.* Selbst die paar Möbel, die wir brauchten – sie organisierte den Einkauf. Vielleicht war es aber auch nur die Art, wie sie sicher sein konnte, dem Vater die Kosten für die Aussteuer abzuringen. Der Fahrer raste die Kurven des Deiches entlang, setzte uns vor der Petrikirche in der Mönckebergstraße ab.
Der Vater kam aus der Sitzung geeilt, er ließ sich diese großartige Gelegenheit nicht nehmen, zwei Stunden seiner Mittagspause würden reichen, um durch die Hamburger Kaufhäuser zu stürmen, diesen Ausdruck liebte er, und anders konnte man diesen Galopp tatsächlich nicht nennen. Dann hatten wir ein französisches Ehebett, Bettwäsche, zwei Sessel und noch mehr. Der Vater ganz persönlich machte Probeliegen auf dem Bett und fand es fest und strapazierfähig, er konnte den Preis auch noch herunterhandeln. Somit war alles in Ordnung, und auch diesen Punkt hatten wir geschafft.
Die Kinder beglückt angerufen am Abend … schrieb die Mutter in ihren Kalender.

Wir schlossen die alte morsche Tür des Bauernhauses hinter uns und sagten allen, dass wir nur noch unsere Ruhe haben wollten. Wir lernten, es gab jetzt zwei Schreibtische in dem kleinen Zimmer, das auch das Musikzimmer war. Abends wollten wir Freunde besuchen, aber es war niemand erreichbar, auch nicht die liebste Freundin aus Ochsenwerder, deswegen blieben wir zu Hause und erwarteten den Prüfungstag.
Es war der 14. Dezember, die erste mündliche Prüfung fand statt. Ich musste meine Kenntnisse in Literaturwissenschaft vorführen bei diesem strengen Professor, dem man keine Liebe zur Literatur ansah, einem freudlosen alten Mann, der meine Arbeit über Mörikes Morgengedichte aber wider Erwarten mit „gut" bewertet hatte. Und jetzt ging auch alles gut. Helle umarmte mich, fuhr uns nach Hause, und pünktlich zur Mittagszeit hatten wir unseren *petit sommeil.* Erstaunt betrachteten wir die Wölbung meines Bauches und waren froh, dass wir allein waren.
Am nächsten Tag fuhr ich in die Stadt und kaufte ein Kleid für den Polterabend, schick und kurz, lockerer Schnitt in A-Linie, die Mode war genau richtig für mich, selbst die Verkäuferin merkte es nicht.

Ich weiß nicht, das wievielte Mal es war, dass wir in diesen Winterwochen zum Amtssitz nach Kiel fuhren. Es war wirklich nicht das, was uns wichtig war, aber wir mussten wieder los. Die Mutter hatte gemeint, zu so einem großen Fest gehöre eine musikalische Darbietung der Hausmusikkinder, die hätten wir doch bestimmt schon eingeplant. *Ja, haben wir. Du kannst mir übrigens zu meiner ersten Examensprüfung gratulieren, liebe Mutter. – Ja, natürlich, Das ist doch selbstverständlich, wir hätten nichts anderes erwartet,* sagte sie.
Wir waren im Düsternbrooker Weg eingelaufen, um mit der Geigerin und den Brüdern die Stücke am Klavier zu proben.
Schlag auf Schlag segelten wir hin und zurück, ferngesteuert vom Amtssitz in Kiel.
Zum Traugespräch ins Studierzimmer des Vaters. Warum bloß blieb das so widersprüchlich, wieder vor dem Kreuz auf dem Schreibtisch mit den zwei dicken Kerzen links und rechts, also dem christlichen Hausaltar, im Duft der Zigarrengerüche, die man liebte, aber dann

schon wieder die härtesten Inhalte … was auf uns zukommen werde und müsse.
Am Nachmittag rasch in die Nikolaikirche, vom Fahrer hingebracht, der Vater kam aus dem Kirchenamt herübergeeilt, um den Ablauf der Trauung mit uns zu besprechen, die Kirchenmusik und was sonst noch alles dazugehörte, und dann wieder um die Ecke in sein Büro, hopplahopp … in dem Takt ging es weiter
Und dann wieder zurück. Hinter den Deich zurückziehen, lernen. Helle hatte seine erste Prüfung …
Ja, so ließen wir uns herumbugsieren.

Das strenge Verhör des Vaters hatte seine Wirkung nicht verfehlt. Uns war eingebläut worden, ja, was denn eigentlich? – an Sünde dachten wir immer noch nicht – und dennoch: wir mussten irgendetwas wieder gutmachen, die Eltern wieder gnädig stimmen.
Dass die Mutter alles in die Hand nahm, ihre Anordnungen, ihr Tatendrang, das erleichterte mich. Es gab zu tun, das lenkte ab, es wurde angepackt, alles würde in Ordnung kommen.
Beim Abschied nach diesem Wochenende im Elternhaus, als wir hochgestimmt waren, weil schon so viel geschafft war, die Feierlichkeiten besprochen, die Musik geprobt, so erlöst fühlte ich mich, so befreit, als hätte alles schon stattgefunden, da brach ich in Jubel aus und sagte, und dann auch noch in dem Überschwang, der mich gerade ständig überfiel: *Ich bin ja so froh, dass alles so schön ist, danke, Mutter, dass du so fortschrittlich bist und denkst und uns hilfst!*

Dieser Überschwang, eigentlich sogar diese Ehrlichkeit, brachte alles zum Platzen!

Wir saßen in der Küche bei einer Tasse Darjeeling, allein, die anderen bei der Arbeit, da ging mit raschem Ruck die alte Haustür auf, es quietschte in den Angeln, der Postbote brachte einen Brief aus Kiel. Es ruckelte im Gebälk, ein kalter Windzug fegte durchs Haus, ich begann zu lesen. Ach, Mutter, was ist denn jetzt wieder los? Warum gibst du keine Ruhe, was passt dir nicht? Ich umarmte meinen Bauch und wandte mich ab …
Was schreibt sie? fragte Helle.

Hier, lies du, sie sagt, sie sei nicht fortschrittlich, ich hätte das falsch verstanden …
Wir kennen doch ihre Sicht der Dinge, was erwartest du, warum sollte sie sich ändern? warf Helle ein.
Ich hatte gedacht, dass alles wieder gut ist, ich fühlte mich erleichtert in Kiel, und ja, ich wollte mich bedanken, dass sie uns hilft. Jetzt holt sie aus und verpasst mir eine …. Lies du, ich kann nicht mehr …
Dass Ihr in dieser Weise Eure Ehe beginnen würdet, das lag mir außerhalb jeglicher Diskussion. Mit Hans hat Vater seinerseits hart und kompromisslos gesprochen.
Stimmt, fiel ich ihm ins Wort, Diskussion gab es bei uns zum Thema Sex nicht. Entsagen, enthalten, punkt. Dass diese Normen gelten, da-rauf müssen sich Eltern natürlich verlassen können … meint sie das? fragte ich Helle. Ich las weiter: *Du darfst es mir glauben. Es geht unseren ‚alten Adam' schwer an. Nur weil wir aus der Vergebung täglich leben dürfen, auch für alles Versagen, alle Schuld Euch gegenüber, können wir Dich in ganzer Liebe und neuem Vertrauen ans Herz nehmen und allen gekränkten Stolz, alle Selbstsicherheit, was Euer Verhalten den Normen gegenüber angeht, begraben und Ja sagen zum schon geschlossenen Ehebund.*
Nee, einen Ehebund haben wir nicht geschlossen, bestimmt nicht, es ging um das Lieben, das wollten wir, sagte Helle und lachte mich an. *Wir haben sie nicht vorher gefragt, jetzt ringt sie sich zu einem „ja" durch. Wir hätten offensichtlich vorher fragen müssen. Du hättest womöglich bei ihnen um meine Hand anhalten müssen? Dabei haben wir doch geheiratet, so schnell es ging, wir haben doch gemacht, was sie verlangt haben.* Erregt ging Helle hin und her: *Ja, aber das Urteil behält sie bei, es war die absolut falsche Reihenfolge, und es geht übrigens nicht um den Standesbeamten, der zählt nur bedingt, es geht um Höheres*, sagte er. *Es geht um die Unterwerfung unter eine göttliche Ordnung! Komm, lass uns auf den Deich gehen, wir brauchen frische Luft.*

Gerade im Ersten Staatsexamen, die Arbeiten sind fertig, die mündlichen Prüfungen stehen bevor, da die Nachricht, im dritten Monat schwanger, das Glück, diese riesige Freude, das Liebesleben … Und jetzt definieren die Eltern, wie wir zu leben haben, wie wir zu heiraten haben, was wir zu glauben haben.

Die sittliche Ordnung gilt. In diesem sittlich-christlichen Rahmen hat jeder in der Familie zu handeln. Es ist entschieden, wie es läuft, das entscheide ich nicht privat. Müssen wir das so verstehen?
Ich überflog den Rest des Briefes: *Ich hoffe, dass ich Dir ein wenig klarmachen konnte, warum ich mit ganzer innerer Zuwendung und Aktivität sofort alles das veranlasst habe, was die Stunde erfordert. Nicht, weil ich leichtfüßig und schwungvoll genug bin oder, wie einer deiner Brüder von Vater sagt, ‚er beginnt zu altern, sonst hätte er sich anders verhalten', sondern weil wir Euch helfen wollen, in Freude und Einklang das kleine Geschöpf zu erwarten, aus der Geborgenheit im Elternhaus heraus, aus dem Wissen, dass wir zueinanderstehen und einander gegeben sind zum Helfen, Trösten und zum Lieben …*
Klar, es ging ihr um das Kind. Welches Elternhaus meint sie eigentlich, das in Kiel oder unseres in Moorfleet?

Warum wollte Mutter mich partout nicht in der glücklichen Stimmung lassen? fragte ich Helle am nächsten Morgen, der Brief trieb mich um. *Warum sollte ich mich nicht sonnen und ausruhen dürfen – in dem Gefühl, dass alles wieder gut ist? Warum bloß, was für eine Logik? Schließlich bekomme ich das Kind, dem sie einen guten Empfang ermöglichen wollen.*
Ich glaube, wir sollen bestraft werden! sagte Helle. *Ist doch klar, sie hat es irgendwie gemerkt, dass wir alles nur auf Befehl machen!*
Was hatten wir uns bloß zurechtgelegt? Warum machten wir das mit? Warum rasten wir nach Kiel und wieder zurück, von einem Amt zum nächsten? Warum überhaupt diese Eile? Nicht einmal das hatte ich richtig verstanden. So sehr war ich mit der Schwangerschaft, der Liebe, dem Examen und den Ereignissen an der Uni beschäftigt. Zu keinem Zeitpunkt wollte ich etwas verbergen oder nach außen in ein sittenkonformes Licht stellen, in meinem Zuhause. In Moorfleet war ich in freudiger Stimmung. Und merkte nicht, dass es bei dem Gehetze darum ging, dass alles geschafft war, bevor die Schwangerschaft sichtbar wurde! Nichts war in Ordnung.
Alles nur Heuchelei, das hat Mutter gemerkt, das knallt sie mir jetzt an den Kopf! Dabei haben wir das Jahr 1967, wir wollen doch gerade alles verändern?
Wir waren mutlos, enttäuscht. Aber es half nichts, die Zeremonien

entwickelten schon längst ihre Eigendynamik. Helle nahm mich in die Arme und sagte tröstend: *Jetzt müssen wir noch mitmachen – aber danach wird alles anders, verlass dich drauf.*

Drei Tage vor Weihnachten kam Ernst nach Moorfleet und holte mich ab. Wir kauften noch mit Helle zusammen Geschenke, dann fuhren wir Geschwister nach Kiel, Helle blieb bei seiner Familie.
Ich war mit Ernst zusammen, er würde mir beistehen. Gemütlich zusammen in seinem Auto, redete er sofort los. Was in Tübingen an Protesten gelaufen sei, die neuesten Aktionen, die sie gewagt hätten. Da ging es um etwas, es war spannend, aber er schwenkte um. *Sag mal*, fing er an, *hat Mutter dir eigentlich erzählt, was ich ihr geschrieben habe, vor ein paar Wochen?*
Fang bloß nicht damit an, lass mich in Ruhe, die hat mir genug vorgehalten in der letzten Zeit, nein, sie hat nichts von einem Brief von dir gesagt, antwortete ich.
Es ging um dich und um Helle, du hast sie sehr unglücklich gemacht, weißt du das überhaupt?
Komm du mir jetzt bloß nicht so!
Ich habe ein gutes Wort für euch eingelegt.
Wieso ein gutes Wort, was redet sie denn mit dir über mich?
Dass du ihr etwas angetan hast, irgendwie so hat sie sich ausgedrückt, und dass das ein großer Kummer für die Familie ist.
Denkst du das auch? Weißt du was, ich kann das alles nicht mehr hören. Weißt du, was Vater mit uns gemacht hat, soll ich dir das mal erzählen, oder hat Mutter dir von diesem Tribunal erzählt? Es war, als würden wir einem Richter vorgeführt!
Nee, weiß ich nichts davon, was war denn?
In seinem Studierzimmer ihm gegenüber, du weißt, das Kreuz, die Altarkerzen, wir hätten eine Sünde begangen, gegen das heilige Sakrament der Ehe verstoßen. Damit hat er uns was angetan, das sag ich dir. Erst die Strafpredigt, und dann mussten wir um Vergebung für unsere Sünden bitten.
Ich habe Mutter jedenfalls geschrieben, dass du einen guten Mann gefunden hast und dass wir alle Helle sehr gern mögen. Er ist ja schließlich auch unser Freund.
Das überrumpelte mich. *Danke, aber dass es überhaupt nötig ist, sich*

für Helle einzusetzen! Zählen meine Gefühle gar nicht?
Ich habe ihr geschrieben, dass sowieso nur ihr das alles entscheiden könnt, sagte er.
Es half nichts, ich war mittendrin. Auf dem Weg zur Hochzeit, deren Zeremonie der Vater vollziehen sollte, musste ich mich wieder verteidigen und kämpfen.
Von wegen, wir entscheiden alles! Mutter hat alles entschieden, was und in welcher Reihenfolge es abzulaufen hat. Weißt du, was sie mir geschrieben hat, nachdem wir alles schon richtig gut befolgt hatten?
Nee, sag mal.
Dass wir gegen die Normen verstoßen haben, dass gar nichts in Ordnung gebracht ist. Ihren Stolz haben wir gekränkt und dass sie mir erst mal vergeben müsse, bevor sie mich wieder lieben könnte.
Ja, das hast du dir eingebrockt, sagte er.
Wie bitte? Du lebst doch auch in Sünde, mach dir nichts vor! Hat sie dich nicht auch schon ins Gebet genommen?

Wir kamen im Amtssitz an der Kieler Förde an, und da war was los. Die Mutter ließ sich diese Genugtuung nicht nehmen, dass sie es in ein paar Wochen geschafft hatte, dass alles genau so ablief, wie sie es im Kopf hatte. Eine große Hochzeit musste es sein. Eine zusätzliche Küchenhilfe war eingestellt, die Frau des Fahrers konnte auch mit anpacken, die Putzfrau und noch eine Bekannte des Hauses, vier Frauen wirbelten herum und arbeiteten, schon seit Tagen sei das so, sagte die Mutter glücklich.
Das ganze Haus wurde geputzt, alles, auch das gesamte Silber sollte zu diesem Anlass poliert werden, Bestecke, silberne Kännchen, Schalen und Platten. In der Speisekammer stapelten sich die Einkäufe. Ein festliches Büffet für den Empfang am Polterabend wurde zubereitet, fieberhaft über mehrere Tage lang war Großküche angesagt; für das Festessen, das im Wohnzimmer an großer Tafel stattfinden sollte, musste vorgekocht werden. Beschwingt und bester Laune organisierte die Mutter herum, die fünf Kinder ließen sich mal wieder richtig an die Hand nehmen.
Bei den Mahlzeiten saßen die Brüder zusammen, stritten und hänselten einander, diskutierten und frotzelten, foppten die Schwester. Und mischten sich ein.

Soso, du hättest dich doch beherrschen können, nein? – Aber du hättest aufpassen können. – Ihr wisst gar nichts, sagte die Schwester. Als ob es jemals ums Aufpassen gegangen wäre, dachte ich, es durfte nicht sein, fertig. Natürlich konnte ich die Brüder verstehen, die hatten ja schon lange das Problem, mit dem Begehren fertigwerden zu müssen.

Ich habe gehört, ihr habt meine Freundin nicht zur Hochzeit eingeladen, sagte Ernst. *Ich bin stocksauer, die gehört dazu, warum denkt keiner daran, ihr eine Einladungskarte zu schicken? – Ich wusste gar nicht – woher soll ich wissen, dass das jetzt selbstverständlich ist?* sagte ich. *– Das kann gar nicht sein, tu man nicht so, wir waren doch bei euch in Moorfleet! Ich habe eigentlich überhaupt keine Lust mehr, unter diesen Umständen mitzufeiern.*

Natürlich wusste ich, dass die beiden fest zusammen waren, es war gedankenlos. Und überhaupt: Ein Liebespaar, war das nicht ein Tabuthema, lief das bei denen anders als bei uns? Niemand sprach davon, dass die schon lange zusammen waren.

Ausgerechnet mit ihm gab es nun auch noch Streit. Ich rief Helle an: *Weißt du was, wir haben versäumt, Monika zum Hochzeitsessen einzuladen, die sind wütend, das ganze Hochzeitsfest droht, zersprengt zu werden, ich habe so viel Kummer. – Komm, agapi mou, denk an unser Kleines, bleib ganz ruhig, nichts wird zersprengt*, antwortete er.

Und dann war es soweit, am Tag der Hochzeit saß ich vor dem Frisiertisch im Schlafzimmer der Eltern und kämpfte mit den Tränen. Ich kriegte das Make-up nicht richtig hin, die Wimpern, der Lidstrich, alles sollte besonders sorgfältig geschminkt werden, aber die Tusche verschmierte jetzt schon. Der Schleier hielt nicht in den Haaren, die Friseuse hatte sie mir gerade eben noch hochgesteckt und war dann gegangen.

Die Frisur war mir fremd, sie sollte modern sein und zum Schleier passen, aber ich fühlte mich *aufgetakelt.* Ich war allein. War das normal? Machte die Braut alles allein? Ich hatte andere Bilder im Kopf, festliche Erwartungen im Kreis von, ja, von wem eigentlich? Die Mutter strebte in ihrem cremefarbenen Abendkleid bestimmt schon dem Dienstwagen zu, in dem der Fahrer wartete. Ich weiß nicht, wo unser Helle war. Jedenfalls nicht bei uns.

Was jetzt gleich geschehen sollte, war ein öffentlicher Auftritt, alle würden auf mich schauen, alles musste stimmen. Ich wollte schön sein, lächeln, Schleier, langes Kleid, lächeln – alles mit Anmut tragen. Es fühlte sich aber wieder so an, als sei ich die Fehlbesetzung in dem Stück, das heute gespielt werden sollte.
Als wir die volle Kirche betraten und hinter dem Vater hergingen bis nach vorn zu den zwei Stühlen vor dem Altar, da wusste ich die Reihenfolge nicht mehr. Sollte man sich jetzt hinsetzen, nein stehen bleiben, zuhören, dann hinsetzen, dann wieder aufstehen, jetzt hinknien? Nein, noch stehen bleiben und zuhören, der Vater stellte jetzt die Fragen, wir mussten antworten, dann hinknien, der Vater musste mir mehrmals sehr deutliche Zeichen geben.
Meine Gedanken waren woanders, ich spürte das Kind in meinem Bauch.
In seiner Predigt ging es dem Vater nicht mehr um Sünde und Vergebung, schließlich war die Kirche vollbesetzt, nicht unseretwegen, sondern weil der Bischof selbst seine Tochter traute. Und deshalb ging es jetzt um Liebe und die unheimliche „Macht des Eros", der ein „bezaubernder Frühlingsgott" sein konnte, aber auch „gefährlich und brutal sei und die Abwechslung liebe", also das normale Repertoire der Traupredigt, deren Text er mir später in die Hand drückte … Wenn nicht sonst, dann müssen offensichtlich an so einem Tag die eigentlichen Ideale der Liebe vor Augen geführt werden. Die unterliege nämlich einer Bewährungsprobe; was die auszuhalten habe, wenn der Gefühlsfuror vorbei sei …
Als zum Schluss seine Hand auf unseren Händen lag, kippte die Stimme des Vaters. Ich sah das Zittern am Kinn, und da wusste ich einen Moment lang nicht, ob wir das jetzt überhaupt schaffen würden. Also beschloss ich, nicht mitzuweinen, sondern ihm tapfer lächelnd entgegenzublicken, damit er die Zeremonie angemessen zu Ende kriegte.

Am nächsten Tag wurde es dann schon gemütlicher. Wir konnten in Ruhe den Tisch mit den Geschenken betrachten, wir freuten uns. Jeden Topf, jede Schüssel, auch die Teller und Tassen und Bestecke, alles konnten wir wirklich gut gebrauchen. Wir packten, ich zog mein schönes Cordkleid an, das warm war und bequem, dann setzte ich

mich ans Klavier und spielte die *Berceuse*, dieses geliebte Stück, das Wiegenlied von Chopin, rasch noch auf dem Klavier im Elternhaus, bevor wir abfahren wollten …
Dann aber, beim Abschied, sagte die Mutter in warnendem Ton: *Nichts davon zu Großpapa. Irgendwann einmal, aber nicht jetzt, auch nicht zu meiner Schwester Elfriede! Zu niemandem!*
Da geschah es. Ich schrie zurück: *Und ich sage dir, ich erzähle es allen. Ich bekomme ein Kind, und ich freue mich darüber. Die ganze Welt kann es wissen, erst recht der Großvater. Du bist verstrickt in deine Lügen, ich nicht.*
Ich ging in mein Zimmer und zog mir das Umstandskorsett aus, endlich war ich diese Last los, diese Einengung und Verschnürung, Das war vorbei.
Wir verließen den Amtssitz.

Lüneburger Land

Dezember 2014.
Auf dem Hamberg stille, verhangene Landschaft, Pferdekoppeln, brachliegende Felder, die sich sanft ins Tal der Neetze absenken, einzelne Gehöfte. Die Sonne bricht ein wenig hervor, es sind die kürzesten Tage des Jahres. Am Hang vor dem Wiesental breiten sich die fünf grünen „Monde" der Bioenergie aus und versperren den Blick. Ein grüner Radlader gräbt sich in die Silage und greift die Grünmassen auf, die zu Energie werden. Die Anlage verschlingt die gesamte Maisernte der Region, viele Hektar Rüben, Tankladungen voll Gülle. Dieser Radlader ist das allergrößte Entzücken der Kleinen, wenn sie mit den Laufrädern über den Feldweg jagen.
Ich kehre ins Holzhaus zurück, setze mich an den Kamin, das Feuer brennt schon, der Tee ist noch heiß, da kommt Klaas mit dem Kinderwagen aus dem Haupthaus, nur Yves liegt darin und soll schlafen, ob wir mal schnell den Wagen übernehmen könnten, *Nikolas ist krank und liegt oben auf dem Bett und weint,* sagt er.

Er ist allein mit den Kindern, Katrina muss arbeiten, die Handwerker schrauben in der Küche die neue Spüle zusammen, sein Handy klingelt, da weint Yves, weil er nun doch nicht einschlafen kann. Johann zieht verbissen die Runde mit dem Kind, das verärgerte Weinen entfernt sich nach hinten in den Garten, ich bekomme das Babyfon in die Hand, ich solle mal hochgehen und lauschen.

Leise die Holztreppe im Haupthaus hinauf, höre schon das Schnaufen von Nikolas, dann sitze ich neben ihm auf dem großen Bett: *Na, mein kranker Hase, was machst du denn?* Das hört er, wühlt sich mit seiner heißen Stirn aus dem Kissen und hinter seinem Teddy hervor, sieht mich an, schlägt mit entschiedener Bewegung die Decke zurück, krabbelt mit nackten Beinen hervor und schiebt sich auf meinen Schoß. Dort legt er sich zurück, kuschelt sich in die Armbeuge, atmet lange noch stoßweise, so als hätte er sehr geweint, dann schläft er wieder ein. So sitzen wir da in dem Kinderzimmer unter den Dachschrägen, viel Licht auch im Winter durch die großen Veluxfenster. Das Kind wiegt schwer, eine lange Zeit verstreicht, es ist ganz still. Ich erhebe mich und trage Nikolas hinüber zum Sessel, da kann ich mich anlehnen. Das hier ist sicher der Platz für die Einschlafzeit, denke ich, für die Nachtwachen, Nikkel guckt kurz hoch, *Yvi,* sagt er und deutet auf das Bett nebenan. *Ja, da schläft Yvi,* gut, dass ich das nun weiß.

Fieberheiß liegt das Köpfchen vor mir auf der Brust, ich halte meinen Kopf weg und unterdrücke einen Hustenreiz, husten muss ich dennoch, das Kind schläft tief, ein Taschentuch finden, bloß das Kind nicht anstecken. Da kommt die Mama herein: *Na, mein Süßer, was machst du, wie geht es dir?* Er wacht kurz auf, sie nimmt ihn auf den Arm, geht auf und ab und spricht mit ihm. Er deutet zu mir herüber, *ja, du kannst dahin, das ist gut, schlaf schön,* dann gibt sie ihm zwei Globuli auf die Zunge und geht auf Zehenspitzen wieder hinaus. Die stille, zärtliche Stunde geht weiter.

Als er aufwacht, will er zu Yvi, das ist klar, wir gehen nach unten, er mag trinken, einen Keks und dann ein bisschen raus. Beide Kinder sitzen im Schneeanzug mit Kissen und Wolldecke im Bollerwagen, zu den Pferden und an die Mühle. *Maria mit*, sagt Nikkel, Johann zieht, ich habe schweren Husten.

Am nächsten Morgen in der Frühe sitze ich im Bett, die Kanne mit heißem Tee steht auf dem Tisch neben dem Bett. Ich will nicht aufstehen, ich muss Ruhe und Wärme haben, damit die Erkältung besser wird. Da klopft es, und schon steht Katrina vor dem Zimmer, mit Nikkel auf dem Arm: *Geht das, kann ich ihn dir geben? – Natürlich, komm her, mein Hase.* Sie setzt ihn auf dem Bett ab, stellt die Milchflasche daneben und verschwindet rasch. Nikolas kommt hoch, nimmt auf meinem Schoß Platz, lehnt sich zurück an meine Brust, ich lehne mich an das Kissen und so liegen wir da.

Es ist still. Der Kopf des Kindes ist heiß. *Er hat immer noch fast vierzig Fieber,* hat Katrina gesagt und eben noch zwei Globuli auf seine Zunge geschoben. Er bleibt wach, schaut hinüber zum Nordfenster. *Blumen*, sagt er, als er sieht, wie die bunten Blätter des Ahorns auf und ab wippen, dann ist Stille. Ich denke, dass er schläft, aber er schaut zu dem anderen Fenster. *Baum*, sagt er und deutet mit dem Finger in die Richtung. Ja, da steht ein großer Baum. Jetzt rappelt er sich hoch, richtet sich auf, sieht das Bilderbuch. *Da is ein Bauernhof,* er zeigt auf die Menschen, die dort hingemalt sind. *Das ist Jan*, sagt er. Ja, das ist Jan, der Bauer von nebenan, mit den Hühnern. *Was isde das?* fragt er und zeigt auf die Strohballenpresse. Wir sind auf einem modernen Bauernhof, die Frage ist neu – da muss man sich was überlegen. Strohballen kennt er, aber das hier, *isde das*? fragt er noch mal.

Dann ist es wieder still. Wir schlafen beide ein wenig. Später geht die Türklinke ganz leise herunter, die Mama tritt ein: *Na, wie geht's euch?* Sie hat Apfelsaft mitgebracht und eine frische Windel. Dann liegen wir wieder und warten, dass Klaas nach Hause kommt.

Yves hatte schwere Tage und Nächte, seine Eltern auch. *Er lässt sich hinlegen und will schlafen und kämpft sofort wieder los, raus hier und in den Garten, bis der Tag beginnt, er will im Kinderwagen liegen, tief in der weichen Höhle, so durch den Garten geschoben werden,* erklärte Katrina. Ja, wir haben den Kinderwagen gesehen, wie er in der Nacht noch durch den Garten geschoben wurde … Einer von uns beiden ging hin und übernahm für eine halbe Stunde, dann schob ein anderer. Es wurde kalt, die Nächte wurden immer kälter, das war für alle nur schwer auszuhalten.

So sei das Nacht für Nacht gegangen, dann aber, eines Morgens in der Frühe, sagte sie: *Yvchen, wir haben es geschafft, der Tag beginnt, es wird hell, wir haben es geschafft.* Sie bettete sich, das erschöpfte Kind in den Armen, mit äußerster Vorsicht auf das Sofa in der Tenne, das Kind in ihren Armen schlief. Eine Stunde? Zwei seien es dann sogar gewesen, sie hätte bis um sieben gewacht, am Fenster gestanden und gehofft, dass es Tag wird, erzählte sie später.
Er hat den Dämon besiegt, so drückte sie es aus. *Der Backenzahn ist zu spüren, er hat es geschafft.* Vorbei das Sabbern, das Spucken, die Pein in den Nächten, als er seine Mama durchs Haus trieb, hierhin und dorthin, nach draußen, ins Bett.
An diesem Abend strahlt das bekannte Licht aus der Tenne auf den Hof. Klaas tritt heraus und erzählt leise: *Er ist wieder in seinem Bett eingeschlafen, es hat lange gedauert, wir haben das Mondlied gesungen, immer noch einmal musste der Mond aufgehen und sollten die Sternlein prangen, aber Nikolas hatte seinen Bruder wieder im selben Zimmer, wieder nebenan in dem anderen Bett, alles war fast wieder so, wie es immer war.*
Yves hat etwas durchgemacht, er ist gewachsen. Jetzt hat er einen neuen Backenzahn und liebt wieder alles. Am nächsten Tag kommt Katrina mit ihm herüber und fragt: *Was macht ihr im Frühjahr? Wir überlegen, wieder nach Fuerte zu fahren, das war so schön im letzten Jahr. – Habt ihr mal überlegt,* frage ich, *ob wir mitkommen sollen? Dann hättet ihr ein bisschen Zeit für euch? – Ja, das könnte interessant sein, ich denke mal drüber nach,* sagt sie, *Las Playitas heißt die Anlage, ihr könnt ja mal googeln.*

Ein paar Tage später werde ich um zehn herausgeklopft: *Ria*, ruft Yvi. *Maria*, ruft Nika, Bollerwagen fahren. Die Sonne scheint, der kürzeste Tag des Jahres ist überschüttet mit Licht, im Dorf ist viel zu tun: in den matschigen Grund des Neetzetals laufen, die Gänse anschauen, die tiefen Pfützen, da müssen sie durch, immer wieder, bis alles nass ist, also rein in den Bollerwagen und im Laufschritt die Straße hinunter bis zu unseren Häusern.
Katrina aufgeregt: *Ich bin dauernd am Telefonieren,* sagt sie, *die Preise steigen und fallen, das ist wie an der Börse.* Am Nachmittag, als wir noch Tee trinken und Zeitung lesen, klopft es heftig und schnell. Alle

vier kommen herein, nehmen Platz und sagen: *Die Reise nach Fuerte für uns sechs ist gebucht.*
Oh là là, der dunkelste Tag im Jahr, der Tag der Sonnenwende, endet mit dieser Aussicht auf Felsen, Wüste, Palmen.

Immer wieder muss ich darüber nachdenken, wie unser Leben als Paar damals begonnen hat. Wir mussten kämpfen und viel mehr lernen, als ich dachte. Es gab noch einen mühevollen Weg, alles war zu prüfen, überhaupt war erst mal zu begreifen, was um uns herum und in der Welt los war. Welche Lebensmuster umgaben uns, woher kamen sie, wer bestimmte sie? Es war erst herauszufinden, was wir verändern mussten.

Frischer Wind zum Winterende

Wir hatten den Amtssitz verlassen und fuhren in das Haus hinterm Deich. Sehnsüchtig warteten wir seit vielen Wochen auf diesen Moment.
Nach den Ritualen, den großen Feiereien, sollte endlich unser Leben in Moorfleet weitergehen, en commun, so, wie wir es uns eingerichtet hatten.
Aber so war es nicht. Wir hatten es vollkommen verdrängt.
Komm, Mariechen, sagte Helle und nahm mich in die Arme, *wir müssen das jetzt gemeinsam hinkriegen, morgen werden wir uns dann ausruhen können.* Sprachs und packte mit entschlossenen Handgriffen die Bücher in Kartons, schraubte die Bücherborde von der Wand, stellte die Segeltuchsessel, die Schreibmaschinen ins Auto, ich betrachtete die alten, geschliffenen Gläser aus Paris, die Teebecher und die Teekanne aus rotem Ton, den Wasserkessel, den Arbeitstisch, vollgestellt mit Büchern und Skripten. Alles auflösen und wieder mal weg.... Alle halfen, aber niemand sagte: *Was macht*

ihr für einen Quatsch? Das ist eine blöde Idee, ihr gehört hierher, zu uns, wir schaffen das doch zusammen.
Wir mussten das Haus, das wir so sehr liebten, verlassen.
Es fühlte sich fast wie Vertreibung an. Zur Hochzeit gehörte das Umziehen. Quasi über Nacht war es klar, dass man nur noch als Paar zusammenlebte.
Schon beim allerersten Gespräch an jenem Tag im November hatte sie auch noch dieses verkündet: *Ihr könnt natürlich auf keinen Fall in dem Haus wohnen bleiben, das geht nicht, ein Baby braucht Ruhe und Sauberkeit. Ihr müsst da raus.*
Klar, es war die Gelegenheit. Die Mutter wollte uns endlich rauskriegen aus diesem Sodom und Gomorrha. *Ihr braucht eine eigene Wohnung, eine Familie gehört nicht in so eine Wohngemeinschaft.*
In dem Wechselbad der Stimmungen an diesem furchtbaren Tag, heimgesucht, angegriffen und bestraft durch das Tribunal des Vaters und die Anordnungen der Mutter, den Skandal schleunigst mit dem Mantel der Ordnung zu überziehen, ja, da hatten wir auch noch eine Wohnung gesucht.
Da saßen wir nun, am vorletzten Tag des Jahres.

Wir ruhten uns nicht aus, es trieb uns zurück in unser Moorfleet. Oskar und Ulrike waren aus Osterrode angekommen, am Tag zuvor noch schnell beim Standesamt, jetzt, am Silvesterabend, feierten sie mit allen Freunden die Hochzeit. Wir tanzten, tranken und böllerten Feuerwerkskörper. Was für ein unprätentiöses, völlig unbeschwertes Feiern!
Ganz nebenbei sagte Hans, er wolle im kommenden Sommer auch heiraten, wieder eine Hochzeit in der Nikolaikirche, natürlich den Polterabend in Moorfleet und nach der Kirche im „Kieler Kaufmann“ an der Förde, dann hätte Mutter keine Arbeit – aber Vorsicht! Die Eltern wüssten noch nichts davon. Sie wollten dann nämlich beide nach New York ziehen. Er wolle seinen Facharzt für Psychiatrie machen, Usch die Kinderheilkunde, die seien ja viel weiter in der Medizin als die Kliniken in Deutschland.
Aber vorher, da bringen wir erst noch dein Baby zur Welt. Was meinst du, Daisy, sollen wir das zusammen machen? sagte Hans gut gelaunt und lachte mich an.

Einfach so bot er mir seine Unterstützung an, und das gab mir zu Beginn dieses unbekannten neuen Jahres den glücklichen Kick.

Eine Zweizimmerwohnung unter den Dachschrägen eines alten Landhauses in den Walddörfern. Im Erdgeschoss lebte der Herr des Hauses, ein verknöcherter, freudloser Mann, mit zwei Doggen in einer verwahrlosten Wohnung, die stank nach Hunden. Für die Schäden in unserer Dachgeschosswohnung fühlte er sich in keiner Weise zuständig. Die Dusche in der Küche tropfte. Wo konnte denn hier eine Babywanne stehen?

Wir lebten nun zu zweit allein und waren im sechsten Monat. Es schien so, als sei es tatsächlich nicht erlaubt, sich die Frage zu stellen, wie man wirklich leben wollte. Was abgeschafft gehörte. Irgendwie hatten wir es verpasst, in einer Zweizimmerwohnung waren wir gelandet, so wie Sitte und Tradition das Zusammenleben bürgerlich regelten.

Mein Wutausbruch neulich, rief ich Helle zu, *warum immer noch diese Lügen, das Verschweigen? War das richtig?*

Ja, das war wichtig, sehr notwendig deine Widerrede, Helle kam zu mir.

Merkt sie nicht den Widerspruch? Ist das Elternhaus wirklich gemütlich, wenn die große Familie nicht erfahren darf, dass es ein neues Kind geben wird? Und ein bisschen Lügen gehört anscheinend zu dieser Ordnung, ja, ich glaube, Mutter musste um ihr Ansehen bei ihrem pietistischen Pfarrersvater fürchten … schöne Geborgenheit!

Wir hatten die Ordnung ja befolgt, es war doch in unseren Hirnen, dass wir aufpassen mussten, warten auf … ja auf was denn eigentlich? Was für ein monströses Gesetz, das sogar die Liebe regelt?

Komm, wir müssen jetzt einrichten, wir sprechen später, sagte Helle und brachte die Kartons herein. Ich packte aus, stellte die Kochtöpfe in die winzige Küche. Neben zwei Elektroplatten und einem Spülbecken stand eine kleine Duschwanne, in die Ecke eingebaut, hier könnten wir die Babywanne hinstellen.

Eine Arbeitsfläche vor das Fenster im Schlafzimmer, daran könnten wir beide arbeiten. Ein Schrank? Es würde schon irgendwie gehen.

Erschöpft setzten wir uns in die neuen Sessel vom Korbmacher, betrachteten meinen Bauch und tranken eine Tasse Darjeeling.

Wir stellten fest, dass es uns ganz guttat, auch mal allein zu sein. Der strenge Winter hielt an, wir blickten auf verschneite Tannen, die Tage wurden lang, wir hatten Zeit, um uns alles klarzumachen …
Ich verstehe immer noch nicht, überlegte ich laut, *wie sie ihrer vierundzwanzigjährigen Tochter ins Gesicht sagen mag, dass sie kein bisschen „fortschrittlich" ist, und gleichzeitig, dass wir als Familie zusammenstehen? Worin besteht denn dieses „Zusammenstehen"?* -
Ja, warf Helle ein, *das Zusammenstehen, so wie sie es versteht, das hat sie mit entschiedener Härte durchgesetzt: alles läuft so ab, wie es sich gehört. Es war das Fest der Eltern: tatsächlich standesgemäß, euer Elternhaus in seinem Glanz, seinem Erfolg, seinem gesellschaftlichen Stand vorzeigen!*
Vergiss nicht, deine Ärztefamilie gehört natürlich auch dazu, denk an das Foto! Und wo blieb ich ab? Niemals fragte sie mich, wie es mir geht, wie ich mich fühle, seufzte ich und erhob mich, *dabei wollte ich mich nur noch freuen können.*
Ich strich beruhigend über meinen Bauch und lauschte auf die Bewegung. *Fühl mal,* sagte ich zu Helle und legte seine Hand auf die kleine Wölbung an der Seite des Bauches, *unser Kleines ist unruhig, es stößt und tritt mich. Wir müssen aufpassen.*
Wir saßen wieder vor diesem Brief und ich las Helle vor, was wir bisher nur überflogen hatten: *Für Dich kommt mit Beginn der Ehe eine zweifache große Aufgabe. Einmal, dass es Dir nicht vergönnt ist, den Abschluss ganz zu machen, das wird Dich oft quälen, ärgern und ungeduldig machen. Bisher tatet Ihr alles gemeinsam, jetzt muss Dein Weg bereits ein anderer sein. Jene Geduld, das Werden und Wachsen in Dir hinzunehmen, nicht als eine Last, die es einem versagt, mit dem Manne alles zu teilen an neuen Schul- und Berufserfahrungen, stattdessen sich zu Hause zubereiten zu dürfen auf das große Geschenk* ….
Oh Mutter, wie sicher du bist! Was die Normalität ist, was jetzt alles nicht mehr geht. Und tust so, als sei das die ‚Natur' der Dinge: kein Referendariat, kein Beruf, die Tochter soll sich nur noch freuen und vorbereiten auf die Mutterschaft. Nein, weg mit den Zwiegesprächen und zu Helle gewandt: *Wie soll es denn nun weitergehen, wir werden bald fertig sein mit dem Examen?*
Ich finde, deine Mutter kann darüber nicht entscheiden.

Einfach zu sagen, so ist das nun mal, liebe Tochter, ich sage dir jetzt mal, wie dein Leben zu laufen hat – das geht nicht!
Ja, Helle hatte recht, ich beruhigte mich.

Langsam begriffen wir: Nichts war gelungen, nichts war fertig mit dieser Hochzeit, wir mussten ernsthaft und deutlich werden. Hinter dem Rücken der Eltern das machen, was wir richtig fanden und auch schon in die Tat umgesetzt hatten, dieses Sich-Verbergen hinter der Maske der Freundlichkeit war ein Fehler gewesen.
Was sie einem vorsemmelten, diese herrschende Ordnung, unter deren Zwängen wir uns ja offensichtlich befanden, darum mussten wir uns kümmern!
Offenlegen, was genau einem in dieser Ordnung suspekt vorkam. Lernen, was zu kritisieren und abzulegen wäre. Was eine Familie ist, was die Eheschließung, woher diese Institution eigentlich kommt, welche Rolle Staat und Kirche haben. Wenn wir das herausgefunden hätten, dann läge offen zutage, wogegen wir uns wehren müssten
Also Schluss damit, weg mit unserer Heuchelei.
Die Eltern hatten uns ein Kampfprogramm aufgedrückt, unser Leben als Paar musste mit der Ehe beginnen. *Deshalb nehmen wir unsere Angelegenheiten jetzt selbst in die Hand und kämpfen.* sagte ich zu Helle, *und damit sind wir zum Glück nicht allein.*

Angela kam mit ihrem rothaarigen Gavrilos zu Besuch. Er erzählte von den politischen Zuständen in Athen.
Zusammen gingen wir ins Auditorium Maximum und hörten ein Konzert mit Werken von Mikis Theodorakis. Der saß im Gefängnis, weil er sich an den Protestveranstaltungen gegen die Militärjunta beteiligt hatte. In Griechenland durfte seine Musik seitdem nicht mehr gehört werden.
Und wieder an die Arbeit, aber noch bevor die Dunkelheit hereinbrach, holte Helle mich heraus, wir liefen Hand in Hand durch die stillen Straßen der Walddörfer, täglich gab es den *Atemspaziergang* für den Kleinen.

Ende Januar lernten wir immer noch, wir hatten Disziplin begriffen, dann war es so weit: Helle brachte mich in die kahle Parkstraße an der Außenalster, zu der weißen, stuckverzierten Villa aus den Gründerjahren, das war Stadtbesitz, Prüfungsamt. Allein betrat ich die Eingangshalle, ging die breiten Treppenstufen des herrschaftlichen Hauses hoch – und gleich zurück, ich musste die Toilette aufsuchen, dieser elende Behördengeruch. Dann wieder hoch, ich war dran, die letzte Prüfung, ich betrat den Raum, zwei Herren erhoben sich: *Kommen Sie her, nehmen Sie Platz. Fräulein …* Er schaute in seine Unterlage, *Sie …*

Sofort redete ich los. Gegen die freundlich-gemütliche Stimme meines Professors sagte ich: *Ich habe einen anderen Namen, ich habe geheiratet.*

Darauf erhoben sich die beiden Herren ein zweites Mal, der Schulrat gab mir die Hand und sagte: *Also denn, herzlichen Glückwunsch,* und mein Lieblingsprofessor nahm mit beiden Händen meine Hand in seine und sagte: *Alles, alles Gute für Sie, nehmen Sie bitte Platz. Also,* er blätterte in seinen Unterlagen, suchte, blickte auf und sah mich aufmunternd lächelnd an: *Für welche Themen haben Sie denn gearbeitet, ich habe keine Themenliste von Ihnen bekommen?*

Oh, das kann wirklich nicht sein, ich habe die Liste abgegeben. Dann werde ich jetzt wieder gehen, dann muss ich die Prüfung ein anderes Mal machen. Ich erhob mich. Das war jetzt meine neue Parole: Ich stellte sofort klar, was ich mitzumachen gedachte und was nicht …

Aber Professor H., dieser grundgütige Mann, betrachtete mich, fasste mich am Arm und sagte: *Nein, nehmen Sie wieder Platz, es ist alles in Ordnung. Sagen Sie mir einfach ein paar Titel der Literatur, die Sie gelesen haben. Welche Themen haben Sie interessiert?*

Ich wusste zwar nicht, wie er das ohne meine ausführlichen Listen hinkriegen wollte, aber gut. Ich würde das jetzt so schaffen müssen, musste nur meine Gedanken sammeln, tief durchatmen, dann erzählte ich etwas über Dilthey, Schleiermacher, über das Drama „Das Leben ein Traum“ von Calderon, Lektürestoff im Praktikum. Zum Glück fiel mir ein, dass seine wissenschaftlichen Arbeiten um die *Dritte Welt* kreisten, Alphabetisierung, Deutsch als Zweitsprache, damit lag ich richtig, diese Themen trugen die Stunde des Prüfungsgespräches. Ich erwartete nichts Gutes, als ich auf dem Flur wartete, aber mein Professor strahlte, beglückwünschte mich zu einer sehr guten Zwei. Später erfuhr ich, dass man mich auf

Eins geprüft hatte, die schriftliche Arbeit war so bewertet worden. Niemals hatte ich damit gerechnet.

Helle absolvierte ebenfalls seine letzte mündliche Prüfung, auch mit einem guten Ergebnis, beide hatten wir im Januar das Erste Staatsexamen geschafft. Tatsächlich gab es nichts mehr zu erledigen, wir waren frei! Wir lebten – so gerade eben – von den Rücklagen aus unseren Studentenjobs. Die schmolzen zwar, aber irgendwie würde es schon reichen, mit dem Beginn des Referendariats würde es die ersten kleinen Gehälter geben.
Heiter und erwartungsvoll machten wir also weiter, es war wie ein Rausch. Jeder Tag in unserer kleinen Hütte empfing uns mit einer einzigen Frage, und die lautete: *Was wollen wir heute zusammen machen? Heute, morgen und immer so weiter …*
Zunächst mal wieder nach Kiel. Die Eltern waren auf Dienstreise, das wusste ich, also konnte ich ungestört meine Brüder wiedersehen, mit ihnen quatschen und frotzeln wie immer. Wir feierten am Kamin die Geburtstage von Hans und Oluf. Harald musste endlich sein Abitur machen, mit knapp einundzwanzig. Der Vater zwang ihm die Lerndisziplin ab, und Harald erbrachte sie. Zugleich war er kämpferisch aufgelegt und erzählte von Protesten in der Schule, Flugblättern der Schüler gegen reaktionäre Elternvertreter und Strafversetzungen von Mitschülern.
Die drei jüngeren Brüder waren die Leidtragenden der ständigen Versetzungen des Vaters, drei Schulwechsel, weil er mit seinen Karrieresprüngen zugange war. Sie versagten, ein neues Bundesland, andere Lehrpläne, die Schule blieb für sie ein ständiger Kampf. Der Vater reagierte mit Zorn, raste vom Amt nach Hause, paukte mit ihnen, verschwand auf eine Dienstreise und hinterließ ihnen strengste Maßregelungen.
Wir machten lange Spaziergänge an der Ostsee, und zu Beginn der Woche gingen wir zusammen auf die Demonstration in der Kieler Innenstadt.

Und dann noch schnell eine Reise. Es war eine Lust, mit unserem Auto durch die nebligen, regenverhangenen Wiesen und Weiden von Friesland zu fahren, weiter nach Amsterdam, zu den Grachten,

den kleinen Läden und gemütlichen Kaffeehäusern. Gut ein Jahr nachdem wir mit der Freundesclique an diesen übermütigen Novembertagen in Amsterdam herumgestreunt waren, kamen wir wieder, dieses Mal als Ehepaar, so war das jetzt, *voilà*. Zweifel, Wehmut, war es richtig, wie es jetzt war, allein zu zweit?
Nein, es war nicht richtig, aber wir waren ja fast schon zu dritt, und dann, mal sehen, wir könnten doch auch zurückziehen, oder?

Im Februar schaute Ernst auf der Fahrt von Berlin nach Kiel bei uns vorbei. Er wollte sehen, wie wir in unseren zwei kleinen Zimmern wohnten und zu zweit zurechtkamen.
Er berichtete vom internationalen Vietnam-Kongress in Berlin. Zu dem Zeitpunkt eskalierte der Krieg der USA in Vietnam, das erfuhr man in den Nachrichten. In der südvietnamesischen Hauptstadt Saigon kämpften Vietcong-Partisanen gegen US-Truppen. Es gab heftige Straßenkämpfe, dabei wurden auch US-Bomben eingesetzt, Tausende Vietcongs wurden getötet. Und der Senat der Vereinigten Staaten diskutierte den Einsatz von taktischen Atomwaffen.
Das geht aber in Westdeutschland nicht einfach durch, sagte Ernst. Kriegsgegner in den USA, Schriftsteller und Intellektuelle, von überall sind Gegner dieses Vietnamkriegs zusammengekommen. Das war interessant, das hätte dir gefallen. Da war Peter Weiß, auch Sartre hat eine Rede gehalten, das hatte Niveau.
Kann man davon noch was lesen, werden die Reden abgedruckt? fragte ich.
Bestimmt wird es die geben, sagte er. *Hier ging es ja erst mal darum, mit dem Sozialistischen Studentenbund die Strategien eines Protestes zu diskutieren. Mehr als Zwölftausend haben sich anschließend zu einer Großdemonstration versammelt, die zuerst vom Senat verboten worden war.*
Das waren sogar noch mehr, fiel ich ein, hier, ich habe das in der „ZEIT“ gelesen: *„An der Schlussdemonstration vom Kürfürstendamm zur Deutschen Oper, vor der am 2. Juni 1967 Benno Ohnesorg erschossen wurde, beteiligten sich zwölf- bis fünfzehntausend Gegner des amerikanischen Engagements in Vietnam. Zumindest in der Vietnam-Frage wusste eine gar nicht so kleine Minderheit sich mit dem SDS einig und konnte ihren Minoritätsstatus in spöttischen Sprechchören in*

Frage stellen: ‚Wir sind die kleine radikale Minderheit!'"
Nein, spöttisch ist diese Parole nicht, sagte Ernst. *Da schwingt ein Angriff mit. In einer Demokratie zählen nur Mehrheitsbeschlüsse, eine Meinung von Minderheiten hat den Makel: Sie zählt nicht.*
Und wenn sie richtig ist? fragte ich.
Dann bekommt sie noch lange keine Geltung. Aber entscheidend ist doch, was gesagt wird, auf den Inhalt kommt es an, ob der einen überzeugt. Ein Gedanke wird nicht überzeugender, nur weil er von der Mehrheit vertreten wird. Ja, klar, diese Parole sagt: Wir sind nur eine radikale Minderheit. Aber hört doch mal her, was wir sagen: Die US-Truppen führen in Vietnam einen mörderischen Krieg!

Am nächsten Tag fuhr ich mit der U-Bahn nach Winterhude und ging in die Personalstelle der Schulbehörde. Dort fragte ich an, wie das denn sei, ob ich mit dem Referendariat beginnen könne, ich bekäme ein Kind. Selbstverständlich könne ich anfangen, ich würde dann Mutterschutz bekommen und am Ende der zwei Jahre die Zeit, nachholen, sagte der Verwaltungsbeamte, und damit war die Sache erledigt. Er stand auf, nahm den Kalender, der an der Wand hing, und sagte: *Ja, dann wollen wir das mal eintragen, wann wird der Termin Ihrer Niederkunft sein?*
Wen ging das etwas an, wann mein Kind geboren würde, dachte ich peinlich berührt, das war doch meine persönliche Angelegenheit. Aber nein, war es natürlich überhaupt nicht. Auf dem großen Jahreskalender des Personalbüros wurde das Datum rot eingekreist. Und dann kam er, jäh, der Gedanke: Wollte ich das überhaupt, das Referendariat noch in der Schwangerschaft antreten?

Am selben Tag fuhren wir nach Moorfleet. Hans hatte angefragt, ob Helle mit ihm ein weiteres Zimmer auf dem Dachboden ausbauen könne. Wir blieben ein paar Tage, und ich war glücklich. Hinter dem Deich das Haus war immer noch unser Haus, und das würde so bleiben, diese Gewissheit strömte ins Herz.
Als alles fertig war, gab es ein indisches Festmahl. Ich kochte einen Rindfleischcurry nach dem Rezept der Familie. Die Freunde kamen, auch Angela und Gavrilos, auch Harald, der gerade Abitur gemacht hatte. Wir beglückwünschten ihn und begrüßten seine neue Freundin

in der Runde. Ja, da gab es also schon wieder ein Paar in der Familie, die ließen sich von keiner Sitte stören. Ich staunte.
Am nächsten Tag fuhren wir alle gemeinsam zum Großneumarkt und mischten uns in den Zug der Demonstranten, es ging um eine Besetzung des Springer-Hauses, die Herausgabe der „Bild" sollte an diesem Tag verhindert werden.

Zwischen dem Ausgang des Winters, dem Herannahen des Frühlings, des Lichts und allem, was dann kommen sollte, mussten wir auch noch herausfinden, was wir mit unserem Leben anfangen wollten. Langsam wurden wir hellwach für das, was um uns herum geschah. Die Politik hatte doch mit unserem Leben zu tun.

Teil 5

Der objektive Hammer und weitere Bausteine zur Erklärung der Welt

Plötzlich wieder ein Sommer

Wie verrückt rennen die Kleinen durch den Sand, lassen sich treiben von warmen Windstößen, dem Geruch der Fremde, den seltsamen Pflanzen. Eine warme Sonne scheint, man kann laufen, rennen, ohne Jacke, ohne Schneeanzug. Da sind wieder Steine, schwarze Steine, da spritzt es, die Wellen rollen heran, da geht es nicht weiter, also zurück zu den Palmen, den bunten Blumen, die auf Teppichen von Kakteen wachsen. *Was das?* fragt Yvi. Ach was, ist egal, er hat schon welche abgerupft und will sie der Mama zeigen. Die hat die Kinderbetten fertig und fläzt sich lachend auf den Liegestuhl. Alles geht so leicht im gleißenden Licht der Sonne, bei dem streichelnden Wind in den Palmen.

Fünf Uhr früh an einem Tag im Februar 2015.

Dunkle Nacht noch, die Sterne glitzern am Himmel, da sitze ich an diesem Tisch und blicke im Schein der Lampe auf Palmen, die sich im Wind hin- und herbewegen. Niemals ist es still hier, nicht in der Nacht, auch nicht am Tag. Der dumpfe, schwere Schlag des Meeres, der dunkle Grundton, immer und immer wieder, als sei dies der Pulsschlag des Atlantiks, wild, wiederkehrend. Unermüdlich wälzen sich die Wellenberge heran, grollend, wenn die Welle zusammenbricht. Darüber der hellere Ton, der im Wind zerreißt, wenn die Wasserteppiche auslaufen, weiterschwappen über schwarze Steine und immer weiter über den schwarzen Sand gleiten. Oberton ist der Wind, der hängt in den Palmenwedeln, fegt und bürstet Blätter von Engelstrompeten, fährt in Büsche der Bougainvillea, in Haare, über den Sand.

Der Wind, das Meer, tags die Sonne, nachts der Sternenhimmel über der Steinwüste, mitten im norddeutschen Winter sind wir tief in den Süden geflogen, auf diese Insel im Atlantik, Fuerteventura. Die Sahara liegt da drüben, marokkanische Wüste auf der anderen Seite des Meeres.

Hier ist jetzt mein Schreibort, der Tisch vor dem offenen Fenster, jeden Tag in der Frühe höre ich mit dem aufgehenden Licht dem Grollen des Atlantiks zu.

Aufgeregt, neugierig und zufrieden sauge ich die Geräusche auf, die seltsamen Stimmungen in der Dunkelheit der Nacht, jetzt noch und dann in einer Stunde, wenn gleißende Sonne den Tag bestrahlt und sich Stimmen einmischen. Immer gibt es das überbordende üppige Licht – mitten im Winter …

Nach einem Tag im Februar mit einem Haufen von Steinen, kahlen Bergen und feinem warmen Sand ist die zweite Nacht geschafft worden. Alle haben damit zu tun. Neben einem Meer schlafen, das gurgelnd, schlürfend, schmatzend ein- und ausatmet, unermüdlich, ohne Pause grollend und grummelnd stoßweise Wellen schlägt, dazu das irritierende kalte Licht des Mondes, die seltsamen Geräusche aus den Felsklippen – wer findet da Ruhe?
Aber früh um acht ist alles vorbei. Sanft spielt der Wind seine Melodie auf den Palmenwedeln, Emphase des Morgens, Bauchweh, Mückenjagd, das laute Meer – im verschwenderischen Licht des Tages sind die *nightmares* vergessen.
Bei denen nebenan auch.
Das war wieder eine wilde Nacht, sagt Katrina, tritt durch die Verandatür herein und setzt ihre Kleinen bei uns ab. Yvi habe sehr schlecht geschlafen.
‚Rausgehn, runtergehn', hört man ihn im Schlaf sprechen, erzählt Klaas, der mit zwei aufgeschäumten Milchkaffees dazukommt. *Dann wacht er auf, schreit, tobt, schmeißt die Milchflasche in die Ecke und haut seine Mutter.*
Was treibt durch seinen Kopf, was versetzt das Kind in Angstträume, was kann es sein? fragen wir zwei uns beim Teetrinken.
Später schiebe ich den Kinderwagen über holprige Wege, steinübersät die Berghalde. Dort drüben hockt Nika und dreht Steine um, Johann hockt neben ihm und hilft, Eidechsen wollen sie finden. Yvi bleibt an meiner Hand: *Nicht die Mama hauen*, sage ich zu ihm, *die streichelt dich, die gibt dir eine Milch, die trägt dich hin und her. – Ja*, sagt er, blickt versonnen, hört zu. Was denkt er, kann er schon „darüber" nachdenken? *Nein, nicht hauen*, sagt er noch mal.

Katrina kommt verschwitzt vom *Workout* zurück, duscht rasch und schneidet Wurzeln klein, setzt einen Topf mit Wasser auf den Herd. Yves kommt dazu, Stuhl an den Herd schieben und zuschauen, wie es dampft und kocht. Eine Pasta wird aufgetischt, wir essen zu sechst. Dann ist Ruhe, in die Stille der Siesta dringt das sanfte Grummeln des Meeres. Ich wache auf, als Yves alle Lastwagen, Bagger und Boote hereinträgt und auf dem Fußboden zwischen Schrank und Bett anordnet, schweigend hat er zu tun, er hat diesen Platz als seine Ecke ausgewählt.

Früh um fünf, die Nacht ist wieder mondhell und macht mich schön wach, ein Sog sind diese stillen Stunden, ganz allein im Lichtschein der Lampe, lesen und schreiben.

Da vibriert das Handy. Nachrichten von drüben, jenseits des Atlantiks. In den nordafrikanischen Mittelmeerländern drängen sich Ströme von Migranten in den Küstenorten. Unter dubiosen Umständen werden sie in lächerliche Schlauchboote gesetzt und riskieren eine lebensgefährliche Fahrt übers Mittelmeer.

Eine neue Stimme aus Griechenland. Ein Ministerpräsident Tsipras steht auf und wagt ein Nein: Die Troika hört jetzt mal zu, was wir, die Griechen, zu sagen haben, welche politischen Beschlüsse wir für richtig halten.

Griechenland sei lange genug aus Brüssel und Berlin regiert worden. Damit sei nun Schluss. Er, Alexis Tsipras, habe mit seiner Syriza-Partei die Wahlen gewonnen, und er werde den Mächtigen der Euroländer den Kampf ansagen. Er halte gar nichts von dem Spardiktat. Wie solle ein Land Wirtschaftswachstum hinkriegen, wenn es nichts investieren dürfe … er wolle für den neuen Wählerauftrag kämpfen … er habe die Mehrheit des Volkes hinter sich … das Volk wisse, worauf es ankomme.

Gegen acht gehe ich vor die Tür, höre die Palmen im Wind knattern, dazwischen die Stimmen der Kinder, das Gezwitscher des süßen Papperlapapp hier und dort und ganz drüben bei den Blütenmatten der Dickblattgewächse. Die Sonne, die Stimmen der Kinder, das gehört in diese Wochen. Alles wird begleitet durch Sprache, Singsang, Selbstgespräche, die frischen kurzen Ansagen der Kleinen unter sich. Gestern zum Beispiel, da gingen wir Treppen rauf und runter, an Kakteen und Bougainvillea vorbei und wollten ins Restaurant. Yves hatte sicherheitshalber auf den Schultern von Johann Platz

genommen, Nika hangelte sich an meiner Hand entlang, er wusste, ich werde ihn nicht tragen. Dann aber machte er halt, schaute hinunter auf die lange Treppe, die sich vor ihm auftat, schaute hoch und rief: *Treppe runter, habe Angst, Yvi, mir helfen?* Ja, klar. Yves rutschte so schnell von den Schultern herunter, dass wir ihn kaum halten konnten, griff Nikas Hand, und so gingen beide, langsam Stufe für Stufe, die Treppe hinunter.
Drastisch werden die Stimmlagen, wenn Erwartung und Fordern ausgedrückt werden müssen, dramatisch geradezu die Stimmhöhe des Einklagens, wenn die Großen nichts mehr verstehen. Deswegen hat Katrina auf der Rückfahrt von Betancuria bereits den *Konditional* geübt. Da waren sie müde, es war vielleicht nicht alles so gelaufen, wie es sich zweieinhalbjährige Jungs wünschen, da entdeckten sie auf der Käsefarm zum Glück noch einen kleinen Bagger, aber sie durften nicht draufsteigen. Also begann Yves im Auto: *Wir können nachher mal zum Meer gehen und fragen, bei dem gelben Bagger, ob wir da rauf dürfen.*
Ja, sagte die Mama, *das können wir versuchen, aber es könnte auch sein, dass der nein sagt.*
Mischte sich Nika ein und wusste: *Der Baggermann sagt ja.*
Es könnte aber auch passieren, sagte die Mama trocken, *das müsste man auch bedenken, dass das nicht ginge, weil das nicht erlaubt wäre.*
Dann bin ich traurig, sagte Nika. Yvi dagegen: *Wir fragen den Mann, ob das geht.* Nika noch einmal: *Dann bin ich traurig.* Yves schaute zurück zum Rücksitz in der dritten Reihe, und fragte: *Ja oder nein? Ich bin für ja.* Damit beendete er die Sache.

Am Morgen des vorletzten Tages sitze ich an meinem Schreibplatz, blicke auf Palmen und Euphorbien, da erscheint Katrina auf der Terrasse, stellt mir einen Kaffee hin und fragt, was ich denn eigentlich immer mache, wenn ich schon so früh am Laptop sitze. Ich gehe zum ersten Mal in die Offensive, traue mich und sage: *Ich schreibe ein Buch.*
Ein Buch? Worüber denn?
Das sei eine andere Sache, weiche ich aus und sage schließlich: *Ein Familienbuch, über meine Eltern, uns Kinder, die Sommer, das Leben in den indischen Tropen, und dann diesen kleinen Sommer hier …* Ich

breche ab, sie ist schon wieder raus, den Stimmen der Kinder nach. Das Erzählen von früher interessiert eigentlich niemanden. Vielleicht gibt es höfliches Interesse, oft kommt es nur als Peinlichkeit an. Durch das Schreiben nehme ich mir das Erzählen heraus. Ich sehe Katrina vor mir, wenn ich nachdenke und mich erinnere, wie es war, als sie ein kleines Kind war. Davon will ich erzählen.

Schönstes Licht, Sonne spielt auf den Dächern und in den üppig grünen Baumkronen, über zwanzig Grad, übermütiger Frühsommer, langsam ist er nun auch im Norden angekommen.

An einem Tag im Juni 2015, um sieben Uhr, ich liege noch im Bett und überlege gerade, ob ich aufstehen soll, leise, um Johann nicht zu wecken, da höre ich ein leises Klopfen. Täusche ich mich? Nein, es klopft. Sofort hoch und raus, Schlüssel umdrehen, Tür auf. Er läuft zurück, hört die Geräusche, dreht sich um und lacht laut heraus, Nika, das ganze Gesicht lacht vor Freude, dass es nun doch geklappt hat, mich aus dem Haus zu kriegen.

Er will mir sein neues T-Shirt zeigen. *Da isn Turm drauf, siehstu, Frankreich!*

Ja, der Eiffelturm, sage ich. Fröstelnd im Nachthemd auf dem Steg bin ich hellwach bei dem Weckruf.

Gut schlafen, redet er weiter, *Yvi auch gut schlafen.* Jetzt müssen sie zu Jenny gefahren werden, aber er will noch sein Auto mitnehmen, ich soll helfen, es zu finden.

Jacke überziehen und los. Nika lacht und freut sich, dass es nun ein süßes Verweilen gibt, gemütlich trotten wir zur Sandkiste, ins Gewächshaus, sein Kopf tief gebeugt, da, im Kartoffelbeet, da hatte er es hineingeworfen. Er lacht, der Papa ruft: *Los geht's, Yves ist schon im Auto.*

Nika klemmt sein Auto unter den Arm, geht los, dreht sich um, bleibt stehen und ruft: *Ich komme wieder!* Geht weiter, dreht sich um und guckt eindringlich, ob ich das wirklich verstanden habe? *Ich komme wieder. Ja, Nika, dann spielen wir weiter.*

Alles ist gesagt, zufrieden dreht er sich um und geht entschlossen zum Auto. Auf die Sprache kommt es jetzt an, mit ihr kann man sicherstellen, dass sie einen auch wirklich verstehen.

Die Tagesmutter ist krank, die Kleinen müssen zu Hause bleiben, Katrina auch. Ich liege mit einer Magengrippe im Bett, in der Nacht unruhiger Schlaf und um drei schon wieder wach, lesen und herumlaufen bis fünf.

Sie habe auch nicht schlafen können, erzählt Katrina am nächsten Morgen, Yves habe geschrien und sie terrorisiert, sie könne gar nicht mehr. *Kannst du die Kinder heute nehmen?*

Zu dritt wandern wir in unser Haus und tummeln uns dort, die Kinder selbständig, erfinderisch, streunen von einem Platz zum anderen, bauen den Bauernhof auf. Dann will Nika einen Trecker malen, setzt sich auf meinen Schoß, nimmt die Maus und sucht blitzschnell das Foto eines Treckers im Internet: *Hilfst du mir beim Malen?* Yves unten auf dem Fußboden intoniert das Tok-Tok seines Treckers … Tür geht auf, Katrina tritt ein, strengen Blicks, ruft: *Was macht ihr denn da? Bloß kein Computer, die Kinder müssen raus., das wisst ihr doch!*

Die Tür geht zu, die Kinder sind weg, die Stimmung sinkt.

Abends entzünden wir dennoch das kleine Feuer zur Sommersonnenwende, Weißwein und warme Luft, Katrina sitzt still dabei, Klaas redet darüber, dass so ein Feuer die Grasnarbe zerstört. Oh nee, viel zu spät im Bett, falsches Essen, schlechte Nacht. Am nächsten Morgen warmer Regen, zwei Kinder in Bodys werden von den Eltern hereingeschoben, die gehen zur Arbeit.

Wieder ein Nachmittag mit den Kindern. Nach der Schlafarie stromern sie im Garten hinter den Katzen her durch dichtes Buschgelände, aber Nika kommt zurück und setzt sich auf meinen Schoß. Er ist lustlos, zweimal hat er in der Nacht gespuckt. Ich trage ihn in unser Bad und wechsele ihm die Windel. Da steht er auf und sagt: *Ich muss jetzt zu meinem Papa gehen, ich brauche meinen Papa. Voilà*, was für starke Worte. So klipp und klar werden Wunsch und Wille ausgedrückt.

Darum geht's doch auch, dieses Glück beim Namen zu nennen, das mitzuerleben und festzuhalten, wie Kinder drauflosgehen. Wie sie alles aufsaugen, was mit den Erwachsenen los ist. Wie sie von ihrer Angst reden. Und wie sie mit Zutrauen vorangehen.

Und ein ganz neues Jahr: 1968

Winterlinge trieben aus den ollen Rasenflächen vor dem Balkon unserer Dachwohnung in den Walddörfern, Matten von Schneeglöckchen blühten tief unter den Büschen, die Überraschung eines alten Gartens, in dem alles verwildern und wiederkommen darf. Es war Anfang März.
Helle und ich fuhren in die Stadt, traten Hand in Hand durch das prächtige Portal einer Altbauvilla und schritten etwas beklommen durch die weiten Flure des Staatlichen Studienseminars. Man roch den Geist der Jahrhundertwende, ein schwerer Geruch umgab die verglasten Schränke, in denen ausgestopfte Tiere, Skelette und in Gläsern konserviertes organisches Material auf die Anschauung im Unterricht warteten, den wir hier nun endlich lernen sollten. Ganz am Ende der hohe, große Unterrichtssaal. Neugierig begrüßten wir die Teilnehmer des Seminars. Und siehe da, vielsagende Blicke hin und her, noch eine andere Frau hatte einen dicken Bauch. *Das ist also völlig normal*, flüsterte ich Helle zu, *wie gut, dass ich dabei bin.* So begann für uns beide „die Arbeit", das Referendariat für das Lehramt.
Von jetzt an fuhren wir regelmäßig in die Stadt, an drei Tagen die Woche fanden die Seminare des Staatlichen Studienseminars statt, eine neue Ordnung trat ein. Basis war das Gruppenseminar, eine hellwache Gruppe, die sich nichts vorsetzen ließ, ohne es erst mal zu diskutieren. Vorn saß eine freundliche ältere Seminarleiterin, die aufgeregt von ihrer „kleinen linken Zelle" sprach. Alles geschah in Kooperation, wir bildeten Untergruppen, wir *hinterfragten* die Unterrichtsgegenstände, welchen Nutzen die Stoffe für die Schüler haben würden und worin sie wirklich etwas mit deren Leben zu tun hätten. Wir auf jeden Fall forderten die *gesellschaftliche Relevanz* ein.

Die Leitung brachte uns mit stoischer Ruhe und freundlicher Bestimmtheit bei, dass die Praxis jetzt sei, einen Unterrichtsgegenstand in sechsseitigen Reflexionen aufzubereiten – das durften wir gern in basisnahen Kleingruppen machen. Mit allergrößter Selbstverständlichkeit ließ sie uns nach klassischen Mustern Didaktik und

Methoden der Unterrichtsvorbereitung erlernen. Die gab es, so hatte man das gelernt, und so würde es weitergehen.
Sie war sich ihrer Sache sicher. Schließlich war sie Amtsperson, es würde in ihrer Macht stehen, uns nach zweijährigem Referendariat die Lehrbefähigung zu attestieren oder eben nicht. Das ahnten wir langsam. Wir vergaßen nicht, dass wir selbst eine Auslese zu bestehen haben würden. Alles, was gerade geschah, war die Vorbereitung auf ein Zweites Staatsexamen.

Später trafen wir im „Haus der Frau" am Loogestieg Dirk und Nane. Wir Frauen hatten schon gelernt, wie man einem Säugling eine Stoffwindel anlegt und das Kind in eine Lure wickelt. Dieses Mal sollten unsere Männer beim Säuglingspflegekurs mitmachen, das hatten wir uns überlegt. Die Leiterin, Frau Storchschnabel, war erstaunt, die anderen Frauen schauten befremdet, dabei stellten sich die beiden einzigen Männer beim Baden der Babypuppe kein bisschen weniger geschickt an. Nach dem Kurs gingen wir zusammen in den Film *Zur Sache, Schätzchen*. Zufrieden kehrten wir zwei in unser winziges Walddörfernest zurück. Tausend Sachen hatten sich ereignet, ich war im Überschwang.

Aber bald schon begann der Mutterschutz. Ich saß zu Hause, dachte nach, hielt die winzige Wohnung in Ordnung, kochte das Mittagessen und wartete, auf den Mann, auf unser Kind, darauf, dass die Zeit verging und irgendetwas „passierte". So ist das also, dachte ich missmutig.
Aber nein, es sollte doch alles glücklich sein! Also setzte ich mich an die Nähmaschine und nähte den Himmel, auch die kleinen Kissenbezüge, alles, was für die Babywiege notwendig war. Dann las ich *Mein Name sei Gantenbein* von Max Frisch, ging in die Miniküche, etwas Feines kochen, am Abend sollten Gäste kommen. Rasch notierte ich: *Heute geht es mir so gut, ich will die Zeit genießen, jetzt noch habe ich sie. Ich will für mein Baby sorgen, horche in mich hinein und auf das Strampeln und Knuffen ... Und trotzdem, immer wieder diese Angst, ist das Baby wirklich ganz gesund?*
In der Sprechstunde der Frauenklinik hörte ich nur das Beste über unser Kind: *Es liegt vorbildlich, und seine Herztöne sind gut hörbar,*

sagte mein Lieblingsarzt. Und meinte, dass es nun bald losgehen würde. Hoppla, dachte ich, ich weiß nicht, das glaube ich eher nicht. Woher sollte der das wissen?

Am Gründonnerstag fuhren wir mit der U-Bahn in die Neustadt. Am Großneumarkt formierten sich die Massen, die Woge schwappte in die Wexstraße, Rufe hallten zwischen den Häuserfronten. *Enteignet Springer* war die Parole, aber es war gar nicht dran zu denken, dass wir bis zum Springer-Haus vordrangen. Aus dem Kornträgergang kamen die Wasserwerfer und schoben die Menge mit dem Wasserstrahl zurück. Es ging nur noch darum, zu rennen, zurückzukommen und dabei genug Raum um sich herum zu sichern. Was für eine Macht war da im Gange, die uns wie Vieh durch die Straßenschluchten trieb! Nichts konnte man sich einbilden, der Kampf war doch längst entschieden.

Am Karfreitag brachte mich mein Schatz zum Gottesdienst nach Volksdorf, wir aßen bei seiner Mutti zu Mittag, am Ostersamstag trafen wir in Kiel am Düsternbrookerweg die jüngeren Brüder, und sofort begannen die Diskussionen. Von Kirchgang war keine Rede mehr, aber wie immer und unbeirrt arrangierte die Mutter, was sie am Ostersonntag für richtig hielt: einen Ausflug an die Nordsee. In Büsum stritten die jüngeren Brüder über die Sowjetunion, die könne doch kein Vorbild sein, hielten wir dagegen, da werde die Arbeit gepriesen und der Staat verwalte sie. Und was wäre die richtige Linie des Kampfes? Das warten wir erst mal ab, dachte die Mutter wahrscheinlich und hielt den Mund. Hauptsache, alle zottelten über den Deich und aßen und tranken im Büsumer Hof, die Kinder und die Freunde und wer sonst noch mitgefahren war. *Kinder, genießt es*, sagte die Mutter beim Osterspaziergang.

Dabei ging es uns um die großen Demonstrationen in Bonn gegen die Verabschiedung der Notstandsgesetze. Da würden wir alle hinfahren.

Zu Hause setzte ich mich hin und schrieb einen Brief an meine alte Lehrerin, die ich verehrt und gemocht hatte. Deswegen lag mir daran, ihr zu erklären, was ich inzwischen begriffen und sie in ihrem Unterricht falsch gemacht hatte. Erstens müsse die

Schule frei werden von Repressionen, zweitens habe sie uns die im Nachkriegsdeutschland herrschende Staatsräson beigebracht: Die BRD müsse aufrüsten und in der NATO das Bollwerk gegen die Sowjetunion sein. Viel wichtiger sei doch aber, schrieb ich, dass die Bundesrepublik 23 Jahre nach der Zerschlagung des Dritten Reiches militärisch zu Bedeutung kommen wolle und die Große Koalition eine Notstandsgesetzgebung durchsetzen könne, um für den Fall einer inneren Bedrohung gerüstet zu sein. Das sei die wirkliche Gefahr. Es gebe keine ernst zu nehmende parlamentarische Opposition, deswegen müsse man mit den Schülern und Studenten zusammen den Protest organisieren!

Es war Mai geworden, durch den Hamburger Vorstadtgarten zogen richtig warme Sommertage. Ich saß auf dem kleinen Balkon, hielt mein Gesicht in die Sonne, holte meine Kladde und notierte säuberlich den Stand der Dinge: *Unser Kleines wird sehr unruhig, gestern hatte ich schon solche Rückenschmerzen, dass ich dachte, es ginge los. Da beginnt auch meine Unruhe. Es ist ja schon lange klar: Dieser dicke Bauch, das kann nur so zu Ende gehen, dass ich eine Geburt hinkriege.*

Daunenkissen, fünf Milchflaschen, Sauger, zwei Windeleimer, notierte ich auf der Einkaufsliste. Und überlegte, dass es Zeit sei, sich ein wenig schön zu machen: die Haare zu waschen, wer wusste schon, was in den nächsten Tagen vielleicht …

Da brachte der Postbote einen Brief von meiner alten Lehrerin.

Demokratisierung, schrieb sie, sei innere Reform an jeder Stelle, eigentlich eine Selbstverständlichkeit, *Standesdünkel* gebe es in ihrer Schule nicht, auch keine Repressionen, und wenn schon, sie gehöre zu den jungen Progressiven. Ihre Oberstufenschüler hätten schon lange ein *kritisches Mitspracherecht*, man sei ja dumm, wenn man die dadurch gesteigerte *Intensität* und *Effizienz* nicht mitnähme. *Notstandsgesetze,* gewiss, die Schüler hätten mit den Lehrern beschlossen: Information, Diskussion, Resolution und vielleicht auch noch eine Demonstration, und zwar genau in dieser Reihenfolge, nicht zuerst demonstrieren und dann diskutieren, wie es der SDS täte. Auf dessen Schülerkongress seien alle Vorschläge der Schüler abgetan worden. Nein, da bleibe sie lieber ein *linksliberaler Scheißer.*

Ich bewunderte sie, diese Frau war vital und engagiert, aber sie blieb die Lehrerin, die die Effekte des kritischen Mitsprachrechts der Schüler sofort einzusetzen wusste. Und sie kritisierte mich: Schade, dass auch ich der *Ideologisierung* verfallen sei, schrieb sie.
Ich hatte es ihr zu einfach gemacht, meinen schönen Vorstellungen konnte sie ihre entgegensetzen. Irgendetwas hatte ich falsch gemacht.

Und dann diese Exkursion in die Hamburger Altstadt, nie werde ich diese Bilder vergessen, meine Schmerzen, brennende Füße, die Altstadtgassen. Es gehöre zum Ausbildungsprogramm, künftige Lehrer müssten die Hansestadt kennenlernten, hatte die Seminarleiterin gesagt, also wollte ich das auf gar keinen Fall verpassen, Mutterschutz hin oder her. Ich müsse mich ja auch bewegen, hieß es, deswegen schleppte ich den Bauch vom Hopfenmarkt über die Trostbrücke zur Großen Bäckerstraße und in die Schlachtertwiete, und weiter über die Zollbrücke in die Reimerstwiete. Die Seminarleiterin blieb stehen, erklärte, es wurde notiert, besessen vom pädagogisch hochinteressierten Einsatz stand man herum. Es dauerte Stunden. Im Rücken zog es, der Bauch arbeitete an seinem Werk.

Zu den großen Demonstrationen im Mai 1968 konnten wir nicht gehen.

Jäh jagte am Sechzehnten der Schmerz vom Rücken in den Bauch, da arbeitete eine Kraft. Sofort war klar, es passiert. Es war früh um fünf. Um neun hoppelte der R4 über das alte Straßenpflaster der Wilhelmsburger Reichsstraße, die Schmerzen trieben durch den Bauch, gefühlt ohne Pause. Helle steuerte mit der linken Hand, nahm das Gas weg, hielt mit der rechten meinen Bauch. Ich wusste nicht mehr, wo hinein ich eigentlich atmen konnte und dachte diffus: In was für einen Irrsinn begeben wir uns gerade? Was machen wir hier eigentlich, warum bin ich nicht längst bei meinem Doktor in Eppendorf?
Na, wie ist es, Mariechen, wir wollten das doch zusammen machen, willst du nicht in die Klinik nach Harburg kommen? hatte Hans vor ein paar Tagen gesagt, da hatte ich mich eingeladen und beschützt gefühlt.

Jetzt war die Fahrt so mühsam, als müssten wir jeden Pflasterstein einzeln erklimmen, mit Tempo zwanzig schlichen wir, es dauerte, und vielleicht würde es auch zu lange dauern. Und was dann?
Aber irgendwann schob Helle mich entschlossen durch die Schwingtür zur Entbindungsstation, da stand groß und breit Schwester Hildegard, nahm mich bei der Hand und schob ihn zurück: *Sie bleiben mal draußen und warten.*
Die Tür ging zu, und ich war allein. Sofort begannen die Zumutungen, rasieren, ein Einlauf. *Wieso denn das?* fragte ich Hildegard. *Ich habe doch sowieso Durchfall. Es war peinlich genug.*
Da lachte sie laut und rief: *Ach, Schätzchen, noch jedes Kind auf dieser Welt ist nach einem Durchfall auf die Welt gekommen. Das ist die Natur, die macht das so.*
Im Kreißsaal sagte Hildegard: *Legen Sie sich nur hin, wenn es unbedingt nötig ist. Das dauert, gehen Sie immer schön herum, sonst geht's nicht weiter, Herzchen.*
Damit schloss sie die Tür, ich war ganz allein.

Mir wurde klar, dass ich allein für uns beide sorgen musste. Also konsequent die Atemtechnik anwenden, ich hatte sie erlernt. Das war die Stütze, ein Programm, das die Sache objektivierte, es verhalf mir zu Konzentration. Zum Glück wusste ich nicht, dass es zehn Stunden dauern würde, ohne zu trinken, ohne etwas zu essen.
Hans kam herein: *Jetzt ist die Visite vorbei, wie geht es dir, Daisy? Ich habe Helle losgeschickt, er soll für die ganze Station Sekt kaufen, das ist wichtig. War der Oberarzt schon da?*
Ja, er hat gesagt, dass er mir wohl zum Schluss eine Narkose geben würde. Ich habe gesagt, dass ich das auf keinen Fall will, aber er sagt, da schauen wir mal, so genau könne ich das dann nicht mehr entscheiden. Kannst du aufpassen, dass das nicht geschieht?
Ja, da warten wir mal ab, wie es dir geht.
Viele Stunden später war mein Bruder immer bei mir, auch Hildegard half beim Durchhalten.
Als Hans mit meinen Schreien nichts mehr anzufangen wusste, drückte er die Lachgasmaske auf mein Gesicht. Ich dachte, jetzt müsste ich ersticken, und schob sie weg. Ich wollte doch wach bleiben. Die Kraft, die in mir tobte, zerriss mich. Ich war dieser Kraft

ausgeliefert und musste ihr doch aktiv atmend zur Seite stehen, aber dann …
Hildegard rief: *Nicht pressen, Herzchen, hecheln! Wir warten noch auf den Chefarzt, der kommt gleich vom Abendessen herüber.*
Da schrie ich: *Es ist mir egal, ob der Chefarzt kommt, ich presse jetzt.*
Und Licht aus.

Dann lag das Bündel auf meiner Brust, Helle stand neben mir und streichelte mich: *Guck mal, Mariechen, unsere Kleine ist da.*
Ich war verwirrt. Ich fühlte mich um etwas betrogen. Wieso bestimmten die Ärzte alles, warum durfte ich nicht miterleben, wie mein Baby auf die Welt kam?
Ich hörte zu, wie im Nebenraum gelacht und geprostet wurde. Ich brauchte Ruhe, hieß es. Dabei brauchte ich nur mein Baby, etwas zu essen und zu trinken und eine fröhliche Gesellschaft. Aber die feierte ohne mich. Allein im Krankenhausbett, verstand ich nicht, was los war. Darauf konnte nur eine moderne Klinik kommen, das Kind sofort von der Mutter zu trennen.
Früh am Morgen aber lachte die Sonne ins Zimmer, und die Vögel jubilierten aus den Harburger Bergen herüber, da wurde mir das Bündel gebracht und in die Arme gelegt. *Hallo, da bist du ja, agapi mou, meine kleine Katerini.*

Acht Krankenhaustage standen unter dem Regime der Säuglingsschwestern. Mein Kind wurde mir gebracht und nach einer Stunde weggeholt. Also machte ich mich auf den Weg, folgte den Schreien und fand das Säuglingszimmer. Dort streichelte ich mein Kind, schaute zu, wie die Schwestern mit den Babys umgingen, und wurde weggeschickt. Meine Aufgabe sei es, mich zu schonen, sagten sie, aber das war nicht der Grund. Es war nicht vorgesehen, dass man mit seinem Kind so lange zusammen sein konnte, wie man wollte; dass man die Pflege und das Nähren unter der freundlichen Obhut der Schwestern selbst machen durfte. Das lag am Krankenhausbetrieb.

Erst, als es für menschlich sinnvoll und betriebswirtschaftlich wertvoll gehalten wurde, ließ man Mutter und Kind die ersten Tage zusammen erleben.

Ein heißer Juni war in die Gärten der Walddörfer eingezogen, als das neue Leben mit dem Kind begann.
Dieses zarte, kleine Geschöpf, atmete es richtig, lag es richtig, sollte es schreien, nein, besser hochnehmen, aber dann? Sie lag gern in meinem Arm, wir schauten einander lange an, sie nuckelte sehr lieb an der Brust, aber ich wog, und es war zu wenig, eigentlich wartete sie auf die Flasche.
Acht Tage im Krankenhaus, da hatte sie schon gelernt, dass es bequemer geht. Ich stand unter der Dusche, die Milch spritzte aus der Brust, aber ich nahm sie nicht hoch und ließ es bei ihr reinfließen, nein, genau das war ja nicht erlaubt, man musste warten, nur alle vier Stunden durfte es eine Mahlzeit geben.
Dann kamen die Schmerzen, eine Brustentzündung, hohes Fieber, ich fiel aus. Vom Bett aus konnte ich zuschauen, wie ruhig und gelassen mein Schatz mit der Kleinen umging, ich pumpte ab, sie bekam die Flasche, und zwar wann immer sie wollte. Es war Ausnahmezustand. Der Hausarzt kam wieder und wieder, am Ende brachte er eine Flasche Sekt und sagte: *Hier, meine Liebe, davon trinken Sie ab jetzt jeden Morgen um neun ein kleines Gläschen, das ist meine Medizin, das entspannt Sie und das Baby, und allen geht es gut.*
Genau so war es, in der Dachwohnung wurde es hell und warm, Katerini lag im Wagen auf dem Balkon, gurgelte und schnutzelte vor sich hin. Ich ersparte ihr bald die Lure, sie strampelte mit ihren Beinen, hielt inne, schaute erwartungsvoll, wenn man näherkam, und lachte uns an, wenn der Wagen geschuckelt wurde.

Noch im Juni fuhren wir das erste Mal wieder nach Kiel. Fast alle Brüder hatten sich versammelt, um das neue Kind zu begrüßen. Auch für die Eltern war es das erste Treffen in ihrem Haus. Faktisch sah das so aus, dass Hans mit seiner Freundin und Helle eine Segeltour auf der Kieler Förde unternahmen und ich mit dem Baby im Haus blieb. So lief das also! Ich überlegte, ob es nicht auch hätte zusammen gehen können. Später aber saßen alle zusammen auf dem Balkon, tranken Tee, und Harald hielt das Baby, betrachtete es neugierig, mit zarter Gebärde und Verwunderung, und legte es Oluf in die Arme. Hans, der geholfen hatte, es auf die Welt zu bringen, schaute es mit interessiertem Arztblick an, hielt es liebevoll und sanft, die Mutter schaute gespannt zu, und ich betrachtete die Szene und konnte sie nie mehr vergessen.

Aus Tübingen kam Ernst angereist, um mit uns die neuen Aktionen zu diskutieren. Die Psychologiestudenten hätten die Luftschutzbüros besetzt, sagte er, die Wiederaufrüstung der BRD solle publik gemacht werden, man dürfe der politischen Klasse nicht einfach so durchgehen lassen, dass der Notstandsgesetzgebung nun die praktischen Taten folgten. Das sei ein greller Widerspruch, Aufrüstung, Luftschutzbüros, der letzte Krieg vor Kurzem erst beendet, Verschwendung gesellschaftlichen Reichtums sei das, das könnten die Studenten nicht hinnehmen. Es sei doch im gesellschaftlichen Interesse, dass Wissen vermehrt und verbreitet werde.
Und weißt du was? fuhr er fort. *Ich fahre jetzt zu einem Arbeitstreffen auf die Burg Berlepsch, die wir von den Osterfesten kennen! Ein Arbeitstreffen zur Vertiefung der Diskussionen in der Theologie und den wichtigen Gesellschaftswissenschaften.*
Was für klare Worte. Ich war sprachlos und fragte voller Unruhe: Kommst du etwa nicht zu Vaters Geburtstag nach Kiel?
Nein, feiert man ohne mich. Vater verlangt ständig Detailabrechnungen zu dem Geld, das er mir für das Studium schickt, er wacht argwöhnisch über meine Ausgaben und nutzt meine finanzielle Abhängigkeit aus, nur um Autorität zu sein. Ich habe absolut keine Lust, mit ihm zu feiern.

Die Sommerferien begannen. In diesem Jahr sollte alles wieder möglich sein, ein großer Sommer. Aufbruchstimmung in unserer engen Wohnung unterm Dach, Jubel über freie Zeit und ein kühner Entschluss: Den ersten Sommer sollte unsere kleine Katerini mit uns auf einer Insel in den Schären vor Stockholm, hoch oben in der Ostsee verbringen.
Mit diesem kleinen Kind war schon seit Wochen alles anders, der Wechsel vom Tag zur Nacht aufgelöst, Stunden bei Tag und bei Nacht das Baby und ich, aufwachen, ernährt werden, Windeln gewechselt bekommen, spielen, getragen werden, herumschauen, dösen, einschlafen und Stunden später wieder aufwachen. Unser Helle war in den vergangenen Wochen immer wieder für viele Stunden aus

dem Blickfeld verschwunden, weil er in die Schule ging, um das Unterrichten zu lernen, aber wir zwei trudelten durch die neue Tag- und Nachtgleiche.
Auf der Insel im Meer fiel das gar nicht auf. Niemand schlief zur gewohnten Zeit in diesem prachtvollen schwedischen Mittsommer. In den hellen Nächten saßen wir lange am Kamin und schauten in die Flammen. Ich liebte die Stille um uns herum und schrieb:
Hier haben wir ein kleines Holzhaus, kein fließendes Wasser, kein elektrisches Licht und kein Telefon, keinen Laden. Wir haben das Meer, Kiefern, Heide, viele Blumen, Felsen, dicke Milch und Schwarzbrot, ein Ruderboot. Der Kinderwagen steht den ganzen Tag draußen, sie hat im Gesicht und an den Beinchen Farbe bekommen, wir haben den ganzen Tag die Zeit zusammen, und da geschieht es, dass sie mittendrin, beim Gucken, beim Trinken, innehält, alles sausenlässt und lächelt. Verschwenderisch, entzückend, über das ganze Gesicht lächelt sie uns an. Und das durchzuckt einen, als ob man mit Wärmestrahlen übergossen wäre.

Am 1. August hatten wir drei in Moorfleet zu tun. Am Polterabend tobte das große Fest in dem Haus hinterm Deich, alle Freunde waren gekommen, wir tanzten bis zum Morgengrauen, am Samstag düsten alle nach Kiel. Die Trauung von Hans und Usch fand wieder in der Nikolaikirche statt, die Braut trug ein schwarzes, zart geblümtes langes Kleid, das im Wind wehte. Mit ihrem langen schwarzen Haar, das auch im Wind wehte, sah sie aus wie eine Indianerin. Ein Freund aus der Jungenschaft hielt die Traupredigt. Der große Hochzeitsschmaus fand im ‚Kieler Kaufmann' statt, die Mutter sollte keine Arbeit haben, darüber war sie eher enttäuscht. Der älteste Sohn machte alles nur noch so, wie er es wollte, sie hatte nichts mehr zu melden.

Wir wussten auch – und waren uns mittlerweile vollkommen sicher –, was wir jetzt zu tun hatten: Wir fuhren nach Moorfleet, sprachen mit Hans und Usch, dem Maler Heinrich und unserem alten Freund Jiri. Wir hatten beschlossen, wieder in das Bauernhaus hinterm Deich zu ziehen. Wir wollten in den Räumen wohnen, die nach dem Auszug des großen Bruders frei werden würden. Alle freuten sich über diese glückliche Lösung, und noch in den Ferien begann Helle mit den Renovierungsarbeiten im Bad. Das war uns endgültig klargeworden: Die Kleinfamilie war kein taugliches Lebensmodell, wir brauchten Unterstützung, es musste ein Haus sein, in dem auch Freunde lebten. Dort wollten wir sein, nicht in einer Zweizimmerwohnung in der Stadt, hinterm Deich würde unser Zuhause sein, für uns drei und alle anderen.

Hans und Usch waren sehr zufrieden mit diesen Plänen, ordneten ihre Besitzstände, Bücherkartons, Gläser, Bilder und Klamotten, und brachten sie auf den Dachboden in Kiel. Das Spinett blieb in Moorfleet. Wir hatten noch zwei Wochen zusammen, fast jeden Tag fuhren wir in unser geliebtes Moorfleet. Dann nahmen sie Abschied von uns und den Eltern, Ende August flogen sie nach New York, und am 1. September traten sie als Ärzte ihre Arbeit im Bellevue Hospital in Manhattan an. Helle organisierte noch den Transport ihres VW-Busses in die ‚Neue Welt' und sorgte dafür, dass auch zwei Bücherkisten mitkamen. Der große Bruder war verschwunden, es blieb eine Lücke in dem Haus hinterm Deich.

Die jüngeren Brüder waren auf Fahrt in Südeuropa, keiner hatte seine Sommerreise abgebrochen, um bei der Hochzeit dabei zu sein. Oluf war aus Griechenland ausgewiesen worden, weil seine Freunde und er mit einem Lied auf Papandreou eine Diskussion hatten erzwingen wollen. Nachdem sie mit zwei Eseln durch die Landschaft gezogen waren, musste er zum Schluss verschiedene Gefängnisse kennenlernen und schrieb schließlich aus Titograd in Montenegro an sein ‚liebes Muttchen', dass sie sich keine Sorgen machen solle, er habe zwar kein Geld mehr, weil sie die Esel nicht wieder hätten verkaufen können, aber nun sei er mit seinem Bruder Ernst verabredet.

Ernst aber hockte noch mit seiner Freundin in den Höhlen von Matala an der Südküste Kretas und fuhr erst weiter, nachdem er von seinem Freund Nikolaos nach Tris Ekklesis zu einem großen Fest eingeladen worden war und tagelang dort gefeiert hatte. Viel später erst erreichte er Titograd, da war Oluf gerade schon weitergetrampt. Harald hatte im Haus eines Gitarrenbauers leben können und zugesehen, wie seine neue Gitarre fertiggestellt wurde. Seinen neuen

Freund, den ‚sechsbeinigen' Manolos, querschnittsgelähmt und im Rollstuhl, wolle er mitbringen, der sollte bei ihm in Berlin wohnen. Den werde er schon durchbringen, schrieb er, mit dem Geld, das er verdienen werde. Und seine neue Gitarre sei ein so herrliches Instrument, das werde den Eltern bestimmt gefallen.

Stille Tage im Midi (6)

Erst mal das große Fest, der Sommer 2015
An einem Berghang in den Cevennen, im südfranzösischen Hinterland. Dahin zogen die Freunde, um gehörig zusammen zu feiern.
In der duftenden Nacht oben auf der Terrasse der Musik lauschen, die aus den unteren Gärten heraufschwingt, dem dunklen Rhythmus des Schlagzeugs, der verhaltenen Untermalung von Sax und Klavier, der drum herum gurgelnden jazzigen Stimme der Sängerin Klaudia. Die tanzt durch die dunklen Tonlagen, dann aber schwingt sie hoch, mit Verve und Wärme steigt sie bis in die höchsten Lagen. Es ist ein festlicher Klangteppich, der sich über die Nachtgärten, das Haus, die Dächer des *village* legt. Ich genieße den Moment, den Blick von hier oben, die Abgeschiedenheit.
Ein bisschen die Karre schaukeln, in der die beiden Kleinen schlummern, im Schutz der hohen Mauern des alten Hauses, umgeben von Buchs und Bambus, fern von dem Festgelage. Dann aber ruckelt es, jäh die Aufwachbewegung, und aus der Tiefe des Kinderwagens tönt es in die Dunkelheit: *Mama!*
Es ist Yves. Zart, bänglich schwebt die Stimme in die Nacht, ein Sehnsuchtston, der leise und zugleich entschieden ist. Nur die Mama kann es jetzt sein, sie ist seine Stütze. Die beiden müssen viel zusammen sein in diesem Sommer, durch sie ist er geerdet und steht fest für die wilden Unternehmungen, die er sich vornimmt.
Ich stehe auf, schiebe die Karre langsam hin und her, sage: *Schuschu,*

schön schlafen, und alles ist in Ordnung, die schaukelnde Bewegung, die Stimme – das reicht ihm, um wieder in den Schlaf zu fallen.

Ich liebe diesen abgelegenen Terrassenplatz unter Palmen und Zypressen. Unser Platz, damals, als wir auch in diesem Haus gelebt haben. Die warmen, samtigen, duftenden Nächte des Südens an diesem Berghang mit dem Blick ins Tal, daran erinnere ich mich mit Sehnsucht.
Die Umrisse von Klaas tauchen im Dunkeln auf: Warum sitzt du denn hier? *Du musst nicht hier sein, du kannst runterkommen, das Babyphone ist an.*
Ich spüre, dass er es nicht richtig findet, dass ich hier sitze, womöglich hält er das für eine unnötige Sorge, vielleicht sogar schon für ein „Einmischen". Ja, vielleicht möchte ich etwas abseits, in dieser Ruhe, aber auch bei den Kindern sitzen? Schließlich ist hier alles fremd für sie, und ja, ich will bei den Kindern sein. Was stört Klaas daran?
Wieder hinunter in die Gärten. Wir feiern den Geburtstag von Ernst. Der wohnt seit über zwanzig Jahren mit Geli in diesem großen Steinhaus am Berghang. Grandios ist mein Blick auf die gemauerten Weinterrassen und das tiefe Tal der Beaume. Vorsichtig gehe ich auf großen Steinstufen den Hang hinunter, auf der unteren Terrasse wird Tanzmusik aufgelegt, die Stimmung steigt, die *nuit blanche* beginnt.

Vor gut einer Woche hat der Sommer im Süden begonnen, alle sind angekommen. Hitze, Wind, Wasserbecken und die Holzliegen im Schatten der Flaumeichen formen die Tage. Es brauchte einige Zeit, um sich darauf einzulassen, dass wieder alle Abläufe vom Stand der Sonne diktiert werden. Unter dem Regime der Wärmemasse muss man ab elf unter die schattigen Bäume. Auf einen Schlag der Chor der Zikaden, ein besessenes Streichen, vibrierender, enervierender Dauerton. Ab eins ins Haus, dort wird der Salat angerichtet, kalter Weißwein getrunken, Baguette aufgeschnitten, Wuling im Halbdunkel hinter verschlossenen Läden. Dann verschwindet jeder in seinem Zimmer und lauscht im Dröhnen der Zikaden auf die Stille. Die Kinder schlafen.

Um vier sind sie wieder mit ihren Bobbycars unterwegs, pflügen

geräuschvoll durch den hellen Kies, schleifen einen Pappkarton hinter sich her, in dem Steine liegen, Schaufeln, abgerupfte Blüten.
Ich fahre in Urlaub, Leute angucken, erklärt Nika.
Ich auch in Urlaub, oder nich, ich muss zur Arbeit, ertönt das Echo von Yvi.
Ich sitze mit einem Glas Tee und frischer Zitrone unter dem Sonnenschirm und lausche dem Strom der Gespräche. Sie werfen sich die Sätze zu, aber dann und wann sind es auch nur die Probierbewegungen im Zwiegespräch mit sich selbst. Es spricht sich so heraus, man tut jetzt alles mit Wörtern.
Nika schaut hoch, sieht mich, geht in die Ecke vor dem Schuppen. *Ich muss Kaka machen.* Da steht er mit nach innen gerichtetem Blick, das dauert eine kleine Weile, dann ist er wieder auf seinem Bobbycar.
Wollen wir denn mal eine neue Windel anlegen?
Nee, is nich nötig, später, sagt er noch, dann pflügt er wieder hinter Yves her.
Ihr könntet doch die Windeln ganz ausziehen, das ist doch viel schöner, sagt die Mama, die mit ihrem *Café au Lait* aus dem Haus kommt, *dann könnt ihr ins Wasserbecken gehen und dort spielen.*
Nee, wir müssen in Urlaub fahren, sagt Yves. Zieht seine Kreise auf dem Hof und nähert sich ganz langsam dem Süden. Katrina nimmt Nika hoch und bringt ihn zum Umziehen ins Zimmer.

Auf steinigem Weg, über Felsstufen und glatte Bruchkanten am Fels entlang, so gelangen wir in die tiefe Schlucht des Haut Chassezac. Kinder, Gummitiere, Spielzeugtaschen, Rucksäcke und Picknickkorb werden hinabbefördert auf den kleinen Sandstrand am tiefblauen Wasserbecken. Zunächst das Terrain sichern, wo lauern Gefahren neben dem rasch strömenden Fluss, da haben die Kleinen schon ihre Schaufelbagger und Radlader ausgepackt, laden Sand und Stein auf und schütten kleine Haufen an. So nähern sie sich der unbekannten Gegend.
Dann das Wasser, Nika hat immer schon mal rübergelinst, was die anderen Kinder da machen. Die krabbeln auf den Felsen und springen hinunter. Das will er auch. Schwimmwindel und Badeschuhe an, auf dem Arm von Johann einen Wasserstrudel überspringen, dann stehen sie vor dem tiefen Wasser. Erst mit den Beinen hinein, dann

auf Johanns Rücken durch das Wasser pflügen, dann mal hinunter ins Wasser gleiten. *Is kalt*, ruft Nika, lacht und spritzt und will noch mal. *Yvi auch*, ruft der andere, und fast aus Versehen gehen sie tiefer hinein. Das ist neu in diesem Jahr.

Wer fährt im Boot zum Wasserfall? ruft Klaas, dann werden die Gummikrokodile von den Schwimmern vorangetrieben, zwischen Felsbrocken hindurch bis zur dunklen Engstelle, wo sich ein sprudelndes Wasserbecken gebildet hat. Alle sind im Wasser, ich beobachte, wie sie die Boote hin und her kicken, wie einer die Kinder auf die Felsen hievt, damit sie dann in die Arme von einem Großen springen, tief hinein ins kalte blaue Wasser.

Für Klaas und Katrina war tiefes Wasser ein großes Thema. Mit dem Babyschwimmen ging es los, Schwimmkurs auf der spanischen Insel, die Kinder sollten sich von Anfang an im Wasser sicher fühlen und gar nicht erst auf die Idee kommen, Angst vor der Tiefe haben zu müssen. Dafür haben sie in allen Ferien gesorgt.

I*ch bin kein Baby mehr*, sagt Nika lachend, als er wieder auf dem warmen Kies steht. Den Schnuller muss er aber haben, sonst ist es zu aufregend.

Yvi zittert, er ist immer noch verwundert über das, was er gerade erlebt: *Mama, Deissi*, ruft er klagend, und mit dem Schnuller geht es wieder ein paar Schritte zurück in die Behaglichkeit der Zeit von früher.

Abends die große Tafel unter der Palme, die Freundinnen Claudia und Nikola sind angekommen. Es gibt gebratene Fische. *Die Makarele*, sagt Nika, *die können wir essen*. Ja, das ist ein schwieriges Thema, wenn man die Augen sieht, die Flossen, die glänzende Haut. *Der Fisch ist sterben geworden*, sagt er, *den kann man jetzt essen, der kann nicht mehr schwimmen*. Große besorgte Augen, ob wir das auch verstehen, er hat sich das eben gerade klargemacht. *Das ist eine Gräte*, sagte Yvi und zieht was aus dem Mund. – *Das hast du gut gemacht*, sagt Katrina, dann schiebt sie ein Stück vorbereiteten Fisch auf Nikas Gabel.

Es ist schon fast neun und immer noch so hell, dass die Kleinen zu tun haben. Die anderen sitzen zu sechst um den Tisch, plaudern und trinken kühlen Sauvignon blanc, immer mal kommt ein Windzug heran und lockert die dichte Wärme. Jetzt mag man vieles machen, die Kinder auch, die Nacht duftet verheißungsvoll. *So,* sagt die Mama, *könnt ihr bitte noch die letzte Fuhre fahren, Yvi und Nika, der Kies muss hier herüber, alle Arbeiter hören jetzt langsam auf, die Autos müssen eingeparkt werden, prima* … Also gut, sie finden das richtig, die Ansage stimmt … Die Großen schnappen sich jeder ein Kleines, und bald schon wackelt und ruckelt der Kinderwagen über den steinigen Weg, gleich schlafen sie ein. Nun steht der Kinderwagen vor dem Gartentor. Warum denn das, denke ich. Bei Dunkelheit passieren Wildschweine den *chemin* … das geht doch nicht, tief beunruhigt schaue ich immer wieder nach.

Ablenkung suchen, rasch eine *message* an unsere Malerfreunde: *Sitzen bei Kerzenschein im Nachtgarten und lauschen den Käuzen und Wildschweinen, Johann spielt Gitarre, Claudia singt dazu, Nikola lacht, einer redet darüber, dass wir ein Teleskop für die Sterne brauchen. Uns geht's gut. Küsse in die Nacht zu euch hin. Kaliníchta.*

Umgehend klingelt die Antwort aus Griechenland: *Mani Südspitze, neben verfallendem Turm auf kargem Plateau mit Blick zum Taygetos Gebirge, Orchester zur Nacht ferne Hunde, Ziegengebimmel, Hühner, Grillen. Schon zu dunkel zum Lesen. Röte der untergehenden Sonne noch im Westen, die Fledermaus dicht um uns. Schön euer Hofleben!*

Wieder ein frischer Morgen: Es ist erst sieben, nur wenige Stunden unruhiger Schlaf in der heißen Nacht, da tappen Kinderfüße die Steintreppe vor dem Schlafzimmer hoch. Nur mit Windel und Hemd bekleidet lugen sie herein, öffnen das Moskitonetz und rufen Aufstehen! Also Tee kochen, gemeinsam Tomaten und Toast aufs Tablett stellen und Treppe hoch in das Zimmer unterm Dach, damit die Eltern ganz unten noch etwas schlafen können. Da passiert es, irgendetwas ist plötzlich falsch.

Yves denkt nur noch das eine: *Mama*! Wir lenken ab, suchen nach einem kleinen Spiel, nein, es gibt nichts, was diese Sehnsucht lindert. Er muss weg. Holztreppe runter, die hohen Steinstufen, ich bin neben ihm, dann ist er im unteren Zimmer. Katrina hebt den Kopf, sie kommt aus dem Morgenschlaf. *Was ist los?* Da weint er schon los, niemand weiß, warum Yvi weint.

Ich kehre zu Nika und Johann zurück, das Frühstück geht weiter.

Nach einer Weile hören wir Tritte, leises Flüstern, irgendetwas ist da unten in der Küche im Gange, Nika lauscht. Und dann kommt im Treppenaufgang ein Gesicht zum Vorschein, ein Yvchen, liebreizendes Lächeln, ein bisschen fragend, was wir da machen und was wir jetzt vielleicht denken, aber alles ist einfach: *Yvi, komm, hier gibt es Tomaten!* Zuerst ist es mir gar nicht aufgefallen, aber dann verstehe ich, was er leise sagt: *Ich weine nicht mehr,* sagt Yves.
Hat er „ich" gesagt? Ja, er benutzte die erste Person, so wie Nika das neulich auch schon mal gemacht hat. Jetzt bin ich überrascht und schaue ihn an. Er nimmt zügig die letzten hohen Stufen, kraxelt allein die steile Treppe hoch und setzt sich neben uns ins Bett. Das Frühstück geht weiter, Yvi ist zufrieden, Nika erst recht. Wir fragen uns, warum wir diesen Frühstücksmorgen nicht allein hingekriegt haben, warum nur musste Yves unbedingt weg, seine Eltern suchen und wecken und weinen?
In der Wärme des Mittags an diesem Abschiedstag auf der Holzliege unter den Mittelmeereichen, jetzt, um drei, ist alles anders. Die vier sind weg. Es ist still, aber noch sind die Stimmen um mich, die erregten Gespräche, der Singsang, der sich durch den ganzen Tag zog. Jetzt schon tröpfelt die Zeit, die Mittagspause wäre längst vorbei, unterwegs wären wir mit Taschen und Beuteln, immer im Rhythmus von Ruhe, Spiel- und Mahlzeit der Kleinen.
Es ist still, ich kann mich im Wasser abkühlen und die Zeitung lesen. Durch nichts werde ich daran gehindert, aber ich habe keine Lust, gehe ins Haus und möchte schlafen. Beim Eindösen ist mir, als säße Nika neben mir, lehnt sich so an, wie er das gerne mag, und ich rieche wieder den Sonnengeruch in seinem Haar. Aber er ist weg. Wärmegewitter werden erwartet. Ausgerechnet in diesem Augenblick rast ein scharfer Wind von der Bergkuppe herunter, reibt sich an den Hauswänden, am Dach, wie von Schmerz getroffen, heult er auf und schwingt sich weinend in die höchsten Tonlagen, als wollte er es richtig zeigen.

Neue Sommertage, wieder frische, brillante Wärme, lässig streicht der Wind herum. Auf einmal ist es herrlich, träge durch Licht und Schatten der heißen Tage zu dümpeln. Endlich den Artikel in der ‚Frankfurter Allgemeinen' von Ende Juli lesen, es ist ein Interview mit Kauder, dem CDU-Vorsitzenden im Bundestag, zur Lage in Griechenland nach dem Referendum.

Sie sprechen jetzt so einfach von einem hervorragenden Verhandlungsergebnis, beginnt der Reporter. *Aber selbst Schäuble hat deutlich gemacht, wieviel Zweifel er an diesem Ergebnis hat und an den Möglichkeiten, die es eröffnet. Er hätte einen Grexit für besser gehalten. So steht Deutschland in ganz Europa bei den Kritikern als unsolidarischer Kraftprotz da.*

Kauder*: Der Grexit ist eine Drohung, damit alle sehen, wie ernsthaft es uns ist, dass die nötigen Reformschritte endlich gemacht werden. Es reicht nicht aus, dass Deutschland wettbewerbsfähig ist und alle anderen Länder bedingt oder gar nicht. Es ist notwendig, dass wir alle in Europa wettbewerbsfähig werden.*

Offensichtlich ist es genau das, überlegen wir. Der Kauder drückt es klipp und klar aus: Alle Länder der Europäischen Gemeinschaft müssen mit eigenen Wirtschaftserfolgen ihren Beitrag zur Stärkung des Euro hinkriegen. Auch Griechenland muss das leisten, mit wachsendem Reichtum im eigenen Land Beiträge zu einer stabilen Währung vorweisen.

Sagt Kauder ungerührt: *Ja, es muss klar sein, was Griechenland erfüllen muss. Bisher war der Wille nicht da, das Land so wettbewerbsfähig zu machen, wie man es braucht in Europa. Wie Schäuble schon sagte auf die Bitte von Tsipras: Innerhalb der Eurozone kann es für Griechenland keinen Schuldenschnitt geben.*

Warum „braucht" man es denn? Und wie soll das gehen, Herr K.? Alle Euroländer müssen bei sich Wachstum hinkriegen, obwohl sie gegeneinander konkurrieren? Da sind die deutschen Unternehmer mit ihrer unschlagbaren Rentabilität (mit Löhnen, die niedrig sind im Vergleich zu dem Reichtum, der mit ihnen produziert wird) und einem Binnenmarkt, (der in der großen, grenzoffenen Europäischen Gemeinschaft die Verlegung ihrer Handelsketten bis ans Mittelmeer eröffnet), auf dem sie die Löhne der Griechen, Portugiesen und Spanier für die Bezahlung deutscher Waren in Beschlag nehmen.

Dort wird Reichtum abgezogen, in Deutschland ein Handelsbilanzüberschuss ermittelt. Hier wurde Geld verdient. Die deutsche Staatsverschuldung in Euro hat ihre Bewährungsprobe bestanden.

Und Griechenland hat alles falsch gemacht? Das glauben Sie doch

selbst nicht.
Kauder: *Mir ist es im Grunde genommen auch egal, ob Herr Tsipras an das Programm glaubt oder nicht glaubt. Das ist mir völlig egal. Seine Würde wird Tsipras erst zurückkriegen, wenn er dafür sorgen kann, dass es bei ihm ein solides Wirtschaftswachstum gibt.*
Südliche Spitze der *Petite Camargue*, hohe Dünen, feiner Sand, flimmernde Sandflächen bis an den Horizont. Wir haben drei Tage am Meer, eine kleine Flucht aus der heißen Garrigue zum P*hare de l'Espiguette*. Hier bläst immer ein leichter Wind, er hat diesen Sand aus der Sahara hergeweht.
Neue Nachrichten aus Athen: Trotz der verhetzten Kampagne gegen die griechische Regierung, wagt die es in ihrer kritischen Lage tatsächlich auch noch, ihr Volk zu befragen. Die Griechen sollen selbst beurteilen, ob es was gebracht hat, dass Tsipras in einem monatelangen Kampf die Erpressung durch das Spardiktat verweigerte.
Und das Volk stimmt mehrheitlich zu, ist einverstanden mit dem politischen Willen, die Souveränität Griechenlands nicht aufzugeben. Aber Tsipras willigt doch ein. Er wagt es nicht, den Widerstand gegen das Spardiktat, von dem er weiß, dass es sein Land erdrosselt, aufrechtzuerhalten, er braucht weiteren Kredit.

•

Spätsommer in der Nordheide, früh um acht toben die Kleinen herein: *Maria doch da*, rufen sie aufgeregt. Schon hat Klaas sie erreicht: *Kommt mit, wir müssen in den Kindergarten.* Nika weint, als er hochgenommen wird.
Das ist neu in diesem September 2015, sie werden drei und gehen jeden Tag in den großen Kindergarten mit vielen anderen Kindern, auch großen Kindern. Mir geht das nahe, leise sage ich: *Kann man nicht eine Ausnahme machen, weil es doch so neu ist für sie?*
Nee, da muss er jetzt durch, sagt er laut.
Abends kommt Klaas herüber: *Wir drei sind allein, Katrina ist auf einer Fortbildungsveranstaltung. Die Kinder wollen, dass du bei ihnen bist.* Und nimmt mich mit. Zusammen essen, Zähneputzen, beim Waschen zuschauen, Bilderbuch im Bett. Das dauert. Dennoch wird der Abend für Klaas noch sehr lang.

In der Nacht wieder schlaflos wegen Herzrasen und Bluthochdruck, Johann rückt zu mir und legt die Hand auf meinen Bauch, das beruhigt mich immer, aber in dieser Nacht nicht. Was ist bloß los? *Nika muss oft weinen in diesen Wochen,* sagt Katrina. Alle sind angespannt.
Es verändert sich etwas. Die Kinder verschwinden über viele Stunden am Tag in einer öffentlichen Einrichtung, viele Stunden sind jetzt für uns frei – aber was geschieht dort mit ihnen? Neue Einflüsse, strenge Erziehungsmaßnahmen? Fremde Leute mischen jetzt mit. *Bleibe bloß bei den Kindern, sie sind noch so klein,* möchte ich Katrina zurufen, aber diese Angst kommt aus meinem Leben.
Ende September holen wir die Kinder zum ersten Mal aus dem Kindergarten ab. Yves nimmt mich strahlend an die Hand und zeigt mir alles, jeden Raum. *Hier schlafen wir, hier essen wir morgens, hier mittags, hier unsere Gruppe, hier ist die Kuschelecke, hier die Leseecke. Und guck mal,* juchzt Nikolas, *da draußen das große Klettergerüst und fünf Schaukeln und ein Blumengarten.*
Zufrieden steigen sie in den Bulli, werden angeschnallt, erzählen, was sie heute zu essen bekommen haben, und spielen nun einige Stunden bei uns.

Kleinkommune in der Vierländer Marsch

Es war auch in dieser Jahreszeit. Als der Sommer gerade noch anhielt, noch mal seine Wärme und den Glanz über die Gärten und Blumenfelder der Vier- und Marschlande schüttete, bevor er dann die Kurve kriegte in den Herbst – in dieser fünften Jahreszeit also, im September 1968, als alles anhielt, zum Glück auch noch das Licht und die ganze Pracht, da ging es los.
Ausbildung, Schule, Arbeit – mit Kind.

Wir lösten das Oberteil des Kinderwagens vom Gestell und verstauten es mit dem schlafenden Baby auf der Rückbank des Autos, düsten

über den Deich und durch das Industrieviertel von Rothenburgsort, weiter bis nach Eimsbüttel und zum Studienseminar. Dort stellten wir das kostbare Teil in die hinterste Reihe des Seminarraumes und nahmen Platz.
Die Hauptseminarleiterin schaute in unsere vorauseilend strahlenden, handlungsgewissen Gesichter und schaffte es gerade noch, ihre Miene von säuerlich auf süß umzustellen. Sie wusste schließlich, dass sie lauter engagierte Pädagogen vor sich hatte, die nur auf den Moment warteten, da sie würden eingreifen müssen. Wohlweislich verzichtete sie darauf, uns zu provozieren. Wir schrieben mit, lernten, diskutierten, und nach zwei Stunden flitzten wir drei zurück.
Unsere Fachseminare fanden zu unterschiedlichen Zeiten statt, an zwei Tagen hatten wir jeweils zwei Schulstunden zu geben, die wir so legten, dass wir nicht gleichzeitig weg waren. Unsere Basisgruppe mit Frau G. fand am Samstag statt, Helles Mutti half uns, irgendwie so würde schon alles klappen.
Manchmal kam es vor, dass Katerini nach der Morgenmahlzeit sofort wieder einschlief, dann dachten wir, warum das Kind ins Auto packen, seine Wiege ist doch der bessere Platz, und rasten los.
Nach zwei Stunden waren wir wieder da, genau in dem Moment, als das Kind aufwachte. Wir hatten uns das unbefangen so zusammengedacht, und irgendwie klappte es. Wenn wir nach zwei Stunden im Hauptseminar wieder an ihre Wiege traten, strahlte Katrina uns erwartungsvoll an. Wir tasteten uns heran, so genau wussten wir ja noch gar nicht, wie das geht mit so einem kleinen Baby, das fast noch den ganzen Tag süß schlummert, in sich ruhend wie in einem Kokon.

Als der Herbst kam, blieben wir zu Hause, der Block hieß ‚Studienzeit', und das war freie Zeit. Wir studierten nicht, sondern stellten unsere Lebensbedingungen um, fuhren in das Haus hinterm Deich und renovierten die leer gewordenen Räume.
Ernst hatte Semesterferien, kam vorbei und blieb ein paar Tage. Die Mutter wurde nachmittags bei uns abgesetzt, weil der Vater in seinem Dienstwagen auf dem Weg zu einer Tagung durch Sasel kam – wunderbar passte alles zusammen, und als die Mutter gemütlich beim Tee saß, ergriff sie die Gelegenheit und fragte ihren Sohn:

Was machst du denn in deinem Studium? Erzähl mal von Tübingen, das kenne ich doch so gut, was liest du denn gerade?
Und der Bruder, *enchanté*, aufgeräumt und begeistert, steckte uns sofort an, erzählte von Tübingen, nein, von Berlin, zum Wintersemester sei er nach Berlin gezogen … – *Ach, du meine Güte,* rief sie, *du bist jetzt in Berlin? Davon weiß ich ja gar nichts! Tut dir das gut? – Oh ja, und wie, da ist was los, sag ich dir. Da komm ich voran, Mutter, ich kann dir das ja mal ein bisschen erklären,* sagte er, setzte sich aufrecht hin und bekam den konzentrierten Blick und die Kraft in der Stimme: *In den Berliner Diskussionskreisen geht es um den Kampf für die Arbeiter,* erklärte er. *Die sollten eigentlich nur noch fünf Stunden am Tag arbeiten und die übrige Zeit dafür nutzen, sich weiterzubilden bei dem Wirtschaftswunder, von dem jetzt überall die Rede ist. Was ist das denn eigentlich?*
Ernst schaut in die Runde. Gespannt.
Genau genommen doch der Produktivitätsstand, antwortet er provozierend, *den die Arbeitskräfte erwirtschaftet haben, und dafür steht ihnen die gewonnene freie Zeit zu. Warum sollen sie davon nicht auch profitieren? Sie haben schließlich in den Produktionshallen die Waren hergestellt.*
Helle trug das Baby beruhigend in dem kleinen Wohnzimmer herum, ich lauschte begierig. Ach, das war gut, wenn der Bruder hier war.
Die Mutter lenkte ab und fragte in die Runde: *Und ihr, ihr wollt doch wohl nicht ernsthaft nach Moorfleet zurückziehen, aus dieser hübschen Wohnung schon wieder raus und wieder vor die Stadt? Da seid ihr doch gerade weggezogen! Schon wieder umziehen, ist das denn gut für das Kind? – Oh ja, da wird es erst richtig gut für das Kind, da sind wir nämlich nicht mehr zu dritt allein, da gibt es Freunde, die uns helfen und unterstützen!*
Die Mutter hatte sehr genau verstanden, was der Bruder erklärt hatte, es gibt Stichworte in ihrem Kalender. Sie schrieb auch ihre Sorge nieder, dass *der Junge sich verhärte und eines Tages Lehrgeld zahlen müsse*, wenn er meine, dass er mit diesen Ansichten auf dem richtigen Weg sei. Sie hatte herausgehört, dass er einen Standpunkt quer zu den allgemein geltenden Verhältnissen bezogen hatte. Arbeitsverhältnisse aus der Perspektive eines Arbeiters kritisch zu

untersuchen, da wusste sie: *Es ist das falsche Lager, wenn man in der BRD lebt.*
Unter Tränen hatte sie uns erzählt, Harald und seine Mitschüler hätten noch vor dem Abitur in der Kieler Gelehrtenschule Flugblätter verteilt, die über Strippenzieher in der Elternschaft aufklärten. Sie kenne doch die Familien dieser Schüler, die Väter, die Professoren seien. Wieder mal falle ein ganz schlechtes Licht auf die Familie. Und die Schulleitung hätte den Abiturienten seiner Klasse eine würdevolle Entlassungsfeier versagt.

Ernst blieb eine Weile und half, auch Oluf kam mit seiner Freundin. Wir packten zusammen, montierten die Borde ab, leerten die Zwergenküche von Geschirr und Kochtöpfen, luden alles in drei PKWs und fuhren nach Moorfleet. Die Borde wurden wieder anmontiert, wir hatten unsere Kolonialstühle, ein Sofa, einen Arbeitstisch für jeden. Die Wiege stand wieder neben unserem Bett. Wir waren wieder am richtigen Ort.
Nicht mehr das Klo im zugigen Treppenhaus, ein richtiges Badezimmer, wenn auch ohne Heizung, und, na ja, das Putzen musste wieder organisiert werden. Draußen pfiffen die Herbststürme. In dem Haus hinterm Deich waren wir geschützt und nicht mehr allein. Mit den Malerfreunden und unserem Biochemiker feierten wir ein Fest, Jiri kochte Letscho, am Sonntag, den 29. September, begann das Leben *en commun.*

Zurück in der Schule begannen die ersten Lehrproben, und schon landeten wir selig in der Herbstferienzeit. Als es wieder losging, kam eine Kinderfrau ins Haus: Noch bevor wir morgens um neun das Haus verließen, an zwei oder auch mal drei Tagen in der Woche, kam ‚Oma Wellendorf' angeradelt, trat an die Wiege und blieb bei Katrina. Sie begleitete den Morgenschlaf, bekam nach dem Aufwachen das strahlende Lächeln, schaukelte das Kind auf dem Schoß und schob den Kinderwagen über den Deich. Wir waren uns sicher, dass es so läuft, weil wir die Abläufe mehrere Tage mit ihr zusammen ausprobiert hatten. Sie wohnte in dem Block schräg gegenüber vom Deich, gleich neben dem Werksgelände der Firma Boehringer, für die sie vierzig Jahre lang gearbeitet hatte.

Ein Unterrichtsblock und wieder Studientage, Zeit zu Hause, um Arbeitspläne für den Unterricht anzufertigen. Wir konnten also ein Fest vorbereiten, nein, erst noch zwei Wochen mit Unterrichtsstunden, dann brachte die Mutter am zweiten Advent Rinderrouladen und Rosenkohl an, dazu noch einen Kuchen. Wir feierten Taufe und konnten mit ihrer Hilfe fünfzehn Gäste bewirten. Die Brüder kamen, die neuen Freunde aus dem Studienseminar, Helles Mutter. Ernst war Pate, das blieb er auch, und zwar in einem ganz besonderen Sinne.

Er hatte uns in neue Gedankengänge verwickelt, immer wieder hatte er in den vergangenen Monaten Debatten angezettelt, für die wir Zeit haben mussten. Er ließ nicht zu, dass wir zur Taufe eine unbestimmte Haltung beibehielten, er bestand darauf, dass wir zu Ende dachten, was dieser Ritus im Lichte des christlichen Glaubens bedeutete. *Du kannst es schon am Glaubensbekenntnis erkennen,* fing er an. *Weißt du, was das ist, was man begreifen und dann auch ‚glauben' muss?*
Wieso, fragte ich zurück, *so ist das eben, wenn man etwas glaubt, das ist jenseits vom Begreifen.*
Nein, du musst mal die Inhalte des Glaubens prüfen. Das muss man sich mal klarmachen, welcher Gedanke da verlangt ist. Die Dreieinigkeit, dieser Wahnsinn, Gott, der Allmächtige, der liebende und zornige Gott, der seinen Sohn auf der Welt hat, den er grauenvoll sterben lässt und dann auferstehen, der also auch göttlich ist. Das alles in der Feier des Heiligen Geistes, das, was die Pfingstgemeinde dann erlebt als Auferstehung von den Toten, und daraus leitet sie diesen Glauben an die Göttlichkeit von Jesus ab. Alles lebt davon, dass das geglaubt wird. Das ist es, was dieses Christentum verlangt. Diese wahnsinnige Dreieinigkeit muss geglaubt werden.
Jesus hat von alledem wenig gewusst. Er war ein guter Mensch. Dass er Begründer des Christentums würde, der Messias der Juden, der nun tatsächlich schon auf der Welt angekommen war – das alles haben die Evangelisten aus seiner Geschichte gemacht! Sie haben die Geschichten aufgeschrieben, wie sie sich das Leben von Jesus vorgestellt haben. Und diese Geschichten sind dann später von den Verantwortlichen der Kirche kanonisiert und zum Inhalt des Neuen Testaments gemacht worden.

Ja, fiel Helle ein, *das habe ich im Religionsunterricht gehört, dass diese Erzählungen erst achtzig nach Christus aufgeschrieben worden sind, stimmt das?*

Weiß ich gar nicht genau, aber was heute von einem verlangt wird, der sich mit der Theologie im Studium auseinandersetzt, das ist die Zumutung, ja, wirklich die Härte des christlichen Glaubens.

Dass man als Christ dieses Leiden von Jesus wieder erleben muss, dass man im Leiden geläutert wird zum guten Menschen, dass das Leiden einen voranbringen soll zum wahren Glauben. Leiden als Bewährungsprobe und Härtung des Glaubens, darum soll es gehen. Leiden und trotzdem glauben an die Güte und Größe und Allmacht Gottes, das muss man durchmachen, immer wieder, so verlangt es der evangelische Glaube. Im Katholizismus dagegen hatte die Kirche die Macht, den Sünder gegen Geld und Buße von seinen Sünden freizusprechen. In gewisser Weise wurde es den Gläubigen da leichter gemacht.

Ich sagte: *Wir wollen dieses Fest trotzdem feiern.*

Warum? fragte Ernst.

Weil wir uns so über dieses Kind freuen, und ein bisschen Segen und Singen ist doch gut für das zarte Leben von so einem kleinen Kind. Und außerdem will ich das den Eltern nicht auch noch antun, dass wir diese christliche Feier verweigern.

So eine Taufe, sagte er, d*a bringt man das kleine Kind in diese Gemeinde hinein. Es wird gewissermaßen ihr übergeben, ohne dass sich dieser Mensch einen einzigen eigenen Gedanken dazu hat machen können.*

Ja, das stimmt, sagte Helle, *das ist nur der elterliche Wille, das Kind kann man nicht fragen.*

Und dann sagte ich – und war mir sicher, dass der Bruder das doch zumindest auch in glücklicher Erinnerung behalten hatte –, dass wir dem Pastor vorgeschlagen hätten, in der Kirche das Lied zu singen, das wir aus der Kinderzeit so liebten: *Die güldene Sonne, voll Freude und Wonne, mit ihrem Glänzen und ihrem …*

Na ja, sagte er, *es geht so weiter: bringt unseren Grenzen mit ihrem Glänzen ein herzerquickendes liebliches Licht … Und, weißt du auch noch, wie die zweite Strophe geht? Und wo die Frommen dann sollen hinkommen, wann sie in Frieden von hinnen geschieden aus dieser*

Erde vergänglichem Schoß. … Meinst du das, willst du das wirklich singen?
Was er alles auswendig wusste! Ich hatte das längst vergessen, er sang die Strophe süffig vor sich hin, und ich merkte zum ersten Mal, wie schauerlich der Text eigentlich war.

Bei der Taufe trug Ernst die Kleine zärtlich in seinen Armen, und sie schaute ihn mit großen Augen an. Wir feierten, und gleichzeitig mussten wir uns der Auseinandersetzung stellen. Bei Kaffee und Kuchen und Kerzen ging sie nämlich weiter, der Vater provozierte die Diskussionen, Ernst berichtete ihm unerschrocken von den Protestaktionen in Berlin, wobei es jetzt unbedingt um die theoretische Vertiefung der Studentenproteste zu gehen hätte. Er höre bei Gollwitzer Theologische Ethik des Politischen, und an der Kirchlichen Hochschule gebe es einen Arbeitskreis des SDS zur Kritik der Kirche im Spätkapitalismus. Am wichtigsten aber sei jetzt für ihn der Marx-Kreis über *Das Kapital*, Band 1. Er redete klar heraus, und es lag ihm daran, den Vater zu überzeugen. Der kaufte sich die Blauen Bände von Karl Marx, um mit seinen Söhnen auf Augenhöhe diskutieren zu können.

Die Mutter schrieb ihm einen strengen Brief, als sie erfuhr, dass Ernst seiner Freundin nach Göttingen hinterherfuhr. Und er antwortete ohne Umschweife, dass er nicht in Briefen über sein Verhältnis zu M. reden werde, dass sie beschlossen hätten zusammenzubleiben, weil sie *einander bräuchten,* und dass er auf jeden Fall sein Studium in Berlin fortsetzen werde, weil er mit seinen Freunden vom SDS an der Kirchlichen Hochschule ein ungeheures Betätigungsfeld gefunden habe. Auf keinen Fall wolle er da wieder weg, auch wenn alles viel teurer sei auf dieser ‚Insel' im Osten, dieser *Sumpfblüte des Imperialismus.*
Und er schloss mit diesen Worten: *Mach Dir nicht allzu viel Sorge um mich. Euer Einfluss auf uns ist viel zu groß, als dass wir uns einfach darüber hinwegsetzen könnten, wie Ihr oft meint. Bis zum nächsten Brief grüße ich Euch alle und Dich besonders, Muttchen, Euer E.* – gerade so als, nehme er am Ende dieses Briefes seine Mutter auch noch in die Arme.

Weitere Erinnerungen steigen auf: der typische Geruch eines strohgedeckten Bauernhauses, das sich altersschwach an den Deich duckte, die Kohlfelder, die Blumenfelder der Marschländerbauern. Der Wind gehörte dazu, immer fegte etwas über den Deich und versetzte das schmutzige Wasser der Doven Elbe in schwappend unruhige Bewegung. Das kriegte sie sicherlich mit, die Kleine, deswegen ihre Juchzer am Morgen, dazu das Gebrabbel, die süßen Parlandos, das entzückende Lachen … Wir waren so froh, dass wir der engen Dachwohnung entronnen waren und jetzt weit draußen vor der Stadt lebten, in der Marsch, mit unseren Freunden.

Vier Tage vor Weihnachten war Schluss mit dem Studienseminar, wir fuhren nach Kiel und brachten die Kleine zu meiner großen, wilden Familie. Ernst und Harald mit ihren Stiefeln und langen Haaren – sie machte große Augen, wer da alles war und sie auf den Arm nahm und bisschen mit ihr knuddeln wollte. Die Freundinnen der Brüder kamen zur Kaminrunde, auch unsere Freunde aus Hamburg, es war ein bisschen wie früher. Zugleich wurden die Diskussionen schärfer, es ging um die Parolen in den Flugblättern, die vor den Howaldtswerken im Kieler Hafen verteilt wurden.

Das neue Jahr begann mit heftigem Schneefall. Ein Schneesturm fegte über den Deich und trieb Schneemassen an das Haus, das sich an den Deich schmiegte, nur noch das Dach war zu erkennen. Helle nahm Katrina dick vermummelt auf den Arm, und wir schoben uns durch den Schnee, stemmten uns gegen den Wind, sie schaute verwundert auf das weiße Wunder, und wir waren froh, dass wir nicht das Auto anschieben mussten, um zur Arbeit fahren zu können. Wir durften zu Hause bleiben und das zweite Ausbildungsjahr planen, Katrina saß neben mir im Wagen, knabberte an einem Keks, schaute mich an, ließ den Keks fallen und lachte mir zu, vier Zähnchen waren zu sehen.

Als Helle und ich aber im Februar große Lehrproben abzuhalten hatten, wussten wir nicht, wie das zu schaffen sein sollte: in den Nischen des Tages seitenlang Unterrichtsvorbereitungen zu erörtern und niederzuschreiben, Spielzeit mit dem Kind, tragen, füttern, dafür Zeit und Ruhe haben … Nein, ich hatte sie nicht, ich war krank, die Nasenscheidewand musste operiert worden, und ich konnte mich

nicht ausruhen und einfach im Bett bleiben. Katrina wollte partout nicht in ihr Bettchen nebenan, und wenn sie endlich eingeschlafen war, dann tat es mir sofort leid, weil die ruhige Zeit gefehlt hatte und das Kind zu kurz kam.
Noch dazu die penetrante Musik, die aus den Räumen der Malerfreunde herüberdröhnte, *I can't get no satisfaction* … Offensichtlich gab es für die Maler und Mick Jagger *never ever* irgendeine Befriedigung. Da war mir das *Come together* der Beatles schon lieber… Bloß: Wie sollte ich in so einer Lage Lehrproben vorbereiten können? Es wurde mir alles zu viel, das Kind und wie die Zuwendungen unterzubringen waren, die jeder brauchte. Helle hatte sich nach oben in sein Zimmer verzogen, er konnte auch nicht mehr.

Im Mai die erste warme Jahreszeit, die im Norden immer wieder alle überraschte. Katrina war ein Jahr und bekam eine kleine Stoffpuppe mit Zipfelmütze in die Hand gedrückt. Ab dann gab es dieses Ritual: Wann immer wir sie zu Bett brachten, suchte sie zwischen ihren Spielsachen, und sobald sie dies weiche Schnüffelpüppchen hervorgezogen hatte und an ihr Herz drückte, sagte sie mit hell verklärter, zärtlicher Stimme: *Aaaah, Baby.* Sie brachte diese Puppe mit dem Baby in Verbindung, das in unser Haus eingezogen war. Muriel war im April geboren, und nun wohnten hier fünf Erwachsene und zwei Kinder, drei in einer vorderen, drei in einer hinteren Wohnung und einer im oberen Zimmer, sieben also unter dem großen alten Reetdach.
Die Malerfreunde fanden es doch nicht mehr prickelnd, den Kinderwagen über den Deich zu schieben. Ihre Musik durfte nicht mehr inspirierend das Haus durchschallen – bei aller Freundschaft, sie waren ausgezogen. Hauke und Swaantje, unsere neuen Freunde aus dem Studienseminar, zogen mit ihrer kleinen Tochter Muriel ein. Der alte Jiri blieb und kochte für uns, wann immer wir das brauchten.

Rasen und Wildrosenbüsche hinter dem Haus waren die Oase. Nur mit Hemd und Windelhose bekleidet, spielte Katrina in dem hingeschütteten Sandhaufen, planschte in der Wanne, steckte Dreck in den Mund und strahlte. Sie war kein Baby mehr, stellten wir überrascht fest, sondern ein selbstständiger Fratz, ein rundes Kleinkind, das alles bis in den letzten Winkel des Gartens allein entdecken und ausprobieren wollte. Interessiert betrachtete sie das neue Baby, das Patentante Swaantje aus dem Haus in den Garten trug und neben sie legte. Watete im Matsch herum und lachte sich eins, und wir merkten, dass es jetzt erst richtig losging.

Die hellen Sommerwochen 1969, die Menschheit schaute zum Mond, weil dort der erste Mensch gelandet war ... Wir hatten keinen Fernseher, die Woche begann mit dem Hauptseminar, dann kamen die Fachseminare, in Biologie Tulpen und Frösche sezieren, Sexualkunde für den Unterricht aufbereiten, das Referendariat zog kräftig an: In jedem Trimester gab es zwei Wochen mit jeweils vier Unterrichtsstunden, da türmten sich die Termine, wir sausten gegen neun los, unterrichteten von zehn bis zwölf, wenn man es geschickt anpackte, waren wir halb eins bei unserer Kleinen, und die Kinderfrau überließ uns den Kinderwagen.

Voller Erwartung strahlte meine Süße, wollte natürlich auf den Arm und herumgetragen werden, und da kam es vor, dass sie weinte, wenn ich sie absetzte und das Mittagessen kochte.

Du musst mehr mit ihr spielen, sagte Helle, *dann will sie nicht immer auf deinen Arm.*

Sie will aber doch gerade mit mir kuscheln, das kann man doch verstehen nach dem langen Vormittag, da möchte ich sie auf dem Arm herumtragen, solange ich will, und ich spiele dabei doch auch mit ihr, erwiderte ich genervt.

Aber Helle blieb dabei: *Wenn sie weint und auf deinen Arm will, solltest du das ablehnen und stattdessen lieber mit ihr spielen. Das würde ihrem Wunsch nach Nähe mehr dienen.*

Erst recht hatten wir diese Auseinandersetzung, wenn ich später noch einmal losmusste, er sie übernahm und sie dann weinte. Sie sah mich kommen und wieder weggehen, das war doch verwirrend, immer und immer wieder war ich unsicher, ob es ihr wirklich gutging. Umso mehr wollte ich sie nur noch herumtragen und verwöhnen, ihr dabei was zeigen und erzählen. Das konnte doch nicht falsch sein?

Musste ich etwas lernen? Ja, In den letzten Wochen vor den Ferien, als sich zum Ende des vierten Trimesters die Arbeit verdichtete, in den schwierigen Wochen, als die große Reise bevorstand und eine dichte Unterrichtsphase zu Ende gebracht werden musste, da war es so. Helle konnte stundenlang mit ihr spielen, aber sobald ich auftauchte, weinte Katrina und wollte auf meinen Arm. Spielen war gut, Auf-den-Arm-Nehmen eher nicht so günstig, musste man das so sehen? Helle verzog sich in sein Zimmer. Wie war das möglich, dass wir uns darüber zerstritten? Wir waren doch besten Willens.

Die Sommerferien begannen, und alles war vergessen. Windeln, Milchflaschen, Badezeug und Spielsachen wurden eingepackt, ein Karton mit Proviant und ein paar Flaschen Wein kamen in den R4, es ging an der Westküste entlang bis nach Esbjerg, dort auf die Fähre. Nur noch kleine Straßen und noch kleinere, bis wir ganz vorn ankamen.

Katrina zerrte an den Gurten in ihrem Kindersitz, wir nahmen sie heraus, setzten sie ab und schauten zu: Sie rappelte sich hoch, schon in Bewegung der Griff nach oben, ihre Hand in meine Hand, und dann zog sie, lief durch den Sand, jauchzte, ließ sich hinplumpsen, robbte weiter, dorthin, wo das Wasser glitzerte. Sie wühlte in dem warmen Sand, steckte ihn in den Mund, ließ sich zur Seite in die Wasserpfütze fallen und sah, wie kleine Wellen heranschwappten, krabbelte hin, stand auf, stolperte, fiel in den Sand, lachte laut auf und lief weiter wie berauscht. Zum ersten Mal sah sie das große Meer. Mittags zurück im Holzhaus, Wind und Sonne brannten auf der Haut, da hatte Katerini einen Kick: Ohne nach der Hand zu greifen, ohne Aufforderung lief sie kreuz und quer durchs ganze Haus, wie trunken, wie angetrieben von einer neuen Kraft und der Lust, sich auszuprobieren. Und noch einmal lief sie mitten in den offenen Raum, blieb dort freihändig stehen und hatte das größte Vergnügen zu überlegen, wohin sie sich wenden sollte. Als fühle sie alle Möglichkeiten in sich, dorthin zu gehen, wohin sie wollte. Man sah die Überwältigung in ihrem Gesicht, daran, wie sie uns zulachte.

Zehn Tage waren wir drei zusammen auf der Insel, dann fuhren wir Helle zum Hafen. Er setzte mit der Fähre über und stieg in den Zug nach Hamburg. Packte in Moorfleet seinen großen Koffer, ließ sich vom Taxi zum Flughafen bringen und reiste in die Vereinigten Staaten von Amerika, nach New York. Er besuchte Hans und Usch, die hatten ihn eingeladen, Helle immerhin sah die beiden nach einem Jahr wieder.

Wir hatten das zusammen beschlossen, er sollte etwas Neues erleben, ganz allein unterwegs sein, alle Verpflichtungen hinter sich lassen. So, wie es in den letzten Wochen bei uns gelaufen war, dachte ich, dass in diesen Sommerferien Zeit genug war, um etwas für sein Glück zu tun. Die Einladung aus New York war sehr willkommen. Ich zog mit Katrina in das alte Bauernhaus, das die Eltern in Sønderho gemietet hatten, dahinter die Sanddünen, zu zweit stapften wir nun herum.

Mehr als vier Wochen war Helle verreist, da warteten wir beide in der Flughalle in Hamburg. Fremd, frisch, etwas verwildert kam er uns entgegen, ich war sofort verliebt, er schwang Katerini im Kreis herum, die juchzte und verkroch sich in seinem Arm, es war ein wunderbares Wiedersehen

Großes Begrüßungsessen für die fünf Erwachsenen und die zwei Kinder am nächsten Tag. Es war wieder Leben in der Bude. Das ganze Wochenende blieben wir eng beieinander, diese schöne neue Fremde, der Hauch von Ferne, der Helle anhaftete. Und irgendwie passte es in seine aufgewühlte Rückkehr in unser gemeinsames Leben, dass er nun auch noch anders heißen wollte. Ole wollte er genannt werden, nicht mehr die ollen Kamellen, die Spitznamen der Jugendzeit, das sei nun vorbei – so ungefähr drückte er das aus.

Aufgeregt lauschten wir seinen Geschichten aus Manhattan. Von der Klinik, in der Hans und Usch als Assistenzärzte tätig waren, von Chinatown und der Bronx und was für ein Monstrum sie war, diese gewaltige Metropole New York.

Im September ging die Schule wieder los, die Ausbildung im Studienseminar, aber glücklicherweise fiel Unterricht aus, die Schüler hatten Betriebspraktikum, Seminarleiter waren krank, wir konnten uns gut vorbereiten. Mitte September bestanden wir die großen Lehrproben in jeweils zwei Fächern und landeten sanft und sachte in den Herbstferien. Eigentlich war das schon das Ende des Referendariats, oder?

Natürlich nicht, aber wir vergaßen die letzten Nächte, in denen die Kleine unruhig geschlafen hatte, schreiend aufgewacht und nicht wieder eingeschlafen war, weil die Backenzähne durchkommen mussten. Zehn Wochen lagen vor uns, um die zweite Examensarbeit zu schreiben, also nichts wie raus!
Jetzt, da die Prüfungen fast erledigt waren, sollte es uns richtig gut gehen.
Die zwei Ausbildungsjahre hatten uns Widerstände beschert, Verordnungen, Prüfungen, Auslese, viel mehr wurde von uns verlangt, als wir uns jemals vorher klargemacht hatten. Dem mussten wir uns schlicht unterwerfen, das war gesetzt, basta. Dennoch hielten wir weiter daran fest, dass es an unserem Einsatz, unserer Willenskraft lag, wir wollten uns von den Zwängen nicht beherrschen lassen. Je heftiger uns die Außenwelt mitspielte, desto entschiedener unser Wunsch und der feste Wille, mit einem guten Leben gegenzusteuern.

Das sah dann ungefähr so aus: Ole tippte am Esstisch ein Protokoll, ich saß an der Examensarbeit. Katerini sah es, kam aus ihrem Kinderzimmer herüber, krabbelte auf das große Bett, stellte sich auf und räumte die kleinen Schubladen meines Schreibtisches aus. Dabei fiel ihr Blick auf das Radio, das auf dem obersten Bord stand. Sie hob den Zeigefinger, lauschte, fragte: *'sik?* wippte und tanzte auf dem Bett, vergaß es aber wieder und räumte weiter, wobei sie eine große, herrliche Unordnung machte. Dann aber fiel es ihr wieder ein, sie sagte noch einmal: *'sik?* Hob den Zeigefinger und wurde wild, wenn ich nicht auf der Stelle den schicken weißen Plattenspieler herbeiholte und Musik anstellte.
Sie stand vor dem Apparat, konnte sich an ihm festhalten, wippte und tanzte, und man sah die Zufriedenheit darüber, dass sie das mit einem ‚Wort' hatte herbeilocken können.
Bei den Mahlzeiten saß Katerini auf ihrem Hochstuhl und aß ganz allein fein und manierlich vom Teller. In jeder Hand einen Löffel, aß sie abwechselnd, damit es schneller ging, mit dem rechten und mit dem linken Löffel. Wenn sie genug zu sich genommen hatte, spielte sie mit dem restlichen Essen. Dann begann ihre Abendzeremonie.
Sie spielte *„Baby muss 'lafen"*, nahm ihr schnuffelig weiches Stoffbaby mit dem geliebten Muffelgeruch bei der Zipfelmützenspitze, legte es

zwischen zwei Kissen, lief zum Fenster, zog die Vorhänge zu und sagte: *'Lafen, bebe, bebe 'lafen.* Als sie sah, dass ich zuguckte, schaute sie hoch und erklärte noch einmal: *Bebe 'lafen mus …*

Oh ja, ihre Gefühle, auch ihre Willensäußerungen bekamen Wörter! Konnten wir damit umgehen? Oder blieben wir doch in alten, strengen Mustern? Nein, wir hatten die Raubdrucke, ich erinnere mich, allein das erschien uns subversiv, die Raubdrucke verbürgten neues Wissen, das man sich nahezu auf verbotenen Wegen zu eigen machte. Anstelle der Sicherheit, dass Erwachsene die Kinder formen müssen, war hier von ihrer Stärke die Rede, ihrem Recht, die Durchsetzung von sich zu entwickeln. Anpassung an ein ‚Realitätsprinzip', ja, das kam auch vor.

In einem Buch von Balint und Wolffheim über „Psychologisches zum Kinderspiel" lasen wir:

> Das Spiel verhilft dem Kind zu einer besseren Bewältigung seiner Lebenseindrücke. Nicht ein Spielzeug an sich formt das Spiel, sondern die Aktivität des Kindes und sein seelisches Leben formen es. Wir wissen heute, dass in jedem Kinde Phantasien als schaffende Kräfte wirken, die weder angeregt zu werden brauchen, noch von außen her angeregt werden können. (…) Spiel ist Lebenserleichterung für das Kind, denn nur im Spiel und in seinen Phantasien kann es ungestraft alles tun, was das Leben ihm infolge von Erziehungseingriffen vielleicht verwehrt. Wut ebenso wie Zärtlichkeit, die keine Abfuhr findet, kann hier ausgelebt werden.'

Ich: *Da steht viel mehr als das, was wir immer gedacht haben: dass ein in sich versunkenes Spielen der Ausweis für das Glück und die richtige Entwicklung eines Kindes ist …*

Er: *Nein, ich habe immer gesagt, dass du mehr mit dem Kind spielen sollst, damit es dabei wirklich zufrieden sein kann.*

Ich: *Aber hier wird was anderes gesagt, so, wie es spielt, ist es seine ‚Arbeit', seine Bewältigung, sein Abarbeiten von Tageserlebnissen, es braucht nicht viel Anregung von außen.*

Er: *Also gut, dann gucken wir mal genau hin, was sie macht, dann werden wir herauskriegen, was sie uns damit sagen will …*

Trotzdem: Das helle Erschrecken, als wir darüber und immer wieder in Streit gerieten …

Dabei hatten wir so viel hingekriegt. Aus der Dachwohnung herauskatapultiert, in diesem Haus hinterm Deich mit Leuten etwas aufgebaut. Wir hatten es durchgekämpft. Wir waren wieder am richtigen Ort. Das zählte. Katerini wanderte durch die Räume und besuchte Mumm, ihre kleine Ziehschwester, turnte mit ihr auf dem Reck herum und hörte sich die Morgengeschichten an, die Hauke den Kindern erzählte.

Eines Tages aber pfiff ein böser Wind, es war ein rauer Dezembernachmittag, wir gingen mit den Kindern auf dem Deich spazieren, Hauke schob den Wagen mit Mumm, ich schob die Karre, an der sich Katrina festhielt, während sie nebenherlief. Da sprach mich Hauke mit schnellem Blick von der Seite an, mal so eben *en passant,* steckte er mir seine Beobachtung. Er könne mir, ja, nur wenn ich das wolle, aber er könne mir eigentlich auf den Punkt genau sagen, was mein wirkliches Problem sei in der ‚Beziehung' zu Ole. Das sei nämlich meine führende, fast schon diktatorische Tour.

Das versetzte mir einen Stich.

Dieser Typ – seine Swaantje hatte das Referendariat abgebrochen, als sie das Baby bekam –, anstatt mich anzufeuern, dass ich nicht aufgeben solle, anstatt mal nachzufragen, wie wir Referendariat und Kind überhaupt schafften, erklärte er mich, meinen Ton, zum Problem.

Sollte der Mann doch mal sagen, wie es anders gehen könnte in dieser Lebenssituation! Zupacken, anordnen, organisieren, die Dinge rasch und beherzt in die Hand nehmen, das ging doch gar nicht anders. Ich setzte mich hin, dachte nach und schrieb, um Erkenntnis und Einsicht bemüht, in meine Kladde:

Ich will nicht gegen Ole kämpfen, das wäre ja noch schöner, sich gegen den Mann behaupten zu wollen, es ist unsere gemeinsame Sache, die wir bewältigen. Ich glaube, Ole und ich sind uns sogar einiger geworden.

Diese Marie von damals, sie hatte zu kämpfen, sie wollte eine gute Mutter sein, dazu war sie schließlich erzogen worden. Aber sie wollte die politischen Aktionen miterleben, auch eine engagierte Lehrerin werden. In diesen Ansprüchen hin und her, musste sie sich mit Ole einig sein. Sie mussten reden und diskutieren, sich auseinandersetzen und noch mal diskutieren.

Als die Frühlingsstürme über den Deich tobten und die Tage wieder

länger wurden, sauste Ernst auf der Durchfahrt von Berlin nach Kiel bei uns vorbei. Er sprach von seiner Arbeit als Asta-Vorsitzender, er sei ein richtiger Funktionär geworden, neulich seien die studentischen Vertreter auf einer internationalen Pressekonferenz zum Besuch von Nixon befragt worden.
Studiert ihr denn auch noch? warf Ole ein.
Und wie. In vier Arbeitskreisen nehme ich teil an der Vorbereitung der Themen für die Seminare im nächsten Semester, alle Themen stehen auf dem Prüfstand, sagte er.
Und was sagen die Professoren dazu, lassen die das so durchgehen? fragte ich.
Tja, das wird man sehen, auf jeden Fall wird schon mal vorher alles von den Studenten selbst erarbeitet. Der Asta ist an einer Neuordnung der Hochschulordnung beteiligt, vielleicht zeigen die fortschrittlichen Professoren ein gewisses Entgegenkommen für die gesellschaftlich notwendigen Themen, die nur wir, die Studenten, zur Diskussion stellen können.
Und was sagen die Eltern dazu? Erzählst du denen davon? fragte ich.
Natürlich, ich schreibe ihnen von den politischen Aktionen, dass ich mich zurückgehalten habe, weil man gegen eine so starke Übermacht der Polizei sowieso nicht ankommt.
Er nahm Katrina auf den Arm, sie betrachtete ihn ernsthaft, er lachte entzückt. Zusammen stürmten wir auf dem Deich gegen den Wind an, es war eine Wonne, den Frühling zu spüren.
Seht man zu, dass ihr jetzt, so schnell es geht, euer zweites Staatsexamen schafft, dann macht ihr auch mit, rief er uns zu und verschwand.
Im März 1970 legten wir die mündlichen Prüfungen zum zweiten Staatsexamen ab. Wir hatten es geschafft, wir waren frei.
Wie glücklich ein Morgen, als Katrina, die wie immer in dieser Stunde am liebsten halbnackt herumlief, plötzlich auf den Sessel stieg und von sich aus, ganz allein sang:
A,B,C, Katze lief in Snee,
Und als sie wieder raus tam,
weiße Stiefel an,
A,B,C, Katze lief in Snee … und immer weiter, ergänzte sie und stieg vom Sessel herunter.

Wir machten Pause und fuhren nach Molfsee. Weideland, eine liebliche Hanglage, Blick auf den See, der hinter wild wucherndem Gestrüpp in der Senke lag, und obendrauf ein schlichtes weißes Haus, das der Vater inzwischen hatte errichten lassen. Es würde noch dauern, bis die Eltern in diesem Ruhesitz leben würden; vorerst wohnte Harald mit seiner Freundin in den neuen Räumen. Eine Autowerkstatt baute der sich im ‚Go down', dem Restbestand eines alten Schafstalles. Dort reparierte er ausrangierte Postautos, die er dann verkloppte.
Nach Dienstschluss legte der Vater den Lutherrock ab und fuhr hinaus auf sein Land. Er zog die Gummistiefel über seine alten Hosen, wurde Landwirt und ging erst zu den Schafen und dann über die Felder bis an den Rand der Wälder. Dort sammelte er Feldsteine, um endlich wieder eine Grotte aufzubauen. Bis an die Steilküste von Dänisch-Nienhof fuhren die Eltern, hievten die rundgeschliffenen Ostseesteine vom Strand ins Auto und brachten sie auf die Weide unterhalb ihres Bungalows.

Die Grotte war nach friesischer Sitte ein sichelförmiger Wall, der aus schweren Feldsteinen errichtet wurde, darauf Wildrosenbüsche und Krüppelkiefern gepflanzt, das gab Windschutz und kräftigenden Wohlgeruch.
Wenn ich etwas aus den alten Gärten der Kindheit erinnere, dann sind es diese behaglichen Stein-Grotten im Halbrund. Sie waren der Mittelpunkt der Gartenräume, so wie sie früher eingerichtet wurden. Hier wurden die Familienfeste gefeiert, allen voran jedes Jahr im Juni der Geburtstag des Vaters. Wir Kinder trafen uns eigentlich nur noch hier auf dem Land.
Im Mai kam Hans mit seiner kleinen Familie aus New York, und die fünf großen Kinder paddelten mit Katrina und Nils und dem neu hinzugekommenen Anhang auf dem See, immer um die Insel mit dem Geschnatter der brütenden Wildgänse herum.

Auch in Moorfleet begann die Zeit in den Gärten.
Auf dem kleinen Stück Rasen vor den Wildrosenhecken saßen Ole, Dirk und Nane am Gartentisch. In der Sandkiste spielten die Kinder Muriel, Liv und ihr Bruder Florian, Katrina und Detlef, der Junge aus

der Nachbarschaft. Es war heiß, die Kinder hatten sich auch noch die Windeln ausgezogen und planschten in der Kinderwanne, die mit warmem Wasser gefüllt war. Wir sprachen über den Kinderladen, den wir einrichten wollten. Wie wir denn darauf kämen, fragten Dirk und Nane, dann hätte man ja wieder die ganze Arbeit, man gebe doch gerade das Kind in den Kindergarten, um seine eigenen Sachen machen zu können, den Beruf, die Freizeit.
Genau das kommt für uns nicht in Frage, sagte ich. *Unser Kind geben wir nicht in die Hände fremder Menschen in einer öffentlichen Einrichtung.*
Das ist die Sache der Eltern, wir erziehen unser Kind selbst und wollen selbst entscheiden, was wir ihm beibringen, ergänzte Ole.
Und wie kriegt man heraus, wie fremde Eltern ihre Kinder erziehen? fragte Dirk.
Das muss man in Diskussionen herausfinden, das braucht Zeit, sagte ich. Außerdem, warum legst du nicht denselben Maßstab bei den Kindergärten an?
Nee, das wird ja staatlich überprüft, antwortete Dirk.
Guck dir doch diese Einrichtungen an, rief Ole, *da müssen die Erzieherinnen repressiv sein und Strenge praktizieren, bei der Menge von Kindern, die sie zu betreuen haben. Essen und Spielen, alles muss durchgetaktet werden. Das ist kein böser Wille …*
Abends dämmerte uns, dass die beiden Kinder, die fast täglich mit Katrina spielten, nicht in unser Kinderladenkollektiv kommen würden.
Aber wir waren entschlossen: Die großen Veränderungen waren schwieriger, aber hier, in der Sphäre des eigenen Kindes, das gut aufgehoben sein musste, wenn man eines Tages zum Arbeiten in die Schule ging, ließ sich schon jetzt etwas Neues einrichten. Mit den richtigen Leuten konnte man das besser organisieren.

Schönste Aufbruchstimmung.
Ole schrieb sich an der Uni für ein Zweitstudium ein. Er wollte weiter lernen, die Themen aufgreifen, die uns verfolgten, in Soziologie und Politik. Wir nahmen Kontakt zu Lehrergruppen auf, wir wollten uns endlich auch theoretisch an der politischen Arbeit beteiligen.
Ich saß am späten Vormittag mit Katerini auf dem Deich, sie fuhr

mit ihrem kleinen Auto herum und lud Kieselsteine auf und wieder ab, und ich fragte, ob wir denn mit dem Auto langsam nach Hause gehen sollten, da kam prompt: *Nein.* Dann drehte sie sich um, fuhr weiter, schaute zurück, lachte mich an und ergänzte: *Nein, danke.* Als wir dann später zurücktrotteten, sagte sie: *Eis essen,* und, nach einer kleinen Weile: *Bitte schön* … Ich war verblüfft, wir lachten beide, diese Redewendung musste von der Kinderfrau bei ihr hängengeblieben sein … *Bitte schön,* sagte sie von jetzt ab anmutig und in bester Laune, wenn sie bekam, was sie haben wollte …
Du kannst das, sagte sie sich bei allem, was sie tat. Auf diese Weise ermutigt, mit den Worten, die sie von uns gehört hatte und sich nun selbst sagte, schmierte sie sich das Brot und zog sich allein an und aus. Die Sprache half ihr. Mit den Wörtern waren die Dinge klipp und klar entschieden, und das Wort, das sie am häufigsten und liebsten gebrauchte, war „nein".
Es kam prompt, bei allem, was man ihr vorschlug. Bei genauerem Nachdenken wechselte sie rasch in ein *„ja"*, aber zuerst gab es mal dieses *„nein"*, ganz abstrakt, so als sei das die Ansage: Ab jetzt gibt es meinen Willen.
Ein Katzenbaby zog in unseren Haushalt ein, sie nahm es auf den Arm, sagte deutlich *mein Baby,* schleppte es überall mit hin, antwortete beschwichtigend auf das *„miau"* und sagte zärtlich *„Nauchen"*, das wurde der Name ihrer ersten Katze.

An ihrem zweiten Geburtstag gab es ein Fest mit allen Kindern. Ich saß im Liegestuhl und schaute zu, wie Katerini mit ihnen im Garten spielte. Sie zeigte eine ungeheure Vitalität beim Erfinden und Ankündigen der Spiele, war energisch in ihrer Art, die anderen einzubeziehen. Zwei Wörter waren dabei vorwärtstreibend: *„mein"* und *„dein"*. Wenn Liv ihre Spielsachen einfach in die Hand nahm, sagte sie kategorisch: *Meins.* Und dann: *Bitte schön*, gab Liv das Begehrte ab, und es war gut.
Gerade eben kletterte sie auf meine Liege und behauptete: *Meine*! Und die Erwachsenen diskutierten die Frage, woher diese Besitzansprüche kommen könnten. Dabei lag die Erklärung auf der Hand: Die Kinder hatten uns zugehört, wie oft hatten sie uns diese Wörter sagen hören, jetzt lernten sie mit ihnen die Unterscheidung

zwischen sich und der Welt um sie herum. Reden müsste man über die Erwachsenen, die bei diesen Wörtern sofort unduldsam wurden und an Erziehungsfehler dachten. Wir wussten, dass die Kategorien ‚meins' und ‚deins' in diesem System lebensbestimmend waren. Und konnten es partout nicht leiden, wenn die Kinder Besitz*ansprüche* zu erheben lernten, anstatt das Abgeben. Dabei sind Kinder egoistisch, sie sehen alles aus ihrer Perspektive, mit ihrem Körper und Geist, damit wollen sie sich die Welt hab-bar machen

Wir schrieben einen Zettel, zogen damit zum Anschlagbrett in die Mensa, versuchten ihn zu befestigen, da blickte eine Frau herüber, las und rief: *Ihr auch? Das passt ja gut. Ich habe gerade meinen Zettel angepinnt, ich suche passende Eltern für einen Kinderladen.*

Das war die Germanistikstudentin Ulrike. *Wir wohnen in Farmsen, in einem kleinen Haus mit großem Garten, da könnte man zum Beispiel beginnen,* sagte sie und umarmte mich. Das war ein glücklicher Einstieg. Wir brachten unser Kind in den Garten in Farmsen. Katrina spielte mit Peter, bald kam ein Janusch dazu, ein paar Wochen später ein kleiner Ole. Es wurde lauter und bunter mit vier Kindern und nun schon acht Erwachsenen,

Wir organisierten die Betreuung unserer Kinder als gemeinsames Projekt. Das erschien naheliegend, war aber nicht einfach. Nichts ‚lag in der Luft', und es lag auch nichts ‚auf der Hand'. Man musste alles neu erfinden.

Die praktische Seite war einfach: Geldvorschuss einsammeln, Ladenwohnung anmieten, renovieren. Aber das gemeinsame Nachdenken über Kindererziehung, angetrieben von den Erziehungsstilen und überkommenen Normen, die aus früheren Generationen herumgeisterten und verworfen werden mussten, das trieb uns um. Das brachte Furor, Tränen sogar, das traf auf die jeweiligen Gewohnheiten, das private Leben.

Was hatte man bisher eigentlich gemacht, war das gut für das Kind oder eher gut für die Eltern? War womöglich aus dem Zwang der Verhältnisse heraus gehandelt worden, für die das Kind genau genommen zu funktionieren hatte? Man konnte diese ‚Verhältnisse' noch nicht durchbrechen, man musste, während man über Veränderungen nachdachte, immer auch noch zum Arbeiten gehen.

Es war eine Herausforderung. Wir wollten es aber. Wir wagten den kleinen Gegenentwurf zur öffentlichen Kinderbetreuung.

Acht Leute saßen um den Esstisch im Bauernhaus, es war heiß, erregte Diskussion. *Natürlich müssen die Kinder bis zum Nachmittag im Kinderladen betreut werden.* Sabine sprach erregt. *Ich arbeite am Gymnasium, da brauche ich die Zeit bis zum Nachmittag.* Manfred stand auf und ging rauchend herum, nein, das geht nicht, das ist viel zu lange, dachte ich und erschrak

Das ist zu früh für die Kinder, die sind doch erst zweieinhalb, wenn es losgehen soll, da müssen sie mittags nach Hause kommen können, dort essen und dann schlafen, so wie sie es gewohnt sind, wandte ich ein und dachte an mein Kind.

Ich denke, wir müssen das in erster Linie von den Bedürfnissen der Kinder her diskutieren, bemerkte Ulrike. Sie hatte mit dem Germanistikstudium aufgehört, um Erzieherin zu werden. *Die Kinder sollen wie Geschwister miteinander aufwachsen. Natürlich sind die Interessen der Eltern unterschiedlich, aber die Kinder gewöhnen sich aneinander und finden ihre Bezugspersonen untereinander, die müssen zusammenbleiben, vielleicht erst mal von acht bis vierzehn Uhr.*

Ich war entsetzt. Warum sollte Katerini, wenn es mit dem Kinderladen losging, erst später mit uns zu Hause sein?

Peter und Katerini kamen hereingelaufen, dreckig, nasse Windeln, Nauchen wurde mitgeschleppt, und der Junge sagte: *Ich will heute hierbleiben, ich will bei der Katze und Katrina schlafen, geht das, Mami?*

Toll, wenn die Kinder zusammen übernachten wollen! Wir kommen morgen früh wieder, erklärte Ulrike, und basta.

Vorläufig blieb es bei diesen Besuchen, die Kinder sollten sich gut kennenlernen, ebenso die Eltern. Wir wollten noch nicht arbeiten, die Ersparnisse aus dem Referendariat müssten reichen, wir hatten uns auf diese Zeit danach gefreut, auf genügend freie Zeit mit unserem Kind und für die politische Arbeit.

Wir meldeten uns im Schulungszentrum des Sozialistischen Arbeiter- und Lehrlingszentrums in Altona an und diskutierten einmal die Woche über „Das Kapital“: Erstes Kapitel „Die Ware“.

Diese Gesellschaft tritt uns als eine ungeheure Warensammlung gegenüber, so fing es an. Das war provozierend, ein ganz und gar neuer Stoff. Die Elementarform des Reichtums dieser Gesellschaft ist die Ware. Dass eine Ware auf dem Markt verkauft wird, dafür muss gearbeitet werden … Verausgabte Arbeit ist das Kriterium für Reichtum. So eine vernichtende Kritik!

An einem Wochenende im September 1970 feierte Ernst in Berlin Hochzeit. Wir verließen die Einsamkeit der warmen Kiefernwälder von Schweden, die Schäreninsel, die wir mit Katrina zwei Sommerwochen lang bewohnt hatten, fuhren zurück und feierten Hochzeit in Berlin.

Der Vater trieb sich in den Räumen der Altbauwohnung herum, saß, nein, hockte auf Sofakissen in der Bodenrunde, paffte Zigarren, gab die Zigarrenkiste herum, trank Amselfelder aus der Flasche und diskutierte, als sei er einer von ihnen. Er genoss jeden Moment mittendrin in dieser Horde, in der Kommune, ohne die geringste Berührungsangst: *Kenne ich Sie, haben Sie nicht meinen Sohn mal in Kiel besucht? Was liest man denn heute, was diskutiert man, was sind Ihre Themen?* Er hatte zugehört, wie ein linker Pastor die Trauung zelebrierte, die Kirche voller langer Blümchenkleider, kein Schleier, kein weißer Tüll, nur bunt und fröhlich sollte es sein.

Ach was!

Alles Mögliche sollte keine Rolle mehr spielen – zum Beispiel die Eifersucht …

Mit dem September hatte wieder die fünfte Jahreszeit begonnen, und damit war klar, das Jahr würde abrutschen – in den dunklen Winter, vielleicht lag es auch daran. Jedenfalls ergab sich die Gelegenheit, und ich ließ mich nicht zweimal bitten. Ich schob alle Zweifel entschieden beiseite und sprang mit der Reisetasche in das Auto, das in den Süden fuhr.

Er fuhr schnell und gewandt, schon am nächsten Mittag waren wir am Hafen von Livorno, setzten mit der Fähre über nach Bastia und spürten sofort Sommerwärme und Meereswind auf der Insel Korsika. Gleich am nächsten Tag wanderte ich, Schweiß auf der Stirn, endlich wieder durch die Macchia mit den Gerüchen von Aleppokiefern und

Ginster, es war ein Rausch, der Abend in den heruntergekommenen Altstadtgassen von St. Florent.
In der Nacht aber kamen die Bilder, da sah ich alles wieder vor mir, Katrina, wie sie den Weg zum Deich hochgerannt kam, hinter mir her, weinend. Ich, die Reisetasche in der Hand, hatte noch einmal zurückgeschaut und gesehen, dass Ole den Deich hochkam und Katrina auf den Arm nahm … da war ich in das wartende Auto gestiegen und abgefahren.

Ich kannte seine Frau. Sie war taff und vernünftig und meinte, ich solle mir keine Gedanken machen, das sei schon alles „in Ordnung". Es war sein Trennungsschmerz, den er selbstbewusst und sorgenvoll in unser Bauernhaus getragen hatte. Dieser Mann, der Arzt war und kam, um „Abstand" zu seiner Familie zu gewinnen, tauchte auf und zog ins Dachzimmer.
Diese Wochen im August: Wir quatschten die Nächte durch, er musste seine „Beziehung" klären, fand mich toll, so einfühlsam und klug, und ich fühlte mich geschmeichelt. Und so grätschte dieser junge Hengst in unser Leben hinein …
Alles fand unter dem Dach dieses Hauses statt, nichts wurde verheimlicht, es gab jetzt diese Lage, man wollte, dass jeder zu seiner Entfaltung kam. Alles sollte möglich sein in einer guten Beziehung, wenn es nur offen besprochen würde.
Ich fand es herausfordernd und kühn, als er mich fragte, ob ich ihn nicht begleiten wolle nach Korsika, mit ihm in seinem Auto ein bisschen gen Süden tingeln – frei und harmlos schien mir das zu sein – „man" könnte das doch ausprobieren, rein freundschaftlich.

Jetzt streiften wir beide quer über die Insel, aber es kam nicht zustande, was ich ersehnt hatte. Die Bilder in den Nächten, auch an den Tagen, ich sehnte mich nach meinem Kind und nach Ole. Das Bild vom Abschied trat mir vor Augen, und das wirkte, als würde das schlechte Gewissen angeknipst. Hätte Ole dem Kind diese Szene nicht ersparen können, Katrina vorher sanft beiseite nehmen, nicht zulassen, dass sie hinterherrannte? Nein. Es war seine Traurigkeit, es gab gar keinen Einklang.
An den Klippen über der Südküste von Bonifacio, der warme Wind

aus der Sahara wühlte mich auf und gab den richtigen Kick. Ich gestand meine Sehnsucht nach Ole und unserem Kind, ich würde zu denen reisen und zwar sofort. Griff nach der Reisetasche im Auto und wollte den nächsten Bus besteigen, aber er bestand darauf, mich nach Ajaccio zu fahren. Die Fähre kam, am nächsten Morgen erreichte ich den Hafen von Marseille.
Im Gewühl der südfranzösischen Hafenstadt mit ihren Elendsquartieren fand ich den Weg zum Bahnhof, gab das letzte Geld für eine Fahrkarte nach Hamburg aus, ging zum Telegrafenamt und schrieb: *Komme nach Hause.* Der Beamte kassierte meine allerletzten Francs, nahm das Formular entgegen, zerriss es und grinste gemein. Fassungslos sah ich ihn an, verzweifelt. Diese lebenswichtige Botschaft wurde nicht gesendet.
In Frankfurt telefonierten wir endlich, und – es erschien mir wie ein Wunder – Ole stand in Hamburg am Bahnsteig und nahm mich in die Arme! Es war eine Erlösung.
Es war eine sanfte Woche, halb in Trance, vorsichtig tastend versuchten wir in langen Gesprächen herauszufinden, was wir voneinander wollen könnten. Nach den verrückten Probiersprüngen trat eine glückliche Erholung ein.

Aber die vielen Nächte, in denen ich immer und immer wieder davon aufwachte, dass mir das Bild des weinenden Kindes, das mir nachlief, vor Augen trat und ich das Kissen nass weinte: Aus der Schleife kam ich nie mehr raus. Ich musste den Schmerz des Kindes, von mir verlassen zu werden, immer wieder durchleiden. Dieses Bild trage ich mit mir herum, es ist eines von denen, die ganz oben im ‚Schacht' gelegen haben … Heute würde ich das nicht mehr machen, das wurde mir klar. Ich hatte meinem Kind damals zu viel zugemutet, jetzt wusste ich es.

Anfang November trafen sich fünf Elternpaare und fünf Kinder in den jetzt renovierten und kunterbunt eingerichteten Räumen des Kinderladens in Bramfeld, und das war so aufregend, dass niemand zu seiner Arbeit ging, wir staunten, was die Kinder anstellten, und blieben zusammen.
Jede Menge Bücher hatten wir angeschafft, man musste sich in

dem Wust der aktuellen Publikationen zum neuen Schlagwort der antiautoritären Erziehung orientieren. Auch das Rowohlt-Bändchen kam auf den Schreibtisch, das 1969 erschienen war und sofort Bewegung in die Bude brachte. A. S. Neill erzählte von seiner Schule in Summerhill, von den Kindern und widersprach den überkommenen Praktiken der Kindererziehung so einfach und überzeugend, dass man nur staunen konnte. Zum Beispiel diese Erkenntnis:

> „Wenn ein Kind um vier Uhr vor Hunger weint, aber nicht genährt wird, bevor der Zeitplan es anzeigt, dann wird es einer dummen, grausamen und lebensfeindlichen Disziplin unterworfen, die seinem körperlichen und geistigen Wachstum unendlichen Schaden zufügt. Das Baby muss gestillt werden, wenn es gestillt werden will."

Diese Sicherheit hätte mir gutgetan damals, drei Jahre zuvor, als ich noch unter dem Bann der Schwestern im Krankenhaus gestanden hatte. Ein Glück, dass ich schließlich alles in den Wind geschossen und das Kind gestillt hatte, wann es wollte.

Jetzt ging es um etwas Neues: Unser Kinderladen, die gemeinsame Betreuung der Kinder, erforderte von uns, aus den Gewohnheiten herauszutreten, aus der Sphäre, die eigentlich niemanden etwas anging, die genau darin so schön privat war, dass man sich von niemandem hineinreden lassen musste. Dies Gehäuse musste man verlassen und bereit sein, die Entscheidungen zu Erziehungsfragen nicht einfach zu treffen, sondern zur Debatte zu stellen.

Aber es lohnte sich. Die sogenannte Kleinfamilie war nach unseren Erfahrungen kein günstiger Raum für eine vernünftige, liebevolle, die Selbstständigkeit fördernde Erziehung.

Für dieses Projekt und alle anderen Vorhaben suchten und erarbeiteten wir uns die Grundlagen linker Theorie und gingen wieder zur Schulung in Altona. Immer weiter lasen wir ‚Das Kapital', nun das sechste Kapitel. Ich lernte etwas. Es war das Erlebnis, dass man etwas Grundlegendes begriff, eine Erkenntnis, die jäh einschlug. Die Arbeit im ‚Kapitalismus', den man damals nicht beim Namen nennen durfte, denn dann konnte man gleich „nach drüben" gehen, ‚die Arbeit' war die Größe, deren Verständnis alles veränderte, deren Erklärung alles grundsätzlich auseinandertrieb.

Der Mensch, der seine Arbeit bezahlt bekommt, nach Tarif und allem Drum und Dran, betrachtet das Arbeitsverhältnis als geregelt und insofern in Ordnung.
Aber mit den Arbeiten beginnen Mühsal und Verschleiß, sich mit Verstand, Geschick und IT-Wissen dem Arbeitsprozess unterwerfen, der vorgeplant und fertig ist. Die Kraft des angestellten Mitarbeiters steht dabei vollständig dem Unternehmen zur Verfügung. Das organisiert die Abfolge, Intensität und Länge der Arbeiten nach seinen Berechnungen.
Es ist geradezu eine Bedingung des Arbeitens, dass der Ertrag in fremder Hand steigt. Das soll man für völlig selbstverständlich halten, wenn man die Produktionshallen und Büros betritt.

Langsam fingen wir an zu begreifen: Diese Ungeheuerlichkeit, dass die Lebensbedingungen der Beschäftigten den Kalkulationen der Chefs unterliegen.
Der Lebensunterhalt der Arbeitenden, eine Kostengröße in der Gewinnrechnung der Unternehmer.
Und so etwas ist die ökonomische Grundlage einer ganzen Gesellschaft und funktioniert seit über zweihundert Jahren. Technische Fortschritte, modernste Erkenntnisse, und dennoch – mehr denn je und immer noch muss in erster Linie gearbeitet werden. Immer intensiver und rentabler. Immer noch ist Plackerei die Substanz des Reichtums, so ist es eingerichtet von den Leuten, die das Sagen haben.

Mittendrin ein Brief der Behörde.
In aller Form bat ein Schulrat, man möge doch bald in den Schuldienst eintreten, es würden dringend Lehrer benötigt. Forderungen könnten gestellt werden.
Neue Reibungsflächen, Diskussionen, *aber nein,* sagte ich, *so war es nicht geplant.* Wir wollten doch freie Zeit haben für alles, was wirklich wichtig war. Mit unserem Kind leben, „Politik" machen.
Aber es gibt nun mal, unabweisbar, auch die Notwendigkeit, Geld zu verdienen, hielt Ole mir vor. Das Ersparte würde bald aufgebraucht sein, irgendwann im neuen Jahr könnten wir es doch mit der Arbeit versuchen.

Mal sehen, erst mal würden wir Silvester feiern, das wichtige Jahr sollte mit einem ausgelassenen Fest im Bauernhaus hinterm Deich einen Höhepunkt finden. Ernst kam mit Monika aus Berlin, Harald mit seiner Bim aus Molfsee. Oluf kam aus Kiel. Die Freunde aus dem Kinderladen und die aus dem politischen Kreis kamen angefahren, und es wurde getanzt und gesoffen und diskutiert. Die Kinder bekamen ihr Matratzenlager in dem neuen Gästezimmer auf dem Dachboden, kunterbunt fröhlich war es auch da oben.

Irgendwann im Winter 1971 zog ich einen Minirock an, hohe Stiefel und den warmen Maximantel, und fuhr zur Schule. Ich hatte einen Teilzeitvertrag gefordert über vierzehn Unterrichtsstunden und einen Stundenplan, der zu meinen Kinderladenzeiten passte.
Provozierend trat ich im Lehrerzimmer auf, wurde von dem alten Schulleiter K. von Kopf bis Fuß gemustert, und der raufte sich die Haare und sagte, es sei wirklich alles anders heutzutage, aber ich würde das schon irgendwie hinkriegen, so jung, wie ich sei. Das passte doch, daran glaubte er fest. Dann stellte er mich der Klasse vor.
Das Unterrichten begann mit Leidenschaft. Es gab eine Gruppe von linken Kollegen, die die Unterrichtsvorbereitungen gemeinsam erarbeiteten, ich schloss mich dem Projekt an: Die Themen für die 5. Klassen im Fach ‚Weltkunde' begannen gemäß dem *Historischen Materialismus* mit den Urformen des Kommunismus, die wir bei den Eskimos und den Indianern entdeckten, dann sollte die Sklavenhalterherrschaft in Rom folgen, der Feudalismus und so weiter. Wir probierten den Unterricht mit unseren neuen Erkenntnissen.

Lüneburger Land

Die Wochen im Oktober sind angefüllt mit neuen Erfahrungen. Immer noch das aufregende Jahr 2015. Im Sommer die Reise in das Haus in Südfrankreich, ein Fest, ein Fluss, gleich danach der Kindergarten. Lauter Schritte hinaus aus dem Haus und weg … Die Kinder müssen sich an Neues gewöhnen, die Erwachsenen auch.

An einem Nachmittag um vier geht die Tür auf, ein Kind wird hereingetragen: *Hier, der möchte dir was zeigen,* sagt Katrina. *Tuschekasten,* ruft Yves, hoher Ton, frisch, mit verführerischer Modulation, *was das is, guck mal, Maria, ein Tuschekasten.* Wir holen Papier, nehmen Platz am niedrigen Tisch, bewegtes Hin und Her in der aufgeregten Rede. Nikolas kommt zur Tür herein, streift die Clogs ab, legt seinen Kasten auf den Tisch, greift nach dem Pinsel, erster Schrei. *Nein, das geht nicht, ich brauche Wasser, sonst geht die Farbe nicht ab.* Das Wasser wird gereicht, der Pinsel saugt sich voll mit Farbe, der Maiswagen bekommt eine gelbe Tusche, nein, ist schon wieder alles vorbei. Yves muss weinen, er kann nicht mehr und verlangt den *Deissi. – Nein, es ist keine Schnuller-Zeit,* sagt die Mama. Das ist unerträglich, er weint noch lauter, sie geht mit ihm hinaus.

Nika hebt den Kopf, lauscht nach draußen, *Yvi weint.*

Kannst du es mal versuchen? fragt Katrina, als sie wieder hereinkommt. Yves schreit, windet sich aus meinen Armen, ich drücke ihn fest an mich und gehe raus, weit weg in den Garten: *Wir können auf der Schaukel hin und her*, sage ich, aber er will bei seiner Mama sein. Die kommt, steckt ihm den Schnuller in den Mund: *Hier hast du den Deissi, jetzt ist gut, was schreist du denn noch, was willst du?*

Aber nein, mit dieser einlenkenden Schnuller-Gabe kann er nicht zufrieden sein, die Mama ist sauer, das spürt er. Ich nehme ihn wieder auf den Arm, wir gehen weiter und setzen uns unter das Holzdach vom Gartenschuppen: *Was war im Kindergarten, war da was?* frage ich.

Ja, sagt er, schwer verständlich, der Schnuller fällt raus, *jemand hat mich gehauen. – Wer denn? – Ein Kind.* Er lehnt sich an mich und ist ruhig.

Welches Kind denn? – Weiß ich nicht, das war Nika, mit ganz leiser

Stimme. Wir gehen zurück, er hebt den Kopf und lauscht, er hört Nika weinen und will zu ihm.
In der Küche im Haupthaus sitzt sie auf dem Stuhl, sieht müde aus, schaut Nika an und fragt: *Was willst du?* Der weint und will, ja was denn eigentlich? Er weiß es selbst nicht, aber er kommt zu mir rüber und will auch auf meinen Arm. *Ja*, sage ich, *er kann ja auf meinen Arm, aber wie soll ich beide nehmen? – Nee, wirklich nicht, bei aller Liebe, man schafft nicht alles,* sagt Katrina. Allerdings, das stimmt. Ich denke dabei an sie. Das ganze Programm, die Berufsarbeit, die beiden Kinder, der Wunsch, dass alles gut zusammengeht.
Machen wir doch eine Bollerwagentour, schlage ich vor. – *Geht nicht, ist viel zu nebelig,* sagt sie. – *Oder mit den Rädern? – Nein, man erkennt euch nicht auf der Straße. – Dann gehen wir mit Johann zusammen los. Ja, so machen wir es, du kannst zu Hause bleiben. – Geht doch nicht,* sagt sie. – *Doch, bleib man zurück.*
Im Bollerwagen sitzt Yves und lacht, Johann ist das Zauberwort eingefallen: *Krankenwagen, Feuerwehrauto, da gehen wir hin,* sagt er. *Singen*, rufen die Kinder im Bollerwagen, *von der Ziege, mäh ritti mäh* … Also singen wir von der Ziege. Dann: *Sonne singen.* Also singen wir auch noch: *Die güldene Sonne voll Freud und Wonne, die Finsternis weicht* … Der Bollerwagen tobt die Dorfstraße herunter, wir verschwinden im Nebel.
Als wir schließlich wieder im Haupthaus ankommen und die Kinder im Wohnzimmer abladen, sagt Katrina: *Hier, guck mal, das haben die heute Nachmittag gemalt, zum ersten Mal haben wir heute mit Tusche gemalt. Das hat Nika ganz allein getuscht, das war, bevor wir zu dir gekommen sind …*

In diesem Moment wird mir etwas klar: Sie will so gern alles mit den Kindern machen, sie freut sich an allem, was sie begleiten, anregen, mit ihnen unternehmen kann, sie will das gar nicht abgeben, es reicht ihr nicht, wenn zum Beispiel ich mit den Kindern tusche, viel lieber möchte sie es mit ihnen machen, so sehr gefällt es ihr, alles mit ihnen zum ersten Mal auszuprobieren. Ich glaube, es ist das Gefühl, etwas Wichtiges zu verpassen, nicht überall dabei sein zu können, die Traurigkeit einer berufstätigen Mutter, ist es das? Vielleicht kommen daher manchmal die Verwirrungen.

Dennoch. Mehr denn je denke ich, dass es für die Kinder und die beiden jungen Eltern sehr wichtig ist, dass wir auch noch da sind. Trotzdem fühlen wir uns in den letzten Wochen oft in unserer Handlungsfreiheit eingeschränkt. Deswegen wagen wir einen kleinen Vorstoß und fragen nach einem gemeinsamen Essen, als die Kinder schon schlafen, ob sich die beiden vorstellen können, ihren Kindern zu erklären, dass sie sich auch an uns wenden können, wenn sie traurig seien, oder Zuwendung suchten oder einen Wunsch erfüllt haben wollten. Dabei erinnern wir an den Sommer in Südfrankreich und die Situation, als Yves unbedingt zu seiner Mama musste, weil etwas schief wurde mitten im Frühstück oben im Haus.
Vielleicht war ihm das alles zu weit weg von ‚zu Hause', aber er wandte sich nicht an mich oder an Johann, sondern hat dich geweckt. Hast du ihm vielleicht erklärt, du musst nicht weinen, Maria und Johann sind doch bei dir? frage ich vorsichtig.
Ach ja, sagt Katrina, sichtlich angestrengt. *Natürlich erkläre ich das den Kindern, Papa könne das auch oder so, klar, ich versuche das und kann es auch öfter machen, aber manchmal ist es zu anstrengend, dann ist es leichter für mich, selbst das Kind zu nehmen und zu beruhigen. Ja, und überhaupt,* fährt sie erregt fort und ringt schon um Fassung: *Es war störend in diesen Sommerwochen, dass du immer wieder über den Kinderwagen gesprochen hast, wo der stünde und dass er nicht vor dem Gartentor stehen könnte wegen der Wildschweine … Ich hätte gerne mal meine Ruhe gehabt und mit den beiden Freundinnen geredet …*
Aber das war objektiv gefährlich, falle ich ihr ins Wort, *wir da oben auf der Terrasse, die Kinder im Wagen neben dem chemin, den die Wildschweine abends passieren und grunzen …*
Aber du hast nicht lockergelassen …
Ja, das stimmt, ich war sehr beunruhigt. Soll ich mir nichts anmerken lassen? Aber was denn dann?
Das interessiert gerade niemanden, es soll gar nicht gelöst werden! Katrina redet weiter: *Ebenso auf der Fete in Ribes, warum hast du dich da zu den Kindern gesetzt, warum denn bloß? Die Musik und das Fest waren unten!*
Weil ich die Ruhe da oben suchte, unsere alte Terrasse, alte

Erinnerungen, und die Kinder da allein ... ja, ich wollte lieber bei ihnen sein.
Genau, das nervt, es ist durch das Babyfon alles geregelt, und wir wissen dann nicht, ob die Kinder aufgewacht sind. Wir müssen doch wissen, was da los ist. Das ist nicht deine Aufgabe und nicht nötig, dass du da hochgehst ... Und so weiter, auch dass Johann die Messer abschleckt und Maria die Kartoffelschalen auf dem Tisch liegen lässt, so reden die Kinder, das ist unmöglich.
Oh weh, denke ich, jetzt geht's ins Private, das gehört doch nicht hierher, und will aufstehen und sofort gehen. *Ansonsten haben wir doch einen gepflegten Esstisch – oder wie oder was?* schiebe ich spitz hinterher.
Sendepause ...
Wie weit weg bin ich doch von dem gewesen, was ich eigentlich hätte tun sollen, nämlich eher gar nichts. Irgendwie schon Hilfe, wenn es nicht anders geht, aber im Prinzip doch eher nicht? Oder denke ich alles zu sehr von meinem Leben her?

Ende Oktober, wir sind für zehn Tage in Frankreich, sofort entfaltet sich der Sog des Südens. Nur noch draußen sein, dem Sonnenstand hinterher, die letzten sonnendurchfluteten Winkel aufsuchen. Es ist dieses verschwenderische Licht am Südhimmel, weit gespannt in zarter Bläue, das erzeugt diesen leichten Zustand der Erregung. Was sollte es sonst sein, wo sollte sonst diese Energie herkommen, dass man wieder den ganzen Tag im Freien sein mag und nicht müde wird? Weg sind die Schwere des Nordens, die früh hereinbrechende Dunkelheit, das Hinnehmen-Müssen, dass die Tage immer kürzer werden.
Auf der Bergkuppe in der warmen Heide, ringsherum Glimmerschiefer, glänzend in der Sonne. Ein leiser Wind streicht aus dem Tal hoch, die Grillen fühlen sich behaglich und zirpen leise, tiefer könnte die Stille nicht sein. Weltabgeschiedene *montagnes*, Höhenzug hinter Höhenzug soweit das Auge reicht.
Hier finden wir Abstand, können nachdenken, zurückdenken an das Gespräch neulich auf unserem Hof. Es war noch weitergegangen, wir hatten weiter gebohrt, gefragt, ob wir in Erziehungssituationen eingreifen sollten?

Fühlst du dich allein gelassen? hatte ich gefragt. *Es sieht oft so aus, dass du allein handelst und redest mit den Kindern. Allein die Lage durchstehen musst. Wir drei sitzen dabei und schweigen …*
Ja, wenn man sich in der Sache einig ist, hatte sie gesagt.
Das ist für sie entscheidend. Man muss sich einig sein.
Klar, es ist nicht günstig, wenn man die Situation anders erlebt, wenn man es anders machen würde: Auf seinem Platz sitzen bleiben und essen zum Beispiel, das mussten die Kinder im letzten Jahr lernen, das sei damals eine strenge Regel gewesen.
Aber auch, wenn wir gerade eben aus dem Süden zurückgekehrt sind.
Ja, das müssten sie lernen, und dass man das erst aufbrechen könne, Ausnahmen erst dann zulassen, wenn die Grundregel gesichert sei.
Und noch mehr: Manchmal sei es schwierig, die Kinder bei ihnen zu halten, sie wollten dann zu uns rüber, auch in angestrengten Situationen, vielleicht ‚Partei' suchen, vielleicht einfach ausbüchsen wollen … Auch die Szenen am Morgen: Da müsse alles wie am Schnürchen klappen, im Zeittakt aufstehen, anziehen und los. Da gehe es nicht, dass sie zu uns rüber liefen.
Wenn ich dann auch noch vor die Haustür träte, ginge alles kaputt.
Oh nee, das wusste ich nicht … Wie sollte man das hinkriegen, wenn die Kinder von alleine ankämen und klopften?

Was ist denn so schlimm daran, frage ich mich, dauernd das Zwiegespräch in meinem Kopf, wenn sie schnell herbeilaufen, guten Tag sagen und ich sie dann zum Auto bugsiere? So war es oft, und mindestens vier von sechs Menschen waren damit sehr zufrieden.
Wir fahren zurück ins Tal, Vorbereitungen treffen für die Gäste, die morgen eintreffen und die *grande randonnée* antreten werden. Wir organisieren und begleiten sie, unsere Nebenarbeit in der Herbstferienzeit.

Der Frühling ist in der Elbtalaue angekommen. Früh am Morgen im April 2016, der Weckruf, der Hahn von nebenan. Die Singvögel fühlen sich angesprochen, setzen sich in Position und schmettern los. Am besten, man steht auf, so ist es hier auf dem Land morgens um fünf!

Drei Stunden gehören mir, meine Zeit zum Zurückdenken und Schreiben. Johann hat das Frühstück zubereitet, im *Morgenkurier* bekommen wir das Grauen in Griechenland vorgeführt. Mit seiner Lage am Rand von Europa und ringsherum offen zum Mittelmeer landen dort die Flüchtlingsmassen aus Syrien und Nordafrika. Aus der Türkei kommen sie auf Schlauchbooten und werden an den Stränden von Lesbos, Chios, Samos ausgesetzt. Die größten Lager sind jetzt dort, im März sind es schon 46 000 Menschen, es gibt seit Monaten keine Balkanroute mehr, die Länder der EU haben für sich entschieden, wann sie ihre Grenzen schließen.

Die Ansage der Kanzlerin noch im November 2015, in der *Süddeutschen* zitiert: „Staaten, die sich einem permanenten, solidarischen Verteilmechanismus für legale Flüchtlingskontingente verweigerten, riskierten das Ende der Reisefreiheit in Europa" ... Und wie ein Ultimatum: „Ihr Osteuropäer, zeigt euch endlich solidarisch, nehmt Flüchtlinge auf".

Die Logik ist beglückend. Die *Staaten* müssen Flüchtlinge aufnehmen, wirklich alle Staaten, sonst können *wir* uns das Reisen ohne Passkontrolle abschminken.

Auf den Inseln und in Idomeni, Grenzstation vor Mazedonien, lagern die größten Elendsmassen, die Leute haben Zelte und Schlafsäcke dabei. Frontex ist auch dort, die EU hat ihre Grenzpolizei an die Außengrenze gestellt, und seit März werden nun immer mal Schiffe mit fünfzig Flüchtlingen vollgeladen und unter militärischem Begleitschutz in die Türkei zurück verfrachtet

Und die Griechen? Ächzen unter der dritten Verarmungswelle, die – wenn steigende Einnahmen des Staates nachweisbar und geprüft wurden – in dritte Hilfskredite münden soll; Kredite, die schon zugesagt sind, müssen jetzt wieder erkämpft werden ... wie soll das gehen mit den Flüchtlingen an den Stränden ihrer Ägäis?

Ein Flugzeug zum Beispiel, das tausend Flüchtlinge in die inzwischen wieder leeren Aufnahmelager an deutschen Grenzen überführen würde? Nein, eine so naheliegende „Lösung" des „Problems" wird nicht gefunden, aber das „Flüchtlingsproblem" wird weitschweifig besprochen ...

Nachmittags die Kinder bei ihren Spielen im Garten: Nikolas sitzt

rittlings vor mir auf der Schaukel, wir schauen einander an, und schallend lacht er los, während ich kräftig Schwung hole, frei von Schwindel und Herzsausen, schon die ganze Woche lang. *Wir haben einen schönen Garten*, sagt er lachend, und mit großer Bewegung zeige er auf den Schuppen. *Alles das, guck mal, was da ist, der Bollerwagen, die Bobbycars, wir haben einen schönen Garten. Welche Blume ist das?* Gerade haben wir die Sternmagnolie betrachtet, und ich hatte ihn hochgehoben, damit er riechen konnte, wie honigsüß das Innere der Blüte ist. Wir schaukeln weiter. *Guck mal, was die da machen*, sagt er. *Das hat Mama gekauft.* Ja, das Trampolin, rasch mal nebenbei gegoogelt und gebraucht gekauft.
Juchzer fliegen seitdem durch den Garten, wenn sie da herumspringen und hopsen wie die jungen Lämmer und lachen vor Entzücken …

Beim Zubereiten der Abendmahlzeit fällt mir zu Griechenland noch was ein: Komisch, bei den Flüchtlingsströmen wird strikt darauf geachtet, dass Lasten und Kostenaufwand gleichmäßig verteilt werden auf alle Länder. Dass die Handelsbilanzen der Länder kein bisschen ‚gleich' sind, darum kümmert sich niemand. Die reichen Länder der EU mit ihren Handelsbilanzüberschüssen dringen nicht auf gleichmäßige Verteilung. Offensichtlich würde das den Regeln der Europäischen Gemeinschaft komplett widersprechen.

Später gehe ich nur noch mal schnell rüber, um einiges zu besprechen. Das ist die neue Abmachung seit dem Streit im vergangenen Winter. Keine innere Beschwerdeliste führen, sondern gleich sagen, was einem auffällt. Der Streit hatte eine klärende Kraft entfaltet.
Die vier sitzen am Tisch um das Zitronenhuhn, ich höre Yves: *Darf ich mal bitte noch etwas Haut haben?* Und Nika ergänzt: *Du musst mal probieren, Maria.* Da gibt mir Katrina eine Gabel voll Hühnerfleisch in die Hand und sagt: *Setz dich doch.* Die Kinder verschwinden. Ich will eigentlich gar nichts. Suche nur die Nähe und höre zu.
Compluta ist das Zauberwort dieses Moments. Klaas hat im Laptop das abendliche Kindervideo angestellt, da lauscht sie erst noch gespannt, dann wendet sie sich zu mir und sagt aufatmend: *Das war doch jetzt so eine schöne Mahlzeit, ruhig und entspannt, und gleich, wenn wir sagen, Zähneputzen, wir machen uns für die Nacht fertig,*

schmeißen sie alles zusammen, dann machen sie kompletten Krawall und zerstören alles. – Ja, so ist das im Moment, sagt Klaas, *seit einer Woche ist das Zubettgehen ein explosiver Vorgang. Sie sind zu müde, damit das alles noch gut abgehen kann, sie weigern sich mit allem, was ihnen einfällt …*

Später hörte ich beim Anziehen der Schuhe, wie der Dialog am Waschbecken im Bad verlief.

Yves: *Soll ich den blauen Zahnputzbecher nehmen oder den grünen, oder nein, doch den blauen?* So klug, wie Katrina in die Endlosschleife einhakte: *Darum geht es hier nicht, sagte sie, das ist egal, du willst trinken, das ist das Thema, dafür ist die Farbe egal.*

Dem konnte er folgen. Das verkürzte seine Erwägungen, die er immer wieder am Tag durchdekliniert, die aus seiner Sicht unabweisbare Begründung: „*Das will ich.*"

Friesische Insel und Ägäisches Meer: endlich wieder Griechenland

Der Sommer wird ein Hochsommer.

Im Gartenhof kommt Unruhe auf. Nikolas steht am Tor und guckt zu mir herüber, kommt herangelaufen und erklärt, was gerade geschieht.

Also, Papa macht jetzt das Tor auf, Maria, der Bulli fährt rein, und dann – er macht eine ausholende Bewegung mit Händen und Armen, die immer wieder und nachdrücklich eine Kurve andeuten – *schieben wir alle den Caravan da heran. – Weißt du Maria, wir fahren nämlich heute in Urlaub,* trötet Yves dazwischen. – *Vielleicht noch einmal schlafen?* frage ich. Die Finger gehen hoch: *Einmal, zweimal, einmal war schon, ja, noch einmal, hat Mama gesagt, also dann morgen,* sagt Yvi. – *Gut, aber wir packen,* fasst Nika zusammen.

Wir könnten heute doch schon ein bisschen Urlaub machen, schlage ich vor. *Wir packen ein Picknick ein und gehen auf den Hamberg. – Aber die Laufräder kommen mit,* entscheidet Nika.

Oben auf dem Hamberg zwitschern die Lerchen, es weht ein leichter Sommerwind, die Pferde grasen, die Kühe muhen nicht, da kommt die Lust. Sie laufen, bringen die Räder in Schwung, nehmen die Beine angewinkelt hoch und sausen mit Karacho über die schmale Asphaltstraße, Johann im Laufschritt hinterher.
Ins Gras setzen, in der einen Hand eine Maiswaffel, in der anderen eine Salamischeibe, da ruft Nikolas: *Und jetzt zur Wassermühle! – Nach dem Essen,* sage ich noch, aber sie sind schon hoch, und los geht die Sausefahrt und stoppt, als es holprig wird. *Hier hat die Straße wieder kleine Berge, das sind die Straßenberge,* sagt Yves. – *Weißt du, woher die kommen? Guck mal, hier steht der große Eichenbaum, und das ist eine Wurzel, die hat sich hier unter dem Asphalt ausgebreitet.* Sie schauen auf den Baum, auf die Straße, egal, sie nehmen Fahrt auf, jeweils ein Großer rennt neben einem Kleinen mit, aber es klappt, sie haben gelernt abzubremsen, sie fegen die Straße bergab, halten vor der Kreuzung und wissen Bescheid. *Wir sind ja jetzt nicht im Garten,* sagt Nika zu seinem Bruder, *hier ist die Straße … – Okay,* sagt Yves.
Nachmittags werden Johannisbeeren gepflückt, zum Abendessen gibt es eine Rote Grütze als Nachspeise. Yves nimmt das volle Sieb und will die Beeren in seinen Laden stellen und verkaufen. *Das geht nicht, das ist kein Spielzeug, sondern richtiges Essen,* sage ich. Er steht unschlüssig, hält das Sieb noch in den Händen, ich gehe hinein, um für alle zu kochen, da kommt Nika und will das Sieb haben. *Nein, das geht nicht, das ist kein Spielzeug, sondern richtiges Essen,* erklärt ihm sein Bruder.
Nikolas steht bedröpst da …

Damals, im Sommer des Jahres 1971, hatte sich unser Leben gründlich verändert. Zu dritt fuhren wir jeden Morgen in die Stadt. In Hamm stieg Ole aus und ging in seine Schule. Ich fuhr Katrina in den Kinderladen in Bramfeld, ging dann in meine Schule um die Ecke und zwei, drei Stunden später in den Kinderladen. Dort blieben wir bis zum frühen Nachmittag.
Katrina war gerade drei geworden, da hörte ich, wie sie beim Spielen zu dem Nachbarjungen Detlef sagte: *Ich muss mal eben zu meiner Schule, in der Schule wohnt meine Uni.*
Jeden Tag spielte sie das und tat es am nächsten Tag wieder mit Stolz

und Eifer: *„Zur Arbei' gehn"*, zu den Kindern im Kinderladen. Es hatte einige Zeit gedauert, bis sie sich dort wohlfühlte.
Was wurde damals alles wahrgenommen, festgestellt, erörtert und diskutiert! Die anderen Eltern waren sich alle sicher, dass sich da erst noch eine ‚Fixierung' auf mich lösen müsse.
Ich fand, dass sie ein fröhliches und selbstständiges Kind war, und lud alle ein, zu uns zu kommen. Mit Wonne kamen die Kinder aus dem Kinderladen in den verwilderten Garten hinterm Deich, spielten in der Sandkiste und in der großen Badewanne, die wir mit warmem Wasser füllten. Die Eltern saßen herum und klönten über die Ereignisse im Kinderladen.
Als die Wildrosen zu blühen begannen, die Tage noch wärmer wurden und die Sonne die Gerüche des brackigen Wassers verstärkte, überlegten wir, wie wir es möglich machen könnten, dass die sechs Kinder auch die Sommerwochen zusammenblieben.

Ole und ich hatten eine Idee, wir wollten es versuchen. Wir fuhren nach Dagebüll, setzten mit der Autofähre nach Wyk über und fuhren verliebt durch die frühsommerlich grüne Marsch, vorbei an blühenden Rapsfeldern bis zum Dorf Süderende. Tante Anna und Onkel Paul Dahl erwarteten uns im Pastorat.
Ich kannte dieses alte Backsteinhaus von Kaffee-und-Kuchen-Schlachten an warmen Sonntagen und von Missionsfesten im Garten. Onkel Paul war ein fröhlicher Pastor, seine Anna eine bäuerlich-friesische, kluge und geschickte Frau mit freundlichem Gesicht. Als Kind staunte man, wenn die Eltern gern immer mal wieder erzählten, dass die beiden an Weihnachten mit ihren acht Kindern um den Weihnachtsbaum herumtanzten. Heute nun sollten Ole und ich mit ihnen zu Mittag essen.
Wir setzten uns zu Tisch, Onkel Paul sprach ausgiebig ein Dankgebet, und dann servierte Tante Anna Reisbrei mit Apfelmus.

Heute ist das alte Pastorat von Süderende, ein feines Restaurant. Das kann nicht wahr sein, denke ich, als ich danach googelte,
Damals schaute uns Tante Anna mit ihrem klaren und offenen Blick an und sagte frei heraus: *Was für ein schönes Paar ihr seid. Und eine Tochter habt ihr?*

Sie heißt Katrina und ist jetzt drei Jahre, sagte ich eifrig. *Wir haben einen kleinen Kinderladen gegründet.*
Ihr geht zur Schule?
Ja, und dafür können wir uns mit anderen Eltern bei der Betreuung der Kinder abwechseln.
Und nun suchen wir ein kleines Haus oder eine Ferienwohnung hier auf Föhr. Ole kam zur Sache, wir mussten das nun riskieren. *Wir wollen mit den sechs Kindern die Sommerferien an der Nordsee verbringen. Die Eltern kommen abwechselnd dazu, immer sind vier Erwachsene dabei.*
Alles, aber so etwas hatte Anna noch nie gehört! Sie hatte acht Kinder bekommen und ihr Leben mit diesen Kindern zusammen verbracht, und wenn die zur Schule kamen, war es trotzdem so weitergegangen. Aber jetzt sechs Kinder hier? Die gar nicht zu einer Familie gehörten, dachte sie womöglich und sagte: *Ja, doch.*
Nach dem Essen zeigte sie uns ein kleines Friesenhaus. Es stand etwas außerhalb des Dorfes ungeschützt auf einer Mini-Warft und war heruntergewirtschaftet. Hier wohnte niemand mehr, das sah man. Es stand leer.
Guckt mal, da gibt es sogar noch einen Tisch, das ist doch schon mal gut, sagte sie. Und da steht der alte Küchenherd. Ihr müsst euch um Matratzen kümmern.
Das machen wir, sagte Ole. *Wir bringen die Töpfe und Teller auch mit und richten die Küche her.*
Alles stand offen für einen Sommer am Meer, und wieder würde es die Insel Föhr sein.

Wir besorgten Luftmatratzen, packten Decken und Bettwäsche ein, organisierten das Küchenzubehör und Grundnahrungsmittel. Alle Eltern und Kinder trafen sich, wir schnallten mit Sabine und Rolf sechs Kinder auf die Kindersitze der zwei Autos, und sechs Stunden später schlugen wir in dem Haus in Süderende das Sommerlager auf. Und siehe da, wir waren nicht die Ersten: In dem Friesenhaus begrüßte uns mit Tante Anna unsere liebe Mutter, sie war „*all wedder*“ da, schloss die kleinen und die großen Kinder in die Arme und fragte, ob sie uns zum Eisessen einladen dürfe. Die Kleinen wollten natürlich, und so rasten wir weiter mit zwei Autos nach

Nieblum in die feine Eisdiele unter dem Lindenbaum. Dann wollte sie uns noch den Strand in Utersum zeigen. Vadderchen hätte dem Onkel Paul beim Rasenmähen geholfen, den würden wir noch abholen und dann gleich weiterfahren. Oh ja, wir waren schließlich in ihrer ollen friesischen Heimat, und dann noch bei ihren Freunden untergekommen, wer konnte da noch was hinterfragen? Der Vater befestigte sein großes weißes Taschentuch auf dem Kopf, kniete sich mit kurzer Hose in den warmen Sand und zeigte den sechs Kindern, wie eine wirkliche Strandburg gebaut wird. Die Kinder juchzten vor Vergnügen und sprangen um die Sandhaufen herum, tapsten rauf und wieder runter und kullerten sich vor Lachen.
Die Mutter nahm uns kurz beiseite und schenkte uns hundert Mark – als Beitrag zur Miete des schönen Friesenhauses, wir bräuchten ja die Erholung, erklärte sie. Ernst sei fünf oder sechs Wochen auf Kreta, dem hätte sie auch so einen Schein gegeben, weil er fleißig gelernt habe, ja, und Harald und Oluf hätten Erholung als ‚bürgerlich' abgelehnt. Es schien so, als müsste sie immer noch rechtfertigen, was sie welchem ihrer Kinder warum zusteckte, gerade so, als stünden die anderen dabei und würden sich beschweren über die Benachteiligung.
Ja, wir brauchten dringend Geld, wir machten alles, was sie vorschlug, zur Kirche aber begleiteten wir die Eltern am Sonntagmorgen nicht, obwohl Onkel Paul die Predigt hielt. Wir hatten schließlich gut zu tun: Wir waren die erste Gruppe und mussten das Haus einrichten. Ein kleiner Jan, ein kleiner Stefan, ein kleiner Ole, ein kleiner Patrick, eine kleine Gulle und eine kleine Katerini tobten derweil um uns herum durch die leeren Räume und zogen uns raus aus dem Haus und runter in die Marsch.,
Tag für Tag fuhren wir mit der Bagage ans Meer, mit Schaufeln, Windeln, Trinkflaschen und Schwimmflügeln, Burgen wurden gebaut und Kanäle gegraben, die nach zwei Stunden wieder im Wasser versanken.
So vergingen viele Tage, fast drei Wochen waren es. Da nahmen wir Katerini auf den Arm und sagten: *Tschüss, agapi mou,* drückten sie Sabine in den Arm, winkten und fuhren davon. Kurz noch bei den Eltern vorbei, die sollten wissen, was wir vorhatten.
Am nächsten Tag flogen wir nach Athen, erreichten den Hafen von

Piräus und sprangen mit den Rucksäcken auf, ja, es war tatsächlich die *Myrtidiotissa*, dieser schwerfällig stampfende uralte Dampfer, der uns wieder zu den Kykladen brachte. Es gab diese heiße Sehnsucht, wir wollten die verrückten warmen Nächte unter dem samtweichen Dunkel, die Sternenkuppel, die Nachtgerüche vom Meer, die vergilbten Blütenbüschel der Zistrosen, die im Wind raschelten.

Es gibt ein Foto, vergilbt von der Sonne: eine junge Frau in gelbem Minirock und knappem T-Shirt, mit orangefarbenem Tuch ums Haar und Sonnenbrille, wie sie in einer weißen Gasse des Kykladendorfes steht, hübsch, braun, ernst und selbstbewusst.
Zwei Wochen waren es damals auf der Kykladeninsel in der Ägäis. In Sikinos konnten wir nicht bleiben, die Felsbuchten, den Weg zu dem letzten Haus des Dorfes, das uns geschenkt worden war, das gab es so nicht mehr. Alles war anders, die griechischen Frauen boten uns nichts an, die Männer waren noch wortkarger, skeptische Blicke begleiteten uns, eine eigentümliche Stille …
Mit dem nächsten Schiff zogen wir weiter. In Sifnos liebten wir wieder die einsamen, Schatten spendenden Felsen in kleinen Buchten, das salzige kühlende Meer. Wir wanderten auf den gepflasterten Wegen durch die Phrygana, die griechische Garrigue, hatten den herben Geruch des griechischen Salbeis um uns, und ein Meltemi sauste uns um die Ohren. Im Schatten der weiß getünchten Gassen der Chora von Sifnos gab es das Tor zu dem Haus mit dem Gastzimmer für uns. Tagsüber saßen wir im warmen Sand, geschützt von der Felsenbucht, nackt und braun, irrsinnig unvorsichtig, weil jeder Moment ausgekostet werden sollte. Nach dem Baden war die Haut salzig und so verbrannt, dass man sich fast nicht berühren konnte. Wir betrachteten einander, redeten und redeten, liebten uns und schwammen wieder hinaus. *Weißt du noch damals?* riefen wir uns zu. Immer diese Scheu, die Vorsicht als Dauerprogramm.

Wir brauchten diese Zeit für uns, aber als der Mond immer runder wurde und ich nicht mehr schlafen konnte, überfiel mich die Sehnsucht. Meine kleine Katerini, die ich ja doch zurückgelassen hatte – wie sie sich wohl fühlte in der Nacht, an wen war sie gekuschelt? Das Heimweh kam und blieb; ich schrieb Postkarten und schickte Päckchen, versuchte mich zu beruhigen und wollte dennoch die paar Tage genießen, die es noch gab. Wie wild hängten wir uns rein in das Glück der warmen griechischen Nächte. Die Tage flogen nur so vorüber.

Wir waren glücklich zusammen in diesem Sommer, so viel steht fest. Als wir nach der Rückkehr in wilder Vorfreude und Erwartung zu dem kleinen Friesenhaus auf der Warft hochgingen, kamen uns die Kinder entgegengerannt. Unsere Kleine, braungebrannt und gesund, flog uns in die Arme. Wie glücklich und erlöst die Küsse, das Beschnuppern, das Einander-Betrachten.
Noch ein paar Tage mit Wind und Sonne, dann packten wir mit den anderen Eltern den gesamten Hausstand ein und fuhren mit Katerini nach Kiel. Die Mutter stellte fest, dass wir gut erholt aussähen, so gelöst und fröhlich, ja, so schrieb sie es tatsächlich in ihren Kalender. Kaum zurück in unserem Haus in Moorfleet, nahm Katerini die gewohnten Spiele mit Muriel wieder auf, streunte mit ihrem Detlef im Garten herum, und liebte ihr Kinderzimmer, die Spielsachen – alles war ein Wiedersehensfest für sie. Immer mal zwischendurch kam sie schnell herbei und wollte kuscheln und auf den Arm. Sie nahm es wahr und genoss es, dass sie uns nicht mehr mit den anderen Kindern teilen musste, jedenfalls nicht hier zu Hause. Ich ließ mich beruhigen und schob ein schlechtes Gewissen beiseite.
Erst recht, als die Kinder wieder im Kinderladen zusammenkamen und Katerini uns damit überraschte, dass sie sich sofort verabredete. Jan oder Patrick sollte bei ihr schlafen, oder sie entschied sich, bei welchem Kind sie über Nacht bleiben wollte. Ein selbstbewusstes und selbstständiges Kind – wir staunten nicht schlecht.

Jeden Sommer, immer und immer noch mal gehörten zwei Wochen uns, das machten wir. Ließen alle Bedenken zurück und gönnten uns das Abhauen in den Süden, Hitze, Meer, Sonnenbestrahlung und Lust.

Im Sommer 1972 wieder, die ganze Prozedur, dieses Mal waren wir mit den Kindern an der dänischen Ostseeküste. Muriel war dabei, Swaantje übernahm mit Hauke die erste Ferienetappe, wir waren glücklich, dass beide mittlerweile fest in unser Kinderladenkollektiv gehörten. Es gibt ein Foto, das sie uns schenkten: Katrina und Muriel sitzen auf Swaantjes Schoß, sie umarmt beide Kinder, ein Kinderbuch liegt aufgeklappt vor ihnen auf einem Tisch. Katrina lehnt sich an sie und hat das Spiel der anderen Kinder im Blick.

Wir flogen nach Kreta und hatten uns dort mit Harald und seiner Bim verabredet. Zusammen tingelten wir durch Südkreta und schliefen am Strand.
Gleißendes Licht über dem Meer, als der Mond immer runder wurde. Diese griechischen Nächte bei Helligkeit, schlaflos lief ich am Strand entlang, die drei anderen reglose Mumien, ins Laken eingehüllt auf dem Sand.
Als ich in der übernächsten Nacht vor lauter Erschöpfung endlich schlief, weckte uns Harald früh um fünf. *Los, aufstehen, wir müssen sofort weg hier,* rief er streng. *Ich habe Skorpione ‚klingeln' gehört!* Schlaftrunken fuhr ich hoch und verstand nicht, dass man mich nicht schlafen ließ! Wir packten die Rucksäcke, suchten im Morgengrauen den Weg auf den Berg und sackten im nächsten Dorf auf die Stühle des *Kafenion*. Der Kaffee war heiß und bitter.
Mit der Gitarre wollte Harald jetzt von einer Dorfkneipe zur nächsten wandern, vorspielen, dazu singen, so wie früher – aber die griechischen Bauern wollten nichts davon wissen, ihre Lieder, von Ausländern gesungen, palavern und zusammen einen trinken …
Die politischen Umstände erlaubten das nicht, natürlich, wir wussten es doch, es herrschte immer noch die Militärregierung, öffentliches Auftreten war überhaupt nicht selbstverständlich im sechsten Jahr unter dem Regime der Junta.
Lieder des Widerstands wurden in Deutschland gesungen:
Mikis Theodorakis und Maria Farantouri hatten ein Konzert in der Berliner Philharmonie veranstaltet, das gab es 1972, aber nicht in Griechenland …

Ole und ich zogen in eine kleine Pension an der Südküste. Ich war schließlich Lehrerin, Ole Lehrer, wir hatten noch was anderes vor, als herumzuziehen, zu singen und möglichst nichts zu tun. Wir sprachen über die Ereignisse im April, US-Präsident Nixon hatte ein

Gesetz erlassen: Zehn Zerstörer und sechs U-Boote der USA sollten in Griechenland, Italien und Spanien sowie in der Türkei stationiert werden, also rund um das Mittelmeer, auch hier auf Kreta.
Ach, es war doch schon jetzt nicht mehr das, was wir in der abgeschiedenen Inselwelt der Ägäis immer so geliebt und gesucht hatten. Ich wollte nur noch so schnell wie möglich zurück nach Dänemark, mein Kind wiederhaben.

Harald und Bim stromerten weiter herum und erzählten, als wir uns wiedertrafen, von einer waghalsigen Bergtour. Um vier Uhr früh schon der Aufbruch, mühselig der lange Anstieg auf den Pachnes, es sei gefährlich gewesen, erzählten sie, sie hätten den weiten Weg und die Hitze unterschätzt und zu wenig Wasser gehabt. *Aber ist doch schön in Griechenland, was, Daisy? Also chérete,* sagte der Bruder und schaute mich mit seinem kiebigen Lächeln an.

Stille Tage im Midi (7)

Jetzt, hier, Südfrankreich im Juli 2016, wieder in dem großen, weißen, lichtdurchfluteten Raum und vor den Fenstern das Spiel von Licht und Schatten in den Flaumeichen.
Der süße Geruch der Wärme dringt in den Raum, und in der Ferne klingt das feine Sirren, die Musik des Südens, die Zikaden machen sich an die Arbeit.
Stunden später: rausgehen, schnuppern, die Hitze auf der Haut spüren. Jetzt dröhnen die *cigales*, ihr Mittagsgesang füllt die heiße Luft. … auf der Felsplatte liegen und der Blick ins lichtgrüne Blättergewirr, auf und ab im Wind wippen die Zweige der Steineichen. Luzide, weiche Bläue darüber, wie ein Zelt spannt sich der Himmel über das Grün. Die jungen Blätter der Mittelmeereichen sind vor dem Licht hell und durchsichtig, selbst das Oliv der Steineichen schimmert zart, so hell ist die Mittagsbläue. Dabei fühlen sich diese Blätter rau an und sind geschmeidig wie dünnes Leder mit ihrer Schutzfläche gegen die

Strahlkraft der Sonne. In dieser Helligkeit, dieser Transparenz, fühlt sich alles leicht an. Der Kopf ist frei, der Körper entspannt.

Non, berichten uns Beatrice und Michel später, *es gab schon Sturzfluten, Überschwemmungen, dröhnende Gewitter in den Bergen, Hagelkörner so groß wie Tennisbälle.*
Egal, jetzt ist es schön, alles tut gut! Komm, wir springen ins Wasserbecken, sage ich zu Johann, abtauchen im frisch befüllten blauen Wasserbecken. So beginnt dieser Sommer im Süden …

Damals in Griechenland waren es nur zwei Wochen, und es gab diese glückliche Gelassenheit, dass man sie immer und immer wiederfinden würde, diese Sommer im Süden. Dabei waren die Umstände gar nicht zu genießen, man ahnte schon, dass dieses entrückte Land weltpolitisch bereits eine Rolle spielte.
Zwei Jahre später drohte ein Krieg mit der Türkei auf der Mittelmeerinsel Zypern. Die Junta sah sich einem Krieg militärisch nicht gewachsen. Sie übertrug die Regierungsgeschäfte an Karamanlis, der 1974 aus dem Exil in Paris zurückkehrte.
Das demokratische Griechenland wollte für kriegerische Auseinandersetzungen mit der Türkei gestärkt sein. Es rüstete auf, Rüstungsaufgaben wurden der größte Einzelposten im neuen Staatshaushalt. Bereits 1981 trat Griechenland der EU bei. Brüssel bezweifelte zwar, dass Griechenland in der Lage sein würde, den Wettbewerb mit den anderen Ländern der Gemeinschaft auszuhalten, aber strategisch war Griechenland wichtig.
Ich lese mit Spannung die „Kleine Geschichte Griechenlands". Der Autor taktet die Fakten kurz und knapp und wundert sich über gar nichts. Nicht darüber, dass für den Beitritt zur EU die Wettbewerbsfähigkeit des Landes eine Voraussetzung sein musste. Warum strebte denn so ein Land diese Gemeinschaft an, in der es eine Konkurrenz zu bestehen hatte? Klar ist offensichtlich auch, dass Griechenland damals den größten Posten im Staatshaushalt für sein Militär reservierte. Die neue Regierung gab die Richtung an und definierte die Parole: „Wir gehören zum Westen". Rasch kam die oppositionelle Partei PASOK hoch, die der antiwestlichen Haltung im Volk eine Stimme verlieh und den Austritt aus der Nato forderte

So also ist das in den siebziger Jahren gelaufen, da unten in dem Land an der Peripherie Europas, das überhaupt nicht nur aus seinen unendlich weiten, wilden, warmen Mittelmeerstränden und Gastfreundschaft bestand.

Um fünf in der Frühe raus aus dem Bett und den Gerüchen folgen, die ins Zimmer strömen, die Steinstufen hinunter zur Zisterne: Die Seerosen öffnen bereits die zartrosa Blütenkelche, Libellen und Falter schwirren umher, es ist still, keine Zikaden. Der Morgen ist ein Geschenk, voller Verheißungen für die täglichen Abläufe.
Jeden Tag mit Sicherheit die Sonne, um sechs in der Frühe bin ich am Arbeitsplatz, schreibe und lese, – war da nicht ein Geräusch unterm Fenster? Ich schaue hinunter, da sitzt mein Bruder Harald unterm Schilfdach und trinkt Tee aus der Thermoskanne! Sie seien mitten in der Nacht angekommen und hätten sich zum Schlafen ins Auto gequetscht, erzählt Barbara beim Frühstück. Sie ist die neue Frau an seiner Seite.
Unter flirrender Hitze schreitet der Tag voran, nach der Siesta wieder hinaus in den Garten, da erklingt eine neue Musik. Im Beduinenhaus, dort, wo vor einer kühlen Mauer und unter einem Dach das Tagesbett steht, sitzt Harald und spielt Gitarre. Perlend rollen die Töne in den heißen Raum unter den niedrigen Laubbäumen. Es ist wie ein Wunder, er webt einen weichen, wehmütigen Klangteppich. Niemand kennt das Stück, es ist etwas ganz Neues in seinem Repertoire, das ‚Capricho Catalan' von Isaac Albéniz, ein Stück aus dem ‚España Opus 165', Nr. 5, wie er mir gleich erklärt, und er sei jetzt so weit, er könne das ins Internet stellen. Ja, mit so einem Stück Gitarrenmusik kann er eine Woge von Freude, Lebenslust und Wehmut in den Raum schwappen lassen.

Haralds Sohn ist angekommen mit seiner Frau, die streicht glücklich über ihren kleinen runden Bauch und flüstert was von ihrem Guglhupf. Am Abend sitzen alle an der großen Tafel, Ernst und Geli, Harald, David, daneben Dorit. Barbara wirtschaftet noch in der Küche herum. Es wird laut, weil wir über Griechenland diskutieren, das wir alle lieben. Was ich über Griechenlands Geschichte gelesen habe, wie es überhaupt möglich gewesen sei, so lange die Konkurrenz

in der EU auszuhalten – bei den schlechten Ausgangsbedingungen … *Ach was,* wirft Harald ein, *das wissen wir doch, dass der Staat nicht sonderlich präsent ist auf den Inseln, das ist doch gerade so toll …*
Stimmt ja, versuche ich, mir im Durcheinanderreden Gehör zu verschaffen, a*ber jetzt ist der griechische Staat das Opfer der Überhitzung an den Finanzmärkten weltweit!*
Und der folgenden Bankenpleite, ergänzt Ernst. *Deswegen kaufen die Spekulanten griechische Anleihen nur zu sehr hohen Preisen, der Staat kann kein Geld am Markt aufnehmen.*
Das ist doch übertrieben, da war immer schon Misswirtschaft, ruft einer dazwischen …

Die Tage sind still, die Hitze schlägt alles in ihren Bann, schwer duftet der Lavendel, schwer ist das sommerliche Licht, schwer sind die Glieder, jeder hängt in seinem Eck herum. Doch plötzlich perlen über dem Basso continuo der Streicher, die in den Bäumen sitzen, der um diese Tageszeit völlig besessenen Zikaden, festlich und elegant die Töne, die Harald, hochkonzentriert und versunken zugleich, mit Inbrunst dem Instrument entlockt, schmeichelnd wie eine Tanzetüde am spanischen Hof. Es ist wieder das *Capricho Catalan*, und die Melodie erregt das Herz so, dass man weinen könnte.
Am nächsten Tag besuchen wir Ernst und Geli im Cevennen-Dorf. Das ist schön, auch weil Ernst ein Stück auf seinem Cello vorspielt, das Adagio von Johann Sebastian Bach. Dann fahren *les jeunes* ab, mein Bruder Hans kommt an und erzählt von der Marina in St. Tropez und seinem Segelboot.
Wann kommt ihr denn? Ihr wollt doch segeln, oder? fragt er in die Runde.
Das sollte unbedingt in diesem Sommer auch noch sein.
Eine Woche später. Kein Wort geschrieben seit dem letzten Sonntag, mitten in den schönsten Sommerferienwochen keine Zeit für den Rückzug.

Eigentlich wollte keiner weg. Aber am letzten Montag sind wir schließlich aufgebrochen und ans Mittelmeer gefahren.
Am Dienstag das Frühstück an Bord. Alles verlief fröhlich, aber immer mal hatte Hans diesen gewissen strengen, manchmal auch

barschen Ton. Jeder kriegte was ab, ich gleich am Morgen, als ich Tee kochte. Das Feuer war bei einem Windstoß ausgegangen, und ich hatte den Hahn nicht abgedreht. *Das geht nicht,* sagte er, *wenn ich das einmal sage, muss das so gemacht werden, darauf muss ich mich verlassen können …* Scharfe Tonlage, aber ich sah das ein.
Das Meer schwappte keck und frisch, der Törn begann. Harald gespannt und beobachtend, das Boot war noch etwas fremd, das Segeln beherrschte er perfekt. Etliche Wendemanöver, und mittags legten wir bei St. Tropez in der Bucht von Canoubiers an.
Es war das Glück. Wir tummelten uns wie Fische im Wasser, Harald und Barbara waren so glücklich, wie ich sie selten gesehen habe. Weit hinaus aufs Meer schwammen sie und dann wieder verspielt um das Boot herum, tauchten, kamen hoch und mal kurz aufs Boot und sprangen gleich wieder zurück in das schwappende Blau, als täten sie das jeden Tag.
Am Mittwoch der große Törn, ich entspannte mich, alles lief glücklich.
Erst im letzten Moment des Segeltages, wir waren schon eingelaufen, die Fender waren hinausgehängt, das Einlaufmanöver von Hans gut geordert und im Zusammenspiel von allen durchgezogen. Nur dass wir mal wieder nicht von allein an die Fender gedacht hatten. Und dann, wie ein Blitz, ein scharfer Wortwechsel, als Hans und Harald ein Tau anknoten wollten, um den Steg vom Boot zur Hafenkante zu sichern.
Du lügst, rief Harald in scharfem Ton, *das Loch war noch nicht richtig, es stimmt nicht, was du sagst …*
Mach bitte, was ich sage, ordnete Hans an, und schon war's geschehen.
So geht das schon den ganzen Tag, zwei Tage geht das so, du befiehlst, du herrschst einen an, schrie Harald zurück.
Mensch, hört auf, wir haben es doch nun gerade alles so schön hingekriegt, mischte ich mich in hellem Entsetzen ein.
Nichts haben wir hingekriegt, griff Harald mich an. *Misch du dich nicht ein mit deinem Friedensgemache … ich halte das nicht mehr aus, ich mach das nicht länger mit, ich hau ab, wir reisen ab, sofort!*
Barbara saß weinend in der Kajüte, packte ihre Klamotten: *Ich kann nicht mehr. Diese Männer mit ihrem Überschuss an Testosteron, alles können sie einem kaputtmachen.*

In die schweigende Unruhe von betretenen Gesichtern und ungläubiger Fassungslosigkeit fragte Johann: *Sehen wir uns in La Garde-Freinet und sprechen da noch mal miteinander?*
Ich wollte das nicht, ich wollte nur noch weg von diesen zwei Brüdern, meine Haut retten. Aber dann war es, als wäre das Tau herübergeworfen, und ich nahm es auf und handelte weiter.
Als ich mit Hans an der Schranke stand und wir uns umarmten, wiederholte er: *Ich habe es gemerkt, es wurde immer mehr, er wollte das Sagen haben, das lasse ich nicht zu, nicht auf meinem Boot, das geht einfach nicht. Ich bin schließlich der Skipper.*
Ach, diese blöde Konkurrenz unter den Brüdern, dachte ich und wollte alles noch mal erklären, sagte dann aber nur vorsichtig: *Unsere Freundschaft wird daran nicht kaputtgehen?*
Nein, Mariechen, antwortete er, *natürlich nicht.*
Eine halbe Stunde später setzten wir uns in La Garde-Freinet vor eine Bar, tranken *citron pressé* und warteten. Da kamen sie um die Ecke. Barbara hatte rote Augen und wischte und schniefte. Ich nahm sie in die Arme: *Setz dich, trink einen frischen Zitronensaft.*
Und Johann sagte: *Kommt mit zu uns, wir fahren hintereinander her.*
Danke, sagte Harald.
Auf dem Weg zum Parkplatz brach Barbara das Schweigen: *Aber das will ich jetzt mal sagen, es ist nicht richtig, wenn man so einen Krach hat, dass man einfach seine Sachen packt und augenblicklich abfahren will. Dass du dich überhaupt nicht darum kümmerst, was ich dazu sage, und dass du unseren Urlaub zerstörst, nur weil du dich mit deinem Bruder streitest.* Sie sagte es klar und einfach, und dem war nichts hinzuzufügen.
Harald schwieg.
Durch die Berge ging die Fahrt, in leichten Schwüngen auf der Autobahn, mit der Sonne, einem roten Feuerball über dem Buschwald. Eine afrikanische Landschaft, heiß und wild – so steht das Bild immer noch vor mir …

Am nächsten Abend, wir hatten gekocht und aßen zusammen, versuchte ich es: *Du reibst dich an dem Befehlston von Hans, stimmt's?*
Ich lasse mir autoritäres Verhalten nicht gefallen, da bin ich weg, sagte er.

Und wenn? Wir segeln schließlich auf seinem Boot, er ist der Skipper, und wenn das, was er sagt, stimmt, was ist schlimm daran, wenn er die Kommandos gibt?
Nee. Das lasse ich mir nicht bieten, ich lasse mich nicht anherrschen.
Ja, gebe ich zu, *er hat einen barschen Ton. Das hat auch mit dem Altern zu tun, und es kommt immer noch drauf an, was einer sagt. Wenn es aus der Rationalität der Sache kommt, dann ist mir egal, wie er es sagt.*
Nee, das kann ich nicht.
Du bist deiner Kindheit doch nicht verfallen. Du kannst das mit dem Verstand durchdringen, das geht. Sonst machst du dich zum Opfer von dem, was du ganz früher mit anderen, Vater oder vielleicht einem Lehrer, erlebt hast.
Nee, das will ich nicht. Hätte er das auf dem Meer gesagt, wäre ich ins Wasser gesprungen. Da hätte er mich dann herausholen können.
Zu so einem Irrsinn ist er dann auch noch fähig, dachte ich. Fast schien er zufrieden damit, dass er seinem Prinzip so treu geblieben war.
Ich bohrte weiter: *Genau genommen reibt ihr euch beide am selben Verlangen. Weil du auch das Sagen haben willst, kannst du nicht ertragen, dass dein großer Bruder die Befehle erteilt. Du willst der Bessere sein, das ist alles. Ihr nehmt euch nichts.*
Nein, fuhr er hoch, das stimmt nicht, er hat Schuld.
Das, was wir zusammen hatten machen wollen, ist kaputtgegangen, dachte ich. So blöde ist das, so sehr schädigt man sich selbst bei seinen eben noch heiß ersehnten Vergnügungen, nur weil es um das Selbst und seine Behauptung geht.
Ich bleibe dabei, sagte ich, *ihr wollt das Gleiche, nur deshalb reibt ihr euch. Man kann die Barschheit auch ins Leere gehen lassen, das hängt immer noch von einem selbst ab.*

Es ist nicht leicht richtig abzubiegen

Nach den großen Sommerferien damals, 1971, war es sehr turbulent, die Rückkehr in die Alltagsroutinen und diese Irritationen im Haus: Swaantje verschwand in ihre Räume, webte Teppiche und kleidete die Wände damit aus, nahm ihre Muriel mit nach Aumühle, töpferte, kam zurück und kochte Tee. Man trank ausgiebig Tee aus den eigenen Schalen, die hier und da in ihrer Wohnhöhle auf niedrigen Tischen dampften und seltsame Gerüche durch das Haus wabern ließen.
In der hintersten Ecke des Gartens, im Schutz der gläsernen Gewächshäuser von Bauer Peters, hatte sie ein großes Beet angelegt. Grün und kräftig wuchs hier Cannabis. Sie braute das Kraut in der bauchigen Teekanne auf oder backte damit feine Kekse, und nach dem Abendessen machten milde Joints die Runde bei den Leuten, die hereinschauten. Bisher festliche Inszenierungen zu besonderen Ereignissen – jetzt wurde selbstverständlich und so regelmäßig gekifft, wie andere Kaffee tranken und Zigaretten rauchten.
Ich naschte und machte zwei, drei Versuche, dann war der Rausch nur noch ein Grauen. Ich wollte um keinen Preis und dann noch freiwillig einen benebelten Kopf bekommen. Es war schwierig genug, die Dinge um einen herum klar zu sehen.
Swaantje brauchte das aber, um sich wohlzufühlen. Ach, ihre Gedanken waren schon längst woanders, sie wurde immer entspannter, lächelte versonnen und kiffte sich weg. Wir verstanden uns nicht mehr.
Wir tobten von der Schule zum Kinderladendienst, zweimal in der Woche das Kollektiv für die Unterrichtsvorbereitungen, regelmäßige Treffen mit den Kinderladeneltern, dann die Schulungstermine in der politischen Gruppe.
Klassenreisen, Elternabende und Schulkonferenzen, wir mussten langsam begreifen, dass die Berufsarbeit eigentlich im Mittelpunkt zu stehen hatte. In unserem Zuhause war es zu spüren, die Arbeitsverteilung im Haushalt wurde kritisch beäugt, wer trug die Lasten, wer trollte sich lieber zu seinen persönlichen Vergnügungen, es sollte nichts davon zu kurz kommen.
Gegeneinander machten wir das geltend, Ole und ich stritten herum, oder einer haute einfach ab, um sein Interesse zu sichern.

Die Erwachsenen trafen sich seltener zu gemeinsamen Mahlzeiten, nur die Kinder, die kleine Muriel und Katrina, tobten durchs ganze Haus, spielten drüben an der Turnstange und bei uns mit Puppen im Kinderhaus, schliefen wechselseitig beieinander, oder ein Kind aus dem Kinderladen schlief bei Katrina, oder sie blieb die Nacht über bei einem anderen Kind, das ging gut.
Die Kinderladenarbeit kam ins Holpern, auch andere Eltern waren ins Berufsleben eingetreten, konnten oder wollten keine Dienste mehr verrichten und forderten Ganztagsbetreuung. Sie verließen die Gruppe, die übrigen mussten ein neues Konzept suchen, neue Leute finden.

Zu Weihnachten sausten wir in diesem Jahr nach Kiel, es sollte wieder eine Hochzeit gefeiert werden. Ich glaube, Harald und Bim machten das freiwillig, obwohl sie erst vierundzwanzig und mitten im Studium waren. Oder hatte ihnen vielleicht doch die Mutter zugesetzt, weil sie ja nun schon zusammen im Bungalow in Molfsee wohnten? Egal, die Mutter war jedenfalls froh, dass er sich einen neuen Anzug kaufen ließ, und Bim hatte ihr Sonntagskleid an und lachte quietschvergnügt mit ihrem Blumenstrauß in die Kamera.
Am Heiligen Abend provozierte der Vater eine Diskussion über den Inhalt des Weihnachtsfestes, die Eltern hatten seit langem gespürt, dass wir den christlichen Inhalt des Festes nicht mehr teilten. Sie hatten auch ganz genau verstanden, dass wir eine Beeinflussung unseres Kindes nicht wünschten.

Im neuen Jahr begann der zweite Kinderladen mit neun Kindern und sechzehn Erwachsenen. Die Eltern, die sich jetzt für Kinderladenarbeit interessierten, waren bereits berufstätig; der politische Gesichtspunkt war nicht mehr vorrangig, die gemeinsame Arbeit wurde pragmatisch in Angriff genommen. Doch immerhin, es war eine kollektive Erziehungsarbeit, die neuen Eltern waren neugierig darauf, wie sich das gestalten ließe. Mit der größeren Gruppe konnten wir die Kinderladenzeiten jedes Einzelnen gut organisieren, und es gab nun Rita. Mit dieser fröhlichen, sehr jungen Erzieherin wurde alles durchdiskutiert, lachend und amüsiert übernahm sie die Fragestellungen: Welche Sanktionen müssen sein, wie ist es mit der

Sauberkeitserziehung, dem Gehorsam, der Erziehung zu Autonomie? Wieder arbeiteten wir mit großem Einsatz und Ernst an dem Projekt, uns das Aufwachsen und die Erziehung unserer Kinder nicht von den staatlichen Einrichtungen abnehmen zu lassen.

Allerdings stieg die Anstrengung, diesem Anspruch gerecht zu werden. Ole und ich wollten partout nicht wahrhaben, dass die Berufsarbeit faktisch der zeitbeherrschende Lebensinhalt wurde. Die Stunden außerhalb der Schularbeitszeit, kunterbunt und laut wieder mit Kindern zusammen. Nicht nur mit einem Kind und nur ein paar Stunden am Nachmittag in seinem privaten Familienleben, sondern es hieß immer wieder neun Kindern Aufmerksamkeit, Energie und Geduld schenken. Ich war erschöpft, nervlich ausgelaugt, wenn ich abends auf unserem Land ankam. Gierig nach den Orten, an denen die Sehnsüchte ausgelebt werden konnten, und enttäuscht, dass so wenig Zeit dafür übrigblieb.

Es war in diesen Winterwochen, da stießen wir in unserem Arbeitskreis auf neue Texte, in denen die Lebenslage krass zur Sprache kam, quer zu allem, was man bisher darüber sinniert hatte. Die Zeit, Arbeitszeit, Lebensarbeitszeit, freie Zeit ... Zeit, in der man für sich und selbst disponieren kann, was jeder gerade so dringend braucht wie niemals zuvor. Und dann dieser umwerfende Satz: „Wahrhaft reich eine Gesellschaft, wenn statt 12 Stunden 6 gearbeitet werden. *Wealth ist ... disposable time* außer der in der unmittelbaren Produktion gebrauchten für jedes Individuum und die Gesellschaft." *Disposable time* – das ist der eigentliche Reichtum der Gesellschaft. Und: Es gibt sie!
In dem Maße, wie „die große Industrie schon höhere Stufe erreicht hat und die sämtlichen Wissenschaften in den Dienst des Kapitals gefangengenommen sind", schöpft sie gesellschaftlich verfügbare Zeit. Es ist geradezu ihr Ziel, die notwendige Arbeitszeit zu verkürzen, durch Einsatz von Wissenschaft und Technik immer mehr Produkte in weniger Zeit herstellen zu lassen.
Ist ja großartig, möchte man sagen. Das ist doch eine Errungenschaft, genau das wollte Marx 1857 in seinen „Grundrissen der politischen Ökonomie" festgehalten haben. Das wäre mal ein Reichtum!

Ist es aber nicht. Bei diesem Einsatz technologischer Fortschritte geht es um etwas anderes: „Das Kapital wendet die Maschine vielmehr nur an, soweit sie den Arbeiter befähigt, einen größeren Teil seiner Zeit für das Kapital zu arbeiten, zu einem größeren Teil seiner Zeit als ihm nicht angehöriger sich zu verhalten, länger für einen anderen zu arbeiten." Hundert Jahre später zeigen sich die Folgen: Deutsche Unternehmer sind *global player,* weil sie eine explosionsartige Entwicklung der Technologie so für sich einsetzen konnten, dass die einzigartige Rentabilität der von ihnen organisierten Arbeit die Konkurrenten vom Markt vertreibt. Jeder wird mit ihren hohen Produktivitätsstandards bekannt gemacht und soll stolz darauf sein. Die überflüssig gemachte Arbeitszeit ist eben nicht als verfügbare Freizeit für jedermann herausgegeben, für niemanden ist deswegen die Arbeit erleichtert oder abgekürzt worden.

Das muss man erstmal begreifen, den Irrsinn dieser Gesellschaft.

Tatsächlich bräuchte jeder weniger Zeit, um seinen Lebensunterhalt zu erarbeiten, aber er hat es nicht in der Hand. Die Produktivität gehört den Unternehmern. Wer Arbeit hat, muss mehr oder intensiver arbeiten denn je. Alle Berufsstände erfahren das.

Ein weiteres Mal kamen wir einer Erkenntnis näher, die auf das Systemische verwies.

Die Freuden der Feierabendstunden waren ferngesteuert von den Notwendigkeiten der Arbeitszeit Es war nicht so, wie man dachte. Dass es nur eine Frage des unbedingten Willens war, alles das auszugleichen, was sich an Ansprüchen und Wünschen angehäuft hatte. Also weg mit dem Fehler, sich in seinem Zuhause und in der Familie die Verantwortung für das Misslingen und die Enttäuschung gegenseitig zuzuschieben! Es war eine Erleichterung, obwohl man immer noch nicht mehr freie Zeit hatte!

Es wurde März, die Frühlingsstürme tobten über den Deich, ich durfte nicht zur Schule gehen, weil es plötzlich den Verdacht gab, dass unsere Kleine womöglich Scharlach hatte. Also drei Wochen Quarantäne für uns beide, und ich erlöst darüber, dass wir im Haus bleiben durften. Da drohte wieder eine Katastrophe: Katrina rannte den Deich hoch und suchte *Nauchen*, ihre Katze, die war nicht nach Hause gekommen. Sie rannte weinend durch das Dorf und suchte

wild entschlossen, ich hatte trübe Ahnungen und erklärte ihr, dass *Nauchen* wohl einen neuen Freund gefunden hätte …
Ole nahm sie auf den Arm, trocknete ihre Tränen, zum Glück hörten wir von neugeborenen Katzenkindern bei einer Nachbarin. Sehr vorsichtig und zärtlich streichelte Katrina die kleinen Viecher und wählte eine feine, rötlich schattierte Katze. Die wurde herausgehoben und ihr in den Arm gelegt. Das war Daphne, ihr neues Baby.

Frühlingstage in Molfsee munterten uns auf, zwei Tage bei Harald und Bim im zukünftigen Alterssitz der Eltern. Der Vater arbeitete an den Bienenstöcken, die Schafe weideten, es gab ein Lamm, das von seiner Mutter abgelehnt wurde. Wir zeigten Katrina, wie sie ihm die Flasche geben konnte.
Gerade noch so gemütlich beim Picknicken in der Steingrotte unten am Teich, da zischelte mich die Mutter an und fragte, warum ich unbedingt so eine tief ausgeschnittene und dann noch durchsichtige Bluse tragen müsse, ob ich denn nicht merkte, wie geschmacklos das sei. Die Brüder hätten das auch schon festgestellt. Toll, ihr Urteil war schon wieder das Urteil der anderen, machte sie das so sicher?
Ist doch warm – oder? Ach, warum meckerst du an mir herum? fragte ich zurück. *Immer, wenn ich da bin, passt dir irgendetwas an mir nicht!*
Du willst offensichtlich auffallen mit sexhafter Kleidung. Hast du Nachholbedarf? Sie wagte sich mit Entschiedenheit vor.
Ich schaute sie an und sagte gar nichts, so überrascht war ich.

Nach dem Sommerhaushalt unserer Kinder auf der Insel Rømø und zwei Wochen auf Kreta fuhr ich im Spätsommer 1972 noch einmal an die Nordsee: Mit großem Gespann, dreißig Schülern meiner 7. Klasse, einem Referendar und zwei Kochmüttern zog ich für eine lange Woche in ein Landschulheim auf der einsamen kleinen Insel Neuwerk, wo wir das Leben der Kinder aus Steilshoop auf den Kopf stellten. Die Jugendlichen erlebten vor der Haustür Ebbe und Flut, Watt und Meer, Wind und Sonnenschein, und im Haus die gemeinsame Küchenarbeit – ich erlaubte ihnen, über die Strenge zu schlagen.
Tag und Nacht hatten wir zu tun, ich war fix und fertig.

Dafür erzählten die Schüler zum Thema ‚Die schönsten Erlebnisse': die Schlammschlacht im Wattenmeer und um zehn Uhr abends noch einmal in die Küche und Bratkartoffeln zubereiten.

Das Jahr 1973 begann mit Aufrufen zu Protestaktionen, man sah die Bilder aus den Vereinigten Staaten, diverse Großkundgebungen, die Studenten gingen wieder auf die Straßen. Die Welle schwappte nach Europa, in Paris tagte der Internationale Vietnamkongress. Am 20. Januar fuhren wir in mehreren Autos nach Bonn zur Demonstration gegen den Vietnamkrieg. Eine Woche später verkündete Präsident Nixon das Waffenstillstandsabkommen zwischen den USA und Nordvietnam.

Als es Frühling wurde, beschlossen wir die große Reise. Sein kleines Holzhaus auf *Long Island*, das müssten wir sehen, das sei genau das Richtige für uns, es sei gerade fertig geworden, hatte Hans aus Amerika geschrieben, wir könnten unsere Frühjahrsferien am Atlantik verbringen.
Und wie gern wir das taten! Für einige Wochen alles zurücklassen und mit Katrina nach New York fliegen. Lauter freie Zeit für uns, und die verbrachten wir in wärmender Sonne am Meer, die Kleine lief durch den Sand und spielte mit ihrem Cousin Nils. Aufregend dann noch einige Tage in den Straßenschluchten von Manhattan, Hans hatte Ole eindringlich die Gefahren vor Augen geführt, er passte auf uns drei auf. Zum Glück gab es die Peter Cooper Road, drei Zimmer im Hochhaus, das war die Insel in Upper Town. Ich blieb gern bei Usch, die ein paar Wochen zuvor das zweite Kind bekommen hatte, abwechselnd trugen wir die kleine Julia durch die Räume. In Greenwich Village kaufte ich mir einen langen Rock, in Stufen, weit schwingend, in Lila. Den zog ich an, wann immer es auf die Reisen in den Süden ging, dann war ich Hippie und high.

Als wir aus den Staaten zurückkamen und uns freuten, dass wir wieder bei den Freunden waren, in unserem Zuhause, den Aprilwind im Gesicht und die Bilder von Straßenschluchten und einer Holzhütte am Meer noch im Kopf, da kam uns der süße Geruch der heimischen Verwertung des Cannabis entgegen. Eine neue Musik

machte alle verrückt, psychedelisch, verführerisch der Sog von „The Dark Side of the Moon". Gerade so, als ob sie im Haus nur noch mit Pink Floyd feierten. Auf jeden Fall war alles umgekrempelt worden. Wir waren entsetzt.
Hauke hatte sich für den Auslandschuldienst beworben, die drei waren bereits unterwegs nach Indien, ihr Wohnort wurde Mysore. Swaantje lernte den Tempeltanz, sie bekamen weitere Kinder.
Unser Freund Dag hatte sich in den hinteren Gemächern eingenistet. Seine neue Freundin hatte er mitgebracht. Karin war fröhlich, ließ sich strahlend in unserem freizügigen und lustigen Haushalt nieder und fuhr morgens zur Schule. Herrlich, diese Freiheit, so dachten sich die beiden das.
Dem alten Jiri gefiel es nicht mehr, er zog aus. Irgendwas zerbrach gerade, ich wusste nicht, warum das so zerlief. In Moorfleet begann jedenfalls mit diesen nicht mehr gemeinsam getroffenen Entscheidungen eine Art der Verwilderung.

Im Sommer wieder der Treck ans Meer, in ein gemütliches Haus an der dänischen Ostseeküste, dort sollten unsere Kinder ein weiteres Mal sechs Sommerwochen lang zusammen sein.
Derweil trieben wir uns eine Weile im Süden herum. Mit den neuen Freunden aus der politischen Gruppe, aber die saßen fast die ganze Zeit in ihrem Hotelbett und besprachen ihre Lage und ob sie überhaupt zusammenleben wollten. In einer Telefonzelle unterwegs hatte Anke von ihrem Arzt erfahren, dass sie schwanger war. Also keine politischen Diskussionen.
Ole und ich badeten allein im Atlantik, aßen in Mimizan-Plage Meeresfrüchte und redeten über uns, versicherten einander, dass eigentlich alles wieder wunderschön sei, in den Ferien, im Sommer, immer wenn wir im Süden waren. Aber nichts war richtig.
Es war schon lange nicht mehr so, als ob nur da unten das eigentliche Leben liefe.
Nein, wir hatten doch was vor, wir wollten die Verhältnisse auch für die Alltagszeit ‚richtig' machen. Man sollte nicht mehr ‚fliehen' müssen in das ‚schöne Leben'.
Hektisch fuhren wir zurück.
Noch eine letzte Woche an der dänischen Nordsee und dann mit

glücklichen Erwartungen und unserem Kind zurück in unser Bauernhaus.

Wilde Szenen fanden wir vor: Unbekannte gammelten in den Zimmern herum, tranken Tee aus Cannabis und glotzten bekifft. Dag hatte in der Zwischenzeit seine Freunde einquartiert, nichts war abgesprochen, die Auswahl der Leute wurde nicht mehr an den Zielsetzungen entlang getroffen, die wir für das Zusammenleben in diesem Haus beschlossen hatten. Die Notwendigkeiten von beruflicher und politischer Arbeit gemeinsam zu organisieren, hielten sie für einen Angriff auf ihre persönliche Freiheit. Die hieß jetzt gerade: Musik hören und kiffen.
Wir verloren die Regie.
Dabei mussten wir so viel begreifen und analysieren, die Weltlage war ernst: In Chile hatte Pinochet sich an die Macht geputscht und Allende abgesetzt. Man sprach von der großen Ölkrise und debattierte den autofreien Sonntag. Und in Griechenland wurde ein Studentenaufstand blutig niedergeschlagen, Papadopoulos wurde durch das Militär entmachtet.

In unserem Bauernhaus rüttelte es endgültig. Wir mussten Bilanz ziehen: Sieben Jahre hatten wir hier an der Doven Elbe gelebt, jetzt mussten wir es aufgeben. Ausgerechnet dieses, unser tolles Haus draußen vor der Stadt, in dem wir ein Leben *en commun* probiert hatten. Eine verrückte Konsequenz, eine irrsinnige Umsetzung, geradezu Entwurzelung!
Ja, es war so. Aber es half nichts, die Wohngemeinschaft, so, wie wir sie brauchten, war zerstört.
Schularbeit, Kinderladenarbeit, politische Arbeit – schon länger war es immer schwieriger geworden, diese Projekte vom Land aus zu bewältigen. Unser Dorf war weit draußen in den Vier- und Marschlanden, das Entscheidende spielte sich aber in der Stadt ab. Das Haus hinterm Deich war nicht mehr der richtige Ort.

Wir zogen zu den Freunden aus dem Kinderladen, in das kleine Haus mit dem großen Garten in der Vorstadt der Walddörfer.
Weiterer Dachraum wurde kurzerhand ausgebaut.

Wir bezogen jeder ein Zimmer in der mittleren Etage, die Kinder bekamen ihre Zimmer nebeneinander im Souterrain eingerichtet. Zu sechst teilten wir uns eine Küche und ein Bad. Ulrike hatte das Studium geschmissen und war Erzieherin geworden, ihr Freund hatte sein Studium gegen die Arbeit im Hafen bei der Hamburger Hafen und Lagerhaus AG eingetauscht. Reizend regierte Ulrike den Tag durch, schließlich war es ihr Haus.

Die Mutter kam zum Tee und fand alles so schön eingerichtet. Sie bewunderte den niedrigen schwarzen Tisch, den ich von einem Tischler in Moorfleet hatte anfertigen lassen, und wollte mir zwei neue Sessel dazu schenken.
Als wir gerade mal allein waren, tuschelte sie, ihr sei aufgefallen, Ole sei gar nicht mehr so fröhlich, was denn mit uns los sei. Wie kam sie bloß darauf, was sah sie? Das wurmte mich, was konnten andere denn mitkriegen? Ob wir Schwierigkeiten hätten?
Ja, sagte ich, *wir haben Schwierigkeiten.*
Schenkst du denn der Ehe genug Sorgfalt und bevorzugst nicht den Beruf und die Gemeinschaft?
Ja, oh ja, und was muss ich sonst noch hinkriegen? Hast du ihn denn auch angesprochen und nachgehakt, was er dazu tut? fragte ich.
Sie versuchte, mir gut zuzureden, das würde schon wieder, ich hätte ja noch immer alles geschafft. Sofort lud sie die beiden Kinder nach Molfsee ein und nahm sie gleich mit.
Die Kinder saßen schon im Auto, der Fahrer machte Späße, da nahm sie mich nochmal schnell beiseite und sagte: *Weißt du, was Harald mir neulich gesagt hat? Bei unseren Andachten früher sei ihm manchmal ganz schlecht geworden. Hast du das gemerkt, ging dir das auch so?*
Wie kommt er denn darauf? Nee, weiß nicht. Ja, manchmal war es bedrückend, die Stimmung, die schwermütigen Lieder. Was hast du ihm denn geantwortet?
Ich habe ihm gesagt: Wahrscheinlich hattest du zu viel von den Bratkartoffeln mit Zwiebeln gegessen.
In bester Stimmung sauste sie los, der Fahrer gab Gas. Auf den Mund gefallen war sie noch nie, aber dass sie ihren Sohn so abblitzen ließ!

Den dreißigsten Geburtstag feierten wir mit Getöse, Tanz und Besäufnis, mit allen Freunden aus Moorfleet, aus dem Kinderladen. Ich war in melancholischer Stimmung, tanzte und trank wie bekloppt, als müsse ich mich schützen, gegen die Ahnung, dass etwas zu Ende gehen würde … Wir hatten uns selbst aus dem sicheren Terrain unseres Hauses hinterm Deich hinauskatapultiert.
Dabei sang sich Janis Joplin mit wildem Übermut in die höchsten Töne ihres Glücks, nichts mehr brauche sie, solange sie ihren Bobby McGee an der Hand halten könne, auf ihrem Roadtrip von Kentucky nach Kalifornien Seite an Seite mit ihm, und dann kippte ihre Stimme und wühlte im tiefsten Schmerz, am Ende: „*… oh my Lord, my Lord, I let him slip away …*"

Am Ende des Jahres wollten einige Eltern aus dem Kinderladen nicht mehr mitmachen: die Dienste, die Kinder wären zu laut, zu viel Arbeit … das Elternkollektiv zerbröselte. Dieses Mal wurde der Kinderladen endgültig aufgelöst, viel zu früh, fand ich. Warum eigentlich? Die Schule begann für unsere Kinder doch erst im April. Aber es war nichts zu machen, zu guter Letzt musste Katrina bei Ulrike in einer staatlichen Einrichtung unterkommen. *Das ist so laut da, und so viele Kinder, die ich nicht kenne,* klagte Katrina und nuckelte an ihrem Stoffbaby.

In den Gruppen des kommunistischen Bundes wurde nur noch um die Richtung gestritten. Ja, welche bloß? Wir wussten doch noch gar nicht, wie politische Arbeit gehen könnte. Die Diskussionen kreisten um die Bundestagswahl, wenn schon nichts anderes, dann solle man wenigstens eine weitere CDU/CSU-Regierung verhindern. Es gab keinen Grund, sich mit diesen Debatten abzugeben. Vorerst stagnierte die politische Arbeit. In den Mittelpunkt rückte die Schule – das Leben wurde immer „normaler".
Ole atmete auf. Alles werde jetzt etwas leichter, meinte er.

Ich stutzte. Nein, sagte ich, im Gegenteil, ohne Veränderung der Verhältnisse würden wir gerade nicht glücklich leben können. Es würde ganz bestimmt nicht der politische Kampf sein, den wir aufgeben, der sei doch kein Hobby, von dem hänge für uns etwas ab,

die Politik bestimme doch unser Leben.
Ich war sehr enttäuscht, aber dann kam Ernst aus Berlin und überlegte gar nicht lange: *Natürlich hängt für euch sehr viel davon ab! Aber diese Gruppe hat euch nicht mehr vorangebracht, gut, dass ihr da weg seid.*
Sofort ging es drunter und drüber. Dag quatschte auch schon wieder mit. Er hielt es ohne uns nicht aus.
Genau, rief er, *ich will aus der Schule raus, weg von der staatlichen Oberaufsicht, den Zeugnissen und Lernkontrollen … Ich will in die Stadtteilarbeit, eine Initiative für Jugendliche aufbauen, die arbeitslos sind …*
Soziale Arbeit, na ja, da kann man helfen, sagte Ernst, *aber meinst du nicht, dass du damit die staatliche Fürsorge unterstützt?*
Dag: *Nein, das ist progressiv, ich arbeite an der Basis, selbstständig, ich kann den Jugendlichen alles erklären, dazu brauche ich keine weitere Theorie … Ich rechne mit deiner Unterstützung, Ole, was meinst du?*
Auf gar keinen Fall, erwiderte Ole. *Ich bin gern an der Schule, die Schüler mögen mich, und dort verdiene ich mein Geld … Aber vielleicht mal einen Sommer lang, vielleicht …*
Wieso denn plötzlich dieser Schwenk, diese Polemik gegen die Theorie? *Wir brauchen doch neue Erkenntnisse, neues Wissen für die Erklärung der Verhältnisse, in denen wir leben,* hielt ich dagegen, überrascht und wütend, wie schnell Ole einknickte und sich begnügen wollte mit ein bisschen schulischer Praxis.
Da mischte Ernst sich wieder ein: *Er hat doch recht, ohne einen Beruf geht es nicht, aber mit Spontitum kommst du zu gar nichts, Dag … Man muss den derzeitigen Stand festhalten. Die verschiedenen politischen Gruppen und Initiativen wissen gar nicht, wo und wie sie in die politischen Verhältnisse praktisch eingreifen können. So weit sind wir noch lange nicht.*
Nee, immer nur diese Theorie, das ist für mich nichts, man muss es doch endlich mal anwenden, was man gelernt hat, in der praktischen Arbeit an der Basis, fuhr Dag unbeirrt fort.
Ole und Dag sprachen über die nächsten Sommerferien, ob man nicht eine alte Segeljacht in Griechenland aufarbeiten könne, das sei doch mal ein Projekt für die Jugendarbeit, hörte ich Dags eindringlich werbende Stimme.

Mich nervte das, ich ertrug es nicht, dass Ole sich aus unseren Plänen zurückzog, so zufrieden, so genügsam wurde.

Anfang Januar stand Dag vor der Tür, er wollte zu uns ziehen, Moorfleet ohne uns gefalle ihm nicht, dort herrsche ein Haufen von Chaoten. Seine Karin brachte er mit.
Wieder hängte er sich an uns dran. Die drei Männer verstanden sich prächtig, es war nicht zu fassen. Ich wollte mich gerade zurückziehen, da kam Ernst auf der Rückfahrt von Kiel wieder bei uns vorbei. Es sei so viel offengeblieben, meinte er.
Was Dag neulich angesprochen hat, das stimmt natürlich, sagte Ernst. *Das ist alles nicht mehr so spektakulär wie damals, als jeden Tag eine Aktion lief, aber nein, gib doch zu, auf den Demos haben wir uns aufgerieben. Es war falsch, sich mit der Staatsgewalt anzulegen.*
Och, diese Demos waren doch nun wirklich spannend, das Beste an der ganzen Sache, setzte Dag provozierend dagegen.
Aber vor der Praxis müssen wir uns erstmal einig werden, was die Dinge sind, fuhr ihm Ernst dazwischen. Und zu Ole gewandt: *Dag will raus aus der Schule, ja, warum wohl? Was passt ihm nicht an diesem Schulsystem? Wofür organisiert der demokratische Staat denn ein Schulwesen, das sehr ungemütlich sein kann? Wofür eine Polizei? Frag ihn das mal,* sagte Ernst sehr bohrend und streng. Diese Widersprüche muss man sich doch erst mal erklären können.
Mir fielen die Wasserwerfer auf den Demonstrationen ein, die Knüppel der Polizisten.
Genau, sagte er, einfach seine Empörung auf die Straße tragen, am 1. Mai oder so – *sich einbilden, mit dem Demonstrieren wäre etwas Maßgebliches geschehen, man hätte der Politik mal richtig Bescheid gesagt – das stimmt nicht. Jetzt ist was anderes angesagt: die Politische Ökonomie studieren, die Gesetzmäßigkeiten dieses Systems begreifen, da sind wir jetzt dran.*
Nee, da steig ich aus, sagte Dag. *Und baue lieber an einem Segelschiff für Jugendliche* ... Bestürzt sah ich von einem zum anderen, wir waren uns nicht mehr einig. Wann war das geschehen, dass die Ansichten so auseinanderliefen?
Ich wandte mich an Ernst: *Sag mir Bescheid, wo ich mitmachen kann! Und was ist denn nun mit unserem Artikel für deine Zeitschrift?*

Ja, ich halte dich auf dem Laufenden, aber das hier wird die letzte Nummer sein, mit „Erziehung und Klassenkampf" werden wir aufhören.
Wieso denn das jetzt? Das hat uns doch Spaß gemacht, fuhr ich aufgeregt dazwischen.
Ja, soweit wir das bisher aufgefasst haben!

Mir reichte es. Ich ging andere Wege.
Drei Kinder fanden sich glücklicherweise wieder zusammen, Brigitte aus dem Kinderladen hatte Katrina und mich kurzerhand in den Süden gelockt. Glücklich und sofort auf dem Sprung, setzten wir beiden Frauen die drei Mädchen auf die Rückbank ihres kleinen Alfa Romeo, verstauten das Gepäck, und Brigitte fuhr uns fünf rasant und versiert an die Adria. In Rivazurra ein Sandstrand, soweit man gucken konnte, die Sonne schien warm, die Mädchen tobten los, Andrea und Claudia zeigten Katrina, was sie schon seit Langem kannten. Und da unten in der Sonne und am Meer, da stärkten sich meine Gedanken, festigten sich die Pläne, ich bekam einen tüchtigen Schwung.

Anfang April wurde Katrina eingeschult, sie war nicht mal sechs Jahre alt. Wenig später, an einem warmen Frühlingstag, besuchte uns meine Mutter in Farmsen und lud Katrina und mich zum Mittagessen in die Wohldorfer Mühle ein. Später saßen wir in der prallen Sonne auf dem Balkon vor meinem Zimmer, die Kinder spielten unten im Garten. Da erst, endlich, wagte ich es. Vorsichtig, leise, quasi *en passant,* erklärte ich ihr, dass es für mich neue Pläne gebe … *Was tust du uns an*, war das Erste, was ihr dazu einfiel. Aber das änderte nichts.

Anfang Juni war alles vorbereitet, ich wurde erst nervös, als ich meine Mutter nicht erreichen konnte. Sie sei auf der Pfarrfrauentagung gewesen, erzählte sie und was denn so wahnsinnig wichtig sei, dass ich hinter ihr her telefonierte. Es sei jetzt so weit, sagte ich aufgeregt, ich hätte in dem vergangenen Jahr schrecklich gelitten, ich bräuchte wieder eine Ordnung, alles sei fertig geplant …
Ich weiß nicht, warum ich mich nicht zu sagen traute, worum es

ging. Nur die unmittelbaren, äußeren Zustände, ja, das würde bei ihr verfangen, dachte ich wohl. Sie fragte nicht nach.
Mach dir keine Sorgen, sagte sie, *ich nehme Katrina für eine paar Tage, wir können sie abholen.*
Danke, ich komme und bringe sie am nächsten Montag.

So begann dieser Montag im Juni. Katrina stürmte die vielen Treppenstufen hoch in das Haus, das am Hang an der Kieler Förde stand, und weitere Treppen hoch in das große Schlafzimmer, sie durfte bei Ditta im Zimmer schlafen, weil Fiete auf Dienstreise war, also neben ihr im Bett.
Am nächsten Tag kam Fiete zurück. *Ja, und was nun,* fragte sich Katrina und erklärte ihrer Großmutter: *Es gibt zwei Möglichkeiten fürs Schlafen: du bei mir im Gastzimmer oder ich allein. Wenn du bei mir schläfst, ist Fiete traurig. Wenn ich allein schlaf, na ja, das muss halt gehen.* Darauf bekam sie erwidert: *Wir könnten doch dein Bettchen in unser Schlafzimmer stellen.* Worauf das Kind sagte: *Oh, die Ditta hat Ideen, da habe ich gar nicht dran gedacht.*
Dann aßen sie zusammen, in alter Gewohnheit wollte Ditta ihr den Teller füllen, doch da protestierte Katrina: *Ich bin keine Frau, die im Rastoreng isst, ich will allein nehmen. Ich kann ja auch allein essen.*
Ich hing an ihren Lippen, als meine Mutter mir das erzählte. Ich saugte ihre Worte auf und wartete nervös, was Katrina mir hinterher zu erzählen hatte, es war mir wahnsinnig wichtig zu wissen, was sie sagte, wie sie dachte, was sie unternahm … Vielleicht kam doch alles in Ordnung.

Ich hatte an dem Tag einen kleinen Umzugswagen kommen lassen, die Kartons waren wieder gepackt. Am Abend zuvor war ich noch rasch in die Stadt gefahren und meinte, mir beweisen zu müssen, dass ich selbstständig meinen Vergnügungen nachjagen durfte. Der Gedanke, dass irgendetwas schwierig werden könnte, wurde nicht zugelassen, als ich mitternachts durch die Straßen latschte und doch eher traurig war.
Am nächsten Morgen zog ich aus. Ich verließ Ole, die Freunde in der Wohngemeinschaft, den Garten, den Blick in Wiesen und Felder. Alles ließen wir zurück, ich zog mit Katrina in die Stadt.

Eine Wohnung in der Stadt

In noch nach Bau riechenden modernen drei Zimmern mit Balkon, in einem sechsstöckigen Haus im Wohnsilo Steilshoop, das als vorwärtsweisendes Städtebauprojekt für bedürftige Familien gefeiert wurde, richtete ich uns beiden ein frisches, neues Wohnzimmer ein. Eine moderne Landschaft aus dicken, weichen Sitzelementen über Eck auf quadratischen Unterteilen aus Holz, die man beliebig gruppieren konnte, alles neu und sündhaft teuer, aber das brauchte ich. Südländische Wohnverhältnisse mit dem großen niedrigen Tisch aus massivem Holz, den ich hatte anfertigen lassen; man saß und lagerte auf den Polstern, supermodern und schick, am liebsten aßen wir beiden auch hier. Es war unser neues Wohn-Sofa.

Da saßen wir beide an einem Abend im Juni, und meine Kleine sagte: *Ich bin so traubig. – Warum denn?* fragte ich vorsichtig, selbst den Tränen nahe. – Und sie sagte: *Weil Papa nicht da ist.* Ja, das war so, wir waren beide traurig, ich weinte mit ihr, und dann kuschelten wir uns zusammen und schliefen dort ein.

Ich richtete ihr das schönste aller Kinderzimmer ein, es wurde ihre Höhle mit Hochbett und Teppichen zum Spielen. Ich gab mir die allergrößte Mühe, es ihr richtig gemütlich zu machen, und wir fuhren morgens zusammen zur Schule, warteten mittags aufeinander und fuhren dann in unser Wohnsilo zurück. Dort besuchten uns am Nachmittag Andrea und Claudia, und auch die Kinder aus der Schule wurden vorbeigebracht.

So schnell es ging fuhren wir beide wieder hinaus aufs Land, nach Kiel und gleich in das Haus am Molfsee. Dort kannten wir alles, das liebten wir. Die holsteinische Wiesenlandschaft hatte die Konturen einer Parklandschaft angenommen. Unten war der Teich ausgehoben worden, mit Hilfe von Harald hatte der Vater mindestens hundert Bäume gepflanzt. Da stromerten wir beide herum und spielten in der geliebten Grotte und am Teich.

Ende Juni fuhr die Mutter mit uns zurück und betreute sechs Stunden lang die drei Mädchen Andrea, Claudia und Katrina, damit die beiden Mütter das Auto packen konnten.

Dann ließ sie sich vom Dienstwagen abholen, und wir fünf fuhren los. Ein Abend, an dem es nicht dunkel wurde, und Brigitte steuerte das Auto hellwach und umsichtig durch die Nacht. Am Morgen waren wir an der italienischen Riviera, wieder am Strand von Rivazurra. Fünf Wochen verbrachten wir zusammen am Meer, im Süden, in sicherer Wärme. Es waren die ersten Sommerferien für das Schulkind.
Ole flog mit Dag nach Kreta. Sie bauten mit griechischen Freunden eine alte Segeljacht aus.

Am 31. August traf sich die ganze Familie in der Grotte am Teich. Hans war mit Frau und Kindern wieder aus Amerika angereist, war zu den verschiedenen Stätten der Großsippe getourt, und zum Abschluss kamen die vier nach Molfsee. Es wurde ein Lagerfeuer aufgebaut, es sollte über der offenen Flamme gegrillt werden, so mache man das in Amerika, auf den großen öffentlichen Picknickplätzen, erklärte er. Alle waren zum Sommerfest gekommen, nur ich war nicht da.
Die Notizbücher schweigen, der Kalender ist leer geblieben, offensichtlich gab es nicht das geringste Bedürfnis, festzuhalten, was in diesen Wochen geschah.

M. kommt erst spät in der Nacht, hat die Mutter aber notiert. Alle ihre Kinder waren da, sie hatte seitenlang zu schreiben. Ich weiß gar nicht, ob ich diese Erinnerung unbedingt haben will – und schon blitzt sie auf: Natürlich, wir beiden Frauen hatten nach fünf Wochen unsere Kinder bei den Männern abgeliefert und waren noch einmal zurückgeflogen. Eine süße kleine Woche, eine letzte Sommerwoche lang, wollten wir noch einmal an der Adria dolce vita schlürfen, italienische Liebesaffären, nur gelegentlich in den Nächten für ein zwei Stunden … die wollten wir zum Abschied vom Sommer kurz und kräftig Tag und Nacht genießen. Noch hatte ich die wilden Gesänge von Patti Smith im Ohr, im Staccato der „Horses" hatten wir die Autofahrt verbracht …
Deswegen war es so spät geworden, meine Kleine war zum Glück noch auf. Ole war mit ihr schon angekommen. Was war ich froh, dass ich zurück war, dass es gerade eben, ganz knapp noch geklappt hatte, alles da unten im Süden zurückzulassen.

Die Runde empfing mich freundlich überrascht. Ich ließ mich nieder, nahm mein Kind auf den Schoß, trank durstig ein Glas Rotwein, da sagte der Vater: *Warum läufst du deinem Mann davon, das will ich erst mal wissen.*
Ich fühlte, dass ich rot wurde, und schwieg.
Aber dann der Auftritt von Usch, diesen Satz schmiss sie in die Nacht: *Würde das mein Vater zu mir sagen, ich würde nie mehr zu ihm ins Haus kommen.*
Ja, diese Frau, die Frau des großen Bruders, sie riss für mich eine Dimension auf, eine kühne Möglichkeit – gleichzeitig so simpel – wie man sich wehren konnte. Ich war sprachlos.

Ebenso sprachlos war meine Mutter. Sie hatte vorher alles mit ihm besprochen, sie hatte mit ihm die Möglichkeit erörtert, mir ein wenig Geld zu geben für den Umzug, die neuen Möbel … Sie hatte versucht, ihm in aller Ruhe zu erklären, dass Hilfe jetzt nicht im Verurteilen bestehen könne, dass ihnen beiden das Pharisäer-Sein nicht anstünde, die Kinder hätten lange um ihren Weg gerungen. Und überhaupt, so schnell und hart sei er in seinen Urteilen geworden.
Sie hatte mir irgendwann das Geld zugesteckt, einen großen Batzen, zweitausend Mark und mehr. Von ihrer Überzeugungsarbeit hatte sie mir nichts erzählt, hatte mich vielleicht vor einem schlechten Vaterbild beschützen wollen, und dann verpatzte er alles, noch dazu an diesem festlichen Sommerabend, zu meiner doch freudig erwarteten Ankunft.
Das tat mir wahnsinnig gut, nie hatte ich den finanziellen Beistand nötiger gebraucht, und überhaupt: Wie Mutter mir beigesprungen war – dieses Mal war sie an meiner Seite, mit dem Kind, mit allem, sie half mir.

Es war nicht ganz leicht, so mal eben auf die Schnelle, aber wir fanden den kleinen Platz im Sachsenwald, die Lichtung mit grünem Gras irgendwo tief im Wald, wo wir uns niederließen und uns liebten. Einen Sommer lang waren wir nun schon getrennt, und wir mochten, wir konnten nicht voneinander lassen, es war verwirrend, aufregend und tat uns gut.

Der Sommer wurde Herbst, ich musste mich umgewöhnen, mit allem. Es gab viel nachzudenken, nachdem die Umsetzung geschafft war.
Nein, ich war nicht weggelaufen.
Es ging nicht um meine Selbstverwirklichung, nicht um einen neuen Mann, nicht um die Kindererziehung, über die wir nicht einig wurden.
Ich war hart zu meinem Kind, zu Ole, zu mir – ich blieb bei meinem Entschluss.
Ich überraschte mich selbst mit einer Klarheit und Radikalität, die auszusprechen und umzusetzen ich gewagt hatte.
Zu keinem Zeitpunkt erwog ich den Gedanken, dass ich eine alleinerziehende Mutter sein würde, nein, selbstverständlich würden wir das alles weiterhin zusammen machen.

Es war etwas gelaufen, und so war es jetzt. Eine Klarheit war eingetreten.
Mit dem Eintritt in diese Welt, auf einem bestimmten Territorium - Indien, Westghats bei Poona, Tropen, später Deutschland, die Insel in der Nordsee, eine große Stadt - wuchs das Kind heran und blickte sich voller Erwartung um: ein kleines Haus, Blumen, Erdbeeren und Tomaten, Kerzen, Kreuze, Feuerhaufen, Wasserbecken, Schaukel, ein Bruder und ein Brüderchen, ein Friedhof, ein Hausschwein, ein Hinterhof, verbotene Spiele. Alles erschien als natürliche Gegebenheiten.

Später in der Stadt eine Schule, eine Lehrerin, große Buchstaben und schöne Zahlen. Das war bereits ein anderes, ein sehr fremdes Terrain, da schon musste man begreifen lernen, dass die Schule, das Lernen und Sich-Behaupten zur Hauptsache wurden. Dafür gab es zwischendurch freie Zeit, Ferien wurden Glücksversprechen, freie Zeit und Reisen.

Mit dem Großwerden dann drittens die Wahrnehmung, dass man nichts hinkriegte von dem, was man selbst wollte, ohne die Erlaubnis der Eltern und ihr Geld. Da schon wurde man hellwach.

Prüfungen, Lerndisziplin, dass man nichts galt, wenn man nicht gute Leistungen brachte. Das Scheitern an diesem Anspruch führte man auf sich selbst zurück. So war es eben, man hatte nicht genug gelernt. Dann die Universität, ein tolles Terrain: Diese Räume, diese Leute, die Lehrer, und erst recht die Studenten öffneten die Tür für den eigenen Eintritt in die Welt, na klar. Gern folgte man – und bekam zu spüren, dass eine Auslese gegeneinander eingerichtet war.
Und man registrierte schnell, dass fraglose Lerndisziplin, also das Aushalten der Auslese die allererste Bedingung dafür war, eigenes Geld verdienen zu können.

Viertens die staatlichen Organe, das Aufbegehren gegen ungerechtes Lehrpersonal, die Gemeinheiten gewalttätig eingreifender Polizisten. Daran entzündeten sich Wut und Empörung, Später das Begreifen, dass alle Prozesse des gesellschaftlichen Lebens staatlich reguliert waren.

Man hatte ein Terrain betreten, auf dem man kein Bedürfnis befriedigen konnte, nichts zu essen und keinen Ort zum Schlafen hatte, es sei denn, man hatte vorher Geld in die Hand bekommen oder es sich zunehmend selbst verdient. Das war rechtlich so festgelegt. Dieses so eingerichtete Terrain ließ nur das Privateigentum gelten. Nur mit dem, was man schon hatte, durfte man frei umgehen, sodass die Lebenslage von Anfang an entschieden war.
Entweder man hatte Eigentum in Form von Geld, dann stand alles zur Verfügung, ein gutes Leben und alles, was die Gesellschaft an schönen Waren hervorbrachte.
Oder das, was einem privat gehörte, bestand in der Möglichkeit, seine Arbeitskraft zum Einsatz zu bringen, schlicht und einfach arbeiten zu gehen, damit man bei den Eigentümern – oder auch den staatlichen Arbeitgebern – Geld verdienen konnte. Dann und nur dann konnte man selbst auch leben. Lange Lernprozesse, die einiges umgestülpt hatten.

Schließlich hatte man langsam begriffen, dass der Alltag mit dem Geldverdienen ein Bewältigungsprogramm war, das einem den Grund, aus dem man es absolvierte – ein schönes Leben –, immer

schwieriger machte. Wir wollten dieses gute Leben zu dritt. Man spürte, dass es nicht einfach mit entsprechender Willensanstrengung zu meistern war.
Was nachmittags möglich war, hing von der Zeit und der Kraft ab, die von der Berufstätigkeit, dem Verkehr, dem Regeln der Mietangelegenheiten, der Einkäufe und der Gesundheit und so weiter noch übrig war. Von da wurde diktiert, was fürs Glücklichsein übrigblieb. Und das Privatleben hing essenziell davon ab, wo und mit welchem Krafteinsatz einem das Geldverdienen gelang oder auch nicht gelang.
Man wusste irgendwann, dass die Sehnsucht nach dem ‚schönen Leben' Orte brauchte, dort wurden die Gegebenheiten aufgesprengt – für kurze Zeit.

Wenn man insofern anspruchsvoll blieb, ein leichtes und glückliches Leben wollte, dann musste man viel Geld verdienen. Dann fehlte wieder die Zeit, die einem heute in tausend Berechnungen zur Work-Life(Familiy)-Balance als unabdingbar vorgegeben wird. Es fehlte *disposable time*, das höchste Gut, wenn man auf einem Terrain lebte, das als Geldvermehrungswirtschaft eingerichtet und staatlich betreut wurde.

Wenn man also diese Zipfel der Erkenntnis erwischt hatte und mit den Jahren immer noch dazulernte, dann konnte man nicht mehr einfach so weitermachen, sich in genau dieser Systematik der eingerichteten Lebensverhältnisse niederlassen, „seine" Arbeit machen und zusehen, dass „die Rechnung" im privaten Glück aufging.

Nein, das ging nun nicht mehr. Da war ich mir sicher.

Wir redeten und stritten. Dabei wollte Ole gar nicht widersprechen, er meinte nur, dass er das alles unmöglich schaffen könne. Er sei ja schon froh, wenn er das normale Leben hinkriege. Mit dieser Enttäuschung müsste ich fertig werden.

Ich blieb bei meinem Entschluss, voller Aufbegehren und Enthusiasmus. Ich zog die Trennung durch. Ich wusste, dass ich mit dieser neuen Leitlinie meinem Kind etwas zumutete. Die Traurigkeit trieb ich mir aus dem Kopf. Ich war seelisch gewachsen, auch, weil wir einander viel zugestanden hatten. Ich wollte mich entwickeln dürfen und weiterkommen, die Liebe in der Ehe zählte nicht als Bindung, sie musste geprüft werden, alles und immer wieder, nichts sollte auf eingefahrenen Bahnen laufen.

Eine klare Erkenntnis und ein starker Wille waren die Antriebskräfte in diesen Wochen des abermaligen Aufbruchs. Ich war dreißig und wollte partout nicht diese ‚Verhältnisse':
Zwei Erwachsene, die zur Arbeit gehen und am Nachmittag ihr Kind wiedersehen, um dann beides in einem schönen Privatleben glücklich zusammenzubringen, *en passant* selbst in den bekannten Lebensmustern landen. Nein, nein, ich hatte zu viel gelernt, um nicht ernst zu nehmen, was in diesem Laden los war.

Noch im Herbst desselben Jahres gab mir Ernst eine Zeitschrift in die Hand. *Hier, die solltest du mal lesen, da wird dir was klarwerden,* sagte er. Ja, er hatte recht, da hatten wir was zu beißen. Diesen Stoff zum Thema „Die Frau im Kapitalismus" diskutierten wir in der kleinen Frauengruppe, die ich mittlerweile um mich versammelt hatte.
Und schon 1975 gab es ein großes Fest in Bremen, ich lernte neue Leute kennen, eine neue Gruppe. Ernst sagte, dies sei vorläufig der Ort, an dem es viel zu lernen gebe, ich könne mit Katrina dorthin ziehen, in seiner Nähe. Das ging nicht. Länderübergreifend konnte ich nicht einfach die Schule wechseln. Nein, so weit war ich nicht. Ich wollte unbedingt in Hamburg bleiben, in der Nähe von Ole und den anderen Freunden.
Aber von nun an fuhr ich nach Bremen zu den Vorträgen.

Epilog

Es war wieder Sommer.
Zu sechst saßen wir an einem Abend im Juni um den Tisch im Garten und aßen Zitronenhuhn. Yves war schon fertig und wollte spielen gehen, der Abend war so warm und hell, Nikolas rutschte auch vom Stuhl und kam zu mir herüber.
Soll ich dir mal was sagen, Maria, heute ist frei, das ist toll, morgen ist auch frei, dann ist wieder Kindergarten, in den Ferien ist ganz zu, dann bleiben wir die ganze Zeit zu Hause oder fahren in den Urlaub. Toll, nicht?
Freie Zeit, wusste er auch schon, was das bedeutete?
Das ist wunderschön, sagte ich voller Emphase. Da schaute er sich um und sagte: *Ich gehe jetzt rüber. Ich will zu meinem Bruder.*
Damit begann der Sommer 2018. Sommertage in der südfranzösischen Provinz, wieder im Rhythmus des Südens.

Aus dem anderen Sommerferienland kamen in diesem Sommer gute Nachrichten: Im August 2018 endeten die europäischen Kreditprogramme für Griechenland, und „der glückliche Empfänger stehe wieder auf eigenen Füßen", schrieb die *‚Frankfurter Rundschau'*. Und wer genau war in Griechenland gerettet?
Der griechische Staat konnte seine Schuldverschreibungen wieder am Finanzmarkt verkaufen, sein griechischer Euro lohnte sich wieder für die Spekulation auf ihn, die Retter sahen den Eurokredit gestärkt.
Darum ging's offensichtlich.
Der Preis wurde im Leitartikel auch noch erwähnt: „Die meisten Griechen haben bitter dafür bezahlt, dass ihr Land wieder ‚wettbewerbsfähig' wird". Und dass Wettbewerbsfähigkeit am Finanzmarkt keineswegs bedeutete, dass es den Leuten auch wieder gut ging, das spürten die Griechen selbstverständlich immer noch.

Und dann im Winter 2018. Auch in dem anderen Mittelmeerland wurden wir unmittelbar zu Zeugen der Bitterkeit. Wir merkten es schon auf unserer Reise nach Frankreich, als wir die Autobahn verlassen hatten und auf kleinen Straßen in die Cevennen fuhren.

Auf den Rastplätzen, selbst auf den *ronds points* lodernde Feuer, Zelte, der Dampf aus den Töpfen, heiße Würstchen und Punsch. Menschen hatten sich versammelt, redeten, stritten, aßen Suppe und schürten das Feuer, alle leuchtend gelb in ihren Schutzwesten. Sie bremsten den Verkehr und forderten die Fahrer auf, auszusteigen und mit ihnen zu reden. Wir stellten uns dazu. Was war los, was wollten sie? Wir hatten davon gelesen, die ‚*Süddeutsche*' hatte schon getitelt: „*Notruf aus den Dörfern … An mehr als 2.000 Orten zeigt sich die Wut …*"
Sie seien die Geschädigten in diesem Land, könnten von ihrem Lohn nicht leben, die langen Wege aus den Dörfern, um überhaupt Geld verdienen zu können, müssten sie ihre olle Karre doch auch fahren können! So sprachen sie. Das Benzin sei durch höhere Steuern verteuert, nicht mal mehr die Fahrten könne man sich noch leisten. Macron solle sie doch mal in ihren Dörfern besuchen, die da oben im Élysée-Palast, die würden das Geld verprassen, den Armen würde das Leben unmöglich gemacht.

Als Johann unseren Bulli eine Woche später, voll bepackt mit allen Geschenken, Koffern, sogar einer kleinen Tanne und den Laufrädern, durch Frankreich fuhr und weiter nach Spanien, die anderen vier sollten mit dem Flieger in Girona ankommen – da gerieten wir erneut mitten hinein.
Die örtlichen Präfekturen hatten die Mautstellen gesperrt, zwanzig Kilometer vor der spanischen Grenze standen wir an der Mittelplanke. Autos und Lastzüge dicht hintereinander, dann auf der schmalen Zwischenspur eine Kolonne von Motorradfahrern, einige fuhren weiter nach vorn, andere stoppten, redeten gleich los: Das hier sei notwendig. Was mit ihnen geschehe, sei ein Skandal. Aber den Stau hätten sie nicht zu verantworten, erklärten uns die aufgebrachten Männer und Frauen. *Quand même, il faut discuter, voilà …* Das hatten die Aufständischen erreicht. Wir standen auf der Straße und diskutierten. Ob sie sich mal gefragt hätten, was der Grund sei für gesenkte Löhne, Schließung von Krankenhäusern und Busverbindungen in der Provinz? Natürlich, sagten sie, der Reichtum würde „da oben verprasst" …
Irgendwann im Schritttempo an der Mautstelle vorbei, in der

Nacht erkannte man die Lagerfeuer neben der Straße. Tief in der Nacht Ankunft im Ferienhaus in El Port de la Selva. Wie lange die Lastwagenfahrer wohl noch unterwegs waren? Sie hätten den siebten Samstag des Aufstands der *gilets jaunes* erlebt, aber sie seien auf der Seite der Aufständischen, *il faut le dire,* man müsse es endlich mal aussprechen, wie hier mit den Leuten verfahren werde.
Wochenlang gingen die Proteste weiter. Der Aufstand der *gilets jaunes* war eine große Bewegung. Sie schafften es, das gesellschaftliche Leben empfindlich zu stören. Auffällig war die fehlende Unterwürfigkeit, da war kein Nachgeben, sie setzten durch, dass es in Frankreich jetzt mal anders lief. Weil: Ihre Lage schreie doch zum Himmel, ihre Sorgen sprächen doch für sich.
Sie merkten nicht, dass niemand widersprach.
Leider drangen die Gelbwesten mit ihrer Empörung nicht durch.
Die Bürgermeister wurden „von denen ganz oben" zu einer nationalen Gesprächskampagne aufgerufen, in allen Rathäusern fand *le grand débat* statt. Jeder durfte hin und sagen, was ihn bedrückte, die Chefs hörten zu. So bekamen die Aufrührer eine wohlfeile Antwort auf ihre Empörung. Natürlich würde man sich kümmern und hätte nie etwas anderes getan.

Im Frühjahr 2019 gab es das große Wiedersehen mit der Familie. Viele hatten sich für ein paar Tage im Mai auf dem Ferienhof an der Nordsee zusammengefunden. Nach etlichen Monaten, die Hans auf seinem Schiff in Südfrankreich verbracht hatte, war auch er zurückgekommen. Mit einem Erdbeerbaum, sorgsam verpackt und im Flieger transportiert, betrat er, braungebrannt und erwartungsvoll, das Ferienhaus an der Nordsee und überbrachte mir den kleinen Topf aus den südfranzösischen Gärten der Domaine du Rayol.
Viele Gespräche von morgens bis mitternachts, die beiden Brüder, Harald und Hans, sprachen zum ersten Mal wieder miteinander, sie stritten, sie soffen. Da ereignete sich ein Schwächeanfall, Hans stürzte. Er wusste es nicht, niemand wusste, dass er schwer krank war.
Wir blieben zusammen, es wurde in den nächsten Tagen viel gesprochen, von morgens bis abends. Eines Abends diese Rede, ich erhob mich und sprach die Tafelrunde an. Die Nachforschungen in

den Quellen, die Geschichte der Eltern in Indien, die fünf Kinder, wie sie groß geworden seien, ich würde fieberhaft arbeiten, das Buch müsste bald fertig geschrieben sein. Dann könnten alle lesen, wie diese Kinder in der Familie damals gelebt haben, warum sie gestritten, gesoffen und das Kämpfen begonnen haben.
In Berlin sagte Hans vier Wochen später, wir sollten unbedingt losfahren, Ferien machen, alles genießen, er sei versorgt, im Krankenhaus werde alles für ihn getan … auch Julia und die Kinder sollten unbedingt reisen wie geplant, der Flug in die Ägäis, sie bräuchten das.

Und es gab ein Fest im Süden. Aus allen Himmelsrichtungen kamen die Freunde angereist zur Nachtmusik im Garten in der *Garrigue*, auch die französischen Freunde aus unserem *chemin* feierten mit. Die einen brachten einen kleinen Olivenbaum, die anderen Aprikosen-*Tartes*, ein *Traiteur* lieferte *Couscous* mit Lammfleisch. An langen Tafeln wurde palavert und gegessen. Auf den Felsbänken saß man und lauschte der französischen *Chanteuse*, die ihre melancholischen Latinorhythmen im Garten verbreitete und den Swing vom Bal Musette. Als es dunkelte, sang Klaudia ihre neuen Chansons, weitere Musikanten traten auf. Und … *quelle surprise*! Sam schnappte sich seine Annick und tanzte mit ihr, wild und jung, wie früher; Alain, der pensionierte Lehrer, holte die Tochter von gegenüber zum Tanz auf die Felsplatte; auch Michel konnte gut tanzen und ließ mich das spüren, dass es kribbelte. Yves und Nikolas gingen mit einem Stapel Papier von einem Gast zum nächsten und schrieben sich die Namen auf, *damit man das dann immer hat, dann kannst du das immer wieder nachlesen,* erklärten sie.

Drei Tage dauerte die Sause, dann der Anruf aus der Klinik. Es könne jetzt sehr schnell zu Ende gehen, sagte Hans, das habe man ihm zum ersten Mal so gesagt. Er weinte, wir weinten beide, in der Nacht noch die Reise nach Berlin.
Erst wollte er die Patientenverfügung vorlesen und den Friedhof aussuchen, dann plante er die Gespräche am Krankenbett. Ganz dicht bei ihm seine Tochter Julia, liebevoll und klug ihre ärztliche Hilfe, mit ihr besprach er den Stand seines Befindens, sie redete mit

den Ärzten. Sein Sohn Nils war aus Seattle gekommen, die beiden hatten viel Zeit füreinander, Nils pflegte und half und war immer da, aufmerksam und still. Die drei berieten gemeinsam.
Viele kamen ins Krankenzimmer, die Freunde, die Brüder, Hans war nie allein.
Ich schrieb abends, ich schrieb nachts, Ich solle das Buch mitbringen und ihm zeigen, ihm daraus vorlesen, hatte er gesagt. Das freute mich, und ich las ihm und Nils vor. Hans war sofort hellwach, erzählte, ergänzte, korrigierte: *Bitte ändere das, schreib das so hin … man versteht es sonst nicht,* sagte er. *Was für eine Flut von Bildern,* sprach er nachdenklich, *so eine Erinnerungsaufbewahrung kenn ich gar nicht. Das ist schön. Du kannst das beschreiben. Bewahre das.*
Jedes Telefonat in den letzten Jahren hatte er mit der Frage beendet, was das Buch mache. Er hielt das aufrecht, holte mich aus der Reserve, bestand darauf, zu erfahren, wie weit ich bin. Er forderte das Schreiben dieses Buches regelreicht ein. Beim Sortieren der Briefe hatte er geholfen, auch gelesen und ausgewählt.

Ich las ihm vor. Eine Woche hatten wir zusammen, dann verlangte er Morphium, damit er besser atmen konnte. Julia und Nils schliefen abwechselnd bei ihm. Als der Sommer am schönsten war, starb Hans. Johann nahm mich in die Arme, wir standen in der Morgendämmerung vor der Charité und weinten.

Ein warmer Sommertag, der stille, grüne, schrabbelige Arbeiterfriedhof am Prenzlauer Berg war voll von Menschen: Freunden, Kollegen, Nachbarn, seiner *community,* Geschwistern, Nichten, Neffen und Enkeln. Es gab auch ein richtiges Feiern, in der Cafébar und auf den Bänken davor, unter den Lindenbäumen, das hatte er mit Maria, der portugiesischen Wirtin, organisiert. Er hätte seine Freude daran gehabt, auch an dem, was da erzählt wurde.
Zwei Wochen später sagte Ernst: *Komm nach Frankreich, das brauchst du jetzt, nehmt einen Flieger, ich hole euch ab.*
Ich freute mich, als wir wieder im Südhaus ankamen.
Alles hing noch da, die Lampions schaukelten im Wind, Töpfe und Teller standen noch in der Küche herum, überall Spuren des festlichen Furors in diesem Sommer.

Ernst las in dem Buch, wir sprachen über die Familie, ich solle aus der Traurigkeit wieder herauskommen.
Aber die Nähe des Todes, so jäh und ohne Zeit zu haben, raus und vorbei?
Jetzt wüsste man das. Und es ginge ja weiter, und wir hätten viel vor.
Das stimmt.

Der Garten verlassen, vertrocknet, verwildert, aber es riecht süß und wild, Seerosenblüten, die Zisterne voll mit Wasser, Oleanderblüte in Hülle und Fülle, das Licht, der Sommerwind, dieses ruhige, behaglich nach Heu riechende und vor sich hinbrütende Haus, dieser vibrierende Ton, ewig der gleiche auf- und abschwellende Gesang der Zikaden. Anfangs schwer erschöpft und schwindelig, aber jetzt ist alles besser, leicht und beschwingt. Ich habe keine Angst mehr.
Die Zikaden singen so besessen, dass die Zeit wieder mal stehenbleibt.

Anmerkungen

Ich habe in den vergangenen Jahren alles so aufgeschrieben, wie es sich zugetragen hat. Einige Namen sind geändert. Lebendige Dokumente, Briefe und Tagebücher geben den Background. Sie verhalfen diesem Buch zur Klärung.
Jede Menge freundliche Menschen brachten das Projekt ordentlich in Schwung. Meine Brüder mit ihren Geschichten und Kritiken. Meine Mitleser Christina, Manfred und Christoph mit ihren Korrekturen und Recherchen, meine Zuhörer in Problemlagen Jani, Margarete, Sophie, Reza und Knut. Dank an meine Freundin aus dem Verlagswesen, Angela Tieger, die mich sehr unterstützte und – gerade als sie es eben noch konnte – mit ihrer Kollegin bekannt machte: Susanne Wallbaum aus Leipzig brachte mich mit ihren klugen und einfühlsamen Lektoraten entscheidend weiter. Ohne das wäre es nicht gegangen.
Und sie legte die Spur zu der Edition Contra-Bass. Ich wurde sehr freundlich von Astrid Schmeda und Gerd Stange empfangen. In mehreren Besuchen in den Cevennen lernten wir uns kennen, und es war ein Glück, dass sie das Buchprojekt zügig und professionell voranbrachten.
Ich danke einigen meiner Lieblingsautoren für treffende Textstellen und Zitate. Ebenso meinen Freunden Nikolaus und Alo Miller für Begeisterung und Beistand, beides verhalf mir zur Stringenz und Klarheit. Begeisterung gebührt meinen Künstlerfreunden Robert und Margarete Schlosser, für ihre inspirierenden Coverentwürfe und Fotofunde aus dem Archiv.
Auch meine Enkelkinder bauten mich auf, lachende Zuhörer, wenn sie zwischendurch den Geschichten lauschten, hingerissen angesichts dessen, was sie schon erlebt hatten.
Ich liebte und genoss die Nähe von N.I.K.S., die das Leben in große Schwünge versetzten, die Tag- und Nachtgespräche mit meinem Liebsten, der in allen Jahren des Schreibens mein erster Leser und Kritiker war.
Ich fühlte mich freundlich aufgehoben im großen Familienpalaver, wenn gelegentlich alle zwanzig bis dreißig zusammenhockten.

Quellennachweis

Alice Balint, Psychoanalyse der frühen Lebensjahre, E. Reinhardt, München 1966

Alice Balint mit Wera Schmidt, Melanie Klein, Anna Freud und Nelly Wolffheim, Antiautoritäre Erziehung und Kinderanalyse, Raubdruck Hamburg 1970

Hans Fallada, Kleiner Mann – was nun? Rowohlt Taschenbuch Verlag, Hamburg 1950

G.W. Friedrich Hegel, Enzyklopädie der philosophischen Wissenschaften im Grundrisse, Dritter Teil, Die Philosophie des Geistes, Frankfurt a. Main 1970, S. 260 f.

Gerhard Henke-Bockschatz, Der Erste Weltkrieg, Reclam, Stuttgart 2014

Karl Marx, Grundrisse der Kritik der politischen Ökonomie, Dietz Verlag, Berlin 1983, S. 311 f., S. 601 ff.

Die Überschrift des Kapitels „Oktober, Schönheit des Lichts …" ist die erste Zeile aus dem Gedicht für später von Christoph Meckel, zitiert nach Oktober, einem Gedichtband bei Reclam, Ditzingen 2013

Alexander S. Neill, Theorie und Praxis der antiautoritären Erziehung. Das Beispiel Summerhill, Rowohlt Verlag, Hamburg 1969, S. 177 ff.

Eduard Mörike, An einem Wintermorgen, vor Sonnenaufgang zitiert aus

Deutsche Gedichte, hgg. von Theodor Echtermeyer und Benno v. Wiese, August Bagel Verlag Düsseldorf 1966

Joachim Ringelnatz, Ich habe dich so lieb, zitiert nach J. Ringelnatz, Zupf dir ein Wölkchen, Gedichte, bei dtv, Februar 2006

Kurt Tucholsky, aus Die fünfte Jahreszeit in: Lerne lachen ohne zu weinen, Verlag Volk und Wissen, Berlin 1972

Übersetzungshilfen
Französisch:

pot au feu   Eintopf
un petit crème kleiner Milchkaffee
Rouille Safranmayonaise
Pépinière Baumschule
faire la grasse matinée ausschlafen
poulets aux quarante gousses d'ail Hühnchen mit 40 Knoblauchzehen
on verra vielleicht, man wird sehen
un quart de rouge ein Glas Rotwein
je suis là, je travaille … ich bin da, ich arbeite
Tarte de groseilles Johannisbeertarte
pressé, pressé! schnell, schnell!
château d'eau Wasserturm
camion Lastwagen
salle commune Gemeinschaftsraum
chantier Baustelle
attaque Angriff
poutres Balken
chambres d'hôtes Gästezimmer
fleur de sel wörtlich die Blume des Salzes, erste Pflückung des Salzberges
canisses de Camargue Schilfmatten
chêvre Ziege(nkäse)
piscine Schwimmbecken
bonne nuit gute Nacht
vin rouge ordinaire einfacher Landwein
comment ça va? Wie geht es?
Je suis au lit Ich bin im Bett
tranquille! immer mit der Ruhe!
Vous êtes là jusqu'à quand? Wie lange seid ihr da?
C'est la vie! So ist das Leben!
Côte de boeuf Kotelette vom Rind
Pièce principale Hauptraum
Quand ça chante, le Gras, c'est beau. Wenn's im ‚Gras' singt, ist's schön
Mûrier platane Kreuzung aus Maulbeerbaum und Platane
Sauge de Jérusalem Mittelmeersalbei

soixante sechzig
il va pleuvoir es wird regnen
il n-y-aura pas de pluie, es wird keinen Regen geben
comme d'habitude wie gewöhnlich
C'est toujours comme ça, elle fait ce qu'elle veut, et après …
Das ist immer so, sie macht, was sie will … und dann …
Tronçonneuse Kettensäge
Tu peux m'aider du kannst mir helfen
sous la belle étoile unter freiem Himmel
Vous êtes amoureuse? Sind Sie verliebt?
sans phrase, sans souci ohne Umstände, ohne Sorgen
les hirondelles die Schwalben
Griechisch:
kaliméra guten Tag
Yia sou! Gruß! i.S. von ‚Gesundheit euch'!
kalinichta gute Nacht
chèrete! Gruß: Freut euch!
nai nai ja, ja
orchi nein
tipota nichts
chorio Dorf
ligo néro ein bisschen Wasser
parakaló bitte
echo xenodochion ich habe ein Hotel anzubieten
oreia schön
spiti mou mein Haus
panagiri Marienfest
chora Platz
then pirási! das macht nichts!
choréo! ich tanze!
sto kalo alles Gute
éla, éla, paithi mou! Kosewort: komm, mein Kind!
Poli paithia! Viele Kinder! Als Segenswunsch zum Abschied ausgesprochen
Siga,siga! immer mit der Ruhe, langsam!
Gaithuraki! Kosewort für Esel

Druck: TZ-VERLAG & PRINT GMBH | TZ-VERLAG.DE
klimaneutral
Unternehmen
natureOffice.com | JMY-BSC-423071
PAPIER AUS NACHHALTIGER FORSTWIRTSCHAFT TZ-PRINT.DE